für Gerta

Im Schatten des Teebaums

ELIZABETH HARAN

Im Schatten des Teebaums

Roman

Aus dem australischen Englisch von Sylvia Strasser und Veronika Dünninger

Weltbild

Die australische Originalausgabe erschien 2007 unter dem Titel
The Tantanoola Tiger.

Besuchen Sie uns im Internet:
www.weltbild.de

Genehmigte Lizenzausgabe
für Verlagsgruppe Weltbild GmbH,
Steinerne Furt, 86167 Augsburg

Übersetzung: Sylvia Strasser und Veronika Dünninger
Umschlaggestaltung: bürosüd, München
Umschlagmotiv: Corbis, Düsseldorf / Getty Images, München
Gesamtherstellung: GGP Media GmbH, Pößneck
Printed in the EU
ISBN 978-3-8289-8936-8

2012 2011 2010 2009
Die letzte Jahreszahl gibt die aktuelle Lizenzausgabe an.

Dieser Roman ist meinen Freundinnen gewidmet,
die mir helfen, nicht zu verzweifeln, wenn ich bisweilen
das Gefühl habe, die Welt sei verrückt geworden.
Gute Freunde können zuhören und mitfühlen.
Sie lachen und weinen mit dir, sie teilen deinen
Kummer, deine Freude und deine Erfolge.

Ich darf mich glücklich schätzen,
solch wunderbare Freundinnen zu haben.

Prolog

South Australia
1900

Mannie Boyd trat aus seiner Hütte hinaus in den grauen Morgennebel. Er schlurfte zu einem niedrigen Busch und erleichterte sich, wobei er ausgiebig gähnte und dann träge beobachtete, wie der Dunst seines Atems vom Nebel geschluckt wurde. Der Morgen brach an über Tantanoola, einem kleinen, verschlafenen Städtchen im Südosten von South Australia, doch die Sonne schaffte es nicht, die Nebeldecke zu durchbrechen, die über den Schaf- und Getreidefarmen lag, von denen Tantanoola umschlossen wurde.

Mannies Körper war verspannt, er fühlte sich älter als die vierundfünfzig Jahre, die er auf dem Buckel hatte. Er war Junggeselle und trank gerne einen über den Durst, und wenn er genug hatte, fing er meistens Streit an. Diese Lebensweise rächte sich nun: Sein Körper protestierte mit jedem Tag heftiger, und Mannie wurde immer griesgrämiger. Er lebte seit fast sechs Jahren in der Gegend und verdiente sich seinen Lebensunterhalt mit dem Verkauf von Kaninchenfellen – nicht gerade die angesehenste Arbeit der Welt. Mannie, der von der Hand in den Mund lebte, war überzeugt, dass das Leben ihn schlecht behandelte und ihm etwas schuldig sei.

Wie jeden Morgen schickte er sich auch an diesem Tag an, seine Fallen auf den umliegenden Farmen zu überprüfen. Er hatte die Farmer nie um Erlaubnis gefragt, ob er seine Kaninchenfallen auf ihrem Land aufstellen durfte, denn er war der Ansicht, dass er ihnen einen Gefallen tat, wenn er ihnen die Schädlinge vom Hals schaffte, die ihren Schafen das Gras wegfraßen. Tatsächlich hatte noch kein Farmer Einwände gegen Mannies Fallen erhoben.

»Komm schon, Rastus, beweg dich, du nichtsnutziger Sack voll Flöhe«, rief Mannie seinen Hund.

Der Vierbeiner kam aus einer Kiste gekrochen, die auf der rückseitigen Veranda stand und ihm als Unterschlupf diente, und trottete widerstrebend zu seinem Herrchen. Auch der Colliemischling war nicht mehr der Jüngste – wie Mannie schien der Hund unter steifen Gelenken zu leiden, vor allem an einem feuchten Morgen wie diesem. Rastus folgte Mannie in einigem Abstand. Er war vorsichtig geworden, weil er wusste, dass sein übellauniger Besitzer gern einmal nach ihm trat.

Mannie machte sich auf den Weg zu Jock Milligans Farm. Fröstelnd und missmutig vor sich hin schimpfend, stülpte er sich seinen Wollhut auf und zog ihn bis über die Ohren. In der tiefen Stille waren nur Mannies mürrisches Gebrummel und das Knirschen seiner Schritte auf dem gefrorenen Boden zu hören.

Es war August, Winter auf der Südhalbkugel. Zwei Wochen zuvor waren die ersten Lämmer geboren worden. Eigentlich hätte bereits ein Hauch von Frühling in der Luft liegen sollen, doch morgens war es immer noch winterlich kalt und ungemütlich. Mannie hoffte, dass ein paar Kaninchen in seine Fallen gegangen waren, damit er die Felle verkaufen konnte. In letzter Zeit hatte er im Hinterzimmer der Bar öfter Karten gespielt und ziemlich viel Geld verloren.

Griesgrämig, den Blick auf den Weg gerichtet, stapfte Mannie über den harten Boden. Nach einer Weile lief Rastus in weitem Bogen an ihm vorbei und verschwand im Nebel. Mannie achtete nicht weiter auf den Hund. Er schlug bibbernd den Kragen seiner Jacke hoch. Ein kalter Schauer rieselte ihm über den Rücken, und plötzlich überkam ihn ein merkwürdiges, beängstigendes Gefühl, ähnlich einer schrecklichen Vorahnung. Abrupt blieb er stehen, starrte mit zusammengekniffenen Augen in die wogenden Nebelschwaden und lauschte. Es war still – viel zu still, wie ihm jetzt erst auffiel. Nicht einmal das Blöken von Milligans Schafen war zu hören. Beklemmendes Schweigen lag über dem Land. Hatte Jock Milligan seine Herde auf eine andere, weiter entfernte Weide getrieben?

In diesem Moment hörte er Rastus erschrocken aufjaulen. Sekunden später hetzte der Hund mit angelegten Ohren an ihm vorbei nach Hause zurück, so schnell seine Beine ihn trugen. Mannie blickte ihm verdutzt nach. Er pfiff, doch Rastus kam nicht zurück. Sein sonderbares Verhalten beunruhigte Mannie noch mehr.

Irgendetwas stimmte nicht.

Langsam ging er weiter. Furcht stieg in ihm auf. Hätte er doch seine Winchester-Büchse mitgenommen! Angestrengt starrte Mannie in den Nebel, ob er irgendwo Schafe ausmachen konnte. Aber da war nichts. Er lauschte, doch kein Laut war zu hören. Die unheimliche Stille lastete so schwer auf dem Land, dass sie beinahe mit Händen zu greifen war.

Plötzlich blieb Mannie wie angewurzelt stehen und riss die Augen auf. Eine klebrige, verklumpte Masse hob sich rot glänzend von dem mit Raureif überzogenen Erdboden ab. Gleich daneben lag ein zerfetztes, blutiges Schaffell.

Mannie stand da wie versteinert, den Blick unverwandt auf die Überreste des Tieres geheftet. Im ersten Moment dachte er, ein streunender Hund hätte ein Lamm gerissen. Da Jock Milligan jeden Penny mindestens zweimal umdrehte, ehe er ihn ausgab, würde er schrecklich wütend sein über den Verlust des Tieres. Schaudernd betrachtete Mannie den Kadaver. Erst jetzt bemerkte er, dass Kopf und Schwanz fehlten. Das war seltsam. Abermals schaute er sich suchend nach der Schafherde um und lauschte, ob irgendwo ein Blöken zu hören war. Doch da war nichts. Die Stille war noch immer so undurchdringlich wie der Nebel. Eine unbestimmte Furcht erfasste Mannie und wühlte wie mit eisigen Fingern in seinen Eingeweiden.

Unschlüssig stand er da und überlegte, was er tun sollte. Da vernahm er unvermittelt ein tiefes, drohendes Knurren. Nie zuvor hatte er ein ähnliches Geräusch gehört. Das Herz schlug ihm bis zum Hals. Das war kein Hund! Wieder verwünschte sich Mannie, dass er seine Winchester zu Hause gelassen hatte, und fragte sich, ob dieser Fehler ihn möglicherweise das Leben kosten würde.

Irgendwo ganz in der Nähe lauerte eine unbekannte Gefahr. Mannie konnte es spüren. Seine Nackenhaare stellten sich auf, so fühlbar knisterte die Luft vor Anspannung. Er drehte sich im Kreis, suchte die Umgebung nach dem wilden Tier ab, das Jocks Schaf gerissen hatte. Er fand einen Stock und hob ihn auf, damit er wenigstens eine behelfsmäßige Waffe hatte, mit der er sich im Notfall verteidigen konnte. Vorsichtig, den Stock in der erhobenen Hand, ging Mannie weiter. Plötzlich sah er vor sich im Nebel die Umrisse eines ausgewachsenen Schafes. Irgendetwas daran kam ihm merkwürdig vor …

Im nächsten Augenblick wusste Mannie, was es war. Nacktes Entsetzen erfasste ihn. Das Schaf schwebte ein Stück über dem Boden scheinbar in der Luft. Eine Blutlache hatte sich unter dem Tier gebildet. Das Blut dampfte, folglich war es noch warm.

Mannie starrte angestrengt in die Nebelschwaden, und mit einem Mal wurde ihm klar, dass das Schaf im Maul eines Raubtiers hing, das ihm seine Zähne in den Rücken gegraben hatte. Auch wenn Mannie nur die mächtigen, blutverschmierten Kiefer und die starren Augen der Bestie erkennen konnte, wusste er, dass er nie zuvor ein solches Tier gesehen hatte.

Abermals stieß es ein drohendes, Furcht einflößendes Knurren aus. Mannie war sicher, dass sein letztes Stündlein geschlagen hatte. Vor seinem geistigen Auge lief in rasender Geschwindigkeit sein ganzes Leben ab – ein Leben, auf das er alles andere als stolz sein konnte. Zwar wurde Mannie respektiert, weil er ein harter Bursche war, aber er hatte keine Familie, die ihn liebte und achtete, und das war allein seine Schuld. Keine Frau war bereit, mit einem Trinker und Raufbold eine Familie zu gründen. Und da Mannie sich nie hatte ändern wollen, war ihm klar, dass er einsam und allein sterben würde.

Vielleicht jetzt und hier …

All seine Instinkte schrien Mannie zu, die Flucht zu ergreifen, wenn ihm sein Leben lieb war, doch die namenlose Angst, die ihn gepackt hatte, lähmte ihn. Er wollte den Stock in seiner Hand schwingen, wollte brüllen, um die Bestie zu verjagen, aber er stand nur da, unfähig, sich zu rühren oder einen Laut von sich zu geben. Er starrte in die kalten Raubtieraugen. Ein Geruch, wie er ihn nie zuvor wahrgenommen hatte, umfing ihn. Es war der Geruch des Todes.

Plötzlich hörte er eiliges Hufgetrappel. Ehe er wusste, wie ihm geschah, wurde er von ein paar Schafen, die in blinder Panik flohen, umgerissen und zu Boden geworfen. Hart stürzte er auf die gefrorene Erde und blieb sekundenlang benommen liegen. Als er sich mühsam aufrappelte, war das Raubtier verschwunden.

Mannie schaute sich ängstlich nach allen Seiten um; dann rannte er los, so schnell seine Beine ihn trugen. Er lief zu seiner Hütte zurück, schnappte sich sein Gewehr, lud es durch und machte sich gleich wieder auf die Suche. Am ganzen Körper zitternd, den Finger nervös am Abzug, kehrte er zu der Stelle zurück, wo er das fremdartige Raubtier gesehen hatte. Doch alles, was er fand, waren weitere gerissene Schafe. Die Bestie blieb spurlos verschwunden.

Schließlich gab Mannie auf. Er brauchte jetzt dringend einen Drink und beschloss, in die Bar zu gehen. Die hatte um diese Zeit zwar noch nicht geöffnet, doch Ryan Corcoran, der Wirt, würde ihm bestimmt schon etwas ausschenken.

Ryan wischte gerade die Theke ab, als Mannie die Tür aufstieß. Der Wirt sah sofort, dass etwas nicht stimmte. Mannie war totenbleich, und seine Hände zitterten.

»Was ist los, Mannie? Hast du ein Gespenst gesehen?« Ryan warf einen Blick aus dem Fenster. Draußen wirbelten noch immer graue Nebelschwaden über das Land.

»Viel schlimmer!«, stieß Mannie atemlos hervor. »Mir ist der Teufel persönlich begegnet!« Er ließ sich schwer auf einen Barhocker fallen.

»Was redest du denn da?« Ryan musterte ihn besorgt. Hatte Mannie jetzt endgültig den Verstand verloren? Er bemerkte die Schmutzspuren auf Mannies Jacke und an einem Ärmel.

»Da draußen treibt sich eine … wilde Bestie herum«, stammelte Mannie und gab dem Wirt mit einer Handbewegung zu verstehen, dass er einen Doppelten brauchte.

»Eine wilde Bestie?« Ryan runzelte die Stirn. Er stellte ein Glas vor Mannie hin, griff nach der Whiskeyflasche und schenkte ein. Er konnte sich nicht erinnern, Mannie jemals so durcheinander erlebt zu haben. Der Fallensteller war als hart gesottener Bursche bekannt, den so schnell nichts umhauen konnte, aber jetzt schien er völlig am Ende.

Mannie nickte. »So was hab ich noch nie gesehen! Der Kopf war mindestens doppelt so groß wie der von 'nem Hund, sag ich dir, und dann dieses grauenhafte Knurren …« Er schauderte. »Meine Haare sind vor Schreck bestimmt schlohweiß geworden.«

Er zog seinen Wollhut vom Kopf und warf ihn auf die Theke.

Ryan streifte Mannies Haare mit einem flüchtigen Blick. Sie waren karottenrot wie eh und je, doch ihm fiel auf, dass Mannie trotz der Kälte der Schweiß auf der Stirn stand. Ob er krank war und Fieberfantasien hatte? »Sag mal, Mannie, geht's dir auch gut? Du bist doch nicht krank?«

»Unsinn!«, brauste Mannie ärgerlich auf. »Ich bin weder krank noch verrückt. Da draußen streift ein gefährliches Untier herum, sag ich dir … ein Raubtier, wie ich noch nie im Leben eins gesehen habe!« Er leerte sein Glas auf einen Zug. »Ich wollte meine Fallen auf Jock Milligans Land kontrollieren. Auf dem Weg dahin hab ich ein blutiges, zerrissenes Schaffell entdeckt. Und dann sah ich die Kreatur …«

»Was du nicht sagst«, bemerkte Ryan beiläufig. Er kannte

Mannies Temperament. Es passte zu seinen roten Haaren. »Kann es nicht ein streunender Hund gewesen sein?«

»Niemals!« Mannie schüttelte entschieden den Kopf, griff nach der Whiskeyflasche und schenkte sich erneut ein. »Mit einem anderen Hund würde mein Rastus es mühelos aufnehmen, aber dieses Scheusal, was immer es gewesen ist, hat ihm einen solchen Schreck eingejagt, dass er wie ein Wilder davonrannte. Ich kann von Glück sagen, dass ich noch am Leben bin. Hätte das Ungeheuer nicht ein ausgewachsenes Schaf im Maul gehabt, hätte es mich vermutlich zum Frühstück verspeist.«

»Ein ausgewachsenes Schaf?«, wiederholte Ryan ungläubig. Jetzt übertrieb Mannie aber doch ein wenig. »Mary!«, rief er. Er war gespannt, was seine Frau von dieser Räubergeschichte hielt.

Mary Corcoran kam aus der Küche. Sie hatte sich ein Tuch um den Kopf geschlungen und hielt einen Mopp in der Hand. Als sie Mannie an der Theke sitzen sah, machte sie ein ärgerliches Gesicht. »Du weißt doch, dass du noch nichts ausschenken darfst, Ryan Corcoran!«, schalt sie ihren Mann. »Das könnte uns die Schankkonzession kosten!«

»Reg dich nicht auf, Frau. Mannie braucht den Drink aus gesundheitlichen Gründen. Er hat nämlich einen furchtbaren Schock erlitten.« Ryan erzählte ihr, was geschehen war.

Mary musterte Mannie aufmerksam. Er schien wirklich völlig außer sich zu sein. Mary dachte über Mannies Beschreibung des wilden Tieres nach. »Ob der Tiger zurückgekehrt ist?«, sagte sie dann bedächtig. »Er ist seit Jahren nicht mehr gesehen worden, aber wer weiß?«

»Meinst du wirklich?« Ryan blickte sie zweifelnd an. »Kann ich mir eigentlich nicht vorstellen.«

»Dann stimmt es also, dass sich mal ein Tiger hier in der Gegend rumgetrieben hat?« Mannie hatte in der Bar immer wieder Geschichten darüber gehört, sie aber nie ernst genommen, sondern für Hirngespinste der Einheimischen gehalten.

»Natürlich stimmt das!«, erwiderte Mary entrüstet. Dann fiel ihr ein, dass Mannie ja erst vor ein paar Jahren in die Gegend gezogen war, während ihre Familie schon lange Zeit in Tantanoola lebte, seit Gründung der Stadt. Marys Großvater hatte eines der ersten Häuser, die damals gebaut worden waren, für zwei Pfund und zehn Shilling erstanden. »Vor Jahren ist eine Tigerin mit ihrem Jungen aus dem Käfigwagen eines Zirkus ausgebrochen, der zwischen Mount Graham und dem Overland Inn Station gemacht hatte, in einer Gegend namens Gran-Gran.«

»Wann genau war das?«, fragte Mannie, dem das Raubtier, das er gesehen hatte, nicht mehr aus dem Kopf ging.

»Das war 1883. Obwohl sofort die ganze Gegend abgesucht wurde, blieben die Raubkatzen wie vom Erdboden verschluckt. Damals war alles noch mit undurchdringlichem Gestrüpp überwuchert, was die Suche natürlich erschwerte. Der Zirkus musste weiter, weil er am nächsten Abend eine Vorstellung in Mount Gambier geben sollte, also wurde die Suche nach ein paar Stunden ergebnislos abgebrochen und der Inhaber des Overland Inn über den Vorfall informiert. Zwei Jahre später berichtete ein angesehener und glaubwürdiger Einwohner von Tantanoola, er habe eines Morgens bei einem Spaziergang über sein Grundstück einen Tiger gesehen. Danach hörte man zehn Jahre nichts mehr, niemand bekam die Raubkatzen noch einmal zu Gesicht. In den letzten Jahren aber will der eine oder andere wieder einen Tiger gesehen haben, auch die Zeitungen haben darüber berichtet – nicht nur hier in South Australia, auch in anderen Staaten.«

»Die Tigerin von damals kann es nicht gewesen sein, die ist bestimmt längst tot«, warf Ryan ein. »Es ist siebzehn Jahre her, dass sie mit ihrem Jungen aus dem Käfigwagen ausgebrochen ist.«

Ryan hatte die Geschichten von den Begegnungen mit einem Tiger nie so richtig geglaubt, das wusste Mary nur zu gut. »Ja, da magst du recht haben, aber ihr Junges könnte schon noch am Leben sein. Schließlich können Tiger zwanzig Jahre alt werden, hab ich mal gelesen. Wer weiß – vielleicht ist auch schon wieder eine andere Raubkatze aus einem Zirkus entwischt. Wenn es einmal passiert, kann es auch ein zweites Mal passieren.«

Mannies Augen wurden schmal. War das Tier, das er gesehen hatte, ein Tiger gewesen? Er wusste es nicht, aber möglich wäre es. »Wir müssen eine Suchmannschaft zusammenstellen, die Bestie aufstöbern und sie töten, bevor sie jemanden angreift«, sagte er mit zittriger Stimme.

»Das ist zwecklos, falls es tatsächlich ein Tiger oder eine andere große Raubkatze war«, sagte Mary. »Im Laufe der Jahre hat man die Gegend unzählige Male nach dem ursprünglichen Tiger von Tantanoola abgesucht, aber nie eine Spur von ihm gefunden.«

»Könnte das Tier, das du gesehen hast, nicht doch ein streunender Hund gewesen sein?«, fragte Ryan noch einmal. Er konnte nicht glauben, dass sich ein Tiger in dieser Gegend aufhalten sollte.

»Ich sag dir doch, das war kein Hund!«, fuhr Mannie auf. Es machte ihn wütend, dass man ihm nicht glaubte. »Ein Hund kann kein ausgewachsenes Schaf im Maul herumschleppen! Es war ein riesiges, blutrünstiges Biest! Eine Bestie, wie ich in meinem ganzen Leben noch keine gesehen hab und hoffentlich auch nie wieder sehen werde!«

»Aber es war doch dichter Nebel, man konnte kaum die Hand vor Augen sehen«, gab Ryan zu bedenken.

»Ich weiß, was ich gesehen habe!«, beharrte Mannie. »Hättest du die Überreste des Schafes gesehen, würdest du anders darüber denken.« Er schauderte bei der Erinnerung an das blutverschmierte, zerfetzte Fell und bei dem Gedanken daran, dass er selbst womöglich nur um Haaresbreite dem Tod entronnen war. »Ich werde meine Fallen jedenfalls erst wieder kontrollieren, wenn der Nebel sich verzogen hat.«

»Jemand sollte Jock Milligan warnen und ihm sagen, was mit seinen Schafen passiert ist«, meinte Ryan.

»Also, ich ganz bestimmt nicht«, versetzte Mannie. »Ich hab keine Lust auf eine zweite Begegnung mit der Bestie. Eins steht jedenfalls fest: Ohne mein Gewehr werde ich mein Haus nicht mehr verlassen!« Er schlug mit der flachen Hand auf die Theke, um seinen Worten Nachdruck zu verleihen, rutschte vom Hocker, nickte Ryan und Mary zu und verließ das Lokal.

»Ob er tatsächlich einen Tiger gesehen hat?«, wandte Ryan sich an seine Frau, als die Tür hinter Mannie zugefallen war. »Ich kann das nicht glauben.«

Mary zuckte die Achseln. »Das Tigerjunge von damals wäre inzwischen ziemlich alt, falls es überhaupt noch am Leben ist, aber dass sich ein zweiter Tiger hier in der Gegend herumtreibt, ist doch sehr unwahrscheinlich. Ich glaube eher, dass Mannie einen großen Hund gesehen hat, oder einen Dingo. Er hatte gestern Abend ganz schön gebechert, und in dem dichten Nebel heute Morgen hat er es vermutlich mit der Angst bekommen und Gespenster gesehen.«

Ryan nickte. »Wahrscheinlich hast du recht.«

Noch am selben Nachmittag änderten die Corcorans jedoch ihre Meinung, als Jock Milligan in die Bar kam und eine ähnliche Geschichte wie Mannie erzählte. Er war kurz vor der Mittagszeit draußen auf der Weide gewesen, um nach seinen Schafen zu sehen, als er ein großes Tier zwischen den Bäumen verschwinden sah. Er fand das seltsam, dachte sich aber nichts weiter dabei. Dann jedoch machte er eine beunruhigende Entdeckung: Mehrere Schafe waren gerissen worden, wie er zu seinem Entsetzen feststellen musste. Eins davon hatte er zum Beweis mitgebracht. Als die Corcorans das fürchterlich zugerichtete Tier mit eigenen Augen sahen, berichteten sie Jock von Mannies Besuch und seiner Geschichte über die wilde Bestie.

»Wie sah das Biest denn aus?«, fragte Jock aufgeregt. »War es der Tiger?«

»Mannie konnte nur mit Sicherheit sagen, dass es kein Wildhund war«, antwortete Ryan. »Mary und ich dachten, er hätte vielleicht Fieberfantasien und sich das alles nur eingebildet. Außerdem war er gestern Abend sternhagelvoll, und in so einem dicken Nebel wie heute Morgen verzerren sich die Dinge, oder man sieht etwas, das gar nicht da ist. Wir dachten, Mannie wäre einem streunenden Hund oder einem Dingo begegnet.«

»Ein Dingo bringt so etwas nicht fertig.« Jock deutete mit dem Kinn auf die grausigen Überreste des Schafes. »Ich habe diese Bestie nur ganz kurz gesehen, aber ich wusste sofort, dass es kein Dingo oder irgendein Haustier ist.«

Ryan und Mary sahen sich verdutzt an.

»Sieht ganz so aus, als wäre der Tiger wieder da«, sagte Mary.

1

»Kommen Sie bitte mit, Eliza.«

Eliza Dickens, die an ihrem Schreibtisch in der Zeitungsredaktion der *Border Watch* in Mount Gambier saß, sprang auf und folgte ihrem Chef in dessen Büro. »Ja, Mr. Kennedy?«

Er drehte sich zu ihr um und schwenkte ihren Artikel in der erhobenen Hand. »So geht das nicht! Ich habe Ihnen schon hundert Mal gesagt, dass wir kein Klatschblatt sind!«

»Das ist kein Klatsch, Sir, das ist die Wahrheit«, behauptete Eliza im Brustton der Überzeugung.

»Unsere Leser brauchen nicht zu erfahren, dass *Ihrer* Meinung nach eine gewisse Person, die in unserer Stadt großes Ansehen genießt«, er blickte sich rasch nach allen Seiten um, weil er sichergehen wollte, dass die Unterhaltung mit seiner jungen Reporterin nicht belauscht wurde, »eine andere gewisse Person eingestellt hat, weil diese von der Natur so großzügig bedacht wurde.«

»Ich finde schon, dass unsere Leser das erfahren sollten, wenn diese gewisse Person qualifiziertere Bewerberinnen für die Stelle einer Bürokraft abgelehnt hat, weil sie von der Natur *nicht* so großzügig bedacht wurden«, widersprach Eliza.

George Kennedy seufzte tief. Wie sehr er Fred Morris vermisste! Auch nach Monaten hatte er es noch nicht verschmerzt, dass sein langjähriger bester Reporter sich zur Ruhe gesetzt hatte. Als Ersatz hatte er Eliza und einen jungen Mann namens Jimmy Connelly eingestellt, doch keiner von beiden konnte Fred das Wasser reichen. »Ich kann das nicht drucken, Eliza«, sagte er entschieden. »Was ich brauche, sind Fakten. Nachrichten. *Richtige* Nachrichten.«

»Mira Hawkins hätte die Stelle bei Mitchell's nie bekommen, würde sie keine tief ausgeschnittenen Kleider tragen«, versetzte Eliza trotzig. »Jeder weiß doch, dass sie bestenfalls bis zehn zählen kann und keine Ahnung hat, welches Ende des Bleistifts zum Schreiben taugt. Und ausgerechnet so jemand wird als Bürokraft eingestellt? Können *Sie* mir das vielleicht erklären?« Schmollend fügte sie hinzu: »Margaret Fawster hätte die Stelle bekommen müssen.«

George Kennedy war mittlerweile so genervt, dass es ihm egal war, ob jemand in der Druckerei nebenan ihn hören konnte. »Das sind Spekulationen, Eliza, keine Tatsachen. Wenn ich das drucke, kriege ich eine Klage an den Hals. Außerdem fehlt es Ihnen in diesem Fall an der nötigen Objektivität.« Eine ergrauende Augenbraue hochgezogen, fuhr er fort: »Ich weiß, dass Sie mit Miss Fawster befreundet sind.«

»Das tut nichts zur Sache«, gab Eliza störrisch zurück. »Margaret ist eine sehr intelligente Frau.«

»Dann wäre mein Job vielleicht genau das Richtige für sie«, meinte George trocken. »Vielleicht gelingt es *ihr* ja, einen richtigen Reporter aufzutreiben, der ein Gespür für echte Neuigkeiten hat.«

»Das bezweifle ich. In dieser Stadt passiert doch nie etwas wirklich Interessantes.«

»Ein guter Reporter hat eine Nase für lohnenswerte Geschichten, Eliza, das habe ich Ihnen schon hundertmal gesagt. Und wenn Ihre Nase Sie im Stich lässt, sollten Sie sich vielleicht eine Stelle in einem Bekleidungsgeschäft suchen, so wie Ihre Schwester.«

Eliza presste zornig ihre vollen Lippen zusammen. Sie hasste es, mit ihrer Schwester Katie verglichen zu werden. Schlimm genug, dass ihre Mutter ihr Katie immer als Vorbild hinstellte.

Eliza liebte ihre Schwester, doch es störte sie, dass Katie keinerlei Ehrgeiz hatte. Ihr einziges Ziel war, den gut aussehenden Thomas Clarke zu heiraten und einen ganzen Stall voll Kinder zu bekommen. Eliza hingegen wollte etwas erleben, bevor sie sich einen Ehemann suchte und eine Familie gründete. Sie hoffte, in ihrem Beruf würde sich ausreichend Gelegenheit bieten, ihre Abenteuerlust zu stillen. »Ich verspreche Ihnen, dass ich mich künftig mehr anstrengen werde, Sir, aber …«

George Kennedy schnitt ihr mit einer Handbewegung das Wort ab. »Ich habe jetzt keine Zeit, weiter mit Ihnen darüber zu diskutieren, Eliza. Haben Sie zufällig Jimmy gesehen? Ich habe da etwas für ihn, um das er sich kümmern sollte.«

Eliza wurde hellhörig. Das klang nach einem wichtigen Auftrag. »Worum handelt es sich denn, Sir?«, fragte sie neugierig.

»Er soll nach Tantanoola und überprüfen, was es mit dieser Tigergeschichte auf sich hat.« George eilte auf der Suche nach seinem jungen Reporter über den Flur. Er merkte gar nicht, dass Eliza ihm folgte.

»Tigergeschichte?«, wiederholte sie verblüfft. »Ist der Tiger von Tantanoola etwa zurückgekehrt?«

Ohne stehen zu bleiben, während er im Vorbeigehen einen Blick in die Büros entlang des Flurs warf, antwortete George: »Die Einheimischen glauben es jedenfalls. Einige von ihnen wollen den Tiger gesehen haben. Außerdem wurden ein paar Schafe gerissen.«

»Das klingt ja schrecklich aufregend! Kann ich das nicht übernehmen, Mr. Kennedy?«

George hielt inne und blickte sie stirnrunzelnd an. »Nein, ich schicke lieber Jimmy. Sie würden ja doch nur einen Haufen Klatsch zusammenschreiben.«

Eliza wollte auffahren, beherrschte sich aber, weil sie den Auftrag unbedingt haben wollte. »Ich verspreche Ihnen, ich werde Ihnen eine großartige Story liefern, die ausschließlich auf Tatsachen beruht. Bitte, Mr. Kennedy!«, bettelte sie. »Wie soll ich Ihnen denn beweisen, was ich kann, wenn Sie mir keine Chance geben?«

»Falls der Tiger sich tatsächlich wieder in der Gegend von Tantanoola aufhält, ist das die beste Story seit Wochen. Ein Knüller! Ich kann es mir nicht leisten, eine blutige Anfängerin darauf anzusetzen, die womöglich alles vermasselt.«

»Aber Jimmy ist doch auch Anfänger! Er hat nicht mehr Erfahrung als ich. Ich werde es ganz bestimmt nicht vermasseln, Mr. Kennedy! Ich werde Ihnen eine fantastische Geschichte liefern, das verspreche ich. Wenn nicht, können Sie mich rausschmeißen, ohne dass Sie auch nur ein Wort des Widerspruchs von mir hören werden.«

»Klingt verlockend«, bemerkte George trocken. Doch er spürte, dass er schwach wurde. Er mochte Eliza Dickens, und das wusste sie genau. Sie war gerade einmal neunzehn Jahre alt und überaus begeisterungsfähig. Doch George hätte nie gedacht, dass es so schwer wäre, ihren unbändigen Tatendrang in die richtige Richtung zu lenken. Sie erinnerte ihn an den jungen Mann, der er vor fast dreißig Jahren gewesen war – was er ihr gegenüber allerdings niemals zugeben würde. Der Punkt war der, dass er den wirtschaftlichen Aspekt nicht aus den Augen verlieren durfte: Die Auflage seiner Zeitung war rückläufig. Er würde Eliza tatsächlich entlassen müssen, wenn sie sich nicht mehr Mühe gab. Das war auch der Grund, warum er ihr gegenüber immer wieder andeutete, dass sie sich vielleicht ein anderes Betätigungsfeld für ihre Begabungen suchen sollte. Im Grunde wollte er sie nicht feuern; deshalb versuchte er stets, sie bei ihrem Ehrgeiz und ihrem Stolz zu packen.

»Ich glaube nicht, dass Ihre Eltern einverstanden wären, wenn Sie ganz allein nach Tantanoola fahren würden, Eliza. Zumal Sie im dortigen Hotel übernachten müssten.«

Sein Widerstand erlahmte zusehends. Nicht mehr lange, und

sie hatte ihn herumgekriegt, das spürte Eliza genau. Sie fand den Gedanken, fern von zu Hause ganz allein für einen Artikel zu recherchieren, herrlich aufregend. »Wenn meine Eltern nichts dagegen haben, lassen Sie mich dann gehen?«

George seufzte, dachte kurz nach und erwiderte: »Also gut, meinetwegen. Aber nur, wenn sie wirklich einverstanden sind.« Wie er Henrietta Dickens kannte, würde sie ihrer Ältesten die Fahrt nach Tantanoola sowieso nicht erlauben, deshalb ging ihm seine Zusage leicht über die Lippen. »Sie müssen mir aber heute noch Bescheid geben, Eliza. Die *South Eastern Times* in Millicent wird garantiert auch jemanden schicken, und ich will nicht, dass sie uns die Story vor der Nase wegschnappen.«

»Keine Sorge, Sir«, entgegnete Eliza aufgeregt. »Ich werde gleich mit meinen Eltern reden und Ihnen sofort Bescheid sagen.«

Henrietta Dickens reagierte panisch, als ihre Tochter ihr erklärte, dass sie nach Tantanoola fahren wolle und weshalb das so wichtig für sie sei.

»Tantanoola? Das kommt überhaupt nicht in Frage, Eliza!«

Eliza hatte zwar mit Einwänden gerechnet, aber nicht mit einem kategorischen Nein. »Das ist die beste Story seit Wochen, Mom! Eine einmalige Chance für mich! Dann kann ich Mr. Kennedy endlich zeigen, was in mir steckt. Ich *muss* einfach dahin!«

»Das ist viel zu gefährlich, Eliza. Ein Tiger! Ich werde nicht zulassen, dass meine Älteste bei dem Versuch, eine Story zu bekommen, von einem Raubtier gefressen wird.«

Eliza verdrehte die Augen angesichts dieser dramatischen Übertreibung. »Um Himmels willen! Ich hab doch nicht vor, auf Tigerjagd zu gehen. Mr. Kennedy interessiert sich für den menschlichen Aspekt der Geschichte … wie die Farmer mit der Situation umgehen und solche Dinge.« Dass sie im Hotel würde übernachten müssen, hatte sie vorsichtshalber noch nicht erwähnt. Eins nach dem andern, sagte sie sich.

»Ich habe Nein gesagt, Eliza. Und jetzt will ich nichts mehr davon hören«, erwiderte Henrietta energisch.

Eliza wunderte sich über diese unnachsichtige Strenge. Plötzlich durchzuckte sie ein Gedanke. »Du willst nicht, dass ich nach Tantanoola fahre, weil Tante Matilda dort lebt. Das ist der wahre Grund, stimmt's?«

Henrietta sprach nur selten von ihrer einzigen Schwester, und wenn, bezeichnete sie Matilda stets als das schwarze Schaf der Familie. Die beiden Schwestern hatten das letzte Mal Kontakt gehabt, als Eliza noch gar nicht auf der Welt gewesen war. Henriettas Miene verriet Eliza, dass sie mit ihrer Vermutung richtig lag.

»Lass Matilda aus dem Spiel«, erwiderte Henrietta mit versteinerter Miene. »Wieso nimmst du dir nicht ein Beispiel an Katie? Die käme nie auf eine so verrückte Idee!«

»Weil sie so langweilig ist wie eine Wasserpfütze.«

»Sei nicht so grausam, Eliza«, tadelte ihre Mutter. »Katie hat eine gute Anstellung in Miss Beatrice' Bekleidungsgeschäft und ist mit einem netten jungen Mann befreundet, den eine glänzende Zukunft erwartet. Eines Tages wird Thomas das Möbelgeschäft seines Vaters erben, und Clarkes Möbelhaus läuft ausgezeichnet.«

Eliza machte ein zerknirschtes Gesicht. Sie hatte ihre Schwester nicht beleidigen wollen. Sie liebte Katie. Die gemeine Bemerkung war ihr nur herausgerutscht, weil sie sauer auf ihre Mutter war. »Ich bin aber nicht Katie, und ich wünschte, du würdest sie mir nicht ständig als Vorbild hinstellen. Ich liebe meinen Beruf, ich will eine gute Reporterin werden, und jetzt habe ich die Chance auf einen sensationellen Artikel.«

»Ich will dich ja nicht davon abhalten, Artikel zu schreiben, Eliza. Ich will nur nicht, dass du das ausgerechnet in Tantanoola tust.«

»Warum denn nicht?«, beharrte Eliza. »Sag jetzt bloß nicht, weil du Angst hast, ich könnte vom Gegenstand meiner Geschichte gefressen werden! Ich bin neunzehn und kein Baby mehr.«

»Eben. Anstatt in der Weltgeschichte herumzureisen, solltest du dir lieber einen netten jungen Mann suchen und eine Familie gründen«, sagte Henrietta. Es war ihr unbegreiflich, wie ihre Tochter all die jungen Männer, die sichtlich Interesse an ihr zeigten, einfach ignorieren konnte. »Katie ist zwei Jahre jünger als du und wird wahrscheinlich noch vor dir zum Traualtar schreiten.«

»Soll sie doch«, gab Eliza achselzuckend zurück. »Ich will nicht wie Katie sein, Mom, oder wie du. Ich will mehr vom Leben, als Ehefrau und Mutter einer Horde von Kindern zu sein, denen ich ständig die Nase putzen muss. Dafür habe ich noch Zeit genug, wenn ich älter bin.«

Henrietta presste die Lippen aufeinander und atmete geräuschvoll ein. »Nach Tantanoola wirst du jedenfalls nicht fahren. Das ist mein letztes Wort. Mount Gambier ist viel größer als Tantanoola. Wenn es dir nicht gelingt, hier etwas zu finden, über das zu schreiben sich lohnt, bist du vielleicht nicht gut genug in deinem Beruf.« Sie konnte sehen, dass sie ihre Tochter mit diesen Worten verletzt hatte, aber das kümmerte sie nicht. Für Henrietta stand zu viel auf dem Spiel.

Eliza hätte weinen können vor hilfloser Enttäuschung und ballte zornig die Fäuste. In diesem Moment sah sie ihren Vater in den Hof reiten. Er war mit King Solomon, seinem preisgekrönten Hengst, in der Gegend von Dartmoor gewesen und hätte eigentlich erst am Abend zurückkommen sollen. Elizas Miene hellte sich auf. Ihr Vater kam ihr wie gerufen. Sie eilte nach draußen und lief zu den Ställen, wo er den Hengst abzäumte.

»Hallo, Dad«, begrüßte sie ihn mit zuckersüßer Stimme. »Wie war's? Hattest du einen schönen Tag mit King?«

Richard Dickens lachte. »Hallo, mein Schatz. Ja, es war wunderbar. Er liebt diese langen Ausritte, das weißt du ja. Außerdem ist er mit ein paar Stuten zusammengekommen, die in einigen

Wochen hierher gebracht werden sollen, damit er sie decken kann. Das gibt bestimmt ein paar prächtige Fohlen. Aber sag mal, wieso bist du eigentlich schon zu Hause?« Er sah seine Tochter fragend an. »Gibt es in der Redaktion nichts für dich zu tun? Musst du keine Artikel schreiben?«

Elizas Miene verdüsterte sich, als sie wieder an den Tiger von Tantanoola dachte. Sie wünschte sich nichts sehnlicher, als über ihn berichten zu dürfen. »Es gibt da etwas, über das ich sehr gern schreiben würde, eine packende Geschichte, aber Mom verbietet es mir.« Die angestaute Enttäuschung brach sich Bahn, und ihr kamen die Tränen. Ihrem Vater gegenüber schämte sie sich ihrer Gefühle nicht, weil es Richard nie in den Sinn käme, sie zu verurteilen.

»Na, na, Liebes, wer wird denn gleich weinen.« Begütigend legte er seinen Arm um sie. »Was ist denn passiert?«

Eliza vertraute sich ihm an und fügte hinzu: »Ich glaube, Mom will mich nicht nach Tantanoola gehen lassen, weil Tante Matilda dort wohnt. Aber das ist nicht fair!«

Schon bei Elizas ersten Worten war Richard zusammengezuckt. Er hatte lange Zeit nicht mehr an die Schwester seiner Frau und an die Vergangenheit gedacht, doch ihm war sofort klar, weshalb Henrietta nicht wollte, dass ihre Tochter nach Tantanoola ging. Ein trauriger Ausdruck erschien in Richards Augen, doch Eliza bemerkte es nicht. »Komm, wir reden noch einmal mit ihr«, sagte er. »Ich bin sicher, wir werden eine Lösung finden.«

Als Henrietta ihren Mann und ihre Tochter Arm in Arm in Richtung Haus schlendern sah, konnte sie sich schon denken, was die beiden beredet hatten. Sie straffte sich und bereitete sich auf die bevorstehende Konfrontation vor. Richard ergriff bei jeder Auseinandersetzung Partei für Eliza, und das machte Henrietta wütend. Sie wusste genau, warum er immer zu ihrer Tochter hielt: Sie erinnerte ihn an Matilda.

Richard gab seiner Frau zur Begrüßung einen Kuss auf die

Wange und setzte sich dann in einen der bequemen Sessel ihres behaglich eingerichteten Wohnzimmers.

»Wie war die Reise?«, erkundigte Henrietta sich förmlich, als sie ihrem Mann Tee einschenkte. Weder sie noch Richard fand diese Reserviertheit seltsam; ihre Beziehung war von Anfang an nicht allzu herzlich gewesen.

»Gut. King Solomon wird nächstes Jahr prachtvollen Nachwuchs bekommen, denke ich.« Richard nippte am Tee und ließ den Blick zwischen Frau und Tochter hin und her schweifen. Die Spannungen zwischen beiden entgingen ihm nicht. »Eliza hat mir erzählt, dass ihr ein interessanter Auftrag angeboten wurde. Sie soll über den Tiger von Tantanoola berichten«, fuhr er fort. Sein Tonfall verriet, dass er von dieser Idee sehr angetan war.

»Stimmt, aber ich habe ihr gesagt, dass sie sich das aus dem Kopf schlagen kann«, erwiderte Henrietta mit finsterer Miene.

»Warum? Sie ist doch jetzt alt genug, dass sie ein paar Tage allein auswärts verbringen kann.« Obwohl der Name Matilda nicht fiel, wussten beide genau, dass sie der wahre Grund für Henriettas Widerstand war.

»Das ist viel zu gefährlich.« Henrietta knetete nervös die Hände. Sie konnte ihre Gefühle nur mühsam unterdrücken.

»Der Tiger ist seit Jahren angeblich immer wieder in der Gegend gesehen worden, aber es kam nie zu einem ernsthaften Zwischenfall«, sagte Richard. »Und Eliza wird vorsichtig sein – nicht wahr, mein Schatz?« Er lächelte seiner Tochter über den Rand seiner Tasse hinweg zu.

Henrietta brannten Tränen in den Augen. »Ich will aber nicht, dass sie nach Tantanoola geht!«, stieß sie hervor. »Das habe ich ihr auch klipp und klar gesagt, und damit ist das Thema für mich erledigt.« Sie stand auf und wollte aus dem Zimmer eilen, um jeder weiteren Diskussion aus dem Weg zu gehen.

Richard war es gewohnt, dass seine Frau eine Konfrontation scheute. Sie war nicht imstande, ihre Gefühle zu zeigen, sei es

Zorn oder Zuneigung. Stattdessen zog sie sich zurück, wenn sie ihren Willen nicht durchsetzen konnte. Matilda war da ganz anders gewesen.

»Und *ich* sage, sie kann gehen«, versetzte Richard in einem Tonfall, den er seiner Frau gegenüber höchst selten anschlug. »Wir sollten uns geschmeichelt fühlen, dass George Kennedy so viel Vertrauen in Eliza setzt. Wenn sie ihre Sache gut macht – und daran zweifle ich nicht –, wird es ihrer Karriere förderlich sein.«

Henrietta war abrupt stehen geblieben und hatte sich langsam umgedreht. Ihre Miene verriet, wie wütend sie war. Obwohl es sie nicht überraschte, dass ihr Mann auch dieses Mal zu Eliza hielt, machte es sie rasend. »Na schön. Ich wollte zwar nichts sagen, aber du zwingst mich dazu. Matilda hat uns vor Jahren deutlich zu verstehen gegeben, dass sie uns nie mehr sehen will. Ich kann das zwar nicht verstehen und finde es auch nicht richtig, aber wir sollten es respektieren. Deshalb möchte ich nicht, dass unsere Töchter Kontakt zu ihr aufnehmen. Es war Matildas Entscheidung, sich von uns und von der Welt zurückzuziehen, also soll *sie* auch damit leben.«

Betretenes Schweigen entstand nach diesen harten Worten. Henrietta hatte ihren Töchtern nie erklärt, warum ihre Schwester Matilda nichts mehr mit ihrer Familie zu tun haben wollte, sondern lediglich angedeutet, dass Matilda einen schrecklichen Unfall gehabt hatte, der tiefe körperliche und seelische Narben hinterlassen und sie zum weitgehenden Rückzug aus der Öffentlichkeit bewogen hatte.

Eliza brach das Schweigen als Erste. Sie wählte ihre Worte mit Bedacht. »Ich verspreche, dass ich Tante Matilda aus dem Weg gehe, Mom.«

»In einer kleinen Stadt wie Tantanoola kann man sich nicht aus dem Weg gehen, Eliza.«

»Das finde ich nicht«, widersprach Eliza. »Mr. Kennedy möchte, dass ich mich darauf konzentriere, wie die Farmer mit der Situation umgehen und wie sie den Verlust ihrer Schafe verkraften. Das heißt, ich werde mich hauptsächlich auf den Farmen aufhalten. Und selbst wenn ich Tante Matilda auf der Straße begegne – ich würde sie ja gar nicht erkennen, genauso wenig wie sie mich.«

Wieder breitete sich Schweigen aus. Schließlich seufzte Henrietta tief. Sie stand auf verlorenem Posten, das wusste sie. Sie kannte ihre Tochter. Falls Eliza auch nur den leisesten Verdacht schöpfte, dass mehr hinter Matildas Rückzug in die Abgeschiedenheit steckte, würde sie nicht ruhen, bis sie die Hintergründe herausgefunden hätte. »Mir wäre es wirklich lieber, du würdest nicht nach Tantanoola fahren, Eliza. Aber ich sehe schon, du wirst keine Rücksicht auf meine Wünsche nehmen, zumal du ja deinen Vater hinter dir weißt.« Sie bedachte ihren Mann mit einem vernichtenden Blick.

»Die Story zu schreiben bedeutet mir unendlich viel, Mom«, sagte Eliza eindringlich.

»Dann versprich mir wenigstens, dich von Matilda fernzuhalten.« Henrietta sah ihren Mann beschwörend an, damit er sie wenigstens in diesem Punkt unterstützte.

»Du sollest tun, was deine Mutter verlangt, Eliza«, sagte Richard angespannt. Als sie Matilda das letzte Mal gesehen hatten, waren er und Henrietta noch nicht einmal verheiratet gewesen. Sie hatten ihre Töchter nie bewusst von Tantanoola ferngehalten. Selbst heute, nach so vielen Jahren, verstand Richard nicht, weshalb Matilda den Kontakt vollständig abgebrochen hatte, doch er respektierte ihre Entscheidung.

»Ja, Vater«, sagte Eliza gehorsam. »Ich verspreche, dass ich Tante Matilda nicht belästige.«

Henrietta gab es einen Stich. »Wie lange wirst du wegbleiben?«

»Ich weiß noch nicht genau. Mr. Kennedy meinte, ein paar Tage, vielleicht auch ein bisschen länger …«, antwortete Eliza ausweichend. War sie erst einmal in Tantanoola und außerhalb des elterlichen Einflussbereichs, würde sie bleiben können, so lange sie wollte.

»Und wo wirst du wohnen?«, fragte Henrietta.

Abermals hielt Eliza es für klüger, sich nicht festzulegen. »Mr. Kennedy wird sich um eine Unterkunft kümmern. Sobald ich Genaueres weiß, sage ich euch Bescheid. Ich werde euch keine Schande machen«, fügte sie hinzu. »Ich möchte, dass ihr stolz auf mich sein könnt.«

»Das sind wir auch, mein Schatz.« Richard drückte ihr einen Kuss aufs Haar. Eliza blickte lächelnd zu ihm auf. Sie war ihm dankbar für seine Unterstützung.

Henrietta beobachtete die beiden mit säuerlicher Miene. Eliza erinnerte sie fatal an Matilda. Ihre Schwester hatte Richard mit der gleichen Mühelosigkeit um den Finger gewickelt.

»Ich werde Mr. Kennedy Bescheid sagen, dass ich gleich morgen früh fahren kann!«, sagte Eliza erfreut. Sunningdale, die Farm der Familie Dickens, die nach Henriettas Eltern, den Dales, benannt worden war, lag drei Meilen außerhalb der Stadt. Sie würde es also gerade noch rechtzeitig vor Büroschluss schaffen.

Eliza verabschiedete sich von ihren Eltern, lief aufgeregt nach draußen und stieg auf ihren Einspänner. Als der Wagen vom Hof rollte, drehte Henrietta sich zu ihrem Mann um. Ihre Augen funkelten vor Zorn.

»Warum fällst du mir jedes Mal in den Rücken? Ich habe Eliza verboten, nach Tantanoola zu fahren, und dann kommst du und erlaubst es ihr!«

»Das hätte ich sicher nicht getan, wenn du einen triftigen Grund für dein Verbot gehabt hättest, Henrietta.«

»Einen triftigen Grund? Dieser Auftrag ist gefährlich! Wir reden hier von einem Tiger!«

Richard machte eine wegwerfende Handbewegung. »Dir geht es doch gar nicht um den Tiger, den es wahrscheinlich nicht einmal gibt. Wenn du ehrlich bist, hast du nur Angst, Eliza und Matilda könnten sich begegnen.« Henrietta wollte bloß nicht, dass Eliza die alte Geschichte herausfand, da war Richard sicher: Er und Matilda waren einst ein Liebespaar gewesen, und er hatte eigentlich sie und nicht Henrietta heiraten wollen.

»Und du hoffst, Eliza würde Matilda begegnen, weil es dir selbst nicht vergönnt ist!«, entgegnete Henrietta hitzig, auf deren Wangen sich hektische rote Flecken gebildet hatten.

Richard blickte sie fassungslos an. »Was redest du denn da? Wenn ich Matilda sehen wollte, bräuchte ich doch nur nach Tantanoola zu fahren.«

»Dann fahr doch!«

Ihre Aggressivität verwunderte Richard. Außerdem hatte er Henrietta versprochen, Matilda nie mehr wiederzusehen. »Es ist Jahre her, seit wir erfahren haben, dass sie in Tantanoola lebt«, antwortete er ausweichend. »Vielleicht ist sie längst weggezogen.«

Daran hatte Henrietta überhaupt noch nicht gedacht. Ihre maßlose Eifersucht trübte offenbar ihren Verstand. »Du lässt dich von Eliza um den Finger wickeln, weil sie dich an Matilda erinnert«, warf sie ihrem Mann vor.

Richard nickte. »Sie ist ihr sehr ähnlich, das stimmt.« Er wusste, seine Frau hatte damit gerechnet, dass er es abstreiten würde. »Sie sprüht vor Temperament und brennt darauf, etwas aus ihrem Leben zu machen. Matilda war genauso ... bis zu ihrem Unfall«, fügte er leise hinzu. Einen Augenblick schien er einen inneren Kampf auszufechten; dann räusperte er sich und fuhr fort: »Ich hoffe aufrichtig, Eliza wird so bleiben, wie sie ist.«

»Du wünschst, alles wäre anders gekommen, nicht wahr?«, sagte Henrietta voller Bitterkeit. Der Gedanke begleitete sie seit vielen Jahren, aber jetzt erst fand sie den Mut, ihn auszusprechen. Sie war es leid, ihre Gefühle zu verbergen.

Richard seufzte. »Es ist nun mal so, wie es ist, Henrietta. Außerdem sind wir doch glücklich miteinander, oder nicht? Und wir haben zwei prachtvolle, hübsche Töchter.«

Henrietta nickte, doch in ihren Augen schimmerten Tränen. Ihr Mann hatte ihr nicht widersprochen, und das war ihr nicht entgangen.

»Ich habe die Vergangenheit schon vor langer Zeit losgelassen, Liebes«, sagte Richard und streichelte ihr zärtlich die Wange. Er wollte hinzufügen, dass er seine Entscheidung nicht bereue, besann sich dann aber anders, weil es eine Lüge gewesen wäre: Er hätte Matilda nicht einfach gehen lassen dürfen; das bereute er noch heute. Sie hatte sich nach ihrem Unfall geweigert, ihn zu sehen, was aber nichts an Richards Gefühlen für sie änderte. Sein Herz gehörte zum größten Teil Matilda. Den Rest konnte er Henrietta nur borgen.

Sie schwieg. Die Traurigkeit in Richards Stimme schmerzte sie in der Seele. In ihrem Innern wusste sie, dass ihr Mann ihre Schwester immer noch liebte. Wäre dieser schreckliche Unfall nicht gewesen, wären Richard und Matilda auch heute noch ein Paar.

2

George Kennedy verschlug es die Sprache, als Eliza in sein Büro stürmte und ihm freudestrahlend verkündete, dass ihre Eltern ihr erlaubt hätten, nach Tantanoola zu fahren.

»Mein Vater ist sehr stolz, dass Sie so viel Vertrauen in mich setzen!«, fügte sie aufgeregt hinzu.

George räusperte sich. »Tatsächlich? Und was sagt Ihre Mutter dazu?«

»Anfangs war sie nicht sehr angetan von der Idee. Aber zu guter Letzt hat sie eingesehen, dass dieser Auftrag mir sehr viel bedeutet, und war einverstanden.« Ohne das Eingreifen ihres Vaters hätte Henrietta niemals ihre Einwilligung gegeben, das wusste Eliza. Sie konnte froh sein, ihn auf ihrer Seite zu haben.

»Was Sie nicht sagen!« George war sicher gewesen, dass Henrietta ihrer Tochter verbieten würde, nach Tantanoola zu fahren; deshalb hatte er Jimmy bereits gesagt, er solle ein paar Sachen packen. Zum Glück hatte er keine weiteren Einzelheiten preisgegeben, sonst käme es unweigerlich zu einem Zusammenstoß zwischen seinen beiden Jungreportern, die auf der Jagd nach guten Storys erbitterte Rivalen waren.

»Mir scheint, Sie haben nicht damit gerechnet, dass ich die Erlaubnis von meinen Eltern bekomme«, stellte Eliza fest, die ihrem Chef ansehen konnte, wie überrascht er war.

»Nun, ich ... ja, ich dachte, Ihre Eltern hätten gewisse Vorbehalte.«

»Zum Glück haben sie genauso viel Vertrauen in mich wie Sie, Sir«, erwiderte Eliza ein wenig spöttisch.

»Ja, zum Glück«, murmelte George seufzend.

»Machen Sie sich keine Sorgen, Mr. Kennedy, ich werde Sie nicht enttäuschen.«

»Das hoffe ich, Eliza. Unsere Auflage ist gesunken ...«

»Das wird sich ändern, Sir, Sie werden schon sehen! Ich werde einen fantastischen Artikel schreiben«, versprach sie. »Ich fahre gleich nach Hause und packe meinen Koffer. Morgen früh bin ich pünktlich wieder hier.«

George blickte sie verdutzt an. »Einen Koffer werden Sie nicht brauchen, Eliza. Packen Sie nur das Nötigste. Sie fahren nicht nach Tantanoola, um Ihre schönen Kleider vorzuführen, vergessen Sie das nicht. Sie sollen Stoff für eine gute Story sammeln, und das könnte bedeuten, dass Sie mit einem Farmer durch einen schlammigen Pferch stapfen und sich die schaurigen Überreste seiner Schafe ansehen müssen.«

Jetzt war es Eliza, die ein verdutztes Gesicht machte. »Das weiß ich, Mr. Kennedy«, sagte sie kleinlaut. In Wahrheit war ihr der Gedanke, im Schlamm herumwaten und einen blutigen Kadaver begutachten zu müssen, noch gar nicht gekommen. »Aber als Reporterin der *Border Watch* möchte ich einen guten Eindruck hinterlassen.«

»Das werden Sie ganz bestimmt. Dennoch möchte ich Sie bitten, nur das Nötigste mitzunehmen. Vielleicht werden Sie nur kurze Zeit in Tantanoola bleiben. Soviel ich weiß, haben die Einheimischen einen Jäger angeheuert, weil mehrere Farmer viele Schafe verloren haben.« Je länger Eliza am Ort des Geschehens blieb, desto größer war die Wahrscheinlichkeit, dass sie alles verpatzte; deshalb hoffte George, ihr Aufenthalt in Tantanoola wäre nur von kurzer Dauer. »Sehen Sie zu, dass Sie schnellstmöglich Material für Ihre Geschichte zusammenkriegen. Dann kommen Sie hierher zurück, damit ich den Artikel drucken kann. Und denken Sie immer daran, Eliza: Nachrichten sind Tatsachen *ohne* die Wiedergabe Ihrer persönlichen Meinung.«

»Ich werde daran denken, Sir«, versicherte sie.

»Gut. Und jetzt gehen Sie hinunter ins Archiv und lesen nach, was im Lauf der Jahre über den Tiger geschrieben worden ist.«

Eliza machte große Augen. »Jetzt gleich, Sir?«

»Ja, jetzt gleich. Worauf warten Sie? Sie müssen informiert sein, damit Sie die richtigen Fragen stellen können. Nur so bekommt man eine gute Story.«

Eliza ließ sich ihr Unbehagen nicht anmerken. Das Archiv befand sich im Keller, wo es immer kalt und düster war. Sie ging nicht gern dort hinunter und drückte sich davor, wann immer sie konnte. »In Ordnung, Sir«, murmelte sie schicksalsergeben.

»Und vergessen Sie nicht abzuschließen, wenn Sie gehen. Ich mache Schluss für heute.«

Elizas Entsetzen wuchs, als sie das hörte. Die anderen hatten längst Feierabend gemacht; das bedeutete, dass sie ganz allein im Gebäude sein würde. »Ist gut, Sir«, sagte sie dennoch tapfer. »Dann bis morgen. Ich werde noch einmal ins Büro kommen, bevor ich zum Bahnhof gehe.«

»Gut. Dann kann ich Ihnen das Geld für Ihre Auslagen gleich mitgeben.« George war aufgestanden und hatte sich sein Jackett übergestreift. »Gute Nacht, Eliza.« Damit verließ er das Büro.

Eliza stieg in den Keller hinunter und suchte sämtliche Artikel heraus, die vom Tiger von Tantanoola handelten. Es war ihr nicht geheuer im Archiv, wo dunkle Schatten zwischen den langen Regalreihen lauerten, Spinnen die Wände hinaufkrochen und man das Gebäude in der hereinbrechenden kühlen Nacht ächzen und knarren hörte. Aber sie bekämpfte ihre Furcht, indem sie sich auf ihre Lektüre konzentrierte.

Die Beschreibungen des Raubtiers wichen voneinander ab, einige Geschichten von angeblichen Begegnungen mit dem Tiger waren schlichtweg unglaubwürdig. Elizas lebhafte Fantasie fand reichlich Nahrung, und sie vergaß alles rings um sie her.

Die Zeit verging wie im Flug. Erstaunt stellte sie fest, wie spät es schon war, als sie nach einer ganzen Weile auf die Uhr schaute. Ihre Eltern würden sich bestimmt schon Sorgen machen. Sie sprang auf, um die dicken Zeitungsbündel an ihren Platz zurückzulegen, und stieß gegen eine Schachtel auf einem Bord unmittelbar über ihr. Die Schachtel fiel auf den Fußboden, der Deckel rutschte herunter, und ein Stapel loser Blätter flatterte auf den Boden.

»Verflixt«, murmelte Eliza verärgert, als sie sich bückte, um die Blätter einzusammeln. Das hatte ihr gerade noch gefehlt. Sie wollte doch schnell nach Hause! Plötzlich fiel ihr Blick auf eine einzelne, zusammengefaltete Zeitungsseite. Neugierig faltete sie das Papier auseinander. Es war ein Artikel über einen Unfall. Ein Schauder rieselte ihr über den Rücken, als sie die tragischen Einzelheiten las. Merkwürdig nur, dass die Namen der Beteiligten nicht genannt waren. Der Artikel stammte von 1880 und war von ihrem Chef verfasst worden, als dieser noch ein junger Reporter gewesen war. Eliza runzelte die Stirn. Wieso steckte die Seite zwischen all den Blättern, die inhaltlich nichts damit zu tun hatten, wie sie mit einem raschen Blick feststellte?

Noch einmal überflog sie die Zeilen, die George Kennedy damals geschrieben hatte.

In Millicent wurde am Freitag, dem 10. August, auf der Hauptstraße eine Frau von einer Postkutsche erfasst. Der Unfall ereignete sich vormittags vor den Augen zahlreicher Fußgänger. Die Frau trug schwerste Verletzungen davon, darunter zahlreiche Knochenbrüche und tiefe Fleischwunden, überlebte aber wie durch ein Wunder, da ihr Passanten direkt zu Hilfe geeilt waren. Der Kutscher musste mit einem Schock ins Krankenhaus gebracht werden. Seltsamerweise konnte keiner der Zeugen genaue Angaben zum Unfallhergang ma-

chen. Bei der Verunglückten handelt es sich um eine Einwohnerin von Mount Gambier.

Eliza fragte sich, warum der Name der Frau nicht genannt wurde. Sie kannte ihren Chef und wusste, was für ein penibler Mensch er war. Eine solche Unterlassung sah ihm gar nicht ähnlich. Ob die Frau sich jemals von ihren schweren Verletzungen erholt hatte? Oder war sie doch noch daran gestorben?

Tief in Gedanken verließ Eliza das Gebäude. Auf dem Nachhauseweg schwirrte ihr der Kopf von Geschichten über Tiger und wilde Tiere, doch immer wieder kehrten ihre Gedanken zu dem Artikel über den Unfall zurück, der so viele Fragen aufwarf.

Am Mittwochmorgen ging Eliza nach einem kurzen Abstecher in die Redaktion zum Bahnhof und stieg in den Zug nach Adelaide, der an der Küste entlangfuhr und in Tantanoola, Millicent, Beachport und Kingston hielt. Da Tantanoola nur zwölf Meilen von »The Mount« entfernt lag, wie Mount Gambier bei den Einheimischen hieß, würde sie schon früh dort ankommen. Eliza war ganz zappelig vor Aufregung und Vorfreude. Sie war noch nie in Tantanoola gewesen und konnte es kaum erwarten, den Ort kennen zu lernen.

Als der Zug seine Fahrt an einem Haus verlangsamte, hinter dem sich eine überwiegend von Tee- und Kängurubäumen bestandene Hügelkette erstreckte, schaute Eliza neugierig aus dem Fenster und fragte dann den Schaffner, ob das schon Tantanoola sei.

»Nein, Miss, bis Tantanoola sind es noch zwei Meilen.« Als er bemerkte, dass sie das Gebäude an der Bahnstrecke aufmerksam betrachtete, fügte er hinzu: »Das ist das Hanging Rocks Inn, Miss. Hier verlief früher die alte Postkutschenroute. Das Gasthaus hier war das erste Haus, das in der Gegend gebaut wurde. Seinen Namen hat es von den Felsen, die sich dahinter erheben, den Up and Down Rocks.«

Eliza runzelte verwundert die Stirn. »Was für ein seltsamer Name. Wird das Gasthaus denn noch betrieben?«

»Meines Wissens ist es heute ein Wohnhaus. Manchmal sehe ich im Vorüberfahren jemanden im Garten arbeiten.«

Eliza fand, dass das Haus ein wenig verloren und bedrückend wirkte.

Kurze Zeit später hielt der Zug in Tantanoola. Eliza war der einzige Fahrgast, der ausstieg. Obwohl sie eine ruhige Stadt erwartet hatte, war sie dennoch überrascht von der Stille, die über dem Ort lag. Der Zug war längst weitergefahren, als sie immer noch auf dem Bahnsteig stand und sich umschaute.

Die Gleise führten von Norden nach Süden mitten durch die Stadt. Verglichen mit Mount Gambier drückte Tantanoola sich förmlich an den Boden, so eben war die Stadt. Direkt gegenüber dem Bahnhof befand sich das Railway Hotel, ein einstöckiges Gebäude. Hinter dem Bahnhof lagen Stallungen – »Gurney's Stables« stand über dem Tor – und die Kolonial- und Haushaltswarenhandlung der Brüder Wiltshire. Daneben gab es eine Apotheke sowie einen Obst- und Süßwarenladen, der mit einem Schild im Schaufenster für erfrischende Getränke warb, obwohl die Luft schneidend kalt und der Sommer noch nicht in Sicht war. Hinter den Geschäften konnte man Häuserzeilen sehen, ein Schulgebäude und eine Kirche. Auf der Seite des Hotels standen ebenfalls Häuser an einigen wenigen Straßen, und ein Postamt gab es auch. Eliza fiel auf, dass die meisten Grundstücke nicht eingezäunt waren.

Noch hundert Jahre zuvor hatte es reichlich Wasser in der Gegend gegeben, und auf dem sumpfigen Land waren hauptsächlich Teebäume und Tussock-Gras gewachsen. Obwohl das Gebiet heute weitgehend entwässert war, wie Eliza erfahren hatte, gab es immer noch zahlreiche Moore, die von Acker- und Weideland umgeben waren. Zwei Meilen weiter westlich lag der Lake Bonney, doch man konnte den See von der Stadt aus nicht sehen, weil ein Gürtel dichter Vegetation dazwischenlag, der unter anderem aus Manna-Eschen, Schwarzen Mangroven, Buchsbäumen und Geißblatt bestand. Tausend Verstecke für einen wilden Tiger, dachte Eliza schaudernd. Ob dieser Tiger der Grund dafür war, dass die Straßen menschenleer waren? Hätte sich nicht Rauch aus den meisten Schornsteinen gekräuselt, hätte man Tantanoola für eine Geisterstadt halten können.

Eliza nahm ihren Koffer und ging zum Hotel hinüber. So früh am Morgen bin ich sicherlich der einzige Gast, überlegte sie, als sie ihren Koffer durch die Tür wuchtete. In der leeren Bar fiel ihr Blick auf eine Tafel an der Wand, auf der verzeichnet war, dass man den Tiger zweimal gesichtet hatte; außerdem war die Zahl der Tiere vermerkt, die er gerissen hatte. Die Liste mit den Verlusten wurde offenbar von Tag zu Tag länger. Während Eliza gedankenverloren die Tafel betrachtete, kam eine Frau aus dem hinteren Teil des Gebäudes. Es war Mary Corcoran. Sie hatte einen Staubwedel in der Hand.

»Oh, guten Morgen«, sagte sie überrascht, als sie den Gast erblickte.

Eliza trug einen dunklen Rock zu einer weißen Bluse und hatte einen schweren Mantel über die Schultern geworfen. Ihr lockiges, schulterlanges braunes Haar betonte ihren hellen Teint. Mary fielen ihre warmen braunen Augen und die rosigen Lippen auf. Sie ahnte nicht, dass sich hinter dem unschuldigen, lieblichen Äußeren eine willensstarke junge Frau verbarg.

»Guten Morgen«, erwiderte Eliza die Begrüßung. »Mein Name ist Eliza Dickens.«

»Ich bin Mary Corcoran. Meinem Mann und mir gehört das Hotel. Aber die Bar ist noch nicht geöffnet.«

»Oh, das macht nichts. Sie dürften mir sowieso keinen Alkohol ausschenken, weil ich noch nicht alt genug bin. Ich würde gern ein Zimmer mieten.«

»Ach herrje«, entfuhr es Mary. »Wir haben nur zwei, und beide sind bereits vergeben.«

»Und für wie lange?«

»Das kann ich nicht genau sagen.« Mary machte ein ratloses Gesicht. Vor knapp einer Woche hatte Mannie den Tiger zum ersten Mal gesehen; seitdem herrschte in der Stadt eine Nervosität, die manchmal an Hysterie grenzte.

»Ich arbeite für die *Border Watch*, die Zeitung in Mount Gambier«, sagte Eliza in der Hoffnung, Mary würde sich dann hilfsbereiter zeigen. »Ich bin Reporterin und möchte über den Tiger schreiben, der hier in der Gegend gesehen wurde.«

Mary nickte. »Das überrascht mich nicht. Diese Geschichte wirbelt ganz schön Staub auf. Dabei sind wir nicht einmal sicher, ob es sich wirklich um einen Tiger handelt.«

»Sagen Sie jetzt bloß nicht, dass es ein streunender Hund oder etwas Ähnliches ist!«, stieß Eliza enttäuscht hervor. Das würde keine besonders spannende Story abgeben.

»Nein, das sicher nicht. Die beiden Einheimischen, die das Raubtier gesehen haben, konnten es zwar nicht genau erkennen, aber sie sind überzeugt, dass es sich um eine gefährliche wilde Bestie handelt. Möglicherweise ist es der Tiger, der vor Jahren als Jungtier mit seiner Mutter aus einem Zirkus entwischt ist.« Die Zeitungsleute würden das Geschäft ankurbeln, das wusste Mary, deshalb nahm sie sich gern die Zeit, über die Geschichte zu sprechen.

»Meinen Sie? Na ja, wie auch immer, jedenfalls soll ich über die Sache berichten, und deshalb brauche ich eine Unterkunft. Ob einer Ihrer Gäste heute zufällig abreisen wird?«, fragte Eliza hoffnungsvoll.

»Das kann ich mir nicht vorstellen«, erwiderte Mary kopfschüttelnd. »Der eine ist ein gewisser Alistair McBride. Er ist …«

»… Reporter bei der *South Eastern Times* in Millicent«, beendete Eliza den Satz. Ihr Chef hatte seinen Namen erwähnt. McBride ging angeblich über Leichen, um an eine gute Story zu kommen. Es wurmte Eliza, dass er vor ihr in Tantanoola eingetroffen war.

»Stimmt. Er will genau wie Sie über den Tiger schreiben. Also wird er nicht abreisen, ehe er seine Geschichte hat. Der andere heißt Brodie Chandler und ist Berufsjäger. Alle hier im Ort haben zusammengelegt, damit er angeheuert werden konnte. Er soll die Bestie, die das Vieh reißt, zur Strecke bringen. Mr. Chandler wird erst abreisen, wenn er seine Arbeit erledigt hat.«

»Was mache ich denn jetzt?«, sagte Eliza hilflos. »Das ist wirklich eine dumme Situation.«

»Tut mir leid, dass ich Ihnen nicht behilflich sein kann, Miss Dickens«, sagte Mary bedauernd.

Eliza blieb unschlüssig stehen und überlegte. Sie konnte unmöglich nach Hause zurückfahren und ihrem Chef erzählen, dass aus der Geschichte leider nichts geworden war, weil sie keine Unterkunft gefunden hatte. Eher würde sie in einem Stall übernachten! »Gibt es hier im Ort jemanden, bei dem ich unterkommen könnte? Gegen gute Bezahlung natürlich. Mein Chef hat mir genug Geld mitgegeben.«

Mary legte nachdenklich den Zeigefinger auf die Lippen. »Hm. Normalerweise kommen nicht viele Fremde hierher, aber als letztes Jahr ein junges Paar auf der Durchreise eine Unterkunft suchte und ich die beiden nicht aufnehmen konnte, weil meine Schwester mit ihrer Familie aus Adelaide zu Besuch war, kamen die beiden bei Tilly Sheehan unter. Sie lebt zurückgezogen und hat nicht gerne Menschen um sich, aber vielleicht macht sie ja auch diesmal eine Ausnahme.«

»Das wäre wunderbar!«, rief Eliza erleichtert. »Ich werde sie gleich fragen. Wo finde ich sie?«

»Sie wohnt im Hanging Rocks Inn. Sie sind auf der Fahrt hierher daran vorbeigekommen, vielleicht ist es Ihnen aufgefallen.«

Elizas Hoffnungen bekamen einen Dämpfer. »Ja, ich erinnere mich.« Sie erinnerte sich auch daran, dass das Haus keinen sehr einladenden Eindruck gemacht hatte. »Und sonst gibt es hier niemanden, bei dem ich unterkommen könnte?«

Mary schüttelte den Kopf. »Ich fürchte, nein. Sagen Sie Tilly, ich hätte Sie geschickt, Miss Dickens. Ich wünsche Ihnen viel Glück.« Sie bezweifelte, dass Tilly das Mädchen bei sich aufnehmen würde, aber fragen kostete ja nichts.

»Danke.« Elizas Blick fiel auf den schweren Koffer, den sie neben sich abgestellt hatte. »Bis zum Hanging Rocks Inn sind es zwei Meilen. Ich kann meinen Koffer unmöglich so weit tragen.«

»Da haben Sie recht, das geht natürlich nicht. Warten Sie, ich hole jemanden, der Ihnen hilft.«

»Vielen Dank, sehr freundlich.«

Mary eilte nach draußen, und Eliza blieb allein in dem leeren Schankraum zurück. Kurze Zeit später hörte sie einen Esel vor dem Hotel schreien. Dann wurde die Vordertür geöffnet, und Mary steckte ihren Kopf herein.

»Kommen Sie, Miss Dickens«, sagte sie und winkte Eliza zu sich.

Eliza zwängte sich mit ihrem Koffer durch die Tür. Draußen stand ein ärmlich aussehender Aborigine neben einem Eselskarren. Sein kariertes Hemd und die zerschrammten Stiefel waren mit Farbklecksen übersät, die graue Hose wurde von einem schmalen Gürtel gehalten. Eliza schätzte den Mann auf ungefähr dreißig.

»Das ist Noah Rigby«, sagte Mary. »Er wird Sie zum Hanging Rocks Inn fahren.«

»Ich danke Ihnen, Mr. Rigby. Nett von Ihnen.« Eliza lächelte ihm zu.

Noah machte eine leichte Verbeugung, vermied es aber, Eliza anzusehen.

»Hilf Miss Dickens mit dem Koffer, Noah«, sagte Mary tadelnd.

Noah sprang eilig herbei und wuchtete Elizas Koffer auf seinen Karren. Er wartete, bis sie hinaufgeklettert war; dann ergriff er die Zügel. Der Esel protestierte laut ob der schweren Last, die er zu ziehen hatte, setzte sich aber in Bewegung, als Noah energisch am Zaumzeug ruckte.

Minutenlang sprach keiner ein Wort. Noah war sichtlich befangen. Eliza vermutete, dass er von den Weißen wegen seiner Abstammung und seiner Hautfarbe gehänselt oder gar verächtlich behandelt wurde. Sie kannte dieses Verhalten, das ihr zutiefst verhasst war, von den weißen Einwohnern in Mount Gambier und war ziemlich sicher, dass es in Tantanoola nicht anders war. Sie fasste sich ein Herz und fragte:

»Wohnen Sie schon lange in Tantanoola, Mr. Rigby?«

»Ungefähr zwanzig Jahre, Miss Dickens«, antwortete er. »Aber ich habe mein ganzes Leben in der Gegend hier verbracht. Hier nennen mich übrigens alle nur Noah. Kein Mensch sagt Mr. Rigby zu mir.«

»Gut, dann müssen Sie aber auch Eliza zu mir sagen.«

»Wie Sie wünschen, Miss«, erwiderte er. Doch der Gedanke behagte ihm nicht, Eliza konnte es ihm ansehen.

Sie musste unwillkürlich lächeln. »So schwer ist das doch nicht, oder?«, neckte sie ihn.

»Nein, Miss.« Jetzt musste auch Noah lächeln. »Ich meine, Eliza.« Es freute Noah, dass die junge Frau ihn so respektvoll behandelte, wie sonst nur Tilly Sheehan es tat.

»Was sind Sie von Beruf, Noah?«

»Ich bin Maler.«

»Ja, ich dachte mir gleich, dass die Flecken auf Ihrem Hemd Farbe sind.«

»Mrs. Corcoran hat mir keine Zeit gelassen, mich umzuziehen«, meinte Noah entschuldigend.

»Das macht doch nichts. Aber kann man denn davon leben? Gibt es in Tantanoola genug Häuser, die gestrichen werden müssen?«

»Ich bin Kunstmaler, Miss, kein Anstreicher.« Noah war es

gewohnt, dass die Leute ihm nur handwerkliche Fähigkeiten zutrauten. »Ich male hauptsächlich Landschaften.« Er liebte seine Arbeit nicht zuletzt deshalb, weil sie es ihm ermöglichte, allein zu sein. Er war gern für sich.

Eliza machte große Augen. »Was Sie nicht sagen! Ich würde auch gern malen können. Sind Sie ein guter Maler?«

Noah blickte sie überrascht an.

»Ich frage nur, weil ich Reporterin bin … aber keine besonders gute, fürchte ich. Jedenfalls noch nicht. Ich hoffe, das wird sich nach dieser Tigergeschichte ändern.«

Noah unterdrückte ein Schmunzeln, sagte aber nichts. Eine Zeitlang schwiegen sie beide, während der Karren über die staubige Straße am Fuß der Up and Down Rocks rollte. Dann fragte Eliza neugierig:

»Welchem Stamm gehören Sie eigentlich an?« Noah sah eher wie ein Halbblut aus.

»Den Bunganditji. Früher war es der größte der fünf Clans, die auf dem Ngarringjeri-Land lebten. Heute gibt es nicht mehr viele von ihnen.«

»Wie kommt das?«

»Sie sterben aus«, erwiderte Noah traurig. »Außerdem hat die Lebensweise der Aborigines sich sehr verändert, weil sie nicht mehr umherziehen können wie früher.«

»Wegen der Farmer, die sich hier angesiedelt haben?«

»Ja«, antwortete Noah knapp. Er wollte nicht näher darauf eingehen, wie schlecht die Aborigines behandelt wurden, wenn sie ihr Lager auf dem Land eines Farmers aufschlugen. »Ich bin der letzte Aborigine in Tantanoola. Mit mir werden sie dort aussterben.«

Eliza stimmte der Gedanke traurig. Um sich und Noah abzulenken, sagte sie: »Wenn Sie Ihr ganzes Leben hier verbracht haben, haben Sie den Tiger doch bestimmt einmal gesehen, oder?«

Noah senkte den Kopf. Den Blick auf die staubige Erde gerichtet, erwiderte er: »Nein, Miss.« Es fiel ihm offensichtlich schwer, sie Eliza zu nennen.

Eliza war enttäuscht. Eine Beschreibung des wilden Tieres von einem Augenzeugen hätte wunderbar in ihren Artikel gepasst. Nach einer Pause fragte sie: »Verkaufen Sie Ihre Bilder an Durchreisende?«

»Nur selten, Eliza. Mein Hauptabnehmer ist Mr. Ward in Mount Gambier.«

»Wirklich? Ich kenne John Ward. Er stellt die Bilder sicher in seiner Galerie aus.«

Noah nickte. »So ist es.«

»Die Galerie läuft meines Wissens ziemlich gut. Ich hoffe, er zahlt Ihnen einen anständigen Preis für Ihre Arbeiten.«

Noah zuckte mit den Achseln. Er hatte nicht das Gefühl, dass er gerecht bezahlt wurde, doch er war froh, einen Abnehmer für seine Bilder zu haben; deshalb beschwerte er sich nicht.

»Kennen Sie die Frau, die im Hanging Rocks Inn wohnt?«, fragte Eliza unvermittelt.

»Ja. Das ist Miss Sheehan. Sie ist sehr nett.«

»Da bin ich froh. Ich finde, das Haus sieht irgendwie unheimlich aus, aber sagen Sie ihr das bitte nicht weiter.«

Noah lächelte. Elizas offene Art gefiel ihm. »Keine Sorge, Miss Eliza, ich werde es für mich behalten.«

Als sie das Hanging Rocks Inn erreichten, stieg Eliza vom Eselskarren und klopfte an die Tür. Während sie darauf wartete, dass jemand öffnete, schaute sie sich um. Das Gasthaus lag etwas höher als die Straße, auf der anderen Seite der Bahngleise erstreckte sich flaches Land. Schafe grasten auf grünen Weiden zwischen Bäumen. Im Sommer, wenn eine gnadenlose Sonne vom Himmel brannte, würde das saftige Grün sich jedoch in tristes Braun verwandeln. Dennoch war es ein friedliches Fleckchen Erde. Aus der Nähe betrachtet, gefiel es Eliza sehr viel besser als aus dem

Zugfenster. Dieser Gedanke ging ihr gerade durch den Kopf, als die Tür geöffnet wurde.

»Ja?«, fragte eine kühle Frauenstimme aus dem schummrigen Flur.

Eliza fuhr herum. »Guten Morgen! Mary Corcoran schickt mich …«

»So?« Die Frau trat aus dem Schatten. Bei ihrem Anblick konnte Eliza ihr Erstaunen nicht verbergen. Die dunklen Haare waren schulterlang und bedeckten die eine Hälfte des Gesichts. Eliza fielen besonders die wachen, intelligenten Augen auf, mit denen sie von Kopf bis Fuß gemustert wurde. »Ich bin Tilly Sheehan«, stellte die Frau sich dann vor. »Was kann ich für Sie tun?«

»Ich bin Reporterin bei der *Border Watch* in Mount Gambier«, antwortete Eliza, »und ich suche eine Unterkunft für ein paar Tage.«

»Und im Hotel ist kein Zimmer mehr frei«, stellte Tilly fest. Mary hatte es ihr gesagt, als sie sich auf dem Markt getroffen hatten.

»Ja. Mrs. Corcoran sagte, Sie hätten schon einmal ein Zimmer an Fremde vermietet, und deshalb habe ich gehofft …«

»… dass ich es noch einmal tue«, vollendete Tilly den Satz. Sie war nicht sehr erbaut, dass Mary das Mädchen zu ihr geschickt hatte. Den Weg hätte sie sich sparen können.

»Hätten Sie denn ein Zimmer für mich?«, fragte Eliza.

Abermals ließ Tilly den Blick über die Unbekannte schweifen. Sie war noch sehr jung für eine Reporterin, fand Tilly, bewunderte aber die mutige Entscheidung, nicht einen der gängigen Frauenberufe wie Krankenschwester oder Verkäuferin ergriffen zu haben. Das deutete auf eine gehörige Portion Willenskraft und Entschlossenheit hin. Doch das vermochte Tilly nicht umzustimmen. Sie wollte keine Fremden im Haus haben; sie war gern allein. »Es tut mir sehr leid, aber ich fürchte, Sie haben den weiten Weg hierher umsonst gemacht. Ich kann Ihnen nicht helfen. Ich bleibe lieber nur in Gesellschaft meiner Tiere. Vielleicht finden Sie ja woanders eine Unterkunft. Ich wünsche Ihnen viel Glück bei der Suche.« Tilly trat einen Schritt zurück und schickte sich an, die Tür zu schließen.

»Warten Sie bitte«, rief Eliza mit wachsender Panik. »Wenn ich richtig verstanden habe, gibt es in der Stadt niemanden, bei dem ich unterkommen könnte, und wenn ich kein Dach über dem Kopf habe, kann ich die Story über den Tiger von Tantanoola nicht schreiben …«

»Das ist nun wirklich nicht mein Problem«, versetzte Tilly frostig.

Eliza machte ein verzweifeltes Gesicht. »Ich weiß, und es tut mir leid, wenn ich Ihnen auf die Nerven gehe, aber ich stecke in einer schrecklichen Klemme. Ich kann nicht nach Mount Gambier zurück und meinem Chef sagen, aus der Story ist nichts geworden, weil ich keine Unterkunft gefunden habe. Wie würde das aussehen? Eigentlich wollte er Jimmy Connelly hierher schicken, meinen Kollegen. Jimmy würde sogar in einem Stall schlafen, wenn es sein müsste. Aber ich habe meinem Chef versprochen, dass er es nicht bereuen wird, wenn er mich statt Jimmy schickt. Bitte, geben Sie mir ein Zimmer!«, flehte sie. »Ich verspreche Ihnen, Sie werden gar nicht merken, dass ich da bin. Ich werde die meiste Zeit unterwegs sein und Farmer und Augenzeugen befragen.«

Tilly seufzte. Die Not der jungen Frau ging ihr zu Herzen. Und wenn sie tatsächlich die meiste Zeit unterwegs war … Dennoch behagte ihr der Gedanke nicht, eine Fremde im Haus zu haben. Das letzte Mal hatte sie es als Belästigung empfunden.

Eliza blickte Tilly mit ihren warmen braunen Augen beschwörend an.

»Also gut, meinetwegen«, sagte Tilly seufzend. »Sie können ein paar Tage hier wohnen.« Sie brachte es nicht übers Herz, die junge Frau ihrem Schicksal zu überlassen. Obwohl Tilly die

Fremde nicht kannte, war sie ihr – das musste sie zugeben – sympathisch.

Eliza fiel ein Stein vom Herzen. »Ich danke Ihnen!«, sagte sie überschwänglich.

Tilly schaute an ihr vorbei zu Noah, der Elizas Koffer ablud. »Möchten Sie auf ein Tässchen Tee hereinkommen, Noah?«

»Nein, danke, Miss Sheehan. Ich möchte ein Bild fertig malen, an dem ich seit einiger Zeit arbeite.«

»Wie Sie wollen. Aber warten Sie einen Augenblick, ich hab noch was für Sie.« Tilly verschwand im dunklen Flur.

»Vielen Dank, dass Sie mich hergefahren haben, Noah.« Eliza ging zu ihm, öffnete ihre Handtasche und kramte nach einem Geldstück. »Ich würde mich gern erkenntlich zeigen.«

Noah machte eine abwehrende Handbewegung. »Das ist nicht nötig. Es war mir ein Vergnügen, mich mit Ihnen zu unterhalten, Eliza.«

»Das Vergnügen war ganz auf meiner Seite«, sagte Eliza aufrichtig. »Es tut mir leid, dass Sie meinetwegen aus der Arbeit gerissen wurden. Ich hoffe, Sie werden mir eines Tages Ihre Bilder zeigen.«

Noah schaute sie überrascht an. Dann legte sich ein erfreuter Ausdruck auf sein Gesicht. »Sie können mich jederzeit besuchen, Eliza. Ich wohne am Ende der Straße hinter dem Railway Hotel.«

»Bevor ich abreise, komme ich auf jeden Fall vorbei«, versprach sie.

Tilly trat aus der Tür, ein Einkaufsnetz mit einem Topf Marmelade und einem frisch gebackenen Laib Brot in der Hand. »Das ist für Sie, Noah«, sagte sie und reichte ihm das Einkaufsnetz.

»Vielen Dank, Miss Sheehan!« Noah freute sich sichtlich. »Niemand macht so gute Pflaumenmarmelade wie Sie!«

»Nichts zu danken. Möchten Sie nicht doch auf eine Tasse Tee bleiben?« Noah war der einzige Mensch, den Tilly als Freund bezeichnen würde. Sie hatte zwar einige Bekannte, aber niemanden, mit dem sie Umgang pflegte. Noah war wie sie, ein Einzelgänger und Ausgestoßener; deshalb verstanden sie sich so gut. Darüber hinaus teilte Tilly seine Liebe zur Malerei.

»Ich will lieber zurück und weiterarbeiten«, sagte Noah. »Sie wissen ja, wie das ist.«

»Aber ja. Dann beeilen Sie sich!«

Noah wendete seinen Karren und kletterte hinauf. »Auf geht's, Billy, nicht so lahm«, rief er seinem Esel zu und schnalzte mit den Zügeln. Der Esel machte einen Satz und trabte los.

»Was würde ich nur ohne Noah anfangen«, meinte Tilly, die ihm nachschaute, als der Karren in einer Staubwolke davonrollte. »Er ist ein hilfsbereiter Mann. Jedes Mal fährt er meine Einkäufe von der Stadt nach Hause, aber er weigert sich strikt, Geld von mir zu nehmen.«

»Von mir wollte er auch keins«, sagte Eliza.

»Das wundert mich nicht. Ein Glück, dass er meine eingekochten Früchte mag. So kann ich ihm wenigstens etwas Gutes tun und mich ein klein wenig revanchieren.« Tilly streifte Eliza mit einem Seitenblick. Ihre Miene verdüsterte sich. Wieso hatte sie sich breitschlagen lassen? Sie bereute es jetzt schon. Der Gedanke, eine Fremde unter ihrem Dach zu beherbergen, stimmte sie mit einem Mal mürrisch. »Kommen Sie«, forderte sie Eliza barsch auf.

Die junge Frau folgte ihr durch einen langen Flur, vorbei an mehreren Türen, in ein Wohnzimmer, an das sich seitlich eine Küche anschloss. Es war keineswegs so düster im Haus, wie Eliza erwartet hatte. Das Wohnzimmer war gemütlich eingerichtet, durch ein großes Fenster konnte man auf eine Veranda und einen Gemüse- und Obstgarten schauen. Große, farbenfrohe Tierbilder schmückten den Raum. Eliza fragte sich, ob Noah sie gemalt hatte.

»Meine Güte, das ist ja ein Riesenkoffer«, bemerkte Tilly, als sie sah, wie schwer Eliza zu schleppen hatte. »Wie lange wollen Sie denn bleiben?« Hoffentlich nicht so lange, wie der Koffer vermuten lässt, fügte sie stumm hinzu.

Eliza, die Tillys Gedanken erriet, beruhigte sie: »Nur bis ich eine gute Story für meine Zeitung habe. Ein paar Tage, schätze ich. Ich bin Ihnen wirklich dankbar, dass ich bei Ihnen wohnen darf. Da fällt mir ein ... ich habe mich noch gar nicht vorgestellt. Ich heiße Eliza.« Sie streckte die Hand aus.

Tilly zögerte einen Sekundenbruchteil, ehe sie Eliza die Hand gab. »Willkommen im Hanging Rocks Inn, Eliza ...«

»Dickens. Aber sagen Sie bitte Eliza zu mir.«

Tilly riss Mund und Augen auf und ließ Elizas Hand so schnell los, als hätte sie sich daran verbrannt. »Dickens? Sie sind nicht zufällig verwandt mit Richard Dickens?«

Verwundert über Tillys Reaktion, antwortete Eliza: »Er ist mein Vater. Warum? Kennen Sie ihn?«

Alle Farbe wich aus Tillys Gesicht. Die Knie wurden ihr weich. »Ich ... ich habe vor vielen Jahren ... in Mount Gambier gewohnt«, stammelte sie und wandte sich rasch ab, um ihre Bestürzung zu verbergen. Sie hatte zwar erfahren, dass Henrietta und Richard geheiratet hatten, und auch angenommen, dass die beiden Kinder hatten, aber nichts Näheres gewusst.

»Das ist ja seltsam«, sagte Eliza verwundert. »Meine Großmutter hieß vor ihrer Ehe mit Frederick Dale übrigens auch Sheehan. Noch so ein merkwürdiger Zufall ...« In diesem Moment fiel ihr eine große Narbe in Tillys Gesicht auf, die bislang von ihren Haaren verdeckt worden war. Eliza schnappte erschrocken nach Luft und fragte: »Ist Tilly etwa die Kurzform von Matilda?«

»Ja.« Tilly blickte Eliza prüfend an, ob sie einen vertrauten Zug im Gesicht der jungen Frau entdeckte. Sie fragte sich, ob Richard sie, Tilly, jemals seiner Tochter gegenüber erwähnt hatte.

Eliza verschlug es beinahe den Atem. Das durfte doch nicht wahr sein! Kaum in Tantanoola eingetroffen, hatte sie schon –

wenn auch unbeabsichtigt – das Versprechen gebrochen, das sie ihren Eltern gegeben hatte: keinen Kontakt zu Matilda. »Dann sind Sie …«

»Ich bin deine Tante.« Tilly nickte. »Hast du das gewusst?« Es war eine überflüssige Frage, denn sie kannte die Antwort bereits. Eliza war anzusehen, wie verstört sie war.

»Nein, ich … ich hatte keine Ahnung«, stammelte sie. »Ich habe den Namen Tilly Sheehan nie mit Matilda Dale in Verbindung gebracht.«

»Ich habe den Mädchennamen meiner Mutter angenommen.«

»O nein. Was soll ich denn jetzt machen?«, jammerte Eliza. »Jetzt sitze ich ganz schön in der Patsche. Ich habe meinen Eltern versprechen müssen, dass ich Ihnen aus dem Weg …« Sie brach erschrocken ab, als ihr bewusst wurde, wie unhöflich sie war, und schlug sich die Hand vor den Mund. »Entschuldigen Sie. Möchten Sie, dass ich wieder gehe?«

Tilly zögerte. »Meinetwegen kannst du bleiben. Und du darfst mich gern duzen«, fügte sie hinzu. Sie wandte sich ab und ging zum Küchentisch. »Ich habe gerade Tee aufgebrüht. Möchtest du auch eine Tasse?«

Eliza war verwirrt. Sie konnte sich die Reaktion ihrer Tante nicht erklären. Wenn es stimmte, was ihre Mutter ihr erzählt hatte, müsste Tilly doch daran gelegen sein, sie schnellstens wieder loszuwerden! »Ja, gern, aber nur wenn Sie … wenn du ganz sicher bist, dass ich bleiben kann.«

Tilly war sich keineswegs sicher. Aber sollte sie ihre Nichte etwa auf die Straße setzen? »Eine Unterkunft brauchst du ja nach wie vor, oder?«, brummte sie bärbeißig.

»Ja, schon …«

»Du wirst eben für das Zimmer bezahlen. Ich bin kein Wohltätigkeitsverein.«

»Ja, sicher. Mein Chef hat mir Geld für meine Auslagen mitgegeben …«

»Gut. Wie trinkst du deinen Tee? Wenn ich dir dein Zimmer gezeigt habe, können wir eine Tasse zusammen trinken.«

»Schwarz, ohne Zucker.«

Tilly schaute sie verblüfft an.

»Ich weiß, das ist ungewöhnlich«, sagte Eliza. »Meine Mutter …« Sie stockte, als ihr bewusst wurde, dass sie Henrietta besser nicht erwähnen sollte, fuhr dann aber fort: »Sie nimmt immer drei Stück Zucker, genau wie …« Abermals brach sie ab, als sie Tillys bohrenden Blick bemerkte.

»Ich trinke meinen Tee ebenfalls schwarz und ohne Zucker«, sagte Tilly, ohne auf die Bemerkung über Henrietta einzugehen.

»Oh. Nicht viele trinken ihren Tee so.« Ihre Mutter hatte sie deswegen immer getadelt. Jetzt begriff Eliza, weshalb.

»Du willst also über den Tiger berichten?«, fragte Tilly.

Eliza nickte eifrig. »Ja. Das wäre *die* Story!«

»Wieso bist du ausgerechnet Reporterin geworden?« Tilly konnte sich vorstellen, dass es Henrietta lieber gewesen wäre, hätte ihre Tochter eine ruhige Stelle in einem Büro oder in einem Bekleidungsgeschäft angenommen.

»Ich war immer schon neugierig. Manchmal *zu* neugierig«, gestand Eliza.

Tilly musste unwillkürlich schmunzeln. »In deinem Alter war ich genauso. Ich habe mich nach Abenteuern gesehnt und liebte alles Geheimnisvolle und Unerklärliche. Ich habe sogar Geschichten geschrieben. Sie waren gar nicht mal so übel.« Ein Lächeln spielte um ihre Lippen, und ihre blauen Augen funkelten. »Und ich habe gern getanzt und war sehr gesellig … vielleicht zu sehr.«

Eliza hatte ihr erstaunt zugehört. »Und wie bist du dann eine solche Eigenbrötlerin geworden?«, platzte sie heraus, ohne nachzudenken.

»Eine Eigenbrötlerin?« Tilly blickte Eliza finster an. »Wie kommst du denn darauf? Wer hat das gesagt?« Mary Corcoran oder Noah bestimmt nicht, da war Tilly sicher. Aber sie wusste, dass viele andere in der Stadt sie für schrullig hielten.

»Mom hat dich so genannt«, sagte Eliza kleinlaut.

»Ach ja? Hat sie das?« Tilly drehte ihrer Nichte abrupt den Rücken zu.

Betretenes Schweigen machte sich breit. Eliza, die sich keinen Reim auf Tillys Reaktion machen konnte, sagte schließlich: »Dann stimmt es also nicht, dass du gesagt hast, du wolltest keinen von uns sehen?«

»Ich wusste ja nicht einmal, dass es dich gibt, Eliza«, rechtfertigte Tilly sich kleinlaut. Sie hatte oft an die Kinder gedacht, die Henrietta und Richard bekommen würden – sie war sich sicher gewesen, dass sie Kinder haben würden. Es hatte Tilly mitten ins Herz getroffen, dass Richard ihre Schwester geheiratet hatte, doch von Henrietta hatte sie nichts anderes erwartet. Bei der konnte sie gar nichts mehr überraschen. »Komm, ich zeig dir dein Zimmer«, sagte sie unvermittelt.

Als sie in den Flur traten, hörte Eliza ein Kratzen an der Hintertür. »Was ist das …?«, stieß sie erschrocken hervor.

Tilly schaute sie verblüfft an. »Das ist Sheba, meine Hündin. Sie ist ein bisschen unruhig, weil die Farmer auf alles schießen, was sich bewegt, seit der Tiger ein paar Schafe gerissen hat. Zwei Hunde sind schon versehentlich erschossen worden.«

»O nein«, sagte Eliza betrübt. Sie liebte Tiere über alles.

»Wenn ich es dir sage! Es gibt Dummköpfe hier in der Gegend, die schon losballern, wenn sie im Dunkeln ein Augenpaar leuchten sehen. Zurzeit sollte man nachts besser im Haus bleiben. Nach Einbruch der Dunkelheit lasse ich Sheba nicht mehr ins Freie; irgendein Dummkopf hat auf sie geschossen. Zum Glück hat er sie verfehlt, aber sie hat einen Mordsschreck bekommen. Ich nehme an, der Schütze war Barney Blackwell, mein nächster Nachbar. Barney ist fast blind.« Tilly war zur Hintertür gegangen und öffnete sie. Ein Collie kam ins Haus gelaufen.

»Was für ein schönes Tier«, sagte Eliza und hielt Sheba ihre Hand hin, damit sie sie beschnuppern konnte. Der Hund wedelte freudig mit dem Schwanz und ließ sich streicheln.

»Sie mag dich«, stellte Tilly überrascht und erfreut zugleich fest. Normalerweise war der Hund Fremden gegenüber genauso zurückhaltend wie sein Frauchen.

»Hunde spüren, wenn man sie mag.« Eliza blickte auf und sah, dass Tilly sie sonderbar anschaute. »Ich bin meiner Mutter gar nicht ähnlich, stimmt's? Im Unterschied zu meiner Schwester.«

»Du hast eine Schwester?«, stieß Tilly hervor.

»Ja. Katie. Sie ist fast zwei Jahre jünger als ich. Wir ähneln uns überhaupt nicht. Sie ist blond und ein heller Typ wie Mom, während ich ganz nach meinem Vater komme.«

»Ja, das stimmt«, murmelte Tilly versonnen. War die Ähnlichkeit mit Richard der Grund dafür, dass Eliza ihr auf Anhieb so sympathisch war? Hatte sie sich deshalb überreden lassen, ihr ein Zimmer zu vermieten?

»Katie arbeitet in einem Bekleidungsgeschäft«, fuhr Eliza fort. »Mom stellt sie mir oft genug als Vorbild hin, was mir ehrlich gesagt ziemlich auf die Nerven geht.«

Tillys Blick nach zu urteilen, konnte sie ihre Nichte gut verstehen. Eliza fragte sich, ob ihre Großmutter auch immer Vergleiche zwischen ihren beiden Töchtern, Matilda und Henrietta, angestellt hatte.

Tilly wechselte das Thema. »Ich hoffe, du bist nicht wählerisch, was das Essen angeht.«

»Nein, ich esse so ziemlich alles. Nur Pilze kann ich nicht ausstehen.«

Wieder blickte Tilly sie verwundert an. »Na so was. Die mag ich auch nicht.«

Eliza lachte. »Offenbar haben wir eine Menge gemeinsam.«

Zum ersten Mal huschte ein Lächeln über Tillys Gesicht. »Ja, den Eindruck habe ich auch.« Als sie sich zur Seite wandte und in Gedanken ihre Haare aus dem Gesicht strich, konnte Eliza die Narben auf Tillys rechter Wange deutlich sehen. Sie zuckte zusammen. Die Wunden mussten tief gewesen sein, dass sie so schreckliche Spuren hinterlassen hatten.

Tilly war Elizas Reaktion nicht entgangen. Hastig schob sie sich die Haare wieder über die rechte Gesichtshälfte und lief mit ihr den Flur entlang.

»So schlimm ist es doch gar nicht«, sagte Eliza verlegen, als Tilly eine der Türen öffnete, um ihr das Gästezimmer zu zeigen. Eliza betrat das gemütliche Zimmer und schaute sich um. Ihr fiel sofort auf, dass der Spiegel auf dem Frisiertisch mit einem Laken verhängt worden war.

»Doch, es ist schlimm«, sagte Tilly traurig. »Zwanzig Jahre sind seit damals vergangen, aber ich kann mich immer noch nicht im Spiegel anschauen.«

»Ich sage die Wahrheit«, beharrte Eliza. »Es sind Vernarbungen, aber es ist keine Entstellung. Du musst einmal wunderschön gewesen sein, und du bist immer noch sehr attraktiv. Trotzdem kann ich verstehen, dass du gehemmt bist.«

Tilly verschlug es für einen Augenblick die Sprache angesichts dieser Direktheit. »Die Geschichte hat mich verändert, aber ich glaube, dass ich ein besserer Mensch geworden bin. Vor meinem Unfall brauchte ich nur mit den Wimpern zu klimpern, und schon konnte ich jeden um den Finger wickeln und bekam alles, was ich wollte. Aber seit ich mehr an andere Menschen als an mich denke ...«

»Warum hast du dann ...«

»Lass mich etwas klarstellen, Eliza«, fiel Tilly ihrer Nichte schroff ins Wort. »Ich will nicht über die Dinge von damals reden. Die Vergangenheit soll bleiben, wo sie hingehört, also wärme keine alten Geschichten auf. Entweder du hältst dich daran, oder du gehst wieder.«

Unbeeindruckt von Tillys Drohung erwiderte Eliza: »Entschuldige, aber es wird schwer sein, meine Familie nicht zu erwähnen, wenn ich hierbleibe.« Es würde vor allem schwer sein, ihre Neugier zu zügeln, wenn sie ehrlich war. Eliza fand es aufregend, ihre Tante auf diesem Weg kennen gelernt zu haben, und konnte es kaum erwarten, mehr über sie zu erfahren. Sie wusste allerdings, dass sie behutsam vorgehen musste, wollte sie es sich nicht mit Tilly verderben.

»Du kannst meinetwegen von deiner Familie erzählen, aber du wirst keine Fragen stellen!«, verlangte Tilly streng.

Das konnte Eliza ihr nicht versprechen. »Darf ich … darf ich Tante zu dir sagen?«

Tillys Augen wurden sanft. »Natürlich«, sagte sie beinahe verlegen, drehte sich um und ging in die Küche zurück, während Eliza ihren Koffer aufklappte und sich daranmachte, ihre Sachen auszupacken.

Als Tilly den Tee eingeschenkt und Eliza sich zu ihr gesetzt hatte, fragte die Tante, was sie über den Tiger von Tantanoola wisse.

»Nur, was ich in der *Border Watch* gelesen habe«, antwortete Eliza. »Hast *du* ihn denn jemals zu Gesicht bekommen?«, fragte sie gespannt.

Tilly schüttelte den Kopf. »Nein, nie. Ehrlich gesagt bin ich nicht einmal sicher, ob er wirklich existiert. Tatsache ist, dass etliche Schafe gerissen wurden, aber in einer kleinen Stadt verbreiten sich solche Geschichten in Windeseile, und jeder dichtet noch etwas dazu.«

»Aber irgendjemand *muss* doch ein Tier gesehen haben, das wie ein Tiger aussieht, sonst wären diese Geschichten nie entstanden«, gab Eliza zu bedenken.

»Ich weiß nicht, ob man Mannie Boyds Worten Glauben schenken darf«, erwiderte Tilly zweifelnd. »Andererseits … Jock Milligan hatte am selben Tag angeblich auch etwas beobachtet, und Jock ist ein angesehener Einwohner der Stadt.«

»Das hört sich an, als würdest du nicht viel von diesem Mannie Boyd halten.«

»Na ja, ich zähle nicht gerade zu seinen Verehrerinnen«, bemerkte Tilly trocken. »Er trinkt zu viel und fängt dann Streit an. Ständig ist er in eine Rauferei verwickelt. Aber abgesehen davon ist er harmlos.«

»Ist er Farmer?«

»Um Gottes willen, nein! Er lebt vom Verkauf von Kaninchenfellen. Mehr schlecht als recht, wie mir scheint, zumal er ein Spieler ist und viel Geld am Spieltisch verliert, wie ich gehört habe.«

»Und er hat den Tiger, oder was immer es war, zuerst gesehen?«

»Soviel ich weiß, ja. Mary Corcoran erzählte mir, Mannie sei völlig aufgelöst in die Bar gestürzt und hätte nach einem Doppelten verlangt. Was immer er gesehen hat, muss ihm einen ganz schönen Schrecken eingejagt haben.«

»Wo finde ich diesen Mannie?« Eliza griff nach ihrem Notizbuch.

Tilly beschrieb ihr den Weg zu Mannies Hütte in der Nähe des Postamts.

»Gehst du normalerweise zu Fuß in die Stadt?«, fragte Eliza, der dieser Gedanke nicht sonderlich behagte.

»Mich zieht es nicht oft dorthin, aber wenn, gehe ich meistens zu Fuß, ja. Ich habe zwar eine Stute, aber sie ist schon alt und kaum noch zu einer schnelleren Gangart zu bewegen. Sie gehörte dem Vorbesitzer des Gasthauses und diente als Zugpferd. Ich hab's nicht übers Herz gebracht, sie zu verkaufen, zumal es hier genug zu fressen für sie gibt.«

»Seit wann gehört dir das Hanging Rocks Inn?«

Tilly zögerte. Sie sprach nicht gern über sich, und zu viele Fragen machten sie misstrauisch. »Noch nicht so lange. Aber ich habe hier viele Jahre nach dem Rechten gesehen, nachdem der

Besitzer nach Adelaide gezogen war«, sagte sie, den Blick auf ihre Teetasse geheftet.

»Und dann hat er dir das Haus zum Kauf angeboten?«, fragte Eliza neugierig.

»Nein. Er ist vor ein paar Monaten gestorben und hat es mir vermacht.«

»Du Glückspilz.«

Tilly fand Elizas Offenheit erfrischend. Das Mädchen erinnerte sie sehr an Richard, ihren Vater. »Es ist ein merkwürdiges Gefühl, auf einmal Hauseigentümerin zu sein«, gestand Tilly lächelnd. Nach einer kleinen Pause fuhr sie fort: »Wenn du lieber in die Stadt reiten würdest, mache ich dich mit Nell bekannt. Die Stute ist riesengroß, aber sehr gutmütig.«

»Gern. Ich würde ehrlich gesagt lieber reiten, schon wegen des Raubtiers, das sich hier herumtreibt, ob es nun ein Tiger ist oder etwas anderes«, erwiderte Eliza.

»Dann komm, ich zeig sie dir.«

Sie gingen zum Stall. Das Tor stand offen, sodass Nell auf eine kleine, eingezäunte Weide konnte. Sie stand am anderen Ende der Koppel und rupfte genüsslich das grüne Gras. Auf der einen Seite des Stalls schloss sich eine Sattelkammer an, auf der anderen befand sich ein Hühnerstall voller Hühner. Dahinter standen zwei Ziegen in einem Pferch.

»Der frühere Eigentümer hatte noch ein zweites Zugpferd, aber es starb vor ein paar Jahren«, erklärte Tilly. »Anfangs fühlte Nell sich einsam ohne ihren Kameraden, aber ich habe mich dann sehr um sie gekümmert und sie verwöhnt, damit sie über den Verlust hinwegkommt. Jetzt hat sie gelernt, sich selbst Gesellschaft genug zu sein, so wie ich.« Tilly senkte befangen den Kopf.

Eliza war gerührt. Anscheinend liebte ihre Tante Tiere über alles. Noch etwas, das sie gemeinsam hatten. Eliza ahnte, dass Tiere lange Zeit Tillys einzige Gesellschaft gewesen waren. Katie und ihre Mutter waren da ganz anders: Für sie waren Tiere ausschließlich zum Arbeiten da. Pferde zogen Fuhrwerke, und Hunde trieben das Vieh zusammen.

»Bist du denn nie einsam?«, fragte Eliza.

»Nein, nie. Wer einsam ist, kann mit sich selbst nicht allein sein. Ich kann das sehr gut.« In einem Baum in der Nähe zwitscherten Vögel. »Es gibt wunderschöne Vogelarten hier«, sagte Tilly und blickte auf. »Ich male gern Vögel.«

»Dann sind die Bilder im Haus von dir?«, staunte Eliza. »Sie sind großartig.«

Ihr Lob freute Tilly. »Da solltest du mal Noahs Bilder sehen. Er hat viel mehr Talent als ich.«

»Er hat gesagt, ich könne jederzeit vorbeikommen und mir seine Arbeiten anschauen.«

Tilly blickte sie erstaunt an. »Tatsächlich?« Das sah dem sonst so scheuen Noah gar nicht ähnlich. »Es ist eine Schande, wie wenig er für seine Bilder bekommt«, fuhr sie dann mürrisch fort. »Dabei gehe ich jede Wette ein, dass John Ward in seiner Galerie einen stolzen Preis für die Bilder erzielt. Aber Noah würde sich nie beschweren, weil er weiß, dass Ward ihm seine Arbeiten dann nicht mehr abnehmen würde, und dann hätte er kein Einkommen mehr. So was nennt man Ausbeutung. Darüber solltest du mal schreiben!«

»Das würde ich, aber Mr. Kennedy, mein Chef, muss meine Artikel genehmigen, und er sieht es nicht gern, wenn ich heiße Eisen anpacke und möglicherweise für Aufsehen sorge. Vielleicht lässt er mir mehr Entscheidungsfreiheit, wenn ich erst eine richtige Reporterin und keine blutige Anfängerin mehr bin.«

Tilly erinnerte sich gut an George Kennedy. Ein zärtlicher Ausdruck huschte über ihr Gesicht, doch sie sagte nichts. Sie rief Nell, und die riesige Stute kam zu ihr getrottet.

Eliza rieb Nell über die weichen Nüstern. »Sie ist lieb, das merkt man gleich.«

»Aber pass auf, dass sie dir nicht auf die Füße tritt«, warnte Tilly. »Möchtest du was essen, bevor du dich auf den Weg machst?«

»Nein, ich möchte lieber erst mit diesem Mannie Boyd sprechen«, erwiderte Eliza. Ihr Chef wollte den Artikel so schnell wie möglich haben; außerdem hielt Alistair McBride vom Konkurrenzblatt sich in der Stadt auf.

Tilly nickte. »Wie du möchtest. Dann werde ich Nell gleich für dich satteln.«

3

Was Eliza auch versuchte, Nell war durch nichts zu bewegen, in eine schnellere Gangart zu verfallen. Behäbig trottete sie auf der staubigen Straße dahin. Die Stute war so groß, dass Eliza sich wie ein Floh auf dem Rücken eines Hundes vorkam. Sie fragte sich, wie sie später, wenn sie den Rückweg antrat, wieder aufsteigen sollte.

Nachdem Eliza sich ungefähr eine Meile weit abgemüht hatte, das Pferd in leichten Galopp oder wenigstens in Trab zu bringen, indem sie ihm die Hacken in die Flanken stieß oder mit der Zunge schnalzte, gab sie es auf. Statt ihre Energie sinnlos zu vergeuden, setzte sie sich bequem in den Sattel und betrachtete die wunderschöne Landschaft. Das satte Grün würde in der sengenden Sommersonne Südaustraliens verdorren, aber noch gab es in der dichten Vegetation unzählige Plätze, an denen ein Tiger sich verstecken konnte. Kein Wunder, dass die Suchtrupps ihn nicht aufgespürt hatten. Die Straße war stellenweise mit Kängurubäumen gesäumt, deren Äste tief herunterhingen, und es gab zahlreiche Akazienhaine, Sumpfeichen, Banksia- und Geißblatthecken sowie Teebäume.

Eliza spähte ängstlich nach oben, sooft sie an Bäumen vorüberkamen, deren Äste weit über die Straße reichten. Auf dem Hinweg, in Noahs Eselskarren, hatte sie keinen Gedanken daran verschwendet, aber jetzt fürchtete sie, das Raubtier könne in einem der Bäume lauern und sich von dort auf sie stürzen. Nells Ohren zuckten und stellten sich dann aufrecht, als hätte sie etwas Ungewöhnliches gehört, was Eliza noch nervöser machte.

»Ich hoffe, du kannst wenigstens galoppieren, falls der Tiger auftaucht«, sagte sie zu der Stute. Nell schnaubte wie zur Antwort, und Eliza musste lächeln.

Sie hatte sich gerade ein wenig entspannt, als ein lautes Rascheln und Flattern in den Ästen eines nahen Baumes der Stute einen solchen Schrecken einjagte, dass sie scheute und durchging. Eliza, die nicht darauf gefasst gewesen war, wäre um ein Haar abgeworfen worden.

»Brrr!«, rief sie und zog mit aller Kraft die Zügel an. Endlich, nach etlichen bangen Metern, brachte sie das Pferd unter Kontrolle. Als Nell wieder im Schritt ging, drehte Eliza sich um. Über den Bäumen zog ein Vogelschwarm am Himmel dahin. Ross und Reiterin hatten die Vögel offenbar erschreckt, worauf sie aufgeflogen waren und dadurch wiederum das Pferd in Panik versetzt hatten. Eine Hand auf ihr heftig pochendes Herz gepresst, atmete Eliza tief durch. »Wenigstens weiß ich jetzt, dass du schnell sein kannst, wenn es drauf ankommt«, sagte sie zu Nell und verdrängte den Gedanken, dass es der Tiger gewesen sein könnte, der die Vögel aufgescheucht hatte. Sie schauderte. Nein, daran wollte sie lieber nicht denken.

Ohne weitere Zwischenfälle gelangte Eliza nach Tantanoola. Mannie Boyds Hütte war leicht zu finden, doch die kurze Zufahrt dorthin wurde von einem umgestürzten Baum blockiert. Eliza stieg ab und schlang die Zügel um einen Ast. Das ist praktisch, dachte sie, dann kann ich nachher zum Aufsitzen auf den Baumstamm klettern.

Sie ging zur Hütte. Es dauerte ein paar Sekunden, ehe auf ihr Klopfen die Tür geöffnet wurde. Vor ihr stand ein verlotterter, wenig Vertrauen erweckender Mann, den Eliza auf Mitte fünfzig schätzte. Er war unrasiert und ungekämmt; seine ausgebeulte, zerknitterte Hose wurde von schäbigen Hosenträgern gehalten; sein schmuddeliges Hemd war falsch zugeknöpft, und er trug Socken, die nicht zusammenpassten.

»Mr. Boyd?«, fragte Eliza höflich. Ihre Tante hatte ihr einiges über diesen Mann erzählt und ihr ein paar Ratschläge für den Umgang mit ihm auf den Weg gegeben.

»Wer will das wissen?«, knurrte er misstrauisch.

»Mein Name ist Eliza Dickens. Ich bin Zeitungsreporterin und arbeite für die *Border Watch* in Mount Gambier.«

»Mount Gambier! Und was wollen Sie hier?«, fragte er abweisend.

Seine schroffe Art brachte Eliza ein wenig aus der Fassung. Als hübsche junge Frau wurde sie normalerweise freundlich behandelt, auch wenn die Leute sie nicht so ernst nahmen wie einen männlichen Kollegen. »Ich möchte über den Tiger berichten. Soviel ich weiß, haben Sie das Tier kürzlich hier in der Gegend gesehen.«

Mannie rieb sich sein stoppeliges Kinn. »Schon möglich«, antwortete er mit finsterem Blick. »Aber ich hab nichts dazu zu sagen.« Er wollte ihr die Tür vor der Nase zuschlagen, als ein Hund um die Ecke der Hütte gelaufen kam und Eliza böse anbellte.

»Sei still, Rastus!«, herrschte Mannie ihn an. Der Hund hatte sich seit der unheimlichen Begegnung mit dem Raubtier verändert. Er benahm sich merkwürdig und war unberechenbar geworden. Als Rastus nicht aufhörte zu bellen, bückte sich Mannie, hob einen schlammverkrusteten Stiefel von der Türschwelle auf und schleuderte ihn wutentbrannt nach dem Hund. Der Stiefel traf das Tier am Kopf, Rastus jaulte auf und lief hinters Haus. Eliza war entsetzt. Wie konnte man einem Tier gegenüber nur so grausam sein! Doch sie hatte keine Zeit, darüber nachzudenken, denn Mannie schickte sich abermals an, die Tür ins Schloss zu werfen.

Schnell stellte Eliza ihren Fuß in die Tür. »Es wäre furchtbar nett von Ihnen, wenn Sie mir ein paar Fragen beantworten würden, Mr. Boyd«, schmeichelte sie ihm. »Ich verspreche Ihnen, es wird nicht lange dauern.«

»Ich hab schon mit einem von euch Reportern gesprochen,

und der hat mir eingeschärft, dass ich mit keinem sonst darüber reden darf«, gab Mannie unwirsch zurück.

Eliza blickte ihn verwundert an. »Können Sie sich an seinen Namen erinnern?«

»Na klar. Alistair McBride hieß der Kerl. Von der *South Eastern Times*.«

»Alistair McBride! Das hätte ich mir denken können«, schimpfte Eliza. »Er hat kein Recht, Ihnen zu verbieten, mit anderen zu sprechen.«

»Er hat mich für meine Geschichte gut bezahlt, und ich hab ihm mein Wort gegeben.« Die »gute Bezahlung« hatte in Wirklichkeit aus einigen wenigen Pfund und ein paar Drinks in der Hotelbar bestanden, doch das behielt Mannie für sich.

»Das kann er nicht machen!«, protestierte Eliza aufgebracht. »Das widerspricht unserem Berufsethos!«

»Das müssen Sie ihm sagen, nicht mir.« Damit knallte Mannie ihr die Tür vor der Nase zu.

»Das werde ich auch, verlassen Sie sich darauf«, schimpfte Eliza ärgerlich vor sich hin. Sie stapfte zu Nell zurück und band die Zügel los. Da es nicht weit bis zum Railway Hotel war, beschloss sie, zu Fuß dorthin zu gehen. Als sie am Postamt vorbeikam, fiel ihr ein, dass sie unbedingt ihren Eltern schreiben und ihnen mitteilen musste, wo sie untergekommen war. Sie nahm sich vor, das zu erledigen, sobald sie wieder im Hanging Rocks Inn wäre. Tante Tilly würde sie in dem Brief vorsichtshalber nicht erwähnen.

Eliza band die Stute vor dem Hotel an, wo bereits einige andere Pferde standen. Stimmengewirr drang aus der Bar. Eliza holte tief Luft und ging hinein. Ein paar Männer saßen auf den Barhockern. Ryan Corcoran bediente sie, und Mary sammelte die schmutzigen Gläser ein, um sie in die Küche zu bringen.

Eliza räusperte sich. »Ich suche einen gewissen Alistair McBride«, sagte sie laut.

Die Männer an der Theke drehten sich zu ihr um. Ganz am Ende saß ein junger Bursche, der sich in seinem Anzug von den übrigen Gästen, zumeist Farmer in Arbeitskleidung, abhob. Das musste der Reporter von der *South Eastern Times* sein. Und so war es auch.

»Ich bin Alistair McBride«, sagte der junge Mann. »Und wer sind Sie?«

Eliza musterte ihn. Alistair war blond, mit hellem Bart und dunkelbraunen, klugen Augen. Er sah ganz nett aus, hatte aber etwas Unsympathisches an sich. Er war nicht der Typ, den man auf Anhieb mochte. Sein Ruf und seine Handlungsweise hatten Eliza bereits gegen ihn eingenommen.

»Ich heiße Eliza Dickens«, sagte sie mit fester Stimme. »Ich war gerade bei Mannie Boyd, und dabei ist mir etwas zu Ohren gekommen, über das ich gerne mit Ihnen reden würde.«

»Ach ja? Und was wäre das?«, fragte Alistair eine Spur aggressiv.

»Mr. Boyd sagte mir, Sie hätten ihm verboten, mit anderen über seine Beobachtungen zu reden, und sich sein Schweigen erkauft. Ich muss Sie wohl nicht erst darauf hinweisen, dass das im Zeitungsgeschäft ein unmoralisches Vorgehen ist.«

Alistair war neugierig geworden. »Was wissen *Sie* denn vom Zeitungsgeschäft?«, fragte er spöttisch.

»Eine ganze Menge. Ich arbeite nämlich als Reporterin für die *Border Watch*«, erwiderte Eliza und reckte stolz das Kinn vor.

Alistair riss verdutzt die Augen auf. Dann lachte er los. »In Mount Gambier muss ja ein schöner Notstand herrschen, wenn jetzt schon Frauen als Reporter eingestellt werden!«

»Ganz im Gegenteil, mein Chef stellt höchste Anforderungen an seine Leute«, gab Eliza zornig zurück, »und ich bin sehr wohl imstande, einen guten Artikel über jedes Thema zu verfassen.«

»So ist's recht, Kindchen, geben Sie's ihm«, murmelte Mary Corcoran hinter dem Rücken ihres Mannes. Sie konnte Alistair

McBride nicht besonders leiden und mochte es nicht, wie er den Einheimischen Drinks spendierte, um sich bei ihnen einzuschmeicheln und ihnen Informationen zu entlocken. Im Gegensatz zu den Farmern hatte Mary ihn längst durchschaut. McBride sei hochnäsig und spucke große Töne, hatte sie sich bei ihrem Mann beklagt, doch der hatte Alistair in Schutz genommen: Um seinen Weg als Reporter zu machen, müsse er nun mal selbstbewusst auftreten. Mary sah das anders.

»Haben Sie schon mal eine Auszeichnung für Ihre Arbeit bekommen?« Alistair musterte Eliza geringschätzig.

Einen Augenblick verschlug es ihr die Sprache. Alle Augen waren auf sie gerichtet, wie sie nervös feststellte. Da sie erst seit ein paar Monaten bei der Zeitung war und nur eine Hand voll Artikel geschrieben hatte, war ihr natürlich noch kein Journalistenpreis zuteil geworden. Nichtsdestoweniger war sie stolz auf ihre Arbeit.

»Das dachte ich mir«, sagte Alistair voller Genugtuung, als Eliza schwieg. »Ich habe schon mehrere Preise bekommen«, fügte er selbstgefällig hinzu. »Dann wundert es mich nicht, dass ich noch nie von Ihnen gehört habe. Warum suchen Sie sich nicht eine Stelle in einem netten Modegeschäft und überlassen die Berichterstattung denen, die etwas davon verstehen?«

Eliza schäumte innerlich vor Wut, als die Männer an der Theke höhnisch grinsten. »Anscheinend fürchten Sie, die Konkurrenz könnte besser sein, sonst würden Sie sich nicht das Schweigen von Augenzeugen erkaufen«, konterte sie.

»Eher regnet es Katzen und Hunde, als dass ich Leute wie Sie als Konkurrenz betrachte«, erwiderte Alistair herablassend. »Fahren Sie nach Hause. Hier vergeuden Sie nur Ihre Zeit.«

»Ich werde bestimmt nicht vor Leuten wie Ihnen weglaufen. Und ich werde eine viel bessere Story schreiben als Sie!«, sagte Eliza trotzig.

»Warten wir's ab«, entgegnete Alistair gelassen.

»Ganz recht, warten wir's ab. Aber ich rate Ihnen, sich schon mal einen robusten Regenschirm zu besorgen!« Außer sich vor Zorn wirbelte Eliza herum, riss die Tür auf und prallte mit einem Mann zusammen, der gerade eintreten wollte.

»Können Sie nicht aufpassen?«, fuhr Eliza ihn an.

Ihre Aggressivität irritierte den Ankömmling. »Sie hätten *mich* beinahe umgerannt, nicht umgekehrt.«

Eliza atmete tief durch. »Sie haben recht. Entschuldigen Sie bitte.« Sie blickte in ein hübsches Gesicht mit sehr dunklen Augen.

Der Mann sah Eliza die Verärgerung an. Im Hintergrund konnten sie Alistair McBride hämisch lachen hören. »Alles in Ordnung?«

»Ja«, fauchte sie. »Das heißt ... nein! Aber inzwischen sollte ich daran gewöhnt sein. Seit ich Reporterin geworden bin, muss ich mich mit voreingenommenen Kerlen herumstreiten, die der Meinung sind, dieser Beruf sei nichts für eine Frau. Das kann einem ganz schön auf die Nerven gehen.« Eliza konnte sich nur mit Mühe beherrschen. Jetzt erst fiel ihr auf, dass der Unbekannte ein Gewehr bei sich trug. »Könnten Sie mir das mal kurz leihen?« Sie deutete mit dem Kinn auf die Waffe. »Ich würde diesem Alistair McBride zu gern einen Schrecken einjagen.«

Der Mann schaute sie prüfend an. Er wusste nicht, ob sie scherzte oder ob es ihr ernst war.

»Schon gut, lassen Sie nur.« Eliza winkte seufzend ab. Ihr Chef wäre sicherlich nicht begeistert, wenn *sie* der Gegenstand eines Zeitungsartikels würde. »Obwohl ich zu gern sein Gesicht gesehen hätte«, fuhr sie fort und deutete mit dem Daumen hinter sich, wo McBride immer noch Witze über sie riss und die anderen Gäste zum Lachen brachte. »Ich werde es ihm schon noch heimzahlen, diesem geschniegelten Affen.«

Eliza musterte ihr Gegenüber mit verstohlenen Blicken. Wie ein Farmer sah er nicht aus. Und er strahlte Entschlossenheit und Ernsthaftigkeit aus. Sie konnte sich denken, wer der Fremde war. Und falls sie mit ihrer Vermutung richtig lag, durfte sie sich diese Gelegenheit auf keinen Fall entgehen lassen. »Sie sind nicht zufällig der Jäger, der angeheuert worden ist, um den Tiger zu erlegen?«

»Doch, der bin ich. Wenn Sie mich jetzt entschuldigen würden, Miss …«

»Eliza Dickens.« Sie streckte ihm ihre kleine Hand hin. Der Tigerjäger! Sie konnte ihr Glück kaum fassen.

Der Mann schaute auf ihre Hand und ergriff sie nach kurzem Zögern. Ihre Finger verschwanden vollständig in seiner großen Pranke. Er schüchterte Eliza fast ein wenig ein. Sie gab sich Mühe, es sich nicht anmerken zu lassen.

»Brodie Chandler«, stellte er sich vor und machte einen Schritt zur Seite, um an ihr vorbeizugehen.

Eliza trat ihm in den Weg. »Darf ich Ihnen ein paar Fragen stellen, Mr. Chandler, oder hat Alistair McBride sich *Ihr* Schweigen auch erkauft?« Sie fand, dass er sehr gut aussah, auch wenn er mindestens zehn Jahre älter war als sie.

»Ich lasse mir von niemandem den Mund verbieten, Miss Dickens«, erwiderte er. Er hatte eine tiefe, samtige Stimme. »Wenn ich etwas zu sagen habe, dann sage ich es auch.«

Das hörte Eliza gern. »Wunderbar. Was sagen Sie dazu, dass in jüngster Zeit ein Tiger hier in der Gegend beobachtet wurde?«, fragte sie und kramte in ihrer Tasche nach dem Notizbuch.

»Ich gebe keine Interviews, Miss Dickens, ich bin hier, um einen Auftrag zu erledigen, und dieser Auftrag lautet, eine mörderische Bestie zur Strecke zu bringen. Genau das werde ich tun, und ich werde meine Arbeit so sorgfältig wie nur möglich erledigen.«

»Das … das ist aber eine sehr kaltblütige Einstellung«, stammelte Eliza, erstaunt über Brodie Chandlers Gefühllosigkeit.

»Bis jetzt hat der Tiger fast fünfzig Schafe gerissen. Das bedeutet einen schweren finanziellen Verlust für die betroffenen Farmer. Noch ist kein Mensch angegriffen oder getötet worden, aber man sollte es gar nicht erst so weit kommen lassen, finden Sie nicht auch?«

»Waren die Knochen oder die Überreste der Schafe weit verstreut, als man sie fand?«, fragte Eliza, die ihrem Chef jetzt dankbar war, dass er sie dazu angehalten hatte, sich über die Lebensweise von Tigern zu informieren. »Wenn nicht, könnte es nämlich ein anderes Tier gewesen sein, das die Schafe getötet hat.«

Brodie konnte seine Ungeduld angesichts so naiver Fragen kaum verbergen. »In den meisten Fällen wurden kaum Überreste gefunden. Aber ich habe einen der Kadaver gesehen – er war buchstäblich zerfetzt. So etwas bringen nicht viele Tiere fertig. Wenn Sie mich jetzt entschuldigen würden…« Abermals versuchte er, sich an ihr vorbeizudrängen.

Doch so leicht ließ Eliza sich nicht abschütteln. »Können Sie mit den Beschreibungen, die man Ihnen gegeben hat, etwas anfangen?«

»Nicht viel. Es war früh am Morgen und neblig, als der Tiger gesehen wurde, deshalb sind die Beschreibungen ungenau. Aber ich habe an einem Baumstamm Kratzspuren gefunden, die von einer Raubkatze stammen.«

»Tatsächlich? Könnten Sie mir die zeigen?«, fragte Eliza aufgeregt.

»Nein, Miss Dickens«, antwortete Brodie knapp. »Ich habe gerade gesagt, dass ich keine Interviews gebe, also lassen Sie mich jetzt bitte in Frieden, damit ich meine Arbeit tun kann.« Er schob sich an ihr vorbei.

»Warum kann man den Tiger nicht lebend fangen und ihn in einen Zirkus oder einen Zoo bringen?« Das wäre ihrer Meinung nach sehr viel menschlicher. Und es gäbe eine viel bessere Story.

Brodie unterdrückte einen gereizten Seufzer. »Es ist schon

schwer genug, ihm aufzulauern und ihn mit einem gut gezielten Schuss zu erlegen. Ihn lebend zu fangen ist praktisch unmöglich.«

»Ihn abzuknallen wird auch nicht leichter sein«, erwiderte Eliza. »Dazu müssten Sie ihn erst einmal sehen, und allen Berichten zufolge ist er nur alle paar Jahre beobachtet worden.«

»Ich bekomme ihn schon vor die Flinte, keine Sorge. Guten Tag, Miss Dickens.«

»Ich habe gelesen, dass Tiger sehr scheue Tiere sind, die einen weiten Bogen um Menschen machen. Es könnte also gut sein, dass Sie ihn nicht zu Gesicht bekommen.«

»Mir ist noch nie eine Beute durch die Lappen gegangen, Miss Dickens. Hoffen wir, dass Sie mit Ihrem Artikel auch so viel Glück haben.« Damit kehrte Brodie ihr den Rücken zu und betrat das Hotel.

Eliza blickte ihm nach und ging dann zu Nell. »Ich kriege meine Geschichte schon«, sagte sie leise. »Und weder ein Alistair McBride noch ein Brodie Chandler werden mich daran hindern.« Als sie das Pferd losgebunden hatte, suchte sie nach etwas, das sie als Hilfe zum Aufsitzen benutzen konnte, fand aber nichts. Ärgerlich schüttelte sie den Kopf und führte Nell am Zügel die Straße hinunter, darauf vertrauend, dass sich irgendwann schon eine Möglichkeit finden würde.

Nach ein paar hundert Metern entdeckte sie auf der Straße zum Hanging Rocks Inn einen umgestürzten Baum am Wegesrand. Sie führte Nell dorthin.

»Du hältst jetzt schön brav still, bis ich im Sattel sitze, verstanden?«, ermahnte sie die Stute. Nell senkte den Kopf und rupfte zufrieden das schmackhafte Gras am Weg. Eliza kletterte auf den Baumstamm und schob einen Fuß in den Steigbügel. Als sie sich am Sattelknauf hinaufziehen wollte, trat plötzlich eine Frau mit zwei kleinen Kindern aus einer schmalen Zufahrt auf der anderen Seite der baumbestandenen Straße.

»Das ist aber ein großes Pferd für eine so kleine Frau«, bemerkte die Frau mit schriller Stimme. Nell riss überrascht den Kopf hoch und tänzelte nervös hin und her. Elizas Fuß rutschte aus dem Steigbügel, sie verlor das Gleichgewicht und landete unsanft auf der harten Erde.

»Ach herrje, haben Sie sich weh getan?«, fragte die Frau und eilte herbei.

Eliza blickte in ein sommersprossiges Gesicht, das von rötlich braunen Haaren eingerahmt wurde. Sie rappelte sich auf und klopfte mit beiden Händen den Staub von ihren Kleidern. »Nein, nein, nichts passiert. Ich weiß nicht, was mit dem Pferd los ist. Es ist furchtbar schreckhaft heute.« Sie führte Nell ein zweites Mal dicht an den umgestürzten Baum heran und probierte es erneut. Dieses Mal konnte sie problemlos aufsteigen.

»Es hat sich bestimmt meinetwegen erschrocken«, sagte die Frau. »Das tut mir wirklich leid.«

Eliza dachte bei sich, dass es weniger das plötzliche Auftauchen der Frau gewesen sein dürfte, das Nell erschreckt hatte, als vielmehr ihre unerträglich grelle Stimme. »Nell ist leicht zu reiten, aber wenn ich aufsteigen möchte, muss ich etwas zum Draufklettern suchen.«

»Sie können gern meinen Zaun benutzen, wenn Sie in der Stadt sind«, bot die Frau ihr an. »Ich wohne in dem weißen, einstöckigen Haus auf dieser Seite der Bar.« Sie zeigte auf eine Straße, an der Eliza kurz zuvor vorbeigekommen war.

»Vielen Dank, das ist sehr freundlich. Ich komme gern auf Ihr Angebot zurück.«

»Ich bin Kitty Wilson. Und das sind Toby und Susan.« Die Kinder zappelten herum, um sich loszureißen, aber Kitty hielt sie fest an der Hand.

Eliza lächelte dem Jungen und dem Mädchen zu. Beide hatten spitzbübische Gesichter, und Eliza konnte sich lebhaft vorstellen, dass es leichter wäre, einen Sack Flöhe zu hüten als die beiden.

»Hallo«, grüßte sie. »Die zwei sind Zwillinge, nicht?«, fragte sie mit einem Blick auf die Mutter.

»Ja. Sie sind jetzt dreieinhalb und treiben mich manchmal fast in den Wahnsinn, die kleinen Racker«, erwiderte Kitty. »Ich habe Sie noch nie hier gesehen, Miss«, fügte sie nach einer Pause hinzu und betrachtete das Pferd genauer. »Ist das nicht Tilly Sheehans Stute?«

»Ja, ich wohne zurzeit im Hanging Rocks Inn.«

»Wirklich?« Es war eine ernsthafte Frage, keine Floskel.

»Ja, ich möchte für ein paar Tage in Tantanoola bleiben, und im Hotel war kein Zimmer mehr frei.«

Kitty sah Eliza erstaunt an. »Verzeihen Sie meine Neugier, aber was führt Sie ausgerechnet nach Tantanoola? Fremde verirren sich nicht oft hierher, und zurzeit schon gar nicht.«

»Ich bin Reporterin bei der *Border Watch*«, sagte Eliza nicht ohne Stolz.

»Oh, dann sind Sie bestimmt wegen des Tigers hier, der in der Gegend beobachtet wurde.«

»Ganz recht.«

»Dann ist Ihnen sicher auch aufgefallen, dass die Stadt wie ausgestorben ist. Kein Mensch traut sich mehr auf die Straße. Jeder hat Angst, seine Kinder allein aus dem Haus zu lassen. Wir können nur hoffen, dass der Jäger, den wir in die Stadt geholt haben, die Bestie bald findet und erschießt, damit wir endlich aufatmen können.«

»Haben Sie den Tiger jemals gesehen?«, fragte Eliza hoffnungsvoll.

»Nein, aber mein Bruder.«

»Tatsächlich? Und wie heißt er?« Eliza hoffte inständig, dass Alistair McBride ihr nicht wieder zuvorgekommen war.

»Jock Milligan. Seine Farm liegt am Ende des Weges dort.« Kitty zeigte auf die Zufahrt, aus der sie gerade gekommen war. Das Haus konnte man nicht sehen, weil es von Bäumen verdeckt wurde. »Er hat etliche Schafe verloren und ist furchtbar wütend deswegen.«

»Glauben Sie, er würde mit mir reden?«

»Keine Ahnung. Soviel ich weiß, war schon einmal ein Reporter bei ihm, ein junger Mann, aber Jock konnte ihn nicht leiden und hat ihn davongejagt. Er kann manchmal ganz schön ruppig sein. Versuchen Sie es ruhig, vielleicht haben Sie ja mehr Glück bei ihm. Aber nach Einbruch der Dunkelheit sollten Sie zu Hause bleiben«, riet Kitty. »Die Leute hier, vor allem die Farmer, sind seit dieser Tigergeschichte übernervös. Beim leisesten Geräusch greifen sie zur Waffe und ballern auf alles, was sich bewegt.«

»Das ist schlimm. Auf den Hund meiner …« Beinahe wäre Eliza »Tante« herausgerutscht, doch sie besann sich noch rechtzeitig und fuhr fort: »… meiner Wirtin ist auch geschossen worden, und jetzt ist er furchtbar ängstlich.«

»So wie das Pferd, scheint mir. Vor ein paar Monaten, als Tilly in die Stadt geritten kam, streifte sie auf dem Heimweg einen Baum, an dem ein Bienenschwarm hing, und die Bienen haben sie verfolgt.« Kitty lachte. »Eigentlich war es nicht zum Lachen, aber den Anblick werde ich nie vergessen! Ich kam gerade von Jock, als das Pferd mit Tilly im Sattel an mir vorbeiraste, und Tilly brüllte wie am Spieß. Ich sehe sie heute noch vor mir. Später erzählte sie mir, Nell hätte den ganzen Weg bis nach Hause im gestreckten Galopp zurückgelegt, und sie selbst hätte den ganzen Weg in den höchsten Tönen gekreischt. Sie wären sogar schneller gewesen als der Zug! Wenn Nell jetzt den Zug pfeifen hört, bringt sie das Geräusch mit den Bienen in Verbindung und geht durch.«

Eliza war überrascht. »Mir hat Tilly gesagt, Nell sei ein sanftes, gutmütiges Pferd.«

»Solange sie daheim auf der Koppel steht, wahrscheinlich schon«, erwiderte Kitty. »Ich jedenfalls möchte nicht im Sattel sitzen, wenn der Zug vorbeirollt und die Lokomotive pfeift. Dann hat Nell den

Weg nach Hause schneller zurückgelegt als ein Rennpferd beim Melbourne-Cup.«

»Wie oft fährt der Zug denn?«, fragte Eliza beunruhigt.

»Der planmäßige Zug kommt morgens gegen neun und abends gegen sechs hier durch. Gelegentlich fährt auch ein außerplanmäßiger – wenn es viel Fracht gibt zum Beispiel.«

Eliza nickte. »Ich werde daran denken. Glauben Sie, ich könnte jetzt gleich mit Ihrem Bruder sprechen?«

»Versuchen Sie es einfach. Ich kann Sie leider nicht begleiten, weil ich die Zwillinge nach Hause und ins Bett bringen muss.«

»Das macht doch nichts, ich finde den Weg schon.«

»Nehmen Sie's nicht persönlich, wenn Jock ein bisschen brummig ist. Er patrouilliert fast jede Nacht mit der Waffe in der Hand draußen durch die Pferche und kommt kaum noch zum Schlafen. Trotzdem verliert er immer wieder Schafe. Hoffentlich erlegen sie diese Bestie bald.« Die Kinder wurden immer unruhiger. Als Toby nach seiner Schwester zu treten begann, schimpfte Kitty: »Hör sofort auf damit, oder es setzt was!« Mit hochrotem Gesicht blickte sie zu Eliza auf. »Ich mach mich lieber auf den Weg. Wenn der Junge aufgekratzt ist, schläft er mir nachher nicht. Also dann, auf Wiedersehen.«

»Auf Wiedersehen«, rief Eliza ihr zu und ritt in Richtung Milligans Farm. »Hat mich gefreut, Sie kennen zu lernen.«

»Schauen Sie doch mal auf eine Tasse Tee bei mir rein, wenn Sie wieder in der Nähe sind«, meinte Kitty, ihre Zwillinge hinter sich her zerrend.

Eliza winkte ihr zu. »Danke, das werde ich!«

Jock Milligan trat aus dem Haus, noch ehe Eliza abgestiegen war. Da die von Bäumen gesäumte Zufahrt ein ganzes Stück vor dem Haus endete, hatte er die Reiterin kommen sehen. »Guten Tag«, grüßte er. Eliza betrachtete den Mann, der an einen Holzpfosten gelehnt auf der Veranda stand. Sein Bart hatte die gleiche Farbe wie die Haare seiner Schwester. Sein Hut war zerbeult, über dem karierten Hemd trug er eine Latzhose. Obwohl seine blauen Augen sie mit wachem, prüfendem Blick musterten, fand sie, dass er müde und erschöpft aussah, und sie fragte sich, ob sie ihren Besuch nicht lieber hätte verschieben sollen.

»Guten Tag, Mr. Milligan«, erwiderte sie seinen Gruß. »Ich habe gerade mit Ihrer Schwester gesprochen. Kitty meinte, Sie seien zu Hause und ich solle Sie ruhig aufsuchen.«

»So, meinte sie das?«, entgegnete Jock langsam. »Sie ist gerade gegangen. Ihre beiden Kleinen sind ganz schön anstrengend. Ich bin jedes Mal froh, wenn sie gehen.«

Eliza stieg ab. »Sie hat gemeint, die Kinder wären müde und deshalb so quengelig.«

»Müde? Die sind immer so! Ich kenne sie gar nicht anders. Und was führt Sie hierher, wenn ich fragen darf?«

»Ich ...«, begann Eliza und verstummte, als ihr einfiel, wie sie von Mannie Boyd empfangen worden war. »Ich habe gehört, dass Sie vor kurzem den Tiger beobachtet haben. Ich hatte gehofft, Sie könnten mir mehr darüber erzählen.«

Jocks Augen wurden schmal, und er fragte misstrauisch: »Hat dieser Kerl von der *South Eastern Times* Sie hergeschickt?«

»Du meine Güte, nein! Er ist kein besonders angenehmer Zeitgenosse, nicht?«

»Da haben Sie allerdings recht. Ich kann den Burschen nicht ausstehen. Zu großspurig für meinen Geschmack.«

»Ganz meine Meinung«, pflichtete Eliza ihm erleichtert bei. »Nein, ich komme von der *Border Watch*.«

Jock blickte sie überrascht an. »Das ist die Zeitung, die in Mount Gambier erscheint, nicht wahr?«

»Ganz recht.« Eliza hielt den Atem an, während sie auf seine Reaktion wartete.

Eine Sekunde lang wusste Jock nicht, was er sagen sollte; dann fragte er: »Sind Sie Reporterin?«

»So ist es.« Eliza versuchte ein Lächeln zustande zu bringen, was ihr aber nicht gelang, weil sie fürchtete, Jock werde sie gleich von seinem Grundstück jagen.

»Seltsamer Beruf für eine Frau«, bemerkte er.

»Das kriege ich andauernd zu hören. Aber ich komme nun mal gern mit Menschen wie Ihnen zusammen«, schmeichelte sie. »Und mir gefällt der Gedanke, die Leute darüber zu informieren, was sich in ihrer Gegend alles tut.«

»Es bringt aber nichts, über den Tiger zu schreiben«, sagte Jock abweisend. »Gefunden wird er dadurch auch nicht.«

»Das sehe ich anders, Mr. Milligan. Ich glaube schon, dass ein Artikel über das Tier nützlich sein kann.«

»Inwiefern?«

»Sie wären überrascht, wie viele Leute sich erst dann melden und sagen, sie hätten eine Beobachtung gemacht, wenn sie gelesen haben, dass sie nicht die Einzigen sind.«

Jock kratzte sich nachdenklich am Hinterkopf. »Wollen Sie damit sagen, dass auch andere den Tiger gesehen haben könnten, sich aber scheuen, darüber zu sprechen?«

»Genauso ist es.«

»Hm, vielleicht haben Sie gar nicht so unrecht. Wer nicht mit eigenen Augen gesehen hat, wozu die Bestie fähig ist, glaubt es nicht.«

»Ich habe übrigens gerade mit Brodie Chandler gesprochen«, sagte Eliza.

»Dem Jäger, den wir angeheuert haben? Hat er schon irgendwelche Spuren entdeckt?«

»Ja. Er sagte, er hätte Kratzspuren an einem Baumstamm gefunden. Ich habe ihm vorgeschlagen, den Tiger lebend zu fangen und ihn dann in einen Zoo oder einen Zirkus zu bringen. Er war nicht sehr angetan von der Idee, was ja auch kein Wunder ist, weil er dann seine Arbeit verlieren würde, aber ein Zoo oder Zirkus würde für ein exotisches Tier sicher sehr gut bezahlen.«

Jock riss die Augen auf. »Meinen Sie wirklich?«

»Aber ja.« Eliza nickte heftig. »Außerdem wäre es humaner, den Tiger lebend zu fangen, anstatt ihn abzuknallen.«

Jock hörte kaum noch zu. Er hatte viele Schafe verloren und dadurch herbe Verluste erlitten. Er rechnete im Geiste kurz nach. Würde er einen guten Preis für den Tiger bekommen, könnte er seine Einbußen wettmachen und vielleicht sogar einen kleinen Gewinn erzielen. »Wie würde man es denn anstellen, den Tiger lebend zu fangen?«, fragte er und rieb sich das bärtige Kinn.

»Tja, das dürfte nicht ganz einfach sein«, gab Eliza zu. »Aber ich habe als Kind einmal eine Geschichte gelesen, die in Indien spielte. Ein Tiger bedrohte die Menschen eines Dorfes. Also hoben sie eine tiefe Grube aus, bedeckten sie mit Ästen, Zweigen und Laub und banden dann eine Ziege als Köder auf der anderen Seite der Grube an. Als der Tiger sich die Ziege holen wollte, fiel er in die Grube und saß in der Falle.«

»Das ist eine gute Idee!«, sagte Jock aufgeregt. »Und gar nicht schwer in die Tat umzusetzen. Das wäre einen Versuch wert.«

»Sind Sie denn sicher, dass es ein Tiger war, Mr. Milligan? Wie hat das Tier ausgesehen?«

»Ich konnte es im Nebel nicht richtig erkennen, es verschwand sofort wieder zwischen den Bäumen oben im letzten Pferch, aber ich habe nie zuvor ein ähnliches Tier gesehen. Es hatte einen langen Schwanz, einen langen Körper und einen sehr großen Kopf. Das Biest sah unglaublich stark aus. Mannie Boyd hat von einem lauten, drohenden Knurren berichtet, das die Bestie von sich gegeben hätte. Das kann nur ein Tiger gewesen sein.«

»Ja, das scheint mir auch so.« Eliza nickte, erfreut über seine Beschreibung.

»Wenn ich wirklich einen Zirkus oder einen Zoo finden würde, der mir die Bestie abkauft, würde ich sofort anfangen, eine Grube auszuheben«, sagte Jock, der seine Begeisterung kaum noch zügeln konnte.

»Das dürfte kein Problem sein. Ein Tiger ist eine Seltenheit in diesem Land und deshalb eine besondere Attraktion«, versicherte Eliza ihm.

»Ja, das stimmt.« Jock hakte die Daumen unter den Latz seiner Hose, stieg dann die Verandatreppe hinunter und eilte entschlossen zur Scheune.

»Wo wollen Sie denn hin?«, rief Eliza ihm nach.

»Meine Schaufel holen. Und dann suche ich nach einer geeigneten Stelle für die Grube!«

Eliza hätte jubeln können. Sie war ganz aufgeregt. Den Tiger lebend zu fangen würde eine fantastische Story abgeben. Ihr Chef würde stolz auf sie sein, da war sie sicher.

4

Tilly grub ein Beet im Gemüsegarten um, als Eliza zurückkam. Sie trug einen breitkrempigen Hut und eine warme Strickjacke über ihrem grauen Kleid. Sie schaute auf, als sie Eliza heranreiten sah, und beobachtete, wie sie aus dem Sattel glitt und mit den Füßen auf einem Baumstumpf aufkam.

»Hallo!«, rief Tilly. Sie konnte noch immer nicht glauben, dass Richards Tochter bei ihr wohnte. Was sie nie für möglich gehalten hätte, war eingetreten: Der Kreis hatte sich geschlossen. »Na, ist alles gut gegangen?«

»Du hättest mir ruhig sagen können, dass Nell so nervös ist«, sagte Eliza ungehalten. »Und dass sie den Zug nicht ausstehen kann.«

»Ihr seid dem Zug doch gar nicht begegnet, oder?« Tilly richtete sich auf und schaute ihre Nichte besorgt an. Planmäßig verkehrte die Eisenbahn nicht um diese Zeit, das wusste Tilly, und von einem außerplanmäßigen Zug an diesem Tag war ihr nichts bekannt.

»Nein, zum Glück nicht.«

»Woher weißt du dann, dass Nell sich vor inm fürchtet?«

»Kitty Wilson hat es mir gesagt. Wieso hast du mich nicht gewarnt?«, fragte Eliza vorwurfsvoll.

»Ich hab nicht daran gedacht, weil der Zug erst heut Abend um sechs durchkommt. Ich bin davon ausgegangen, dass du bis dahin wieder zurück bist. Und Nell reagiert nur panisch auf die Pfeife der Lokomotive, sonst ist der Zug ihr ziemlich egal. Wieso sagst du, sie ist nervös? Ist etwas passiert?«

»Das nicht, aber Nell ist plötzlich durchgegangen, als ein Schwarm Vögel aufflog. Vorher ließ sie sich durch nichts und niemanden zu einer schnelleren Gangart bewegen. Sie ist dahingezockelt wie Noahs Esel.«

Tilly lachte. »Dass sie langsam ist, hatte ich dir vorher gesagt. Manchmal hilft es, wenn man mit dem Finger gegen ihre Ohren schnippt, aber nicht immer.«

»Man muss ihr gegen die Ohren schnippen?«

»Sie hat eben ihre Eigenarten.« Tillys Miene wurde ernst. »Hast du Kitty gesagt, dass wir ... verwandt sind?« Der Gedanke, die Leute könnten davon erfahren, erfüllte Tilly mit gemischten Gefühlen.

Eliza schüttelte den Kopf. »Nein. Ich dachte, es wäre dir nicht recht.«

»Um ehrlich zu sein, ich weiß es selbst nicht. Ich überlasse es dir, ob du es jemandem sagen willst oder nicht.«

»Mir macht es nichts aus, wenn die Leute erfahren, dass ich deine Nichte bin, aber ich möchte nicht, dass meine Eltern etwas mitbekommen.« Eliza senkte den Blick.

»Natürlich nicht.« Zu ihrer eigenen Verwunderung stellte Tilly fest, dass sie ein wenig enttäuscht war. Eliza war ein reizendes Mädchen, und sie, Tilly, war stolz darauf, mit ihr verwandt zu sein. Andererseits legte Tilly keinen Wert auf eine Konfrontation mit Henrietta.

»Kitty kam zufällig hinzu, als ich zum Aufsitzen auf einen umgestürzten Baumstamm geklettert war. Sie hat gesagt, ich dürfe das nächste Mal ihren Zaun benutzen, um in den Sattel zu kommen.«

»O ja. Ich hab vergessen, dir zu sagen, dass ich immer auf den Wassertrog vor dem Hotel klettere. Das ist allerdings nicht ganz ungefährlich«, meinte Tilly und verdrehte die Augen. »Ich bin schon x-mal ausgerutscht und dann bis zu den Knien im Wasser gestanden. Wie bist du denn mit Mannie Boyd klargekommen?«

»Überhaupt nicht«, erwiderte Eliza trocken. »Ein anderer Reporter, der sich in der Stadt aufhält, hat ihm Geld gegeben, damit er mit keinem anderen über den Tiger redet. Mannie hat mir die Tür vor der Nase zugeschlagen.«

Das überraschte Tilly nicht sonderlich. Von einem Rüpel wie Mannie war nichts anderes zu erwarten. »Dieser andere Reporter – das war nicht zufällig Alistair McBride?«

»Doch.« Eliza blickte ihre Tante verblüfft an. »Kennst du ihn etwa?«

»Ich bin ihm vorgestern begegnet. Ein unsympathischer Bursche.« Er hatte Tilly in der Stadt angesprochen und gefragt, ob sie den Tiger schon einmal zu Gesicht bekommen habe. Tilly hatte verneint und wollte weitergehen, doch Alistair war ihr gefolgt und hatte ihr keine Ruhe gelassen. Erst als sie energisch geworden war, hatte er es endlich aufgegeben. »Das ist doch nicht rechtens, dass er sich das Schweigen der Leute erkauft, oder?«

»Es verstößt gegen unser Berufsethos, und das habe ich ihm auch gesagt.«

»Und wie hat er es aufgenommen?«, fragte Tilly.

»Er sagte, ich solle mir eine Arbeit in einem Modegeschäft suchen.«

»Dieser arrogante Frechling! Du hättest ihm sagen sollen, dass er ein Stümper ist, wenn er die Leute bezahlen muss, um an Informationen für seine Artikel zu kommen!«, empörte sich Tilly. »Aber so etwas hast du dir bestimmt schon öfter von Männern anhören müssen, wenn sie sich von einer jungen Reporterin wie dir bedroht fühlen, hab ich recht?«

»Ja, das habe ich schon mehr als einmal gehört«, bestätigte Eliza. Meistens von ihrem Chef, doch das behielt sie lieber für sich. »Jedenfalls war ich so wütend, dass ich blindlings aus der Hotelbar gestürmt und dabei mit Brodie Chandler zusammengeprallt bin, dem angeheuerten Jäger.«

»Ich habe Mr. Chandler noch gar nicht kennen gelernt, aber

ich habe ihn ein paar Mal in der Stadt gesehen. Ein gut aussehender Mann, nicht wahr?« Tilly legte den Kopf schief. »Die dunklen, verträumten Augen und das Grübchen am Kinn…«

Eliza schaute Tilly verwundert an. Eine solche Bemerkung hätte sie von ihrer Tante nicht erwartet. »Ja, er sieht ganz gut aus«, sagte Eliza, »aber er ist gefühllos. Unter dem anziehenden Äußeren verbirgt sich ein Herz aus Stein.«

»Als ich in deinem Alter war, fand ich Männer, die ein bisschen älter waren als ich, herrlich aufregend«, gestand Tilly und lächelte verschmitzt. Als sie Elizas verwunderten Blick bemerkte, wurde ihre Miene rasch wieder ernst. »Wie kommst du darauf, dass er gefühllos ist?«

»Ich habe ihm gesagt, dass man den Tiger doch auch lebend fangen und an einen Zoo oder Zirkus verkaufen könne. Doch er wollte nichts davon wissen. Er scheint den Tiger unbedingt erlegen zu wollen«, sagte Eliza.

»Nun, Jäger erlegen ihre Beute nun mal. Ich bezweifle, dass du einen Jäger finden wirst, der das Leben eines Tieres verschont.«

»Ich habe mit Jock Milligan gesprochen, und er findet meine Idee gut.«

»Tatsächlich?«

»Ja. Ich war noch nicht fort, da fing er schon an, ein Loch zu graben.«

»Ein Loch?« Tilly schaute erstaunt drein. »Wozu das denn?«

»Als Falle für den Tiger.«

»Als Falle für den Tiger?«, echote Tilly. »Was für eine verrückte Idee ist das denn?«

»Das ist überhaupt nicht verrückt«, widersprach Eliza. »Ich habe die Idee ist aus einem Buch, das ich mal gelesen habe.«

»Dann war es *dein* Vorschlag, ein Loch zu graben?«

»Ja. Man hebt eine tiefe Grube aus und bedeckt sie mit Ästen und Laub. Wenn der Tiger darüberläuft, bricht er ein und sitzt in der Falle.«

Tilly hob einen Korb mit Gemüse, das sie zuvor geerntet hatte, auf. »Hm. Vielleicht ist das gar kein schlechter Einfall«, murmelte sie nachdenklich. Die Vorstellung, dass der Tiger getötet wurde, war auch ihr zuwider.

Eliza ließ den Blick über den Gemüsegarten schweifen. Alles wuchs und gedieh prächtig. Vor allem die Kürbisse waren so groß, dass Eliza es kaum glauben konnte.

»Wie findest du meinen Gemüsegarten?«, fragte Tilly mit unüberhörbarem Stolz. »Mit den Kürbissen nehme ich jedes Jahr an der Landwirtschaftsausstellung in Tantanoola teil.«

»Das glaube ich dir aufs Wort«, erwiderte Eliza. »So riesige Kürbisse habe ich noch nie gesehen!«

»Mit denen habe ich drei Jahre hintereinander den ersten Preis gewonnen, und meine Rüben, mein Porree und meine Rettiche sind ebenfalls prämiert worden«, erzählte Tilly stolz. »Dieses Jahr könnten meine Saubohnen einen Preis bekommen, und mein Rhabarber hoffentlich auch. Heute Abend gibt's übrigens Gemüseeintopf und zum Nachtisch Rhabarberkuchen.«

Elizas Magen knurrte laut und vernehmlich. Sie merkte jetzt erst, wie hungrig sie war. »Das hört sich verlockend an.«

»Und nur damit du's weißt, Eliza – ich schlachte meine Hühner nicht. Ich esse sie nicht einmal dann, wenn sie an Altersschwäche gestorben sind. Die schönsten stelle ich aus. Meine Bantamhühner sind in den letzten fünf Jahren jedes Mal ausgezeichnet worden.«

»Oh«, machte Eliza überrascht. »Aber gelegentlich isst du schon Fleisch, oder?«

Tilly schüttelte den Kopf. »Nein, seit Jahren nicht mehr. Ich bringe es einfach nicht mehr fertig, und ich glaube auch nicht, dass man unbedingt Fleisch essen muss.«

»Ich kann dich verstehen, Tante. Wenn Dad eins von unseren Tieren töten würde, könnte ich das Fleisch auch nicht essen. Ich meine, gerade eben habe ich das Tier vielleicht noch gestreichelt, und jetzt liegt ein Teil davon auf meinem Teller…« Eliza verzog das Gesicht.

Tilly war erleichtert. »Ich bin froh, dass du so darüber denkst.«

»Ich schon, aber Mom und meine Schwester sehen das anders. Sie haben nichts für Tiere übrig.«

Tilly nickte wissend. Sie und Henrietta waren immer schon grundverschieden gewesen, und sie hatte das Gefühl, dass es sich bei Eliza und ihrer Schwester Katie genauso verhielt. »Ich mache übrigens Käse aus der Milch meiner Ziegen.«

»Tatsächlich? Ziegenkäse habe ich noch nie gegessen. Und einen Obstgarten hast du auch, wie ich sehe.« Eliza schaute zu den Obstbäumen.

»Ja, ich baue drei verschiedene Obstsorten an.«

Eliza staunte, was ihre Tante auf diesem Stück Land alles geschaffen hatte. »Was ist eigentlich auf den Felsen da oben?«, fragte sie dann und zeigte auf die Up and Down Rocks, die ungefähr zweihundert Meter hinter dem Haus steil emporragten.

»Oh, man hat einen großartigen Blick von da oben. In den Felsen gibt es übrigens ein Höhlenlabyrinth.«

»Felshöhlen?«, fragte Eliza aufgeregt.

»Ja, sie sind ziemlich groß. Der Vorbesitzer meines Gasthauses hat sie zufällig entdeckt, als sein Neffe mal zu Besuch war. Der wollte mit seinem Frettchen Kaninchen jagen und schickte das Tier in ein Loch unten in der Felswand. Als das Frettchen nicht mehr herauskam, holte der Junge seinen Onkel, und der hat dann die Höhlen entdeckt. Und das Frettchen kam nach einiger Zeit auch wieder zum Vorschein.«

»Gibt es einen Eingang zu den Höhlen?«

»Ja. Der Vorbesitzer hat ihn vergrößert und dafür das Loch zugeschaufelt, in dem das Frettchen verschwunden war.«

»Ich würde die Höhlen gern einmal sehen«, sagte Eliza, die ein Abenteuer witterte.

»Dann müssten wir Laternen mitnehmen. Es ist stockdunkel

da drinnen. Aber gut – ich werde dir die Höhlen zeigen, ehe du abreist «

»Großartig!«, sagte Eliza voller Vorfreude. »Dann will ich jetzt mal Nell absatteln und ihr etwas zu fressen geben.«

»In Ordnung.« Für Tilly, die es gewohnt war, alles selbst zu erledigen, war es ein merkwürdiges Gefühl, dass ihr eine Arbeit abgenommen wurde. »Es dauert noch ein Weilchen bis zum Abendessen. Hast du denn keinen Hunger? Ich habe schon etwas zu Mittag gegessen.«

»Ehrlich gesagt, mir knurrt der Magen.« Eliza warf einen Blick auf die Uhr. Es war schon halb drei.

»Ich mache dir ein Sandwich.«

»Danke, das ist lieb von dir. Bis gleich.« Eliza wandte sich ab.

Tilly blickte ihr nach, als sie zum Stall ging. Eliza war wirklich ein nettes Mädchen. Tilly mochte sie sehr und war froh, dass sie einander kennen gelernt hatten. Dennoch musste sie sich erst an die neue Situation gewöhnen.

Eliza gingen ähnliche Gedanken durch den Kopf. Sie fand ihre Tante sehr sympathisch, wenn auch ein bisschen schrullig und eigensinnig. Andererseits war auch Eliza selbst eine eigenwillige Frau, und da war es angenehm, eine verwandte Seele zu treffen.

Während Tilly später an diesem Tag das Gemüse für den Eintopf putzte und klein schnitt, machte Eliza sich Notizen über ihr Gespräch mit Jock Milligan.

»Wirst du in deinem Artikel auch schreiben, dass die Sache mit dieser Falle, dieser Tigergrube, deine Idee war?«, fragte Tilly.

»Nein«, erwiderte Eliza. »Das würde meinem Chef bestimmt nicht gefallen. Und wenn Jock Milligan in der Bar darüber redet, wird er die Sache hoffentlich als seine eigene Idee ausgeben.«

»Ich glaube nicht, dass Jock auch nur ein Wort über die Tigergrube verliert«, meinte Tilly nachdenklich. »Sonst fangen auch andere Farmer womöglich damit an, Gruben auszuheben.«

Eliza riss erschrocken die Augen auf. »Daran habe ich gar nicht gedacht!« Im Geiste sah sie, wie überall in der Gegend Löcher gegraben wurden und Schafe und Rinder hineinstürzten. »Glaubst du wirklich, das könnte passieren?«

»Ich weiß es nicht.« Tilly machte ein besorgtes Gesicht, denn vor ihrem inneren Auge war das gleiche Bild erschienen – und sie sah Eliza bereits in großen Schwierigkeiten.

Nach dem deftigen Gemüseeintopf und dem Rhabarberkuchen schrieb Eliza einen Brief an ihre Eltern. Sie wohne im Hanging Rocks Inn, das außerhalb der Stadt liege und von einer sehr netten Frau geführt werde, schrieb sie. Den Namen der Frau erwähnte sie wohlweislich nicht. Doch sie hoffte, diese Nachricht würde ihre Mutter beruhigen.

Tilly schaute vom Geschirrspülen auf. »Ist der Brief an deine Eltern?«

Eliza nickte. »Ja, damit sie wissen, wo ich wohne und dass alles in Ordnung ist. Wenn ich nichts von mir hören lasse, machen sie sich Sorgen. Ich kann ihnen aber nicht schreiben, dass ich bei dir wohne. Ich weiß, das ist unaufrichtig, und normalerweise bin ich nicht so, aber ich musste ihnen versprechen, dich nicht aufzusuchen.«

»Verstehe. Na, dann bleibt das eben unser kleines Geheimnis.« Tilly zwinkerte ihrer Nichte zu.

An diesem Abend lag Eliza lange wach. Der Gedanke an Jock Milligans Grube und die möglichen Folgen ließ sie nicht zur Ruhe kommen.

Als Eliza am anderen Morgen aus ihrem Zimmer kam, sah sie übermüdet aus. »Ich werde gleich mit Jock Milligan reden«, sagte sie zu Tilly, die das Frühstück zubereitete. »Ich will nicht, dass er jemandem von der Falle erzählt. Vielleicht sollten wir das Ganze lieber vergessen. Ich glaube, den Tiger lebend zu fangen ist doch keine so gute Idee.«

Tilly wiegte zweifelnd den Kopf. »Wenn Jock Milligan wirklich so von der Idee angetan war, wie du erzählt hast, wirst du ihn kaum mehr davon abbringen können. Außerdem hab ich darüber nachgedacht. So schlecht finde ich die Idee mit der Falle gar nicht – vorausgesetzt, es bleibt bei der einen.«

»Und wenn nicht? Ich habe die ganze Nacht kaum ein Auge zugetan, weil ich ständig daran denken musste, was passiert, wenn die anderen Farmer davon Wind bekommen und ebenfalls Gruben ausheben. Alle werden mir die Schuld geben, wenn jemand in eine solche Grube fällt und sich verletzt, und dann kann ich die Tiger-Story vergessen. Mein Chef wird mich garantiert rauswerfen.«

»Weißt du was?« Tilly drehte sich zu Eliza um. »Ich werde dich zu Jock begleiten. Er ist ein Einzelgänger, ein bisschen so wie ich. Vielleicht gelingt es *mir* ja, ihn umzustimmen.«

»Das möchte ich dir nicht zumuten, Tante. Du hast genug anderes zu tun.«

Tilly winkte ab. »Ich muss sowieso in die Stadt. Ich bin Schriftführerin des Komitees für die Landwirtschaftsausstellung, und für heute Morgen ist ein Treffen angesetzt.« Sie hatte sich nicht für diesen Posten beworben, sondern war von den anderen dafür vorgeschlagen worden. Da das Komitee nur ein paar Mal im Jahr unmittelbar vor Beginn der Landwirtschaftsausstellung zusammentrat, hatte Tilly die Wahl angenommen.

»Wann findet die Landwirtschaftssaustellung denn statt?«, fragte Eliza.

»An diesem Wochenende.« Kaum hatte Tilly den Satz ausgesprochen, als sie erschrocken die Augen aufriss.

Eliza sah sie verblüfft an. »Was hast du denn?«

»Mir ist gerade eingefallen, dass wir das Gemüse dieses Jahr in einem von Jock Milligans Schafschurschuppen ausstellen werden und dass er uns außerdem eine Scheune für die Landwirtschaftsausstellung der Schafe zur Verfügung stellt.«

»Ja, und?« Eliza begriff nicht.

»Verstehst du denn nicht? Es werden jede Menge Leute, auch Kinder, auf seinem Grundstück herumlaufen. Wenn nun jemand in die Grube fällt …?«

»O Gott!« Eliza schlug sich entsetzt die Hand vor den Mund. Auf einmal kam sie sich schrecklich dumm vor.

Eliza und Tilly sattelten Nell gleich nach dem Frühstück und machten sich auf den Weg zu Jock Milligan. Er war nicht schwer zu finden: Ein großer Berg Erde an der Stelle, an der er seine Grube aushob, wies ihnen den Weg. Jock blickte nur flüchtig auf, als er die Frauen kommen sah, so emsig war er mit dem Graben beschäftigt.

»Morgen, Ladys«, rief er, ohne innezuhalten. Er stand bereits bis zur Brust in der Grube und schaufelte fleißig weiter. Eliza vermutete, dass er die halbe Nacht geschuftet hatte. Seine Begeisterung für die Idee, den Tiger lebend zu fangen, hatte offensichtlich nicht nachgelassen. Es würde kein leichtes Unterfangen sein, ihn davon abzubringen.

»Guten Morgen, Jock«, grüßte Tilly. »Wir möchten mit dir reden.«

»Und worüber?« Jock schaufelte emsig weiter.

»Über die Grube, die du da gerade aushebst.«

»Wie tief sollte sie eigentlich sein, Eliza?«, fragte Jock, während er mit einer Hacke die Erde lockerte. »Und wie breit?« Obwohl es kühl war an diesem Morgen, stand ihm der Schweiß auf der Stirn.

»Ich weiß nicht genau«, antwortete Eliza. »Und genau da liegt das Problem, Jock. Ich glaube, es ist doch keine so gute Idee, den Tiger lebend fangen zu wollen. Wir kennen uns doch gar nicht mit Fallen aus, und wenn jemand auf den Gedanken kommen sollte, es Ihnen nachzumachen …«

Jock hielt inne und blickte sie mit großen Augen an. »Ich sage zu niemandem ein Sterbenswörtchen. *Ich* will den Tiger fangen und verkaufen. *Ich* habe die meisten Schafe verloren, also steht es *mir* zu, auf diese Weise den Verlust wettzumachen.«

»Ich glaube nicht, dass du es geheim halten kannst, Jock«, sagte Tilly. »An diesem Wochenende ist die Landwirtschaftsausstellung, und du wolltest uns ein paar von deinen Schuppen zur Verfügung stellen, vergiss das nicht.«

»Bis dahin habe ich den Tiger längst gefangen, Tilly«, erwiderte er zuversichtlich.

»Meinen Sie?«, fragte Eliza zweifelnd.

»Verlassen Sie sich darauf! Es würde mich nicht wundern, wenn er noch heute Nacht in die Falle ginge.«

»Tja, vielleicht hast du recht«, sagte Tilly. Sie teilte Jocks Zuversicht zwar nicht, ließ es sich aber nicht anmerken. »Du hast jedenfalls nur noch zwei Tage Zeit, denk daran.«

»Du wirst sehen, Tilly, ich fange die Bestie noch heute! Der Tiger hat jede Nacht mindestens ein Schaf geholt, warum sollte er das heute nicht auch tun?« Er blickte Eliza an. »Vielen Dank übrigens. Das Ganze war schließlich Ihre Idee!«

Eliza warf Tilly einen flüchtigen Blick zu. Ihre Tante machte ein besorgtes Gesicht. »Ich habe nur gesagt, dass ich es in einem Buch gelesen habe, Jock«, erwiderte Eliza. »Es war Ihre eigene Idee, die Grube auszuheben. Falls Sie den Tiger fangen, sollten Sie auch die Lorbeeren ernten.«

Jock zuckte gleichgültig die Achseln.

»Na, dann viel Glück«, wünschte Tilly ihm. Sie hoffte inständig, dass der Tiger tatsächlich in dieser Nacht in die Falle ging.

»Kann ich etwas für dich tun, während du bei der Versammlung bist, Tante?«, fragte Eliza, als sie in der Stadt angekommen waren. »Den Brief aufzugeben dauert ja nicht lange.«

»Schau dir die Läden an«, schlug Tilly vor. »Sie sind bestimmt nicht mit denen in Mount Gambier zu vergleichen, aber die

Ladenbesitzer sind stets zu einem Schwätzchen aufgelegt. Vielleicht erfährst du etwas Interessantes, das du für deine Artikel verwenden kannst. Ich hab sowieso nicht lange zu tun – eine halbe Stunde, denke ich.«

Eliza nickte. »Na schön.«

»Das Postamt ist gleichzeitig eine Gemischtwarenhandlung, und man kann Geschenkartikel und allerlei Krimskrams dort kaufen. Der Laden gehört Myra Ferris und ihrem Mann. Myra ist sehr neugierig, aber mach dir nichts draus. Sie denkt, das gehört zu ihrem Beruf.«

Tilly und Eliza vereinbarten, sich später wieder zu treffen, und gingen ihrer Wege.

Myra stand hinter dem Postschalter, als Eliza den Laden betrat.

»Guten Morgen«, grüßte Eliza. »Ich möchte diesen Brief hier aufgeben.« Sie reichte ihn Myra. Diese las erst, an wen er adressiert war, und klebte dann eine Marke auf den Umschlag.

»Sind Sie diese Zeitungsfrau, von der alle sprechen?« Myra hatte von der jungen Frau gehört, die als Reporterin arbeitete und im Hotel durch ihr Auftreten für Aufsehen gesorgt hatte.

Eliza musterte die Ladeninhaberin. Myra war eine kleine, zierliche Person mit spitzer, langer Nase – lang genug, um sie bequem in anderer Leute Angelegenheiten stecken zu können. »Ja, ich arbeite für die *Border Watch*. Aber ob die Leute über mich reden oder nicht, kann ich nicht sagen.«

»Tantanoola ist eine kleine Stadt. Man kann sich nicht mal an der Nase kratzen, ohne dass es sich herumspricht. Sie wohnen im Hanging Rocks Inn, nicht wahr?«

»Ja«, antwortete Eliza geduldig. Am liebsten hätte sie Myra gefragt, ob sie sich auch dafür interessiere, was sie zum Frühstück gegessen hatte.

»Wie kommen Sie denn mit Tilly Sheehan aus?«

»Sehr gut«, antwortete Eliza kurz angebunden.

»Ich frage nur, weil Tilly…«, Myra beugte sich verschwörerisch vor, »… manchmal ein bisschen seltsam ist.«

Jetzt hatte sie Eliza neugierig gemacht. »Seltsam? Wie meinen Sie das?«

»Einmal hab ich sie dabei ertappt, wie sie mit sich selbst geredet hat!«, sagte Myra in einem Tonfall, als ob es ein Verbrechen wäre, Selbstgespräche zu führen. »Und die Gesellschaft ihrer Tiere ist Tilly offenbar lieber als die von Menschen. Finden Sie das nicht auch merkwürdig?«

»Nein, ganz und gar nicht«, versetzte Eliza. »Ich führe auch manchmal Selbstgespräche, und Tiere sind meist sehr viel netter als Menschen.« Damit drehte sie sich um und verließ grußlos den Laden. Myra war eine Nervensäge, das wusste Eliza jetzt schon, sie hatte Angst, sie könnte etwas tun oder sagen, das sie hinterher bereuen würde. Jetzt würde Myra ihren Kunden bestimmt erzählen, dass auch sie, Eliza, ein bisschen seltsam sei, aber das störte sie nicht. Den Tratsch über ihre Tante wollte sie sich jedenfalls keine Sekunde länger anhören.

Eliza schlug den Weg zum Hotel ein. Vor dem Eingang stand Alistair McBride und kritzelte etwas in ein Notizbuch. Als er aufblickte und Eliza sah, machte er ein überraschtes Gesicht.

»Sie sind ja immer noch da«, bemerkte er.

»Was dachten Sie denn? Ich gehe nicht eher, bis ich meine Geschichte habe«, erwiderte Eliza kühl.

»Warum besuchen Sie nicht ein paar Damenkränzchen, dann kriegen Sie genug Klatschgeschichten zu hören, über die Sie schreiben können«, spottete er.

Damit hatte er einen wunden Punkt getroffen, und Eliza ging prompt in die Luft. »Das überlasse ich lieber Ihnen«, fauchte sie. »*Ich* bin Reporterin, und das heißt, dass ich die Leute befrage und Augenzeugenberichte über den Tiger sammle.«

McBride schnaubte höhnisch. »Leute wie diesen verrückten alten Farmer etwa? Wie heißt er doch gleich? Milligan?«

»Er ist ganz und gar nicht verrückt. Dass er Sie nicht leiden kann, beweist nur, dass er Menschenkenntnis besitzt.« Mit diesen Worten ließ sie ihren Konkurrenten stehen. Eliza wollte sich nicht auf eine längere Diskussion einlassen, weil sie fürchtete, versehentlich etwas über die Tigergrube auszuplaudern. Grimmig presste sie die Lippen zusammen. Dieser Alistair McBride hatte sie so wütend gemacht, dass ihr die Lust zu einem Bummel durch die Geschäfte vergangen war. Sie ging geradewegs zum Gemeindesaal, wo Tillys Versammlung stattfand, und setzte sich draußen in die Sonne, die trotz des kühlen Windes angenehm wärmte.

Eliza hatte erst ein paar Minuten dort gesessen, als Mary Corcoran aus dem Hotel trat. Als sie die junge Frau sah, ging sie zu ihr.

»Guten Morgen, Miss Dickens. Ich suche Tilly. Ist sie immer noch da drin?«

»Guten Morgen, Mrs. Corcoran. Ja, aber es dauert bestimmt nicht mehr lange.«

Sie hatte den Satz noch nicht zu Ende gesprochen, als Tilly aus dem Gemeindesaal kam. Männerstimmen drangen zu ihnen nach draußen.

»Guten Morgen, Mary«, grüßte Tilly.

»Hallo, Tilly. Ein Glück, dass ich dich noch erwische. Es ist etwas passiert, und da wollte ich dich um einen Gefallen bitten.«

»Es ist was passiert? Hoffentlich nichts Ernstes«, meinte Tilly besorgt.

»Unser Regenwassertank hat ein Leck. Ich sage Ryan schon seit Wochen, er soll sich darum kümmern, aber er wollte ja nicht auf mich hören. Typisch!« Mary verdrehte viel sagend die Augen. »Jedenfalls stehen jetzt die halbe Bar und ein Teil des Hotels unter Wasser. Der Schaden ist in einem unserer Gästezimmer am größten.«

»Ach herrje«, sagte Tilly mitfühlend. »Und wie kann ich dir helfen?« Sie ahnte schon, worum Mary sie bitten würde, und hatte ein mulmiges Gefühl in der Magengrube.

»Wärst du so nett, einen unserer Gäste bei dir aufzunehmen?«

»Nun, ich weiß nicht…«, antwortete Tilly mit einem flüchtigen Seitenblick auf Eliza.

Eliza riss die Augen auf. »Jetzt sagen Sie bloß nicht, dass es sich um Alistair McBrides Zimmer handelt!«

»Nein, es ist Mr. Chandlers Zimmer, das überschwemmt wurde«, sagte Mary, der es viel lieber gewesen wäre, den aufdringlichen Reporter auf diese Weise loszuwerden.

Eliza atmete auf. Eigentlich war es gar nicht schlecht, wenn der Jäger ins Hanging Rocks Inn umzog. Dadurch wäre sie immer auf dem Laufenden, was die Jagd nach dem Tiger betraf. Sie sah Tilly an. Ihre Tante war wenig begeistert, einen weiteren Gast aufnehmen zu müssen.

»Es wäre nur für ein paar Tage«, bat Mary.

»Na schön«, willigte Tilly ein. Sie konnte Mary diese Bitte schlecht abschlagen.

»Danke, Tilly! Das Zimmer sollte in ein paar Tagen so weit trocken sein, dass es wieder bewohnt werden kann. Der Teppich ist wohl nicht mehr zu retten, aber das ist nicht zu ändern.« Mary seufzte. »Ausgerechnet jetzt muss das passieren, wo am Wochenende die Landwirtschaftsausstellung stattfindet. Das hat mir gerade noch gefehlt! Ich werde Mr. Chandler gleich nachher Bescheid sagen. Er ist völlig übermüdet, der arme Mann, weil er praktisch jede Nacht draußen verbringt und die Gegend nach dem Tiger absucht. Tagsüber versucht er zwar, seinen Schlaf nachzuholen, aber das klappt nicht immer. Ein Glück, dass er nicht im Bett lag, als sein Zimmer voll Wasser lief!«

»Schick ihn mir später rüber, Mary, ich werde ein Zimmer für ihn vorbereiten«, sagte Tilly.

Mary bedankte sich noch einmal und eilte dann ins Hotel zurück.

»Das kommt dir nicht sehr gelegen, nicht wahr, Tante?«, sagte Eliza leise.

»Nein, aber was hätte ich tun sollen?« Tilly blickte Mary mit finsterer Miene nach.

»Jetzt hast du zwei unerwünschte Gäste.« Eliza wusste, dass sie sich ihrer Tante regelrecht aufgedrängt hatte.

Tilly blickte sie an. »Ich bin gern allein, Eliza, aber ich bin trotzdem sehr froh, dass ich dich kennen gelernt habe«, sagte sie und machte sich daran, Nell loszubinden.

Eliza schaute ihr nachdenklich zu. Auch sie war froh, ihrer Tante begegnet zu sein. Nur durften ihre Eltern nichts davon erfahren. Sie wären außer sich vor Zorn.

»Einige Leute in der Stadt wollen offenbar einen Aborigine-Fährtenleser anheuern und Bluthunde einsetzen, falls Brodie Chandler den Tiger nicht bald aufgespürt hat. Das habe ich von einem der Mitglieder des Komitees erfahren. Typisch!« Tilly schüttelte unwillig den Kopf. »Die Leute werden immer gleich hysterisch.«

»Haben sie Mr. Chandler eine Frist gesetzt?«

»Ich glaube nicht. Die meisten hier halten große Stücke auf ihn. Ach, übrigens, was hat Myra Ferris denn zu erzählen? Hat sie dir ein Loch in den Bauch geschwatzt?«

Eliza spürte, wie sie rot wurde. »Nein, eigentlich nicht, ich war auch nicht lange da«, antwortete sie ausweichend. Sie würde Tilly nichts von Myras Gerede sagen, weil sie nicht wollte, dass ihre Tante noch mehr verunsichert wurde und den letzten Rest ihres wegen der Narben ohnehin angeschlagenen Selbstwertgefühls verlor. Sonst würde Tilly sich am Ende vollständig von den Menschen zurückziehen und doch noch zur Einsiedlerin vom Hanging Rocks Inn werden.

5

Eliza und Tilly ritten nach Hause. Tilly sprach nur wenig. Der Gedanke, Brodie Chandler bei sich aufnehmen zu müssen, machte ihr offenbar zu schaffen.

»Vielleicht hättest du Mrs. Corcorans Bitte mit dem Hinweis zurückweisen können, dass wir zwei allein stehende Frauen sind«, sagte Eliza. »Das hätte sie verstehen müssen.«

»Mary hätte mich vermutlich gar nicht erst gefragt, wenn du nicht da wärst«, erwiderte Tilly. »Sie hat mich bislang nur ein einziges Mal gebeten, Gäste aufzunehmen, und das war letztes Jahr, als dieses junge Paar auf Hochzeitsreise durch die Stadt kam und sie im Hotel kein Zimmer mehr frei hatte.« Tilly hatte die beiden nur zum Abendessen gesehen, weil sie den ganzen Tag unterwegs gewesen waren, doch selbst das war ihr schon zu viel gewesen.

»Ich werde bestimmt nicht lange bleiben. Mr. Kennedy will meinen Artikel so schnell wie möglich haben.« Es stimmte Eliza traurig, dass ihr nicht viel Zeit blieb, ihre Tante kennen zu lernen. Wer weiß, wann ich Tilly das nächste Mal wiedersehen werde, dachte sie.

»Niemand kann vorhersagen, wie lange es dauert, bis du deine Geschichte hast, nicht einmal dein Chef.« Tilly wollte, dass ihre Nichte noch ein bisschen länger bei ihr blieb, das wurde ihr jetzt klar. Sie legte keinen Wert darauf, ihre Schwester Henrietta jemals wiederzusehen, aber Eliza war auch Richards Tochter, und sie war ein reizendes Mädchen.

Die Vorstellung, mit Brodie Chandler unter einem Dach zu wohnen, machte Eliza nervös. Er war zweifelsohne ein attraktiver Mann, doch sie fand es erschreckend, dass jemand das Leben eines Tieres so gering achtete. Dass sie stets auf dem neuesten Stand sein würde, was die Tigersuche anging, musste allerdings Vorrang vor ihren persönlichen Gefühlen haben.

Eliza saß am Küchentisch und machte sich Notizen über Jock Milligan und seine Tigergrube, während Tilly die Reste des Gemüseeintopfs vom Vorabend für das Mittagessen aufwärmte.

Eine knappe Stunde später hörten sie das Klappern von Hufen auf der gepflasterten Zufahrt, die zum Haus führte. Kurz darauf sahen sie Brodie Chandler auf der Rückseite des Gasthauses. Er lenkte seinen schwarzen Hengst zum Stall und stieg ab. Dann schlang er die Zügel um eine Querlatte an Nells Koppel, die auf einer Seite von Kiefern beschattet wurde. Nell kam sogleich herbei, um ihren Artgenossen zu begrüßen.

Eliza sah, wie Tilly sich vergewisserte, dass ihre Narben vom Haar verdeckt wurden. Zum ersten Mal hatte sie Mitleid mit ihrer Tante. Sie würde zu gern mehr über ihren Unfall erfahren, aber sie wusste nicht, ob Tilly überhaupt darüber reden wollte. Eliza nahm sich vor, sie darauf anzusprechen, wenn sie den Zeitpunkt für geeignet hielt.

»Kommen Sie nur herein, Mr. Chandler«, forderte Tilly den Jäger auf, als er an der Hintertür erschien.

Eliza bemerkte die Nervosität in ihrer Stimme.

»Sagen Sie bitte Brodie zu mir, Miss Sheehan«, entgegnete er und stellte seinen Koffer ab.

Tilly schaute zu ihm auf. Er war groß, weit über eins achtzig. »Aber nur, wenn Sie Tilly zu mir sagen«, entgegnete sie und senkte gleich wieder den Kopf.

»Ist Tilly die Abkürzung für Matilda?«, wollte Brodie wissen.

Notgedrungen blickte Tilly wieder auf. »Ja.«

»Dann würde ich Sie gern Matilda nennen, wenn es Ihnen

recht ist. Meine Schwester heißt so, und ich liebe diesen Namen.«

Tilly errötete wie ein Schulmädchen und senkte rasch wieder den Kopf. »Ich habe nichts dagegen. Meine Mutter hat immer auf Matilda bestanden. Ich habe erst Tilly daraus gemacht, als ich nach Tantanoola gezogen bin.«

Brodie sah sich um. Sein Blick blieb an Eliza haften, die am Küchentisch saß. Sie tat so, als wäre sie in ihre Aufzeichnungen vertieft.

»Eliza kennen Sie ja bereits«, sagte Tilly.

»Ja, wir hatten schon das Vergnügen. Guten Tag, Miss Dickens«, grüßte er ein wenig frostig.

Eliza blickte flüchtig auf. »Guten Tag, Mr. Chandler.«

Brodie wandte sich Tilly zu. »Darf ich mein Pferd zu Ihrer Stute stellen, Matilda? Oder soll ich es lieber auf eine andere Koppel bringen? Ich muss Sie warnen: Angus kann ganz schön temperamentvoll sein.«

»Machen Sie sich wegen Nell keine Sorgen«, meinte Tilly. Sie sah durchs Fenster, wie die beiden Pferde sich über den Zaun hinweg beschnupperten. »Stellen Sie Ihren Hengst ruhig zu ihr. Sie ist groß genug, um auf sich selbst aufpassen zu können, und ich könnte mir denken, dass sie sich über die Gesellschaft freut. Ihren Sattel können Sie in den Sattelraum neben dem Stall bringen. Lassen Sie Ihren Koffer ruhig schon da, ich bringe ihn auf Ihr Zimmer.« Tilly fiel jetzt erst auf, wie müde der Jäger aussah. Wahrscheinlich war er die ganze Nacht auf den Beinen gewesen.

Als Brodie hinausging, um sein Pferd zu versorgen, stand Eliza auf und nahm ihrer Tante den Koffer ab. »Lass nur, ich mach das schon. Kümmere du dich um das Essen.«

»Danke, Eliza. Bring den Koffer bitte in das Zimmer gegenüber deinem.«

Eliza zögerte kurz. Ihr wäre es lieber gewesen, wenn Brodie das Zimmer bekommen hätte, das am weitesten von ihrem entfernt war, doch sie sagte nichts. Sie nahm den Koffer und trug ihn hinaus.

Als Brodie zurückkam, hielt er sein Gewehr in der Hand. Er stellte es in eine Ecke, als Tilly ihn aufforderte, sich zu setzen und etwas zu essen. »Sie sind bestimmt müde«, sagte sie mit einem kritischen Seitenblick auf die Flinte. Sie hatte noch nie viel von Waffen gehalten. »Mary sagt, Sie sind fast jede Nacht unterwegs, deshalb werden Sie sich nach dem Essen sicher ein wenig ausruhen wollen, nicht wahr?«

»Ja, ich sehne mich nach einem Bett und ein paar Stunden Schlaf. Was riecht denn hier so gut?«

Eliza kam in die Küche zurück und sah, wie Tilly aufs Neue errötete. Eliza fiel auch auf, dass Brodie sich ihrer Tante gegenüber völlig anders benahm, als er sich bei ihr verhielt.

»Das ist nur ein aufgewärmter Gemüseeintopf«, sagte Tilly. »Aber ich habe auch noch Rhabarberkuchen, wenn Sie mögen.«

»O ja, und wie! Ich bin Ihnen wirklich dankbar, dass ich bei Ihnen wohnen darf.« Brodie setzte sich Eliza gegenüber an den Tisch. Sie beugte sich über ihre Notizen und tat wieder so, als wäre sie darin vertieft. Dennoch bemerkte sie den abschätzigen Blick, mit dem Brodie ihr Notizbuch streifte, und die Härte, die sich auf seine Züge legte. Sie hatte das Gefühl, dass es ihm lieber wäre, sie wäre nicht da.

»Ich habe ja genug Platz«, erwiderte Tilly. »Das Haus hier hat sogar mehr Zimmer als das Hotel. Bier habe ich allerdings keines da. Dafür ist es herrlich ruhig und friedlich hier, und das schätze ich sehr.« Sie hatte die Stille und die Einsamkeit immer genossen, doch damit würde es, zumindest für die nächsten Tage, vorbei sein.

Brodie nickte. »Auf das Bier kann ich verzichten, ich trinke nur selten Alkohol. Und ich liebe die Ruhe genauso wie Sie.« Tilly hatte ihm einen Teller Eintopf hingestellt, und er begann zu essen. Eliza war auffällig still, und Brodie wusste nicht recht, was er davon halten sollte.

»Sie sind bestimmt froh, dass Sie diesen Alistair McBride nicht mehr jeden Tag sehen müssen«, sagte Tilly. Sie stellte Eliza ebenfalls einen vollen Teller hin. »Der Bursche scheint mir ganz schön aufdringlich zu sein. Seine Fragerei kann einem wirklich auf die Nerven gehen.«

»Da haben Sie recht«, pflichtete Brodie ihr bei. »Aufdringlich ist er. Muss an seinem Beruf liegen.« Er sah Eliza viel sagend an.

»Ja, wahrscheinlich«, murmelte Tilly, der gar nicht aufgefallen war, dass diese Spitze ihrer Nichte gegolten hatte.

»Lieber aufdringlich als verroht«, brauste Eliza auf. Sie wurde rot, als sie Tillys entsetzten Blick auffing.

»Sich seinen Lebensunterhalt mit dem Erlegen von Tieren zu verdienen, mag Ihnen verroht vorkommen, Miss Dickens«, sagte Brodie ruhig, »aber möglicherweise rette ich Menschenleben, wenn ich den Tiger erlege. Vielleicht sogar Ihres und das von Matilda.«

Eliza warf ihm einen Blick zu, der besagte, dass er ihrer Meinung nach maßlos übertrieb.

»Ein Tiger ist gefährlich, da stimmen Sie mir doch hoffentlich zu«, fuhr Brodie fort.

»Sicher, deshalb finde ich, man sollte ihn einfangen und an einen Zoo oder einen Zirkus übergeben.«

»Nur einmal angenommen, wir stellen eine Falle auf...«, sagte Brodie langsam.

»Ja?« Eliza schaute ihn erwartungsvoll an. Würde sie ihn etwa für ihre Idee gewinnen können?

»... und nun versuchen Sie, sich einen ausgewachsenen Tiger in einer Falle vorzustellen, oder einem behelfsmäßigen Käfig...«

»Ja?«, sagte Eliza abermals, dieses Mal allerdings misstrauisch, weil sie das ungute Gefühl hatte, dass Brodie *ihr* eine Falle stellte.

»... stellen Sie sich also diese wilde Bestie vor, die mehrere

Zentner wiegt und schätzungsweise eine Körperlänge von drei Metern hat.«

Eliza schaute ihn fragend an. Worauf wollte er eigentlich hinaus?

»Der Tiger würde rasen vor Panik und Wut, wenn er merkt, dass er in der Falle sitzt. Haben Sie schon mal ein wildes Tier in einer Falle gesehen, Miss Dickens?«

»Nein, noch nie«, gestand sie.

»Glauben Sie mir – in diesem Augenblick wird dieses Tier sich nicht für einen Leckerbissen interessieren, es wird nur das eine Ziel kennen, freizukommen, und es wird dabei gewaltige Kräfte entwickeln. Gelingt es dem Tier, sich zu befreien, wird es alles angreifen und töten, was sich in der Nähe aufhält, einschließlich desjenigen, der ihm die Falle gestellt hat.«

Eliza starrte auf ihren Teller. Sie spürte, wie ihr Gesicht glühte. Sie hätte sich gern eingeredet, dass Brodie übertrieb, um seinen Worten Nachdruck zu verleihen, doch tief in ihrem Innern wusste sie, dass er die Wahrheit sagte. Sie musste an Jock Milligan denken und stellte sich vor, wie der Tiger mit einem mächtigen Satz aus der Grube sprang und sich auf ihn stürzte.

»Haben Sie schon irgendwelche Tigerspuren gefunden?«, fragte Tilly mit einem raschen Seitenblick auf Eliza. Sie ahnte, was in ihrer Nichte vorging, und fürchtete, sie würde Brodie gleich von Jock Milligans Plan erzählen. Ehe Eliza etwas Unüberlegtes tun konnte, fuhr Tilly fort: »Ich glaube nicht recht an diese Geschichte, wissen Sie. Aber bei der Versammlung des Komitees für die Landwirtschaftsausstellung war der Tiger das Gesprächsthema Nummer eins. Bill Clifford, der Vorsitzende, behauptet, er hätte kürzlich ein merkwürdiges Tier durch Phil Watsons Gerstenfeld laufen sehen. Das Feld liegt nur eine halbe Meile von der Stadt entfernt.«

»Das hast du mir ja gar nicht gesagt, Tante!«, entfuhr es Eliza.

»Tante?« Brodies fragender Blick wanderte zwischen den beiden Frauen hin und her. »Ich wusste gar nicht, dass Sie verwandt sind.«

Tilly sah Brodie ausdruckslos an. Dann erwiderte sie betreten: »Eliza ist die Tochter meiner Schwester. Wir sind uns aber nie begegnet, bis sie hierherkam.« Eliza beeilte sich zu sagen: »Tut mir leid, aber ich habe nicht mehr daran gedacht.«

Tilly schien sie gar nicht zu hören. Ruhig fuhr sie fort: »Und ehrlich gesagt glaube ich nicht, was Bill da erzählt hat. Ein anderes Mitglied des Komitees will heute Nacht ein Tier im Garten beobachtet haben, aber es könnte ein großer Hund oder ein Kalb gewesen sein. Schließlich war es dunkel, man sah nur Schemen. Es könnte alles Mögliche gewesen sein! Die Leute sehen schon Gespenster. Im Moment geht die Fantasie mit ihnen durch.«

»Irgendetwas *ist* da draußen, Matilda«, sagte Brodie ernst. »Dass Schafe gerissen worden sind, ist eine Tatsache, keine Einbildung, und der Schaden ist beträchtlich. Mir ist aufgefallen, dass Sie Ziegen hinter dem Haus haben.«

»Ja, ich mache Käse aus der Milch.«

»Sie täten gut daran, die Tiere nachts in einen Stall zu sperren. Ziegen sind eine Delikatesse für einen Tiger.«

Tilly riss die Augen auf. »Der Gedanke ist mir noch gar nicht gekommen, weil ich hier in der Nähe bisher nichts Ungewöhnliches beobachtet habe. Aber wenn Sie meinen, es ist besser, werde ich die Tiere über Nacht einschließen.«

Mit einem flüchtigen Blick auf Eliza, die angestrengt auf ihre Aufzeichnungen starrte, sagte Brodie: »Was ich Ihnen jetzt sage, ist nicht für die Veröffentlichung in einer Zeitung bestimmt. Nicht weit von hier habe ich Schafwollbüschel entdeckt, sie hingen an den Zweigen von Teebäumen – und ich habe Abdrücke auf dem Boden gefunden, die von einem Tiger stammen könnten. Leider sind sie nicht deutlich genug, dass ich einen Gipsabdruck davon anfertigen könnte. Ich sage das nur, um Sie zu warnen. Nehmen Sie sich in Acht, und unterschätzen Sie die Gefahr nicht.«

Eliza schwieg.

»Ein Artikel von Alistair McBride wurde bereits in der *South Eastern Times* abgedruckt«, fuhr Brodie fort. »Darin schreibt er, der Tiger verbreite Angst und Schrecken in Tantanoola und der Ort gleiche einer Stadt im Belagerungszustand. Die Einwohner hätten sich in ihren Häusern verbarrikadiert und würden ihre Kinder bewaffnet zur Schule eskortieren. Solche Kommentare sind alles andere als hilfreich.«

»Ganz meine Meinung«, pflichtete Tilly ihm bei.

»Es gibt nur eine Möglichkeit, diese Angelegenheit aus der Welt zu schaffen«, fügte Brodie hinzu, wobei er Eliza eindringlich ansah.

Tilly und Eliza wussten genau, wovon er sprach. Und beide gelangten mehr denn je zu der Überzeugung, dass Brodie auf keinen Fall von Jock Milligans Tigergrube erfahren durfte.

»Wie sind Sie eigentlich Berufsjäger geworden?«, fragte Tilly, um ihn abzulenken.

»Mehr oder weniger durch Zufall. Ich war Soldat und bin deshalb ein guter Schütze. Als ich aus der Armee entlassen wurde, habe ich ein paar Jahre als Landvermesser im Busch gearbeitet. In meiner Freizeit jagte ich Wildschweine und Kängurus. Dann ging ich nach Norden, ans Kap, wo ich ebenfalls als Landvermesser tätig war. Bald sprach es sich herum, dass ich gut mit dem Gewehr umgehen konnte, und die Leute kamen zu mir und baten mich, die Krokodile zu erlegen, die sich bis in die Siedlungen wagten und die Menschen angriffen. Ich fand bald heraus, dass mit der Jagd mehr Geld zu verdienen ist als mit der Landvermessung.«

»Vielleicht sollten die Leute ihre Häuser oder Siedlungen nicht dort bauen, wo die Krokodile leben, dann hätten sie auch keine Schwierigkeiten mit ihnen«, sagte Eliza frostig.

Brodie warf ihr einen finsteren Blick zu, der Tilly nervös machte.

»Bitte seien Sie vorsichtig, wenn Sie heute Nacht auf die Pirsch gehen«, sagte sie. »Ich möchte nicht, dass Sie meine Hündin

Sheba erschießen. Sie kann kaum noch raus, seit Barney Blackwell, mein Nachbar, versehentlich auf sie geschossen hat; ich behalte sie die meiste Zeit im Haus, aber ich kann sie nicht ständig einsperren.«

»Ich kann Ihnen nur raten, sich in Acht zu nehmen, Matilda. Und Ihrem Nachbarn werde ich sagen, dass ich nachts durch die Gegend streife, damit er *mich* nicht abknallt.«

»Gute Idee.« Tilly nickte. »Er hört und sieht nämlich nicht mehr besonders gut.«

»Das klingt, als wäre die Katastrophe unvermeidlich.« Brodie stand unvermittelt auf. »Entschuldigen Sie mich bitte, aber ich muss ein bisschen ausruhen, ich bin völlig erledigt. Ich gehe jetzt auf mein Zimmer.«

»Natürlich, gehen Sie nur. Den Flur entlang, die zweite Tür links. Rufen Sie, wenn Sie etwas brauchen«, sagte Tilly.

»Vielen Dank.« Brodie nickte Eliza kurz zu, griff nach seinem Gewehr und verließ die Küche.

Tilly wartete einen Augenblick; dann flüsterte sie: »Ich dachte schon, du würdest ihm von Jocks Falle erzählen!«

»Und ich dachte, du würdest etwas sagen«, flüsterte Eliza zurück.

»Von mir wird er bestimmt nichts erfahren«, raunte Tilly.

»Ich mache mir ernsthaft Sorgen, Tante. Wenn es stimmt, was Mr. Chandler gesagt hat, könnte Jock in großer Gefahr sein.«

»Ich weiß wirklich nicht, was ich davon halten soll, Eliza.« Tilly runzelte die Stirn. »Was mache ich denn jetzt mit meinen Ziegen?«

»Sperr sie sicherheitshalber über Nacht im Stall ein«, riet Eliza.

»Ich habe doch nur den einen Stall mit den zwei Boxen, und da stehen die Pferde drin. Das bedeutet, ich muss die Ziegen draußen in die Waschküche sperren. Eine andere Möglichkeit gibt es nicht.«

Nach einer nachdenklichen Pause sagte Eliza: »Wie wär's, wenn wir einen Spaziergang machen, und du zeigst mir die Felshöhlen? Dann kämen wir auf andere Gedanken.«

»Einverstanden. Aber erst gehen wir zu Barney, damit er wegen Brodie Bescheid weiß. Ich will nicht, dass er gleich in der ersten Nacht, die er hier verbringt, erschossen wird«, fügte Tilly trocken hinzu.

»Dein Nachbar würde ihn wahrscheinlich gar nicht sehen, wenn er wirklich so schlechte Augen hat.«

»Das ist ja das Problem. Barney ballert einfach drauflos. Er könnte Brodie rein zufällig über den Haufen schießen und wüsste es nicht mal!«

Sheba trottete hinter Tilly und Eliza her, als sie sich auf den Weg zu Barneys Haus machten, das etwa eine halbe Meile entfernt lag. Dort angekommen, hämmerte Tilly kräftig gegen die Hintertür und rief laut Barneys Namen. »Der Ärmste ist fast taub, deshalb muss man immer schreien«, sagte sie.

Nach einer Weile ging die Tür auf. Barney Blackwell freute sich sichtlich, Tilly zu sehen. Er strahlte übers ganze Gesicht und begrüßte sie herzlich, als er sie erkannte.

»Barney, das ist Eliza«, rief Tilly.

Da er Eliza noch gar nicht bemerkt hatte, schaute er Tilly einen Moment verständnislos an; dann dämmerte ihm, was sie gesagt hatte. »Oh, guten Tag«, grüßte er verlegen.

»Guten Tag, Mr. Blackwell.« Eliza schätzte, dass er ungefähr zwanzig Jahre älter war als ihre Tante. Er hatte ein offenes, freundliches Gesicht.

»Ich wollte dir nur sagen, dass der Jäger, der beauftragt worden ist, den Tiger zu erlegen, eine Zeitlang bei mir wohnen wird«, sagte Tilly laut.

»Bohnen?« Barney blinzelte verwirrt. »Nein, ich brauche keine Bohnen.«

»W*ohnen!* Der *Jäger* wird eine Zeitlang bei mir *wohnen!* Und leg nicht nachts auf ihn an, wenn er auf die Pirsch geht!«

»Hisch? Was für ein Hirsch?« Barneys Verwirrung wuchs.

Tilly drehte sich zu Eliza hin und seufzte. »Der arme Kerl ist stocktaub.« An Barney gewandt, schrie sie: »Du hättest neulich nachts fast meinen Hund erschossen. Ich will nicht, dass du aus Versehen Brodie Chandler triffst, wenn er den Tiger jagt!«

Barney schüttelte den Kopf. »Nein, nein, ich gehe heute nicht auf die Jagd.«

»Herr, gib mir Kraft«, stieß Tilly gepresst hervor und blickte Eliza an. »Ich *muss* es ihm irgendwie begreiflich machen! Am besten, ich schreibe es ihm auf.« Sie fasste Barney am Arm und führte ihn mit sich ins Haus. Eliza blieb mit Sheba draußen auf der Veranda. Sie schaute sich um. Barney hielt ebenfalls Hühner. Er hatte auch einen Gemüsegarten, der verglichen mit Tillys Garten aber verwahrlost wirkte.

Als Tilly einige Minuten später wieder herauskam, sagte sie: »So, jetzt hat er's begriffen.«

Sie verabschiedeten sich von Barney und gingen winkend davon.

»Er mag dich, Tante«, bemerkte Eliza. »Sogar sehr, wie mir scheint.«

»Nun ja, wir sind seit Jahren Nachbarn«, antwortete Tilly ausweichend.

»Ich könnte mir denken, dass er einsam ist«, sagte Eliza mit einem viel sagenden Seitenblick auf ihre Tante.

»Er ist gern allein, genau wie ich!«, erwiderte Tilly schroff. »Außerdem ist es fast unmöglich, sich mit ihm zu verständigen, das hast du ja erlebt. Barney ist ein netter Kerl, aber er ist schon in jungen Jahren schwerhörig geworden, und sein Gehör lässt immer mehr nach. Und jetzt, wo seine Augen nicht mehr richtig mitmachen, frage ich mich, wie lange er noch allein hier draußen leben kann.«

»Wie hat er eigentlich gelesen, was du ihm aufgeschrieben hast?«

»Mit Hilfe eines Vergrößerungsglases«, antwortete Tilly bedrückt.

Tilly führte Eliza den Pfad zum Eingang der Höhlen hinauf. Sie zündete die beiden Öllaternen an, die sie zuvor am Wegrand abgestellt hatte, und reichte eine davon Eliza. Dann betraten sie das Höhlenlabyrinth.

Nach ein paar Metern blieb Tilly stehen und hielt ihre Laterne hoch. Eliza holte in ehrfürchtigem Erstaunen Luft, als sie die zahllosen, bizarr geformten Stalaktiten und Felssäulen erblickte, auf denen die Höhlendecke zu ruhen schien. Es war totenstill; nur das Tröpfeln von Wasser war zu hören.

»Wo kommt das Wasser her?«, raunte Eliza.

»Vom Regen. Nach Regenfällen dauert es Wochen, bis das Wasser durch das Erdreich über der Höhle gesickert ist.«

»Es ist wunderschön hier«, flüsterte Eliza, die sich nicht satt sehen konnte an den Tropfsteinen, die sich im Schein der Laterne in Fabelwesen, seltsame Gestalten oder Gesichter verwandelten. Sie kam sich vor wie in einer verwunschenen Welt.

»Hier drin herrscht das ganze Jahr über eine gleichmäßige Temperatur«, erklärte Tilly. »Ich habe oft daran gedacht, im Sommer mein Gemüse hier einzulagern. Es wäre ein idealer Platz.«

»Ja, das glaube ich auch.« Eliza ging langsam umher. »Sind die Höhlen denn auf deinem Land?«

»Das dachte ich lange Zeit, aber dann fand ich heraus, dass das Land der Regierung gehört. Anscheinend steht es unter Schutz, weil es hier ein großes Vorkommen an Dolomitgestein gibt. Ehe ich davon erfuhr, sind viele Leute hergekommen, um sich die Grotten anzusehen, und ich musste ihnen dann immer Laternen ausleihen. Ein Regierungsvertreter meinte, dass die Höhlen vielleicht irgendwann beleuchtet und für die Öffentlichkeit geöffnet würden. Aber darauf kann ich verzichten. Das würde nämlich bedeuten, dass hier andauernd Leute herumlaufen.«

Als sie die Höhle weiter erkundeten, fiel Eliza auf, dass Sheba einige Ecken besonders aufmerksam beschnupperte. »Sie hat irgendwas in der Nase, Tante. Glaubst du, der Tiger war hier drin?«

»Der Tiger? Also, das kann ich mir nun wirklich nicht vorstellen«, antwortete Tilly belustigt. »Aber hierher verirren sich bestimmt viele andere Tiere, Beutelratten oder Kaninchen. Das ist mit ein Grund, weshalb ich mein Gemüse nicht hier einlagern will. Die Viecher würden mir alles wegfressen.«

»Gibt es hier auch Fledermäuse?«

Tilly zuckte die Achseln. »Ich hab noch nie welche gesehen, aber ich bin auch noch nicht in allen Höhlenkammern gewesen.«

Eliza ging der Gedanke, dass sich in einer dieser Höhlen ein wildes Tier verstecken könnte, nicht aus dem Kopf. Was, wenn ihnen plötzlich der Tiger gegenüberstünde? Auch wenn Tilly nicht an seine Existenz glaubte – hatte Brodie Chandler nicht behauptet, er hätte ganz in der Nähe fremdartige Spuren entdeckt? Mit einem Mal war Eliza nicht mehr wohl in ihrer Haut, und sie schaute sich ängstlich um. Zum Glück hatte Tilly bei einem ihrer früheren Besuche eine Fährte aus Kieselsteinen gelegt, sodass sie nicht Gefahr liefen, sich in dem Höhlenlabyrinth zu verirren.

Als sie kurze Zeit später wieder ans Tageslicht traten, bemerkte Eliza Pfotenabdrücke in der weichen Erde seitlich vom Höhleneingang. Die Abdrücke waren ihr vorher gar nicht aufgefallen, weil sie von der anderen Seite gekommen waren.

»Schau mal«, sagte sie und deutete auf die Spuren.

»Die müssen von Sheba sein«, meinte Tilly.

»Das glaube ich nicht.« Eliza zeigte auf den Hund. »Shebas Abdrücke sind viel kleiner, siehst du?«

»Du hast recht.« Tilly ging in die Hocke, um die Spuren aus der Nähe zu betrachten. »Seltsam. Solche Abdrücke habe ich noch nie gesehen. Vielleicht sollten wir Brodie Bescheid sagen.«

Eliza nickte. »Ja. Ich will zwar nicht, dass er den Tiger abschießt, aber auf der anderen Seite mache ich mir Sorgen um Jock. Wir sollten ihn warnen und ihm von Brodies und unserer Entdeckung erzählen, meinst du nicht?«

Tilly warf einen Blick auf die Uhr und verzog unwillig den Mund. »Ich muss heute noch sehr viel erledigen, und ich will nicht, dass du nach Anbruch der Dunkelheit allein unterwegs bist.« Da sie später als gewöhnlich zu Mittag gegessen hatten, bei Barney gewesen waren und dann viel Zeit in den Höhlen verbracht hatten, war es ziemlich spät geworden. »Ich wollte nichts sagen, um Jocks Begeisterung keinen Dämpfer zu versetzen, aber ich kann mir nicht vorstellen, dass der Tiger ihm gleich in der ersten Nacht in die Falle geht. Ich habe sowieso nie daran geglaubt, dass er überhaupt existiert. Jahrelang haben ganze Suchtrupps die Gegend nach ihm durchkämmt, aber nie etwas gefunden. Ein so schlaues Tier – sofern es überhaupt existiert – wird nicht einfach in Jocks Grube plumpsen.«

»Wahrscheinlich hast du recht«, meinte Eliza nachdenklich. »Könnten die Abdrücke von einem größeren Hund stammen, vielleicht aus der Nachbarschaft?«

»Gut möglich. Sheba wird bald läufig, und das lockt eine Menge Rüden von den umliegenden Farmen an. Das ist mit ein Grund, warum ich sie nachts im Haus behalten muss.«

Nach kurzer Beratung beschlossen sie, vorerst nichts weiter zu unternehmen. Sie kehrten zum Hanging Rocks Inn zurück, wo Tilly gleich in die Küche ging und einen Gemüseauflauf fürs Abendessen zubereitete. Eliza blätterte unterdessen in einigen ihrer Bücher über die Gegend.

Es wurde schon dunkel, als Brodie Chandler aus seinem Zimmer kam und sich zu ihnen gesellte. Er sah erholter aus als bei seiner Ankunft. Während Tilly ihm sein Essen servierte, steckte Eliza ihre Nase tiefer in ihre Bücher.

Schweigen breitete sich aus. Tilly fiel auf, wie ihre beiden Gäste einander verstohlene Blicke zuwarfen. Schließlich sagte sie zu Brodie: »Haben Sie schon ein bestimmtes Gebiet im Auge, das Sie heute Nacht durchkämmen wollen?«

Er schüttelte den Kopf. »Nein, ich lasse mich von meinem Instinkt leiten. Ich suche einfach alle Plätze ab, die sich als Versteck für einen Tiger eignen könnten.«

Als er gegessen hatte, verlor er keine Zeit. Er schulterte sein Gewehr, nahm sich eine Laterne und brach auf.

Tilly und Eliza hatten das Gefühl, dass er ihnen sein Ziel absichtlich verschwiegen hatte. Vermutlich fürchtete er, Eliza könnte ihm folgen – was sie auch getan hätte, wäre sie nicht sicher gewesen, dass sie unmöglich mit Brodie würde Schritt halten können.

»Was meinst du, Tante, wird er die Pfotenabdrücke am Höhleneingang finden?«, fragte sie.

»Das glaube ich nicht«, sagte Tilly. »Ich denke eher, dass er Stellen mit dichtem Unterholz, Gestrüpp und so weiter absuchen wird.« Sie schaute aus dem Fenster. »Komm, bringen wir die Ziegen rein, solange wir noch etwas sehen können.«

Es war keine leichte Aufgabe, denn Dolly und Daisy, die beiden Geißen, waren nicht zu bewegen, in die Waschküche zu gehen. Doch mit vereinten Kräften schafften die Frauen es schließlich.

»Ich möchte nicht wissen, wie es morgen früh da drinnen aussieht«, meinte Tilly und seufzte. »Na, wenigstens sind sie in Sicherheit.«

»Wir hätten sie auch in die leere Box im Stall bringen können«, sagte Eliza. »Mr. Chandler wird sowieso die ganze Nacht unterwegs sein. Sein Pferd wird die Box gar nicht brauchen.«

»Und wenn er doch früher zurückkommt? Dann müsste sein Hengst draußen bleiben, wo er keinen Schutz hat«, gab Tilly zu bedenken. »Nein, so ist es schon am besten.«

Sie gingen ins Haus zurück und räumten die Küche auf. Beide

waren nach dem langen Tag rechtschaffen müde, und so beschlossen sie, zu Bett zu gehen.

»Du wirst morgen früh wahrscheinlich als Erstes zu Jock gehen wollen, nehme ich an«, sagte Tilly.

Eliza nickte. »Und wenn es noch so unwahrscheinlich ist, dass der Tiger ihm heute Nacht in die Falle geht – ich glaube, ich werde vor Sorge kein Auge zutun.«

Tilly konnte ihre Nichte verstehen. Ihr selbst würde es nicht besser ergehen.

6

Als Eliza am anderen Morgen in die Küche kam, war Tilly nicht da. Sie fand ihre Tante in der Waschküche. Tilly hatte geglaubt, ihre schmutzige Wäsche wäre im Waschtrog vor den Ziegen sicher, doch sie hatte sich geirrt. Die beiden Geißen hatten alles herausgezerrt und die Handtücher und Kleidungsstücke angefressen. Doch damit nicht genug: Sie hatten eine alte blecherne Milchkanne umgestoßen, in der Tilly Schweinemist aufbewahrte, mit dem sie bestimmte Pflanzen düngte. Die Jauche war ausgelaufen und stank entsetzlich.

»Heute Nacht bleiben diese Verräter draußen«, schimpfte Tilly auf ihre Ziegen, während sie die übel riechende braune Brühe aufzuwischen versuchte. »Meinetwegen kann der Tiger sie holen!«

»Das ist nicht dein Ernst, Tante!« Eliza blickte sie groß an. Sie sah, dass die Ziegen wieder draußen im Pferch standen und Nell zusammen mit Angus, Brodies Hengst, auf der Koppel war.

»Und ob das mein Ernst ist. Schau dir bloß diese Sauerei an! Alles ruiniert! Ein Glück, dass sie es nicht geschafft haben, die Tür zum Vorratsraum aufzukriegen. Da lagert alles, was ich auf der Landwirtschaftsausstellung zeigen möchte – meine Marmeladen und das Eingemachte.«

»Warte, ich helfe dir«, sagte Eliza und krempelte die Ärmel hoch.

»Lass nur, ich mach das schon. Aber wenn du dich nützlich machen willst, könntest du das Frühstück zubereiten. Brodie ist heute Nacht zurückgekommen. Ich könnte mir denken, dass er Hunger hat.«

»Ja, sicher. Was soll ich denn machen?« Der Gedanke, mit Brodie allein zu sein, behagte Eliza nicht sonderlich, doch sie sagte nichts.

Tilly blickte kurz auf. »Haferbrei und Toast. Ich denke, das genügt. Es ist noch Brot von gestern da, das du rösten kannst. Du findest es im Vorratsschrank. Die Butter auch.«

»In Ordnung.«

Eliza ging in die Küche und suchte alle Zutaten zusammen, die sie für das Frühstück brauchte. Sie stand am Herd und rührte den Haferbrei, als Brodie hereinkam. Da sie ihm den Rücken zukehrte, bemerkte Eliza ihn nicht, und er bewegte sich so leise, dass sie ihn nicht kommen hörte.

»Ich habe heute Nacht Pfotenabdrücke hier in der Nähe entdeckt«, sagte er.

Eliza stieß einen spitzen Schrei aus und fuhr herum. »Du meine Güte, haben Sie mich vielleicht erschreckt! Können Sie sich nicht irgendwie bemerkbar machen? Ich hätte fast einen Herzschlag bekommen!«

»Entschuldung. Ich dachte, Sie hätten mich gehört«, sagte er, verblüfft über ihre heftige Reaktion.

Eliza ärgerte sich über sich selbst. Sie hatte gerade an Brodie gedacht und fühlte sich nun ertappt. »Was ist mit den Pfotenabdrücken?«, fragte sie.

»Ich habe welche in der Nähe der Höhlen entdeckt. Sind Sie mit Matilda gestern dort gewesen?«

Eliza zögerte, entschied sich dann aber, die Wahrheit zu sagen, auch wenn sie das vermutlich in Schwierigkeiten bringen würde. »Ja, ich habe meine Tante gebeten, mir die Höhlen zu zeigen. Woher wissen Sie, dass wir dort waren?«

»Weil ich auch Ihre Fußabdrücke gesehen habe.«

»Oh.« Eliza wusste, was als Nächstes kommen würde.

»Wieso haben Sie die Pfotenabdrücke gestern nicht erwähnt?«

»Tilly und ich hielten es nicht für wichtig. Wir dachten, sie sind vom Hund eines Nachbarn.«

»Vermutungen sind nie besonders hilfreich, Miss Dickens. In Ihrem Beruf sollte man das eigentlich wissen. Wenn Sie in Zukunft etwas Ungewöhnliches entdecken, dann sagen Sie mir gefälligst Bescheid.«

Seine Zurechtweisung ärgerte Eliza. Sie öffnete den Mund, um sich seinen Ton zu verbitten, doch ehe sie etwas sagen konnte, kam Tilly herein. Ohne Brodie einen guten Morgen zu wünschen, schimpfte sie los:

»Ich werde diese elenden Ziegen heute Nacht auf keinen Fall wieder ins Haus nehmen! Soll der Tiger sie meinetwegen fressen! Sie hätten sehen müssen, was für einen Schweinestall sie aus meiner Waschküche gemacht haben!«

»Stellen Sie sie doch zu meinem Hengst«, schlug Brodie vor. »Angus macht das nichts aus.«

»Sind Sie sicher? Nell mag die Ziegen nämlich nicht besonders.«

»Keine Sorge, Angus ist Gesellschaft gewöhnt.«

Tilly sah Brodie zweifelnd an. »Aber Ziegen sind etwas anderes als ein anderes Pferd.«

»Angus stört das nicht. Zu Hause teilt er den Stall mit einer Kuh, einem uralten Schaf, einem Hahn und ein paar Katzen – alles Tiere, die mir zugelaufen sind.«

»Na schön, wenn Sie meinen. Und wenn er eine meiner Ziegen tritt, ist es auch nicht schlimm, sie haben es nicht besser verdient«, brummte Tilly, noch immer sauer.

»Ich war übrigens gestern Abend bei Jock Milligan«, sagte Brodie unvermittelt.

Tilly und Eliza wechselten einen besorgten Blick. Wusste er von der Falle?

»Er kam mit einem Gewehr auf die Veranda, noch ehe ich aus

dem Sattel gestiegen war. Ich stellte mich vor und sagte ihm, dass ich das Teebaumwäldchen an seiner westlichen Grundstücksgrenze absuchen wolle. Eigentlich bin ich nicht dazu verpflichtet, weil ich die Genehmigung des Bürgermeisters habe, mich auf den Farmen frei bewegen zu können. Aber Milligan herrschte mich an, ich hätte nichts bei ihm zu suchen, und befahl mir, sofort sein Land zu verlassen. Ehrlich gesagt verstehe ich das nicht. Alle anderen Farmer arbeiten bereitwillig mit mir zusammen, und gerade von Milligan hätte ich das am meisten erwartet, weil er die größten Verluste von allen erlitten hat.«

»Er … ist ein bisschen unberechenbar«, sagte Tilly vorsichtig. »Ich werde mit ihm reden. Eliza und ich haben noch etwas zu erledigen. Wir kommen sowieso an seiner Farm vorbei.«

Eliza hatte eine Schüssel Haferbrei auf den Tisch gestellt, und Brodie setzte sich. »Ich werde selbst mit ihm reden. Ich habe mir vorgenommen, ihn später noch einmal aufzusuchen. Ich würde zu gern wissen, warum er mich nicht auf seinem Land haben will.«

Eliza, die hinter dem Jäger stand, schaute ihre Tante mit großen Augen an.

»Das würde ich an Ihrer Stelle nicht tun«, sagte Tilly hastig.

Brodie blickte erstaunt auf. »Und warum nicht?«

»Weil … nun ja, weil …« Tilly schaute Eliza Hilfe suchend an.

»Weil Jock nachts kein Auge zutut und deshalb furchtbar schlecht gelaunt ist«, improvisierte Eliza. »Das weiß ich von Kitty Wilson, seiner Schwester.«

»Aber dann bekommt ihr seine schlechte Laune doch auch zu spüren, oder?«, sagte Brodie.

»Schon, aber ich kenne ihn und weiß, wie man ihn nehmen muss«, erwiderte Tilly.

Brodie nickte, schien aber noch nicht ganz überzeugt. Dennoch ließ er das Thema fallen, sehr zur Erleichterung der beiden Frauen.

Nach dem Frühstück ging er hinaus, um Angus zu striegeln. Tilly sattelte Nell und machte sich mit Eliza auf den Weg zu Jock Milligans Farm.

»Von heute an verkehren Sonderzüge wegen der Landwirtschaftsausstellung«, sagte Tilly, als sie auf Nells Rücken vom Grundstück ritten.

»Aber wir haben doch erst Freitag!«

»Schon, aber es werden viele Besucher aus Mount Gambier, Millicent und anderen Orten erwartet. Wir rechnen mit ungefähr hundert Gästen.«

»Wo werden die denn alle unterkommen?«, wunderte sich Eliza.

»Die meisten werden in Zelten übernachten oder in ihren Fuhrwerken schlafen.«

»Wird die Nachricht von dem Tiger die Leute denn nicht abschrecken? Es ist doch ein ungünstiger Zeitpunkt für die Landwirtschaftsausstellung, oder?«

»Ganz im Gegenteil! Wenn es den Tiger wirklich gibt, wird es ihm bei so vielen Menschen hier vielleicht zu unruhig, und er macht sich aus dem Staub.«

Eliza kam ein beunruhigender Gedanke. »Was ist mit Nell? Wird sie nicht nervös, wenn hier so viele Züge verkehren?«

»Tja, falls die Lokomotive pfeift, werden wir Jocks Farm in Rekordzeit erreichen.«

Eliza verdrehte die Augen, aber vorsichtshalber legte sie ihre Arme fester um Tillys Taille.

Jock stand am Rand der Grube, die er ausgehoben hatte, und blickte gedankenverloren hinein, als Eliza und Tilly von ihrem Pferd stiegen. Vorsichtshalber wahrten sie Abstand.

Tilly runzelte die Stirn. »Er wird doch nicht den Tiger gefangen haben?«

»Vielleicht sollten wir lieber nicht näher herangehen«, sagte Eliza erschrocken.

Fliegenschwärme summten um die Fleischbrocken herum, die Jock als Köder ausgelegt hatte. Die Äste und Zweige, mit denen er die Grube abgedeckt hatte, waren beiseitegeschoben worden.

»Hallo, Jock«, rief Tilly. »Was ist denn in der Grube?«

»Seht selbst«, antwortete Jock mit ausdrucksloser Miene.

Die beiden Frauen wechselten einen Blick. Da sie Brodies Bemerkung, dass ein gefangenes Tier gewaltige Kräfte entwickeln konnte, nicht vergessen hatten, kamen sie vorsichtig näher und spähten misstrauisch in das Erdloch.

Im gleichen Moment lachte Tilly laut heraus. »Das ist aber ein seltsamer Tiger!«

»Kein Wunder«, knurrte Jock mürrisch. »Das ist Fred Camerons Hund.«

»Laddie!«, rief Tilly und beugte sich abermals über den Rand der Grube. Das Fell des Hundes – ein heller Schäferhund – war über und über mit feuchter Erde bedeckt, weil er versucht hatte, aus der Grube zu klettern und immer wieder hinuntergerutscht war.

»Ist er verletzt?«, fragte Tilly.

»Jedenfalls nicht so schlimm, dass er nicht in einem fort jaulen könnte, und das tut er seit heute Morgen um fünf, als ich gerade eingeschlafen war«, maulte Jock verdrossen. »Dieser Jäger, dieser Chandler, kam gegen Mitternacht vorbei. Zum Glück hab ich ihn heranreiten hören. Ausgerechnet auf meinem Land wollte er den Tiger suchen! Ich hab ihm gesagt, er soll verschwinden. Sonst läge vielleicht *er* jetzt da unten, mitsamt seinem Pferd!«

»Ja, er hat erzählt, dass er bei dir war«, sagte Tilly.

»Hat er Verdacht geschöpft? Es muss ihm doch seltsam vorgekommen sein, dass ich ihn nicht auf mein Land lassen wollte.«

Tilly nickte. »Misstrauisch ist er schon, aber ich hab ihm gesagt, du wärst ein streitsüchtiger alter Knochen«, erwiderte sie, ohne eine Miene zu verziehen.

Jock schnitt eine Grimasse.

»Wie willst du Laddie da rauskriegen?«, fragte Tilly.

Jock kratzte sich am Hinterkopf. »Das hab ich mir auch gerade überlegt. Das Problem ist nämlich, dass ich es nicht allein schaffe.«

»Und wieso nicht?«

»Erstens kann der Hund mich nicht leiden. Er fletscht schon die Zähne und knurrt, wenn er mich nur sieht. Ich kann also nicht runter und ihm ein Seil umlegen, damit ich ihn raufziehen kann. Fred kann ich auch nicht zu Hilfe holen, sonst würde er wissen wollen, wozu ich die Grube ausgehoben habe. Er ist vielleicht keine große Leuchte, aber ich schätze, sogar er würde es früher oder später spitzkriegen.«

»Na schön, dann werden Eliza und ich dir eben helfen«, sagte Tilly. »Hast du eine Leiter?«

Jock verzog das Gesicht und machte eine wegwerfende Handbewegung. »Am liebsten würde ich die Töle als Köder für den Tiger da drinlassen.«

Tilly funkelte ihn böse an. »Hol endlich die Leiter, und bring auch einen Strick mit. Ich werde runterklettern und Laddie festbinden. Ihr beide zieht ihn dann hoch, aber vorsichtig, verstanden?« Drohend hob sie den Zeigefinger in Jocks Richtung. »Anschließend solltest du die Grube lieber wieder zuschütten, Jock. Brodie Chandler hat uns gestern erklärt, warum es eine verrückte Idee ist, den Tiger lebend fangen zu wollen.«

»Wundert mich nicht, dass er das für eine verrückte Idee hält«, knurrte Jock. »Er kriegt schließlich keine Prämie, wenn er die Bestie nicht erlegt. Ihr habt ihm hoffentlich nicht von meiner Falle erzählt …?«

»Natürlich nicht. Aber er sagte, dass ein gefangener Tiger in seiner Panik alles versuchen wird, wieder freizukommen, und dass er dann jeden angreift und tötet, der sich zufällig in der Nähe befindet. Wir haben die ganze Nacht vor Sorge um dich kein Auge zugetan«, beteuerte Tilly.

»Dann könnt ihr jetzt aufhören, euch um mich zu sorgen«, gab Jock bärbeißig zurück. »Ich bin alt genug, um selbst auf mich aufzupassen, und ich mache keinen Schritt ohne meine Flinte.«

Er wandte sich ab und stapfte zur Scheune, um eine Leiter und einen Strick zu holen.

»Er ist nicht von diesem dummen Plan abzubringen«, murmelte Tilly kopfschüttelnd.

Eliza, die ein schlechtes Gewissen hatte, seufzte. »Hätte ich doch nie dieses Buch erwähnt, das ich als Kind gelesen habe!«

Als Jock die Leiter in die Grube gestellt hatte, kletterte Tilly hinunter. Laddie drückte sich panisch in eine Ecke und kam erst näher, nachdem Tilly eine ganze Weile beruhigend auf ihn eingeredet und ihn gelockt hatte. Sie betrachtete ihn prüfend und tastete ihn ab. »Ich glaube, ihm fehlt nichts«, rief sie hinauf.

»Natürlich nicht!«, erwiderte Jock ungeduldig. »Achtung, ich werfe jetzt das Seil runter!«

Tilly versuchte, den Strick um den Hund zu legen und zu verknoten, doch das verängstigte Tier wollte nicht stillhalten.

»Ich schaff es nicht«, rief Tilly, nachdem sie sich minutenlang vergeblich bemüht hatte.

»Warte, ich komm runter und helf dir«, sagte Eliza. Sie raffte ihre Röcke und stieg die Leiter hinunter, die Jock festhielt, damit sie nicht umkippte. Es dauerte eine Weile, aber schließlich gelang es den beiden Frauen, das Seil hinter den Vorderbeinen um den Körper des Hundes zu schlingen und zu befestigen.

»Da kommt jemand«, rief Jock gedämpft zu ihnen hinunter.

Tilly und Eliza erstarrten. »Wer ist es denn?«, fragte Tilly dann leise.

»Hier also stecken Sie, Mr. Milligan«, hörten sie in diesem Moment Brodie Chandler sagen.

Tilly und Eliza blickten einander erschrocken an. Beide hatten die Stimme sofort erkannt.

Eliza hatte ein mulmiges Gefühl. Sie und Tilly drückten sich unwillkürlich gegen die feuchte Erde, damit Brodie sie nicht sah, falls er über den Rand der Grube spähte. Doch sie wussten beide, dass ihre Entdeckung nur aufgeschoben, nicht aufgehoben wäre. Schließlich stand Nell in der Nähe, und die Stute war kaum zu übersehen.

»Habe ich Ihnen nicht gesagt, Sie sollen sich auf meinem Land nicht mehr blicken lassen?«, hörten sie Jocks wütende Stimme.

»Sehen Sie, genau das verstehe ich nicht, Mr. Milligan. Sie haben doch mehr Tiere verloren als jeder andere. Warum also wollen Sie nicht, dass ich die Bestie zur Strecke bringe, die dafür verantwortlich ist?« Brodies Blick streifte den Erdhaufen neben der Grube.

»Ich halte selbst Wache auf meinem Land. Sie können sich auf ein anderes Revier konzentrieren.« Jock versuchte, seiner Stimme einen herrischen Tonfall zu verleihen, doch seine Nervosität war unüberhörbar.

»Was machen Sie denn da drüben?«, fragte Brodie. »Müssen Sie irgendein großes Tier verscharren?«

»Er hat die Grube entdeckt«, flüsterte Eliza überflüssigerweise. Tilly verdrehte die Augen.

»So ist es«, antwortete Jock. »Wenn Sie mich jetzt entschuldigen würden, ich habe eine Menge zu tun.«

Brodie bemerkte die auf einen Haufen geschobenen Äste und Zweige neben dem Erdhügel. Plötzlich war ihm klar, was er da vor sich sah. Er schaute zu Nell hinüber, trat dann langsam an die Grube und spähte hinein. Zuerst erblickte er den Hund. Er ging um das Erdloch herum, und dann sah er Tilly und Eliza, die sich an die Wand der Grube drückten. Beide schauten schuldbewusst zu ihm auf.

Brodie machte ein wütendes Gesicht. »Wollen Sie in diesem Erdloch etwa den Tiger fangen, Mr. Milligan?«

»Was ich auf meinem Grund und Boden tue, geht Sie gar nichts an«, knurrte Jock.

Brodie sah ihn scharf an. »Hat Miss Dickens Ihnen nicht erklärt, wie leichtsinnig es ist, einen Tiger in eine Falle locken zu wollen? Sie spielen mit Ihrem Leben.«

»Das sagen Sie doch nur, weil Sie Angst um Ihre Abschussprämie haben«, erwiderte Jock zornig. »Wenn ich den Tiger fange, gehen Sie nämlich leer aus!«

»Wenn der Tiger Sie tötet und ich ihn erlege, kriege ich mein Geld trotzdem«, konterte Brodie nicht minder wütend. »Und selbst wenn Sie wider Erwarten überleben sollten – was wollen Sie mit dem Tier anfangen? So leicht, wie Sie sich das offenbar vorstellen, ist es nicht, jemanden zu finden, der Ihnen einen Tiger abkauft.«

Jock sah Eliza vorwurfsvoll an. »Sie haben doch gesagt, ein Zoo oder ein Zirkus würde eine Menge Geld für ein so exotisches Tier wie einen Tiger bezahlen.«

Brodie zog die Brauen hoch. »Dann stammt diese idiotische Idee also von Ihnen, Miss Dickens?«

»Ich … ich hab nur gesagt, dass ich als Kind eine Geschichte gelesen habe …«, stammelte Eliza und senkte den Blick.

Brodies dunkle Augen wurden schmal. Er starrte Eliza einen Moment an und wandte sich dann wieder Jock Milligan zu. »Ich rate Ihnen, schütten Sie die Grube wieder zu, wenn Ihnen Ihr Leben lieb ist«, sagte er, drehte sich um und stapfte grußlos davon.

»Er ist weg«, rief Jock kurz darauf zu den beiden Frauen hinunter.

Nachdem sie sich vergewissert hatten, dass das Seil, das sie um den Hund gebunden hatten, gut verknotet war, kletterte Eliza aus der Grube und reichte Jock das andere Ende des Stricks. Während Jock das Tier vorsichtig heraufzog, stützte Tilly, die Sprosse für Sprosse hinaufstieg, den Hund von unten. Endlich war es geschafft. Tilly und Eliza hatten Laddie kaum losgebunden, da rannte er auch schon davon, froh über seine wiedergewonnene Freiheit. Nach diesem Abenteuer hatte er es eilig, nach Hause zu kommen.

Tilly musterte Jock. »Was machst du jetzt mit der Grube?«

»Ich weiß noch nicht.« Jock schüttelte den Kopf. »Ich bin immer noch der Meinung, dass die Falle keine schlechte Idee ist, aber ich hab andererseits keine Lust, jede Nacht einen Hund zu fangen.«

»Morgen beginnt die Landwirtschaftsausstellung, Jock. Dir bleibt nur noch diese eine Nacht, um den Tiger zu fangen«, sagte Tilly eindringlich. »Die Farmer und ihre Frauen werden morgen in aller Frühe hier eintreffen, um ihre Produkte in deinen Schafschurschuppen auszustellen, und die sind gerade einmal hundert Meter von hier entfernt! Den Leuten wird dieser Erdhügel doch auffallen.«

Jock gähnte ausgiebig. »Ich kann jetzt nicht denken, Tilly, ich bin viel zu müde. Ich hau mich erst mal aufs Ohr, dann sehen wir weiter.«

Tilly und Eliza ritten von Jocks Farm aus in die Stadt, weil Tilly Zucker brauchte. Sie hatte ihren letzten Vorrat für ihre Marmelade und das Eingemachte für die Landwirtschaftsausstellung verbraucht.

Während Tilly in Hal Wiltshires Laden ging, blieb Eliza draußen bei Nell. Aus Richtung Millicent traf ein Zug ein, und mehrere Familien stiegen aus. Alle waren schwer bepackt. Eliza beobachtete, wie sie in aufgeregter Vorfreude durch die Stadt schlenderten. Einige suchten nach einem geeigneten Platz, wo sie ihr Zelt aufstellen konnten, andere hatten ihr Lager bereits aufgeschlagen.

Als Tilly aus dem Laden kam, sagte sie: »Bertie Hobson hat mir gerade gesagt, dass Myra Ferris ein Telegramm für dich hat.«

»Wer ist Bertie Hobson?«

»Er arbeitet als Verkäufer bei Hal Wiltshire.«

Eliza blickte sie verständnislos an. »Und wieso erzählt Myra einem Verkäufer, dass ein Telegramm für mich gekommen ist?«

»Wahrscheinlich hat sie über dich getratscht. Tratschen kann Myra am besten«, bemerkte Tilly trocken.

Der Gedanke war Eliza auch schon gekommen. »Dann geh ich lieber gleich rüber zu ihr und hole es.«

Tilly deutete mit dem Kinn auf die Zelte. »Die ersten Ausstellungsbesucher sind schon eingetroffen, wie ich sehe.«

»Ja, und es scheint ihnen nicht das Geringste auszumachen, dass sich ein Tiger hier in der Gegend herumtreibt«, stellte Eliza verwundert fest.

»Ach, weißt du, im Lauf der Jahre hieß es so oft, man habe den Tiger von Tantanoola gesehen, dass es die Leute inzwischen kalt lässt.«

Sie gingen zum Postamt hinüber. Noch ehe Eliza die Tür öffnen konnte, kam Myra heraus. Sie hielt Eliza ein Telegramm hin und sagte kühl: »Ich wollte Noah gerade bitten, es zu Ihnen hinauszubringen.«

»Was steht denn drin?«, fragte Tilly belustigt.

Myra machte den Mund auf, klappte ihn wieder zu und erwiderte kurz angebunden: »Das soll Miss Dickens selbst lesen.« Damit drehte sie sich um und verschwand wieder im Gebäude.

»Was war das denn?«, fragte Eliza verblüfft.

»Ich kenne Myra, sie hat das Telegramm längst gelesen, verlass dich darauf«, antwortete Tilly schmunzelnd. »Ich fand, sie war reichlich unfreundlich zu dir, oder habe ich mir das nur eingebildet?«

»Ist mir nicht aufgefallen. Aber ehrlich gesagt war mein Eindruck von ihr nicht der beste, als ich zum ersten Mal hier war.« Eliza erinnerte sich an Myras wenig schmeichelhafte Worte über Tilly und senkte den Blick, als fürchtete sie, ihre Tante könne in ihren Augen lesen.

Tilly blickte sie überrascht an. »Du hast offenbar Menschenkenntnis. Das wird dir in deinem Beruf sicherlich zugute kommen.«

»Du magst Myra aber auch nicht besonders, stimmt's, Tante?«

»In einer kleinen Stadt wie dieser versucht man, mit allen auszukommen, aber ich kann nicht gerade behaupten, dass Myra zu meinen liebsten Bekannten zählt.«

Eliza riss das Telegramm auf. Es war von George Kennedy, was sie nicht überraschte, und lautete kurz und bündig:

Was ist los, Miss Dickens? Ich warte auf Ihre Story!

»Vom wem ist es?«, fragte Tilly.

»Von meinem Chef.«

»Und? Was will er? Beordert er dich etwa nach Mount Gambier zurück?«

»Nein, er schreibt, er wartet auf meine Story.« Eliza seufzte. »Allzu viel kann ich ihm nicht über den Tiger berichten, aber ich sollte ihm wenigstens ein paar Zeilen schicken, damit er zufrieden ist. Wenn ich mich beeile, geht die Post noch mit dem Abendzug ab. Oder gibt es noch einen anderen Zug, der früher fährt?«

»Heute müssten mindestens drei Züge in Richtung Mount Gambier fahren«, sagte Tilly.

Als die beiden Frauen am Hotel vorbeigingen, trat Brodie Chandler heraus. Er nickte ihnen knapp zu und sagte zu Eliza: »Ich hoffe, Jock Milligan wird meinen Rat befolgen.«

»Er ist sich noch nicht schlüssig«, erwiderte sie aufrichtig.

In diesem Moment verließ Alistair McBride das Hotel. Er hatte ein paar Wortfetzen aufgeschnappt und war sogleich hellhörig geworden. »Was ist denn mit Jock Milligan, Mr. Chandler?«, fragte er Brodie.

Eliza erschrak. McBride durfte auf keinen Fall von der Tigergrube erfahren! Er würde seiner Zeitung einen Artikel schicken, ehe sie selbst dazu käme. Eliza konnte sich lebhaft vorstellen, wie ihr Chef reagierte, wenn er erfuhr, dass die Konkurrenz schneller gewesen war.

»Mit Jock Milligan ist gar nichts. Außerdem ist es unhöflich zu lauschen«, versetzte sie schnippisch.

Brodie funkelte sie zornig an. Eliza merkte, wie ihre Wangen zu glühen anfingen.

Alistairs Blick wanderte von Eliza zu Brodie. »Ach ja? Dafür, dass *gar nichts* ist, wirken Sie aber ziemlich aufgebracht.«

Brodie ging ohne ein weiteres Wort davon.

»Haben Sie nichts dazu zu sagen, Mr. Chandler?«, rief der Reporter ihm nach.

Eliza hielt den Atem an. Sie hoffte inständig, dass Brodie sich nicht zu einer unbedachten Äußerung provozieren ließ. Doch ohne sich noch einmal umzudrehen, ging er zu seinem Pferd, das neben dem Hotel angebunden war, stieg auf und galoppierte davon.

Als Eliza und Tilly nach Hause kamen, stand Brodies Hengst auf Nells Koppel.

»Oje«, murmelte Tilly, der nichts Gutes schwante. Brodie würde garantiert stocksauer auf sie und ihre Nichte sein. Sie bat Eliza, die Stute abzusatteln, damit sie selbst den Zucker in die Vorratskammer bringen konnte.

Eliza trödelte absichtlich, um die Begegnung mit Brodie hinauszuzögern, doch da sie ihren Artikel schreiben musste, blieb ihr nichts anderes übrig, als schließlich irgendwann hineinzugehen. Brodie saß am Küchentisch und studierte eine Landkarte. Er blickte kurz auf, als Eliza erschien. Dumpfes, angespanntes Schweigen breitete sich aus. Eliza schnappte sich ihr Notizbuch, das auf dem Tisch lag, und wandte sich wieder zum Gehen.

»Sie haben genau gewusst, warum Jock Milligan mich nicht auf seinem Land haben wollte«, sagte Brodie anklagend.

Eliza drehte sich zu ihm um. »Er wollte nicht, dass jemand von der Falle erfährt, weil er befürchtete, dass andere Farmer es ihm nachmachen.«

»Sie können nur hoffen, dass er die Grube wieder zuschüttet«, sagte Brodie. »Sie ist bei weitem nicht tief genug für einen ausgewachsenen Tiger.«

Eliza breitete hilflos die Arme aus. »Meine Tante und ich haben ihm zu erklären versucht, warum das mit der Falle keine gute Idee ist.«

»Ich habe schon genug am Hals, auch ohne Jock Milligan und seinen blödsinnigen Plan«, stieß Brodie hervor. »Wissen Sie eigentlich, wie schwer es sein wird, das Tier aufzuspüren, wenn sich so viele Leute wie an diesem Wochenende hier aufhalten?«

Eliza schaute verlegen drein. Sie hatte nicht daran gedacht, unter welchem Druck Brodie angesichts der zahlreichen Besucher der Landwirtschaftsausstellung stand.

Brodie faltete die Karte zusammen, griff nach seinem Gewehr und wandte sich zum Gehen. In diesem Moment betrat Tilly das Haus.

»Wollen Sie schon wieder weg?«, fragte sie.

»Ja, und ich werde heute nicht zum Abendessen da sein. Ich muss den Tiger erwischen, bevor ein gewisser Farmer seine Dummheit mit dem Leben bezahlt.« Damit stapfte Brodie hinaus.

Eliza und Tilly schauten ihm nach. »Er wirkt ganz schön angespannt«, meinte Tilly.

Eliza nickte. »Ja, ich hätte nicht erwartet, dass er sich so darüber aufregt. Ich dachte, er hat nur seine Abschussprämie im Kopf, aber er scheint sich tatsächlich ernsthaft Sorgen um Jock und die anderen hier in der Stadt zu machen. Mir war nicht klar, wie viel schwerer seine Arbeit durch die vielen Besucher an diesem Wochenende sein wird.«

»Mir auch nicht«, pflichtete Tilly ihr bei. »Aber vielleicht bekommt er dadurch den einen oder anderen nützlichen Hinweis. Hoffen wir, dass alles gut geht und dass wir dieses Wochenende ohne Zwischenfälle überstehen!«

7

Eliza machte sich gleich nach dem Essen daran, ihren Artikel zu schreiben. Es dauerte viel länger, als sie gedacht hatte, weil sie genau überlegen musste, welche Informationen sie verwenden konnte und welche nicht. Was Brodie ihr und ihrer Tante mitgeteilt hatte, musste sie zu ihrem Leidwesen für sich behalten.

Über Jock Milligans Versuch, den Tiger lebend zu fangen, konnte sie zu ihrem Bedauern auch nicht berichten. Eliza blieb nichts anderes übrig, als dunkle Andeutungen zu machen. Hoffentlich genügte ihrem Chef das vorerst.

Sie schrieb jedoch ausführlich über die wachsende Unruhe in Tantanoola und über Brodie Chandlers Arbeit, die durch die zahlreichen Besucher der Landwirtschaftsausstellung erschwert wurde. Eliza hätte zu gern über die Spuren berichtet, die Brodie entdeckt hatte – Schafwollbüschel, Kratzspuren in der Baumrinde, Pfotenabdrücke –, doch sie wusste, dass sie sich eine Menge Ärger einhandeln würde, wenn sie sich über seinen ausdrücklichen Wunsch hinwegsetzte, diese Informationen vertraulich zu behandeln. Und der Gedanke, sich Brodie Chandlers Zorn zuzuziehen, behagte ihr gar nicht.

Als sie ihren Artikel zum Schluss noch einmal durchlas, wurde ihr bewusst, dass sie nichts Aufsehenerregendes zu berichten hatte. Mr. Kennedy würde mit Sicherheit enttäuscht sein. Aus Angst, er könnte sie sofort nach Mount Gambier zurückbeordern, fügte sie eine kurze Notiz hinzu:

Ich bin einer packenden Geschichte auf der Spur, Mr. Kennedy, deshalb bitte ich Sie noch um ein paar Tage Geduld. Bitte, vertrauen Sie mir. Sie werden es nicht bereuen!

Herzlichst, Eliza

Es war vier Uhr, als sie endlich fertig war, und das bedeutete, dass ihr nur eine Stunde blieb, um in die Stadt zu reiten und ihren Artikel zur Post zu bringen. Sie sattelte Nell in aller Eile und machte sich auf den Weg. Doch die Stute dachte gar nicht daran, eine schnellere Gangart anzuschlagen. Eliza verzweifelte beinahe. Sie drückte Nell ihre Absätze in die Flanken, schnippte mit den Fingern an ihren Ohren und drohte ihr sogar, doch Nell beeindruckte das alles nicht im Mindesten: Sie trottete so gemächlich dahin wie sonst auch.

Eliza beugte sich über Nells Hals und sagte gereizt: »Dieser Artikel muss unbedingt heute noch zur Post, hast du gehört!« Abermals stieß sie der Stute die Absätze in die Flanken, doch Nell schien es gar nicht wahrzunehmen. »Das ist ja zum Verrücktwerden!«, stöhnte Eliza. »Ich käme schneller voran, wenn ich dich tragen würde anstatt umgekehrt!«

In diesem Moment hörte sie einen Zug, der sich von Mount Gambier her näherte. Sie erschrak, weil sie nicht wusste, wie Nell reagieren würde. Andererseits würde sie jetzt vielleicht schneller vorankommen – es sei denn, Nell machte kehrt und preschte in Panik zu ihrem Stall zurück.

Die Ohren der Stute zuckten nervös. Eliza konnte das Weiße in ihren Augen sehen und spürte, wie Nells massiger Körper sich anspannte. Der Zug kam rasch näher. Eliza schlug das Herz bis zum Hals. Gerade als sie überlegte, ob es nicht klüger wäre abzuspringen, schrillte die Pfeife der Lokomotive. Nell warf den Kopf zurück, stieß ein grelles Wiehern aus und preschte los.

»Brrr!«, rief Eliza und klammerte sich an Nells Mähne. Die

Bäume am Straßenrand flogen nur so vorbei; der Wind peitschte ihr Gesicht und zerrte an ihren Haaren.

Obwohl die Eisenbahn nicht gerade langsam fuhr und Nell kein Rennpferd war, trafen sie vor dem Zug in der Stadt ein. Endlich gelang es Eliza, die Stute zu zügeln. Als sie vor dem Hotel abstieg, zitterten ihr die Knie. So schnell ihre wackligen Beine sie trugen, ging sie zum Postamt, während Nell gierig aus dem Wassertrog trank.

»Der Brief hier ... muss ... heute noch ... weg«, keuchte Eliza und hielt Myra Ferris die beschriebenen Seiten hin.

Myra spitzte die Lippen, beäugte die Blätter, die Eliza auf den Ladentisch gelegt hatte, nahm sie dann und legte sie wortlos auf die Waage. Eliza wunderte sich, dass die Posthalterin nicht fragte, weshalb sie außer Atem war. So viel Zurückhaltung passte gar nicht zu Myra. Aber vielleicht wusste sie ja über Nells Eigenarten Bescheid und konnte sich denken, was passiert war.

Als Eliza das Porto bezahlt hatte, fragte Myra, an wen der Brief adressiert werden solle.

»An George Kennedy, *Border Watch*, 89 Commercial Street East, Mount Gambier«, diktierte Eliza. Sie wartete, bis Myra die Seiten in den Umschlag geschoben und diesen mit Wachs versiegelt hatte. Myras frostigem Gesichtsausdruck nach zu urteilen, passte es ihr gar nicht, dass man ihr offenbar nicht vertraute. Aber Eliza wollte unter keinen Umständen, dass jeder in der Stadt erfuhr, was in ihrem Artikel stand, bevor er in ihrer Zeitung erschienen war. Sollte Myra ruhig beleidigt sein. Erst als der Umschlag versiegelt war, atmete Eliza auf. Jetzt konnte nichts mehr schiefgehen.

Sie schaute auf die Uhr an der Wand und traute ihren Augen kaum. Es war erst fünf Minuten vor halb fünf. In nur fünfundzwanzig Minuten hatte sie die Stute gesattelt, war in die Stadt geritten und hatte ihren Brief zur Post gebracht!

Sie blickte Myra an. »Der geht doch heute noch mit dem letzten Zug weg, nicht?«

»Ich habe den Postsack schon verschnürt, er wird also bis morgen warten müssen«, erwiderte Myra hochnäsig.

Eliza konnte es nicht fassen. Sollte etwa alles umsonst gewesen sein? »Aber der Brief muss unbedingt heute noch raus! Mein Chef wartet darauf!«

»Dann hätten Sie früher kommen müssen«, sagte Myra eisig. »Ich verschnüre den Postsack exakt um vier Uhr fünfzehn.«

»Ich bin so schnell gekommen, wie ich konnte«, versetzte Eliza zornig. »Sie sehen doch, dass ich außer Atem bin!«

Auf der anderen Seite des Ladens stand eine Frau und betrachtete die dort ausliegenden Bücher. Der Wortwechsel zwischen Myra und Eliza war ihr nicht entgangen. Sie drehte sich um und sagte:

»Du meine Güte, Myra, dann mach den Sack eben noch mal auf, und steck den Brief hinein!«

Myra warf der Dame einen eisigen Blick zu, der besagte, dass sie sich um ihre eigenen Angelegenheiten kümmern solle. Doch bei der Frau schien es sich um ein angesehenes Mitglied der Gemeinde zu handeln, denn Myra wagte es nicht, ihre Meinung laut zu äußern.

Eliza drehte sich um und sah zu ihrer Überraschung, dass die Frau, die Partei für sie ergriffen hatte, schon sehr alt war. Sie schätzte sie auf neunzig Jahre. Doch ihre strahlenden, klugen Augen waren die eines viel jüngeren Menschen.

»Die junge Dame ist Reporterin, nicht wahr?«, wandte sie sich an Myra, als ob Eliza nicht für sich selbst sprechen könnte.

»Ja«, antwortete Myra kurz angebunden.

»Nun, dann hat sie es in der Hand, unsere Stadt ins Rampenlicht zu rücken.«

Eliza hätte die alte Dame umarmen mögen. »So weit würde ich nicht gehen, aber mein Chef wartet auf meinen Artikel, wissen Sie. Wenn ich nichts von mir hören lasse, ruft er mich nach Mount Gambier zurück.«

Die alte Dame nickte verständnisvoll. »Und das wollen Sie nicht, habe ich recht?«

»Ich möchte ihm beweisen, was ich kann. Das ist vielleicht meine letzte Chance.«

»Hast du das gehört, Myra?« Die alte Frau zeigte anklagend mit ihrem Gehstock auf sie. »Der Brief muss heute noch in die Post. Also mach endlich den Postsack auf, und steck ihn rein!«

»Na schön, meinetwegen«, brummte Myra widerwillig. Sie holte den Postsack hervor, band ihn auf, steckte Elizas Brief hinein, schnürte den Sack wieder zu und warf ihn auf den Boden.

Die alte Dame, die sich schwer auf ihren Stock stützte, verließ das Postamt ohne ein weiteres Wort. Eliza folgte ihr. »Ich weiß gar nicht, wie ich Ihnen danken soll«, sagte sie. »Ohne Sie wäre meine Post heute nicht mehr auf den Zug gekommen. Ich bin übrigens Eliza Dickens.«

»Myra hat sich wie ein richtiges Miststück aufgeführt«, sagte die Frau.

Eliza riss verwundert die Augen auf. Eine solch derbe Ausdrucksweise hätte sie von der alten Dame nicht erwartet. Die Frau lächelte, und ihre blauen Augen funkelten. »So ist es doch! Sie müssen entschuldigen, Kindchen, aber ich habe die Dinge mein Leben lang beim Namen genannt. Manchmal sollte man Myra wirklich einen Tritt in den …« Sie verstummte und fuhr dann fort: »… na, Sie wissen schon, wohin.«

Eliza lachte auf.

»Ich bin Sarah Hargraves. Mein verstorbener Mann und ich hatten eines der ersten Häuser in dieser Stadt, als wir uns damals hier niederließen«, sagte sie stolz.

Eliza erkannte sofort, was für eine einmalige Gelegenheit sich ihr bot. Sarah Hargraves kannte nicht nur die Geschichte der Stadt, sie wusste wahrscheinlich auch alles über ihre Einwohner. Vielleicht hatte sie sogar den berühmten Tiger gesehen.

»Nehmen Sie auch an der Versammlung im Hotel teil?«, fragte Sarah.

»Ich wusste gar nicht, dass eine stattfindet. Worum geht es denn?«

»Die Farmer treffen sich jeden Freitagabend auf einen Drink und ein Schwätzchen, aber heute ist das Ganze ein bisschen förmlicher, weil sie über den Tiger und ihre Verluste an Vieh reden wollen, die auf sein Konto gehen. Das dürfte Sie auch interessieren. Sie sind doch wegen des Tigers hier, nicht wahr?«

»Ja. Ich würde zu gern an der Versammlung teilnehmen«, sagte Eliza aufgeregt. »Glauben Sie, die Farmer hätten etwas dagegen?«

»Selbst wenn – die Bar ist allen zugänglich.« Sarah blickte Eliza prüfend an. »Aber Sie sind noch sehr jung. Alkohol dürfen Sie bestimmt noch nicht trinken, oder?«

»Das stimmt.«

»Ich bin dreiundneunzig, Kindchen, viel zu alt zum Trinken! Aber an Regeln habe ich mich noch nie gehalten. Ich sag Ihnen was: Ich werde Sie begleiten, und dann werde ich zwei Drinks bestellen, einen für Sie und einen für mich. Ich werde beide vor mich hinstellen, und wenn niemand guckt, dann nehmen Sie einen ordentlichen Schluck. Sie sehen aus, als könnten Sie etwas zur Beruhigung vertragen.« Sie zwinkerte Eliza zu, und gemeinsam gingen sie zum Hotel hinüber.

»Haben Sie den Tiger jemals gesehen, Sarah?«, fragte Eliza gespannt.

»Und ob! Aber darüber reden wir später.«

Eliza jubelte innerlich. Nun würde sie doch noch Exklusivmaterial für ihren Artikel bekommen!

Die Stute Nell, die den halben Wassertrog ausgetrunken und sich inzwischen wieder erholt hatte, wartete brav vor dem Hotel. Neben ihr war Angus angebunden, Brodie Chandlers Hengst. Eliza bekam sofort Herzklopfen. Sarah hatte recht: Sie konnte einen Drink gebrauchen.

Richard Dickens stand in der Commercial Street East in Mount Gambier und betrachtete gedankenverloren das Zeitungsgebäude der *Border Watch* auf der anderen Straßenseite. Er schaute auf seine Uhr. Es war kurz vor fünf, und wenn er zu George Kennedy wollte, musste er sich beeilen. Er und George kannten sich seit vielen Jahren. Während ihrer Schulzeit waren sie im Sport und im Unterricht Konkurrenten gewesen, manches Mal auch Rivalen, wenn es um die Gunst eines schönen Mädchens ging. Sie waren keine engen Freunde, aber gute alte Bekannte.

Wäre Richard ehrlich zu sich selbst gewesen, hätte er zugeben müssen, dass sein Weg ihn nicht zufällig in die Commercial Street East geführt hatte. Seit Eliza nach Tantanoola gefahren war, musste er unentwegt an Matilda denken. Er konnte nicht mehr schlafen, hatte keinen Appetit mehr und erfand ständig Ausreden, in die Stadt zu fahren, weil er hoffte, George zu begegnen. Er stand jetzt schon zum dritten Mal vor dem Zeitungsgebäude, aber dieses Mal überwand er sich und ging hinein.

Richard war sich ziemlich sicher, dass Eliza mit Matilda zusammentreffen würde, schließlich war Tantanoola nur eine kleine Stadt. Er vermochte seine Neugier keine Sekunde länger zu zügeln.

»Guten Tag, Miss Hudson«, grüßte er Georges blonde Empfangsdame. Bevor er alles aufgegeben und Farmer und Pferdezüchter aus Leidenschaft geworden war, hatte Richard eine Reihe kleinerer Geschäfte betrieben, zu denen auch zwei Mietställe gehörten. Bethany Hudsons Vater hatte viele Jahre als Hufschmied für ihn gearbeitet. »Ist Mr. Kennedy in seinem Büro?«

»Guten Tag, Mr. Dickens.« Bethany war bis hin zu ihren tadellos sitzenden Löckchen eine gepflegte Erscheinung, und sie bemühte sich um eine kultivierte Stimme. Doch sosehr sie sich auch anstrengte, ihre Herkunft ließ sich nicht verleugnen. »Ja, ich werde ihm gleich sagen, dass Sie da sind.«

Bethany erhob sich von ihrem Schreibtisch, aber da die Tür zu

Georges Büro offen stand, hatte dieser den Besucher schon gehört und forderte ihn auf einzutreten.

Schmollend, weil sie daran gehindert wurde, die Rolle der perfekten Empfangsdame zu spielen, setzte Bethany sich wieder an ihre Remington-Schreibmaschine.

»Was führt dich in die Stadt, Richard?«, fragte George und deutete auf den Stuhl auf der anderen Seite seines Schreibtischs.

Richard schloss die Tür hinter sich. »Ich war zufällig in der Nähe«, schwindelte er, »und da dachte ich, ich schau mal vorbei und erkundige mich, ob du schon etwas von Eliza gehört hast.«

»Noch nicht. Ich habe ein Telegramm an das Postamt in Tantanoola geschickt, weil ich nicht weiß, wo Eliza wohnt, aber die Posthalterin dort wird es sicher herausfinden. Hat sie sich denn noch nicht bei euch gemeldet?«, fragte George verwundert. Er war davon ausgegangen, dass Henrietta darauf bestanden hatte, unverzüglich Nachricht von ihrer Ältesten zu bekommen.

Richard sah ihn bestürzt an. »Uns hat sie erzählt, du würdest ihr eine Unterkunft besorgen, und jetzt sagst du, du weißt nicht, wo sie wohnt?«

»Ich vermute, sie wohnt im Railway Hotel, aber sicher bin ich mir nicht. Die Landwirtschaftsausstellung steht vor der Tür, und das Hotel hat nur wenige Zimmer. Aber das Postamt ist nur einen Katzensprung vom Hotel entfernt. Deshalb könnte ich mir denken, dass die Posthalterin weiß, wo Eliza zu finden ist.«

Richard war die Besorgnis anzusehen.

»Keine Angst, Richard«, sagte George. »Ich habe Eliza gesagt, sie soll sich an Mary Corcoran wenden. Sie und ihr Mann führen das Hotel. Falls dort kein Zimmer mehr frei ist, weiß Mary bestimmt jemanden, bei dem sie unterkommen kann. Ich kenne die Corcorans seit langem, sie sind absolut vertrauenswürdig.« Er hatte Mary und Ryan seit fast zwei Jahren nicht mehr gesehen, musste Richard aber irgendwie beruhigen.

Richard war lange vor seiner Hochzeit mit Henrietta das letzte Mal in Tantanoola gewesen, das er als verschlafenes Nest in Erinnerung hatte. Damals hatte er mit Matilda einen Ausflug zum Lake Bonney gemacht, und sie hatte geschwärmt, wie sehr ihr die kleine Stadt gefiel. Eliza Sheehan, Matildas und Henriettas Mutter, hatte Land in der Gegend besessen. Sie musste eine tüchtige Geschäftsfrau gewesen sein. Als sie Frederick Dale heiratete, hatte sie an Grundstücksgeschäften in Adelaide bereits ein Vermögen verdient. Richard und Henrietta hatten ihre Tochter nach Eliza Sheehan genannt.

Eliza ist alt genug, auf sich selbst aufzupassen, versuchte Richard sich zu beruhigen. Er kannte seine Tochter und wusste, dass sie einige der positiven Eigenschaften ihrer Großmutter geerbt hatte. Vielleicht war ja inzwischen zu Hause auch eine Nachricht von ihr eingetroffen. Doch falls sie Matilda begegnet war, würde Eliza das nicht erwähnen, weil sie wusste, wie ihre Mutter darüber dachte. Blieb also nur George, der ihm etwas über Matilda erzählen könnte.

»Ich hoffe, dass heute Abend ein Artikel von ihr mit der Post kommt«, fuhr George fort. »Ich habe in der morgigen Ausgabe einen Platz dafür reserviert.«

»Wirst du selbst nach Tantanoola fahren, wenn du nicht bald etwas von ihr hörst?«, fragte Richard.

»Daran gedacht habe ich. Vielleicht morgen schon, zur Landwirtschaftsausstellung, und sei es nur für diesen einen Tag. Dann kann ich die Gelegenheit nutzen, nach meiner Nachwuchsreporterin zu sehen. Aber ich bin sicher, es geht ihr gut.« Im Grunde fürchtete er nur eines: dass Eliza keine Fakten, sondern Klatsch zusammentrug. Doch das konnte er selbstverständlich nicht laut sagen. »Jetzt setz dich doch endlich, Richard, du wirst mir noch ein Loch in den Teppich laufen!«

Richard schien ihn gar nicht gehört zu haben. Er wanderte weiter unruhig hin und her.

»Stimmt etwas nicht? Ich weiß ja, dass Eliza noch nie allein von zu Hause fort war, aber ich bin sicher, es geht ihr gut. Du hast keinen Grund, dir Sorgen zu machen, Richard«, versicherte George ihm trotz seiner Bedenken.

Richard ließ sich seufzend in einen abgewetzten Ledersessel fallen. »Um Eliza mache ich mir keine Sorgen, obwohl ich natürlich gern wissen würde, wo sie wohnt und wie es ihr geht, schon Henrietta zuliebe… Wir sind sehr stolz auf unsere Tochter und fühlen uns geschmeichelt, dass du sie mit diesem Auftrag betraut hast. Eliza schafft das schon, zumal sie imstande ist, jeden um den Finger zu wickeln.« Genau wie Matilda in ihrem Alter, fügte er im Stillen hinzu.

George sah ihn prüfend an. »Was bedrückt dich dann? Du wirkst so zerstreut.« Er fragte sich, ob Richard von der »Bekanntschaft« seiner Frau mit dem Geschäftsmann Clive Jenkins erfahren hatte. George waren nicht nur entsprechende Gerüchte zu Ohren gekommen, er hatte die beiden auch zusammen in der Stadt gesehen. Und obwohl er nichts auf das Gerede der Leute gab, musste er zugeben, dass sie den Eindruck erweckt hatten, sich sehr gut zu verstehen.

Richard verspürte plötzlich das überwältigende Bedürfnis, mit jemandem über Matilda zu reden. »Erinnerst du dich noch an Henriettas Schwester, Matilda Dale?«

George hob erstaunt den Blick. »Ja, natürlich.« Wer Matilda gekannt hatte, vergaß sie nie mehr, da war er sicher. Sie war eine Schönheit gewesen, mit einer Ausstrahlung wie keine zweite Frau. Als junger Bursche war er hoffnungslos in Matilda verliebt gewesen. Das war auch der Grund dafür, warum er Eliza ins Herz geschlossen hatte und sich ihr gegenüber so nachsichtig zeigte: Sie erinnerte ihn an Matilda. George konnte sich auch noch gut daran erinnern, dass Richard und Matilda einmal ein Paar gewesen waren. »Warum fragst du?«

»Matilda wohnt in Tantanoola.«

»Das wusste ich nicht«, sagte George und hatte alle Mühe, sein Erstaunen zu verbergen. »Ich kann mich noch gut an ihren … Unfall erinnern.« Dieser Unfall hatte sich in Millicent ereignet. George, der damals erst seit kurzer Zeit für die *Border Watch* gearbeitet hatte, war hingeschickt worden, um darüber zu berichten. Sämtliche Lokalzeitungen hatten ihre Reporter zum Ort des Unglücks entsandt.

»Matilda hat nach dem Unfall fast ein Jahr in einem Sanatorium verbracht«, berichtete Richard. »Nach ihrer Entlassung zog sie nach Tantanoola. Henrietta erfuhr von einer Freundin davon.« Er holte tief Luft und atmete langsam wieder aus. Es tat ihm gut, über Matilda reden zu können. Mit seiner Frau konnte er das nicht; sie reagierte verärgert und eifersüchtig, sobald er den Namen Matilda auch nur in den Mund nahm.

George blickte ihn verwundert an. »Hat Henrietta denn keinen Kontakt zu ihrer Schwester?«

»Nein. Matilda wollte nach ihrem Unfall nichts mehr mit ihrer Familie zu tun haben.«

»Merkwürdig.« George schüttelte den Kopf. »Man sollte doch meinen, nach einem solchen Unfall hätte sie ihre Familie mehr denn je gebraucht.«

»Ja. Aber Matilda wollte nicht einmal, dass wir sie im Krankenhaus besuchen. Angeblich, weil sie durch Narben entstellt war.« Richard hatte sich nie vorzustellen versucht, wie Matilda heute aussehen mochte. Er wollte sie so in Erinnerung behalten, wie sie vor dem Unfall gewesen war.

»Ich erinnere mich.« George nickte. »Sie soll schwere Verletzungen davongetragen haben.« Matilda war im Krankenhaus abgeschirmt worden. Kein Reporter wurde zu ihr gelassen. Doch Augenzeugen des Unfalls berichteten von mehreren Knochenbrüchen und schweren Gesichtsverletzungen. Henrietta war dabei gewesen, als es geschah. Später sagte sie aus, sie hätte ein Schaufenster betrachtet, als Matilda von der Postkutsche erfasst wurde.

Niemand hatte den genauen Unfallhergang beobachtet. George hatte es furchtbar weh getan, dass dieser schönen Frau ein so schreckliches Unglück zugestoßen war. Wie durch ein Wunder hatte Matilda überlebt, doch es gab auch Stimmen, die sagten, es wäre vielleicht besser gewesen, wäre sie an ihren Verletzungen gestorben. Manche sprachen sogar von einem missglückten Selbstmordversuch, obwohl Matilda gar kein Motiv gehabt hatte, sich umzubringen.

George hatte sich in den Jahren danach oft gefragt, was aus Matilda geworden war. Er hatte sich bis zum Redaktionsleiter emporgearbeitet, hatte Gwendolyn Sweeney geheiratet und war Vater von drei Kindern geworden. Gwendolyn war vor fünf Jahren gestorben. Die Kinder hatten das Haus verlassen und lebten im fernen Adelaide.

»Hoffen wir, dass sie vollständig genesen ist«, sagte Richard. Die körperlichen Narben Matildas würden bleiben, aber vielleicht waren wenigstens die seelischen Wunden nach all den Jahren verheilt. Richard hatte es sich nie verziehen, dass er so schnell aufgegeben hatte, Kontakt zu ihr aufzunehmen. Anfangs hatte er noch versucht, sich mit ihr in Verbindung zu setzen; dann hatte Henrietta sich eingemischt und ihn davon überzeugt, dass er Matildas Wunsch respektieren müsse, in Ruhe gelassen zu werden. Widerstrebend hatte er sich gebeugt.

Die Monate vergingen, und Richard hatte nichts mehr von Matilda gehört. Henrietta war stets für ihn da gewesen, hatte Tag für Tag nach ihm gesehen und ihm Trost gespendet. Dabei waren sie sich nähergekommen. Richard wusste bis heute nicht, wie es eigentlich dazu gekommen war. Wahrscheinlich hatte es an seiner Einsamkeit gelegen.

Jedenfalls wusste er, dass Matilda ihm niemals verzeihen würde, dass er ihre Schwester geheiratet hatte: Durch die Hochzeit mit Henrietta war jede Hoffnung auf eine Aussöhnung mit Matilda zerstört worden.

»Ich kann nicht nach Tantanoola«, sagte Richard bedrückt. »Eliza wäre gekränkt, weil sie das Gefühl hätte, ich würde sie kontrollieren. Aber falls du hinfährst, bestell ihr bitte liebe Grüße von mir. Und natürlich auch von ihrer Mutter.«

George nickte. »Das werde ich.«

Jetzt, wo er wusste, dass Matilda in Tantanoola lebte, würde er es sich nicht nehmen lassen, dorthin zu fahren.

»Was hast du denn, Katie?«, fragte Thomas Clarke. »Du bist so still. Was sagst du zu unseren Familienerbstücken?« Nach dem Nachmittagstee bei den Clarkes in deren Haus in der High Street in Mount Gambier brachte Thomas Katie in einem kleinen Buggy nach Hause zurück. Bluebell Clarke, Thomas' Mutter, hatte Katie drei Stunden lang voller Stolz jedes einzelne Stück in ihren Schränken vorgeführt – Teller, Gläser, Vasen, Porzellanfiguren – und ihr die mit jedem Stück verbundene Geschichte erzählt. Katie hatte sich zu Tode gelangweilt, aber Thomas war unüberhörbar stolz auf den Besitz, den er eines Tages als einziger Sohn der Clarkes erben würde.

Katie zögerte. »Ich … ich weiß nicht, ob es mir gefällt, mit welcher Selbstverständlichkeit deine Mutter davon ausgeht, dass ich eines Tages offiziell zur Familie gehöre, Thomas.«

»Nun, so wird es doch kommen«, erwiderte Thomas lächelnd. »Mutter sieht in dir bereits ihre künftige Schwiegertochter.«

»Genau das meine ich ja. Andere planen mein Leben für mich, und davon bin ich wenig begeistert. Alle denken, sie wüssten genau, woran sie mit mir sind. Ich mag es nicht, dass alle mich für so … angepasst halten.«

»Angepasst zu sein ist doch nichts Schlimmes«, sagte Thomas unbekümmert, und Katie funkelte ihn böse an. Sie hatte hellere Haare als ihre Schwester Eliza und war größer und kräftiger. Ihre grünen Augen konnten kalt blicken, wenn ihr etwas nicht passte. »Nicht, dass du angepasst *wärest*«, fügte Thomas rasch hinzu.

Aber *du* bist es, dachte Katie. Auf einmal war sie sich nicht mehr sicher, ob dieser Charakterzug so wünschenswert war.

»Mich halten die Leute vor allem für zuverlässig, und das bin ich auch«, sagte Thomas, der nichts von Katies Gedankengängen ahnte. »Zuverlässigkeit ist eine bewundernswerte Eigenschaft, findest du nicht?«

Katie warf ihm einen schrägen Blick zu. »Wenn du meinst«, erwiderte sie mürrisch. »Deine Mutter hat ja nicht nur beschlossen, dass wir heiraten, sie hat sogar schon festgelegt, wie viele Kinder wir haben werden. Würde mich nicht wundern, wenn sie sich bereits Namen für sie ausgesucht hätte.«

»Jetzt übertreibst du aber, Katie. Übrigens habe ich mir längst vorgenommen, um deine Hand anzuhalten. Aber ich will es richtig machen, weißt du. Ich will, dass es ein romantischer Antrag wird.«

Katie verdrehte die Augen. »Wenn du es mir *ankündigst*, ist es nicht mehr romantisch, Thomas. Ein Mädchen will mit einer spontanen Liebeserklärung überrascht werden und nicht bis ins kleinste Detail wissen, was es erwartet und welches Porzellan eines Tages auf dem Tisch stehen wird.«

Thomas sah sie verdutzt an. »Was hast du denn auf einmal, Katie? Manchmal weiß ich wirklich nicht, was ich noch tun soll, um dich glücklich zu machen.«

»Das solltest du aber wissen«, versetzte sie trotzig.

»Was hat das jetzt wieder zu bedeuten?«, fragte Thomas, dessen Verwirrung wuchs.

»Wenn du dein Leben mit mir verbringen willst, solltest du wissen, was mich glücklich macht, oder nicht?«

»Ich dachte, das wüsste ich«, erwiderte Thomas beleidigt. »Aber ich kann dir anscheinend gar nichts mehr recht machen.«

Katie warf ihm einen entnervten Blick zu und verschränkte die Arme über der Brust. Keiner sprach mehr ein Wort.

Als Katie zwei Tage zuvor von der Arbeit nach Hause gekommen war und erfahren hatte, dass Eliza beruflich für ein paar Tage verreist war, hatte sie sich zunächst nichts dabei gedacht. Dann aber war sie ins Grübeln gekommen. Inzwischen beneidete sie ihre Schwester um ihre Freiheit. Sie, Katie, hatte sich immer etwas darauf eingebildet, dass sie einen festen Freund hatte, der in der Stadt als gute Partie galt, während Eliza keinen Verehrer vorweisen konnte. Doch je länger Katie jetzt über ihr Leben nachdachte, desto fader und eintöniger erschien es ihr, und sie beneidete Eliza um ihre Freiheit.

Der Buggy hielt vor dem Haus der Dickens. Katie und Thomas hatten auf dem letzten Teil der Fahrt kein Wort mehr miteinander gewechselt. Nun stieg Katie grußlos aus und rauschte ins Haus. Henrietta saß mit einer Stickarbeit im Wohnzimmer.

»Hallo, mein Schatz«, sagte sie, als ihre Tochter hereinkam.

Katie sah, wie müde ihre Mutter aussah, als hätte sie in der Nacht kein Auge zugetan.

»Hallo, Mom«, sagte sie knapp.

Henrietta schlief tatsächlich schlecht, seit Eliza nach Tantanoola gefahren war, doch bei aller Müdigkeit sah sie sofort, dass irgendetwas ihre jüngere Tochter bedrückte. »Was hast du, Katie? Du bist ja ganz durcheinander. Hast du dich mit Thomas gestritten? Er kommt doch sonst immer auf einen Sprung mit herein, wenn er dich nach Hause bringt.«

Diese Bemerkung brachte Katie sofort wieder auf die Palme. Musste denn in ihrem Leben immer alles nach demselben Schema verlaufen? »Ja, wir hatten einen kleinen Streit«, erwiderte sie mürrisch.

Henrietta sah ihre Tochter vorwurfsvoll an. »Thomas ist ein so netter junger Mann, Katie. Und eine ausgezeichnete Partie, vergiss das nicht. Den solltest du dir warm halten.«

»Da bin ich mir nicht gar mehr so sicher.«

Eine Sekunde lang war Henrietta sprachlos. Was war nur in ihre Katie gefahren? Sie und Thomas konnten unmöglich eine ernsthafte Auseinandersetzung gehabt haben. Thomas war der gutmütigste Mensch, den man sich vorstellen konnte. »Was redest du für einen Unsinn, Katie? Du hast bloß kalte Füße bekommen – jetzt, wo es mit euch beiden etwas Ernstes zu werden scheint. Das ist ganz normal.«

»Thomas ist der erste Verehrer, den ich je hatte. Woher soll ich da wissen, dass er der Richtige für mich ist?«, brach es mit einer Mischung aus Trotz und Verzweiflung aus Katie hervor.

Henrietta riss die Augen auf. »Katie! Es schickt sich nicht für ein anständiges Mädchen, auf diesem Gebiet Erfahrungen zu sammeln.«

»Das ist mir egal!« Katie stampfte mit dem Fuß auf. »Ich will auch nach Tantanoola!«

»Was?« Henrietta traute ihren Ohren nicht. Sie blickte ihre Tochter erschrocken an.

»Ich könnte doch ein paar Tage bei Eliza bleiben. Mir steht noch Urlaub zu, und ich könnte weiß Gott ein bisschen Abwechslung vertragen.«

»Aber … das geht nicht!«, stammelte Henrietta. »Du kannst nicht nach Tantanoola fahren!«

»Und warum nicht?«

»Weil …« Henrietta brach hilflos ab. »Eliza muss jeden Tag zurückkommen.«

»Vielleicht auch nicht«, gab Katie trotzig zurück.

»Ich bin sicher, sie kommt bald wieder. Außerdem brauche ich dich hier. Und jetzt will ich nichts mehr davon hören!«

Katie brach in Tränen aus, lief aus dem Zimmer und schlug die Tür hinter sich zu.

Henrietta sah ihrer Tochter fassungslos nach. Sie konnte sich keinen Reim auf ihr Verhalten machen. Doch nach einer Weile beruhigte sie sich mit dem Gedanken, dass Katie wegen ihres Streits mit Thomas ein bisschen aus dem Gleichgewicht geraten war. Sie war ein vernünftiges Mädchen, und sobald sie sich beruhigt hätte, würde sie einsehen, wie töricht sie gewesen war. Bald würde alles wieder seinen gewohnten Gang nehmen. Henrietta ließ sich seufzend gegen die Sessellehne sinken und dachte: Wenn doch bloß Eliza nach Hause käme!

8

Mannie Boyd saß auf der vorderen Veranda seines Hauses und säuberte seine Fallen, als Alistair McBride die Zufahrt heraufkam.

Der junge Reporter kam gleich zur Sache. »Hallo, Mr. Boyd! Ist Ihnen auf Jock Milligans Land in letzter Zeit irgendetwas Ungewöhnliches aufgefallen?«

Mannie beäugte ihn misstrauisch. »Etwas Ungewöhnliches? Was denn zum Beispiel?«

»Das würde ich ja gern von Ihnen wissen. Ich habe zufällig gehört, wie diese Miss Dickens, diese Möchtegernreporterin, mit dem Jäger gesprochen hat, und dabei fiel Jock Milligans Name. Sie sagte auch etwas von der Landwirtschaftsausstellung, die am Wochenende hier stattfindet. Als ich die beiden fragte, worum es ging, wurden sie abweisend und nervös. Das ginge mich gar nichts an, meinte Miss Dickens. Sie und der Jäger hatten offenbar eine kleine Meinungsverschiedenheit. Jock Milligan stellt offenbar einige seiner Schuppen für die Landwirtschaftsausstellung zur Verfügung; vielleicht hängt es ja damit zusammen. Vielleicht hat es aber auch etwas mit dem Tiger zu tun. Ich muss unbedingt herausfinden, was da vor sich geht.« Er würde auf keinen Fall zulassen, dass diese blutige Anfängerin ihm eine gute Story vor der Nase wegschnappte.

Mannie zuckte die Achseln. »Ich war nicht mehr auf Milligans Land seit… seit meiner Begegnung mit dieser Furcht einflößenden Bestie.« Er schauderte bei der Erinnerung. Seit jenem

Morgen hatte Mannie sich meistens in der Nähe seines Hauses aufgehalten, aus Angst vor dem Tiger oder was immer es gewesen war. Doch er war viel zu stolz, als dass er das zugegeben hätte.

McBride warf ihm einen verschlagenen Blick zu. »Ich möchte, dass Sie dorthin gehen, und zwar heute Nacht.«

Mannie riss verstört die Augen auf. »Jock hat jedem verboten, sein Land zu betreten. Er will nicht versehentlich jemanden erschießen, sagt er, wenn er nachts auf seinen Weiden und Koppeln Wache hält. Deshalb hab ich meine Fallen dort nicht mehr aufgestellt.« In Wirklichkeit stellte er seine Fallen nur noch unmittelbar hinter seinem Haus auf, weil er sich nicht weiter weg traute.

McBride verzog gereizt das Gesicht, griff dann in seine Brusttasche, zog ein paar Geldscheine hervor und wedelte Mannie damit vor der Nase herum. »Vielleicht kann Sie das ja überzeugen.«

Mannie zögerte. Jetzt, wo er kaum noch Kaninchen fing, sodass es noch lange dauern würde, bis er genug Felle beisammen hatte, um sie in die Stadt zu schicken, konnte er das Geld dringend gebrauchen. Er hatte sich seit Tagen keinen Drink mehr genehmigen können, so abgebrannt war er, und er lechzte nach einem Bier. Das gab schließlich den Ausschlag. »Na schön, meinetwegen.« Er riss McBride die Banknoten aus der Hand und beschloss, sich erst Mut anzutrinken, ehe er seinen Fuß auf Milligans Land setzte.

Alistair McBride grinste. »Kommen Sie anschließend ins Hotel, wenn Sie dort waren, aber nicht in die Bar.« Er wollte nicht mit Mannie gesehen werden. »Ich bin um zehn Uhr in meinem Zimmer an der Rückseite des Hotels. Klopfen Sie ans Fenster, ich warte auf Sie. Ich hoffe, ich kann mich auf Sie verlassen.« Als Mannie kurz nickte, fuhr er fort: »Ich werde jetzt in die Stadt zurückkehren und an der Versammlung teilnehmen, die in ein paar Minuten beginnt. Jock Milligan dürfte ebenfalls dabei sein. Aber vergewissern Sie sich erst, dass er wirklich da ist, und zwar so, dass keiner was bemerkt, verstanden? Wenn Sie ihn unter den Anwesenden entdeckt haben, verlassen Sie die Bar unbemerkt wieder. Dann können Sie sich in aller Ruhe auf seinem Land umsehen.«

»Und wenn er die Versammlung vorzeitig verlässt und mich auf seinem Grund und Boden erwischt?« Mannie hatte keine Lust, über den Haufen geschossen zu werden.

»Dann sagen Sie eben, Sie hätten ein paar Fallen vergessen und sie geholt. Aber keine Sorge, ich werde schon dafür sorgen, dass er aufgehalten wird.« Er würde Milligan auf einen Drink einladen, sozusagen als kleine Geste der Versöhnung, ihn in ein Gespräch verwickeln und ihm noch ein paar Drinks spendieren. Das sollte dem Fallensteller genug Zeit geben.

Mannie war zwar nicht ganz wohl in seiner Haut, aber er nickte, und die beiden Männer kamen überein, sich später an diesem Abend wieder zu treffen.

Sarah Hargraves und Eliza hatten das Hotel betreten und sich einen Platz ganz hinten im Speisesaal gesucht. Kaum jemand nahm Notiz von ihnen. Sarah ging zur Bar, bestellte zwei Sherry, kehrte mit den Gläsern an ihren Tisch zurück und stellte beide vor sich hin. Die Versuchung war groß, an dem Sherry zu nippen, doch Eliza wartete, bis sie sicher war, dass niemand zu ihnen hersah.

Ungefähr zwanzig Männer und ein paar Frauen waren bereits anwesend, und immer noch strömten weitere Leute herein. Die Männer scharten sich um die Theke, während die Frauen sich in den Speisesaal setzten. Der Wandschirm, mit dem der Saal normalerweise von der Bar abgeteilt wurde, war entfernt worden, damit die Frauen an der Versammlung teilnehmen konnten.

Eliza sah, dass Brodie Chandler sich mit Ryan Corcoran unterhielt. Brodie war eindeutig der bestaussehende Mann im Raum. Dann fiel ihr Blick auf Myra Ferris, die in Begleitung eines Mannes hereinkam. »Wer ist das neben Myra?«

»Ihr Mann, Morris«, antwortete Sarah. »Der Herr daneben, der Gentleman, der gerade seinen Hut abnimmt, ist Bill Clifford, der Bürgermeister. Er ist auch Vorsitzender des Komitees für die Landwirtschaftsausstellung. Wo wir gerade davon sprechen – kommt Tilly eigentlich auch? Ich habe gehört, dass Sie bei ihr wohnen.«

»Ja, das ist richtig.« In diesem Moment betrat Alistair McBride den Saal, und Eliza presste zornig die Lippen zusammen. »Aber ich glaube nicht, dass Tilly kommen wird, sie hat jedenfalls nichts gesagt. Hoffentlich macht sie sich keine Sorgen, wenn ich so lange wegbleibe.« Eliza schaute auf ihre Uhr, ein Geschenk ihrer Eltern, als sie ihre Stelle bei der *Border Watch* angetreten hatte. Es war schon nach fünf, die Sonne ging bereits unter. In einer halben Stunde würde es dunkel sein. Eliza hatte angenommen, um diese Zeit längst wieder zu Hause zu sein, aber da hatte sie noch nichts von der Versammlung gewusst. Und eine solche Gelegenheit, Stoff für eine gute Story zu sammeln, konnte sie sich nicht entgehen lassen, das würde Tilly sicherlich verstehen. »Ehrlich gesagt ist mir nicht ganz wohl bei dem Gedanken, allein im Dunkeln zurückzureiten«, gestand sie.

»Ich würde Ihnen ja gern anbieten, bei mir zu übernachten, aber ich habe in meinem kleinen Haus leider keinen Platz für einen Gast«, sagte Sarah bedauernd.

»Das macht doch nichts«, erwiderte Eliza und nippte an ihrem Sherry. »Tilly würde wahrscheinlich denken, der Tiger hätte mich gefressen, wenn ich nicht nach Hause komme, und tausend Ängste ausstehen.« Sie wollte Sarah gerade fragen, wann und wo sie den Tiger beobachtet hatte, als Bill Clifford laut um Ruhe bat.

Unbemerkt von Eliza schlüpfte Mannie Boyd in diesem Moment in die Bar. Er duckte sich hinter eine Gruppe von Männern.

Nach einer kurzen Begrüßung kam Bill Clifford gleich zur Sache. »Wie ich der Aufstellung über die gerissenen Tiere entnehme, sind in den letzten Tagen erhebliche Verluste entstanden.«

»Und was wird dagegen unternommen?«, rief jemand dazwischen.

Mit einem Seitenblick auf Brodie Chandler fuhr der Bürgermeister fort: »Nun, in Anbetracht der Landwirtschaftsausstellung und der zahlreichen Besucher, die wir erwarten, bleibt zu hoffen, dass der Tiger die Gegend hier vorläufig meiden wird, weil es ihm zu unruhig ist. Andererseits wird es dadurch natürlich schwieriger, ihn aufzustöbern, wie Mr. Chandler mir sagte. Ich muss Sie um Geduld bitten. Wir müssen abwarten. Etwas anderes können wir im Moment nicht tun.«

Unzufriedenes Raunen ging durch den Saal.

Alistair McBride sah Jock Milligan hereinkommen. Der Farmer hielt sich abseits von den anderen. Auch Eliza bemerkte ihn.

»Abwarten hilft uns nicht weiter«, rief ein Mann. Es war Fred Cameron, wie Eliza von Sarah erfuhr. »Die Bestie muss erlegt werden, so schnell wie möglich!«

Von allen Seiten brandete Beifall auf.

»Mein Hund war gestern stundenlang spurlos verschwunden. Als er endlich nach Hause kam, war sein Fell verfilzt und voller Erde«, fuhr Fred Cameron fort, als es wieder still im Saal geworden war. »Er zitterte am ganzen Leib und war völlig verstört. Ich nehme an, der Tiger hat ihn irgendwo in die Enge getrieben. Er kann von Glück sagen, dass er noch am Leben ist! Wir müssen endlich Nägel mit Köpfen machen und diese Bestie erledigen, bevor sie einen Menschen tötet!«

Zustimmende Rufe erklangen. Eliza spähte zu Jock Milligan hinüber, der ein verlegenes Gesicht machte. Auch Brodie Chandler warf Milligan einen viel sagenden Blick zu.

Als Bill Clifford dem Jäger das Wort erteilte und dieser sich anschickte, die Anwesenden über seine bisherige Arbeit und seine Entdeckungen zu informieren, gab Alistair McBride Mannie unauffällig ein Zeichen. Mannie nickte, kaufte sich noch schnell eine Flasche Schnaps für unterwegs und verließ das Hotel.

Die Stadt lag verlassen da in der hereinbrechenden Dämmerung. Mannie eilte als Erstes nach Hause, um seine Winchester zu holen. Dann machte er sich auf den Weg zu Jock Milligans Farm. Er war nervös, und jeder Schatten kam ihm bedrohlich vor. Alle paar Schritte nahm er einen kräftigen Schluck aus der Flasche. Mannie beschloss, sich nur ein wenig umzusehen und dann nach Hause zu verschwinden. Auf keinen Fall würde er länger als unbedingt nötig auf Jocks Farm bleiben. Er hätte Rastus gern mitgenommen, doch seit seiner Begegnung mit der Bestie konnte man ihm nicht mehr trauen.

Es war dunkel, als Mannie die Zufahrt erreichte, die zu Jocks Haus führte. Da er bereits die halbe Flasche Schnaps geleert hatte, war seine Nervosität einer gewissen Benommenheit gewichen. Er holte tief Luft und stolperte den Weg hinauf zum Haus. Auf den ersten Blick und soweit er es im Dunkeln beurteilen konnte, war alles wie sonst. Zum Glück besaß Jock keinen Hund; er trieb seine Schafe vom Pferdrücken aus von einer Weide zur anderen. Und musste er einmal die ganze Herde zusammentreiben, lieh er sich die Hunde seiner Nachbarn dafür aus. Die anderen Farmer vermuteten, dass Jock sich aus Geiz keine eigenen Hunde anschaffte; schließlich mussten sie auch dann gefüttert werden, wenn sie nicht arbeiteten. Jock kümmerte nicht, was die anderen über ihn dachten.

Mannie ging langsam um die Schuppen herum, doch auch hier fiel ihm nichts Ungewöhnliches auf. In einer Scheune waren provisorische Tische aus Brettern und Holzböcken aufgestellt worden, auf denen die landwirtschaftlichen Erzeugnisse für die Ausstellung präsentiert werden sollten. In zwei weiteren Scheunen entdeckte er Mutterschafe und ihre Lämmer. Wahrscheinlich hatte Jock sie aus Angst vor dem Tiger über Nacht hier eingesperrt. Mannie stapfte ein Stück weit auf die Koppel, die den Schuppen am nächsten lag, und versuchte angestrengt, die Dunkelheit mit Blicken zu durchdringen.

Mannie setzte die Flasche an die Lippen und trank einen kräftigen Schluck, ehe er sich vorsichtig weiter fortbewegte. Plötzlich stach ihm ein grässlicher Geruch in die Nase. Angst packte ihn, doch seine Neugier war stärker. Er blinzelte und versuchte zu erkennen, was für ein seltsames Gebilde das war, das sich in einiger Entfernung wie ein kleiner Hügel in der Dunkelheit abzeichnete. Ein Tierkadaver? Es stank nach verwesendem Fleisch.

Als er noch ungefähr zehn Meter von dem Hügel entfernt war, blieb er stehen und schaute sich verdutzt um. Der Hügel erwies sich als ein kleiner Berg aufgeworfener Erde, wie er jetzt erkannte, aber woher stammte sie? Er konnte nirgendwo ein Loch im Boden ausmachen. Zögernd ging er weiter. Hinter dem Erdhaufen war ein Pflock in den Boden geschlagen worden; daran hing ein großer Fleischbrocken, von dem offenbar der widerliche Geruch ausging. Was hatte das alles zu bedeuten? Und was hatte Jock mit den belaubten Ästen vor, die hier herumlagen? Mannie konnte sich keinen Reim darauf machen. Er ahnte nicht, dass er am Rand der Grube stand, die Jock ausgehoben hatte. Abermals nahm er einen kräftigen Zug aus der Flasche, die nun fast leer war. Plötzlich überkam ihn eine böse Vorahnung. Genau das gleiche Gefühl hatte ihn bei der Begegnung mit dem Tiger erfasst. Ein Schauder lief ihm über den Rücken, und Schweiß trat ihm auf die Stirn.

Die Bestie war ganz in der Nähe, er konnte es fühlen ... Mannie erstarrte. Die Nackenhaare sträubten sich ihm, als er hinter sich ein Geräusch vernahm, das sich anhörte, als schnupperte ein Tier am Boden. Mannie stockte der Atem. Sein Herz raste, und er glaubte, vor Angst ohnmächtig zu werden. Dieser verdammte McBride, schoss es ihm durch den Kopf. Wieso habe ich mich nur darauf eingelassen? Es wird mich das Leben kosten!

Endlich löste er sich so weit aus seiner Erstarrung, dass er mit zitternden Fingern den Hahn seiner Waffe spannen konnte. Krampfhaft hielt er das Gewehr fest. Ganz langsam drehte er sich um. Ein bedrohliches, tiefes Knurren ließ ihn so heftig zusammenfahren, dass er vor Schreck die Waffe fallen ließ. Ein Schuss löste sich, und Mannie wurde in noch größere Panik versetzt. Er verlor das Gleichgewicht und stürzte auf die am Boden liegenden Äste, die zu seiner grenzenlosen Überraschung nachgaben und unter seinem Gewicht knackten und brachen. Er stürzte in die Grube, schlug dumpf auf der harten Erde auf und wurde unter Zweigen, Aststücken und Erdklumpen begraben.

Jock Milligan hatte sich auf den Heimweg gemacht. Auf der Versammlung war es zu heftigen Diskussionen gekommen, und der Streit hatte die Gemüter erhitzt. Zu guter Letzt wurde beschlossen, dass Brodie Chandler eine weitere Woche zugestanden werden sollte. Hatte er den Tiger bis dahin nicht zur Strecke gebracht, würden Fährtensucher der Aborigine beauftragt und Bluthunde eingesetzt.

Jock hatte die Bar gerade verlassen wollen, als Alistair McBride auf ihn zutrat und ihn zu einem Drink einlud. Jock lehnte ab. Der Reporter war ziemlich aufdringlich geworden, doch Jock hatte ihm unmissverständlich klargemacht, wohin er sich seinen Drink stecken könne.

Zu Hause angekommen, zündete Jock zuerst die Laterne an, die griffbereit auf der vorderen Veranda stand. Er hatte sich vorgenommen, seine Falle noch vor Tagesanbruch besser zu tarnen. Als er seine Flinte aus dem Schrank holte, hörte er ganz in der Nähe das Krachen eines Gewehrs. Jock erstarrte. Wer hatte hier, auf seinem Land, geschossen? Hatte etwa jemand den Tiger aufgespürt?

Die Laterne in der einen Hand, sein Gewehr in der anderen, lief Jock zu seiner Falle, so schnell er konnte.

Erleichtert stellte er fest, dass niemand sich in der Nähe aufhielt. Aber wer hatte dann den Schuss abgefeuert? Als Jock um den Erdhügel herumging, entdeckte er die eingebrochenen Äste und stutzte. Nach einer Sekunde begriff er: Etwas war in die

Grube gestürzt! Er schnappte geräuschvoll nach Luft. War ihm endlich der Tiger in die Falle gegangen? Innerlich triumphierte er bereits bei dem Gedanken an die Gesichter, die diese Trottel in der Bar machen würden, wenn er ihnen davon erzählte. Dann aber fiel sein Blick auf die leere Schnapsflasche am Rand der Grube, und Enttäuschung überkam ihn.

Er ging in die Hocke und leuchtete mit der Laterne in das Erdloch. Ein Mann lag dort unten, halb verdeckt von Zweigen und Erde, sodass Jock nicht erkennen konnte, um wen es sich handelte. Dann sah er das Gewehr. »Verflucht«, murmelte er vor sich hin. Ob der Kerl sich versehentlich erschossen hatte, als er hinuntergestürzt war? Oder hatte er sich das Genick gebrochen? Wer war der Mann überhaupt? Vielleicht ein Fremder, der die Landwirtschaftsausstellung besuchen wollte? Jock richtete sich wieder auf. Seine Gedanken rasten. Was sollte er jetzt tun? Er sah sich bereits verhaftet, womöglich unter Mordanklage gestellt.

»O Gott«, flüsterte er voller Entsetzen. Eine wahnwitzige Sekunde lang war er versucht, die Grube einfach zuzuschütten und so zu tun, als wäre nichts passiert. Kein Mensch würde je erfahren, was sich in dieser Nacht zugetragen hatte. Er blickte sich hastig um. Weit und breit war niemand zu sehen.

In diesem Moment vernahm er ein Stöhnen, und unsagbare Erleichterung überkam ihn. Der Mann dort unten war noch am Leben.

»He, alles in Ordnung mit Ihnen?«, rief Jock.

Mannie Boyd hob ächzend die Arme und schob mühsam die Zweige von seinem Körper. Noch ganz benommen blinzelte er in das Licht der Laterne. »Wo zum Teufel bin ich?«, fragte er keuchend.

Als Jock sah, wer da in seine Falle gestolpert war, packte ihn die Wut. »Was hast du hier auf meinem Land zu suchen?«, knurrte er.

»Wie wär's, wenn du mich erst mal hier rausholst?« Mannie rappelte sich auf. Die Grube war tief; allein würde er nicht herausklettern können.

Jock stieß ein verärgertes Schnauben aus und stapfte zur Scheune, um eine Leiter zu holen. Hinter sich hörte er Mannie ängstlich nach ihm rufen. »Ach, halt's Maul, du versoffener Trottel«, brummte Jock unwirsch vor sich hin.

Als er zurückkam, empfing Mannie ihn ungehalten: »Wo bleibst du denn, verdammt? Ich dachte schon, du willst mich hier unten lassen!«

»Eine hervorragende Idee!«, giftete Jock.

Er ließ die Leiter hinunter, und Mannie, sein Gewehr in der einen Hand, begann hinaufzusteigen. Ungefähr auf halber Höhe rutschte er von einer Sprosse ab und wäre um ein Haar abgestürzt. Er konnte sich gerade noch fangen. Als er schließlich oben angelangt war, legte er sein Gewehr an den Grubenrand und kletterte erleichtert heraus.Leicht schwankend stand er neben Jock und holte erst einmal tief Luft.

»Was soll denn das Loch hier?«, fragte er dann.

»Das geht dich überhaupt nichts an«, erwiderte Jock schroff. »Hab ich dir nicht verboten, mein Land zu betreten?«

»Ich wollte nur ein paar Fallen holen, die ich hier vergessen hatte«, log Mannie. »Sag schon – wozu hast du das Loch ausgehoben?«

Jock überlegte blitzschnell. »Ich muss ein paar tote Schafe verscharren. Und jetzt mach, dass du verschwindest!«

»Und wieso hast du es mit Ästen abgedeckt? Ich hätte mir fast das Genick gebrochen!« In seinem benebelten Zustand konnte Mannie keinen klaren Gedanken fassen, sonst hätte er vielleicht die Ironie der Situation erkannt: Er als Fallensteller war selbst in eine Falle gegangen.

Ohne darauf einzugehen, entgegnete Jock misstrauisch: »Du hast auf dieser Koppel doch noch nie eine Falle aufgestellt. Raus mit der Sprache! Was hast du hier zu suchen? Du hast herumgeschnüffelt, hab ich recht?«

Mannie schüttelte verwirrt den Kopf. Plötzlich durchzuckte ihn ein Gedanke. Er sah Jock lauernd an. »Das ist eine Falle, nicht wahr? Du wolltest den Tiger darin fangen.«

»Red keinen Unsinn«, versetzte Jock nervös.

»Du willst nicht, dass jemand davon erfährt, stimmt's?«

»Ich hab dir doch gesagt, ich will hier ein paar Tierkadaver verscharren«, beharrte Jock.

»Ach ja? Und wieso hast du dann einen Fleischbrocken an diesen Pflock gebunden?«

Jock, der keine Antwort darauf wusste, herrschte Mannie ungeduldig an: »Verschwinde endlich von meinem Land!« Um seinen Worten Nachdruck zu verleihen, richtete er seine Waffe auf Mannie.

»Nicht so schnell! Wie viel ist dir mein Schweigen wert?« Mannie grinste ihn verschlagen an.

Jock spannte den Hahn und drückte die Gewehrmündung auf Mannies Brust. »Wie viel ist dir dein Leben wert?«

»Nun mal langsam, Jock!« Mannie hob beide Hände. »Tu nichts Unüberlegtes. Ich hatte den Auftrag, hierherzukommen und nachzusehen, ob du etwas zu verbergen hast. Ich kann meinem Auftraggeber sagen, ich hätte nichts Ungewöhnliches entdeckt, oder ich kann ihm sagen, ich hätte eine Tigergrube gefunden. Es liegt ganz an dir, was ich ihm erzähle.«

»Und wer ist dein Auftraggeber? Etwa dieser junge Schnösel von der *South Eastern Times?*«

Mannie antwortete nicht, doch sein Schweigen war Jock Antwort genug. »Ich sag es dir zum letzten Mal, Mannie. Verschwinde von meinem Land!«

Mannie warf einen flüchtigen Blick auf sein Gewehr, das neben ihm am Rand der Grube lag. Jock erriet seine Gedanken. Er stieß die Waffe mit dem Fuß hinein.

»Bist du verrückt geworden? Was soll das?«, rief Mannie. »Was ist, wenn der Tiger mich anfällt? Wie soll ich mich jetzt verteidigen?« Er würde auf keinen Fall in die Grube hinunterklettern, um sein Gewehr zu holen. Wer wusste schon, auf was für Gedanken Jock in seiner Wut kam.

»Du wirst dir keine Sorgen mehr um dein Leben machen müssen, wenn du nicht auf der Stelle mein Land verlässt!«, stieß Jock gepresst hervor.

Mannie ballte die Fäuste und starrte Jock hasserfüllt an. Dann wandte er sich um und ging langsam davon. Er wagte kaum zu atmen, denn er fürchtete, Jock könnte ihn von hinten niederschießen. Erst als er die Zufahrt erreicht hatte und zur Straße hinunterstapfte, wusste er, dass er außer Gefahr war. Die Angst fiel von ihm ab und wich ohnmächtigem Zorn. Was fiel Jock ein, ihn derart schäbig zu behandeln? Er hätte ihm bloß ein paar Pfund geben müssen, damit er den Mund hielt, und die Sache wäre erledigt gewesen. Stattdessen bedrohte er ihn mit seiner Waffe.

Das würde Jock Milligan noch leidtun!

Die Versammlung war früher als erwartet abgebrochen worden. Eliza verabschiedete sich eilig von Sarah Hargraves. »Es wird Zeit für mich, es ist spät geworden.« Eliza war ein bisschen schwindlig von den zwei Sherry, die sie getrunken hatte. Doch der Alkohol hatte auch sein Gutes, denn er hatte ihre Angst vor dem nächtlichen Ritt nach Hause ein wenig betäubt.

»Ich weiß nicht, Kindchen. Wollen Sie wirklich um diese Zeit noch zum Hanging Rocks Inn zurückreiten?«, meinte Sarah besorgt.

»Aber ja, das macht mir nichts aus. Ich habe auf die harte Tour gelernt, dass Nell galoppieren kann wie der Teufel, wenn's drauf ankommt. Aber ich würde mich bei Gelegenheit gern noch einmal mit Ihnen unterhalten, vor allem über den Tiger.«

»Jederzeit, Liebes. Ich wohne in der Livingston Road Nummer 5.«

»Wunderbar. Ich komme in den nächsten Tagen vorbei«, versprach Eliza.

Leicht schwankend verließ sie das Hotel und ging zu Nell, die brav gewartet hatte. Als Eliza zum Aufsteigen auf den Wassertrog kletterte, wäre sie um ein Haar ausgerutscht und in den Trog gefallen. Kichernd zog sie sich in den Sattel. Zum ersten Mal war sie dankbar, dass die Stute so groß und kräftig war. Dennoch war ihr ein bisschen mulmig bei dem Gedanken an die zwei Meilen, die vor ihr lagen. Hätte sie keinen Sherry getrunken, hätte ihr sicherlich der Mut gefehlt, den Weg allein in der Dunkelheit zurückzulegen.

»Sie können nicht allein nach Hause reiten«, hörte sie plötzlich eine tiefe Männerstimme hinter sich.

Eliza schrak zusammen. Sie hatte Brodie Chandler gar nicht aus der Bar kommen sehen. »Ich werde Sie lieber begleiten«, fügte er hinzu.

In Elizas Ohren klang er herablassend, so als würde er ihr damit einen großen Gefallen tun. Das ließ ihr Stolz nicht zu. »Machen Sie sich meinetwegen nur keine Umstände«, gab sie spitz zurück.

Er sah sie lange und eindringlich an, sagte aber nichts.

Eliza bereute ihre Worte sogleich. Die Farmer hatten dem Jäger die Hölle heiß gemacht. Er stand unter enormem Druck und hatte einen schweren Tag hinter sich. »Ich komm schon zurecht, aber danke für Ihr Angebot«, fügte sie versöhnlich hinzu. Doch als sie die stockfinstere Straße vor sich sah, wünschte sich ein kleiner Teil von ihr, Brodie würde auf seinem Vorschlag bestehen.

»Wir haben den gleichen Weg, wieso sollen wir da nicht zusammen reiten?«, sagte er in diesem Moment. Ungeduld schwang in seiner Stimme mit. Er wäre vielleicht noch auf ein Glas in der Bar geblieben, doch als er gesehen hatte, dass Eliza aufbrach, hatte er sich ebenfalls verabschiedet. Er konnte nicht zulassen, dass sie allein nach Hause ritt.

Eliza erwiderte nichts. Brodie stieg in den Sattel und ließ Angus neben Nell gehen. Gemeinsam ritten sie aus der Stadt. Keiner sagte ein Wort.

Alistair McBride saß an der Bar und genehmigte sich zusammen mit einem weiteren Gast und Ryan Corcoran einen Drink. Sie waren die Einzigen; alle anderen waren nach Hause gegangen. Da sah Alistair Mannie in die Bar spähen. Er hätte sich beinahe an seinem Drink verschluckt. Was machte Mannie schon hier? Sie hatten sich doch für zehn Uhr verabredet, und bis dahin war noch viel Zeit. Sein erster Gedanke war, dass Milligan ihn überrascht haben musste.

Alistair tat so, als müsse er gähnen, wünschte seinen Zechkumpanen eine Gute Nacht und ging auf sein Zimmer. Nach kurzer Zeit verließ er es unbemerkt wieder und schlüpfte zum Hintereingang hinaus. Mannie wartete am Regenwassertank auf ihn.

»Weshalb sind Sie schon wieder zurück?«, zischte Alistair, ehe Mannie den Mund aufmachen konnte.

»Ich kann von Glück sagen, dass ich überhaupt noch da bin«, gab Mannie wütend zurück.

»Wieso? Was ist denn passiert? Hat Milligan Sie gesehen?«

Mannie fuhr sich müde über die Augen. »Ich bin auf seinem Land in eine Grube gefallen, und da hat er mich gefunden.« Er schwankte, körperlich und nervlich war er völlig am Ende.

Im schwachen Lichtschein des Hotels sah Alistair, dass Mannies Kleider lehmverschmiert waren. Er konnte auch seine Alkoholfahne riechen. »Grube? Was denn für eine Grube?«, fragte er gereizt. Er vermutete eher, dass Mannie in einen Graben gestolpert war.

»Na, die Grube, die Jock hinter seiner Koppel ausgehoben hat. Er sagt, er will Tierkadaver darin verscharren, aber ich glaube, er will den Tiger darin fangen. Die Bestie war ganz in der Nähe, ich hab's deutlich gespürt.«

Alistair horchte auf. Dann aber tat er Mannies Geschichte als Erfindung ab, als Lügenmärchen, das der Kerl sich ausgedacht hatte, weil er vertuschen wollte, dass er sturzbetrunken in irgendein Erdloch gefallen war.

»Er hat mich von seinem Land gejagt«, fuhr Mannie zornig fort. »Er hat mich mit seiner Waffe bedroht und mich davongejagt!« Plötzlich verzerrte sich sein Gesicht; er presste beide Hände auf seinen Bauch, beugte sich vornüber und übergab sich.

Alistair verzog angewidert das Gesicht. »Wie kann man sich nur so volllaufen lassen!« Er ärgerte sich über sich selbst. Wie hatte er einen Kerl wie Mannie mit einem so wichtigen Auftrag betrauen können!

Mannie richtete sich ächzend auf. »Ich sag Ihnen doch, Milligan hat eine Falle für den Tiger gebaut«, keuchte er.

Alistair schnaubte verächtlich. Vielleicht hätte er Mannie die Geschichte ja abgekauft, wenn er nicht behauptet hätte, die Nähe des Tigers gespürt zu haben. Das ging doch ein bisschen zu weit. »Morgen früh werde ich als Erstes zu Milligans Farm hinausreiten, und Sie kommen mit«, knurrte er. »Ich will diese Tigergrube selbst sehen. Und ich hoffe für Sie, dass es sie gibt!« Damit drehte er sich um und ging zurück ins Hotel.

Eine ganze Weile schon ritten Eliza und Brodie schweigend nebeneinander her. Der Jäger wirkte angespannt; unermüdlich suchte er mit Blicken die Dunkelheit ab. Obwohl Eliza die beklemmende Stille auf die Nerven ging, war sie dankbar für seine Gesellschaft.

Schließlich beendete sie das eisige Schweigen. »Ich finde, die Leute hier sind ganz schön hart mit Ihnen ins Gericht gegangen.«

»Ich brauche Ihr Mitleid nicht«, erwiderte Brodie kühl. »Ich bin hier, um einen Auftrag zu erledigen, und solange das nicht geschafft ist, werden die Leute unzufrieden sein.«

»Ich sage das nicht, weil ich Sie bemitleide«, versicherte Eliza rasch. »Es war nur eine Feststellung. Aber vielleicht könnte es nicht schaden, ein wenig nachsichtiger zu sein …«

Brodie warf ihr einen prüfenden Blick zu. Sie schien einen kleinen Schwips zu haben. »Ich bin hier, um eine Bestie zur Strecke zu bringen. So und nicht anders lautet mein Auftrag«, sagte er mit Bestimmtheit. »Finden Sie nicht, dass Nachsicht in diesem Fall fehl am Platz ist?«

Eliza stieß einen gereizten Seufzer aus und dachte bei sich, dass dieser Mann es einem wirklich nicht leicht machte. Doch sie konnte seine Worte nicht unwidersprochen hinnehmen, und so sagte sie nach ein paar Sekunden: »Unter Ihrer rauen Schale muss sich ein weicher Kern verbergen, sonst hätte es Ihnen doch egal sein können, ob ich allein nach Hause reite oder nicht. Außerdem nehmen Sie heimatlose Tiere bei sich auf…«

»Sie sind aber kein heimatloses Tier«, bemerkte er spöttisch.

»Stimmt. Aber wenn ich eines wäre … würden Sie mich dann bei sich aufnehmen?«, fragte sie kokett und lächelte ihm zu.

Flirtete sie etwa mit ihm? Brodie wusste nicht, wie er darauf reagieren sollte, und erwiderte verwirrt: »Ich denke, die Antwort darauf erübrigt sich.«

»Immerhin beehren Sie mich mit Ihrer Gesellschaft. Ich meine, das zeigt doch, dass Ihnen etwas an mir liegt. Und dass Sie ein Herz haben«, fügte sie kichernd hinzu. »Andererseits könnte es natürlich auch ein Herz aus Stein sein.« Sie lachte und wäre beinahe aus dem Sattel gerutscht.

»Vorsicht!« Brodie, der dicht an Elizas Seite ritt, legte ihr blitzschnell seinen Arm um die Taille und hielt sie fest.

Eliza verspürte jäh das Bedürfnis, sich an ihn zu lehnen, so wunderbar fühlte es sich an, von ihm gehalten zu werden.

»Was haben Sie getrunken?«, fragte Brodie. Seine Stimme hatte einen seltsam heiseren Klang.

»Nur zwei kleine Sherry«, antwortete Eliza und gluckste. Sie schlug sich die Hand vor den Mund und prustete von neuem los.

War es der Alkohol, der sie zum Flirten verleitete, oder steckte doch mehr dahinter? Brodie konnte nicht leugnen, dass er sich geschmeichelt fühlte.

Plötzlich griff er Eliza in die Zügel und brachte Nell und Angus zum Stehen. Lautlos zog er sein Gewehr aus dem Schaft.

»Was ist denn?«, fragte Eliza und sah sich nervös um. Das Herz schlug ihr bis zum Hals.

»Pssst!«, machte er. »Da vorn ist etwas über die Straße gerannt.«

Eliza wurde schlagartig nüchtern. Sie starrte angestrengt in die Dunkelheit, konnte aber nichts erkennen. »War es der Tiger?«, wisperte sie.

»Ich weiß nicht. Ich sehe mich um. Sie warten hier, bis ich pfeife, verstanden?«

Sie riss entsetzt die Augen auf. »Sie können mich doch nicht allein hier zurücklassen!«

»So eine Gelegenheit bietet sich so schnell nicht wieder. Ich bin gleich zurück.« Ohne ein weiteres Wort ritt er davon.

Starr vor Angst schaute Eliza ihm nach. »Ich habe mich geirrt, Nell«, flüsterte sie der Stute ins Ohr. »Er hat doch kein Herz.«

9

Es war halb acht an diesem Samstagmorgen, als Henrietta Katie zum Frühstück rief. Sie hatte ihre Tochter seit ihrem kleinen Disput am Vorabend nicht mehr gesehen. Gegen neun Uhr, kurz bevor Henrietta zu Bett gegangen war, hatte sie noch einmal mit Katie reden wollen, doch diese hatte auf ihr leises Klopfen nicht geantwortet, und es brannte auch kein Licht in ihrem Zimmer. Henrietta nahm an, dass sie bereits schlief, und hatte sie nicht stören wollen.

Henrietta hoffte inständig, dass ihre Tochter wieder zur Vernunft kam. Thomas Clarke gehörte zu den begehrtesten Junggesellen der Stadt. Falls Katie nichts mehr von ihm wissen wollte, würde eine ganze Schar junger Frauen mit Freuden ihren Platz einnehmen. Henrietta zögerte nicht, ihrer Tochter das immer wieder unter die Nase zu reiben.

Als Katie nicht herunterkam, ging Henrietta nach oben und klopfte, bekam aber keine Antwort. Als sie die Tür öffnete, sah sie, dass das Zimmer leer und das Bett gemacht war. Wo konnte Katie nur sein? Henrietta war seit Tagesanbruch auf den Beinen, hatte das Mädchen aber weder gesehen noch gehört.

»Hast du Katie heute Morgen schon gesehen, Richard?«, fragte sie ihren Mann, der schon bei seinen Pferden gewesen war und jetzt am Frühstückstisch am Fenster saß, von wo man auf den Rosengarten hinausschaute. Besonders an einem kalten Morgen war es ein lauschiges, sonniges Plätzchen.

»Nein, ich wollte dich gerade fragen, wo sie so früh schon hin ist. Ihr Pferd ist weg.«

Henrietta schaute ihn verblüfft an. »Das ist ja merkwürdig. Ich bin seit sechs Uhr wach und habe sie nicht wegreiten hören.« Sie fragte sich, ob Katie überhaupt in ihrem Bett geschlafen hatte.

Richard machte ein ratloses Gesicht. »So früh aufzustehen sieht ihr gar nicht ähnlich. Wo könnte sie denn sein?«

»Ich habe nicht die leiseste Ahnung. Sie hat sich gestern mit Thomas gestritten. Vielleicht ist sie bei ihm, um sich mit ihm zu versöhnen.«

Richard runzelte die Stirn. »So früh am Morgen?«

»Na ja, vielleicht wollte sie ihn noch erwischen, ehe er ins Geschäft geht.«

Richard schüttelte den Kopf. Katie scheute sich nicht, Thomas im Laden aufzusuchen, das wusste er. »Gestritten haben sie sich, sagst du? Dann muss es aber schon etwas sehr Ernstes gewesen sein, wenn Katie ihn so früh zu Hause besucht. Hat sie gesagt, worum es bei dem Streit gegangen ist?«

Henrietta zuckte mit den Schultern. »Ich weiß nur, dass sie zum Tee bei den Clarkes eingeladen war. Und so, wie ich Bluebell kenne, war sie mal wieder sehr aufdringlich.«

Richard lächelte. »Das ist kein Grund zum Streiten, scheint mir.« So ernst, wie er befürchtet hatte, war die Sache offenbar nicht.

»Nein, aber Katie hat eine seltsame Bemerkung gemacht, als sie nach Hause kam. Sie hat gesagt, sie sei nicht mehr sicher, dass Thomas der Richtige für sie ist.«

Richard blickte seine Frau verblüfft an. »Was soll das denn heißen?«

»Thomas ist ihr erster richtiger Verehrer, und da sie keine Vergleichsmöglichkeiten hat, weiß sie nicht, ob er wirklich derjenige ist, mit dem sie ihr Leben verbringen möchte. Ich habe ihr gesagt, dass es sich für anständige Mädchen nicht schickt, auf diesem Gebiet Erfahrungen zu sammeln.«

»Ich verstehe«, murmelte Richard zerstreut. Er war mit den

Gedanken ganz woanders. Er hatte seinen Stallburschen in aller Frühe in die Stadt geschickt, damit der ihm eine Zeitung besorgte. Jetzt suchte er die Seiten nach einem Artikel von Eliza ab, fand jedoch keinen. Merkwürdig. Hatte George nicht gesagt, er rechne damit, dass sie ihm für die heutige Ausgabe etwas schickte? Was trieb Eliza nur in Tantanoola? War sie Matilda begegnet und wurde dadurch von ihrer Arbeit abgelenkt? Würde Matilda seiner Tochter erzählen, dass ihre Tante und ihr Vater einmal ein Liebespaar gewesen waren?

Henrietta, die nichts von Richards Gedanken ahnte, bemerkte seinen melancholischen Gesichtsausdruck und nahm fälschlicherweise an, dass er seine Gefühle für sie mit Katies Zweifeln wegen Thomas verglich. Sofort loderte Zorn in ihr auf. Wie oft mochten ihrem Mann im Lauf der Jahre ähnliche Gedanken durch den Kopf gegangen sein? Wie oft mochte er seine Entscheidung bereut haben, weil sie nicht das perfekte Paar waren? Henrietta hatte immer gewusst, dass er sie nicht mit der gleichen Leidenschaft liebte, wie er Matilda geliebt hatte, und das brach ihr schier das Herz. In dem Bewusstsein durchs Leben zu gehen, dass man gleichsam die zweite Wahl war, weil die große Liebe unerreichbar blieb – das wünschte Henritta nicht ihrem ärgsten Feind.

Plötzlich durchzuckte sie ein Gedanke, und sie riss entsetzt die Augen auf. »Katie hat gestern gesagt, dass sie am liebsten zu Eliza nach Tantanoola fahren würde.« Warum nur hatte sie ihre Tochter nicht ernst genommen?

Richards Kopf ruckte hoch. »Was?« Auf einmal war er ganz Ohr.

»Ja, sie meinte, ein bisschen Abstand würde ihr gut tun; deshalb wollte sie für ein paar Tage zu Eliza fahren. Ich sagte ihr, dass das überhaupt nicht in Frage käme, und dachte, damit sei der Fall erledigt. Katie widersetzt sich sonst doch auch nicht, im Gegensatz zu Eliza. Glaubst du, sie hat den Morgenzug genommen?«

»Wegen der Landwirtschaftsausstellung werden heute mehrere Züge fahren«, sagte Richard nachdenklich. »Und du meinst, es war ihr wirklich ernst damit?«

Henrietta ließ sich auf einen Stuhl sinken und schaute aus dem Fenster auf ihre gestutzten Rosenbäumchen. »Ich weiß es nicht. Gestern Abend war sie jedenfalls ziemlich aufgewühlt.«

»Dann ist sie vielleicht wirklich gefahren.« Richard wusste, dass seine Älteste sich um Katie kümmern würde; deshalb war er nicht allzu besorgt. Andererseits hatte er noch immer keine Nachricht von Eliza. Er wünschte, er könnte selbst nach Tantanoola zu seinen Mädchen fahren. Wäre er nicht Henriettas Ehemann gewesen, hätte er keine Sekunde gezögert. Aber so …

Henrietta stellte sich vor, wie ihre beiden Töchter ihrer Schwester begegneten. »Du musst zum Bahnhof«, drängte sie ihren Mann mit aufsteigender Panik. »Du musst sie zurückholen! Katie darf nicht nach Tantanoola! Erst Eliza und jetzt sie!«

»Beruhige dich, Henrietta«, sagte Richard besänftigend. »Katie ist eine erwachsene Frau. Wenn sie fahren will, werde ich sie nicht daran hindern. Sie wird schon zurückkommen, wenn sie das Gefühl hat, dass es an der Zeit ist.«

Henrietta sprang erregt auf. »Ich hätte mir ja denken können, dass von dir keine Unterstützung zu erwarten ist!« Sie drehte sich abrupt um und stürmte hinaus. Wenigstens konnte sie jetzt nichts mehr sagen, was sie später bedauerte.

Alistair McBride verließ das Hotel in aller Frühe und ging zur Hütte von Mannie Boyd. Beide hatten in dieser Nacht nur wenig geschlafen. Alistair war ziemlich sicher, dass die Geschichte von der Tigergrube auf Milligans Land nur eine Erfindung war, aber er durfte kein Risiko eingehen. Falls Mannie Recht behielt, würde er sich eine so fantastische Story nicht von Eliza Dickens wegschnappen lassen.

Mannie wiederum wusste, dass der Reporter ihm nicht glaubte, und er wollte den Verdacht, ein Lügner zu sein, nicht auf sich sitzen lassen. Schließlich gab es die Tigergrube wirklich.

Die beiden Männer machten sich schweigend auf den Weg. Sie waren nicht die Einzigen, die die Richtung zu Jocks Farm einschlugen: Farmer aus der Umgebung brachten ihre Erzeugnisse und ihr Vieh zur Landwirtschaftsausstellung zu ihm hinaus.

Die Sonne ging auf, als der Reporter und der Fallensteller die Farm erreichten.

»Und, wo ist die Grube jetzt?«, fragte Alistair, als sie auf der Koppel standen, auf der sich angeblich die Falle befand.

Mannie drehte sich um die eigene Achse und schaute sich verwirrt um. Der Erdhaufen war verschwunden. »Gestern Abend war sie noch da«, beteuerte er, während er sich zu orientieren versuchte.

In diesem Moment entdeckte Jock die beiden und eilte zu ihnen. »Was habt ihr hier zu suchen?«, knurrte er.

»Der Erdhaufen und die Grube – wo sind sie? Gestern Abend hab ich sie noch gesehen!« Mannie kam sich dumm vor.

»Ich hab keine Ahnung, wovon du redest«, erwiderte Jock mit unbewegter Miene. Er hatte noch in der Nacht damit begonnen, die Grube wieder zuzuschütten, und auch weitergemacht, als Regen eingesetzt hatte. Es war eine Heidenarbeit gewesen, die ihn mehrere Stunden gekostet hatte, aber er hatte kein Risiko eingehen wollen.

»Hier war gestern eine Grube, und ich bin hineingefallen!«, sagte Mannie aufgebracht. »Du hast eine Leiter geholt, damit ich rausklettern konnte. Also, wo ist sie?« Abermals sah er sich um. Er hätte schwören können, dass die Grube genau an dieser Stelle gewesen war.

»Ich weiß nichts von einer Grube.« Jock schüttelte den Kopf. »Du bist wahrscheinlich in den Graben neben der Zufahrt gefallen. Du warst ja sternhagelvoll.«

»Du leugnest also nicht, dass du mich gesehen hast«, hakte Mannie sofort nach und kam sich sehr schlau vor.

»Warum sollte ich? Als ich dich fand, habe ich dir gesagt, du sollst von meinem Land verschwinden.«

Alistair wandte sich Mannie zu und funkelte ihn zornig an. »Sie haben mich für nichts und wieder nichts hierher geschleppt«, sagte er wütend. »Das hätte ich mir denken können!« Kopfschüttelnd stapfte er davon. Er kam sich wie ein Volltrottel vor.

Jock warf Mannie einen düsteren Blick zu und ließ ihn stehen. Mannie fühlte sich zutiefst gedemütigt. Er hatte sich den Sturz in die Grube bestimmt nicht eingebildet, da war er sich ganz sicher. Er hatte ja sogar Blutergüsse davongetragen, und sein Gewehr war auch weg. »Das wirst du mir büßen, Jock Milligan, verlass dich drauf«, murmelte er hasserfüllt.

Es war noch dunkel an diesem Samstagmorgen, als Tilly die ersten Kutschen, Buggys und Pferde am Haus vorbeiziehen hörte. In den nächsten Stunden würden auch mehr Züge als sonst verkehren. Sie war schon früh aufgestanden, um die Hühner zu füttern und sie anschließend in ihre Transportkörbe zu stecken. Das Gemüse, das Tilly ausstellen wollte, holte sie immer ganz zum Schluss aus dem Garten, damit es möglichst frisch war. Auch Eliza war schon früh auf den Beinen. Sie bereitete das Frühstück, während Tilly draußen beschäftigt war. Eliza würde es sich nicht nehmen lassen, ihre Tante zur Landwirtschaftsausstellung zu begleiten. Da Tilly ihre Hühner und ihr Gemüse auf Nells Rücken packen und zu Fuß gehen würde, wollte sie frühzeitig aufbrechen.

Tilly sortierte gerade das frisch geerntete Gemüse, als Brodie aus dem Haus trat. Er ging zu ihr und fragte nichts ahnend: »Soll ich Ihnen Nell vor den Wagen spannen?«

Tilly wurde blass. »Nein, danke, ich … gehe zu Fuß«, stammelte sie.

»Zu Fuß?«, wiederholte Brodie verwirrt. »Wie wollen Sie denn das viele Zeug zur Ausstellung schaffen?«

»Ich packe alles auf Nell.« Auf Noah konnte sie nicht zählen, weil der sich in der Stadt ein bisschen was dazuverdiente, indem er mit seinem Karren Waren transportierte.

»Aber wieso denn? Sie haben doch einen Wagen.« Brodie hatte ihn sich am Tag zuvor angeschaut. Moos lugte zwischen den Achsen hervor; der Wagen wurde also nicht oft benutzt, schien aber in gutem Zustand zu sein.

Tilly senkte den Kopf. Sie hatte panische Angst vor dem Wagen, insbesondere vor den Rädern. Aber wie sollte sie Brodie das erklären? »Ich … ich benutze den Wagen nie«, sagte sie leise.

»Ich fahre ihn für Sie, wenn Sie möchten«, bot Brodie an. Er fand Tillys Verhalten sehr seltsam. Irgendetwas machte ihr Angst, und Brodie rätselte, was es sein mochte. Dann fielen ihm die Narben in ihrem Gesicht ein, die er am Tag zuvor bemerkt hatte. Hing es vielleicht damit zusammen?

Tilly schaute auf. Brodies Angebot war verlockend; es wäre viel angenehmer, in die Stadt zu fahren, als zu gehen. Sie dachte an Eliza, der es ebenfalls vor dem langen Fußmarsch graute. »Würden Sie das wirklich tun?«, fragte sie leise. Sie hatte sich erst nach langer Zeit auf Noahs Eselskarren getraut. Zwei Jahre lang war sie neben dem Karren hergegangen, bis Noah sie an einem glühend heißen Tag, als sie in der sengenden Hitze beinahe ohnmächtig geworden wäre, überredet hatte, endlich ihre Angst zu überwinden und auf den Wagen zu steigen. Tilly würde Noah ewig dankbar sein für seine Geduld und sein Verständnis. Doch der Pferdewagen war kein Eselskarren – seine Räder waren so groß wie die einer Kutsche.

»Aber ja, mit dem größten Vergnügen«, erwiderte Brodie. »Ich werde zuerst Nell anschirren und dann alles aufladen.« Bevor Tilly etwas einwenden konnte, hatte er sich umgedreht und war zur Sattelkammer gegangen. Tilly bekam feuchte Hände bei dem Gedanken an die bevorstehende Fahrt, sagte sich dann aber, dass die Angst lange genug über ihr Leben bestimmt hatte. Es wurde Zeit, dagegen anzukämpfen. Außerdem würden ja Eliza und Brodie bei ihr sein.

Nachdem Brodie das Pferd vor den Wagen gespannt und alles eingeladen hatte, ging er noch einmal ins Haus, um seinen Hut zu holen. »Wissen Sie, woher Ihre Tante die Narben im Gesicht hat?«, fragte er Eliza, die gerade in ihre Strickjacke schlüpfte und dann nach ihrem Hut griff.

Eliza war immer noch böse auf Brodie, weil er sie am Abend zuvor allein im Dunkeln zurückgelassen hatte. Er war nur wenige Minuten fort gewesen, doch ihr war es wie Stunden vorgekommen. Bei jedem Geräusch war sie zusammengezuckt. Ohne Brodie anzusehen, antwortete sie nun: »Nein, ehrlich gesagt nicht. Sie soll vor Jahren einen schweren Unfall gehabt haben, aber ich weiß keine Einzelheiten. Warum fragen Sie?«

»Ich habe den Eindruck, sie hat Angst vor dem Pferdewagen«, sagte Brodie.

»Tatsächlich?« Eliza hatte sich schon gewundert, wieso der Wagen offenbar nie benutzt wurde.

»Ja. Ich habe schon vermutet, dass sie einen Unfall mit einem Pferdefuhrwerk gehabt haben könnte.«

Eliza schüttelte den Kopf. »Ich habe wirklich keine Ahnung. In meiner Familie wurde nie darüber gesprochen«, gestand sie, »und ich kenne Tilly ja erst seit kurzem.« Sie hatte es schon vor langer Zeit aufgegeben, von ihrer Mutter mehr über deren Schwester erfahren zu wollen.

»Und Sie haben sie noch nicht danach gefragt?«

Der leise Spott in seiner Stimme entging Eliza nicht. Brodie konnte es anscheinend nicht fassen, dass eine neugierige Reporterin wie sie der Sache noch nicht auf den Grund gegangen war. »Nein. Meine Tante hat gesagt, ich darf nur bleiben, wenn ich keine Fragen stelle.«

Brodie musste schmunzeln, als er das hörte, und Eliza machte ein saures Gesicht.

»Wieso fragen Sie sie nicht selbst?«, sagte sie spitz.

»Für mich als Fremden schickt es sich nicht, ihr eine so persönliche Frage zu stellen. Es hat mich nur interessiert, weil ich Matilda nicht durch eine unachtsame Bemerkung oder Handlung verletzen möchte.« Brodie war aufgefallen, wie zurückhaltend, ja schüchtern Matilda war. Sie fühlte sich unbehaglich in Gegenwart anderer Menschen. Er wusste von Mary Corcoran, dass die Gesellschaft ihrer Tiere ihr lieber war als die von Menschen. Brodie glaubte den Grund dafür zu kennen: Tilly musste in der Vergangenheit von irgendjemandem tief enttäuscht worden sein und hatte sich daraufhin zurückgezogen.

»Sie ist gehemmt wegen ihrer Narben«, sagte Eliza. »Ich finde das sehr schade, weil sie einmal eine wunderschöne Frau gewesen sein muss.«

Brodie sah erstaunt auf. »Das ist sie auch heute noch. Aber ich kann ihre Hemmungen verstehen.« Nach einer kleinen Pause fuhr er fort: »Sind Sie so weit? Ich glaube, Matilda wartet schon. Ich habe ihr angeboten, den Wagen zu fahren.«

Eliza nickte. »Ja, von mir aus können wir gehen.« Brodies Bemerkung über Tilly ging ihr zu Herzen. Der Mann steckte wirklich voller Überraschungen. Sie wünschte, sie könnte Tilly anvertrauen, was er über sie gesagt hatte; das würde ihrem Selbstbewusstsein enormen Auftrieb geben. Aber Tilly sollte nicht denken, dass hinter ihrem Rücken über sie geredet wurde; deshalb hielt Eliza es für klüger, nichts zu sagen.

Tilly stand ein Stück vom Fuhrwerk entfernt, die Arme über der Brust verschränkt, und versuchte, sich ihre Nervosität nicht anmerken zu lassen. Nachdem Eliza auf den Wagen geklettert war, drehte Brodie sich zu Tilly um und hielt ihr die Hand hin.

Tilly schluckte schwer. Schau nicht auf die Räder, schärfte sie sich ein. Zögernd, den Blick unverwandt auf Eliza gerichtet, ergriff sie Brodies Hand.

Brodie spürte, wie sie zitterte. »Ganz ruhig, Matilda, Sie schaffen das schon«, ermutigte er sie. »Ich halte Sie fest, Sie brauchen keine Angst zu haben.«

Tilly blickte in seine dunklen Augen. Er lächelte ihr aufmunternd zu.

»Komm, Tante Tilly, lass uns fahren«, rief Eliza ihr zu. »Wir wollen den Leuten in der Stadt zeigen, was für wunderschöne Waren du hast. Ich wette, die Wertungsrichter warten mit ihren ersten Preisen nur auf dich!«

Tilly holte tief Luft und kletterte tapfer hinauf. Als sie neben Eliza Platz genommen hatte, stieg auch Brodie auf den Kutschersitz und ergriff die Zügel. Von Eliza und Brodie in die Mitte genommen, vergaß Tilly beinahe ihre Angst. Es war das erste Mal seit zwanzig Jahren, dass sie mit einem Pferdefuhrwerk fuhr.

Katie war in den Acht-Uhr-Zug gestiegen und kam zwanzig Minuten später in Tantanoola an. Sie hatte sich am Abend zuvor unbemerkt aus dem Haus gestohlen, nachdem ihre Eltern zu Bett gegangen waren, und bei einer Freundin in Mount Gambier übernachtet. Der Zug bestand aus zwei Wagen, und unter den Passagieren waren viele Leute, die Katie gut kannte; dennoch suchte sie sich einen Platz, wo sie ungestört war und in Ruhe über ihr Leben und ihre Zukunft nachdenken konnte. Vom Bahnhof aus ging sie direkt zum Hotel, weil sie hoffte, Eliza dort anzutreffen.

Obwohl es noch früh am Morgen war, herrschte bereits buntes Treiben in den Straßen von Tantanoola. Von überall her strömten Leute herbei, mit Fuhrwerken, in Buggys, zu Pferd oder zu Fuß. Auf brachliegenden Grundstücken waren Zelte aufgeschlagen worden; Lagerfeuer brannten, über denen dampfende Feldkessel hingen, und Kinder spielten im Gras. Die Sonne schien, doch die Luft war trotzdem noch ziemlich frisch.

Die Tür zur Hotelbar stand offen, und Katie warf einen Blick hinein. Der Duft von Kaffee stieg ihr in die Nase; etwas anderes durfte zu so früher Stunde auch nicht ausgeschenkt werden. Sie wäre gern hineingegangen, aber sie konnte nur Männer drinnen sitzen sehen, und deshalb traute sie sich nicht. Unschlüssig blieb sie vor dem Eingang stehen. Katie hätte sich nie träumen lassen, dass sie mit siebzehn von zu Hause weglaufen würde, aber genau das hatte sie getan. Auf einmal war sie sich nicht mehr sicher, ob Eliza sie verstehen würde.

»Suchen Sie jemanden, Miss?«, fragte eine freundliche Männerstimme. Alistair McBride hatte bemerkt, wie Katie durch die Tür geschaut und sich dann erschrocken zurückgezogen hatte. Da sie bildhübsch war, war Alistair herausgekommen, um nachzusehen, wohin die junge Dame ging.

Katie drehte sich um und sah sich einem netten jungen Mann gegenüber. »Äh … nein.«

»Sind Sie sicher? Sie wirken ein bisschen verloren.«

Katie errötete. »Nun ja, eigentlich wollte ich ins Hotel und nach meiner Schwester fragen, aber … ich habe mich nicht getraut.« Verlegen blickte sie zu Boden.

Alistair fand sie entzückend. »Vielleicht kann ich Ihnen helfen. Wie heißt Ihre Schwester denn?«

»Eliza Dickens. Sie ist Reporterin bei der …«

»… *Border Watch*«, beendete Alistair den Satz.

»Ja«, sagte Katie überrascht. »Kennen Sie Eliza?«

»Flüchtig. Wir sind Konkurrenten. Ich bin bei der *South Eastern Times*.«

»Oh.« Katie senkte abermals den Blick. »Bemühen Sie sich nicht, ich werde sie schon finden … hier irgendwo.« Sie schaute sich ratlos um.

»Soll ich mich erkundigen, wo Tilly Sheehan ist?«

»Wer ist Tilly Sheehan?«, fragte Katie verwundert.

»Die Dame, bei der Ihre Schwester wohnt. Tilly gehört zum Komitee für die Landwirtschaftsausstellung. Sie wird also heute in die Stadt kommen.«

»Würden Sie das für mich tun? Das wäre schrecklich nett.«

Alistair betrachtete Katies hübsches Gesicht und lächelte. »Warten Sie, ich bin gleich wieder da. Ich werde Mary Corcoran fragen.

Ihr und ihrem Mann gehört das Hotel. Sie weiß bestimmt, wo Tilly zu finden ist.«

George Kennedy war ebenfalls mit dem Acht-Uhr-Zug nach Tantanoola gefahren. Dort angekommen, war er geradewegs zum Hotel gegangen und saß jetzt bereits in der Bar, wo Ryan Corcoran ihm einen Kaffee servierte, den George mit einem Schuss Brandy verfeinerte, als niemand zu ihm schaute. Da sie alte Bekannte waren, sich aber lange nicht gesehen hatten, erzählte Ryan George ausführlich, was es Neues in der Stadt gab, doch George hörte kaum hin. Seit er mit Richard über Matilda Dale gesprochen hatte, musste er unentwegt an sie denken. Bei der ersten sich bietenden Gelegenheit sagte er beiläufig:

»Ich habe vor kurzem erfahren, dass eine alte Bekannte in Tantanoola wohnt.«

»So? Wie heißt sie denn?«

»Matilda Dale.«

»Matilda Dale …«, wiederholte Ryan nachdenklich. »Der Name sagt mir nichts.«

George blickte ihn erstaunt an. »Bist du sicher? Ich habe gehört, dass sie hierher gezogen ist.«

Ryan schüttelte den Kopf. »Wenn sie hier wohnen würde, wüsste ich es. Ich kenne jeden hier.«

George hatte das Gefühl, dass ihm der Boden unter den Füßen weggezogen wurde. Er war bitter enttäuscht. Seit seiner Unterhaltung mit Richard hatte er an Matilda gedacht, hatte sich das Wiedersehen mit ihr ausgemalt, hatte sich in seinen kühnsten Träumen sogar eine kleine Romanze vorgestellt. Dass Matilda von ihrem Unfall möglicherweise Narben davongetragen hatte, hatte er nach Kräften verdrängt. George sah sie so vor sich, wie sie gewesen war, als bildschöne junge Frau. Er wusste selbst, wie unrealistisch das war. Allein die Hoffnung, sie nach so vielen Jahren wiederzufinden, war unrealistisch, und er war normalerweise ein sehr nüchtern denkender Mann. Doch seit dem Tod seiner Frau war er schrecklich einsam, und er hatte keinerlei Erfahrung mehr in Liebesdingen. Was bin ich nur für ein alter Narr, schalt er sich im Stillen.

Laut sagte er: »Sag mal, weißt du zufällig, wo ich Eliza Dickens finden könnte, meine Reporterin?«

»Sie wohnt draußen im Hanging Rocks Inn bei Tilly Sheehan«, antwortete Ryan. »Aber heute Morgen ist sie bestimmt in der Stadt, vermutlich auf Jock Milligans Farm, weil Tilly dort ihre landwirtschaftlichen Erzeugnisse ausstellt. Können wir zum Mittagessen mit dir rechnen? Wenn ja, werde ich dir einen Tisch reservieren, wir sind nämlich vollständig ausgebucht.«

»Ich weiß noch nicht«, entgegnete George zögernd. Er fragte sich, was er jetzt noch in Tantanoola sollte. »Lass nur, ich werde mir irgendwo was zu essen besorgen.«

George zahlte und ging. Einen Moment blieb er unschlüssig vor dem Hotel stehen. Ryans Worte fielen ihm wieder ein. Eliza wohne im Hanging Rocks Inn bei Tilly Sheehan, hatte er gesagt. Tilly Sheehan … Der Name Sheehan kam ihm irgendwie bekannt vor. War Matildas Mutter nicht eine geborene Sheehan gewesen? Er erinnerte sich an einen alten Zeitungsartikel im Archiv der *Border Watch*. Matildas Mutter hatte seinerzeit Henry Wilson, den damaligen Bürgermeister von Mount Gambier, bei einem Grundstücksgeschäft überboten. Das war eine solche Sensation gewesen, dass die Zeitung auf der ersten Seite darüber berichtet hatte. Plötzlich kam George ein Gedanke. War Tilly vielleicht die Abkürzung für Matilda?

Er fragte den Erstbesten nach dem Weg zu Jock Milligans Farm und ging mit ausgreifenden Schritten in die angegebene Richtung. Er hatte Herzklopfen wie ein Schuljunge.

Katie und Alistair McBride waren bereits auf Milligans Farm eingetroffen. Sie schlenderten zwischen den Schuppen umher und vorbei an den provisorischen Tischen, auf denen die Farmer stolz ihre Erzeugnisse ausstellten. Die Preisrichter gingen langsam von einem Stand zum anderen, begutachteten die Waren und machten sich Notizen. In einer Scheune warteten Mutterschafe und Lämmer sowie die Böcke, bei denen insbesondere das Fell in Augenschein genommen wurde, auf ihre Prämierung. Zahlreiche Besucher hatten sich schon eingefunden und bestaunten das Angebot.

Alistair entdeckte Eliza zuerst und machte Katie auf sie aufmerksam.

»Eliza!«, rief Katie fröhlich und winkte.

Eliza drehte sich um und fiel aus allen Wolken, als sie ihre Schwester erblickte. »Katie! Was machst du denn hier? Ist zu Hause alles in Ordnung?« Jetzt erst fiel ihr auf, von wem ihre jüngere Schwester begleitet wurde. »Und was hat der hier zu suchen?«

»Mr. McBride war so freundlich, mir bei der Suche nach dir behilflich zu sein, Eliza.«

»So, war er das? Auf Wiedersehen, Mr. McBride«, sagte Eliza frostig.

»Eliza!« Katie sah sie entsetzt an. »Sei doch nicht so unhöflich!« Sie wandte sich dem Reporter zu. »Danke für Ihre Begleitung, Mr. McBride«, sagte sie und streckte ihm ihre Hand hin.

»Alistair, bitte. Es war mir ein Vergnügen«, fügte er hinzu. Er küsste ihr galant die Hand, während er ihr tief in die Augen sah. Katie war so ganz anders als ihre Schwester, sanft und freundlich, nicht so schroff und aggressiv wie Eliza. »Ich hoffe, wir sehen uns bald wieder, Miss Dickens.« Widerstrebend ließ er ihre Hand los.

»Katie«, erwiderte sie errötend. »Ja, das hoffe ich auch«, fügte sie kokett hinzu. Nicht einmal in ihren kühnsten Träumen hätte sie zu hoffen gewagt, in Tantanoola einem so attraktiven, charmanten Mann zu begegnen. Dass sie ihn so anziehend fand, gab ihr zu denken. Anscheinend war sie doch noch nicht bereit für eine feste Bindung mit Thomas Clarke.

Alistair warf Eliza einen höhnischen Blick zu und ging davon.

»Was für ein netter junger Mann«, hauchte Katie und seufzte hörbar. Verträumt lächelnd blickte sie ihm nach.

Eliza verdrehte die Augen. »Was machst du hier, Katie?«, fragte sie noch einmal.

»Ich musste einfach mal für ein paar Tage weg, und da dachte ich, ich komme hierher zu dir.«

Eliza runzelte die Stirn. »Was heißt, du musstest für ein paar Tage weg?« Katie handelte nie spontan; Impulsivität war *ihre* Spezialität.

»Ach, ich habe mich mit Thomas gestritten; deshalb brauche ich ein bisschen Abstand. Ich möchte in Ruhe über meine Zukunft nachdenken. Kann ich bei dir wohnen, Eliza?«

Eliza wurde klar, dass sie in einer Zwickmühle steckte. Ihre Eltern durften nicht erfahren, dass sie bei Tante Tilly wohnte – aber wie sollte sie das vor Katie verheimlichen? Außerdem wollte sie Tilly, die bereits zwei ungebetene Gäste hatte, nicht noch einen Eindringling zumuten. »Ich fürchte, das wird nicht gehen, Katie …«

In diesem Moment trat Tilly zu ihnen. Sie strahlte übers ganze Gesicht. »Meine Bohnen haben den ersten Preis gewonnen, Eliza!«, sagte sie aufgeregt.

»Das ist wunderbar, ich gratuliere. Übrigens …«, fuhr Eliza mit einem nervösen Seitenblick auf Katie fort, »das ist Katie … meine Schwester.« Mit angehaltenem Atem wartete sie auf Tillys Reaktion.

»Oh!« Tilly riss die Augen auf und blickte sich panisch um. Ob Henrietta auch da war? Bloß das nicht! Sie war die Letzte, die Tilly sehen wollte. Ihr Herz klopfte schneller. Und was, wenn Richard sie begleitet hatte?

Eliza erriet ihre Gedanken. »Katie ist allein gekommen«, sagte sie. »Sie hat sich mit ihrem Freund gestritten.« Da sie nicht wusste, als wen sie Tilly vorstellen sollte, wartete sie auf einen Fingerzeig von ihrer Tante.

Tilly atmete erleichtert auf. Sie betrachtete Katie aufmerksam. Sie sah ihrer Schwester gar nicht ähnlich. Während Eliza das dunkle Haar und die warmen braunen Augen ihres Vaters hatte, kam Katie – blond und mit grünen Augen – nach ihrer Mutter. Tilly fragte sich unwillkürlich, ob sie auch das nachtragende Wesen Henriettas geerbt hatte.

»Ich glaube nicht, dass die Dame sich für meine Kabbelei mit Thomas interessiert, Eliza«, sagte Katie pikiert.

Eliza achtete nicht auf sie. »Sie würde gern ein paar Tage hierbleiben«, sagte sie zu Tilly und überließ es damit ihrer Tante, ob sie Katie anbieten wollte, bei ihr zu wohnen oder nicht. Um ihr die Sache zu erleichtern – Tilly sollte Katie nicht aus reiner Höflichkeit zu sich einladen –, fügte Eliza hinzu: »Aber bei den vielen Leuten, die zur Landwirtschaftsausstellung in die Stadt gekommen sind, dürfte im Moment nirgendwo mehr ein Zimmer zu bekommen sein.«

Katie sah ihre Schwester verwirrt an. Was war mit Eliza los? Wieso breitete sie ihre Privatangelegenheiten vor dieser Frau aus? Wer war sie überhaupt?

Als hätte sie Katies Gedanken gelesen, sagte Tilly: »Ich bin Tilly Sheehan. Eliza wohnt bei mir.«

»Ach so«, murmelte Katie enttäuscht. Was sollte sie jetzt tun? Sie wollte auf keinen Fall nach Hause zurück. »Ich hab Mom und Dad nicht gesagt, wo ich hingehe«, flüsterte sie Eliza zu. »Ich will nicht wieder nach Hause … vorerst jedenfalls nicht.«

Tilly hörte es und sah Katies unglückliches Gesicht. Die Verzweiflung des Mädchens ging ihr zu Herzen. Schließlich war auch Katie ihre Nichte. »Sie können gern bei mir wohnen, wenn Sie wollen«, sagte Tilly, insgeheim erleichtert, dass ihr Name der jungen Frau offenbar nichts sagte. Allem Anschein nach war Katie nicht so aufgeweckt und scharfsinnig wie ihre ältere Schwester.

»Wirklich? Das ist sehr nett von Ihnen. Ich nehme Ihr Angebot gerne an, vielen Dank.« Katie strahlte. Ihr Lächeln wurde ein wenig unsicher, als sie die Narben auf Tillys Wange bemerkte.

Tilly wandte sich an Eliza. »Fahr ruhig schon mit Katie nach Hause. Ihr habt sicher viel zu bereden. Ich komme schon allein zurecht.«

»Das ist nett von dir …« *Tante*, wäre Eliza um ein Haar herausgerutscht. »Aber wir bleiben hier, bis du fertig bist. Komm«, sagte sie zu ihrer Schwester, »wir bringen deine Tasche schon mal zum Wagen.«

»Ihr duzt euch?«, flüsterte Katie, als sie außer Hörweite waren.

»Ja, wir … verstehen uns blendend«, erwiderte Eliza verlegen.

Tilly schaute den beiden Mädchen nachdenklich hinterher. Sie unterschieden sich voneinander, wie sie und Henrietta sich voneinander unterschieden. Katie erinnerte sie stark an Henrietta, als diese in ihrem Alter gewesen war. Damals hatte alles sich immer nur um Henrietta gedreht. Sie war so mit sich selbst beschäftigt gewesen, dass sie an andere Menschen kaum einen Gedanken verschwendet hatte. Ihre eigenen Wünsche und Bedürfnisse waren für sie das Wichtigste auf der Welt gewesen, und sie hatte ihren Willen ohne Rücksicht auf andere durchgesetzt. Tilly fragte sich, ob ihre Schwester sich geändert hatte. Nein, wahrscheinlich nicht, gab sie sich selbst die Antwort.

10

»Weshalb hast du dich denn mit Thomas gestritten?«, fragte Eliza, als sie Katies Tasche auf den Wagen stellte.

»Ach, es war ein dummer Streit«, gestand Katie. »Wir waren bei seinen Eltern zum Tee eingeladen, und seine Mutter hat mir stundenlang ihre Familienerbstücke gezeigt.«

Eliza blickte sie verwundert an. »Und deswegen habt ihr euch gestritten?«

»Ich weiß, dass es sich dumm anhört, aber manchmal habe ich das Gefühl, dass Thomas' Mutter bereits mein ganzes Leben verplant hat. Sie sieht in mir schon die künftige Schwiegertochter.«

»Das ist doch verständlich. Sie hat dich gern, und du bist jetzt seit fast einem Jahr mit Thomas zusammen.«

»Ich weiß«, erwiderte Katie gequält, »aber sie hat praktisch schon alles entschieden ... wie viele Kinder wir haben sollen und wie sie heißen sollen. Ich habe plötzlich das Gefühl, keine Luft mehr zu bekommen. Thomas begreift nicht, worum es mir geht. Stell dir vor – er hat mir gesagt, dass er mir einen Antrag machen will!«

Eliza verstand überhaupt nichts mehr. »Aber das hast du dir doch immer gewünscht, Katie!«

»Ja, schon. Aber wenn man weiß, dass man einen Heiratsantrag bekommen wird – sozusagen mit Vorankündigung –, ist das nicht mehr sehr romantisch.«

Eliza verdrehte die Augen. »Und deshalb bist du einfach von

zu Hause weggelaufen? Ich fasse es nicht! Mom und Dad werden krank sein vor Sorge. So was sieht dir gar nicht ähnlich, Katie.«

»Vielleicht bin ich es leid, dass alle im Voraus zu glauben wissen, wie ich mich verhalte – ob es um meine Hochzeit geht oder sonst etwas«, erwiderte Katie und zog einen Flunsch. »Ich bin es satt, dass *andere* mein Leben verplanen. Außerdem kann Mom sich denken, wo ich bin. Ich habe ihr gestern Abend gesagt, dass ich zu dir fahren möchte.«

»Und was hat sie dazu gemeint?«

»Sie hat es mir verboten, was sonst?« Katie seufzte. »Ich hatte ja damit gerechnet, dass sie nicht gerade begeistert sein würde, aber sie hat fast hysterisch reagiert.«

Eliza wunderte das kein bisschen. Und es wunderte sie auch nicht, dass Katie den wahren Grund für die offenbar heftige Reaktion ihrer Mutter nicht erraten hatte.

»Ich weiß auch nicht, was mit Mom los ist«, fuhr Katie fort. »Immer ist sie gereizt. Man kann kein vernünftiges Wort mit ihr reden. Und sie sieht schlecht aus, weil sie kaum noch schläft. Ich höre sie nachts oft aufstehen und durchs Haus gehen. Und immerzu sagt sie mir, was Thomas doch für ein gut aussehender Mann und begehrter Junggeselle sei. Deshalb dürfe ich ihn auf keinen Fall gehen lassen. Aber das ist doch kein Grund zum Heiraten! Es gibt noch mehr attraktive Männer auf der Welt.«

Eliza ahnte, dass Katie dabei an Alistair McBride dachte. »Da hast du allerdings recht«, pflichtete sie Katie bei. Vor ihrem geistigen Auge erschien Brodie Chandlers dunkles, hübsches Gesicht. Doch im Unterschied zu Katie hatte sie bislang kaum einen Gedanken an das Heiraten verschwendet. Ihr berufliches Weiterkommen war ihr wichtiger.

»Da bin ich froh, Eliza!«, sagte Katie erleichtert. »Ich hatte schon Angst, du würdest mich nicht verstehen.«

»Du bist meine Schwester, Katie, und ich möchte, dass du glücklich bist. Aber wenn ich dir einen guten Rat geben darf – halte dich von Alistair McBride fern.«

»Aber warum? Ich finde, er ist ein sehr interessanter junger Mann«, erwiderte Katie. Das Funkeln in ihren Augen beunruhigte Eliza. »Und dass er obendrein gut aussieht, ist auch kein Fehler.«

»Er ist bekannt für seine Rücksichtslosigkeit«, sagte Eliza mit Nachdruck, »und er will mir mit allen Mitteln die Tiger-Story streitig machen.«

»Er mag ja rücksichtslos im Beruf sein, Eliza, aber das macht ihn noch lange nicht zu einem schlechten Menschen«, verteidigte Katie ihn. »Zu mir war er sehr charmant, und er hat sich äußerst hilfsbereit gezeigt, als ich ihm sagte, dass ich meine Schwester suche. Ich fand ihn sehr galant.«

Eliza fragte sich, welches Ziel Alistair verfolgte. Sie war überzeugt, dass er sich Katie gegenüber nicht aus reiner Menschenfreundlichkeit so entgegenkommend verhalten hatte. Wenn Katie nur nicht so naiv wäre! Ihre Schwester war immer schon eine hoffnungslose Romantikerin gewesen.

»Ich glaube, es wäre besser, du würdest nach Hause fahren, Katie.«

»Aber ich will nicht nach Hause! Lass mich doch bei dir bleiben!«

Ehe Eliza antworten konnte, hörte sie ihren Namen rufen. »Eliza!«

Sie erkannte die Stimme sofort und fuhr herum. George Kennedy eilte mit großen Schritten auf sie zu.

»Mr. Kennedy! Was tun Sie denn hier?«, fragte Eliza verblüfft.

»Ich dachte, ich schaue mir die Landwirtschaftsausstellung an.« Mit einem Blick auf Katie fügte er hinzu: »Guten Morgen, Katie.« Er fragte sich, ob Richard seine Meinung geändert hatte und mit Frau und Tochter nach Tantanoola gefahren war. Er hoffte inständig, dass dies nicht der Fall war.

»Guten Morgen, Mr. Kennedy«, antwortete Katie.

»Sind Ihre Eltern auch da?«, fragte George.

Katie überlegte blitzschnell. »Nein, ich … ich brauchte mal Tapetenwechsel, und da dachte ich, ich fahre übers Wochenende zu Eliza. Aber ich verspreche, dass ich sie nicht bei der Arbeit stören werde.«

»Apropos Arbeit.« George wandte sich seiner Reporterin zu. »Sind Sie mit der Story über den Tiger endlich weitergekommen?«

Eliza, die völlig überrumpelt war, wusste im ersten Augenblick nicht, was sie darauf erwidern oder wo sie anfangen sollte. Zum Glück wurde ihr Chef in diesem Moment abgelenkt. Sein Blick fiel auf eine Frau, die ihm bekannt vorkam, obwohl er nur ihr Profil sah. Er schluckte.

»Wir unterhalten uns später«, sagte er zu Eliza, ohne sie anzusehen, und stapfte zu dem Schuppen, in dem er die Frau erblickt hatte.

»Was hat er denn auf einmal?«, fragte Katie verdutzt. Sie und Eliza schauten ihm verwirrt nach.

»Keine Ahnung«, erwiderte Eliza kopfschüttelnd.

George Kennedy bahnte sich einen Weg durch die Menschenmenge und ging geradewegs auf die dunkelhaarige Frau zu, die damit beschäftigt war, die fünf riesigen Kürbisse mit einem Tuch zu polieren. Als George unmittelbar hinter ihr stand, verließ ihn plötzlich der Mut. Er wollte schon kehrtmachen und davongehen, doch in diesem Moment drehte die Frau sich zu ihm um. Ihre Blicke trafen sich.

George öffnete den Mund, brachte aber keinen Laut hervor. Zwanzig Jahre waren vergangen, aber Matilda hatte sich kaum verändert. Natürlich war sie älter geworden, genau wie er selbst, doch in ihren Augen brannte noch immer das alte Feuer. Damals hatte sie langes Haar gehabt, heute trug sie ihr welliges Haar schulterlang und seitlich gescheitelt. Es fiel ihr auffällig über die linke Gesichtshälfte; George vermutete, dass sie damit Spuren ihres Unfalls verbergen wollte.

Als sie voreinander standen und sich stumm anschauten, erstaunt und verlegen zugleich, hob Tilly unbewusst die Hand und betastete ihre linke Wange, um sich zu vergewissern, dass die Narben von ihrem Haar verdeckt waren. Die Geste bestätigte George in seiner Vermutung.

»Matilda ...«, sagte er leise.

»George«, flüsterte sie und senkte scheu den Blick.

»Es ist schön, dich wiederzusehen«, sagte er aufrichtig. »Ich ... ich hatte ja keine Ahnung, dass du in Tantanoola wohnst.« Jedenfalls nicht, bis Richard es mir gesagt hat, fügte er im Stillen hinzu. Er hatte also recht gehabt. Tilly war die Abkürzung für Matilda und Sheehan der Mädchenname ihrer Mutter. Deshalb hatte Ryan Corcoran mit dem Namen Matilda Dale nichts anfangen können.

»Es ist eine kleine Stadt, in der ich in Ruhe leben kann, und mehr will ich nicht«, antwortete Tilly ruhig und wandte sich wieder ihren Kürbissen zu. Marty Mitchell und Henny Baird, die Preisrichter, waren nur noch wenige Meter von ihrem Tisch entfernt. Tilly trat einen Schritt zurück, als die beiden vor ihr stehen blieben und die Kürbisse begutachteten, ihre Größe, Farbe, Form, Gewicht, Beschaffenheit und Frische prüften. Mit angehaltenem Atem wartete Tilly auf das Urteil der Preisrichter. Auch George schaute gespannt zu.

»Ich glaube, wir haben einen Sieger«, verkündete Henny schließlich und heftete ein blaues Band an einen von Tillys Kürbissen. »Der erste Preis geht an Tilly Sheehan!«

Alle spendeten Beifall. Nachdem die Preisrichter Tilly gratuliert hatten, gingen sie weiter, um den zweiten und dritten Platz bekannt zu geben.

Tilly klatschte vor Freude in die Hände. Für kurze Zeit vergaß sie ihre Zurückhaltung.

George freute sich mit ihr. »Meinen Glückwunsch!«

»Danke.« Tilly strahlte. »Ich habe gar nicht damit gerechnet, dass meine Kürbisse dieses Jahr in die engere Wahl kommen. Umso mehr freut es mich!«

»Das sind die schönsten Kürbisse, die ich je gesehen habe. Hätte mich gewundert, wenn du nicht den ersten Preis dafür bekommen hättest! Was wirst du jetzt mit so vielen Kürbissen machen?«

»Oh, zu Hause habe ich noch viel mehr! Ich werde Pasteten daraus machen und Kürbissuppe – eimerweise«, fügte Tilly lachend hinzu.

George erkannte erfreut, dass sie sich ihren Humor und ihr Temperament bewahrt hatte.

»Sag mal, was machst du eigentlich hier?«, fragte Tilly unvermittelt. »Bist du wegen Eliza gekommen? Sie hat mir erzählt, dass du ihr Chef bist.«

George nickte. »Das stimmt. Das ist Elizas erster großer Auftrag; deshalb dachte ich mir, ich sehe mal nach, wie sie zurechtkommt. Ehrlich gesagt, habe ich mir ein bisschen Sorgen gemacht.«

»Das brauchst du nicht. Eliza ist ein sehr kluges Mädchen, sie schafft das schon. Falls du sie suchst, sie ist draußen mit ihrer Schwester.«

»Ich habe schon mit ihr gesprochen. Und dann habe ich zufällig dich hier drinnen gesehen. Es ist lange her, Matilda, nicht wahr?«

Sie nickte. »Ja, sehr lange.« Abermals senkte sie den Kopf. Es tat ihr nach wie vor weh, an die Vergangenheit erinnert zu werden.

»Gut siehst du aus. Und du bist glücklich, wie mir scheint. Du kannst dir nicht vorstellen, wie mich das freut«, sagte er.

Tilly blickte gerührt auf. »Danke, George. Du siehst auch gut aus. Du hast sicher Familie, oder?«

»Drei erwachsene Kinder – zwei Töchter und einen Sohn. Sie leben in Adelaide.«

»Und deine Frau? Ist sie nicht mitgekommen?«

»Gwendolyn ist vor fünf Jahren gestorben«, erwiderte er leise.

»Gwendolyn? Du hast Gwendolyn Sweeney geheiratet?« Tilly erinnerte sich gut an sie.

»Ja. Wir kamen uns näher, als ich noch ein junger Reporter war.«

»Sie war ein reizendes Mädchen.«

»O ja. Und jetzt bin ich ein einsamer alter Witwer.« George schaute verlegen auf seine Schuhe. Das Geständnis war ihm nicht leicht gefallen, doch er fühlte, dass er Matilda gegenüber offen sein konnte.

»Ach, George, du hast noch viele schöne Jahre vor dir! Du findest bestimmt noch einmal eine Frau, mit der du dein Leben teilen kannst … wenn du es wirklich möchtest, heißt das.«

Nach kurzem Schweigen fragte George zögernd: »Und was ist mir dir? Hast du jemanden gefunden?« Als er ihren betroffenen Gesichtsausdruck bemerkte, fügte er rasch hinzu: »Ich meine, weil die Preisrichter dich Tilly Sheehan genannt haben.« Das war nur eine Ausflucht, um seine Direktheit zu rechtfertigen; er wusste, dass Sheehan der Mädchenname ihrer Mutter gewesen war.

Tilly schüttelte traurig den Kopf. »Nein, ich war nie verheiratet. Meine Mutter war eine geborene Sheehan.« George konnte sich bestimmt denken, warum sie einen anderen Namen angenommen hatte; deshalb hielt Tilly weitere Erklärungen für überflüssig.

George merkte, dass er einen wunden Punkt getroffen hatte, und bedauerte es zutiefst. Nach allem, was Tilly hatte durchmachen müssen, war es nur verständlich, dass sie ihren Namen geändert hatte. Jeder Reporter zwischen Mount Gambier und Adelaide hatte sie nach ihrem Unfall regelrecht gejagt, um ein Foto von ihr zu schießen. Er nicht. Es war ihm zuwider gewesen, ihr Unglück auszuschlachten und Kapital daraus zu schlagen, um die Auflage seiner Zeitung in die Höhe zu treiben. Georges damaliger Chef hatte ihm das sehr übel genommen, und es war seiner Karriere nicht gerade förderlich gewesen.

»Weißt du, Matilda«, sagte er, »ich glaube nicht, dass ich noch einmal eine Frau finden werde, die meine Marotten in Kauf nimmt. Gwendolyn war sehr geduldig mit mir. Eine Frau wie sie gibt es kein zweites Mal.«

Seine Offenheit ging Tilly zu Herzen. »Sei nicht so streng mit dir, George. Niemand ist vollkommen. So schlimm ist es bestimmt nicht mit dir.«

»Meinst du? Dann frag mal Eliza. Im Büro wagt sich morgens keiner in meine Nähe, bis ich nicht wenigstens zwei Tassen Kaffee getrunken habe.«

Tilly musste lächeln. »Ich bin auch ein Morgenmuffel«, gestand sie. »Vor meiner ersten Tasse Tee ist nichts mit mir anzufangen.«

»Aber ich wette, du sabberst nicht auf dein Kopfkissen«, sagte George in komischer Verzweiflung.

»So tief bin ich noch nicht gesunken«, sagte Tilly kichernd.

»Ich lese sogar Liebesromane, kannst du dir das vorstellen?«

Tilly musste lächeln. »Das ist doch nichts Schlimmes.«

»Wenn man ein Mann ist und am Schluss weinen muss, dann schon«, sagte er.

Tilly lachte auf.

George betrachtete sie schmunzelnd. Es war schön, sie so unbekümmert lachen zu hören.

Die Preisrichter schickten sich an, das nächste Erzeugnis zu bewerten, den Rhabarber. Tilly sah aus dem Augenwinkel, wie sie sich dem Tisch mit der ausgestellten Ware näherten. »Ich muss los, George. Mal sehen, was die Preisrichter zu meinem Rhabarber sagen.«

»Aber ja, natürlich.« Er war ein wenig verlegen, weil er sie aufhielt. »Es war schön, dich wiederzusehen, Matilda.« Er hätte sie gern noch ein wenig begleitet, wagte aber nicht, sie zu fragen.

»Ich habe mich auch gefreut, dich wiederzusehen, George. Sag mal, könntest du mir einen Gefallen tun?«, fügte sie unvermittelt hinzu.

»Sicher, alles was du willst.« Er hielt unwillkürlich den Atem an, weil er hoffte, sie würde ihn bitten zu bleiben.

»Du hast doch Eliza draußen gesehen?«

»Ja. Sie lud gerade eine Tasche auf einen Wagen.«

»Die Tasche gehört ihrer Schwester. Katie wird ein paar Tage bei uns bleiben. Wärst du so nett, mir meine Kürbisse zum Wagen zu bringen?«

»Klar, das mach ich gern.«

»Danke, George. Es war wirklich schön, dich wiederzusehen.« Sie berührte ihn am Arm und eilte davon.

George schaute ihr ernüchtert nach. In seiner Fantasie hatte er sich ihr Wiedersehen als romantische Begegnung ausgemalt. Stattdessen war eine kurze Unterhaltung daraus geworden. Er war enttäuscht, fühlte sich auf seltsame Weise betrogen. Er wusste selbst, dass er sich lächerlich benahm. Er und Matilda waren nie mehr als Freunde gewesen; sie hatte nicht einmal geahnt, wie glühend er in sie verliebt gewesen war. Doch bei aller Enttäuschung empfand er auch Freude, dass er unter den körperlichen und seelischen Narben die alte Matilda wiedererkannt hatte – die kämpferische, vor Temperament sprühende Frau. Mochte ihre unbändige Lebenslust auch gedämpft worden sein, so hatte sie sich keineswegs aufgegeben, und das stimmte ihn froh.

George wandte sich ab und kehrte langsam zu dem Tisch mit den Kürbissen zurück. Er musste zweimal gehen, um Tillys riesige, preisgekrönte Kürbisse auf den Wagen zu laden. Dann hielt er nach Eliza Ausschau, konnte sie jedoch nirgends sehen. Zu guter Letzt beschloss er, ins Hotel zurückzukehren, wo er sich eine Tasse Kaffee mit einem Schuss Brandy bestellte. Er setzte sich in eine ruhige Ecke, damit er ungestört an Matilda denken konnte.

»Kann ich dir ein Geheimnis anvertrauen, Katie?«, fragte Eliza. Eigentlich hatte sie mit ihrer Schwester auf Tilly warten wollen, doch da diese in ihrer Eigenschaft als Mitglied des Komitees für die Landwirtschaftsausstellung den ganzen Tag auf Milligans Farm würde bleiben müssen, hatte sie sich schließlich mit Katie zu Fuß auf den Heimweg zum Hanging Rocks Inn gemacht. Brodie würde Tilly später nach Hause fahren.

Eliza überlegte hin und her, dann beschloss sie, Katie die Wahrheit über Tilly zu sagen. Sie hoffte nur, ihre Schwester würde das Geheimnis für sich behalten.

»*Du* hast ein Geheimnis?«, rief Katie aufgeregt. »Was ist es denn? Hast du einen netten jungen Mann kennen gelernt?«

»Nein, nein, nichts dergleichen«, erwiderte Eliza errötend. »Aber erst musst du mir versprechen, dass du niemandem davon erzählst, vor allem nicht unseren Eltern!«

»Natürlich, ich verspreche es. Also?« Katie konnte ihre Ungeduld kaum bezähmen.

»Du weißt doch, dass Mom eine Schwester namens Matilda hat«, begann Eliza vorsichtig.

»Ja, sie ist so was wie das schwarze Schaf der Familie, nicht? Hat sie nicht einen Unfall gehabt und wurde danach ein bisschen schrullig?«

»Sie hatte einen Unfall, das stimmt, aber schrullig ist sie nicht. Ich weiß auch nicht wieso, aber sie und Mom verstehen sich nicht.«

»Hm.« Katie zuckte mit den Schultern. Diese Dinge hatten sie nie sonderlich interessiert. »Wie kommst du denn jetzt darauf? Hast du sie getroffen?«

»Ja. Sie wohnt hier in Tantanoola. Ich musste unseren Eltern versprechen, dass ich keinen Kontakt zu ihr aufnehme.«

»Aber du hast dein Versprechen gebrochen, stimmt's?«

Eliza seufzte. »Ja, aber nicht absichtlich.«

»Keine Angst, Eliza, ich werde keinem was verraten. Wie ist sie denn so?«, fragte Katie abwesend, weil es ihr im Grunde völlig gleichgültig war. Ihre Gedanken weilten immer noch bei Alistair McBride.

»Du hast sie kennen gelernt, Katie.«

»Ich?« Katie riss erstaunt die Augen auf. »Wann denn?«

»Heute.« Eliza schaute sie prüfend an.

Jetzt dämmerte es Katie. »Willst du damit sagen, dass die Frau, mit der du gesprochen hast, unsere Tante ist?«

»Ja. Tilly ist unsere Tante Matilda. Aber das wusste ich nicht, als ich zu ihr ging und sie fragte, ob sie mir ein Zimmer vermietet.«

Katie kam aus dem Staunen nicht heraus. »Weiß sie, wer du bist?«

»Natürlich. Ich musste ihr ja sagen, wie ich heiße.«

»Und?«

»Wir sind uns sehr ähnlich. Und wir entdecken immer mehr Gemeinsamkeiten. Aber du darfst Mom und Dad auf keinen Fall erzählen, dass wir bei ihr wohnen, hörst du?«, sagte Eliza beschwörend. »Mom kriegt einen Tobsuchtsanfall, wenn sie das erfährt!«

»Aber wieso denn? Es kann ihr doch egal sein, ob wir bei unserer Tante wohnen oder nicht.«

»Es ist ihr aber nicht egal, glaub mir. Mom wollte mich nicht nach Tantanoola reisen lassen, weil unsere Tante hier wohnt. Hätte Dad sich nicht für mich eingesetzt, wäre ich jetzt nicht hier. Ich weiß nicht, was zwischen unserer Mutter und Tante Tilly vorgefallen ist, aber Mom regt sich schon auf, wenn der Name ihrer Schwester bloß *erwähnt* wird. Und Tante Tilly musste ich versprechen, ihr keine allzu persönlichen Fragen zu stellen.«

Katie zuckte abermals die Achseln. »Von mir aus. Was meinst du, soll ich Tante Tilly zu ihr sagen?«

Eliza lächelte. »Ich bin sicher, sie freut sich darüber.«

»Ich bleibe über Nacht hier, Ryan«, sagte George. »Ist im Hotel noch ein Zimmer frei?«

»Nein, tut mir leid.« Ryan schüttelte bedauernd den Kopf. »Unser Regenwassertank ist geborsten. Das Wasser hat eines der Gästezimmer überflutet, und das zweite ist belegt. Frag doch mal draußen im Hanging Rocks Inn bei Tilly Sheehan, wo auch deine junge Reporterin wohnt. Vielleicht hat Tilly noch ein Zimmer frei. Der Jäger, der angeheuert wurde, um den Tiger zu erlegen, wohnt auch bei ihr. Wir mussten ihn zu Tilly schicken, nachdem das Wasser in sein Zimmer gelaufen ist und es unbewohnbar gemacht hat.«

George horchte auf. Wenn Eliza und dieser Jäger unter demselben Dach wohnten, war sie stets auf dem Laufenden, was die Jagd nach dem Tiger betraf.

»Heute Morgen hat er Tilly und Miss Dickens in die Stadt gefahren«, fügte Ryan hinzu. »Ich habe es zufällig beobachtet.«

George kannte das Hanging Rocks Inn vom Sehen. Wie viele Male mochte er im Zug schon daran vorbeigefahren sein, ohne zu ahnen, dass Matilda dort wohnte? »Ich werde sie einfach fragen«, sagte er. »Am besten, ich mache mich gleich auf den Weg. Ein bisschen Bewegung wird mir gut tun.«

Er trank aus und ging. Der Gedanke, möglicherweise bei Matilda zu übernachten, stimmte ihn froh. Auf diese Weise würde er noch ein bisschen Zeit mit ihr verbringen können.

George war noch nicht weit gekommen, als ein Bekannter aus Mount Gambier ihm anbot, ihn mitzunehmen. Luke Millard und seine Familie waren mit dem Pferdefuhrwerk nach Tantanoola gekommen und kehrten früher als geplant nach Hause zurück, weil einem der Kinder schlecht geworden war. George nahm das Angebot dankbar an, und so traf er kurz nach Eliza und Katie am Hanging Rocks Inn ein.

Eliza öffnete, als es klopfte, und staunte, als sie ihren Chef vor der Tür stehen sah. »Mr. Kennedy! Wie sind Sie denn hierhergekommen?«

»Ein Bekannter aus Mount Gambier hat mich mit seinem Fuhrwerk mitgenommen. Ist Matilda da?«

»Äh … nein«, erwiderte Eliza verwirrt. »Ich wusste gar nicht, dass Sie meine … dass Sie Matilda kennen.«

»Ich kannte Matilda schon, da waren Sie noch nicht auf der Welt, Eliza. Genauer gesagt kenne ich sie seit der Schulzeit.«

»Oh.« Eliza fuhr sich nervös mit der Zunge über die Lippen. In diesem Fall wusste er natürlich, dass sie mit Matilda verwandt war. »Dann wissen Sie sicherlich auch, dass meine Tante und meine Mutter sich nicht verstehen.«

Jetzt war es George, der ein erstauntes Gesicht machte. »Nein, das war mir nicht bekannt.«

»Oh«, machte Eliza abermals. Sie überlegte blitzschnell und beschloss, ihrem Chef reinen Wein einzuschenken. »Mr. Kennedy, ich musste meinen Eltern versprechen, dass ich keine Verbindung zu Tante Tilly aufnehme. Ich wusste wirklich nicht, wer sie war, als ich hierherkam und nach einem Zimmer fragte. Wir haben erst später herausgefunden, dass wir verwandt sind. Meine Eltern dürfen auf keinen Fall erfahren, dass ich bei ihr wohne.« Sie blickte ihn beschwörend an.

George dachte an Richards Besuch. »Von mir werden sie nichts erfahren, Eliza – aber was ist mit Katie?« Er warf einen Blick in den langen Flur, doch Katie war nicht zu sehen.

»Ich habe ihr alles erklärt. Sie hat versprochen, den Mund zu halten. Ich hasse Geheimniskrämerei, aber was sollen wir machen? In der Stadt ist alles ausgebucht, nirgends ist mehr ein Zimmer zu bekommen.«

»Dieser Brodie Chandler, der den Tiger aufspüren soll – der wohnt auch hier, nicht wahr?«

»Ja.«

»Ich hoffe, Sie wissen diesen Vorteil zu nutzen, Eliza, und sammeln fleißig Informationen«, sagte George, der wie stets zuerst an seine Zeitung dachte.

»Ich habe schon ein paar heiße Spuren, Mr. Kennedy, aber ich muss bei meinen Recherchen vorsichtig sein, weil Alistair McBride sich ebenfalls in der Stadt aufhält.«

George nickte. »Ich habe ihn im Hotel gesehen. Sie müssen geschickt vorgehen, Eliza, sonst schnappt er Ihnen die Story vor der Nase weg.«

»Haben Sie meinen Artikel bekommen?«

»Nein, mit der Abendpost kam nichts, aber ich habe die Stadt heute Morgen auch schon mit dem Acht-Uhr-Zug verlassen.«

»Dann kommt der Artikel bestimmt mit der heutigen Post. Ich habe ihn gestern mit dem letzten Zug geschickt.«

»Für die heutige Ausgabe wäre es sowieso zu spät gewesen. Haben Sie schon mit Leuten gesprochen, die den Tiger gesehen haben?«, fragte George gespannt.

»Einer der Augenzeugen wurde von Alistair McBride bestochen, damit er den Mund hält. Aber ein anderer Zeuge, Jock Milligan, hat sich mit mir unterhalten. Er mag Alistair nicht besonders – zum Glück für mich. Außerdem halte ich Jocks Aussage für zuverlässiger.«

»Großartig!«

»Warum kommen Sie nicht herein, Mr. Kennedy? Ich muss Ihnen etwas Aufregendes erzählen. Ich habe gerade Tee aufgebrüht. Sie trinken doch eine Tasse mit?« Eliza trat zur Seite und forderte ihn mit einer Handbewegung auf, ins Haus zu kommen.

Sie konnte es kaum erwarten, ihrem Chef von Jock Milligans Tigergrube zu erzählen. Als sie und Tilly an diesem Morgen zu Jocks Farm hinausgefahren waren, hatte Jock sie beiseitegenommen und ihnen anvertraut, dass er die Grube wieder zugeschaufelt habe, weil Mannie Boyd in das Erdloch gestürzt und später mit Alistair McBride zurückgekommen war. Tilly und Eliza hatten ihm atemlos zugehört und waren erleichtert gewesen, dass die Sache so glimpflich ausgegangen war.

11

»Sie sind heute sehr erfolgreich gewesen, Matilda«, sagte Brodie, als sie mit dem Wagen zum Hanging Rocks Inn aufbrachen. Es war später Nachmittag, und die Landwirtschaftsausstellung war für diesen Tag zu Ende. Der Sonntag versprach wieder ein großer Tag zu werden – mit Springreiten, Kochwettbewerben und noch mehr Vieh, Obst und Gemüse, das es zu bewerten galt. Tilly hatte ihr Eingemachtes als Wettbewerbsbeitrag eingereicht, musste für die Bewertung aber nicht anwesend sein, da sämtliche Gläser beschriftet waren. Tilly fand, dass es ein ungewöhnlicher Tag gewesen war. Es hatten sich Dinge ereignet, mit denen sie niemals gerechnet hätte.

»Es ist ganz schön was los, wenn alle in die Stadt kommen, nicht wahr?«, sagte Brodie. »Die ganze letzte Woche war Tantanoola fast wie eine Geisterstadt, aber heute herrschte dort richtige Feiertagsstimmung.«

»Ja. Die Leute kommen aus dem ganzen Umland. Übrigens habe ich heute jemanden wiedergetroffen, den ich nicht mehr gesehen habe, seit ich in Elizas Alter war«, sagte Tilly.

»Wen denn?«

»George Kennedy. Er ist jetzt Elizas Chef. Als ich ihn das letzte Mal sah, war er noch ein junger Reporter.«

»Er ist Chef der *Border Watch*?«

»Ja. Wir kennen uns seit der Schule. Seitdem ist sehr viel Zeit vergangen.« Tilly blickte einen Augenblick lang traurig ins Leere. »Aber es war wunderbar, ihn wiedergesehen zu haben.« Ein Lächeln umspielte ihre Lippen, als sie daran dachte, was George über sich erzählt hatte und worüber sie hatte lachen müssen. Als Junge war er in ihrer Nähe eher schüchtern gewesen, und nun war er ihr als selbstbewusster, aufrichtiger Mann begegnet.

»In der Schule war er immer sehr nett zu mir«, erzählte Tilly, während sie in Erinnerungen an jene unbeschwerten Tage vertieft war. Sie schmunzelte, als ihr etwas einfiel, das sie beinahe vergessen hatte: George hatte ihr nach der Schule einmal einen Blumenstrauß überreicht. Er hatte damit gewartet, bis er glaubte, alle seine Freunde seien nach Hause gegangen. Offensichtlich hatte George die Blumen den ganzen Tag unter seiner Jacke oder in seiner Schultasche versteckt, denn sie sahen ziemlich traurig und verwelkt aus, doch für Tilly war es eine rührende und liebenswerte Geste gewesen. Sie hatte sich überschwänglich bei ihm bedankt. In genau diesem Augenblick waren Georges Freunde wiedergekommen und hatten sich gnadenlos über ihn lustig gemacht, sogar noch wochenlang danach. Tilly war ohnehin in Richard verliebt gewesen und hatte George schon bald vergessen. Richard war weltgewandt und selbstsicher gewesen, sodass keiner seiner Freunde es gewagt hatte, ihn zu verspotten. Er wurde von allen akzeptiert. Er war der geborene Anführer.

»Ich bin sicher, viele junge Männer waren auf der Schule nett zu Ihnen, Matilda«, sagte Brodie lächelnd.

»Ich kann nicht klagen«, erwiderte Tilly. »Jedenfalls freut es mich, dass ich George getroffen habe und dass Eliza für ihn arbeitet. Eliza ist mir sehr ähnlich. Sie ist ein bisschen ernster, aber ebenso willensstark.«

»Wie kommt es eigentlich, dass Sie und Eliza sich jetzt erst begegnet sind?«, fragte Brodie.

Tillys Miene wurde ernst. »Seit Eliza geboren wurde, habe ich von meiner Familie niemanden mehr gesehen. Selbst Eliza ist mir nur zufällig begegnet. Offenbar wollte sie sich im Hotel ein Zimmer nehmen. Mary Corcoran hatte nichts mehr frei und schickte sie zum Hanging Rocks Inn. Erst als Eliza mir ihren Namen nannte, wusste ich, dass sie meine Nichte ist.« Tilly verschwieg, dass sie selbst den Mädchennamen ihrer Mutter benutzte, denn sie nahm an, dass das erst recht Brodies Neugier wecken würde und dann noch mehr Fragen folgten. »Aber ich bin froh, dass ich sie kennen gelernt habe. Sie ist ein entzückendes Mädchen.«

Brodie gab keinen Kommentar ab. Er fand Eliza sehr attraktiv, aber sie hatten unterschiedliche Ansichten. Er wusste nicht einmal, was er wirklich für Eliza empfand.

»Heute ist Elizas Schwester in die Stadt gekommen. Sie wird ein oder zwei Tage bei uns wohnen«, riss Tilly ihn aus seinen Gedanken.

Brodies Augen weiteten sich. »Na, wenn das kein Zufall ist! Erst treffen Sie die eine Nichte, und dann auch noch die andere.«

»Ja«, sagte Tilly. »Ich habe sie heute kurz gesehen. Sie ist ganz anders als Eliza. Katie kommt eher auf ihre Mutter, meine Schwester Henrietta.«

Brodie fiel auf, dass ihre Stimme mit einem Mal kalt geworden war.

»Und Eliza?«, fragte er vorsichtig.

»Eliza ähnelt eher ihrem Vater«, fuhr Tilly fort. »Richard war ein warmherziger und fürsorglicher Mann, aber Henrietta …« Ihre Stimme verlor sich, als sie daran dachte, wie Henrietta sein freundliches Wesen ausgenutzt haben musste. Selbst nach all den Jahren brachte allein der Gedanke daran Tillys Blut in Wallung.

»Sie verstehen sich offenbar nicht gut mit Ihrer Schwester …«, sagte Brodie abermals vorsichtig, ihre Reaktion genau beobachtend.

»Ich will sie in meinem ganzen Leben nicht wiedersehen!«, rief Tilly mit Nachdruck aus. »Und ich will auch nicht über sie reden.«

Brodie verstand und schwieg.

Ein Stück weiter die Straße hinunter hörte Tilly plötzlich einen Zug kommen. Entsetzen erfasste sie.

»Was ist los?«, fragte Brodie.

»Nell hasst Züge! Sie könnte durchgehen!« Tilly wollte vom Kutschbock springen, doch Brodie hielt sie am Arm fest.

»Keine Angst. Ich habe Nell im Griff«, sagte er ruhig.

»Aber wenn die Lokomotive pfeift …«

»Keine Angst«, sagte Brodie zuversichtlich ein zweites Mal. »Bleiben Sie einfach, wo Sie sind.« Er ließ Tilly los und nahm die Zügel fester in die Hand.

Tilly beobachtete mit angehaltenem Atem, wie der Zug näher kam. Sie sah schon vor sich, wie Nell durchging, wie der Wagen umkippte und auf sie stürzte …

Sie schloss die Augen, starr vor Entsetzen, während Brodie mit besänftigender Stimme auf das Pferd einredete. Als der Zug auf einer Höhe mit ihnen war und über die Schienen donnerte, hielt Brodie die Zügel straff gespannt.

Tilly seufzte vor Erleichterung, als der Zug vorbei war. Und sie war Brodie unendlich dankbar für sein Verständnis. Sie spürte, dass er sie nicht verurteilte, sondern ihre Ängste akzeptierte, ohne sie für dumm oder hysterisch zu halten. Tilly fand nicht die Worte, ihm zu sagen, wie gerührt sie war. Aber das war auch gar nicht nötig; das spürte sie.

Bald darauf lenkte Brodie den Wagen in die Auffahrt. Sheba lief auf sie zu, um sie zu begrüßen, und rannte kläffend neben dem Wagen her.

»Danke, dass Sie den Wagen gefahren haben, Brodie«, sagte Tilly, während er ihr hinunterhalf und Sheba sie fröhlich willkommen hieß.

Brodie lächelte. »Keine Ursache. Wenn Sie ihn wieder brauchen, solange ich hier bin, werde ich ihn jederzeit gern für Sie fahren.«

»Das weiß ich sehr zu schätzen«, erwiderte Tilly, während sie in seine dunklen Augen schaute. Sie war froh, wieder festen Boden unter den Füßen zu haben.

Brodie erbot sich, die Hühner zurück in ihr Gehege zu bringen, und Tilly brachte die schon prämierten Erzeugnisse ins Haus. Als sie in die Küche kam, sah sie zu ihrem Erstaunen George Kennedy mit Eliza am Küchentisch sitzen.

»Hallo, Matilda«, grüßte George sie verlegen.

»George! Was tust du denn hier?«, fragte Tilly, noch immer etwas durcheinander von der Fahrt. Sie sah Eliza um eine Erklärung bittend an.

»Mr. Corcoran hat Mr. Kennedy zu uns geschickt«, erklärte Eliza. Sie hatte ein schlechtes Gewissen, dass Tilly schon wieder in Verlegenheit gebracht wurde. »Er hat für die Nacht ein Zimmer gesucht.«

»Verstehe«, erwiderte Tilly, die nicht wusste, was sie von der ganzen Sache halten sollte.

»Ich hätte nicht kommen sollen«, sagte George, dem Tillys Unsicherheit nicht entging. »Aber ich wollte ein paar Worte mit Eliza reden und konnte sie in der Stadt nirgends finden.«

»Ist … schon gut«, sagte Tilly nervös. Obwohl sie sich aufrichtig gefreut hatte, George in der Stadt zu treffen, war sie verlegen, ihn jetzt wiederzusehen. »Tja, dann bis nachher …« Sie stellte ihr Obst und Gemüse auf dem Küchentresen ab und ging hinaus, um ihre Hühner und Ziegen zu füttern.

»Ich glaube, ich hätte nicht herkommen sollen«, sagte George zu Eliza. Er stand auf und folgte Tilly nach draußen, um die Situation zu klären. »Tut mir leid, dass ich dich überfallen habe, Matilda«, sagte er, als er nach ein paar raschen Schritten zu ihr aufgeschlossen hatte. »Ich fahre noch heute Abend zurück nach Mount Gambier.«

»Und wie?« Tilly blickte ihn an. »Du hast den letzten Zug verpasst.«

»Tatsächlich?« Das hatte George gar nicht bedacht.

»Ja, tatsächlich. Und ich bezweifle, dass jemand im Dunkeln mit einer Kutsche oder einem Buggy zurückfahren wird.« Die Sonne ging schon unter.

»Tut mir leid, Matilda. Das hatte ich gar nicht bedacht. Ich wolle dir wirklich nicht zur Last fallen.«

»Du fällst mir nicht zur Last, George. Ich nehme an, du weißt, dass Elizas Schwester Katie auch hier ist? Wahrscheinlich hat sie das größere der beiden Zimmer genommen, die ich noch zu vergeben hatte. Aber wenn du gegen ein kleines Zimmer nichts einzuwenden hast, kannst du es gern nehmen. Ich brauche jetzt erst einmal ein Bad, deshalb wird es mit dem Abendessen heute ein bisschen später als sonst. Es gibt Kürbissuppe mit frischem Brot. Ich hoffe, das genügt dir?«

George konnte sehen, dass Tilly von dem langen Tag erschöpft war. »Kürbissuppe ist meine Spezialität«, sagte er. »Wie wär's, wenn ich sie koche?«

Tilly hob verdutzt den Blick. »Du kannst kochen?«

»Nun ja, nicht direkt. Ich kann ein paar einfache Mahlzeiten zubereiten. Ich musste es lernen, als Gwendolyn gestorben war.« Seine Nachbarn hatten sich in den Wochen nach Gwendolyns plötzlichem Tod zwar sehr um ihn gekümmert, doch George hatte sich in die Arbeit gestürzt, war bis spät in die Nacht im Büro geblieben und hatte frühmorgens wieder angefangen, sodass es für niemanden leicht gewesen war, ihn auch mit Essen zu versorgen. Eine Bekannte hatte ihm beharrlich Kuchen und Pasteten vor die Tür gestellt, aber das hörte auf, als streunende Katzen George zuvorkamen.

Tilly lächelte ihn an. »In Ordnung«, sagte sie. »Dann will ich mich mal von deinen Kochkünsten überraschen lassen.«

Während Tilly badete, fütterte Eliza die Hündin Sheba, und Brodie kümmerte sich um die Pferde. Als Tilly wieder in die Küche kam, hatte George bereits die Suppe aufgesetzt und war dabei, Brotteig zu kneten. Bei seinem Anblick musste Tilly lächeln: Er trug ihre Schürze und hatte die Ärmel hochgekrempelt. Seine Arme waren mit Mehl bestäubt.

»Hallo, Tilly«, sagte er. »Die Suppe ist gleich fertig.«

»Gut. Dann gehe ich rasch Sheba füttern.«

»Das hat Eliza schon erledigt«, sagte George. »Und die Pferde sind ebenfalls versorgt. Setz dich und trink eine Tasse Tee, während das Brot im Ofen ist.« George stellte die Teekanne auf den Tisch und reichte Tilly eine Tasse. Dann schürte er das Feuer unter dem Herd.

Tilly staunte. Sie war es nicht gewohnt, dass ihr alle Arbeiten abgenommen wurden. Es war ihr fast ein wenig unangenehm.

Sie hob den Blick, als Eliza ins Zimmer kam. »Du musst nicht meine Hausarbeiten für mich erledigen, Kind«, sagte sie. Sie war Eliza dankbar, hatte aber auch ein schlechtes Gewissen. Eliza war schließlich zahlender Gast.

»Du hattest einen langen Tag«, sagte Eliza.

Tilly zuckte die Schultern. »So ist es jedes Jahr, wenn wir die Landwirtschaftsausstellung haben, und ich habe es bis jetzt immer noch geschafft.«

Als schließlich auch Brodie hereinkam, machte Tilly ihn mit George bekannt. Die beiden hatten sich eben erst begrüßt, als auch Katie erschien.

»Brodie, das ist meine Schwester Katie«, stellte Eliza sie vor. »Katie, das ist Brodie Chandler, der Jäger. Mr. Kennedy kennst du ja bereits.«

»Hallo, Mr. Chandler«, sagte Katie mit einem neugierigen Blick in sein hübsches Gesicht. »Mr. Kennedy … ich hatte nicht erwartet, Sie schon so bald wiederzusehen.«

George war noch immer ein wenig unbehaglich zumute. »Ihre Tante war so freundlich, mir für die Nacht ein Zimmer anzubieten«, sagte er.

Katie wandte ihre Aufmerksamkeit Brodie zu. »Sie sind also der Jäger«, sagte sie.

»Ja, Miss Dickens«, sagte Brodie steif. Ihm fiel auf, dass Katie und Eliza sich kein bisschen ähnlich sahen. Katie war ein durchaus attraktives Mädchen, doch auf eine völlig andere Art als Eliza. Trotz ihres Ehrgeizes hatte Eliza etwas Zartes, sehr Weibliches. Katie war größer und robuster; ihr fehlte die Verletzlichkeit Elizas.

»Bitte sagen Sie Katie zu mir.«

Brodie lächelte. »Mit Vergnügen. Aber nur, wenn Sie Brodie zu mir sagen.« Er schaute zu Eliza hinüber. »Das gilt übrigens auch für Sie, Eliza. Einverstanden?«

»Wenn es Ihnen Spaß macht«, sagte Eliza betont gleichgültig.

»Haben Sie den Tiger schon gesehen, Brodie?«, fragte Katie.

»Nein«, sagte er knapp. Vor einem Mann, der eine Zeitung besaß, wollte er nicht gern darüber reden. Er wandte sich Eliza zu. »Könnte ich Sie auf ein Wort sprechen?«

»Ja, natürlich.«

»Unter vier Augen, wenn Sie nichts dagegen haben«, sagte Brodie und führte sie ins Freie.

»Was gibt's denn?«, fragte Eliza, als sie allein waren.

»Sie haben Ihrem Chef doch nicht etwa von Jock Milligans Tigergrube berichtet, oder?«

»Die Grube ist zugeschüttet worden, also gibt es nichts zu berichten. Warum fragen Sie?«

»Wenn Sie es ihm sagen, wird er in der Zeitung darüber schreiben, und dann kommen alle anderen Farmer auf dieselbe Idee und heben ebenfalls Gruben aus.«

»Mr. Kennedy hat versprochen, nichts über die Tigergrube zu schreiben, bis der Tiger erledigt ist, auf die eine oder andere Weise.«

Brodie runzelte die Stirn an. »Wie konnte Mr. Kennedy das versprechen, wenn Sie ihm gegenüber gar nichts davon erwähnt haben?«

Eliza ärgerte sich über ihren Patzer. »Na schön, ich habe es erwähnt, aber er hat mir gesagt, dass er nichts darüber schreiben wird, bis der Tiger gefangen oder erlegt ist.«

Brodie blickte sie prüfend an. Er war nicht sicher, ob er den beiden trauen konnte; schließlich waren sie Zeitungsleute.

»Sie brauchen sich keine Sorgen zu machen«, versicherte Eliza ihm, doch Brodie blieb misstrauisch.

Als sie zurück ins Haus gingen, wurde Brodie von Katie mit einem kessen Lächeln begrüßt. »Sie werden berühmt und reich, wenn Sie den Tiger erschießen.«

»Das bezweifle ich«, sagte Brodie. »Außerdem habe ich nicht das Bedürfnis nach Reichtum oder Ruhm.«

»Wirklich? Also, ich wäre gern reich und berühmt.«

Brodie zuckte die Achseln. »Ich bin nur hier, um einen Job zu erledigen.«

»Ihr Beruf muss schrecklich aufregend sein. Ich bin noch nie einem Jäger begegnet.« Katie schaute ihre Schwester an. »Du bist ein Glückspilz, Eliza.«

Eliza errötete. Man konnte wirklich nie wissen, mit welchen plumpen Bemerkungen Katie herausplatzte. »Wie meinst du das?«

»Dass Brodie bei uns ist. Du kannst vielleicht dabei zusehen, wie er den Tiger erlegt.«

Eliza lag eine zornige Erwiderung auf der Zunge. Sie konnte gut darauf verzichten, dabei zuzuschauen, wie ein unschuldiges Tier sein Leben verlor.

Brodie wusste genau, was in Eliza vorging. »Ihre Schwester sieht das anders, Katie«, sagte er. »Sie ist der Meinung, der Tiger sollte gefangen und zu einem Zirkus oder in einen Zoo gebracht werden.«

»Was?«, sagte Katie, sichtlich amüsiert. »Na, das sieht Eliza ähnlich. Sie isst ja nicht mal ein Huhn, das Dad bei uns geschlachtet hat.«

»Ich bin sicher, das interessiert Brodie nicht«, sagte Eliza kühl. Sie ärgerte sich über ihre Schwester.

Katie verdrehte die Augen und schenkte Brodie ein weiteres kokettes Lächeln.

Eine Stunde später saßen sie alle am Tisch, und Tilly trug die Terrine mit der Suppe auf und das frisch gebackene Brot. Mit einer Schöpfkelle teilte sie an jeden ihrer Gäste Suppe aus.

»Danke, Tante Tilly«, sagte Eliza, nachdem sie ihren Teller gefüllt hatte.

Als sie Katies Teller füllte, bedankte auch Katie sich, doch die Worte klangen fremd für Tilly. Obwohl auch Katie ihre Nichte war, so war die innere Nähe zu Eliza viel größer. Tilly wusste auch den Grund dafür: Katie erinnerte sie an Henrietta. Das war zwar nicht gerecht gegenüber dem Mädchen, doch Tilly konnte es nicht ändern.

»Die Suppe schmeckt köstlich, George«, sagte sie, nachdem sie probiert hatte.

»Du schwindelst!« George lachte.

»Nein, wirklich. Meine Mutter hat die Kürbissuppe auch so gekocht. Sie hat im Südosten gelebt, lange bevor sie meinen Vater geheiratet hat.«

»Ich kann mich erinnern«, sagte George, »in den Archiven etwas darüber gelesen zu haben, dass deine Mutter den Bürgermeister bei einem Grundstückskauf überboten hat. Sie war ihrer Zeit weit voraus.«

»O ja. Sie hat erfolgreich in Immobilien investiert. Schon als sie heiratete, war sie eine wohlhabende Frau.« Tilly sah Eliza und Katie an. »Ihr lebt doch auf der Sunningdale-Farm, nicht wahr?« Sie hatte gehört, dass Henrietta die Farm der Familie übernommen hatte.

»Ja«, sagte Eliza.

»Meine Mutter hat das Land gekauft und das Haus gebaut,

nachdem sie und mein Vater geheiratet hatten. Sie hat das Haus selbst entworfen.«

»Das wusste ich gar nicht«, gab Eliza zu. Henrietta sprach nur selten von den Großeltern.

»Das wundert mich nicht«, sagte Tilly mit versteinerter Miene, die Katie und Eliza davon abhielt, weitere Fragen zu stellen. Die Mädchen tauschten einen Blick. Die Feindseligkeit, die Tilly gegenüber ihrer Mutter empfand, war offensichtlich. Wieder hatte Eliza den brennenden Wunsch zu erfahren, was zwischen den beiden Schwestern vorgefallen war, das zu einem solchen Hass geführt hatte.

»Gehen Sie heute Abend jagen?«, wandte Katie sich an Brodie, um das Thema zu wechseln.

»Nein«, antwortete Brodie. »Es sind so viele Leute in Tantanoola, dass der Tiger bestimmt in sicherer Entfernung von der Stadt bleibt.«

»Wo wir schon von dem Tiger sprechen – ich sollte Sheba lieber ins Haus holen«, erbot sich Eliza.

»Danke, Eliza«, sagte Tilly. »Wenn du eine Laterne brauchst, auf der Veranda hinter dem Haus steht eine. Aber geh nicht zu weit weg.«

»Soll ich nicht lieber gehen, Eliza?«, fragte Brodie.

»Nein«, sagte Eliza rasch. »Sheba kennt mich inzwischen.«

»Eliza macht das schon«, sagte Tilly. »Möchtet ihr noch Suppe? George? Brodie?«

»Ja, danke«, sagte Brodie. »Das ist die beste Kürbissuppe, die ich je gegessen habe.«

»Kein Wunder«, sagte George schmunzelnd. »Ich habe sie schließlich aus Tillys preisgekrönten Kürbissen gekocht.«

Draußen war es inzwischen dunkel geworden. Eliza suchte nach Sheba, konnte sie aber nirgends entdecken. Normalerweise wartete die Hündin nach Einbruch der Dunkelheit auf der Türschwelle, um ins Haus gelassen zu werden; daher wunderte sich Eliza, dass Sheba jetzt nicht da war. Sie ging neben der Stallkoppel auf und ab und rief nach dem Tier. Das Mondlicht lag silbern über dem Land, sodass sie auch ohne Laterne recht gut sehen konnte.

»Sheba! Wo bist du?«, rief Eliza. »Es wird Zeit, dass du ins Haus kommst!«

Als Eliza sich umwandte, sah sie die Hündin in der Nähe des Gemüsegartens. »Sheba, was tust du denn da? Komm ins Haus!«, lockte sie. Als das Tier sich nicht rührte, stieg Besorgnis in Eliza auf.

»Was ist mit dir, Mädchen?«, fragte sie. Sheba schien Eliza angespannt zu beobachten.

Eliza erstarrte jäh. Das Mondlicht warf verzerrte Schatten, doch mit einem Mal schien es ihr, als wäre das Tier, das da im Halbdunkel kauerte, gar nicht Sheba. Angst überkam Eliza. Langsam und vorsichtig bewegte sie sich einen Schritt auf die Veranda und die Sicherheit der Hintertür zu. Sofort machte das Tier ebenfalls einen Schritt nach vorn und verharrte dann wieder lauernd.

Plötzlich vernahm Eliza ein leises, bedrohliches Geräusch. Es klang wie das Knurren eines Hundes, nur wilder und gefährlicher. Eliza wollte um Hilfe rufen, aber ihre Stimme versagte. Sie zitterte am ganzen Leib. Vorsichtig warf sie einen Blick zur Veranda – und ihre Augen weiteten sich, als sie Sheba ängstlich unter einem Stuhl kauern sah.

Vor Schreck setzte ihr Herz einen Schlag aus. Sie hatte es geahnt, aber nicht für möglich gehalten: Das Tier, das da im Halbdunkel lauerte, war nicht Sheba. Und wenn die Hündin Angst hatte, hatte auch sie selbst allen Grund dazu …

Elizas Gedanken rasten. Ihr blieb nur die Möglichkeit, die Flucht zu ergreifen. Sie musste zum Haus, so schnell sie konnte. Aber war das zu schaffen, ohne dass das Tier sie anfiel? Hatte sie überhaupt den Mut dazu? Langsam, dachte sie, ich muss mich ganz langsam fortbewegen.

Eliza holte tief Luft und ging Schritt für Schritt rückwärts auf das Haus zu. Sie versuchte, nicht auf das bedrohliche Tier zu achten, das sie im Mondlicht beäugte, als wäre sie seine nächste Mahlzeit. Jeden Augenblick rechnete Eliza damit, angegriffen zu werden. Sie betete, dass Sheba dann den Mut fand, sie zu verteidigen.

Als sie die Hintertür erreichte, drehte sie sich um, drückte sie auf und huschte ins Haus, gefolgt von der völlig verängstigten Sheba.

Sekundenlang stand Eliza wie gelähmt da und starrte durch das Fliegengitter nach draußen. Sie hörte, wie ihre Tante im Hintergrund Sheba begrüßte. Was immer in der Nähe des Gemüsegartens gewesen war, war mit einem Mal verschwunden. Eliza konnte das Tier nicht mehr sehen. Es hatte ausgesehen wie ein Hund, nur größer, wilder und viel bedrohlicher.

Konnte es der Tiger gewesen sein? Auf keinen Fall würde sie irgendjemandem davon erzählen.

12

Tilly spülte die Suppenteller ab, als George in die Küche kam. Brodie war auf sein Zimmer gegangen, um sein Gewehr zu reinigen, und Katie und Eliza unterhielten sich in Katies Zimmer.

»Kann ich dir helfen?«, fragte George.

»Ich bin fast fertig«, sagte Tilly.

George machte sich trotzdem daran, die gespülten Teller in den Küchenschrank zu räumen.

»Wer hätte gedacht, dass der schüchterne Junge, den ich aus der Schule kannte, mir eines Tages in der Küche hilft«, sagte Tilly und lächelte bei dem Gedanken, wie scheu George einst gewesen war.

George sah verlegen aus. »Ich war hoffnungslos in dich verliebt«, gab er zu. »Aber du und Richard, ihr wart so vernarrt ineinander, dass ich keine Chance hatte.«

Jäh schwand Tillys Lächeln, und sie ließ den Kopf hängen.

George erkannte seinen Fehler augenblicklich. »Tut mir leid. Das hätte ich nicht sagen sollen.«

Nach ein paar Augenblicken angespannten Schweigens fragte Tilly zögernd: »Wie geht es Richard eigentlich? Siehst du ihn manchmal in der Stadt?«

»Es geht ihm sehr gut. Er war erst gestern bei mir im Büro.«

Tillys Herz schlug schneller. »Ist er … meinst du, er ist glücklich?« Sie konnte sich nicht vorstellen, dass eine so egoistische Frau wie Henrietta ihn glücklich machte, aber sie musste diese Frage stellen.

»Ich nehme es an.« George zuckte die Achseln. »Er macht sich allerdings Sorgen um Eliza. Es ist das erste Mal, dass sie mit einem Auftrag unterwegs ist.«

»Es ist ganz normal, dass er besorgt um sie ist«, sagte Tilly und versuchte, nüchtern zu klingen. Typisch, dass es nicht ihre egoistische Schwester Henrietta war, die sich Sorgen um das Mädchen machte, sondern Richard!

George hätte Tilly zu gern gefragt, was zwischen ihr und Henrietta vorgefallen war und wieso Richard nicht sie, sondern Henrietta geheiratet hatte. Doch er war überzeugt, dass es mit Tillys Unfall zu tun hatte, und er brachte nicht den Mut auf, dieses Thema anzuschneiden.

»Ich glaube, Richard und Eliza stehen sich sehr nahe«, sagte er stattdessen.

»Sie ist ein reizendes Mädchen«, sagte Tilly.

»Irgendwie schafft sie es bei mir immer, ihren Willen zu bekommen«, sagte George. »Auch wenn sie meine Geduld mitunter auf eine harte Probe stellt. Um die Wahrheit zu sagen, erinnert sie mich an mich selbst, als ich in ihrem Alter war. Sie ist genauso entschlossen, wie ich es damals gewesen bin, um an eine gute Story zu kommen, aber sie würde niemals dafür über Leichen gehen wie manch anderer. Leider werden die Reporter heutzutage immer skrupelloser, und ich bin mir nicht sicher, ob Eliza den nötigen Biss hat, es mit ihnen aufzunehmen.«

»Aber du wirst ihr doch eine Chance geben?«

»Natürlich. Deswegen ist sie hier in Tantanoola. Ehrlich gesagt, war es mir bis gestern gar nicht bewusst, aber sie erinnert mich auch an dich.«

Tilly blickte ihn überrascht an. Sie und Eliza hatten vieles gemeinsam, aber dass jemand eine Ähnlichkeit zwischen ihnen sah, hätte sie nicht vermutet.

»Wie ich sehe, glaubst du mir nicht«, fuhr George fort. »Aber Eliza ist tatsächlich wie du. Sie ist eigenwillig und unabhängig, und sie kann fast jeden um den Finger wickeln, wenn sie es sich in den Kopf setzt.«

Tilly lächelte, verspürte aber auch einen Anflug von Traurigkeit. Der Unfall hatte sie nicht nur ihres guten Aussehens beraubt und ihr Richard weggenommen – er hatte ihr auch die Möglichkeit genommen, eine Tochter wie Eliza zu haben. Und Tilly war sicher, dass sie eine bessere Mutter wäre als Henrietta.

»Genau diese Eigenschaften könnten Eliza zum Erfolg verhelfen«, fügte George hinzu.

Eine Weile plauderten sie noch, dann beschloss Tilly, schlafen zu gehen. Sie wünschte George eine gute Nacht und machte sich auf den Weg zu ihrem Zimmer. Als sie an Katies Zimmertür, die nur angelehnt war, vorbeikam, hörte sie, wie ihr Name fiel. Unsicher blieb sie stehen.

»Meinst du wirklich, Mom hatte Angst, wir könnten Tante Tilly begegnen? Wollte sie deswegen nicht, dass wir nach Tantanoola fahren?«, fragte Katie ihre Schwester.

»Auf jeden Fall«, erwiderte Eliza, die beschlossen hatte, vorerst nicht von ihrer unheimlichen Begegnung draußen vor dem Haus zu erzählen. Wahrscheinlich war es nur ein streunender Hund gewesen – der Tiger ganz sicher nicht. Falls Brodie davon erfuhr, zog er womöglich mit seinem Gewehr los.

»Sag mal, hast du eine Ahnung, was zwischen Mom und Tante Tilly vorgefallen sein könnte?«, fragte Katie.

Tilly erstarrte. Was wusste Eliza – falls überhaupt? Die Wahrheit jedenfalls konnte das Mädchen unmöglich kennen.

»Ich habe keine Ahnung, was zwischen den beiden gewesen ist«, sagte Eliza.

»Es muss etwas Schreckliches gewesen sein«, sagte Katie. »Ich kann mir jedenfalls nicht vorstellen, dich jemals so sehr hassen zu können, dass ich dich nie wiedersehen will. Vielleicht hat Tante Tilly noch eine andere, boshafte Seite.«

»Das glaube ich nicht«, sagte Eliza überzeugt. »Niemals.«

»Du kennst sie noch nicht lange. Woher willst du wissen, wie sie wirklich ist?«, erwiderte Katie.

Tilly stockte der Atem. Tränen traten ihr in die Augen. Wie konnte Katie sie für boshaft halten? Trauer überfiel Tilly, und sie schluchzte auf, als sie zu ihrem Zimmer ging.

Eliza horchte erschrocken auf. »Hast du das auch gehört?«

»Was?«, fragte Katie.

»Da ist jemand auf dem Flur …«

Eliza spähte genau in dem Augenblick aus der Tür, als Tilly dabei war, in ihr Zimmer zu huschen. Augenblicklich begriff Eliza, dass ihre Tante einen Teil ihres Gesprächs mit Katie gehört hatte.

»Tante Tilly …«, rief Eliza erschrocken.

Tilly hielt inne. »Ja?«, sagte sie, schon halb in der Tür.

»Ich … ich dachte, ich hätte etwas gehört. Ist alles in Ordnung mit dir?«

»Ja, es geht mir gut«, sagte Tilly. »Aber entschuldige mich jetzt bitte, Eliza, ich bin sehr müde. Gute Nacht.« Ohne sich noch einmal umzudrehen, verschwand sie in ihrem Zimmer und schloss die Tür hinter sich.

Eliza fühlte sich schrecklich, aber was konnte sie tun?

Tilly brauchte ein paar Augenblicke, um die Fassung wiederzuerlangen. Dann öffnete sie die unterste Schublade ihrer Kommode, schob ein paar Stricksachen beiseite und holte ein kleines Gemälde hervor. Sie entfernte das braune Papier, in das es eingeschlagen war. Das Bild war von einem Schulfreund gemalt worden, einem Künstler namens Vincent Borlaise. Tilly hatte seit Jahren nicht mehr an ihn gedacht. Schon auf der Schule war Vincent eine schillernde Persönlichkeit gewesen, ein übermütiger französischer Junge, der gern abenteuerlich bunte Kleidung trug. In der Stadt ging das Gerücht, seine Mutter sei Varietétänzerin im Moulin Rouge gewesen. Sein Vater war Bildhauer, Vincents jüngere Schwester hatte Schauspielerin werden wollen.

So hatte es niemanden verwundert, dass die Familie Borlaise nicht auf dem Lande blieb, sondern bald nach Vincents Schulabschluss nach Sydney gezogen war, wo Vincent und sein Vater eine Galerie eröffnen wollten. Vincent, so hieß es, sei inzwischen ein erfolgreicher und anerkannter Künstler geworden.

Das Gemälde war ein sehr schönes Porträt von Tilly und Richard. Vincent war es gelungen, auf der Leinwand das Glück und die Liebe festzuhalten, die sie füreinander empfanden; ihre Gefühle waren deutlich in ihren Augen zu sehen. Tilly hatte es jahrelang nicht vermocht, sich das Gemälde anzuschauen. Jetzt, während sie in Richards markantes Gesicht blickte, kamen mit Macht die Erinnerungen; alte Gefühle erwachten mit einem Mal wieder zum Leben und versetzten Tilly zwanzig Jahre zurück in die Vergangenheit. Richard aufzugeben war die schlimmste und bitterste Entscheidung ihres Lebens gewesen, doch sie hätte es nicht ertragen können, das Mitleid in seinen Augen zu sehen, wenn er ihre Narben sah. Eher wäre sie durchs Feuer gegangen.

Ein Gefühl der Trauer um ihre verlorene Schönheit überkam sie und verursachte einen quälenden Schmerz in ihrer Brust. Auf dem Gemälde sah ihre Haut so makellos aus wie Porzellan, und sie strahlte vor Lebenskraft…

Tilly trat an den Frisiertisch und hob langsam das Tuch an, das den Spiegel verhüllte. Auf den ersten Blick sah sie fast normal aus. Tilly berührte die eine Seite ihres Gesichts nicht gern, es fühlte sich seltsam uneben an. Es blieb eine ständige Erinnerung an die Verletzungen, die sie erlitten hatte. Tilly hatte sich den Kiefer, das Schlüsselbein und den Arm gebrochen, aber das alles war im Laufe der Zeit verheilt. Der emotionale Schaden und die Narben jedoch würden sie immer begleiten.

Zaghaft steckte Tilly sich das Haar hinter die Ohren. Sie schluchzte auf. Warum war ihr etwas so Fürchterliches zugestoßen?

George, der auf dem Weg zu seinem Zimmer gerade an Tillys

Tür vorüberging, hörte ihr Schluchzen. Er erschrak. Was war passiert? Ohne nachzudenken, klopfte er an Tillys Tür und öffnete sie.

Tilly löschte rasch das Licht.

»Matilda? Was ist los?« Im Dunkeln konnte er kaum etwas erkennen. »Ist alles in Ordnung?«

»Ja«, stieß sie kurz angebunden aus. »Lass mich bitte allein. Gute Nacht.«

George schwieg einen Augenblick verwirrt. »Bist du sicher? Ich dachte, ich hätte dich weinen hören.«

»Es ist nichts. Mach bitte die Tür zu, George.«

»Es tut mir leid, wenn ich dich vorhin aus der Fassung gebracht habe, Matilda.«

Tilly seufzte. »Das hast du nicht, George. Du hast mich nur an ein anderes Leben erinnert, das ich einmal geführt habe ... ein Leben, zu dem ich nie mehr zurückkehren kann.«

»Wir haben alle einmal ein Leben geführt, zu dem wir nicht zurückkehren können, Matilda.« George wollte noch etwas hinzufügen, beschloss dann aber, es nicht zu tun. »Gute Nacht!», sagte George sanft und schloss behutsam die Tür.

Allein im Dunkeln, dachte Matilda über Georges Worte nach. Auf einmal schämte sie sich dafür, so selbstmitleidig zu sein.

Als Matilda am nächsten Morgen aufstand, saß George bereits am Küchentisch und trank Tee.

»Guten Morgen«, sagte sie, verwundert, ihn zu sehen, da sie immer sehr früh auf den Beinen war. »Konntest du nicht schlafen?«

»Ich schlafe schon seit Jahren nicht mehr gut«, gab George zu.

»Warum nicht?«

»Man kann sich nur schwer daran gewöhnen, allein zu schlafen, wenn man verheiratet war.« Die Worte waren George herausgerutscht, ehe er sich bremsen konnte, und er begriff augenblicklich, dass er schon wieder ins Fettnäpfchen getreten war. »Tut mir leid …«, fügte er hastig hinzu.

»Was sollte dir leidtun, George? Ich bin diejenige, die sich entschuldigen sollte. Du hast verloren, was dir am liebsten und teuersten war. Ich hingegen habe nur ein hübsches Gesicht verloren.«

George war schockiert von ihrem Kommentar. »Du solltest nicht herunterspielen, was du durchgemacht hast, Matilda. Nicht mir zuliebe. Ich war nur ein junger Reporter, als du deinen Unfall hattest, aber ich werde es niemals vergessen. Dass du den Schmerz und das Trauma überstanden und dir dabei deinen gesunden Verstand bewahrt hast, macht dir alle Ehre.«

»Manchmal bin ich mir nicht so sicher, was meinen gesunden Verstand betrifft«, sagte Matilda mit einem verlegenen Lächeln. »Im Ernst, George, ich spiele nicht herunter, was ich durchgemacht habe, aber ich musste mal daran erinnert werden, dass manche Leute viel Schlimmeres hinter sich haben als ich, und mit Selbstmitleid kann ich nichts erreichen. Du hast mir vor Augen geführt, dass es vieles gibt, wofür ich dankbar sein muss. Ich habe ein schönes Zuhause, ein gutes Leben, meine Freunde, meine Tiere … und ich leiste einen Beitrag zum Gemeindeleben in der Stadt. Ich sollte endlich aufhören, der Vergangenheit nachzutrauern. Und jetzt«, sagte sie lächelnd, »was hättest du gern zum Frühstück?«

Als Eliza aufstand, spazierten George und ihre Tante bereits durch den Obstgarten und redeten und lachten über die alten Zeiten, während Brodie Chandler hinter dem Haus in der Nähe des Gemüsegartens Spuren untersuchte, fast an derselben Stelle, an der Eliza ihre beängstigende Begegnung mit dem fremdartigen Wesen gehabt hatte.

»Was tut er denn da?«, murmelte sie. Hatte das Tier, das sie gesehen hatte, Abdrücke von Pfoten oder Tatzen hinterlassen? Sie beobachtete Brodie ein paar Minuten lang, bis Tilly und George sich zu ihm gesellten. Eliza schlich zur Hintertür, um zu hören, was Brodie entdeckt hatte. Sie wusste, dass ihr Chef ihn fragen würde. George war zu lange Reporter gewesen, um seine Zunge im Zaum halten zu können.

Seltsamerweise war es Tilly, die als Erste das Wort ergriff. »Was sehen Sie sich denn da an, Brodie?«, wollte sie wissen.

Brodie wollte sich nur ungern äußern.

»Es sind Tierspuren, stimmt's?« George beugte sich hinunter, um sie genauer zu betrachten.

»Ja, so ist es«, sagte Brodie leise. Er richtete sich auf und sah sich um.

»Sind die Spuren vom Tiger?«, fragte Tilly, beunruhigt von dem Gedanken, dass ein solch gefährliches Tier so nahe an ihrem Haus gewesen war.

»Schwer zu sagen«, entgegnete Brodie vorsichtig. Er wollte vor George nicht allzu viel preisgeben. Doch die Spuren ähnelten anderen, die er gesehen hatte, auch wenn er sicher war, dass sie nicht von einem Tiger stammten. Aber von was für einem Tier waren sie dann? Brodie wusste es nicht. Die Spuren waren ganz anders als alles, was er bisher gesehen hatte.

»Mit deinen Hühnern und Ziegen war heute Morgen alles in Ordnung, Matilda, oder?«, fragte George.

»Ja, alles bestens«, sagte Tilly mit einem Blick auf die Gehege. »Eliza hat die Ziegen über Nacht in den Stall gesperrt, und der Draht des Hühnergeheges war unversehrt. Ich glaube nicht, dass ein Tier versucht hat, hier einzudringen.«

»Was immer diese Spuren hinterlassen hat – irgendetwas oder irgendjemand muss es verscheucht haben«, sagte Brodie. Er konnte sich schon denken, wer es gewesen war.

»Sheba scheint heute Morgen nicht sie selbst zu sein«, sagte Tilly mit einem Blick auf die Hündin, die unruhig den Boden beschnüffelte und dann zurück zur Veranda lief, wo sie sich in eine Ecke kauerte. »Wenn ich es mir recht überlege, kam Sheba mir gestern Abend schon ein wenig verängstigt vor, als sie ins Haus kam. Ich dachte, es wäre wegen der vielen neuen Gesichter, aber vielleicht hat irgendetwas hier draußen sie in Angst versetzt.«

Als Brodie aufblickte, sah er Eliza an der Hintertür stehen. »Eliza!«, rief er.

Eliza trat ins Freie. »Guten Morgen«, sagte sie betont lässig und versuchte, ihre Nervosität zu überspielen. Brodie hatte sie bereits zurechtgewiesen, als sie ihm nichts von den Pfotenabdrücken gesagt hatte, die sie neben dem Höhleneingang gesehen hatte; deshalb konnte sie jetzt unmöglich erwähnen, dass genau an der Stelle, an der er stand, ein seltsames, bedrohliches Tier gekauert hatte.

»Ist Ihnen gestern Abend etwas Ungewöhnliches aufgefallen, als Sie hinausgegangen sind, um Sheba zu holen?«, fragte Brodie.

»Etwas Ungewöhnliches?«, fragte Eliza ausweichend. Das Herz schlug ihr bis zum Hals, und sie wich seinem Blick aus. Im Moment konnte sie ihm nicht die Wahrheit gestehen. »Nein, mir ist nichts aufgefallen«, log sie.

»Gut. Ich will nichts über diese Pfotenabdrücke in der Zeitung lesen«, sagte Brodie, wobei er von George zu Eliza blickte. »Matilda kann hier keine Horde Schaulustiger gebrauchen, die ihre Nase in alles hineinstecken.«

»Ich gebe mein Wort, dass nichts darüber geschrieben wird«, sagte George. »Weder von mir noch von Eliza.«

»Ich danke euch«, sagte Tilly.

»Fährst du heute wieder zur Austellung in die Stadt, Tante Tilly?«, fragte Eliza, um endlich das Thema zu wechseln.

»Ja. Von den Mitgliedern des Komitees für die Landwirtschaftsausstellung wird erwartet, dass sie anwesend sind. Aber es besteht kein Grund zur Eile.«

»Ich begleite dich«, sagte Eliza. Sie wandte sich an ihren Chef. »Wenn der Tiger von jemandem in der Stadt gesehen wurde, wird es sich rasch herumsprechen.«

»Das stimmt. Also gut, Eliza. Mischen Sie sich unters Volk, und stellen Sie Fragen. Mal sehen, was Sie erfahren können«, sagte George. »Ich muss heute den Zug zurück nach Mount Gambier nehmen. In der morgigen Ausgabe möchte ich einen Bericht über die Landwirtschaftsausstellung bringen. Und ich werde mir den Artikel ansehen, den Sie mir am Freitagabend geschickt haben, Eliza.« George warf einen Blick auf Tilly. »Ich bin dir wirklich sehr dankbar, dass ich hier übernachten durfte, Matilda.«

»Ich bin froh, dass du gekommen bist, George. Es war mir ein Vergnügen, dich hier bei uns zu haben.« Tilly errötete wie ein Schulmädchen. Es hatte ihr gut getan, mit jemandem über die Vergangenheit zu reden; es hatte sogar ihre Einstellung zum Leben verändert – zwar nur ein ganz klein wenig, aber auf sehr bedeutsame Weise.

»Ich habe meinen Aufenthalt hier sehr genossen«, sagte George. »Vielleicht kann ich ein andermal wieder zu Besuch kommen.«

»Jederzeit, und das meine ich ehrlich. Aber ich hoffe, du wirst Eliza noch ein bisschen länger bei mir bleiben lassen. Ich bin sicher, sie wird dir eine gute Story liefern.«

George erkannte, dass es Matilda sehr viel bedeutete, Eliza bei sich zu haben. »In Ordnung. Ich kann sie noch ein paar Tage entbehren.« Er dachte bereits daran, am nächsten Wochenende vielleicht wiederzukommen.

In diesem Augenblick erschien Katie. Sie wirkte noch völlig verschlafen. »Guten Morgen allerseits«, rief sie von der Hintertür. »Fährst du heute Morgen in die Stadt, Eliza?« Katie hatte von einem gewissen jungen Reporter geträumt und brannte darauf, ihn wiederzusehen.

»Ja, mit Tante Tilly«, erwiderte Eliza ein wenig ungehalten. Sie wusste genau, warum ihre Schwester unbedingt in die Stadt wollte, und sie war nicht gerade erfreut darüber.

»Wann geht es denn los, Tante?«, fragte Katie aufgeregt. Sie dachte bereits darüber nach, was sie anziehen sollte.

»In einer halben Stunde«, antwortete Tilly. Sie versuchte zu verdrängen, was Katie am Abend zuvor gesagt hatte. Man konnte nicht ändern, was das Mädchen von ihr dachte; außerdem war Katie Henriettas Tochter und nicht ihre. Sie wandte sich an Brodie. »Werden Sie uns begleiten?«

»Ja. Vielleicht hat jemand den Tiger in der Nacht gesehen, obwohl ich da meine Zweifel habe.«

»Wir nehmen doch den Wagen, oder?«, bettelte Katie. Die Vorstellung, in ihren guten Schuhen zwei Meilen laufen zu müssen, gefiel ihr ganz und gar nicht.

»Nein«, sagte Tilly rasch.

»Was?« Katie riss die Augen auf. »Warum können wir denn nicht den Wagen nehmen?«

»Ich könnte Nell vor den Wagen spannen«, schlug Brodie vor. »Dann würde die Fahrt für uns alle bequemer.«

Tilly sah ihn bestürzt an. Sie war zwar am Tag zuvor mit dem Wagen gefahren, das hieß aber nicht, dass sie ihre Ängste schon überwunden hatte. Nun suchte sie verzweifelt nach einem Vorwand, besser zu Fuß zu gehen. Doch so fieberhaft sie auch nachdachte, ihr fiel nichts ein.

George wusste, dass die Postkutsche die Ursache für Tillys Furcht war. »Ich werde an deiner Seite sein, Matilda«, sagte er. »Aber wenn du lieber zu Fuß gehen möchtest, ist das natürlich in Ordnung.«

»Nein, ist schon gut. Wir können den Wagen nehmen«, gab Tilly klein bei, dankbar für sein Verständnis. Sie warf einen Blick auf Brodie. »Sie werden den Wagen doch auch auf dem Rückweg fahren?« Sie stellte sich vor, neben George zu sitzen oder auf der Rückfahrt zwischen ihren beiden Nichten. So würde sie die Fahrt schon ertragen können – solange sie nur die Räder nicht sah.

»Ja, sicher«, sagte Brodie.

Wenig später brachen sie auf. Tilly saß zwischen Brodie und Eliza, während George und Katie hinten Platz genommen hatten.

Sie hatten das Ende der Auffahrt noch nicht erreicht, als Sheba ihnen bellend hinterherlief.

»Du bleibst, Sheba«, rief Tilly. Sie hatte Angst, die Hündin könnte unter die Räder des Wagens kommen. »Lauf nach Hause!«

Sheba dachte gar nicht daran.

»Ich weiß nicht, was mit ihr los ist«, sagte Tilly verärgert und bat Brodie anzuhalten. Sie überlegte, ob sie die Hündin ins Haus sperren sollte.

»Kann sie denn nicht mitkommen, Tante?«, fragte Eliza. »Sie hat bestimmt Angst, weil …« Im letzten Augenblick verkniff sie sich, das Furcht erregende Tier zu erwähnen, das sie am Abend zuvor gesehen hatte.

»Es werden viele Leute in der Stadt sein, und ich kann Sheba nicht ständig im Auge behalten«, sagte Tilly.

Eliza wusste, dass die Hündin am Abend zuvor schreckliche Angst gehabt hatte, genau wie sie selbst. »Ich werde auf sie aufpassen, Tante«, versprach sie.

»Na schön. Aber du nimmst sie besser an die Leine. Die Leine hängt in der Sattelkammer, neben den Pferdebürsten.«

Eliza stieg vom Wagen und lief zur Sattelkammer, Sheba hielt sie dicht bei sich.

»Da fällt mir ein … Ich glaube, ich hab die Leine woandershin gehängt. Ich helfe Eliza beim Suchen«, sagte Brodie. Ihm war Elizas Beinaheausrutscher nicht entgangen, und er wollte der Sache auf den Grund gehen. Er reichte George die Zügel und stieg vom Wagen.

Eliza war in der Sattelkammer und sah sich nach der Leine um, als Brodie hereinkam. »Sie haben gestern Abend irgendetwas gesehen, stimmt's?«, überrumpelte er sie.

Eliza fuhr erschrocken herum, eine Hand auf dem Herzen. »Wie kommen Sie darauf?«, fragte sie atemlos. Sie konnte spüren, wie ihr die Röte heiß in die Wangen stieg.

»Sie sind besorgt wegen Sheba, und die Hündin ist sehr unruhig. Behalten Sie das, was Sie gesehen haben, vielleicht für sich, damit Sie es in Ihrem Zeitungsartikel bringen können?«

In Eliza stieg Zorn auf. Wie konnte er sie für so durchtrieben halten? Sie war enttäuscht, dass er so schlecht von ihr dachte. »Unsinn. Ich habe keinen Tiger gesehen, ich schwöre es.« Sie sprach die Wahrheit: Was sie gesehen hatte, war zwar Furcht einflößend gewesen, aber mit Sicherheit kein Tiger.

»Was haben Sie *dann* gesehen?«

»Nur ein … einen Nachbarshund. Sheba schien ihn nicht zu mögen, aber meine Tante sagt, sie würde läufig und dass andere Hunde sich in ihrer Nähe herumtreiben.«

»Warum haben Sie nicht gesagt, dass Sie einen Nachbarshund gesehen haben, wenn es bloß das war?«, forschte Brodie nach.

»Ich … wollte meine Tante nicht beunruhigen. Sie will nicht, dass Sheba Welpen bekommt.«

Brodie betrachtete sie einen Augenblick, ehe er nach der Leine griff, die hinter Eliza an einem Haken hing. Wortlos reichte er sie ihr. Als er so nahe vor ihr stand und ihr in die Augen schaute, schlug Elizas Herz plötzlich schneller. Ein paar Sekunden lang blickten sie einander schweigend an. Eliza sah, dass Brodies Blick zu ihren Lippen schweifte. Würde er sie küssen? Der Gedanke war erregend und beängstigend zugleich.

»Die anderen warten«, flüsterte Eliza atemlos.

Brodie trat widerstrebend zur Seite, um sie vorbeizulassen. Er hatte sie küssen wollen und war sich sicher gewesen, dass auch Eliza es gewollt hatte. Er nahm sich vor, in Zukunft vorsichtiger zu sein. Sich mit Eliza einzulassen würde ihm die Arbeit erschweren. Und er war schließlich hier, um den Tiger zu jagen.

Während Eliza mit weichen Knien zum Wagen ging, fragte sie sich, was soeben zwischen ihr und Brodie geschehen war. Ihr wurde bewusst, dass sie von ihm geküsst werden *wollte* – und dass Brodie es getan hätte, hätte sie nicht im letzten Augenblick gekniffen.

Als sie in die Stadt fuhren, unterhielt Tilly die anderen mit Geschichten über die Tricks und Schliche mancher Farmer, um bei der Landwirtschaftsausstellung einen Preis zu gewinnen. Tillys Nervosität war unüberhörbar, doch George war der Einzige, der wirklich wusste, weshalb.

Ungefähr auf halbem Weg in die Stadt begann Tilly, sich ein wenig zu entspannen. »Es sind nur Gerüchte, aber vor ein paar Jahren stand eine Nachbarin von mir, Millie Anderson, im Verdacht, Clara Beaumonts Hennen am Tag der Landwirtschaftsausstellung mit scharfen roten Chilisamen gefüttert zu haben. Ihr könnt euch denken, was passiert ist? Der Chili ist den Hühnern auf den Magen geschlagen, und sie haben den Preisrichtern auf die Hände gesch… nun, sie haben sich erleichtert.«

Die anderen lachten.

»Was haben die armen Hennen gelitten!«, sagte Tilly. »Es war erbärmlich. Clara musste sie in Wasser setzen, um ihre Hinterteile abzukühlen.«

»Das ist ja widerlich«, sagte Katie.

»Warum wurde diese Millie Anderson denn verdächtigt?«, fragte Eliza interessiert.

George hatte genau dieselbe Frage stellen wollen. Es freute ihn, dass seine junge Reporterin eine gute Nase dafür bewies, die richtigen Fragen zu stellen, um zum Kern der Sache vorzudringen.

»Millie kann ein Chili-Pickle machen, das dir ein Loch in den Gaumen brennt. Niemand sonst in der Stadt oder draußen auf den Farmen baut Chili an, also war sie die naheliegende Verdächtige.«

»Warum ist Millie nicht dafür bestraft worden, dass sie das Geflügel der Konkurrenz außer Gefecht gesetzt hat?«, fragte Eliza.

»Es konnte nicht bewiesen werden. Clara fand im Hühnerdreck zwar etwas, was nach Chilisamen aussah, aber niemand konnte nachweisen, woher sie stammten.«

»Haben Millies Hennen denn eine Auszeichnung bekommen?«, wollte George wissen.

Tilly kicherte. »Nein, sie sind Millie ausgebüchst und wahrscheinlich in verschiedenen Kochtöpfen gelandet.«

Als sie in die Stadt kamen, war vor dem Hotel die Hölle los. Eine Menschenmenge hatte sich versammelt; alle schrien durcheinander. Brodie hielt den Wagen an, und sie stiegen ab. Als sie sich der Menge näherten, hörten sie wüste Beschimpfungen und Anschuldigungen. Offenbar hatten Jock Milligan und zwei andere Farmer wieder Schafe als vermisst gemeldet – dieses Mal waren es besonders viele.

Kaum hatten die Farmer Brodie erblickt, rannten sie wütend auf ihn zu.

»Wo haben Sie gestern Nacht gesteckt, als unsere Schafe verschwunden sind?«, rief einer, und ein anderer schimpfte: »Wofür bezahlen wir Sie eigentlich?«

Brodie konnte nicht glauben, dass der Tiger so viele Schafe getötet haben sollte, während die Stadt voller Menschen war. »Hat jemand den Tiger auf seinem Grundstück gesehen?«, fragte er.

»Nein, aber die Bestie hatte in dieser Nacht mit Sicherheit viel zu tun!«, schnaubte Jock Milligan wütend.

»Sind Sie sicher, dass Ihre Schafe von dem Tiger gerissen wurden?«, fragte Brodie. »Ein Tiger könnte so viel Fleisch in einer Nacht gar nicht fressen.«

»Ich glaube, er findet Geschmack an Blut und tötet jetzt nur zum Spaß«, behauptete Jock.

»Haben Sie denn irgendwelche Überreste gefunden?«, fragte Brodie.

»Ich habe ein paar Schaffelle gefunden«, antwortete Jock. »Es muss sofort etwas geschehen! Wenn der Tiger in diesem Tempo weitermordet, sind wir alle bald pleite.« Im Stillen verfluchte er Mannie Boyd. Ohne Mannie hätte er noch immer seine Grube – und zweifellos inzwischen einen Tiger darin.

Brodie wandte sich an Ryan Corcoran. »Ist gestern Abend jemand in den Pub gekommen, der den Tiger gesehen hat?«

»Ja, mehrere Leute. Aber Constable Wessex hat bereits alle vernommen, die etwas gemeldet haben. Und da sie betrunken waren, hat er ihren Behauptungen nicht allzu viel Glauben geschenkt.«

Constable Wessex, der örtliche Polizeibeamte, kam herbei und zückte sein Notizbuch. Er war in Mount Gambier stationiert, für die Dauer der Landwirtschaftsausstellung jedoch nach Tantanoola abkommandiert. Im Allgemeinen gab es nur hier und da einen Betrunkenen, um den er sich kümmern musste; deshalb schien er froh über die Abwechslung zu sein.

»Es könnte ein Schafdieb sein, der frei herumläuft«, behauptete Marty Shears.

»Wir dürfen keine voreiligen Schlüsse ziehen«, meinte Constable Wessex. »Ich werde der Sache nachgehen müssen.«

Die Farmer schüttelten verärgert den Kopf. In diesem Augenblick fuhr Noah, der Aborigine, mit seinem Karren vorbei. Eliza wollte ihn gerade grüßen, als einer der Farmer ihm hämisch zurief:

»Hattest gestern wohl Lamm zum Abendessen, was, Rigby?«

Noah blickte verwirrt zu den Männern hinüber; dann senkte er den Kopf und fuhr rasch weiter. Das höhnische Gelächter der Männer folgte ihm.

Eliza traute ihren Ohren nicht. Sie blickte ihre Tante an. »Warum sind die Leute so gemein zu Noah?«, flüsterte sie.

In Tillys Augen funkelte Zorn. »Er ist der einzige Aborigine in der Stadt. Jedes Mal, wenn etwas schiefgeht, steckt Noah die Prügel dafür ein. Er tut mir leid, aber ich kann nicht viel dagegen tun.«

Katie schien das alles nicht zu interessieren. Sie reckte den Hals und hielt nach Alistair McBride Ausschau, doch er entdeckte sie zuerst und bahnte sich durch das Gedränge einen Weg zu ihr.

»Guten Morgen, Katie«, sagte er mit einem strahlenden Lächeln.

»Guten Morgen«, erwiderte Katie errötend.

»Sind Sie für den Tag in der Stadt?«, fragte er.

»Ja …«

Eliza beobachtete das Spielchen voller Zorn. Alistairs Anwesenheit ärgerte sie fast ebenso sehr wie das unschuldige Getue ihrer Schwester. »Haben Sie keinen Artikel zu schreiben?«, fragte sie Alistair.

»Das Gleiche könnte ich Sie fragen«, gab er kalt zurück. »Vielleicht sollten Sie mal darüber schreiben, dass hier an allen Ecken und Enden Schafe verschwinden, während der Jäger damit beschäftigt ist, Damen wie Sie durch die Stadt zu geleiten.«

Eliza schäumte vor Wut.

Als Alistair Sheba entdeckte, die zu Elizas Füßen saß, beugte er sich zu Katie hinunter, die über seine schlagfertige Bemerkung kicherte. »Will sie mit diesem Köter beim Wettbewerb um das hässlichste Tier in Tantanoola antreten?«, fragte Alistair zynisch.

Katie lachte. Eliza funkelte sie zornig an, ergriff ihren Arm und zerrte sie weg.

»Was soll das?«, rief Katie und riss ihren Arm los.

»Ich bewahre dich vor einem Schicksal, das schlimmer ist als der Tod«, stieß Eliza wütend hervor.

»Ich mag Alistair«, rief Katie trotzig.

»Thomas hat in seiner großen Zehe mehr Charme und Aufrichtigkeit als dieser Mann in seinem ganzen Körper«, sagte Eliza.

»Da bin ich mir nicht so sicher«, gab Katie schmollend zurück.

»Halt dich fern von ihm, Katie«, beschwor Eliza sie.

»Warum sollte ich?«

»Er bringt nur Ärger.«

»Das kannst du doch gar nicht wissen. Dass er dein Rivale bei der Zeitung ist, heißt noch lange nicht, dass ich ihn unsympathisch finden muss. Außerdem muss ich unterschiedliche Männer kennen lernen, um herauszufinden, ob es die richtige Entscheidung wäre, Thomas zu heiraten.«

»Ich glaube nicht, dass das die richtige Vorgehensweise ist, Katie. Vielleicht solltest du in deinem Herzen nach einer Antwort forschen. Und wenn du so versessen darauf bist, andere Männer kennen zu lernen, dann sieh dich doch einfach um. Es gibt überall Männer. Nette, aufrichtige Männer. Warum muss es unbedingt so einer wie Alistair McBride sein?«

Katie achtete nicht auf Elizas Worte. Sie war zu beschäftigt damit, Alistair kokett anzulächeln.

»Du meine Güte!«, stieß Eliza entnervt aus. »Da kann ich ja gleich Selbstgespräche führen.«

13

Eliza ließ Katie stehen und machte sich auf den Weg, George Kennedy am Bahnhof zu verabschieden. Der Zug war eine halbe Stunde zuvor mit etlichen Fahrgästen eingefahren und würde jeden Augenblick wieder nach Mount Gambier zurückfahren.

»Wenn Sie meine Eltern sehen, richten Sie ihnen bitte aus, dass ich gesund und munter bin und sie sich keine Sorgen machen sollen«, rief Eliza ihrem Chef zu.

»Mach ich«, versprach George. Katie hatte ihn auch schon beiseitegenommen und gefragt, ob er den Dickens auf der Sunningdale-Farm eine Nachricht überbringen könne, und er hatte es versprochen. »Wenn bis zum nächsten Wochenende keine dramatischen Entwicklungen eintreten, komme ich vermutlich nach Tantanoola zurück«, sagte George so beiläufig wie möglich. »Nur um zu sehen, wie es Ihnen ergangen ist.«

Eliza wunderte sich, als sie sah, dass seine Wangen gerötet waren. Sie begriff, dass er nicht zurückkommen wollte, um nach ihr zu sehen. Er hatte einen anderen Grund. »Sie haben sich gefreut, die Bekanntschaft mit meiner Tante zu erneuern, stimmt's?«, fragte sie lächelnd, worauf er noch mehr errötete.

»Ja. Als wir zusammen zur Schule gingen, hatte ich sie sehr gern«, gab er zu, verlegen auf seine Schuhe starrend.

»Warum haben Sie sie damals dann nicht gefragt, ob sie mit Ihnen ausgehen möchte?«

George hob verwundert den Blick. Elizas forsche Neugier war er inzwischen gewöhnt. »Ich konnte es nicht…«, sagte er.

»Alles einsteigen!«, rief der Zugführer.

»Warum nicht?«, fragte Eliza. Ihr Chef war ein gut aussehender Mann. Sie konnte sich nicht vorstellen, dass ihre Tante ihn abgewiesen hätte.

»Ich hätte keine Chance gehabt. Matilda und Ihr Vater waren einmal sehr verliebt ineinander.« Schnell stieg George in den Zug.

»*Was?*« Eliza verschlug es den Atem.

In der Tür drehte George sich noch einmal um und blickte Eliza verwundert an. »Wussten Sie das nicht?«

»Nein, woher denn?« Schlagartig begriff Eliza, weshalb Tilly und ihre Mutter sich nicht verstanden.

»Vielleicht hätte ich nichts sagen sollen«, murmelte George schuldbewusst. Er erkannte, dass er möglicherweise einen Fehler begangen hatte.

Der Zug setzte sich langsam in Bewegung, sodass Eliza keine Gelegenheit mehr hatte, weitere Fragen zu stellen, obwohl ihr der Kopf davon schwirrte.

»Im Lauf der Woche höre ich von Ihnen, in Ordnung?«, rief George und winkte Eliza zu.

Sie nickte stumm und winkte zurück, während sie beobachtete, wie der Zug in der Ferne verschwand, doch in Gedanken war sie bei der Bemerkung, die George über ihren Vater und Tante Tilly gemacht hatte. Sie war fassungslos, wusste aber nicht, was sie davon halten sollte.

Als der Zug nicht mehr zu sehen war, schob Eliza den Gedanken an ihren Vater und Tilly vorerst beiseite und ging zu Katie zurück. Brodie gesellte sich zu ihnen.

»Ich kann Matilda nirgends finden«, sagte er zu Eliza, »aber ich will mich rasch auf den Farmen umsehen, von denen Schafe verschwunden sind. Würden Sie ihr bitte sagen, dass ich in etwa einer Stunde zurück bin?«

»Ja, natürlich« sagte Eliza.

»Danke. Dann bis nachher.« Brodie ging davon.

Eliza wandte sich an ihre Schwester. »Gehen wir ein bisschen spazieren.«

»Ich will hierbleiben«, schmollte Katie, die Alistair unentwegt im Auge behielt.

Die Menge zerstreute sich allmählich, doch Alistair schien nicht die Absicht zu haben, sich den anderen anzuschließen; er blieb und warf Katie flirtende Blicke zu.

»Wenn du dir von diesem Mann den Kopf verdrehen lassen willst, dann mach es wenigstens nicht so offensichtlich!«, zischte Eliza. »Ein bisschen mehr Stolz hätte ich wirklich von dir erwartet.« Wenn sie bei ihrer Schwester mit Druck schon nichts ausrichten konnte, wollte Eliza zumindest an Katies Selbstachtung appellieren.

»Na schön«, stieß Katie verärgert hervor, während sie sich von Eliza wegführen ließ. »Warum bist du eigentlich so schlecht gelaunt?«

»Ich bin nicht schlecht gelaunt. Es ist nur … Ich hab vorhin etwas erfahren, das mich sehr schockiert hat.«

»Was denn?«, fragte Katie neugierig.

Eliza zögerte. »Mr. Kennedy hat mir eben erzählt, dass Dad und Tante Tilly auf der Schule sehr verliebt ineinander waren.«

»So ein Unsinn! Er hat sicher gemeint, dass Dad und *Mom* verliebt waren.«

»Nein, er meinte Dad und Tante Tilly. Er dachte, ich wüsste es – aber woher hätte ich das wissen sollen? Mom hatte offensichtlich nie die Absicht, darüber zu sprechen.«

»Vielleicht stimmt es ja wirklich«, sagte Katie nachdenklich. »Das könnte die Erklärung dafür sein, weshalb Mom und Tante Tilly sich nicht leiden können.«

Eliza durchfuhr ein Gedanke. »Du glaubst doch nicht etwa, dass Mom Tante Tilly Dad ausgespannt hat?«

»Ich weiß nicht … könnte doch sein?«, sagte Katie.

Eliza fragte sich, ob ihr Vater ihrer Tante das Herz gebrochen hatte. Hatte er ihre Beziehung vielleicht sogar nach Tillys Unfall beendet, weil sie entstellt gewesen war?

»Wirst du zu Tante Tilly etwas davon sagen?«, fragte Katie.

»Ich bin mir nicht sicher. Ich muss erst über die ganze Sache nachdenken. Aber sag *du* nichts. Diplomatie ist nicht gerade deine Stärke.«

Katie warf ihrer Schwester einen vernichtenden Blick zu. »Ich habe Wichtigeres im Kopf.«

»Ich hoffe, du sprichst nicht von Alistair McBride.«

Katie wollte ihr gerade antworten, sie solle sich um ihre eigenen Angelegenheiten kümmern, als Tilly, die nicht weit entfernt an einem umzäunten Sportplatz stand, die Mädchen rief. Sie sah den Springreitern zu und gab ihren Nichten ein Zeichen, sich zu ihr zu gesellen. Tilly hatte Gefallen am Spring- und Dressurreiten, Eliza ebenfalls, doch es dauerte nur ein paar Augenblicke, bis Katie zu quengeln anfing.

»Wirklich, Eliza, du bist genau wie Dad«, maulte sie. »Er kann sich den ganzen Tag Pferde anschauen, aber mich langweilen sie zu Tode. Ich habe ein Schild gesehen, dass im Gemeindesaal der Kirche Handarbeiten ausgestellt werden. Das würde ich mir viel lieber anschauen.«

Eliza konnte sich nichts Schlimmeres vorstellen. Sie hatte sich nie für Sticken oder Stricken interessiert, während Katie und ihre Mutter sich stundenlang damit beschäftigen konnten. »Geh nur«, sagte Eliza. »Ich schaue mir mit Tante Tilly die Pferde an.« Hauptsache, Katie war nicht in Alistair McBrides Nähe. Und dass sie Alistair bei den Handarbeitsständen über den Weg laufen würde, war unwahrscheinlich.

Doch Katie wollte sich die Handarbeiten natürlich nur kurz ansehen und dann wieder nach Alistair Ausschau halten – aber das musste ihre Schwester ja nicht wissen. Sie vereinbarten, sich eine Stunde später vor der Kirche zu treffen, und Katie eilte fröhlich davon.

Eliza sah ihr kopfschüttelnd nach. »Ich hoffe, sie handelt sich keinen Ärger ein. Als sie noch mit Thomas Clarke ausging, war sie mir lieber. So, wie es im Moment aussieht, könnte ich nicht sagen, was sie als Nächstes tut.«

»Na ja, bei den Handarbeitsständen kann sie sich nicht viel Ärger einhandeln«, sagte Tilly. »Warum bist du nicht mitgegangen?«

»Ich interessiere mich nicht besonders fürs Nähen oder Stricken, aber ich bewundere Leute, die malen können. Warum hast du nicht ein paar deiner Bilder mitgebracht, um sie hier in der Stadt zu zeigen?«, fragte Eliza.

»Ich habe dem Komitee fast jedes Jahr vorgeschlagen, eine Gemäldeausstellung zu machen, doch die Idee wurde nie allzu begeistert aufgenommen. Und ich allein habe für eine Ausstellung noch nicht genug zustande gebracht. Noah wäre der Richtige. Er ist ein begnadeter Maler. Aber du hast ja selbst gesehen, wie die Leute zu Noah sein können.« Während sie sprach, steuerte Tilly auf eine Bank zu und setzte sich. Die Sonne war inzwischen zum Vorschein gekommen, und es war ziemlich warm, eine Ankündigung des nahenden Frühlings. Eliza setzte sich zu ihrer Tante, und Sheba streckte sich zu ihren Füßen aus.

»Noah tut mir wirklich leid«, sagte Eliza, in Gedanken wieder bei dem, was zuvor passiert war. »Es ist abscheulich, wie die Leute in der Stadt ihn behandeln.«

Weder Tilly noch Eliza bemerkten Alistair McBride, der auf der Suche nach Katie war. Er entdeckte die beiden Frauen auf der Bank neben dem Heuschober, der als behelfsmäßiger Stall für die beim Springreiten startenden Pferde diente. Alistair hätte ihnen keine Beachtung geschenkt, doch sie schienen in ein angeregtes Gespräch vertieft zu sein, was die Neugier des Reporters in ihm weckte. Der Heuschober war auf zwei Seiten offen, und die Bank, auf der Tilly und Eliza saßen, befand sich auf der anderen Seite einer Wellblechwand. Zwei abgesattelte Springpferde standen in dem Schober; ihre Reiter schauten gebannt den Konkurrenten zu. Alistair tat, als würde er sich für die Pferde interessieren, während er sich so hinstellte, dass er Tillys und Elizas Gespräch belauschen konnte. Vielleicht schnappte er irgendetwas Brauchbares für seinen Artikel auf.

»Diese rassistischen Sticheleien dauern schon an, seit ich hier bin«, sagte Tilly.

»Es ist ein Unding, dass immer auf ihm herumgehackt wird, nur weil er ein Aborigine ist!«, schimpfte Eliza.

Alistair erkannte rasch, dass sie über Noah sprachen, ein für ihn uninteressantes Thema. Er wollte sich schon davonschleichen, als er Tilly sagen hörte:

»Er ist nur ein halber Aborigine. Sein Vater war Weißer, auch wenn das offenbar keine Rolle spielt.«

»Ich dachte mir schon, dass er kein reinblütiger Aborigine ist«, sagte Eliza. Auch wenn Noah eine breite Nase und Kraushaar hatte – seine Haut war nicht so dunkel wie die anderer Aborigines.

»Wenn die Verrückten in dieser Stadt die Wahrheit über seine Herkunft wüssten, würden sie ihn vermutlich aus der Stadt verjagen oder aufhängen«, sagte Tilly bedrückt.

Jetzt war Alistairs Interesse geweckt.

»Was meinst du damit?«, fragte Eliza verwundert.

»Noah hat mir im Vertrauen erzählt, sein Vater sei Barry Hall«, sagte Tilly.

Alistairs Augen weiteten sich.

»Der Barry Hall?« Eliza konnte es nicht glauben. Hall war in ganz South Australia und Victoria berüchtigt.

»Pssst«, machte Tilly, wobei sie den Blick schweifen ließ, um sich zu vergewissern, dass niemand in der Nähe war. »Ja, sein Vater ist Barry Hall, der Bushranger.«

»Wurde der nicht schon vor langer Zeit gehängt?«

»Ja, im Gefängnis von Adelaide. Er hatte mehrere Schwerverbrechen begangen, darunter Mord, aber er war auch ein Schafdieb. Daher kannst du dir sicher vorstellen, warum Noah nicht versessen darauf ist, dass seine Herkunft ans Licht kommt. Die Leute reden immer noch über Barry Hall.«

»Ich verstehe. Noah hat mir erzählt, er sei von einem der hiesigen Stämme, den Bunganditji, und dieser Stamm wiederum sei einer der größten Clans auf dem Land der Ngarringjeri.«

»Das stimmt. Noahs Mutter stammte vom Bunganditji-Clan, und er hat seine Jugend dort verbracht. Als er alt genug war, um zu arbeiten, ist er eine Weile durchs Land gezogen, bevor er sich in Tantanoola niederließ. Seine Mutter, Betty, ist vor etwa zehn Jahren gestorben. Ich bin ihr ein paar Mal begegnet, als der Clan hier vorbeikam. Sie war ein echtes Original, aber ich habe keine Ahnung, wie es dazu kam, dass sie sich mit jemandem wie Barry Hall eingelassen hat.«

Wieder ließ Tilly den Blick in die Runde schweifen; dann fuhr sie fort: »Es gäbe eine Katastrophe, wenn die Leute in der Stadt das mit Noahs Vater erfahren sollten. Sie sind so schon schlimm genug. Ich glaube, sie würden den armen Noah lynchen!«

»Ich werde zu keiner Menschenseele ein Wort sagen, Tante. Ich kenne Noah kaum, aber ich mag ihn sehr, und ich finde es abscheulich, wie er behandelt wird.«

»Da hat du recht«, pflichtete Tilly ihr bei.

Alistair konnte sein Glück kaum fassen. Das Gespräch, das er belauscht hatte, war eine wahre Goldgrube! Er eilte zurück zu seinem Zimmer im Hotel. Er sah nicht einmal Katie, die vor dem Gemeindesaal der Kirche stand und ihm zuwinkte.

Noah Rigbys Vater war also Barry Hall – der Bushranger. Was für eine Story! Barry Hall war ein berüchtigter Schafdieb, Postkutschen- und Bankräuber gewesen. Wenn Alistair sich recht erinnerte, hatte sich ein mutiger Bankangestellter in der Kleinstadt

Saddleworth geweigert, Barry Geld auszuhändigen, und war von dem Räuber erschossen worden. Wegen dieses Mordes hatte man Barry Hall gehängt.

Was für eine Story! Und das Beste von allem – er hatte die Geschichte von Eliza und ihrer Tante bekommen! Alistair kam aus dem Grinsen gar nicht mehr heraus.

Eliza reckte den Hals, um zu sehen, ob sie Katie irgendwo entdecken konnte. »Ich hoffe, Katie läuft nicht wieder McBride über den Weg«, sagte sie.

»Das wird sie vermutlich, und du kannst es nicht verhindern«, sagte Tilly.

»Es gibt so nette junge Männer. Warum muss es ausgerechnet Alistair sein?«

Tilly zuckte die Schultern. »Du kannst nicht leugnen, dass er ein ansehnlicher Kerl ist. Nicht so gut aussehend wie Brodie Chandler, wenn du mich fragst, aber deine Schwester ist offenbar in ihn verschossen.«

»War meine Mutter in dem Alter eigentlich so wie Katie?«, fragte Eliza.

»Ja. Katie erinnert mich an Henrietta«, sagte Tilly.

»Habt ihr beide, du und Mom, euch je nahegestanden?« Eliza konnte sehen, dass die Frage ihrer Tante nicht behagte, und fügte hinzu: »Ich frage nur, weil Katie und ich ziemlich verschieden sind. Du und Mom – ihr scheint ebenso verschieden zu sein.«

»Steht ihr beide euch denn nicht nahe?«, fragte Tilly, um die Aufmerksamkeit von sich selbst abzulenken.

»Eigentlich nicht. Es ist schwer, wenn man nur wenig gemeinsam hat, und Katie und ich sind wie Feuer und Eis. Ich liebe sie, weil sie meine Schwester ist, aber ich stehe Dad näher als Mom oder Katie.«

Tilly nickte. »Du bist eher wie dein Vater«, sagte sie wehmütig.

Eliza wollte sie zu gern nach der Liebesaffäre mit ihrem Dad fragen, musste sich der Sache jedoch behutsam annähern. »Katie will gerne eine Familie gründen, während ich mich immer nur für meine Arbeit und die Jagd nach aufregenden Geschichten interessiert habe… nicht dass es in Mount Gambier viele aufregende Geschichten gibt. Ich kann dir gar nicht sagen, wie oft ich schon Ärger mit Mr. Kennedy hatte, weil ich irgendwelchen ›Klatsch‹ geschrieben habe, wie er es nennt.«

Tilly musste lächeln, als sie daran dachte, wie George zu ihr gesagt hatte, Eliza würde ihn mitunter zur Verzweiflung treiben.

»Hast du dich gefreut, deine Schulzeit mit Mr. Kennedy wiederaufleben zu lassen?«, fragte Eliza.

»Oh, das habe ich!«, erwiderte Tilly. »Sehr sogar!«

»Ihr müsst in der Schule gut befreundet gewesen sein.«

»Nun ja, wir kannten uns, aber wir standen uns nicht besonders nahe. Obwohl… er hat zugegeben, dass er ein bisschen in mich verliebt gewesen ist.« Tilly lächelte. »Du würdest nicht glauben, wie schüchtern er war.«

»Schüchtern? Mr. Kennedy?« Eliza konnte sich nicht einmal annähernd vorstellen, dass ihr poltriger Chef als junger Mann schüchtern gewesen sein sollte.

»Er hat sich sehr verändert«, sagte Tilly. »Wir alle.« Trotzdem – man hätte den Eindruck gewinnen können, George sei noch immer interessiert an ihr. Doch Tilly war sicher, dass das nicht der Fall war. Nicht nach all den Jahren – und mit ihrem verunstalteten Gesicht.

»Weiß du, was ich ihn gefragt habe?«, sagte Eliza.

»Was denn?«, fragte Tilly gespannt.

»Warum er dich nicht gefragt hat, ob du mit ihm ausgehen willst, als ihr auf der Schule wart.«

Tilly blieb die Luft weg. »Das hast du doch nicht wirklich getan!«

»Doch. Er ist rot geworden wie ein Schuljunge, wenn er nur

deinen Namen genannt hat. Deshalb war meine Neugier geweckt.«

Tilly schüttelte den Kopf, musste aber unwillkürlich lächeln.

Eliza beobachtete ihre Tante genau, ehe sie fortfuhr: »Er sagte, er hätte dich nicht gefragt, weil du und mein Vater ineinander verliebt wart…« Jetzt war es heraus. Eliza wartete ängstlich auf Tillys Reaktion.

Für einen Moment spiegelte sich Bestürzung auf Tillys Gesicht. Sie hatte keine Ahnung, was sie darauf erwidern sollte; deshalb sah sie zu Sheba hinunter. »Ist das ein Schock für dich?«

»Dann stimmt es also?«

»Wir waren ineinander verliebt, ja, aber das ist lange her, und ich will lieber nicht darüber reden.« Tilly erhob sich.

»Ich glaube, ich begreife allmählich, warum es die Feindseligkeit zwischen dir und Mom gibt«, sagte Eliza und stand ebenfalls auf.

Tilly sah sie schweigend an, die Lippen zusammengekniffen.

»Sag mir nur eins, Tante Tilly. Hat mein Vater dir das Herz gebrochen?«

»Ich habe es dir doch gesagt, Eliza, ich will nicht darüber reden.«

In Elizas Augen war das Antwort genug, und diese Antwort lautete Ja. Wie kann Dad das getan haben?, fragte sie sich. Er konnte doch nicht so kalt, so herzlos und egoistisch gewesen sein, dass er die Beziehung beendet hatte, nachdem Tilly so entsetzlich entstellt worden war? Eliza *musste* es wissen!

»Ich will mal sehen, ob mein Eingemachtes einen Preis gewonnen hat«, sagte Tilly, verzweifelt bemüht, weiteren Fragen nach Richard und Henrietta aus dem Weg zu gehen. »Wir treffen uns wie vereinbart vor der Kirche.« Sie eilte davon, als wäre der Teufel hinter ihr her.

Eliza hoffte, ihre Tante nicht allzu sehr aus der Fassung gebracht zu haben. Doch auch sie selbst stand noch immer unter dem Schock der Neuigkeit. Damit hätte sie im Traum nicht gerechnet. Vor allem eine Frage quälte sie: Wie war ihr Vater letztendlich mit ihrer Mutter zusammengekommen, wenn er doch in ihre Tante verliebt gewesen war? Vater musste Tilly verlassen haben. Doch Eliza konnte nicht glauben, dass ihr Vater so herzlos gewesen war.

Sie ging in Richtung Kirche, in Gedanken vertieft, als sie mit Brodie zusammenstieß.

»Hoppla!«, sagte er und hielt sie fest. »Sie sind ja auf einem ganz anderen Stern, Eliza. Worüber grübeln Sie nach?« Er fragte sich, ob es ihr »Beinahe-Kuss« war.

»Ach, nichts«, sagte Eliza geistesabwesend.

Brodie musterte sie besorgt. Eliza sah blass aus.

»Was ist los?«, fragte er.

»Ich habe nur über ein Gespräch nachgedacht, das ich mit meiner Tante geführt habe«, erwiderte sie und wechselte das Thema, um sich von ihren eigenen sorgenvollen Gedanken abzulenken. »Haben Sie auf den Farmen etwas gefunden, was darauf hindeutet, dass dort ein Tiger gewesen ist?«

»Nein«, sagte Brodie. »Das zerfetzte Schaffell auf Jocks Grundstück war mindestens zwei Tage alt, und auf den anderen Farmen habe ich nichts entdeckt, was darauf schließen lässt, dass der Tiger Schafe gerissen hat.« Auf John Wards Grundstück hatte er zwar ein Stück niedergerissenen Zaun entdeckt, aber das konnte ebenso gut das Vieh gewesen sein. Brodie hatte auch nach Hinweisen wie Tigerspuren und sogar nach den Fußabdrücken von Schafdieben Ausschau gehalten, aber nachdem John Ward überall herumgetrampelt war, hatte er sämtliche Spuren verwischt, die Brodie vielleicht hätte finden können.

»Was glauben Sie, was mit den verschwundenen Schafen passiert ist?«

»Ich bin mir nicht sicher.«

»Kann es sein, dass sie von jemandem gestohlen wurden?«

»Möglich. Aber das können Sie nicht in einer Zeitung drucken – nicht ohne Beweise.«

Eliza war ein bisschen verärgert, dass er ihr nicht vertraute. »Ich hatte nicht die Absicht, einen Artikel darüber zu schreiben.« Warum sah er eigentlich immer nur die Reporterin in ihr und nicht eine Frau mit Gefühlen?

»Hallo!«, rief Mary Corcoran und kam zu ihnen. »Ich habe Sie schon gesucht, Mr. Chandler.«

»Was gibt es denn?« Brodie erwartete, dass jemand sich wegen des Tigers gemeldet hatte.

»Ihr Zimmer ist jetzt wieder bewohnbar. Den Teppich muss ich allerdings irgendwann auswechseln, er riecht ein bisschen muffig. Aber Sie können jederzeit zurückkommen.«

»Heute geht das leider nicht mehr. Ich habe den Wagen für Matilda in die Stadt gefahren und muss ihn wieder zurückbringen.«

»Das ist kein Problem. Morgen ist es mir auch recht, solange ich weiß, dass Sie kommen. Aber wenn Sie nicht möchten, kann ich das Zimmer auch an jemand anders vermieten. Ich hatte viele Anfragen.«

»Matilda war so freundlich, mich bei sich aufzunehmen, aber ich bin sicher, sie wird ebenso froh sein, wenn ich wieder verschwinde«, sagte Brodie.

»Das stimmt nicht«, sagte Eliza mit Nachdruck. »Meine Tante hat Sie gern bei sich.«

Mary sah Eliza verdutzt an, die prompt errötete.

»Nun …«, sagte Mary, »morgen ist mir jedenfalls recht, Mr. Chandler. Wir sehen uns dann.« Sie warf noch einen seltsamen Blick auf Eliza, ehe sie sich entfernte.

»Wenn sie das Zimmer so leicht vermieten kann, wie sie behauptet, weiß ich wirklich nicht, warum sie Sie löchert«, sagte Eliza, während sie beobachtete, wie Mary zurück ins Hotel ging.

»Ich würde nicht sagen, dass sie mich gelöchert hat«, entgegnete Brodie. »Ich glaube, sie wollte nur höflich sein, weil das Zimmer ja ursprünglich für mich reserviert war.«

Eliza schnaubte. Sie wusste, dass ihre Tante sich nicht freuen würde, wenn Brodie ging – und sie selbst schon gar nicht. »Ist Ihnen die Ruhe im Hanging Rocks Inn denn nicht lieber?«

»Doch, aber das Hotel liegt zentraler«, antwortete Brodie.

»Wie Sie wollen«, sagte Eliza. Sie ärgerte sich, dass er nur an das Praktische dachte. Hätte er nicht etwas Nettes über Tillys Gasthaus oder Elizas Gesellschaft sagen können?

Brodie war verwirrt von ihrer Reaktion, sagte jedoch nichts. Er fragte sich, ob er sie unbeabsichtigt beleidigt hatte, fand aber keine Antwort.

Wenig später trafen sie Katie und Tilly vor der Kirche und machten sich auf den Heimweg zum Hanging Rocks Inn. Katie schien bedrückt zu sein; Tilly war ebenfalls schweigsam.

»Hast du mit deinem eingemachten Obst einen Preis gewonnen, Tante Tilly?«, fragte Eliza, nachdem sie eine Zeitlang schweigend gefahren waren.

»Mit den Pflaumen habe ich den zweiten Platz belegt«, erwiderte Tilly einsilbig.

»Und du?«, wandte Eliza sich an ihre schweigsame Schwester. Sie hatte den Verdacht, dass Katies schlechte Laune etwas mit Alistair McBride zu tun hatte. »Wie haben dir die Handarbeiten gefallen?«

»Was kümmert dich das denn?«, fauchte Katie.

»Was ist denn mit dir los? Warum bist du so verbiestert?«

»Wer sagt denn, dass ich verbiestert bin?«

»Das ist nicht zu überhören. Hast du Alistair mit einem anderen Mädchen ertappt?«

»Nein, habe ich nicht!«, erwiderte Katie. »Und es ist gar nicht nett, so etwas zu sagen.« In Wahrheit fühlte sie sich gedemütigt, da Alistair sie ignoriert hatte, als sie ihm zugewinkt hatte. Es schien beinahe so, als hätte er es eilig gehabt, von ihr wegzukommen.

Die restliche Fahrt verlief schweigend. Als sie schließlich in die Auffahrt zum Hanging Rocks Inn einbogen, riss Tilly die Augen auf. Vor ihnen stand eine ihrer Ziegen.

»Was tut Dolly denn außerhalb ihres Geheges?«, sagte sie beunruhigt.

Eliza sah, dass sich Shebas Nackenhaare aufgestellt hatten, und sie hörte die Hündin leise knurren.

Brodie hielt den Wagen an und stieg vom Bock. »Warten Sie alle hier, bis ich nachgesehen habe, was los ist«, sagte er und holte sein Gewehr unter der Sitzbank des Wagens hervor.

Dolly stakste auf den Wagen zu. Je näher die Ziege kam, desto ängstlicher wurde Tilly: Sie konnte sehen, dass mit dem Tier etwas nicht stimmte. Dann sahen sie, dass Dolly verletzt war.

Tilly ignorierte Brodies Ermahnung, stieg vom Wagen und eilte zu ihrer Ziege. »Was ist denn mit dir passiert, Dolly?«, rief sie entsetzt. Tilly sah sich die Wunden an und schaute dann zu Eliza. »Ich glaube, sie wurde angegriffen!«

Brodie kam zurück. »Die andere Ziege ist noch im Gehege, aber ein Teil des Zaunes ist eingebrochen.« Er bückte sich und untersuchte Dolly. »Das sind ziemlich tiefe Wunden.«

»Meinen Sie, es war der Tiger?«, fragte Tilly bestürzt.

»Ich glaube nicht. Die Wunden sehen nicht so aus, als stammten sie von den Krallen einer Raubkatze.«

»Vielleicht war es das Tier, das ich gestern Abend gesehen habe«, sagte Eliza.

Tilly richtete sich auf und blickte ihre Nichte fragend an. »Was denn für ein Tier?«

»Ich habe es gestern Abend auf dem Hof gesehen«, gestand Eliza.

»Warum hast du uns nichts davon gesagt?«

»Ich dachte, es wäre bloß ein Nachbarshund.«

»Wie hat das Tier denn ausgesehen?«, fragte Tilly.

»Es war ziemlich groß, und das Fell könnte grau gewesen sein. Ich konnte es nicht erkennen.« Eliza verschwieg, wie bedrohlich das Tier gewesen war, wie kalt sein Blick, als es sie angestarrt hatte, als sollte sie seine nächste Mahlzeit sein.

»Es gibt hier in der Gegend kaum streunende Hunde, und bisswütige schon gar nicht.« Tilly schaute Brodie an. »Irgendein sehr gefährliches Tier hat Dolly das hier angetan, nicht wahr? Das war kein Hund, oder?«

Brodie schwieg einen Augenblick. Dann sagte er: »Ich denke, ich werde noch ein bisschen länger hierbleiben, wenn es Ihnen recht ist, Matilda.«

Tilly sah ihn verwirrt an. »Ja, natürlich. Wollten Sie denn gehen?«

»Heute Morgen hat Mary mir mein früheres Zimmer im Hotel wieder angeboten, aber nachdem ich hinter Ihrem Haus seltsame Spuren gesehen habe und jetzt auch noch das hier passiert ist, sollte ich meine Suche nach dem Tiger besser auf diese Gegend konzentrieren.«

Tilly betrachtete Dolly, entsetzt, in welchem Zustand die Ziege war. »Ich wäre Ihnen sehr dankbar, Brodie. Ich würde mich sicherer fühlen, wenn Sie bei uns blieben, zumindest in den nächsten paar Tagen.«

»Dann ist das ja geklärt«, sagte Brodie. »Sobald ich Nell ausgespannt habe, werde ich den Zaum reparieren.«

»Danke«, sagte Tilly erleichtert.

Brodie machte sich sofort an die Arbeit. Als er außer Hörweite war, fragte Katie: »Ist es dir recht, wenn ich auch noch ein paar Tage bleibe, Tante Tilly?«

»Werden deine Eltern sich denn nicht fragen, wo du bist?« Tilly wollte auf keinen Fall, dass sie kamen und nach ihrer Tochter suchten.

»Ich habe Mr. Kennedy mit einer Nachricht zurückgeschickt, dass ich vielleicht noch ein paar Tage fortbleibe.«

Tilly blickte beunruhigt drein.

»Keine Sorge. Ich habe Mom und Dad geschrieben, dass ich zusammen mit Eliza in einem Gasthaus wohne, das von einer netten Frau geführt wird. Ich habe nicht erwähnt, dass du es bist.«

Tilly war erleichtert. »Also gut«, sagte sie.

14

Am Sonntagabend sattelte George sein Pferd und ritt hinaus zur Sunningdale-Farm. Richard war bei den Ställen und gab dem Stalljungen Anweisungen für den nächsten Tag. Als er das Getrappel des Pferdes in der Auffahrt hörte, trat er ins Freie.

»Guten Abend, Richard«, rief George und schwang sich aus dem Sattel.

»Hallo, George. Schön, dich zu sehen. Wie geht es dir?«

»Danke, bestens.«

»Und Eliza?«

»Eliza geht es gut. Aber sie wird noch ein paar Tage länger in Tantanoola bleiben. Ich bin gekommen, weil Katie mich gebeten hat, dir und ihrer Mutter eine Nachricht zu überbringen.« Er zog das Schreiben aus der Tasche und reichte es Richard, der es mit einem Stirnrunzeln entgegennahm.

Rasch überflog er die Nachricht und atmete erleichtert auf. »Katie und Eliza wohnen im Hanging Rocks Inn bei einer netten Frau. Gott sei Dank. Henrietta wird sich freuen, dass ihre Mädchen gesund und munter sind«, sagte er. »Sie war besorgt, vor allem um Katie. Sie hat die Stadt verlassen, ohne uns von ihren Plänen zu erzählen.«

»Den Mädchen geht es bestens«, versicherte George ihm. »Eliza ist einer guten Story auf der Spur; deshalb würde es mich freuen, wenn sie noch ein paar Tage länger an dem Auftrag arbeiten könnte. Ich hoffe, es ist dir und Henrietta recht.«

»Ja, natürlich«, sagte Richard zerstreut. »Sind dieses Jahr viele Besucher zur Landwirtschaftsausstellung gekommen?«

»Oh, etliche«, antwortete George.

»Hast du Matilda gesehen, als du in Tantanoola warst?« Richard wartete mit angehaltenem Atem auf die Antwort.

George hatte diese Frage erwartet und sich bereits eine Antwort zurechtgelegt. »Ich bin ihr zufällig über den Weg gelaufen.«

Richards Herz schlug schneller. »Ist sie ... wie geht es ihr?« Er brachte die Worte kaum über die Lippen.

»Es geht ihr gut, und sie scheint mit ihrem Leben in Tantanoola zufrieden zu sein. Es war schön, sie nach so langer Zeit wiederzusehen.«

Richard fiel ein Stein vom Herzen, dass Matilda wohlauf war; zugleich war sein Inneres in Aufruhr. »Hat sie nach Henrietta gefragt? Oder nach mir?«

George zögerte. »Sie hat gefragt, ob ich dir in der Stadt begegnet sei«, erwiderte er zurückhaltend. »Ich habe ihr gesagt, ich hätte dich gesehen und dass es dir gut geht.« Dass Matilda ihn gefragt hatte, ob Richard glücklich sei, verschwieg er; Richard sollte nicht den Eindruck erwecken, dass Tilly noch immer etwas für ihn empfand.

»Hat sie sich nicht nach Henrietta erkundigt?«, fragte Richard.

»Sie hat Henrietta gar nicht erwähnt«, antwortete George.

Richard hatte schon immer das Gefühl gehabt, dass vor dem Unfall irgendetwas zwischen den Schwestern vorgefallen war. Er hatte sich seit Jahren den Kopf darüber zerbrochen, doch Henrietta hatte jede Andeutung, zwischen ihr und Matilda könne böses Blut geflossen sein, entschieden zurückgewiesen – was Richard umso mehr verwirrt hatte. Er hatte nie begreifen können, weshalb Matilda nach dem Unfall die Unterstützung ihrer einzigen Schwester abgelehnt hatte. Henrietta war im Grunde die einzige Verwandte, die Matilda in Australien hatte.

Richard hätte zu gern gefragt, wie Matilda aussah, doch er wagte es nicht; es erschien ihm zu persönlich. Er beschloss, das

Thema zu umgehen und zu versuchen, George auf andere Weise Informationen zu entlocken.

»Wie war es für Matilda, jemanden aus ihrer Vergangenheit wiederzusehen?«

»Anfangs schien es ihr ein wenig unangenehm zu sein, aber mir ging es genauso«, antwortete George wahrheitsgemäß. »Es ist viele Jahre her, und mir ist bewusst, dass ich ein paar Pfund zugenommen und reichlich Haare verloren habe. Was Matilda angeht, hat sie sich nicht sehr verändert.«

Richard blickte George verwundert an. »Heißt das, sie ist nicht von Narben gezeichnet?«, fragte er, jede Zurückhaltung fallen lassend.

»Nun, sie kämmt ihr Haar über eine Seite ihres Gesichts – offensichtlich, um die Narben zu verbergen. Ansonsten hat sie sich wenig verändert. Natürlich ist sie ein anderer Mensch geworden, aber das ist nach einem solch schrecklichen Unfall kaum verwunderlich. Anscheinend lebt sie sehr zurückgezogen, aber es scheint ihr zu gefallen«, fügte er hinzu, wobei er versuchte, so zu klingen, als hätten er und Matilda nur ein paar Minuten geplaudert. Er wollte nicht darüber reden, dass er bei Matilda im Hanging Rocks Inn gewohnt hatte; dann hätte Richard gewusst, dass die »nette Frau«, die sich um seine Mädchen kümmerte, Matilda war.

Doch George brannte noch eine Frage auf der Seele, und nun hielt er den Zeitpunkt für gekommen, das Thema zur Sprache zu bringen. »Ich hoffe, du nimmst es mir nicht übel, wenn ich persönlich werde, Richard, aber da du Matilda erwähnt hast und einmal sehr verliebt in sie warst – darf ich dich fragen, warum du ihre Schwester geheiratet hast?«

Richard senkte den Kopf, er gab keine Antwort.

»Ich kann nur vermuten, dass Matilda dich nach ihrem Unfall verstoßen hat«, fuhr George fort.

»Ja, das hat sie«, sagte Richard. »Und ich war so dumm, es

zuzulassen. Henrietta hat mich überzeugt, dass es so am besten sei. Schon bald nach dem Unfall war Matilda verschwunden. In den Wochen und Monaten darauf kamen Henrietta und ich uns näher. Sie war mir eine große Stütze, und ich war einsam. Das hat schließlich dazu geführt, dass wir geheiratet haben.«

»Das hört sich ja so an, als wäre eure Ehe eine Art Zweckgemeinschaft.«

»Das nicht gerade, aber Henrietta wusste von Anfang an, dass ich für sie nicht dieselbe tiefe Leidenschaft empfand wie für Matilda.«

George staunte über Richards Offenheit. »Warum hast du nicht nach Matilda gesucht?«, wollte er wissen.

»Das hatte keinen Sinn mehr, nachdem ich Henrietta geheiratet hatte. Ich wusste, dass Matilda mir das nie verzeihen würde ... und das konnte ich auch nicht von ihr erwarten.«

George wusste nicht, was er darauf erwidern sollte. Richard tat ihm leid. Es war nicht zu verkennen, dass seine Gefühle für Matilda nie erkaltet waren und dass Henrietta nur seine zweite Wahl gewesen war – jemand, der da gewesen war, als er einen anderen Menschen gebraucht hatte. Richard bereute seine Entscheidung von damals offensichtlich, aber er hatte keine andere Wahl, als mit der Reue und dem Schmerz zu leben, wenn auch nur seinen Töchtern zuliebe.

»Ist Henrietta zu Hause?«, fragte George. »Ich sollte ihr guten Abend sagen, ehe ich zurück in die Stadt fahre.«

»Ich glaube, sie ruht sich aus. Aus Sorge um die Mädchen schläft sie in letzter Zeit sehr schlecht«, sagte Richard, doch George wusste, dass mehr dahintersteckte. »Aber auf eine Tasse Tee wirst du doch noch bleiben?«

»Danke für das Angebot, aber ich reite zurück. Ich muss für die morgige Zeitung noch einen Artikel über die Landwirtschaftsausstellung schreiben.« Er verschwieg wohlweislich, dass er Geschichten schreiben würde, die Matilda ihm erzählt hatte.

»Danke, dass du hergekommen bist, um uns wegen der Mädchen zu beruhigen«, sagte Richard.

»Gern geschehen. Ich weiß, was für Sorgen Kinder einem bereiten können, selbst wenn sie erwachsen sind.« George konnte sehen, dass Richards Gedanken schon wieder abschweiften. Wahrscheinlich fragte er sich, ob seine Töchter Matildas Weg gekreuzt hatten – und seine Sorge war berechtigt.

Während Matilda nach dem Abendessen aufräumte, ging Eliza hinaus, um die Hühner über Nacht ins Hühnerhaus zu sperren. Die Ziegen hatte Brodie bereits bei seinem Hengst Angus im Pferdestall untergebracht, da Matilda besorgt wegen der Tiere war.

Eliza hatte eben die letzte Henne in ihr Nachtgehege gescheucht und die Tür fest verschlossen, als sie plötzlich spürte, dass sie beobachtet wurde. Aus unerklärlichen Gründen schauderte sie. Genau dieselbe Situation hatte sie schon einmal erlebt. Langsam drehte sie sich um – und schrie entsetzt auf. Durch den Draht des Außengeheges sah sie den Kopf des seltsamen Tieres, das sie schon einmal gesehen hatte. Diesmal jedoch schien es ebenso viel Angst vor ihr zu haben wie Eliza vor ihm, denn es huschte ein paar Meter davon. Eliza hatte es offensichtlich erschreckt.

Die Stimme der Vernunft schrie Eliza zu, sie solle zum Haus laufen, um sich in Sicherheit zu bringen, doch eine Mischung aus Furcht und Neugier ließ sie verharren. Sie beobachtete das Tier. Es ließ den Kopf hängen, als wäre alle Angriffslust von ihm abgefallen. Zum ersten Mal fiel Eliza auf, dass das Tier langbeinig war und einen schlanken Leib hatte. Es war kein Haustier, denn es sah weder gut genährt noch gepflegt aus. Dieses ausgemergelte Tier war vermutlich nicht einmal imstande, ein Schaf zu reißen. Und der Gedanke, dass es mehrere Schafe gefressen haben könnte, war geradezu lächerlich.

Mit einem Mal empfand Eliza Mitleid mit diesem verängstigten und offensichtlich hungrigen Geschöpf. Ihr fiel ein, dass es in der Vorratskammer altbackenes Brot gab; Tilly hob es für die Hühner auf. Eliza fragte sich, ob das Tier es fressen würde. Sie löste sich aus ihrer Starre, überwand ihre Angst, eilte zur Vorratskammer, holte ein paar Stück Brot und kehrte vorsichtig zum Hühnergehege zurück. Das Tier stand immer noch da. Eliza warf das Brot über den Zaun. Offenbar glaubte das Tier, sie würde mit Steinen nach ihm werfen, um es zu verscheuchen, denn es wich ein Stück zurück.

»Ist ja gut«, rief Eliza besänftigend. Da der Zaun zwischen ihnen war, fühlte sie sich allmählich sicherer.

Offenbar vom Hunger getrieben, kam das Tier langsam wieder vor und näherte sich dem Zaun. Als es das Brot erreichte, schnupperte es daran, schnappte es sich und schlang es herunter.

»Du hast Hunger«, flüsterte Eliza. »Leider habe ich kein Fleisch für dich.«

Das Tier bewegte sich auf das nächste Stück Brot zu, schnappte es sich ebenfalls und eilte damit fort. Eliza sah, dass es auf die Höhlen zulief. Sie blieb noch einen Augenblick stehen und starrte ihm nach, ehe sie zum Haus zurücklief.

Diesmal hatte sie sich das Tier genauer ansehen können. Sie war jetzt sicher, dass es eine Hunderasse war, die sie noch nie gesehen hatte.

»Sind die Hühner weggesperrt?«, fragte Matilda, als Eliza das Haus betrat.

»Ja, Tante, alles in Ordnung«, antwortete sie, um einen beiläufigen Tonfall bemüht.

»Bist du sicher, dass die Tür nicht aufgeht?«

»Keine Angst, Tante Tilly. Ich habe den Riegel mit Draht befestigt.«

Brodie saß am Küchentisch. Eliza konnte spüren, dass er sie beobachtete. Zum Glück war vom Küchenfenster aus nur ein kleiner Teil des Hühnerhofs zu sehen, da er hinter der Sattelkammer und den Ställen versteckt lag, sodass nicht anzunehmen war, dass Brodie beobachtet hatte, was draußen geschehen war.

»Danke, Eliza«, sagte Matilda, »aber ich werde vor Sorge um meine Hennen heute Nacht kein Auge zutun.«

»Machen Sie sich keine Gedanken«, beschwichtigte Brodie sie. »Ich werde die ganze Nacht hindurch immer wieder patrouillieren. Ich halte ein wachsames Auge auf Ihre Hennen.« Er stand auf und steckte sich Munition in seine Jackentasche. Eliza wurde flau im Magen. Der Gedanke, Brodie könnte das halb verhungerte und verängstigte Tier erschießen, das sie in ihrer Angst für eine Bestie gehalten hatte, erschreckte sie.

Brodie schaute zu ihr hinüber und sah, dass sie beunruhigt war. »Stimmt etwas nicht, Eliza?«, fragte er. »Sie sind noch immer der Ansicht, dass ich den Tiger nicht erschießen sollte, nicht wahr?«

»Ja. Es ist schließlich nicht seine Schuld, dass er nicht weiß, wohin er soll, und dass er niemanden hat, der ihn füttert.«

»Füttern? Wir reden hier nicht von einem Haustier, Eliza. Der Tiger ist gefährlich und könnte eines Tages einen Farmer oder eines seiner Kinder töten. Und er tötet mit Sicherheit nicht nur, um Nahrung zu haben. Ein Tier allein könnte die vielen Schafe, deren Überreste ich gesehen habe, gar nicht fressen.«

»Sie versuchen wohl nie, etwas vom Standpunkt eines anderen Menschen aus zu sehen!«, erwiderte Eliza zornig. Hätte Brodie das Tier gesehen, würde er wissen, dass es verängstigt und halb verhungert war.

»Ihr Standpunkt ist mir zu sentimental«, bemerkte Brodie.

Elizas Wangen glühten. »Ich bin lieber sentimental als herzlos«, sagte sie, machte auf dem Absatz kehrt und eilte auf ihr Zimmer.

»Wann wird sie endlich begreifen, dass dieses Tier gefährlich ist, Matilda?«, fragte Brodie.

»Sie liebt Tiere, genau wie ich«, erwidert Tilly, die die Gefühle ihrer Nichte nachempfinden konnte.

»Sagen Sie jetzt bloß nicht, dass Sie Elizas Meinung teilen«, sagte Brodie.

»Nicht nach dem, was mit Dolly passiert ist, nein. Ich hasse es, wenn ein Tier sein Leben verliert, ein Tiger – wenn es einer ist – kann unmöglich neben den Farmern und ihren Familien hier in der Gegend leben.«

»Freut mich, dass Sie die Sache so vernünftig sehen.«

»Seien Sie nicht zu hart zu Eliza. Sie ist jung und idealistisch. Es ist lange her, aber ich kann mich erinnern, dass ich selbst einmal so war. Leider musste ich dann einige der härtesten Lektionen des Lebens lernen, aber meine Nichte ist in vieler Hinsicht noch unschuldig.« Matilda sprach nicht von den Jahren des Schmerzes, die sie durchlitten hatte, von den Knochenbrüchen und Gesichtsverletzungen. Sie dachte eher an den bitteren Verrat der Menschen, die sie geliebt hatte. »Ich hoffe, dass Eliza niemals auf so brutale Weise lernen muss, wie grausam das Leben sein kann«, flüsterte sie.

Am nächsten Morgen stand Eliza früher als gewöhnlich, noch vor allen anderen, auf und schlüpfte leise aus dem Haus. Der Morgen dämmerte, und der rote Himmel versprach einen strahlend schönen Tag. Sie wollte Sarah Hargraves in der Stadt besuchen, aber unbedingt vermeiden, dass Katie sie begleitete.

Als Eliza zum Stall kam, war von dem Tier, das sie am Abend zuvor gesehen hatte, nichts mehr zu sehen, doch sie konnte Spuren am Boden erkennen, dort, wo sie das Brot hingeworfen hatte. Mit einem abgebrochenen Ast verwischte Eliza die Spuren. Sie war sicher, dass Brodie die Fährte des Tieres in der Nacht zuvor im Dunkeln nicht hatte sehen können, sodass es vorerst in Sicherheit war.

Eliza stutzte, als sie einen Blutfleck auf dem Boden entdeckte. Sie schaute rasch nach den Hennen und Ziegen. Es war alles in Ordnung, sodass sie erleichtert aufatmete. War es doch kein Blut gewesen, was sie gesehen hatte?

Bis Tilly aufstand, hatte Eliza die Tiere bereits gefüttert und in den morgendlichen Sonnenschein hinausgeführt, jetzt schickte sie sich an, sich auf den Weg zu machen.

»Du bist früh auf den Beinen, Eliza«, bemerkte Tilly verwundert.

»Ich will heute Morgen in die Stadt, Sarah Hargraves besuchen. Und ich will nicht, dass Katie mich wieder begleitet. Deshalb mache ich mich so früh auf den Weg. Ich kann mich nicht gleichzeitig um meine Schwester sorgen *und* meine Arbeit ordentlich machen.«

»Wenn Katie herausfindet, dass du in die Stadt bist, wird sie dir vielleicht folgen.«

Eliza verdrehte die Augen. »Hoffentlich nicht.«

»Sag mal, hast du die Gewehrschüsse gestern Nacht gehört? Ich dachte, sie hätten dich geweckt und deshalb wärst du so früh auf«, sagte Tilly.

»Gewehrschüsse? Wovon redest du, Tante?«

»Irgendein Tier hat gegen ein Uhr morgens versucht, ins Hühnerhaus einzudringen. Brodie meint, es könnte der Tiger gewesen sein.«

Eliza hatte keinen Schaden am Hühnerhaus entdeckt. »Hat Brodie den Tiger etwa gesehen?«

»Nein, es war zu dunkel. Er kam eben die Auffahrt hoch, als er plötzlich hörte, wie die Hennen zu lärmen begannen. Da hat er sich sein Gewehr genommen und auf das Tier geschossen, als es versuchte, ins Gehege einzudringen. Er hat es aber nicht erlegt. Er vermutet, dass es nur verwundet wurde.«

»O nein!«, sagte Eliza. Dann war es also doch Blut gewesen, was sie auf dem Boden gesehen hatte. »Was ist mit dem Tiger passiert?«

»Brodie nimmt an, dass er sich zum Sterben irgendwohin verkrochen hat. Er hat die unmittelbare Umgebung abgesucht, konnte ihn im Dunkeln aber nicht finden. Er wird weiter nach ihm suchen, wenn er ein wenig geschlafen hat. Sobald er den Tiger findet, wird er ihn von seinem Leiden erlösen.«

»Das ist ja schrecklich«, sagte Eliza, in der Wut aufstieg. »Wie kann er so etwas tun?«

»Ich weiß, du bist dagegen, dass der Tiger erschossen wird, Eliza, aber wir können nicht zulassen, dass er unsere Ziegen und die Schafe der Farmer tötet, vielleicht sogar Menschen. Ich will ja auch nicht, dass er stirbt, aber in diesem Fall sehe ich keine andere Möglichkeit.«

Eliza wusste, dass ihre Tante recht hatte, doch sie konnte ihre Gefühle nicht einfach beiseiteschieben.

»Reitest du auf Nell in die Stadt?«, fragte Tilly.

»Nein, ich gehe zu Fuß. Das wird mir ein wenig Zeit zum Nachdenken geben.«

»Willst du nicht vorher noch etwas essen? Ich werde das Frühstück herrichten«, sagte Tilly. Sie konnte sehen, dass Eliza aufgebracht war, doch sie wusste, dass das Mädchen darüber hinwegkommen würde.

»So viel Zeit habe ich nicht, Tante. Ich werde mir in der Stadt etwas besorgen.«

»Versprichst du es mir?«

»Ja.«

Wenig später machte Eliza sich auf den Weg. Als sie die Straße entlangging, musste sie immer wieder an den Tiger denken, den Brodie angeblich verwundet hatte. War es wirklich der Tiger gewesen? Oder hatte er das Tier verwundet, das in der Nacht so zutraulich das Brot gefressen hatte? Eliza stellte sich vor, wie es unter Schmerzen irgendwo lag. Der Gedanke quälte sie. Sie nahm sich vor, nach dem Tier zu suchen, sobald sie aus der Stadt zurückkam.

Als Eliza Tantanoola erreichte, lief Mary Corcoran ihr über den Weg. Sie trat aus dem Hoftor des Hotels. Die meisten Besucher der Landwirtschaftsausstellung hatten die Stadt bereits wieder verlassen, doch ein paar Familien, die gezeltet hatten, waren noch damit beschäftigt, alles für ihre Abreise zusammenzupacken.

»Guten Morgen, Miss Dickens«, sagte Mary, während sie einen Eimer schmutziges Wasser auskippte. »Sie sind früh in der Stadt.«

»Bei dem schönen Morgen lohnt es sich, früh aufzustehen«, erwiderte Eliza. »Ich wollte Sarah Hargraves besuchen.«

»Oh, ich weiß nicht, ob Sie Sarah zu Hause antreffen«, sagte Mary. »Am Montagmorgen geht sie immer sehr früh auf den Friedhof, um ihren Harold zu besuchen.«

»Harold?«

»Ja, ihren verstorbenen Ehemann. Es ist eine Art Ritual für Sarah, ihn jeden Montagmorgen zu besuchen.«

»Wo ist denn der Friedhof?«, fragte Eliza. »Ich habe ihn noch gar nicht gesehen.«

»Folgen Sie einfach der Straße, dann können Sie ihn nicht verfehlen. Um wie viel Uhr kann ich mit Mr. Chandler rechnen?«

»Ich fürchte, vorerst gar nicht«, sagte Eliza.

»Was? Wieso denn nicht?« Mary war verärgert.

»Eine der Ziegen wurde von einem Raubtier angegriffen, als wir gestern in der Stadt waren, deshalb will er seine Suche auf die Gegend um das Hanging Rocks Inn konzentrieren.«

»Was kümmert ihn denn eine dämliche Ziege, während die Farmer hier in der Gegend Dutzende von Schafen verlieren?«, schimpfte Mary.

»Ich weiß es nicht«, sagte Eliza, die es auf einmal eilig hatte, sich aus dem Staub zu machen. »Ich bin sicher, er wird heute in die Stadt kommen und mit Ihnen darüber reden.«

»Manche Gäste machen mir mehr Mühe, als sie wert sind! Erst Mr. McBride, und jetzt auch noch Brodie Chandler!«

»Was ist denn mit Mr. McBride?«, fragte Eliza verwundert.

»Er ist gestern Abend urplötzlich nach Millicent abgereist.«

Eliza war erstaunt und erfreut zugleich über diese Neuigkeit. »Er kommt doch nicht mehr zurück?«, fragte sie hoffnungsvoll.

»Eigentlich wollte er heute wiederkommen, aber wenn er bis zum Mittag nicht hier ist, vermiete ich sein Zimmer. Zum Wochenanfang kommen oft Handlungsreisende durch die Stadt. Einer wird bestimmt ein Zimmer brauchen, dann kann er das von Mr. McBride haben.«

»Warum ist er denn überhaupt zurück nach Millicent gefahren? Wollte er bei der *South Eastern Times* einen Artikel über den Tiger einreichen?«

»Ja, da war irgendetwas mit einem Artikel. Aber worum es ging, weiß ich nicht. Mr. McBride ist gestern den ganzen Nachmittag und Abend auf seinem Zimmer geblieben und hat sich Notizen gemacht. Nicht einmal mit meiner Pastete konnte ich ihn hervorlocken. Ich wollte wissen, womit er so sehr beschäftigt war, weil er so geheimnisvoll tat, aber ich hab kein Wort aus ihm herausbekommen.«

Eliza wurde misstrauisch.

»Aber wir bekommen heute im Laufe des Tages eine Lieferung der *South Eastern Times* aus Millicent«, sagte Mary. »Ich nehme an, dann werden wir herausfinden, um was es in dem Artikel ging.«

»Ich muss jetzt los, Mrs. Corcoran«, sagte Eliza, die es auf einmal sehr eilig hatte. Wenn sie mit Sarah über den Tiger von Tantanoola sprechen und einen Artikel darüber schreiben wollte, durfte sie keine Zeit verlieren. Allem Anschein nach war Alistair McBride ihr mit einer Story über den Tiger zuvorgekommen. Das würde Mr. Kennedy gar nicht gefallen.

Eliza hatte sich eben von Mary verabschiedet, als sie Noah aus einer der Gassen hinter dem Hotel kommen sah.

»Guten Morgen, Noah«, rief sie.

»Guten Morgen«, erwiderte er kurz. Er hielt den Kopf gesenkt und vermied den Blickkontakt zu ihr.

Eliza sah, dass er gedrückter Stimmung und ziemlich erschöpft war.

»Wir würden uns freuen, wenn Sie mal Zeit hätten, auf eine

Tasse Tee zum Hanging Rocks Inn zu kommen«, sagte Eliza, um Noah ein wenig aufzuheitern, denn sie konnte sich nur zu gut vorstellen, wie schwer er es als Aborigine in dieser Stadt hatte.

Noah blickte auf, und Eliza sah die Traurigkeit in seinen dunklen Augen. »Danke, Eliza. Sie sind sehr freundlich, genau wie Miss Sheehan.«

»Tilly ist meine Tante, Noah, aber das weiß niemand in dieser Stadt. Ich erzähle Ihnen Tillys Geschichte, wenn Sie das nächste Mal ins Hanging Rocks Inn kommen.«

Auf Noahs Gesicht legte sich ein Lächeln. Offenbar freute er sich, dass sie ihm genügend Vertrauen schenkte, um ihn in diese Sache einzuweihen.

»Ich muss jetzt weiter, Noah«, sagte Eliza, »aber bitte kommen Sie uns bald einmal besuchen. Sie sind jederzeit willkommen.«

Noah nickte und machte sich auf den Weg in den Stall, den er hinter dem Hotel für seinen Esel angemietet hatte.

Eliza ging die Straße hinauf, um sich auf die Suche nach Sarah zu machen. Einige Zeit später erreichte sie den Friedhof, etwa anderthalb Meilen außerhalb der Stadt. Sie sah ihn erst, als sie beinahe schon davorstand, da er völlig von Gebüsch überwuchert war. Ungefähr dreißig kleine Grabsteine standen da, umschlossen von einem eingeknickten Zaun. Sarah stand vor einem der Grabsteine, in Gedanken versunken. Sie zuckte zusammen, als Eliza ihren Namen rief. Als sie sich umwandte, schien sie kaum glauben zu können, die junge Frau zu sehen.

»Guten Morgen, Sarah. Mary hat mir gesagt, dass ich Sie hier finde.«

»Sie haben mich fast zu Tode erschreckt, Eliza. Einen Augenblick dachte ich, ein Geist würde zu mir sprechen. Was gibt es denn Dringendes, dass Sie so früh schon in die Stadt kommen? Es ist doch nichts passiert?«

»Nein«, beruhigte Eliza sie. »Ich wollte mit Ihnen über den Tiger reden.« Sie warf einen Blick auf Harolds Grabstein und sah die Lebensdaten. Sie musste die Hingabe bewundern, mit der Sarah seit Jahren jeden Montag dieses Grab aufsuchte.

»Den Tiger? Oh, Kindchen, das ist lange her.«

»Wissen Sie denn noch, wie er ausgesehen hat?« Eliza dachte an das Tier, das um das Hanging Rocks Inn geschlichen war und das sie in der Nacht mit Brot gefüttert hatte. Sie musste daran denken, dass diese arme Kreatur sich nun irgendwo versteckte, verwundet, blutend und unter Schmerzen.

»Nun ja«, sagte Sarah, »ich will versuchen, mich zu erinnern, was ich gesehen habe, aber mein Gedächtnis ist an manchen Tagen nicht so gut. Ich bin schließlich nicht mehr die Jüngste. Und wie ich schon sagte, es ist eine Weilchen her mit dem Tiger.«

»Das heißt, in letzter Zeit haben Sie ihn nicht mehr gesehen?«

»Nein. Und ich glaube auch nicht, dass er noch hier in der Gegend ist.«

»Aber manche Leute in Tantanoola behaupten, ihn kürzlich gesehen zu haben.«

»Die Leute in dieser Stadt haben eine lebhafte Fantasie.«

»Wie hat das Tier denn ausgesehen, das Sie damals beobachtet haben? War es sehr groß, mit schwarz-gelb gestreiftem Fell?«

»Es war groß, soweit ich mich erinnern kann, aber ich könnte nicht mit Bestimmtheit sagen, welche Farbe das Fell hatte. Einmal habe ich es in meinem Garten gesehen, aber das war nachts. Ein andermal habe ich es da drüben gesehen.« Sie wies auf das Feld hinter dem Friedhof. »Es war an einem Montagmorgen, aber das Gras war damals höher, deshalb habe ich nur seinen Kopf sehen können.«

»Könnte das Tier ein großer Hund gewesen sei?«

»Nein«, sagte Sarah. »Niemals.«

»Woher wollen Sie das wissen?«

»Wegen der Geräusche, die es gemacht hat. Es war ein leises, bedrohliches Knurren, aber viel tiefer als das von einem Hund. Wenn es der Tiger war, der vor Jahren aus einem Zirkus ausgebrochen ist, wird er jetzt nicht mehr in dieser Gegend sein, so viel ist sicher.«

»Aber irgendein Tier tötet Schafe hier in der Gegend. Wenn es kein Tiger ist, was ist es dann?«

»Vermutlich sind es Zigeuner.«

»Zigeuner? Ich habe hier noch keine Zigeuner gesehen«, sagte Eliza.

»Sie sind aber hier in der Gegend. Sie würden sie vielleicht nicht als die typischen Wohnwagenzigeuner erkennen, ich aber schon.«

»Was ist mit Jock Milligan und Mannie Boyd? Sie wollen den Tiger ebenfalls gesehen haben.«

»*Das* wird wohl ein Hund gewesen sein«, sagte Sarah abfällig.

Eliza senkte die Stimme. »In der Nähe vom Hanging Rocks Inn habe ich ein seltsames Tier herumschleichen sehen, aber ich weiß nicht, was es ist. Ich habe noch keiner Menschenseele etwas davon gesagt. Erzählen Sie es bitte nicht weiter, Sarah.«

»Das verspreche ich.« Sarahs Neugier war geweckt. »Wie sah es denn aus?«

»Es war groß, mit langen Beinen und schlankem Leib, und hatte ein helles Fell. Es hat zwar bedrohlich geknurrt, aber ich glaube, es war eher verängstigt, und vor allem sehr hungrig. Ich habe ihm etwas altbackenes Brot hingeworfen, und das hat es gefressen.«

»Das klingt nach dem Tier, das Noah einmal gemalt hat«, sagte Sarah.

Sie nahm Elizas Arm, und die Frauen verließen den Friedhof. Sie schlugen den Weg zurück zur Stadt ein.

»Noah hat ein Gemälde von dem Tier?«, fragte Eliza aufgeregt.

»Ja.«

»Glauben Sie, er würde es mir zeigen?«

»Ich bezweifle, dass er das Gemälde noch besitzt. Wahrscheinlich bin ich die Einzige, die es je zu Gesicht bekommen hat.«

Eliza war enttäuscht. »Hat er das Bild an eine Galerie verkauft?«

»Nein«, sagte Sarah. »Soviel ich weiß, wollte er es vernichten. Noah dachte, es könnte das Tier sein, das die Leute in der Stadt für den Tiger halten. Er hat niemandem davon erzählt, deshalb hatte er Angst, er würde Ärger bekommen.«

»Der arme Noah«, sagte Eliza. Sie beschloss, mit ihm über das Tier zu reden, das sie am Hanging Rocks Inn gesehen hatte, und herauszufinden, ob es dasselbe Lebewesen war. »Ich bin mir ziemlich sicher, dass das Tier, das ich gesehen habe, nicht in Australien heimisch ist, Sarah. Aber ich kann mir beim besten Willen nicht vorstellen, woher es gekommen sein könnte.«

»Von einem Schiff natürlich«, sagte Sarah, ohne im Geringsten zu zögern.

Auf den Gedanken war Eliza gar nicht gekommen.

»Sollten Sie nicht für Ihre Zeitung einen Artikel über dieses Tier schreiben?«, fragte Sarah.

»Ja. Aber erst, wenn ich herausgefunden habe, was genau es ist und woher es stammen könnte.«

»Ich habe zu Hause immer noch Harolds Bücher über Schiffbrüche. Sie können sie gern durchsehen. In einigen davon stehen Listen der jeweiligen Fracht, darunter Vieh und wilde Tiere, aber auch Schätze. Wenn ein Schiff vor der Küste Schiffbruch erleidet, muss die Fracht irgendwo angespült werden. Hier vor der Küste hat es etliche Schiffbrüche gegeben, darunter zwei russische Schiffe im letzten Jahr.«

»Stimmt.« Eliza nickte. George Kennedy hatte einen Artikel darüber geschrieben. »Ich muss mehr über die Schiffbrüche herausfinden. Ich werde meinen Chef verständigen. Er kann Informationen dieser Art beschaffen … oder ich fahre für einen Tag nach Mount Gambier zurück.«

Sarah warf einen Blick über die Schulter, als der Friedhof allmählich hinter ihnen verschwand. »Wenn Harold noch leben würde, dann würde er Ihnen helfen. Für solche Dinge konnte er sich begeistern.«

»Wie lange waren Sie verheiratet?«, fragte Eliza.

»Zweiundsechzig Jahre, und es gab keinen Tag, an dem wir nicht wegen irgendetwas unterschiedlicher Meinung waren.«

»Tut mir leid, dass Sie nicht glücklich gewesen sind, Sarah«, murmelte Eliza.

»Oh, wir waren sehr glücklich! Wir waren bloß nie einer Meinung.«

»Warum haben Sie denn dann geheiratet? Wenn man immer unterschiedlicher Meinung ist, kann es doch nicht gut gehen.«

»O doch. Wir haben uns geliebt, und nur darauf kommt es an. Man muss nicht immer einer Meinung sein, um sich zu verlieben. Manchmal passiert es einfach, und man ist machtlos dagegen.« Sarah lächelte. »Wir haben uns kennen gelernt, als wir noch sehr jung waren. Ich war Lehrerin und gerade erst an meine erste Schule berufen worden, an der Harold Schulleiter war. Wie Sie sich vielleicht denken können, war er ein paar Jahre älter als ich. Vom ersten Tag an gerieten wir aneinander. Zugegeben, ich war für eine junge Frau meiner Generation sehr fortschrittlich eingestellt, und Harold war überaus streng, fast schon spießig, zumindest dachte ich das. Er missbilligte meine Methoden, mit den Kindern umzugehen, und ich hielt nichts von seinen strengen Grundsätzen. Ich fand, Kinder sollten ermuntert werden, eigenständig zu denken und zu handeln, anstatt Angst davor zu haben, sie könnten ständig gegen irgendwelche Vorschriften verstoßen. Natürlich hielt Harold mich für rebellisch. Er hat mir jeden Tag damit gedroht, mich zu feuern, an manchen Tagen mehr als einmal. Wenn er sich nicht hoffnungslos in mich verliebt hätte, hätte ich an der St. Margaret's School nicht eine Woche überstanden.«

Elizas Neugier war geweckt. »Wie haben Sie denn herausgefunden, dass er in sie verliebt war?«

Sarah lächelte, als sie zurückdachte. »Eines Tages hatte er mir wieder einmal damit gedroht, mich zu feuern, und er war wirklich wütend – was wiederum *mich* wütend machte. Ich sagte zu ihm: Nur zu, feuern Sie mich! Und wissen Sie, was er darauf erwidert hat? Er sagte, er würde mich nur zu gern vor die Tür setzen, wenn er sich nicht bis über beide Ohren in mich verliebt hätte. Tja, und dann starrten wir uns nur an, völlig entgeistert. Ich konnte nicht glauben, dass er das gesagt hatte – und offensichtlich konnte er selbst es nicht fassen. Es war ihm einfach herausgerutscht.« Sarah kicherte.

»Und was ist dann passiert?«, fragte Eliza.

»Im nächsten Augenblick küssten wir uns. Ich hatte mich auch in ihn verliebt, hatte es aber nicht eingestanden, nicht einmal mir selbst gegenüber. Ich weiß nicht, wie es passiert ist, oder wieso. Aber unsere Beziehung hat sich dadurch nicht verändert. Wir wurden nicht mit Kindern gesegnet, derentwegen wir uns hätten streiten können, aber das hielt uns nicht davon ab, in fast allen anderen Dingen unterschiedlicher Meinung zu sein.«

Eliza konnte kaum glauben, dass eine solche Beziehung so lange Zeit gehalten hatte. Es schien aller Logik und Vernunft zu widersprechen.

»Vergessen Sie eines nicht, Eliza. Wenn ein Mann Sie so um den Verstand bringt, dass Sie nicht mehr wissen, wo Ihnen der Kopf steht, dann passen Sie bloß auf. Eine solche Leidenschaft kann explosiv sein!«

Eliza errötete, als sie begriff, wovon Sarah sprach.

15

Henrietta war so aufgebracht, dass sie das Haus verlassen musste, um nicht völlig den Verstand zu verlieren. Es war Montagmittag, und das ganze Wochenende schon hatte sie sich gegrämt. Die Vergangenheit stürmte wie lange nicht mehr auf sie ein. Katies Nachricht war kaum ein Trost gewesen – im Gegenteil. Angesichts der unzähligen auswärtigen Besucher der Landwirtschaftsausstellung in Tantanoola hatte Henrietta sich einen Hoffnungsschimmer bewahrt, dass ihre Töchter nicht ihrer Schwester Matilda begegneten. Inzwischen jedoch hatte Henrietta diese Hoffnung aufgegeben. Sie war sicher, dass die Wege der Mädchen und Matildas sich längst gekreuzt hatten.

Allein schon bei dem Gedanken, was Matilda zu Katie und Eliza sagen könnte, stockte Henrietta fast das Herz. Sie hatte stets geglaubt, man müsse handeln, um das Schicksal herbeizuführen, das man sich wünschte; nach diesem Prinzip hatte sie ihr bisheriges Leben geführt. Deshalb kannte Henrietta auch nicht das Gefühl der Hilflosigkeit.

Instinktiv schlug sie jetzt den Weg zu den Auktionshöfen ein, wo sie jenen Trost bekommen würde, den sie zu Hause nie fand. Sobald Clive Jenkins sie durch die gläserne Trennwand seines Büros, das auf die Auktionshöfe hinausging, von ihrem Buggy steigen sah, wusste er, dass etwas Schlimmes geschehen sein musste. Er kam heraus, um Henrietta zu begrüßen, und führte sie in die schützende Privatsphäre seines Büros.

»Was in aller Welt ist denn passiert, mein Mädchen?«, fragte er Henrietta, die den Tränen nahe und am Rande eines Zusammenbruchs war. Clive setzte sie behutsam auf einen Stuhl und zog einen anderen für sich selbst heran. Dann nahm er ihre Hand und widmete ihr seine ganze Aufmerksamkeit.

»Mein Mädchen«, so nannte er sie. Das hatte Clive schon immer getan, unter vier Augen natürlich – es gab ihr das Gefühl, etwas Besonderes zu sein. »Ich habe dir doch erzählt, dass Eliza mit einem Auftrag ihres Chefs nach Tantanoola fährt ...«, sagte sie mit bebender Stimme.

»Ja«, erwiderte Clive, wobei er besänftigend ihre Hand streichelte. »Ist sie denn noch nicht zurück?«

»Nein, und Katie ist ... sie ist ...«

»Sie ist was, mein Mädchen?«

»Sie ist ebenfalls in Tantanoola.«

»Was tut sie denn da?«, fragte Clive. Er wusste, wie sehr Henrietta sich darüber aufgeregt hatte, dass Eliza in dieser kleinen Stadt war, doch den Grund dafür wusste er nicht.

In Henriettas Augen war es die reinste Ironie, dass Clive besorgt war, während Richard gelassen blieb. »Katie hatte einen kleinen Streit mit Thomas und wollte für ein paar Tage wegfahren«, sagte sie.

»Es wundert mich, dass du ihr erlaubt hast, nach Tantanoola zu fahren«, sagte Clive. Es war keine Kritik, nur eine Feststellung. Clive wusste, dass Henrietta und Matilda sich nicht gut verstanden. Er wusste fast alles über Henrietta. Fast.

»Ich habe es ihr nicht erlaubt, aber sie ist trotzdem gefahren. Als ich am Samstagmorgen in ihr Zimmer ging, um sie zu wecken, war sie nicht in ihrem Bett. Ich wusste sofort, dass sie nach Tantanoola gefahren war.«

Clive stockte der Atem. Henrietta erzählte ihm so viel über ihre beiden Mädchen, dass er sie inzwischen gut zu kennen glaubte; daher wusste er, dass es Katie gar nicht ähnlich sah, so eigenmächtig zu handeln.

»Was hat Richard denn in der Sache unternommen?« Clive stellte diese Frage, ohne die Kritik an Richard zu verhehlen. Vermutlich war Clive der einzige Mann in Mount Gambier, der Richard nicht leiden konnte. Sie waren völlig unterschiedlich. Clive war ein Mann, der den Stier bei den Hörnern packte. Im Geschäftsleben hatte er keine Hemmungen, offen zu sagen, was er dachte, und er war unnachgiebig, wenn er sich etwas in den Kopf gesetzt hatte. Richard hingegen ließ gern seinen Charme spielen, um sich seinen Weg zum Erfolg zu ebnen. Er hatte nie jemandem auf die Füße treten müssen, um zu erreichen, was er wollte. Deshalb war Richard sehr beliebt; alle versuchten, es ihm recht zu machen.

»Richard hat gar nichts unternommen«, beklagte Henrietta sich nun. »Er sagte, Katie käme bestimmt irgendwann von selbst zurück. Aber heute Morgen haben wir eine Nachricht von ihr erhalten, dass sie noch ein paar Tage länger bleibt. Wenn Richard den Mädchen doch nur die Stirn bieten könnte! Aber das tut er nie. Immer setzen sie bei ihm ihren Willen durch. Alles, was ich sage, wird in den Wind geschlagen.«

Clive, der Ende vierzig war und nie geheiratet hatte, stand auf und ging in seinem Büro auf und ab. Ihm gehörten die Auktionshöfe, mehrere Immobilien in der näheren Umgebung sowie ein Besitz in der Kimberly-Region. Er war ein wohlhabender Mann, doch das wahre Objekt seiner Begierde, Henrietta Dale, hatte er nie erlangen können. So dachte er von ihr – als einer Dale. Er hatte sich nie damit abgefunden, dass sie nun Henrietta Dickens war.

»Hör zu«, begann er geduldig, »deine Töchter sind jetzt junge Damen, und sie werden bald aus dem Nest flüchten. Es ist an der Zeit, dass du dich und dein eigenes Glück an die oberste Stelle setzt. Es ist an der Zeit, dass wir eine Entscheidung über *unsere* Zukunft treffen. Du weißt, was ich für dich empfinde, was ich immer empfunden habe. Auch wenn ich hoffentlich noch ein paar schöne Jahre vor mir habe, bin ich doch kein junger Mann mehr, und ich will mit dir nach Montrose Park gehen, bevor ich zu alt bin, um es zu genießen.«

Clive hatte Henrietta alles über Montrose Park erzählt, einen Ort, den er scherzhaft »meine kleine Farm in den Kimberlys« nannte. Es war eine Farm mit zweitausend Morgen Land, auf dem er durchschnittlich viertausend Stück Vieh hielt. Dank der ergiebigen Regenfälle und dem üppigen Viehfutter waren die Kimberlys der ideale Ort, um Vieh für die Märkte im Süden zu züchten, und für Clive war es stets ein sehr einträgliches Geschäft gewesen. Um das Grundstück kümmerte sich ein Verwalter, Ben Davies, ein sehr tüchtiger Mann, doch Clive sehnte sich schon seit Jahren danach, in den Kimberlys zu leben und alles selbst in die Hand zu nehmen. Er hatte geduldig auf den Tag gewartet, an dem er Henrietta dorthin entführen könnte. Sie hatte ihm ein paar Jahre zuvor versprochen, dass sie eines Tages, wenn ihre Mädchen erwachsen und verlobt oder verheiratet waren, Richard und den Süden Australiens verlassen würde.

Clive war ein geduldiger Mann gewesen. Er hatte sich zwanzig Jahre zuvor in Henrietta verliebt. Damals hatte sie, wie fast alle Mädchen in Mount Gambier, nur Augen für Richard gehabt, den Freund ihrer Schwester Matilda. Als Matilda den schrecklichen Unfall erlitt und sich mehr oder weniger vor der Welt verkroch, hatte Henrietta ihre Zeit damit verbracht, Richard zu trösten. Niemand hatte damit gerechnet, dass sie ihn später heiraten würde, schon gar nicht Clive, der einen regelrechten Schock erlitt, als Henrietta genau das tat. Clive hielt es für einen schweren Fehler. Wie alle anderen wusste auch er, dass Richard jahrelang in Matilda verliebt gewesen war, und er war überzeugt gewesen, dass diese Ehe niemals halten würde. Aber dann wurde Eliza geboren.

Anstatt nun von Henrietta Abstand zu nehmen, wie er es hätte tun sollen, suchte Clive erst recht ihre Nähe. Er hatte immer ein teilnahmsvolles Ohr und eine Schulter zum Anlehnen für sie, wenn ihr Leben nicht nach Plan verlief. Allmählich kamen sie sich näher und begannen eine Affäre. Dann wurde Henrietta mit Katie schwanger. Clive wollte gern glauben, dass Katie sein Kind war, doch Henrietta stritt das ab. Sie bestand darauf, dass sie Richards Tochter war. Henrietta blieb gar keine andere Wahl; sie wusste, dass Clive andernfalls von ihr verlangen würde, Richard zu verlassen, und das wollte sie nicht.

Jetzt, als sie in Clives haselnussbraune Augen blickte, wusste Henrietta, dass er darauf wartete, von ihr zu hören, sie hätte sich endlich entschlossen, Richard zu verlassen. Doch Henrietta brachte die Worte nicht über die Lippen. Noch nicht. Irgendetwas hielt sie zurück. Es hätte Sturheit sein können, aber vermutlich war es eher Stolz: Ehe sie Richard verließ, wollte sie von ihm hören, dass er sie ebenso sehr liebte, wie er ihre Schwester geliebt hatte. Erst dann konnte sie ihn verlassen. Andernfalls würde sie immer das Gefühl haben, gescheitert zu sein, während Matilda letztendlich gesiegt hatte.

Nachdem sie gut eine Stunde bei Sarah Hargraves verbracht hatte, machte Eliza sich auf die Suche nach Noah. Sie hatte Harolds Bücher durchgesehen und war auf etwas schier Unglaubliches gestoßen. Nachdem sie es mit Sarah besprochen hatte, waren beide Frauen zu dem Schluss gekommen, dass es am besten sei, mit Noah darüber zu sprechen, doch Sarah hatte Eliza nahegelegt, behutsam mit dem Aborigine umzugehen.

»Noah ist sehr misstrauisch, und das aus gutem Grund«, sagte Sarah. »Er bleibt gern für sich, da er nicht weiß, wem er vertrauen kann. Er ist ein gebranntes Kind; er hat geglaubt, Freunde gefunden zu haben und akzeptiert zu sein, nur um später festzustellen, dass er sich schrecklich geirrt hatte.«

Eliza verabschiedete sich von Sarah, ging die Gasse hinter dem Hotel hinunter und sah Noah auf der Stallkoppel des Hotels, wo er Pferdemist schaufelte.

»Hallo, Noah«, rief sie. »Ich wusste gar nicht, dass Sie für die Corcorans arbeiten.«

»Ich darf meinen Esel kostenlos in einem von Mr. Corcorans Ställen unterbringen, wenn ich sie dafür regelmäßig ausmiste«, erklärte Noah.

Eliza fand, dass er sich immer noch bedrückt anhörte. »Sie haben sicher viel zu tun, aber wenn Sie ein paar Minuten erübrigen könnten, würde ich gern einige Ihrer Gemälde sehen, ehe ich zum Hanging Rocks Inn zurückkehre.«

»Ich rieche nicht besonders gut«, erwiderte Noah, auf seinen mit Pferdemist bespritzten Overall zeigend.

»Das macht nichts. Ich lebe auf einer Pferdefarm und bin den Geruch von Pferdemist gewohnt.«

Noah ließ die Schaufel fallen und führte Eliza zu seiner kleinen, aus zwei Räumen bestehenden Holzhütte, die auf einem überwucherten Stück Land stand. Als er sie in die Hütte führte, war sie erstaunt, wie schlicht das Innere war. Ein Raum enthielt eine winzige Kochnische, ein Einzelbett mit Eisengestell und einen uralten Sessel. Der andere diente als Atelier, die Dielenbretter waren voller Farbflecken. Hier standen drei Staffeleien, die Noah selbst aus Holz gefertigt hatte. Auf einer der Staffeleien stand ein fertiges Gemälde; auf den beiden anderen sah Eliza Leinwände mit noch unfertigen Arbeiten. Dann war da noch ein alter Tisch mit Farbpaletten, Lappen, Terpentingläsern und unzähligen alten Farbpinseln in unterschiedlichen Größen. Vor dem Fenster hing kein Vorhang, sodass das Sonnenlicht ins Zimmer fluten konnte. Das bot Noah zwar hervorragendes Licht zum Arbeiten, doch Eliza fragte sich, ob es an einem Sommertag nicht drückend heiß in der Hütte war. An den Wänden hingen mehrere Gemälde, und etliche Leinwände standen auf dem Boden gegen die Wand gelehnt. Auch Henrietta malte gern, sodass für Eliza, als sie Noahs Arbeitgeräte mit denen ihrer Mutter verglich, eines offensichtlich war: Noah verdiente nicht viel Geld mit der

Malerei, denn er konnte sich nicht mal gutes Arbeitsmaterial leisten.

Eines der Gemälde – ein Landschaftsbild – verschlug Eliza schier den Atem. »Das ist wunderschön«, sagte sie. »Ich hatte mir schon gedacht, dass Sie ein großartiger Maler sind, weil Sie an die Galerie verkaufen, aber ich hätte nicht erwartet, dass Sie *so* gut sein würden.« Eliza musste daran denken, was ihre Tante gesagt hatte: dass John Ward einen Hungerlohn für Noahs Arbeit bezahlte. Jetzt, wo sie gesehen hatte, was für ein großartiger Künstler er war, konnte sie Tillys Zorn begreifen.

Bescheiden, wie er war, scharrte Noah angesichts des Lobes verlegen mit den Füßen. Es war offensichtlich, dass er keine Ahnung hatte, wie begabt er als Maler war und wie schamlos er ausgenutzt wurde.

»Ihr Blick fürs Detail ist wirklich erstaunlich, Noah«, sagte Eliza, als sie das Gemälde aus der Nähe betrachtete. Sie war so hingerissen, dass sie für einen Augenblick den Grund ihres Besuchs völlig vergaß. Das Gemälde zeigte einen See inmitten eines Waldes, auf dem Pelikane schwammen. Am Waldrand stieß ein Habicht auf eine Feldmaus hinunter. Wasservögel nisteten im Schilfgras am Seeufer; in einem der Nester konnte man gesprenkelte Eier erkennen. »Sie haben eine seltene Begabung, Noah«, sagte Eliza bewundernd. »Ist dieser See hier in der Nähe?«

»Ja, das ist der Lake Bonney«, erwiderte Noah. »Er liegt ungefähr drei Meilen außerhalb der Stadt.«

»Ich würde diesen See gern einmal sehen«, sagte Eliza. »Es scheint dort sehr friedlich zu sein.«

»Es ist der friedlichste Ort, den ich kenne. Ich schlage da manchmal mein Lager auf.«

Eliza war fasziniert, aber das Gemälde von dem Raubtier, von dem Sarah ihr erzählt hatte, konnte sie nirgends entdecken. Sie befürchtete, Noah könnte das Bild vernichtet haben. Eliza brannte darauf, das herauszufinden, aber sie wusste, dass sie Noah behutsam ansprechen musste. Verständlicherweise war er misstrauisch den Menschen gegenüber. Eliza konnte es ihm nicht verübeln, nachdem sie erlebt hatte, wie man in der Stadt mit ihm umsprang. »Noah, ich muss etwas mit Ihnen besprechen. Aber zuerst möchte ich Ihnen versichern, dass Sie mir vertrauen können. Ich werde Sie nicht enttäuschen«, sagte sie.

Noah nickte, doch Eliza konnte sehen, dass er skeptisch war.

»Und ich weiß, dass ich Ihnen vertrauen kann«, fuhr sie fort. »Deshalb werde ich Ihnen jetzt etwas sagen, worüber ich bisher nur mit Sarah Hargraves gesprochen habe.«

Noah gab keine Antwort. Eliza hatte den Eindruck, dass er vor dem, was sie ihm anvertrauen wollte, Angst hatte.

»Im Hof hinter dem Hanging Rocks Inn habe ich zweimal ein seltsames Tier gesehen. Anfangs hielt ich es für einen Hund, aber als ich es das nächste Mal sah und genauer betrachten konnte, wurde mir klar, dass ich mich geirrt hatte. Das Tier sah zwar ein wenig so aus wie ein großer Hund, aber sein Kopf war breiter, es hatte helle Augen und helles, sehr dichtes Fell, als wäre es in einer bitterkalten Gegend zu Hause.«

Eliza glaubte, den Anflug eines Erkennens in Noahs dunklen Augen zu sehen. Unbeirrt fuhr sie fort: »Ich habe die Bücher durchgesehen, die Sarahs Ehemann gehört haben – Bücher über Schiffbrüche und die Fracht, die dabei verloren ging. Sarah meint, das Tier könnte einen Schiffbruch vor der Küste überlebt haben, da es ja irgendwoher gekommen sein muss. In einem der Bücher habe ich Abbildungen von Wölfen gesehen. Ich halte es für möglich, dass dieses Tier ein Wolf ist.« Eliza hatte zwar nicht die Absicht, jemandem in Tantanoola davon zu erzählen, doch sie spielte mit dem Gedanken, die Information an ihren Chef weiterzuleiten, um zu sehen, was dieser damit anfangen konnte.

Noah schwieg weiterhin, doch Eliza konnte sehen, dass er immer ängstlicher wurde.

»Ich werde Mr. Chandler nichts davon sagen«, versprach sie. »Auch wenn ich befürchte, dass er das Tier angeschossen hat …«

Noah sah bestürzt auf. In diesem Augenblick wusste Eliza, dass er das Tier gesehen hatte.

»Ich dachte, er sei weggelaufen«, flüsterte er. Kaum hatte er ausgesprochen, weiteten sich seine Augen, als hätte er diese Information gar nicht preisgeben wollen.

»Sie haben das Tier also auch gesehen?«, fragte Eliza aufgeregt.

Noah gab keine Antwort. Er ging in den anderen Raum. Mit einem Mal schien er sehr aufregt.

Eliza folgte ihm. »Sie können es mir ruhig sagen, Noah. Ich verspreche, ich werde keiner Menschenseele etwas davon erzählen.«

»Aber Sie schreiben für eine Zeitung«, sagte Noah. »Sie wollen über das Tier berichten.«

»Dieses Tier ist nicht der Tiger, hinter dem alle her sind, Noah.«

»Das spielt keine Rolle. Wenn jemand herausfindet, dass wir das Tier gesehen und es nicht gemeldet haben, bekommen wir großen Ärger«, sagte er. »Niemand darf davon erfahren!«

»Da gebe ich Ihnen recht. Aber wenn Brodie Chandler das Tier letzte Nacht angeschossen hat, brauchen wir keine Angst mehr zu haben, Ärger zu bekommen, weil das Tier vielleicht stirbt.«

»Ich glaube nicht, dass ein Tiger oder ein Wolf die vielen Schafe hier in der Gegend reißt«, sagte Noah. »Ein einzelnes Tier könnte das gar nicht.«

»Das glaube ich auch nicht, zumal das Tier, das ich gesehen habe, sehr mager war. Es hätte gar nicht die Kraft, jede Nacht ein halbes Dutzend Schafe zu reißen.«

»Es ist ein scheues Tier«, sagte Noah. »Darum hat es sich so lange nicht blicken lassen.«

»Es ist schwer zu glauben, dass gleich zwei wilde Tiere in dieser Gegend umherstreifen«, meinte Eliza.

»Aber es gibt sie beide«, sagte Noah. »Ich habe einen Beweis für den Tiger gesehen, und ich habe auch den Wolf gesehen.« Noah hob das Kissen aus seinem Sessel und nahm den Holzrahmen hoch, in den es eingepasst war. Er zog ein kleines Gemälde darunter hervor und reichte es Eliza. »Ist dies hier das Tier, das Sie gesehen haben?«, fragte er.

Eliza stockte der Atem. »Ja, das ist es!« Es war ein genaues Abbild. »Wann haben Sie das gemalt?«

»Letzten Sommer. Damals wurden ein paar kleinere Tiere als getötet oder vermisst gemeldet, ein paar Hennen und Hauskaninchen von Kindern. Ich habe auch die Überreste von Enten in der Nähe des Sees gesehen. Aber dann war das Tier plötzlich fort. Es kann unmöglich all die Schafe getötet haben, die verschwunden sind. Nicht einmal der Tiger würde so viele Schafe reißen. Es muss eine andere Erklärung geben.« Noah legte die Stirn in Falten.

»Und welche? Haben Sie eine Ahnung?«, fragte Eliza, der nicht entging, wie unbehaglich Noah sich fühlte.

»Ein Schafdieb vielleicht. Ich will damit nicht sagen, dass ein Tiger nicht ein paar Tiere gerissen haben könnte. Aber irgendjemand könnte sich genau das zunutze machen und die Schafe stehlen, weil er weiß, dass man es dem Tiger anhängt.«

Eliza blickte Noah offenen Mundes an. Daran hatte sie noch gar nicht gedacht, aber Noah konnte recht haben. Jemand könnte die Situation ausnutzen.

Eliza schaute wieder auf das Gemälde. »Ich habe dieses Tier gestern mit Brot gefüttert«, sagte sie. »Es hat es verschlungen, als hätte es seit Tagen nichts mehr gefressen. Ich würde ja gern glauben, dass es nicht dasselbe Tier ist, das Mr. Chandler angeschossen hat, aber dass zur selben Zeit ein Tiger beim Hanging Rocks Inn gewesen sein soll, wäre ein unglaublicher Zufall. Ich glaube, es war der Wolf, der verwundet wurde. Ich werde später nach ihm suchen.«

In Noahs Augen spiegelte sich Entsetzen. »Das dürfen Sie nicht, Eliza! Das ist gefährlich!«

»Ich werde vorsichtig sein, Noah.«

Noah nahm ihr das Gemälde aus der Hand und legte es zurück in sein Versteck. »Niemand darf wissen, dass wir den Wolf gesehen haben«, sagte er. »Ihnen wird vielleicht nichts passieren, aber mich würden die Männer in der Stadt hängen. Sie glauben, ich hätte die Schafe gestohlen! Ich traue mich nicht einmal mehr, mir Fleisch zu kaufen, damit niemand mich dieser Tat beschuldigen kann.«

»Das tut mir leid, Noah. Ich habe gesehen, wie die Männer in der Stadt Sie behandelt haben, als Sie gestern am Hotel vorbeigekommen sind. Das ist ein himmelschreiendes Unrecht.« Eliza dachte an Noahs Vater. Sie wusste, dass Noah in Lebensgefahr schwebte, falls die Leute in der Stadt erfuhren, dass er der Sohn von Barry Hall war. »Ich verspreche, ich werde niemandem in Tantanoola von Ihrem Gemälde oder dem Wolf erzählen, und ich werde auch nicht darüber schreiben.«

16

Als Eliza aus der Stadt zum Hanging Rocks Inn zurückkam, sah sie Brodie, der vor dem Hühnergehege auf und ab ging, die Stirn nachdenklich in Falten gelegt. Er sah müde aus; vermutlich war er fast die ganze Nacht auf den Beinen gewesen. Eliza erkannte rasch, dass er nach den Spuren des Tieres suchte, das er angeschossen hatte. Sie verspürte Gewissensbisse, weil sie die Spuren verwischt hatte, und verschwand rasch ins Haus.

Katie saß mit mürrischem Gesicht am Küchentisch.

»Warum hast du mir nicht gesagt, dass du in die Stadt gehst? Ich hätte dich gern begleitet«, brummte sie.

»Wenn du gehofft hast, Alistair McBride wiederzusehen, wärst du sowieso umsonst mitgekommen«, sagte Eliza.

»Warum?«

»Er ist zurück nach Millicent gefahren.«

»Woher weißt du das?«, fragte Katie.

»Ich bin Mary Corcoran über den Weg gelaufen, und sie hat mir gesagt, dass er gestern am Spätnachmittag abgereist ist«, sagte Eliza. Sie hatte nicht die Absicht zu erwähnen, dass er angeblich wiederkommen würde.

Katie sah Eliza misstrauisch an.

In diesem Moment kam Brodie zur Hintertür herein.

»Haben Sie beim Hühnergehege Tierspuren verwischt, Eliza?«, fragte er unvermittelt.

»Nein«, schwindelte sie. »Ich wusste nicht einmal, dass Sie ein Tier angeschossen hatten, bis meine Tante es erwähnte.«

»Das stimmt«, sagte Tilly, die hinter Brodie zur Tür hereinkam. »Ich habe Eliza heute Morgen davon erzählt. Sie hatte die Gewehrschüsse gar nicht gehört.«

»Dann hätten dort draußen aber Spuren sein müssen«, sagte Brodie. »Und da sind keine.«

»Das kann ich auch nicht ändern«, sagte Eliza gereizt.

»Wenn es keine Spuren gibt, denen ich folgen kann, weiß ich nicht, in welcher Richtung ich suchen soll«, sagte Brodie. »Also muss ich in die Stadt und mich erkundigen, ob ein Farmer irgendetwas gemeldet hat.«

»Hätten Sie etwas dagegen, wenn ich Sie begleite?«, fragte Katie.

Brodie blickte sie verwundert an. »Wozu denn?«

»Ich würde mich gern in den Geschäften umsehen«, erwiderte Katie und stand vom Tisch auf. »Darf ich Nell nehmen, Tante?«

»Ja, sicher.« Tilly warf einen Blick auf Eliza. »Du brauchst sie doch nicht, oder?«

»Nein, ich … ich muss mir ein paar Notizen machen.« Eliza wusste, dass Katie ihr nicht glaubte, was sie über Alistair gesagt hatte, aber wenn sie erst mit eigenen Augen gesehen hatte, dass er nicht mehr in der Stadt war, würde sie vielleicht beschließen, nach Hause zu fahren und sich mit Thomas zu versöhnen. Eliza hoffte das sehr. Vor allem hoffte sie, dass Alistair nicht wiederkam, aber das war vielleicht zu viel verlangt. Sie hätte Katie gern gebeten, ihr eine Ausgabe der *South Eastern Times* mitzubringen, um zu sehen, was Alistair geschrieben hatte, aber sie wollte es nicht riskieren, Katies Interesse an ihm von Neuem zu schüren. Eliza war nur froh, dass Brodie und ihre Schwester aus dem Weg waren, sodass sie in Ruhe nach dem Wolf suchen konnte.

Nachdem Katie und Brodie aufgebrochen waren, überlegte Eliza, wie sie für einige Zeit verschwinden und die Höhlen durchsuchen könnte, ohne die Aufmerksamkeit ihrer Tante auf sich zu lenken.

Sie war sicher, dass das Tier, das sie gesehen hatte, in die Höhlen gelaufen war, falls Brodie es tatsächlich angeschossen hatte. Die Spuren, die sie in der Nähe der Höhlen gesehen hatte, waren ein Hinweis.

Elizas Problem löste sich von allein, als Tilly ihr sagte, sie würde zu Barney gehen und ihm Gemüse bringen. »Er kümmert sich kaum um seinen Garten, deshalb wächst dort nicht viel«, sagte Tilly, als sie in ihre Jacke schlüpfte und einen Hut aufsetzte.

»Das ist eine gute Idee, Tante. Bleib ruhig ein bisschen länger, und trink eine Tasse Tee mit ihm«, schlug Eliza vor. »Barney ist bestimmt einsam und freut sich über deine Gesellschaft.«

Tilly lachte. »Du versuchst doch wohl nicht, mich zu verkuppeln? Barney ist ein netter Mann, und auch wenn er einmal Hoffnungen in dieser Richtung gehegt hat, könnte ich nie mehr als Freundschaft für ihn empfinden.« Sie hielt kurz inne. »Willst du nicht mitkommen, Eliza?«

»Ich kann nicht. Ich … ich muss einen Artikel für Mr. Kennedy schreiben. Er sagte, er würde am Wochenende vielleicht wiederkommen, und dann soll ich etwas fertig haben.«

Tillys Miene hellte sich auf, als sie hörte, dass George wiederkam. »Na schön, dann werde ich auf eine Tasse Tee bei Barney bleiben und dir ein bisschen Zeit für dich allein lassen. Sheba nehme ich mit, dann hast du deine Ruhe.«

Eliza wartete, bis Tilly verschwunden war; dann nahm sie sich eine Laterne von der Veranda hinter dem Haus, holte etwas altbackenes Brot aus der Vorratskammer und machte sich auf den Weg zu den Höhlen.

Erst als sie den Eingang erreichte, fragte sie sich, ob sie einen Fehler beging. Ein in die Enge getriebener, verwundeter Wolf war vielleicht noch gefährlicher, als ein Wolf ohnehin war. Schließlich war es ein wildes Tier. Für einen Moment spielte Eliza mit dem Gedanken, zum Hanging Rocks Inn zurückzukehren, aber dann stellte sie sich den Wolf vor, der verwundet und unter Schmerzen in der Höhle lag. Nein, sie musste zumindest herausfinden, in was für einem Zustand das Tier war.

Eliza entfachte die Laterne und betrat zögernd die Höhlen, in denen es stockfinster und kühl war. Sie hatte vor, denselben Weg zu nehmen, den sie mit ihrer Tante gegangen war. Das Licht der Laterne durchdrang die Finsternis. Eliza kam es so vor, als würden die Stalagmiten und die seltsamen Felsformationen in den Höhlen unheimliche, bedrohliche Gestalt annehmen. Ihre Sinne waren geschärft und in höchster Alarmbereitschaft, ihre Nerven standen unter Hochspannung. Sie überlegte, ob sie das Brot einfach dalassen und so schnell wie möglich wieder verschwinden sollte; dann aber holte sie tief Luft, um sich zu beruhigen, und versuchte, tapfer zu sein. Man durfte ein verwundetes Tier nicht leiden lassen.

Eliza hielt die Laterne ein wenig tiefer, um auf dem Boden nach Spuren des Wolfs zu suchen – Blut, Pfotenabdrücke oder Fellreste. Doch alles, was sie fand, waren die skelettierten Überreste kleiner Tiere wie Eidechsen und Mäuse. Sie fragte sich, ob diese Tiere zum Sterben in die Höhle gekommen waren oder bei dem Versuch, einen Weg ins Freie zu finden, ihr Leben verloren hatten. Sie hoffte, dass nicht auch der Wolf schon auf diese Weise verendet war.

Den Blick fest auf die Steine geheftet, die ihre Tante zur Orientierung auf dem Boden ausgelegt hatte, wagte Eliza sich tiefer in die Höhlen vor. Das einzige Geräusch, das sie vernehmen konnte, war das leise Plätschern des Wassers, das von der Decke tropfte. Die Luft in der Höhle war feucht und moderig. Wenn die Laterne erlosch, würde sie den Weg zurück zum Höhleneingang niemals finden. Bei diesem Gedanken brach Eliza der kalte Schweiß aus; sie hatte Mühe, sich wieder zu beruhigen. Langsam wagte sie sich in das Höhlensystem vor. Auf einer tieferen Ebene gab es kleinere Öffnungen, die zu weiteren Kammern führten, die seit Anbeginn der Zeit wohl keines Menschen Auge erblickt hatte. Eliza wusste, dass der Wolf sich in einer dieser Höhlen versteckt halten konnte, doch sie wagte es nicht, mit der Laterne hineinzuleuchten, aus Angst, er könnte sich auf sie stürzen.

Irgendwann verlor sie jedes Zeitgefühl. Immer tiefer drang Eliza in das Höhlenlabyrinth ein. Ihre Gedanken drehten sich nur noch um das Tier. Der Wolf war kein Haushund, der sich über ihren Besuch freuen würde, nicht einmal, wenn sie ihm etwas zu fressen brachte, das wusste sie. Er war ein Raubtier, vermutlich angeschossen und voller Zorn. War es dumm von ihr zu kommen, allein und unbewaffnet? Sollte sie sich ihre Niederlage eingestehen?

Mit einem Mal überkam sie Panik. Ich muss zurück, dachte sie. Was tue ich hier nur?

Eliza wandte sich abrupt um, als sie hinter sich ein Geräusch wahrnahm. Es war sehr schwach, ähnlich einem Wimmern. Vielleicht ein Kaninchen oder eine Beutelratte, versuchte sie sich zu beruhigen; das Herz schlug ihr bis zum Hals, und das Blut rauschte ihr in den Ohren. Sie hielt die Laterne so, dass das Licht die felsigen Höhlenwände erhellte, und betete, dass sie sich getäuscht hatte.

Was in aller Welt hatte sie sich bloß dabei gedacht, in die Höhlen vorzudringen? Der Wolf könnte sie in die Enge treiben, vielleicht sogar töten …

Eliza ließ das Brot fallen und lief auf zitternden Beinen in Richtung Höhleneingang zurück. Da hörte sie erneut ein Geräusch. Panisch wandte sie sich um, die Laterne hoch erhoben. Sie traute ihren Augen nicht, als sie einige Meter vor sich den Kopf des Wolfs sah, der aus einer kleinen dunklen Kammer lugte. Er schnappte sich eines der Brotstücke, die Eliza hatte fallen lassen. Dann huschte er zurück.

Eliza starrte verblüfft auf die Öffnung. Sie war genau an dieser Kammer vorbeigelaufen, ohne zu ahnen, dass der Wolf darin gewesen war. Zweifellos hatte er sie beobachtet. Sie schauderte, als ihr klar wurde, wie nahe sie einer möglichen Gefahr gewesen war.

Plötzlich kam der Wolf erneut aus der Kammer hervor. Eliza konnte sehen, dass er humpelte. An einem seiner Vorderläufe haftete getrocknetes Blut. In diesem Augenblick wich Elizas Angst dem Mitleid. Sie beobachtete, wie der Wolf sich ein weiteres Stück Brot schnappte und es voller Gier herunterschlang.

Eliza betrachtete das Tier genauer und versuchte zu erkennen, ob es ernsthaft verletzt war. Offenbar hatte der Wolf Glück gehabt und war von einer Kugel aus Brodies Gewehr lediglich gestreift worden. Als sie aufsah, stockte ihr der Atem.

Der Wolf starrte sie an und begann zu knurren. Eliza wagte es nicht, sich zu bewegen oder auch nur zu atmen. Im Bann seiner funkelnden Augen stieg erneut Angst in ihr auf. Würde er sie angreifen? Würde sie in dieser Höhle jämmerlich umkommen, zerfleischt von einem wilden Tier?

Dann aber wandte der Wolf den Blick von ihr ab und begann, auf dem Boden zu schnüffeln. Er schnappte sich das letzte Stück Brot und zog sich wieder in die Höhlenkammer zurück, aus der er aufgetaucht war. Eliza bewegte sich langsam in Richtung Höhlenausgang. Schweiß stand ihr auf der Stirn, ihr Herz klopfte, als wollte es zerspringen. Endlich sah sie Tageslicht. Sie huschte ins Freie und lief so schnell ihre Beine sie trugen zurück in die Sicherheit des Hanging Rocks Inn.

Eliza zuckte zusammen, als die Hintertür schwungvoll geöffnet wurde und Tilly ins Haus kam.

»Bist du mit deinem Artikel vorangekommen?«, fragte sie völlig unbedarft.

Eliza erschrak. Sie war erst kurz zurück, und ihre Gedanken kreisten um das gerade Erlebte. Sie wusste auf Anhieb nicht, was sie erwidern sollte. »Oh, ich … nein, nicht so richtig«, sagte sie schuldbewusst, dem Blick ihrer Tante ausweichend. »Manchmal läuft es eben nicht so glatt.«

Tilly runzelte die Stirn. Ob sie vielleicht etwas ahnte?

»Mach dir nichts draus, Liebes«, sagte Tilly dann aber. »Du hast ja noch ein paar Tage bis zum Wochenende. Bis dahin fällt dir bestimmt etwas ein. Hatte Sarah Hargraves denn keine nützlichen Informationen?«

»Sarah ...?« Eliza hatte noch nie besonders gut lügen können; deshalb fiel es ihr auch jetzt nicht leicht. »Eigentlich nicht«, sagte sie ausweichend. »Sie hat mir alles über ihren Mann und die ungewöhnliche Beziehung erzählt, die sie mit ihm hatte.«

»Was meinst du mit ›ungewöhnlich‹?«

»Sarah sagt, sie wären fast nie einer Meinung gewesen.«

Tilly lächelte. »Stimmt, sie hatten viele kleine Streitereien, waren aber trotzdem ein Herz und eine Seele.«

»Sarah hat gesagt, sie seien glücklich gewesen«, fuhr Eliza fort.

»Sie waren *sehr* glücklich«, bestätigte Tilly.

»Sarah sagte, wenn es einen Streit gab, sind manchmal die Fetzen geflogen.«

»Das stimmt.« Tilly kicherte. »So wie bei dir und Brodie.«

Elizas Augen weiteten sich. »Was haben Brodie und ich denn damit zu tun? Wir können es manchmal kaum aushalten, auch nur zusammen in einem Zimmer zu sein.«

Tillys Lächeln wurde breiter. »Ja, eben. Dann fliegen die Fetzen«, sagte sie. »Und das wäre nicht so, wenn es keine Anziehung gäbe.«

»Es gibt keine *Anziehung*. Brodie und ich werden uns niemals verstehen«, beharrte Eliza.

»Du willst doch wohl nicht leugnen, dass du ihn attraktiv findest!« Tilly lächelte. »Mir ist nicht entgangen, wie du ihn anschaust.«

Eliza errötete. »Ich habe keine Ahnung, wovon du sprichst.«

»O doch«, gab Tilly, die Elizas glühende Wangen als Beweis ansah, zurück. »Ich ...«

Sie verstummte, als draußen Geräusche zu hören waren. Erstaunt stellten die beiden Frauen fest, dass Noah auf seinem Esel hergeritten kam. Er sah wütend aus.

Tilly öffnete die Hintertür.

»Noah! Was für eine nette Überraschung! Was führt Sie zu uns?«, begrüßte sie ihn und bat ihn mit einer Handbewegung ins Haus.

»Ich hätte nie gedacht, dass Sie mich verraten würden, Miss Sheehan«, beschuldigte Noah sie. Atemlos stand er auf der Veranda und starrte Tilly an.

Tilly hatte ihn noch nie so aufgebracht gesehen. »Sie verraten? Wovon in aller Welt reden Sie, Noah?«

»Myra Ferris hat gesagt, in der Zeitung würde etwas über mich stehen. Als andere Leute in der Stadt es dann gelesen haben, redeten auf einmal alle darüber und zeigten mit dem Finger auf mich. Einige waren regelrecht schockiert. Ich hab es nicht verstanden, bis sie meinen Vater erwähnten.«

Tilly blieb die Luft weg.

»Als die Farmer hörten, was die Leute sagten, wurden sie schrecklich böse. Sie haben mich beschuldigt, haben mir gedroht und mich aus der Stadt gejagt ...« Noahs Stimme brach vor Zorn und Furcht, als er an die Farmer dachte, die mit Stöcken und Gewehren auf ihn losgegangen waren. Er warf immer wieder einen Blick in Richtung Stadt, als hätte er die Befürchtung, verfolgt zu werden.

»Was genau stand denn in der Zeitung, Noah?«, fragte Tilly verwirrt, ehe ihr einfiel, dass Noah nicht lesen konnte. Es hatte schon oft Artikel über die gefürchteten Bushranger gegeben, aber sie konnte einfach nicht glauben, dass jemand Noah mit Barry Hall in Verbindung bringen würde, den gefährlichsten von allen.

»In der Zeitung stand irgendetwas über meinen Vater«, sagte Noah und funkelte sie an. »Sie hatten mir doch geschworen, nie jemandem etwas davon zu sagen!«

»Das habe ich auch nicht«, sagte Tilly fassungslos. Sie richtete den Blick anklagend auf Eliza, als ihr einfiel, dass sie mit ihrer Nichte über Noahs Herkunft gesprochen hatte.

Eliza schüttelte den Kopf. »Ich habe kein Wort gesagt. Ich schwöre es.« Sie blickte Noah an. »Ich würde Sie niemals verraten, Noah. Ich habe gesehen, wie mies die Leute in der Stadt Sie ohnehin schon behandeln.«

»Ja. Und jetzt wollen sie mich dafür hängen, dass ich Schafe gestohlen habe«, sagte Noah.

»Aber das haben Sie doch gar nicht!«, stieß Eliza hervor.

»Natürlich nicht. Aber niemand glaubt mir«, rief Noah und stieg wieder auf seinen Esel.

»Bitte bleiben Sie hier«, flehte Tilly, den Tränen nahe.

Noah schien sie gar nicht zu hören. Er trieb den Esel mit den Zügeln an und ritt davon.

Tilly wandte sich verzweifelt an Eliza. »Könnte es sein, dass Noah sich täuscht, was diesen Zeitungsartikel angeht?«, fragte sie verzweifelt.

Plötzlich dämmerte es Eliza. »Alistair McBride! Er muss für die *South Eastern Times* einen Artikel über Noah geschrieben haben …«

»Wie kommst du darauf?«

»Mary Corcoran hat mir heute Morgen erzählt, Alistair sei zurück nach Millicent gefahren, um einen Artikel einzureichen, und er hätte sehr geheimnisvoll getan.«

»Aber wie hätte dieser McBride denn herausfinden sollen, wer Noahs Vater ist?«

»Ich weiß es nicht, Tante.«

Ein schrecklicher Gedanke durchfuhr Tilly. »Du hast doch nicht etwa Katie von Noahs Vater erzählt?«

»Nein. Ich habe keiner Menschenseele etwas gesagt«, erwiderte Eliza.

Tilly schlug die Hände vors Gesicht. »Der arme Noah. Wie soll er jemals wieder in Tantanoola leben? O Gott, ich fühle mich schrecklich. Ich bin sicher, ich war die Einzige, der Noah sich anvertraut hatte. Natürlich geht er jetzt davon aus, dass ich ihn verraten habe. Dabei habe ich es nur dir erzählt …«

»Und es ist unter uns geblieben, Tante«, erwiderte Eliza gereizt, als sie Tillys vorwurfsvollen Unterton hörte. »Glaubst du mir etwa nicht?«

Tilly blickte auf und tupfte sich die Tränen ab, die ihr über die Wangen kullerten. »Doch, natürlich. Es tut mir leid, was ich gesagt habe, Eliza. Aber wie konnte es dann an die Öffentlichkeut kommen?«

»Könnte es sein, dass Alistair unser Gespräch mit angehört hat? Aber wir hätten ihn doch gesehen, wenn er in der Nähe gewesen wäre, als wir uns unterhalten haben?«

Tilly riss die Augen auf. »Es sei denn, er war in der Scheune hinter uns. Glaubst du wirklich, dieser Mann könnte so unverfroren sein, unser Gespräch zu belauschen?«

Eliza wurde blass. »Dem Kerl würde ich alles zutrauen. Außerdem ist es die einzige Erklärung. Alistair muss in der Scheune gewesen sein. Was können wir jetzt bloß für Noah tun?«

»Ich weiß es nicht, Eliza.«

In diesem Augenblick ritt Brodie auf den Hof, stieg von seinem Pferd und zog eine Zeitung aus einer der Satteltaschen.

»In der Stadt ist die Hölle los«, sagte er, sobald er ins Haus kam. »Sie werden den Grund dafür wissen, wenn Sie in die Zeitung schauen.«

Wortlos warfen Eliza und Tilly einen Blick auf die Titelseite. Die Schlagzeile sprang ihnen sofort ins Auge:

Aborigine ist Sohn des Bushrangers Barry Hall!

»O Gott«, rief Tilly, ohne weiterzulesen. »Der arme Noah.«

»Woher wollen Sie wissen, dass es in dem Artikel um Noah geht?«, fragte Brodie verwundert.

»Er ist der einzige Aborigine in der Stadt, und ich wusste, dass Barry Hall sein Vater war«, sagte Tilly. »Ich war in der Stadt die Einzige, die es gewusst hat, sieht man von Eliza ab.«

Eliza schaute zu Brodie hoch. »Meine Tante hat mir kürzlich davon erzählt, als wir in Tantanoola waren«, sagte sie. »Wir wissen nicht genau, wie Alistair McBride es herausgefunden hat, aber wir haben den Verdacht, dass er uns belauscht hat.«

»Geheimnisse kommen immer ans Licht«, sagte Brodie. »Und jetzt wollen die Farmer und Städter Noahs Blut. Sie verdächtigen ihn, Schafe gestohlen zu haben. Es kursieren alle möglichen Gerüchte. Ich will mir gar nicht vorstellen, was Noah zustoßen könnte, wenn diese Meute ihn findet – vor allem, wo wir keinen Constable in der Stadt haben.«

»Dieser miese Zeitungsschmierer!«, sagte Eliza wütend, nachdem sie Alistairs Artikel überflogen hatte. »Es stellt Noah so hin, als hätte er den Charakter seines Vaters geerbt. Er beschuldigt ihn des Schafdiebstahls. Das ist Verleumdung! Und was ist mit dem Tiger?«, fragte sie. »Jock und Mannie haben ihn doch gesehen. Sie haben gesehen, was er mit dem Kadaver eines Schafes anrichten kann. Das kann man jetzt doch nicht einfach Noah anhängen!«

»Wenn die Leute aufgestachelt werden, denken sie nicht mehr vernünftig«, bemerkte Brodie. »Außerdem sind zu viele Schafe verschwunden, als dass man allein den Tiger dafür verantwortlich machen könnte. Ich vermute, dass irgendjemand die Situation ausnutzt und jede Nacht ein paar Schafe stiehlt, in der Hoffnung, dass der Verdacht auf den Tiger fällt. Bedauerlicherweise ist dieser Unbekannte unersättlich geworden.«

»Sie glauben doch nicht etwa, dass dieser Unbekannte Noah ist?«, fragte Eliza.

»Ich weiß nicht, wer er ist, aber Noah habe ich nicht in Verdacht«, erwiderte Brodie.

»Endlich sind wir mal einer Meinung!« Eliza atmete erleichtert auf. Sie musste an ihr Gespräch mit Noah denken. Er hatte ebenfalls den Verdacht geäußert, dass jemand die Schafe stahl.

»Noah war eben noch hier«, sagte Tilly. »Er hat schreckliche Angst. Ich habe versucht, ihn zum Bleiben zu bewegen, aber er ist wieder weggeritten.«

»Wohin ist er denn?«, fragte Brodie besorgt.

»Das weiß ich nicht.«

»Ich bezweifle, dass er in die Stadt zurückgekehrt ist«, sagte Brodie. »Er wird zu viel Angst haben.«

»Wo steckt eigentlich Katie?«, fragte Eliza.

»Sie ist in der Stadt geblieben«, sagte Brodie. »Alistair McBride ist wieder da.«

Eliza stöhnte innerlich auf, aber jetzt konnte sie sich nicht auch noch über ihre Schwester den Kopf zerbrechen. »Also gut«, sagte sie. »Ich weiß, wohin Noah geritten sein könnte. Kann ich mir Ihr Pferd borgen, Brodie?«

Er blickte sie überrascht an. »Haben Sie denn schon mal einen Hengst geritten?«

»Ich reite, seit ich ein kleines Kind war«, erwiderte Eliza. »Mein Vater züchtet Pferde.«

»Vielleicht ist es besser, wenn *ich* mich auf die Suche nach Noah mache«, meinte Brodie, offenbar besorgt um Elizas Sicherheit.

»Nein, das übernehme ich selbst. Noah weiß, dass Tilly mir von seinem Vater erzählt hat, deshalb glaubt er wahrscheinlich, ich sei in gewisser Weise schuld an dem, was über ihn geschrieben wurde. Ich muss dafür sorgen, dass er hierher zurückkommt, zu seiner eigenen Sicherheit.«

»Also gut«, sagte Brodie. »Ich gebe Ihnen zwei Stunden. Wenn Sie bis dahin nicht zurück sind, mache ich mich auf die Suche nach Ihnen.«

»Ich komme schon alleine zurecht, da machen Sie sich mal keine Sorgen«, entgegnete Eliza beleidigt.

»Ich bin sicher, Brodie ist nur besorgt um dich, Eliza«, schaltete Tilly sich besänftigend ein.

»Das stimmt«, sagte Brodie. »Wo werden Sie denn mit der Suche anfangen?«

Sie gingen zu Angus, Brodies Hengst, und Brodie hielt die Zügel fest. Eliza wusste, dass er nicht eher loslassen würde, bis sie ihnen gesagt hatte, wohin sie wollte. »Ich reite zum Lake Bonney. Ich habe heute Morgen ein Bild gesehen, das Noah von dem See gemalt hat. Ich glaube, es ist der einzige Ort, an dem er sich sicher fühlt.«

Während sie zum See ritt, dachte Eliza über Noahs Zwangslage nach. Es war unfassbar, dass einige Leute aus der Stadt ihn jagten wie ein wildes Tier. Sie wagte kaum daran zu denken, was passieren konnte, wenn sie Noah fanden. Eliza hoffte, dass der See sich als die Zuflucht erwies, die er brauchte, doch sie wusste, dass Noah nicht ewig dort bleiben konnte. Früher oder später würde jemand ihn finden.

Der Lake Bonney lag westlich von Tantanoola, und Eliza ritt auf einer einsamen Straße dorthin. Sie hoffte inständig, dass mit Noah alles in Ordnung war und dass sie ihn fand, ehe jemand aus der Stadt ihn entdeckte. Eliza wusste aber auch, dass die Gegend um den See sehr einsam war und dass es schwer für sie werden konnte, Noah zu entdecken.

Als sie den See erreichte, band sie Angus an einen Baum und machte sich auf die Suche. Sie ging am Ufer entlang. Die Vogelwelt war schier unglaublich: Pelikane, Kormorane und Enten schwammen auf der Wasseroberfläche, die in der Sonne schimmerte. Die friedliche Stille des Sees gab Elizas aufgewühltem Innern ein wenig Ruhe. Sie konnte begreifen, weshalb Noah diese Gegend so liebte, und hoffte, dass sie ihm denselben Frieden gab wie ihr.

Nach einer Weile entdeckte sie zu ihrer Erleichterung eine

einsame Gestalt, die auf einem Felsen am Wasser saß, den Kopf in die Hände gestützt. Es war Noah. Er hatte kein Lagerfeuer entfacht, vermutlich, damit niemand den Rauch sah. Eliza wusste, dass sie von Glück sagen konnte, Noah so rasch aufgestöbert zu haben. Kurz darauf hörte er sie näher kommen und hob misstrauisch den Kopf.

»Noah, bitte, reden Sie mit mir!«, rief Eliza, die befürchtete, dass er Reißaus nahm. »Tilly und ich wissen jetzt, wie Alistair McBride das mit Ihrem Vater herausgefunden haben könnte. Bitte glauben Sie uns, dass keine von uns Sie jemals verraten würde!«

Noah zögerte einen Augenblick, dann aber blickte er Eliza entgegen.

Als sie Noah erreichte, sah sie seinen getreuen alten Esel, der ein paar Schritte hinter ihm an einen Strauch gebunden war, wo er sich einer wohlverdienten Ruhepause erfreute.

»Ich verstehe nicht, wie das passieren konnte«, sagte Noah. »Ich hätte nie gedacht, dass jemand das mit meinem Vater herausfindet. Dabei bin ich ganz anders als er. Ich habe noch nie im Leben etwas gestohlen oder jemandem etwas zuleide getan. Das Leben in dieser Stadt ist so schon hart genug für einen Aborigine.«

»Das mit dem Artikel ist das Schlimmste, was Ihnen passieren konnte – gerade jetzt, wo die Farmer wegen der verschwundenen Schafe ohnehin wütend sind«, sagte Eliza. »Wieso können die Leute in der Stadt denn nicht begreifen, dass Sie nicht für die Taten Ihres Vaters verantwortlich sind, nur weil sein Blut in Ihren Adern fließt? Sie haben einen ganz anderen Weg gewählt als er – einen Weg, auf den Sie stolz sein können. Und Sie können auch stolz auf Ihr Talent sein. Ich kenne niemanden, der so malen kann wie Sie.«

Noah zuckte die Schultern. »Ich bin von den Weißen nie akzeptiert worden, weil ich Aborigine bin. Dass mein Vater Bushranger war, hat mein Schicksal endgültig besiegelt. Da kann man nichts machen.«

»Das glaube ich nicht«, sagte Eliza, entschlossen, dafür zu sorgen, dass Noah Gerechtigkeit widerfuhr.

»Wie hat dieser Zeitungsmann das mit meinem Vater bloß herausgefunden?«, fragte Noah. Er wusste, dass sein Leben aus den Fugen zu geraten drohte, und er hatte schreckliche Angst, dass die Farmer ihre Drohung wahrmachen und sein Haus niederbrennen würden. Sie hatten es bereits mit Kerosin übergossen, als Noah fluchtartig davongeritten war, voller Angst, der Pöbel würde ihn am nächsten Baum aufhängen.

»Wahrscheinlich hat Alistair McBride Tilly und mich belauscht«, beantwortete Eliza Noahs Frage. »Wir hatten während der Landwirtschaftsausstellung beim Springreiten zugeschaut, haben uns in der Nähe des Heuschobers auf eine Bank gesetzt und darüber gesprochen, wie schlecht die Leute in der Stadt Sie behandeln. Dabei sagte Tilly, es sei ein Glück, dass die Leute nicht wüssten, wer Ihr wirklicher Vater ist. Wahrscheinlich war McBride im Heuschober und hat unser Gespräch mitgehört. Es war dumm von uns, dass wir uns nicht vergewissert haben, ob jemand lauscht. Es tut uns schrecklich leid, Noah, aber jetzt wollen wir Ihnen helfen und unseren Fehler wiedergutmachen.«

Noah ließ den Kopf hängen. »Niemand kann mir helfen. Ich bin ein toter Mann.«

»Wir werden nicht zulassen, dass man Ihnen etwas antut!«, stieß Eliza entschossen hervor. »Ich finde schon heraus, wer die Schafe stiehlt, und ich werde Ihren Namen reinwaschen, das schwöre ich!«

»Niemand kann meinen Namen reinwaschen, Eliza.«

»Ich kann es, und ich werde es tun. Ich werde nicht nach Mount Gambier zurückkehren, bis alles geklärt ist.« Eliza war nicht sicher, ob sie ihr Versprechen halten konnte, doch es brach ihr schier das Herz, Noah so niedergeschlagen zu sehen. Plötzlich fiel ihr etwas ein, womit sie ihn vielleicht ein wenig aufmuntern konnte. »Übrigens habe ich eine gute Neuigkeit für Sie.«

Noah blickte auf. »Und welche?«

»Ich habe den Wolf gefunden. Zum Glück scheint er nicht schwer verletzt zu sein. Was sagen Sie dazu?«

»Im Moment mag es dem Wolf ja einigermaßen gut gehen«, erwiderte Noah bedrückt, »aber sein Schicksal ist zusammen mit meinem besiegelt.«

Eliza war entsetzt, dass er so empfand. »Niemand weiß, wo der Wolf ist. Nicht einmal meine Tante, meine Schwester oder Brodie Chandler. Solange das Tier in den Höhlen bleibt, ist es in Sicherheit – und es wird vermutlich dort bleiben, wenn ich ihm weiterhin etwas zu fressen bringe. Und Sie, Noah, könnten im Hanging Rocks Inn wohnen, wo wir Sie notfalls schützen werden. Ich verspreche Ihnen, dass niemand Sie finden wird. Nicht, bis wir alles geklärt haben.«

Noah wirkte unsicher. »Und woher soll ich wissen, dass Mr. Chandler mich nicht an die Farmer ausliefert?«

»Brodie? Glauben Sie mir, Noah, das wird er nicht tun. Er macht sich Sorgen um Sie. Er weiß, dass Sie kein Schafdieb sind.«

Noah ließ den Kopf hängen.

»Sie können nicht hier draußen bleiben, Noah«, drängte Eliza. »Das wissen Sie selbst. Holen Sie Ihren Esel, und kommen Sie mit mir.«

Widerstrebend erhob Noah sich und folgte ihr.

17

Sie waren fast dort angekommen, wo Eliza Brodies Pferd zurückgelassen hatte, als Noah plötzlich stehen blieb.

»Was ist?«, fragte Eliza.

»Ich kann nicht mit Ihnen kommen«, erwiderte Noah aufgeregt.

In Eliza stieg Verzweiflung auf. »Was meinen Sie damit? Sie müssen mit mir kommen, Noah! Sie können die Nacht nicht ganz allein hier draußen verbringen.«

»Ich will Sie und Miss Sheehan nicht in Gefahr bringen. Wenn die Leute in der Stadt herausfinden, dass ich mich im Hanging Rocks Inn verstecke, wird Miss Sheehan großen Ärger bekommen.«

»Die Leute werden es nicht herausfinden. Und Tilly und ich fühlen uns für Ihre Zwangslage verantwortlich, Noah, also geben Sie uns bitte eine Chance, Ihnen zu helfen.«

»Ich sollte in den Busch gehen«, sagte Noah, »vielleicht nach Norden, nach Alice Springs.« Während er am See gesessen hatte, hatte er ernsthaft über diese Möglichkeit nachgedacht. Noah empfand jedoch eine tiefe spirituelle Verbundenheit mit dem Ngarringjeri-Land, und es würde ihm das Herz brechen, dieses Land zu verlassen; deshalb war Elizas Angebot verlockend. Tief in seinem Innern erschien es ihm nicht richtig, von Frauen zu erwarten, dass sie ihn beschützten.

»Wenn Sie jetzt davonlaufen, Noah, wird der Verdacht erst recht auf Sie fallen«, sagte Eliza. »Das wissen Sie doch, nicht wahr? Und wie sollen wir Ihren Namen reinwaschen, wenn Sie nicht mehr da sind? Wir müssen denjenigen finden, der die Schafe stiehlt«, fügte Eliza hinzu. »Und ich will auch nicht, dass Alistair McBride ungestraft davonkommt.«

»Ich habe nie Lesen gelernt«, sagte Noah verlegen, »aber nach dem, was diese weißen Burschen in der Stadt geredet haben, hat Mr. McBride nichts in die Zeitung gesetzt, was nicht stimmt.« Er senkte den Blick. »Barry Hall war mein Vater.«

»Aber darum geht es doch gar nicht«, sagte Eliza. »Alistair McBride hat seinen Artikel so geschrieben, dass die Leute denken mussten, Sie seien genau wie Ihr Vater, und das stimmt nicht. Journalisten müssen objektiv sein. Sie haben eine moralische Verantwortung, das ist eine Art ungeschriebenes Gesetz in unserem Beruf. McBride aber denkt nur an den eigenen Vorteil. Ich kann nicht begreifen, wie sein Redakteur diesen Artikel in Druck geben konnte. McBride kennt Sie nicht einmal, er hat es sich lediglich in den Kopf gesetzt, Sie zu verfolgen. Und dass die Leute in der Stadt, die Sie schon so lange kennen, sich von den Lügen beeinflussen lassen, die McBride geschrieben hat, ist das Allerschlimmste! Die Leute mögen ja schockiert sein, dass Ihr Vater ein gefürchteter Bushranger war, aber sie kennen *Sie* doch auch. Die Leute müssten doch wissen, dass Sie nicht so sind.«

Noah gab keinen Kommentar ab. Im Laufe der Jahre hatte er gelernt, nichts mehr von den Städtern und Farmern zu erwarten. Sie waren noch nie auf seiner Seite gewesen. Die meiste Zeit hatte Noah das Gefühl, in Tantanoola nicht geduldet zu sein. Ohne die Freundlichkeit von Tilly Sheehan und ein oder zwei anderen Leuten und die wunderschöne Landschaft um Tantanoola, die ihn zu seinen Gemälden inspirierte, wäre er längst fortgezogen.

»Ich weiß, dass Sie sich fragen, wie diese Geschichte ein gutes Ende nehmen soll«, fuhr Eliza fort, »aber es *wird* alles gut, ich verspreche es.«

Noah blickte sie stumm an. In seinen Augen sah sie, dass er sich in sein Schicksal gefügt hatte. Das bestärkte Eliza jedoch nur in ihrer Entschlossenheit, weiter für Noah zu kämpfen.

Als sie Angus erreichten, band Eliza den Hengst los, und sie und Noah gingen noch ein Stück zu Fuß. Keiner der beiden hatte es eilig, den stillen und friedlichen Lake Bonney zu verlassen, auch wenn der Wind aufgefrischt hatte.

»Wenn ich doch nur wüsste, wer die Schafe stiehlt«, sagte Eliza verzweifelt. »Aber das werde ich schon noch herausfinden!«

»Wie denn, Eliza? Sie können nicht jede Nacht die Schafe sämtlicher Farmer bewachen. Irgendein gerissener Bursche stiehlt die Tiere, und nun brauchen die Farmer jemanden, dem sie die Schuld in die Schuhe schieben können. Und da komme ich ihnen gerade recht.«

»Aber die Farmer haben keine Beweise gegen Sie!«, sagte Eliza empört. Plötzlich weiteten sich ihre Augen. »Mir ist da eben eine Idee gekommen, Noah«, rief sie aufgeregt. »Wenn weiterhin Schafe verschwinden, solange Sie bei uns sind, ist das der Beweis für Ihre Unschuld! Wenn Tante Tilly und ich bezeugen, dass Sie das Hanging Rocks Inn nicht verlassen haben, könnte Ihr Name reingewaschen werden.«

Noah wünschte sich, es wäre so einfach. Zwar wusste er, dass jeder in der Stadt Respekt vor Tilly hatte, aber es müsste schon ein Wunder geschehen, damit die Leute ihre Meinung über ihn änderten, den Aborigine und Sohn eines Bushrangers. Noah schüttelte den Kopf. »Die Leute würden bloß denken, dass jemand mit mir unter einer Decke steckt«, sagte er mutlos und ließ die Schultern hängen. Er sah aus wie ein geschlagener Mann.

Eliza musste zugeben, dass Noah recht haben konnte. Es würde nicht leicht sein, die Farmer von seiner Unschuld zu überzeugen – nicht nach dem Artikel, den Alistair McBride geschrieben hatte. Sie brauchte handfeste Beweise, dass jemand anders die Schafe stahl.

Plötzlich blieb sie stehen und schnupperte. »Was ist das für ein entsetzlicher Geruch?«, fragte sie.

»Riecht nach einem verwesenden Kadaver«, sagte Noah. »Vielleicht ein totes Känguru.«

»Das ist ja widerlich.« Eliza schauderte, während sie weitergingen. »Wir sollten auf unsere Tiere steigen und sehen, dass wir weiterkommen.«

Eine Böe jagte über den See. Der Geruch, den der Wind mitbrachte, war beinahe erstickend. »Das ist doch sicher mehr als nur ein einziger Kadaver«, sagte Eliza. »Aus welcher Richtung kommt dieser Geruch, Noah?«

Noah brauchte einen Augenblick, um es herauszufinden; dann wies er auf die Ebene östlich des Lake Bonney. »Von dort«, erwiderte er und zeigte auf einen ungefähr fünfzig Meter entfernten Baum, der sich von der Landschaft abhob, da er höher aufragte als alles rings um ihn her. »Irgendwo in der Nähe von dem Sumpfeukalyptus.«

»Lassen Sie uns nachsehen, was da los ist«, sagte Eliza. Als Reporterin war sie von Haus aus neugierig, schauderte jedoch bei dem Gedanken, auf tote Schafe oder andere Tierkadaver zu stoßen.

»Das ist Privatland, Eliza«, sagte Noah nervös. Er hatte auf bittere und schmerzhafte Weise gelernt, dass die Farmer keine Aborigines auf ihrem Land duldeten. Als er in seiner Kindheit mit dem Clan seiner Mutter durchs Land gezogen war, waren sie oft verprügelt oder gar angeschossen worden, wenn die Farmer sie vertrieben hatten. Einmal hatte seine Mutter sich den Arm gebrochen, als sie von einem dicken Ast getroffen wurde, den ein wütender Farmer nach ihr geschleudert hatte. Dabei hatte sie bloß nach wilden Jamswurzeln gesucht. Noah war damals ungefähr sechs gewesen, hatte den Vorfall aber noch immer in lebhafter Erinnerung, weil er danach wochenlang die Arbeit seiner Mutter erledigen musste, während ihr Arm heilte.

Eliza sah sich um. »Es ist niemand da, der uns sehen könnte, Noah. Es dürfte kein Problem sein.«

Noah schien nicht überzeugt. Irgendetwas beunruhigte ihn. »Wir sollten lieber verschwinden«, sagte er.

»Ich denke, wir schauen uns die Sache erst einmal an, Noah.«

Der Aborigine sah, dass Eliza entschlossen war, also lenkte er ein und folgte ihr.

Auf dem Gebiet am östlichen Seeufer standen überwiegend Kanukabäume, die sich meilenweit hinzogen, das Gelände war nicht umzäunt. Eliza bahnte sich einen Weg durch Gestrüpp und hohes Gras, Angus am Zügel führend, und Noah folgte ihr mit seinem Esel. Eliza war fest entschlossen, herauszufinden, woher der scheußliche Geruch kam, sodass sie nicht einmal an die Möglichkeit dachte, ein gefährliches Tier könnte in der Nähe sein.

Mit jedem Schritt wurde der Geruch abscheulicher.

»Wir müssen ganz in der Nähe sein, Noah«, flüsterte Eliza durch ein parfümiertes Taschentuch, das sie sich über Mund und Nase halten musste.

Noah nickte nervös. Eliza nahm an, dass er Angst hatte, sie könnten einem Farmer über den Weg laufen, der davon wusste, dass die Leute aus der Stadt nach ihm, Noah, suchten. Sie erkannte, dass es grausam von ihr war, ihn einer solchen Tortur auszusetzen. »Wenn Sie wollen, machen wir uns auf den Weg zurück zum Hanging Rocks Inn«, sagte sie.

Noah schien sichtlich erleichtert zu sein und nickte.

Eliza wollte schon kehrtmachen, als ihr etwas Ungewöhnliches ins Auge sprang. »Moment mal, Noah. Ich kann da etwas sehen.« Sie ging noch ein paar Schritte weiter. »Es sieht aus wie … Tierfelle«, sagte sie, während sie sich auf die Zehenspitzen stellte.

Noah schien in Panik auszubrechen. »Wir müssen hier weg, Eliza!«, stieß er hervor.

»Warum haben Sie solche Angst?«, fragte Eliza.

Noah zögerte, während seine dunklen Augen den Busch absuchten. »Einer der Farmer könnte in der Nähe sein.«

»Wir tun nichts Unrechtes. Aber Sie können gern hier warten, wenn es Ihnen lieber ist«, sagte Eliza.

Noah schüttelte den Kopf. »Gehen Sie nicht weiter, Eliza! Das könnte schlimmen Ärger bedeuten!«

»Jetzt sind wir schon so weit gelaufen, da können wir auch nachsehen, ob es die Felle sind, die diesen Geruch verströmen, oder?« Eliza verwirrte Noahs Verhalten, sie sah keinen Anlass, dieser Sache nicht auf den Grund zu gehen.

Noah behagte der Gedanke, Eliza zu begleiten, gar nicht, er konnte aber auch nicht zulassen, dass sie sich allein in Gefahr begab.

»Also los«, sagte Eliza.

Sie gingen noch ein paar Schritte weiter, bis sie eine kleine Lichtung erreichten, auf der zwischen den Büschen eine Leine gespannt war, über der Kaninchenfelle hingen.

»Wer könnte die aufgehängt haben?«, fragte Eliza. »Ob sie dem Farmer gehören, den Sie erwähnt haben?« Es mussten an die dreißig Felle sein.

»Nein, vermutlich einem Kaninchentrapper«, sagte Noah. Er sah sich nervös um, in der Hoffnung, dass der Trapper nicht in ihrer Nähe war. Er wusste, dass man ihn beschuldigen würde, die Felle stehlen zu wollen, nur weil er ein Aborigine war.

»Wissen Sie von irgendwelchen Trappern in dieser Gegend?«, fragte Eliza, die sich von dem grauenhaften Geruch beinahe übergeben musste.

Noahs Blicke huschten ängstlich umher, er lauschte auf das leiseste ungewöhnliche Geräusch. »Es gibt in dieser Gegend viele Trapper«, sagte er.

»Wem gehört dieses Land denn?«

»Jimmy Brant.«

»Ob er davon weiß?«, fragte Eliza und deutete auf die Felle.

Noah nickte. »Die Farmer haben nichts gegen die Trapper, denn wenn die Kaninchen weg sind, gibt es mehr Futter für ihr Vieh.«

»Hat Mr. Brant denn Schafe?« Das dichte Gestrüpp um sie herum schien nicht geeignet, Schafe zu halten.

»Er hat weiter im Osten Weideland für seine Schafe, dieses Land hier eignet sich nur für Rinder. Ich habe ein paar Kühe am Ufer des Sees gesehen, also müssen sie hier durchkommen.« Er trat gegen ein dickes Büschel Gras, das unter einem Teebaumbusch wucherte.

»Mannie Boyd fängt doch Kaninchen, nicht wahr?« Eliza überlegte, wem die Felle gehören könnten. Offensichtlich war Mannie nicht der einzige Trapper in der Gegend, doch andere kannte sie nicht.

»Ich habe ihn noch nie hier beim See gesehen. Meistens stellt er seine Fallen auf Jock Milligans oder Fred Camerons Land auf.« Noah erwähnte nicht, dass Mannie die Fallen gern in der Nähe seines Hauses aufstellte, da er morgens, wenn er loszog, um seine Felle einzusammeln, oft verkatert war.

»Diese Felle sind trocken, Noah. Sie dürften eigentlich nicht so schlimm riechen, oder?«

Noah betastete eines der Felle und entdeckte ein Einschussloch. »Die Felle sind drei oder vier Wochen alt«, sagte er. »Die Kaninchen wurden erschossen, nicht gefangen.« Er deutete auf mehrere Einschusslöcher, die Eliza gar nicht aufgefallen waren, und roch dann an einem der Felle. Es verströmte kaum Geruch. »Es sind nicht die Felle, die so stinken«, sagte Noah, während er sich umsah. »Es muss etwas anderes sein.«

»Vielleicht sind noch ein paar frische Felle in der Nähe«, sagte Eliza.

»Kann sein«, sagte Noah. »Aber wir sollten lieber von hier verschwinden, bevor der Trapper wiederkommt.«

»Wir gehen gleich, versprochen«, sagte Eliza.

Sie ließen das Pferd und den Esel zurück und machten sich daran, im umliegenden Gestrüpp herumzustochern. Der Geruch war so Übelkeit erregend, dass es kaum auszuhalten war. Eliza war versucht, schleunigst zu verschwinden, aber irgendetwas stimmte nicht, und sie musste herausfinden, was es war.

Noah wurde plötzlich wieder unruhig. »Lassen Sie uns gehen, Eliza!«, drängte er.

Sein veränderter Tonfall veranlasste Eliza, sich umzudrehen. Sie rechnete mit dem Schlimmsten, doch auf den ersten Blick war nichts zu erblicken. Dann aber weiteten sich ihre Augen. »Was ist das?«, fragte sie.

»Verschwinden wir von hier!«, stieß Noah aufgeregt aus. Er wusste nur zu gut, was Eliza sah.

Eliza beachtete ihn nicht. Sie starrte auf den Teebaumbusch hinter Noah und trat näher, um der Sache auf den Grund zu gehen. Ein künstlicher Tunnel führte durch die dichte Vegetation. Aber wohin? »Gehen wir rein, und sehen wir's uns an«, sagte Eliza, die sich schon hinkniete, um einen Blick in den Tunnel zu werfen.

»Warten Sie! Das könnte gefährlich sein!«, sagte Noah und nahm ihren Arm.

Eliza richtete sich auf. »Irgendetwas stimmt hier nicht, Noah. Wir müssen herausfinden, was es ist. Ihr Leben könnte davon abhängen.«

Noah schien hin und her gerissen. »Wir sollten lieber gehen!«, drängte er.

Eliza blickte ihn misstrauisch an. »Wussten Sie von diesem Tunnel hier?«, fragte sie verwirrt.

Es war eine Frage, keine Beschuldigung, doch Noah sah es anders. Eine Spur von Verletztheit huschte über seine Züge, doch er hatte schon vor langer Zeit gelernt, dass die Leute nur das Schlechteste von ihm dachten. Abgesehen von seiner Mutter hatte niemand je wirklich an ihn geglaubt. Von allen Leuten in der Stadt konnte er nur Tilly als Freundin bezeichnen; sie war stets freundlich und fair zu ihm gewesen. »Nein, ich wusste nichts von diesem Tunnel«, beantwortete Noah nun Elizas Frage. »Aber Sie glauben mir nicht, oder?«

»Doch. Ich verstehe nur nicht, warum Sie sich so aufführen. Ich will Ihren Namen reinwaschen, aber das scheint Sie nicht besonders zu interessieren.«

Noah dachte nach. Täuschte er sich in Eliza? Aber das spielte keine Rolle. Selbst wenn sie in guter Absicht handelte, konnte sie ihm doch nicht helfen. »Es hat keinen Sinn ...«, begann er.

Aber Eliza unterbrach ihn. »Ich muss es wenigstens versuchen!«, sagte Eliza entschlossen.

»Ich hab kein gutes Gefühl an diesem Ort. Was, wenn da im Tunnel ein weißer Mann ist, der nichts Gutes im Schilde führt?« Sein eigenes Leben aufs Spiel zu setzen war eine Sache, doch Noah wollte auf keinen Fall Eliza auf dem Gewissen haben.

»Falls da jemand ist, hat er uns inzwischen sowieso schon gehört, Noah«, flüsterte sie.

»Vielleicht ist es eine Falle. Ich will nicht, dass Ihnen etwas passiert.«

Elizas Züge wurden sanfter, als sie erkannte, dass Noah sich größere Sorgen um sie machte als um sich selbst. »Ein gewisses Risiko müssen wir schon eingehen, Noah. Eine andere Möglichkeit gibt es nicht. Aber wir werden sehr vorsichtig sein. In Ordnung?«

Noah nickte widerstrebend. »Ich gehe voraus«, sagte er.

»Na schön, aber ich werde dicht hinter Ihnen bleiben.«

In der Hocke zwängten die beiden sich in den Tunnel, der nach ein paar Metern in einem fast rechten Winkel abknickte. Noah kam als Erster auf einer Lichtung am anderen Ende des Tunnels wieder ins Freie ... und schlug sich augenblicklich eine Hand vor den Mund. Als Eliza, die dicht hinter ihm war, sich aufrichtete, würgte sie. Ein grausiger Anblick und ein fürchterlicher Gestank bot sich ihnen.

Sie befanden sich in einem primitiven Pferch – ungefähr so groß wie ein Haus –, in dem unzählige Schafe geschlachtet worden waren. Die Felle hingen kreuz und quer zum Trocknen über Büschen, die Kadaver hatte jemand in die Mitte des Pferchs geworfen, wo sie verwesten und von Fliegen und Ungeziefer wimmelten. Ein verbeultes altes Gewehr und mehrere scharfe Messer lagen ebenfalls auf der Lichtung.

Noah schob Eliza zurück in den Tunnel, und sie krochen eilig wieder zum Ausgang. Bis sie das andere Ende erreicht hatten, rang Eliza nach Atem und kämpfte gegen die Galle an, die ihr in der Kehle hochstieg. Noah ergriff ihren Arm und führte sie fort von diesem Ort des Grauens. Sie waren beide zu schockiert und angewidert, um auch nur ein Wort zu sagen. Erst auf dem Hauptweg, der zurück zur Straße zwischen Mount Gambier und Tantanoola führte, gewann Eliza allmählich ihre Fassung wieder.

»Noah, ich kann gar nicht glauben, dass wir auf die Stelle gestoßen sind, wo die gestohlenen Schafe gehäutet werden«, sagte Eliza. »Das muss es gewesen sein. Die trocknenden Kaninchenfelle dienen offensichtlich nur der Tarnung wegen des Gestanks.«

»Wir können von Glück sagen, dass der Bursche uns da nicht erwischt hat«, sagte Noah, als er an das Gewehr und die Messer dachte. Die Angst stand ihm ins Gesicht geschrieben. »Ich hab gar nichts von dieser Stelle gewusst. Das glauben Sie mir doch?« Trotz Elizas Beteuerungen, sie wollte ihm helfen, fürchte Noah sich noch immer davor, dass sie ihn auslieferte.

Diesmal war es Eliza, die Noah schockiert ansah, doch sie wusste, dass sie sich über sein Misstrauen nicht wundern durfte. »Natürlich glaube ich Ihnen, Noah.«

Noah war nur wenig erleichtert.

»Ich war verwirrt wegen Ihres Verhaltens, das gebe ich zu. Aber jetzt weiß ich, dass Sie so zögerlich waren, weil Sie Angst hatten, und das kann ich Ihnen nicht verübeln. Ich weiß, dass Sie schon einmal enttäuscht worden sind.«

Noah nickte. Er wollte gern glauben, dass es nicht wieder geschehen würde, aber das konnte er sich nicht erlauben. Er hatte auf schmerzhafte Weise gelernt, dass er niemandem blind vertrauen durfte.

»Was sollen wir jetzt tun?«, fragte er.

Eliza dachte nach. »Als Erstes müssen wir Sie im Hanging Rocks Inn verstecken. Und wir sollten niemandem etwas davon sagen, was wir gesehen haben, ehe ich der Sache nicht auf den Grund gehen kann.«

»Das können Sie nicht allein, Eliza. Es ist zu gefährlich«, sagte Noah besorgt.

»Ich werde schon nichts Dummes tun, Noah. Aber ich will meine Tante nicht beunruhigen; deshalb müssen wir die Geschichte vorerst für uns behalten. Kleinstädte haben Ohren, wie meine Tante und ich bereits herausgefunden haben. Im Augenblick wissen nur Sie und ich davon, Noah, und das heißt, wir müssen einander vertrauen.« Sie hielt ihm die Hand hin. »Abgemacht?«

Noah sah zögernd auf Elizas Hand. Er konnte es kaum glauben. Noch kein Weißer hatte ihm je die Hand dargeboten, nicht einmal John Ward, als sie vereinbart hatten, dass Noah seine Kunstwerke an ihn verkaufte. Noah war erstaunt, hatte aber auch Angst. Wenn er einschlug, erklärte er sich bereit, sein Vertrauen in Eliza zu setzen, doch er war ein Aborigine, ein Außenseiter. Eliza hingegen war eine Weiße, die bereit war, ihm nicht nur zu vertrauen, sondern ihm zu helfen, seine Unschuld zu beweisen. Wie konnte er da ablehnen?

»Abgemacht«, sagte Noah zögernd und schlug ein.

»In Ordnung«, gab Eliza zufrieden zurück.

»Sie dürfen aber nicht dorthin zurückgehen«, sagte Noah mit einem Blick in die Richtung, aus der sie gekommen waren. Für einen Aborigine waren das Schlachten und die Verschwendung von Fleisch etwas Entsetzliches. Wer immer das getan hatte, hatte böse Geister in diese Gegend gerufen.

»Das habe ich auch nicht vor«, sagte Eliza. »Aber die Schaffelle werden zum Verkauf getrocknet, also müssen sie logischerweise irgendwo angeboten werden. Außerdem habe ich über die Einschusslöcher in den Kaninchenfellen nachgedacht. Bedeuten diese Löcher nicht einen Wertverlust? Die Felle werden doch bestimmt verkauft, damit sie zu Mänteln verarbeitet werden können, oder nicht?«

Noah nickte.

»Wenn ich herausfinden kann, wer sie verkauft und wo, haben wir unseren Schafdieb, darauf wette ich.«

Noah war beeindruckt über Elizas Kombinationsgabe, hatte aber zu viel Angst, als dass er glauben wollte, sie könne seine Unschuld jemals beweisen. Eliza und Tilly zuliebe würde er für ein paar Tage bei ihnen wohnen, doch wenn er das Gefühl hatte, dass die beiden in Gefahr schwebten, würde er mitten in der Nacht in den Norden verschwinden.

Eliza grübelte. Wie konnte sie dem Verkäufer der Schaffelle auf die Spur kommen? Myra Ferris wusste über jedermanns Geschäfte Bescheid, doch ihr vertraute Eliza nicht. Wen also konnte sie fragen?

»Wer ist für die Fracht zuständig, die die Stadt mit dem Zug verlässt, Noah?«, wollte sie wissen, als das Hanging Rocks Inn in Sicht kam.

»Neddy Starkey«, sagte Noah.

»Dann ist das der Mann, mit dem ich sprechen sollte«, beschloss Eliza. »Aber zuerst werden wir Sie im Hanging Rocks Inn unterbringen.«

Nachdem sie sich mit Brodie darüber beraten hatte, wo sie Noah am besten einquartieren könnten, machte Tilly sich an ihre Hausarbeit, doch ihr entging nicht, dass Brodie rastlos auf der Veranda hinter dem Haus auf und ab ging. Nach über einer Stunde hielt Tilly es nicht mehr aus.

»Entspannen Sie sich, Brodie.«

»Eliza müsste inzwischen zurück sein«, sagte er besorgt. »Es wird allmählich spät.«

»Sie wird jede Minute kommen«, beruhigte Tilly ihn mit einem Blick auf die Uhr an der Wand. Bis jetzt war sie nicht besorgt gewesen, doch Brodies Unruhe färbte auf sie ab.

»Ich hätte Eliza nicht allein reiten lassen sollen«, sagte er. »Mit Angus hat man manchmal kein leichtes Spiel. Wenn ihr irgendetwas zustößt, ist es meine Schuld.« Brodie war besorgt, der Hengst könnte Eliza abgeworfen haben, sodass sie nun verletzt und hilflos irgendwo lag.

»Eliza hat Ihnen doch gesagt, dass sie mit Pferden aufgewachsen ist. Und nach dem, was ich beobachtet habe, scheint Angus nicht allzu launisch zu sein. Ich bin sicher, sie hat ihn im Griff.« Tilly war überzeugt, dass mit Eliza alles in Ordnung war und dass sie bald zurück sein würde. Frühestens in einer Stunde würde man sich Sorgen machen müssen. Wenn Eliza bis dahin nicht zurückgekehrt war, beschloss Tilly, würde sie Brodie bitten, Nell zu satteln und nach ihr zu suchen.

»Ich schaue mal nach, ob ich sie die Straße heraufkommen sehe«, sagte Brodie und ging zur Auffahrt.

Tilly war verblüfft von der Heftigkeit seiner Reaktion, zugleich aber auch ein wenig erheitert. Offenbar lag ihm doch mehr an Eliza, als sie geglaubt hatte.

Draußen auf der Straße starrte Brodie in die Ferne und suchte nach irgendwelchen Anzeichen von Bewegung. Es war Spätnachmittag, bald würde die Dunkelheit hereinbrechen. Brodies Besorgnis nahm zu.

Als er gerade beschloss aufzugeben und sich auf die Suche zu machen, sah er seinen Hengst Angus, auf dessen Rücken Eliza saß. Neben Eliza konnte er auch Noah auf seinem Esel ausmachen.

In der Hoffnung, dass sie ihn nicht gesehen hatten, ging Brodie über die Auffahrt zur Stallkoppel und machte sich daran, Pferdemist zu schaufeln. Tilly beobachtete ihn vom Fenster aus. Sie konnte an seinem Verhalten ablesen, dass die Sorgen von ihm abgefallen waren; deshalb war sie nicht überrascht, als sie wenige Minuten später das Klappern von Hufen in der Auffahrt hörte. Sie trat auf die Veranda hinaus und sah Eliza und Noah, die ihre Tiere versorgten.

»Ich bin froh, dass Sie wieder da sind«, rief Tilly Noah zu.

Noah kam mit beschämter Miene zu ihr. »Es tut mir leid, dass ich Sie in Verdacht hatte, mich verraten zu haben, Miss Sheehan. Sie sind eine gute Frau, und Sie sind immer freundlich zu mir gewesen.«

»Sie hatten jedes Recht, wütend auf mich zu sein, Noah«, erwiderte Tilly. »Hätte ich nicht mit Eliza über Ihren Vater gesprochen, hätte Alistair McBride mich nicht belauscht, und nichts von alledem wäre passiert.«

Noah blickte sie aus dunklen, traurigen Augen an. »Die Burschen behaupten auch so, dass ich ihre Schafe gestohlen habe, Miss Sheehan. Die brauchen keinen Grund. Das wissen wir beide«, sagte er.

»Kommen Sie erst mal herein, Noah. Sie werden bei uns bleiben, bis dieses Durcheinander geklärt ist. Wenn irgendjemand fragt – wir haben Sie nicht gesehen.« Tilly wandte sich an Eliza, die neben Noah stand. »Was ist mit Katie? Sie hat Alistair McBride sehr gern. Wir dürfen nicht das Risiko eingehen, dass sie dem Kerl verrät, dass Noah hier ist.« Tilly konnte nur hoffen, dass Eliza nicht beleidigt war.

Eliza warf einen Blick auf Noah, der plötzlich wieder verängstigt aussah. »Du hast recht, Tante«, sagte sie.

»Ich werde Katie bitten müssen zu gehen«, sagte Tilly, erleichtert darüber, dass Eliza sie verstand.

»Ja, das stimmt. Sag Katie, dass ihr Zimmer ab morgen reserviert ist. Sie wollte sowieso bald nach Hause. Aber wo bringen wir Noah heute Nacht unter?«

Die Frage hatte Tilly bereits mit Brodie erörtert. Sie hatten beschlossen, Noah auf dem Speicher zu verstecken, wo ein überzähliges Gästebett stand. Es musste nur abgestaubt und mit Laken und Bettzeug hergerichtet werden.

»Es ist nur für diese Nacht, Noah«, entschuldigte sich Tilly. »Danach können Sie Katies Zimmer haben.«

»Ich bin für alles dankbar, Miss Sheehan. Ich wüsste sonst nicht, wohin ich sollte.« Noah sorgte sich um sein Zuhause. Ob es inzwischen niedergebrannt worden war?

»Ich bin froh, dass Sie so vernünftig waren, hierherzukommen, Noah«, zeigte sich jetzt auch Brodie besorgt.

Noah wurde verlegen.

»Und ich glaube nicht, dass Sie an dem Schafdiebstahl schuld sind«, versicherte ihm Brodie. »Deshalb sollten Sie eine Zeitlang hier unterschlüpfen, bis der wahre Dieb gefasst ist.«

Noah warf einen Blick auf Eliza und nickte.

»Ich bringe den Esel im Stall unter, damit man ihn nicht sieht«, sagte Brodie.

»Gute Idee«, rief Tilly, während sie Noah ins Haus führte. »Kommen Sie, Noah, ich zeig Ihnen, wo die Treppe zum Speicher ist. Wenn Katie nicht da ist, sind Sie auch unten bei uns in Sicherheit, aber sobald sie kommt, sollten Sie sich besser nicht hier blicken lassen.«

»Ich habe verstanden«, murmelte Noah.

18

Nach einem raschen Abendessen tranken Noah, Tilly, Brodie und Eliza noch eine Tasse Tee miteinander. Als sie einen Buggy die Auffahrt hinaufkommen hörten, der in der Nähe der Ställe hielt, stutzten sie. Die Dunkelheit war eben erst hereingebrochen. Tilly hatte erwartet, dass Katie auf Nell hergeritten kam. Sie war als Erste am Fenster. Im Mondschein konnte sie sehen, dass Nell hinten an den Buggy angebunden war. Eliza spähte ebenfalls durchs Fenster. Sie glaubte, ihre Schwester zu erkennen, die neben einem Gentleman saß.

»Wer ist der Mann da neben Katie?«, fragte Eliza und reckte den Hals.

Brodie sah über ihre Schulter. »Alistair McBride«, sagte er missbilligend. Er hatte McBride an der Form des Huts erkannt, den er immer trug.

Noah sprang auf, als er hörte, dass Katie zusammen mit Alistair McBride gekommen war.

Tilly wandte sich zu ihm um. »Schnell, Noah, auf den Speicher!«, stieß sie aufgeregt hervor.

»Beeilen Sie sich«, rief Eliza voller Panik. Alistair McBride durfte Noah auf keinen Fall sehen!

Noah rannte die Diele hinunter, gefolgt von Eliza. Die Treppe, die hinauf zum Speicher führte, lag am anderen Ende und musste mit einer Hakenstange heruntergezogen werden. Im Allgemeinen war sie hochgeklappt, damit sie nicht im Weg war, aber jetzt hatte Tilly sie unten gelassen, damit Noah schnell hinaufsteigen konnte, falls jemand kam. Die Treppe war ziemlich steil, doch Noah stieg sie hinauf, so schnell er konnte. Kaum war er verschwunden, schob Eliza die Treppe hoch und stellte die Stange in aller Eile in einen Schrank in der Nähe. Noah schloss die Falltür zum Speicher, und Eliza eilte in die Küche zurück.

Im selben Augenblick brachte Katie Alistair McBride zur Hintertür herein. Sie war bester Laune, beinahe ausgelassen; deshalb fiel ihr an der Stimmung der Anwesenden nichts Ungewöhnliches auf. Offensichtlich hatte Katie ein paar angenehme Stunden mit dem jungen Reporter verbracht; sie war sichtlich hingerissen von ihm.

Eliza konnte kaum glauben, dass ihre Schwester die Frechheit besaß, Alistair ins Hanging Rocks Inn mitzunehmen, wo sie doch wusste, wie unsympathisch der Mann ihr war.

»Ich habe Alistair eine Tasse Tee versprochen, bevor er zurück in die Stadt fährt, Tante«, sagte Katie fröhlich.

»Tante?«, sagte McBride und blickte verwirrt von Katie zu Tilly.

Als Katie begriff, dass sie unfreiwillig ihre Verwandtschaft mit Tilly preisgegeben hatte, schlug sie die Hand vor den Mund.

Tilly fühlte sich sichtlich unbehaglich, doch Eliza war nun erst recht aufgebracht. Offensichtlich hatte Alistair ihrer Schwester den Kopf so sehr verdreht, dass sie nicht mehr klar denken konnte.

»Sie hatten gar nicht erwähnt, dass Sie mit Miss Sheehan verwandt sind, Katie«, fügte Alistair misstrauisch hinzu.

»Ach nein?« Katie wand sich unter Elizas feindseligen Blicken.

Eliza fand, dass sie Alistairs Hoffnung auf eine weitere vermeintliche Verschwörung und einen weiteren reißerischen Artikel einen Dämpfer aufsetzen sollte.

»So ist es, Mr. McBride. Tilly ist unsere Tante«, sagte sie. »Vielleicht möchten Sie auch das gern in der Zeitung bringen und sich etwas Hässliches und Gemeines dazu ausdenken. Darauf verstehen Sie sich ja gut.«

»Ich habe mir gar nichts ausgedacht«, sagte Alistair und versuchte, eine unschuldige Miene aufzusetzen. »Es wundert mich nur, dass Katie nichts davon erwähnt hat. Wenn ich es mir recht überlege, hat niemand in der Stadt etwas davon erwähnt…«

Tilly und Eliza wussten, dass die Gerüchteküche nur so brodeln würde, falls jemand in der Stadt Wind davon bekam.

»Warum sollte jemand es erwähnen?«, sagte Eliza, als wäre nichts dabei. »Außerdem – was haben Sie sich eigentlich dabei gedacht, die Unterhaltung zwischen mir und meiner Tante zu belauschen, als wir in Tantanoola waren?«

Alistair zuckte kaum mit der Wimper. »Ich weiß gar nicht, wovon Sie reden«, sagte er lässig. »Worüber könnten Sie beide sich denn schon unterhalten, dass es mich interessieren würde?«

»Wovon redest du, Eliza?«, fragte Katie verwirrt.

»Spielen Sie nicht den Unschuldigen, Mr. McBride«, sagte Eliza, ohne auf ihre Schwester zu achten. »Ich rede von dem Artikel, den Sie für die *South Eastern Times* geschrieben haben.«

»Ach, Sie meinen den Artikel über den Sohn des berühmten Barry Hall. Er war sehr gut, nicht wahr?«

»Es war ein Haufen ungeheuerlicher Lügen, und das wissen Sie genau. Ich kann nicht glauben, dass Ihr Redakteur das ohne den geringsten Beweis in Druck gegeben hat. Billigt er Belauschen etwa als eine Art Enthüllungsjournalismus?«

Katies Augen weiteten sich, sie stieß Eliza den Ellbogen in die Seite. Sie konnte nicht glauben, dass ihre Schwester sich mit Alistair stritt, nachdem er so galant gewesen war, sie zurück zum Hanging Rocks Inn zu fahren.

»Ich bin durchaus imstande, Stoff für einen Artikel zu finden, ohne andere Leute zu belauschen«, sagte Alistair mit gespielter Empörung, »und nichts, was ich geschrieben habe, ist eine Lüge. Barry Hall ist Noahs Vater, oder etwa nicht?« Er sah von Eliza zu

Tilly. »Wollen Sie beide das etwa leugnen? Wollen Sie Noah dazu überreden, dass er mich wegen Verleumdung anzeigt?«

Eliza und Tilly bewahrten eisiges Schweigen.

»Das dachte ich auch nicht«, sagte Alistair selbstgefällig. Er hatte sich darauf verlassen, dass niemand es abstritt; schließlich *war* Barry Hall Noahs Vater.

Tilly funkelte Alistair zornig an. Dieser Kerl war so aufgeblasen, dass es ihr Blut in Wallung brachte. Wäre sie ein Mann gewesen, hätte sie ihm die Faust auf die Nase geschlagen. »Wie können Sie es wagen, Noah als Schafdieb hinzustellen«, sagte sie. »Das ist völlig an den Haaren herbeigezogen!«

»Wer ist denn Noah?«, flüsterte Katie eindringlich Eliza zu, bekam aber keine Antwort.

»Sein Vater war ein Schafdieb – und noch mehr«, erwiderte Alistair kalt. »Wie heißt es doch gleich? Der Apfel fällt nicht weit vom Stamm. Noah ist ein sehr wahrscheinlicher Kandidat für einen Schafdieb, der Hauptverdächtige in der Stadt, und ich denke, die Bewohner von Tantanoola sind dankbar, dass ich sie auf seine Herkunft hingewiesen habe.«

»Sie wollen doch nur Unfrieden stiften, um eine Story zu bekommen!«, fauchte Eliza. »Geben Sie es zu!«

»Ganz im Gegenteil. Ich halte es für meine Pflicht, die Leute in der Stadt darüber zu informieren, wer unter ihnen lebt«, verteidigte sich Alistair.

»Noah ist ein sehr guter Freund von mir«, stieß Tilly wütend hervor. »Ich würde ihm jederzeit vertrauen – eher als einer Schlange wie Ihnen.«

Katie schlug sich entgeistert die Hand vor den Mund. Nie im Leben war sie so verlegen gewesen.

»Ach ja?« Alistair grinste aufreizend. »Wenn Noah ein *sehr guter* Freund von Ihnen ist, wissen Sie dann zufällig, wo er sich aufhält? Die ganze Stadt sucht nach ihm.«

Tilly hatte Angst um Noah, verzog aber keine Miene. »Und

das ist Ihre Schuld«, sagte sie. »Mit Ihren verdrehten Lügen haben Sie das Leben eines unschuldigen Mannes in Gefahr gebracht. Wenn ihm etwas zustößt, haben Sie es auf dem Gewissen.«

»In dieser Branche kann man sich kein Gewissen leisten«, sagte Alistair. Er warf einen Blick auf Eliza. »Jedenfalls nicht, wenn man gut in seinem Job ist.«

»Das ist nicht wahr«, zischte Eliza, die vor Wut zitterte.

»Passen Sie auf, was Sie sagen, McBride, sonst könnte es sein, dass ich Sie rauswerfe«, rief Brodie aufgebracht.

»Wir werden ja sehen, ob ich recht habe.« Alistair setzte ein solch höhnisches Grinsen auf, dass es ihm ein unheimliches Aussehen verlieh.

Tilly konnte ihren Zorn nicht länger zügeln. »Verlassen Sie auf der Stelle mein Haus!«, fuhr sie ihn an.

Alistair McBride zuckte zusammen. Katie wurde blass und blickte ihre Tante fassungslos an.

Als McBride nicht sofort verschwand, trat Brodie einen Schritt vor. Er war fast einen Kopf größer als der Reporter, und nun blickte er mit funkelnden Augen auf ihn hinab. »Sie haben es gehört. Sehen Sie zu, dass Sie verschwinden.«

»Tante! Wie kannst du zu meinem Gast so unhöflich sein!«, rief Katie, die mit den Tränen kämpfte. »Mom würde einen anderen Menschen niemals so abscheulich behandeln!«

Tillys Augen weiteten sich, und ein paar Sekunden lang starrte sie Katie wütend an. Am liebsten hätte sie erwidert: Deine Mutter ist zu allem fähig!, doch sie hielt ihre Zunge im Zaum.

»Sollten Sie nicht unterwegs sein und einen Tiger jagen?«, stieß Alistair an Brodie gewandt verächtlich aus, während er sich zum Gehen wandte. »Oder jagen Sie in letzter Zeit lieber der anderen Miss Dickens nach?«

Brodie schlug Alistair so heftig die Faust ins Gesicht, dass der Reporter durch den Türrahmen und über die Veranda hinter das Haus geschleudert wurde.

Tilly konnte sich ein Grinsen nicht verkneifen. In ihren Augen hatte McBride soeben genau das bekommen, was er verdient hatte. Beinahe hätte sie applaudiert.

Eliza war verwirrt. Dass Brodie ihre Ehre so leidenschaftlich verteidigte! Katie indes fühlte sich zutiefst gedemütigt und brach in Tränen aus. Fast den ganzen Nachmittag hatte sie ihr Bestes versucht, um bei dem hübschen Mr. McBride einen guten Eindruck zu erwecken. »Sie Bestie!«, sagte sie zu Brodie. »Sie sind nicht besser als die Tiere, die Sie jagen!«

»Mr. McBride hat genau das bekommen, was er verdient hat, mein liebes Mädchen«, sagte Tilly. »Er ist unhöflich, widerwärtig und das schlimmste Exemplar eines Zeitungsschmierers. Und was dich betrifft, so kannst du morgen früh abreisen.« Tilly wusste, dass sie grob war, aber sie konnte nicht anders. Wenn sie Katie nur anschaute, sah sie ihre Schwester Henrietta. »Jemand anders hat für morgen Nacht dein Zimmer reserviert«, fügte sie hinzu. Es kam ihr nicht einmal wie eine Lüge vor; schließlich würde Noah Katies Zimmer bekommen, und in Tillys Augen hatte er es mehr verdient als sie.

Katie ballte die Hände zu Fäusten. Ein erstickter Laut drang aus ihrer Kehle, ehe sie herumwirbelte und zu ihrem Zimmer stürmte. Es war derselbe Laut, den Henrietta immer ausgestoßen hatte, wenn sie ihren Willen nicht bekommen hatte – was Tilly nur in ihrer Überzeugung bestärkte: Das Mädchen war genau wie seine Mutter, und das konnte für Eliza nur Ärger bedeuten.

Eliza warf einen Blick durch die Hintertür. Alistair hatte sich aufgerappelt und staubte sich Hose und Jacke ab. Brodie band derweil Nell hinten von Alistairs Buggy los. Eliza wandte sich um und folgte ihrer Schwester zu deren Zimmer. Katie stopfte hastig ihre Kleider in einen kleinen Koffer, der auf dem Bett stand.

Als Katie ihre Schwester sah, wandte sie sich wütend zu ihr um. »Wie kann diese ... diese *Frau* mich zum Gehen auffordern? Und wie konnte sie Alistair so unhöflich behandeln? Kein Wunder, dass Mom sie nicht leiden kann.« Sie raffte hastig ihre restlichen Habseligkeiten zusammen.

»Wohin willst du?«, fragte Eliza, ohne auf die gehässigen Bemerkungen einzugehen. »Du kannst diese Nacht hier im Hanging Rocks Inn bleiben. Nach Einbruch der Dunkelheit fahren sicher keine Züge mehr.«

»Ich werde nicht eine Minute länger mit Tilly Sheehan unter einem Dach bleiben!«, fauchte Katie, deren Miene eine Mischung aus Wut und Verletztheit verriet. »Diese Frau soll unsere Tante sein? Sie hat mich rausgeworfen!«

»Sie war freundlich genug, dich bei sich aufzunehmen, obwohl du völlig unerwartet gekommen bist. Und es ist nicht ihre Schuld, dass dein Zimmer bereits reserviert war«, nahm Eliza ihre Tante in Schutz.

»Nicht ihre Schuld? Sie hätte Brodie bitten können, dass er geht! Hat er nicht ein Zimmer im Hotel, das auf ihn wartet? *Ich* bin doch angeblich eine Verwandte.« Katie warf noch ein paar Sachen in ihren Koffer und knallte ihn zu. »Ich sehe doch, dass sie mich nicht mag! Und ich glaube, ich mag sie auch nicht ...« Katie drängte sich an Eliza vorbei.

»Wohin willst du?«, fragte Eliza noch einmal, während sie ihrer Schwester zur Haustür folgte. »Du kommst nicht mehr hier weg heute!«

»Dann bleibe ich irgendwo in der Stadt!«, rief Katie. »Es ist mir egal – und wenn ich auf einer Parkbank schlafen muss!« Sie sah Alistar, der eben seinen Buggy in Richtung Auffahrt lenkte. »Alistair! Warten Sie auf mich«, rief sie. Ohne sich noch einmal umzuwenden, rannte sie auf den Buggy zu und warf ihren Koffer hinauf. Alistair nahm ihre Hand und half ihr hoch, sodass sie sich neben ihn setzen konnte. Dann fuhren sie davon.

Fassungslos sah Eliza dem Buggy nach, der die Straße hinunter verschwand. Sie hörte kaum die Schritte hinter sich.

»Kann Noah jetzt gefahrlos herunterkommen?«, fragte Tilly.

»Ja, Tante. Ich glaube nicht, dass meine Schwester noch einmal zurückkommt.«

Tilly nahm die Stange aus dem Schrank, zog die Treppe herunter und rief nach Noah, der zögernd die Falltür öffnete.

In der Küche stieß Eliza auf Brodie, der eben wieder zur Hintertür hereinkam. »Ich kann nicht glauben, was Sie mit Alistair gemacht haben«, sagte Eliza.

»Er wollte es nicht anders.« Brodie zuckte die Achseln. »Er hat sich im Ton vergriffen, und das kann ich nun mal nicht ausstehen.«

Brodie und Eliza schauten sich ein paar Augenblicke gebannt an. Eliza wusste nicht, was sie davon halten sollte, dass Brodie Alistair verprügelt hatte. Und Brodie selbst konnte kaum glauben, dass Alistairs abfällige Bemerkungen über Eliza eine solch leidenschaftliche Reaktion bei ihm ausgelöst hatten. Keiner der beiden wollte zugeben, dass seine Reaktion mehr als bloß Galanterie gewesen war.

»Ich bin begeistert, Brodie, dass Sie diesem Kerl eine heruntergehauen haben«, sagte Tilly, die in diesem Augenblick fröhlich die Küche betrat. »Wäre ich ein Mann, hätte ich dasselbe getan. Er ist ein aufgeblasener kleiner Emporkömmling, der dringend einen Dämpfer gebraucht hat. Gut gemacht, Brodie.«

»Zweifellos wird jetzt die ganze Stadt erfahren, was hier passiert ist«, sagte Eliza, »und Alistair wird der Geschichte seinen eigenen Anstrich geben.«

»Ich bin nur besorgt, dass deine Mutter von dieser Sache erfahren könnte«, sagte Tilly.

»Wieso?«, fragte Brodie verwundert.

»Ich habe meinen Eltern versprochen, mich von meiner Tante fernzuhalten, solange ich in der Stadt bin«, antwortete Eliza wahrheitsgemäß.

Brodie verstand nicht, warum Elizas Eltern etwas dagegen haben sollten, dass sie ihre Tante sah, doch er hielt es für besser, nicht nach einer Erklärung zu fragen. Ihre Familienangelegenheiten gingen ihn nichts an.

»Ich mache mir Sorgen um Katie«, sagte Eliza.

Tilly wusste, was in ihr vorging. »Ich bin sicher, Katie wird nichts zustoßen.«

»Ich hätte nicht gedacht, dass sie sofort abreist«, räumte Eliza ein. »Wenigstens wird Noah jetzt in Sicherheit sein.«

Noah war eben in die Küche gekommen. An seiner Miene war deutlich abzulesen, dass er sich nicht wohl in seiner Haut fühlte. Es stimmte ihn traurig, dass Tilly sich mit ihrer eigenen Familie gestritten hatte, um ihn in Schutz zu nehmen. Die Familie war wichtig.

»Ich mache mir darüber Sorgen, wo Katie die Nacht verbringt«, gab Eliza zu.

»Vielleicht bringt dieser McBride sie ja nach Hause«, sagte Tilly, der es schwerfiel, einen neutralen Tonfall beizubehalten. »Nur fürchte ich jetzt, dass Katie deinen Eltern erzählen wird, dass du bei mir bist. Ich weiß, du hast noch nicht die Story, die du willst, aber vielleicht wäre es klug, wenn du morgen früh ebenfalls abreist.«

Eliza erschrak. »Aber ich will nicht fort, Tante. Es ist schön für mich, die Zeit hier mit dir zu verbringen. Wir sind doch gerade erst dabei, uns kennen zu lernen.«

»Ich weiß. Aber ich will nicht der Anlass für böses Blut zwischen dir und deinen Eltern sein.«

»Das lass nur meine Sorge sein, Tante«, sagte Eliza; dann durchfuhr sie ein erschreckender Gedanke. »Meinst du, dass Katie die Nacht mit Alistair verbringt?«

»Nein«, beruhigte Tilly ihre Nichte. »Gewiss nicht.«

»Mein Zimmer im Hotel steht noch immer zur Verfügung«, sagte Brodie. »Das wird sie vermutlich nehmen.«

»Da könnten Sie recht haben«, sagte Eliza. »Ich werde heute noch in die Stadt fahren, um nachzusehen, was los ist. Wenn Katie dort ist, rede ich mit ihr. Vielleicht kann ich sie ja überzeugen, nichts zu Mom und Dad zu sagen. Einen Versuch ist es allemal wert, nicht wahr?«

Tilly nickte. »Das alles tut mir leid, Eliza«, fügte sie hinzu. »Vielleicht hätte ich vor Alistair McBride den Mund halten sollen.«

»Es ist nicht deine Schuld, Tante Tilly. Du bist seit Jahren mit Noah befreundet, da liegt es doch auf der Hand, dass du ihn in Schutz nimmst.« Eliza dachte auf einmal an ihren Vater. Es war offensichtlich seine Schuld, dass ihre Mutter und ihre Tante sich entzweit hatten. Eliza konnte nicht glauben, dass seine Herzlosigkeit so viel Leid verursacht hatte, und sie fragte sich, ob er wirklich der Mann war, für den sie ihn immer gehalten hatte.

Sie warf einen Blick auf Noah. »Machen Sie sich bloß keine Vorwürfe«, sagte sie. »Es ist Alistair McBrides Schuld, dass die Stadt sich gegen Sie gewandt hat. Meine Schwester ist zu naiv, um zu erkennen, was für ein gerissener Halunke Alistair ist. Es geschieht ihr recht, wenn ihr eine Lektion erteilt wird.«

»Ich kann nicht glauben, dass Brodie Chandler Sie geschlagen hat, Alistair«, sagte Katie. »Was für ein brutaler Kerl!«

Alistair lächelte still vor sich hin und rieb sich den Kiefer, während er sich sagte, dass es sich letztendlich vielleicht doch gelohnt hatte.

»Geht es Ihnen auch wirklich gut?«, fragte Katie besorgt. Es war ein kräftiger Faustschlag gewesen. Alistair war durch die Hintertür geflogen wie ein Blatt Papier im Wind. Verglichen mit Brodie war er ein schmächtiges Kerlchen.

»Ja, Katie, es geht mir gut. Keine Angst«, sagte er, um ein Lächeln bemüht. »Ich habe einen Kiefer aus Eisen.« Das stimmte sogar; er hatte die Kämpfernatur und die robuste Konstitution von seinem schottischen Vater, Duncan McBride, geerbt. Seine Mutter stammte aus den englischen Midlands, wo sie wegen des Smogs oft krank gewesen war. Als Alistair zehn war, wanderte die Familie von England nach Südaustralien aus. Seine Mutter bestand darauf, auf dem Land zu leben, doch sie hatten kein Geld, um sich ein Stück Acker oder Farmland zu kaufen. Außerdem musste Alistairs Vater einsehen, dass es für einen Mann, der nichts von der Landwirtschaft verstand, kaum möglich war, Arbeit als Farmhelfer zu finden. In seinem verzweifelten Bemühen, die Familie durchzubringen, begann Duncan, in den Boxzelten zu kämpfen, die von Stadt zu Stadt zogen. Dank seiner stämmigen Statur und seines hitzigen Temperaments wurde er bald zum unumstrittenen Champion des Südostens, und das Preisgeld reichte aus, um die Familie zu ernähren und die Miete für ein Cottage zu bezahlen.

Doch Alistair war alles andere als stolz auf die Leistungen seines Vaters, er schämte sich sogar für ihn. Wie seine Mutter war er der Ansicht, dass Kämpfen nichts für einen Gentleman war. Es verschaffte Alistair weitaus mehr Befriedigung, seine Gefechte mit Worten auszutragen, auch wenn er dabei ironischerweise oft eine Faust ins Gesicht bekam, wie sich heute wieder einmal gezeigt hatte. Katie wiederum konnte nicht glauben, dass ihre Tante ihr den Laufpass gegeben hatte, doch sie war zu verlegen, um es Alistair zu sagen.

»Sie hätten das Hanging Rocks Inn nicht meinetwegen verlassen sollen«, sagte Alistair geschmeichelt.

»Ich konnte dort nicht länger bleiben, nachdem meine Schwester und meine Tante Sie so mies behandelt haben«, sagte Katie und versuchte, sich ihr Gefühl der Demütigung nicht anmerken zu lassen, dass sie aus dem Hanging Rocks Inn geworfen worden war. »Es tut mir leid, Alistair. Ich kann Ihnen versichern, dass meine Eltern bessere Umgangsformen haben. Sie wären beschämt, wenn sie wüssten, dass Eliza Sie beschuldigt hat, Sie hätten sie belauscht und würden die Wahrheit verdrehen. Auch wenn ich diesen Noah nicht kenne, so weiß ich doch, dass Sie ein Mann sind, der zu seinem Wort steht, und dass Sie nur Ihre Arbeit tun.«

»Ich will nicht, dass es Ihretwegen böses Blut zwischen Ihrer Schwester und Ihren Eltern gibt«, sagte Alistair mit einem Anflug von Erhabenheit. Tatsächlich würde er sich diebisch darüber freuen, Ärger zwischen Eliza und ihrer Familie zu schüren, und je mehr Katies Herz für ihn entflammte, desto leichter würde er sie in seinem Sinne beeinflussen können.

»Ich bin mir nicht sicher«, gab Katie wahrheitsgemäß zurück. Sie hatte keine Ahnung, was sie ihren Eltern sagen sollte. Ein Teil von ihr wollte, dass Eliza Ärger bekam; ein anderer Teil jedoch stand zu ihrer Schwester. Sie hatte ja auch selbst im Hanging Rocks Inn bei Tilly gewohnt, der Frau, die ihre Mutter verabscheute.

»Ich nehme an, Sie wollten den nächsten Zug nach Hause nehmen«, riss Alistair sie aus ihren Gedanken. »Aber ich glaube, Sie haben den letzten verpasst.«

»Das hat Eliza auch gesagt, als ich zur Tür hinausging. Ich fürchte, ich habe nicht gründlich durchdacht, was ich tue«, räumte Katie zerknirscht ein.

»Ich könnte Sie ja mit dem Buggy nach Hause fahren, aber das will ich eigentlich nicht. Ich will nicht, dass Sie gehen«, sagte Alistair, wobei er so tat, als wäre er betrübt.

»Wirklich, Alistair?«, fragte Katie eifrig.

»Natürlich. Ich habe mich sehr gefreut, Sie kennen zu lernen. Ich hoffe, Sie empfinden genauso.«

Katie errötete vor Freude. »O ja, und ich wünschte, ich müsste noch nicht nach Mount Gambier zurück, aber mir bleibt keine Wahl. Ich habe keine andere Unterkunft.«

»Sie könnten im Hotel wohnen. Brodies Zimmer steht noch immer zur Verfügung, zumindest war es heute Morgen noch so«, sagte Alistair. »Ich weiß, das Railway Hotel ist nicht der ideale Ort für eine junge Frau Ihres Standes. Ich schlage es auch nur deshalb vor, weil ich gern möchte, dass Sie noch länger in der Stadt bleiben.«

Katies Miene hellte sich auf. Konnte sie es wagen? Ihre Eltern würden es vermutlich nicht billigen – andererseits würden sie es auch nicht gutheißen, dass sie davongelaufen war oder bei Tante Tilly gewohnt hatte. Außerdem, wie sollten sie je davon erfahren, wenn Eliza es ihnen nicht sagte? »Ich nehme an, für eine Nacht könnte ich bleiben«, sagte Katie. Der Gedanke, ein paar schöne Stunden mit Alistair zu verbringen, war allzu verlockend, um es sich entgehen zu lassen.

»Wenn Sie in die Stadt wollen, werde ich Sie begleiten«, sagte Brodie zu Eliza.

»Das wird nicht nötig sein«, erwiderte sie.

»Ich finde, Brodie sollte dich begleiten«, sagte Tilly. »Es ist schon dunkel. Außerdem traue ich diesem McBride nicht über den Weg.«

»Er kann mir nichts tun, Tante.«

»Wer weiß schon, was er für Ärger machen kann. Wir haben doch selbst gesehen, dass man ihm nicht trauen kann.«

»Ich habe Fred Cameron heute in der Stadt gesehen und ihm versprochen, mir etwas Seltsames anzuschauen, das er auf seinem Land gefunden hat. Das heißt, ich muss sowieso nach Tantanoola«, fügte Brodie hinzu.

»Na schön«, sagte Eliza. »Hat Mr. Cameron gesagt, was genau Sie sich bei ihm ansehen sollen?«

»Ich glaube, irgendwelche frischen Überreste eines Tieres. Er meint, der Tiger sei dafür verantwortlich.«

»Oh«, sagte Eliza. »Aber Mr. Cameron wohnt doch auf der anderen Seite der Stadt.«

»Ja«, sagte Brodie, während er sich fragte, worüber sie wohl nachdachte.

»Dann kann das Tier, auf das Sie geschossen haben, nicht der Tiger gewesen sein«, sagte Eliza, die in Gedanken bei dem Wolf war.

»Ich will noch keine Vermutungen anstellen«, erwiderte Brodie.

Brodie nahm sich eine Laterne, um Angus und Nell zu satteln. Es war noch nicht lange her, dass er die Stute abgesattelt, zu Angus in den Stall geführt und ihr etwas zu fressen gegeben hatte. Tilly nahm sich ebenfalls eine Laterne, um die Ziegen in den Stall zu sperren und dafür zu sorgen, dass die Hennen für die Nacht sicher in ihrem Verschlag waren.

Als Tilly und Brodie aus dem Haus waren, nutzte Eliza die Gelegenheit, unter vier Augen mit Noah zu sprechen.

»Wenn ich heute Abend zurückkomme und meine Tante und Brodie schon schlafen, werden wir beide nach dem Wolf sehen und ihm etwas zu fressen bringen, ja?«, schlug sie vor.

Noah war aufgeregt angesichts der Aussicht, den Wolf wiederzusehen, aber nachdem Tilly so freundlich gewesen war, ihn im Hanging Rocks Inn aufzunehmen, widerstrebte es ihm, etwas hinter ihrem Rücken zu tun. »Ich würde den Wolf sehr gern wiedersehen, aber ich will Miss Sheehan nicht beunruhigen«, sagte er.

»Ich auch nicht, Noah, aber Tante Tilly würde es verstehen, wenn sie es wüsste. Ich verschweige es ihr nur, damit sie sich keine unnötigen Sorgen macht.«

Das konnte Noah verstehen. »Aber wir haben kein Fleisch, das wir dem Wolf geben könnten«, sagte er.

»Das stimmt. Und ich glaube nicht, dass ihm auf längere Sicht ein paar Stück altbackenes Brot jeden Tag genügen.« Eliza dachte nach. »Vielleicht könnte ich in der Stadt ein bisschen Fleisch besorgen. Das Geschäft wird schon geschlossen sein, aber möglicherweise bekomme ich von Mary Corcoran noch was. Ich könnte zu ihr sagen, das Fleisch sei für mich … dass ich es allmählich satt habe, immer nur Gemüse zu essen. Aber ich habe nicht viel Geld.«

»Es tut mir leid, ich hab auch keins«, sagte Noah. »Bei mir zu

Hause liegt ein bisschen, aber ich bin überstürzt aufgebrochen.« Noah war noch immer besorgt wegen seines Hauses – falls er überhaupt noch eins hatte. Er machte sich um seine Gemälde Sorgen. Schaudernd dachte er darüber nach, wie knapp er möglicherweise einem Lynchmord entgangen war.

»Ich werde nach Ihrem Haus sehen, wenn ich in der Stadt bin«, sagte Eliza mitfühlend. »Mal schauen, was ich herausfinden kann. Ich werde vorsichtig sein. Machen Sie sich keine Sorgen.«

Doch Noah wusste, dass er sich sehr wohl Sorgen machen würde. Eliza erwies sich allmählich als gute Freundin, genau wie Tilly. Wenn den beiden seinetwegen etwas zustoßen sollte, würde er es sich niemals verzeihen.

19

Als Eliza sich auf den Weg hinaus machte, hörte sie draußen einen Tumult. Sie und Noah eilten auf die Veranda hinter dem Haus. Sie sahen, wie Noahs Esel bockend und um sich tretend aus dem Stall gerannt kam. Brodie hatte Nell und Angus auf den Hof geführt, um sie zu satteln, doch der Ausbruch des Esels versetzte die beiden Pferde in Aufregung. Erhellt wurde die Szene von Tillys Laternen. Die Ziegen folgten dem Esel in gemächlichem Tempo aus dem Stall, mit seltsam verwirrten Mienen angesichts des Aufruhrs. Nell schien das alles gelassen hinzunehmen, doch Angus war sichtlich unruhig. Er warf den Kopf zurück, tänzelte und wieherte.

Brodie warf dem Hengst in genau dem Augenblick einen Strick um den Hals, als er dem Esel den Rücken zuwandte, um nach ihm auszuschlagen.

»Was ist denn hier passiert, Tilly?«, rief Eliza ihrer Tante zu.

»Noahs Esel mag die Ziegen nicht«, antwortete Tilly, während sie beobachtete, wie Brodie halbwegs erfolgreich versuchte, seinen Hengst zu beruhigen. Nell schien das Geschehen mit amüsiertem Interesse zu beobachten. In respektvollem Abstand verharrte sie auf der anderen Seite des Hofs.

Tilly stellte ihre Laterne ab. »Jetzt haben wir ein Problem«, sagte sie. »Wir müssen Noahs Esel verstecken, aber wir können die Ziegen nachts in ihrem Gehege nicht sich selbst überlassen, weil der Tiger sie wieder angreifen könnte.«

Bei dem Gedanken, Tilly könnte vorschlagen, den Esel in den

Höhlen unterzubringen, stieg Furcht in Eliza auf. »Was können wir denn tun, Tante?«, fragte sie.

Tilly dachte angestrengt nach, doch auf Anhieb fiel ihr keine Lösung ein.

»Ich könnte versuchen, einen Teil der Ställe abzutrennen, wenn ich aus der Stadt zurückkomme«, schlug Brodie vor. »Liegt hier vielleicht irgendwo Bauholz herum, Matilda?«

»Ja, neben der Vorratskammer. Der Vorbesitzer hat gern geschreinert, deshalb habe ich eine ganze Menge zugeschnittenes Holz auf dem Grundstück gefunden. Aber Sie müssen damit bis zum Morgen warten, Brodie. Heute Nacht werde ich die Ziegen noch einmal im Wäscheraum unterbringen.« Sie verdrehte die Augen bei dem Gedanken an das Chaos, das sie am nächsten Morgen erwarten würde.

»Ich sollte Angus lieber nicht reiten, bis er sich beruhigt hat«, sagte Brodie. »Haben Sie etwas dagegen, wenn ich Nell für die Fahrt in die Stadt vor den Wagen spanne?«

»Überhaupt nicht«, sagte Tilly.

Brodie schaute Eliza an. »Werden Sie in ein paar Minuten so weit sein, dass wir loskönnen?«

»Ja, ich bin fertig«, antwortete Eliza. Sie überlegte bereits, was sie zu Katie sagen würde, falls diese noch immer in Tantanoola war.

»Sie müssen sich ja ziemlich sicher sein, dass Ihre Schwester die Stadt nicht verlassen hat, wenn Sie den Weg heute Abend noch auf sich nehmen«, sagte Brodie, nachdem sie aufgebrochen waren.

Eliza zuckte die Achseln. »Ehrlich gesagt weiß ich nicht mehr, was ich denken soll. Ob Sie's glauben oder nicht, ehe meine Schwester nach Tantanoola kam, war sie stets berechenbar. Ich war immer die Impulsive in der Familie – diejenige, die sich den Ärger eingehandelt hat.«

Brodie warf einen Blick auf sie. »Das glaube ich gern«, sagte er. Seine Miene verriet Belustigung.

Eliza wusste nicht, ob sie gekränkt sein sollte oder nicht. »Das dachte ich mir«, sagte sie.

»Es spricht nichts dagegen, ein bisschen spontan zu sein«, fuhr Brodie fort. Er bemerkte ihren verwunderten Blick. »Solange man dabei niemanden in Gefahr bringt, heißt das.« Er dachte an die Tigergrube, und Eliza wusste es.

»Man kann schlecht spontan sein, wenn man vorher alles gründlich durchdenkt und sich jede Einzelheit durch den Kopf gehen lässt«, entgegnete sie und spürte, wie sie errötete.

Brodie fand, dass sie recht hatte, wollte es aber nicht zugeben.

»Sie könnten selbst ruhig ein bisschen impulsiver sein, wissen Sie«, platzte Eliza hervor.

»Was meinen Sie damit?«

»Sie sind immer so beherrscht. Verlieren Sie denn nie die Kontrolle?«, fragte sie herausfordernd.

»Die Kontrolle?« Brodie runzelte die Stirn.

»Ja«, gab Eliza zu. »Ich habe Sie noch nie lachen hören. Haben Sie denn niemals Ihren Spaß?«

»Natürlich, aber das Jagen ist ein ernstes Geschäft.«

»Das mag ja sein, aber Sie müssen doch sicher nicht rund um die Uhr ernst sein, oder?«

»Ich werde mich erst entspannen, wenn ich diesen Job erledigt habe«, sagte Brodie entschieden.

»Da haben wir's schon wieder – Sie werden ernst«, sagte Eliza und betrachtete ihn einen Augenblick nachdenklich.

Brodie spürte, dass sie ihn musterte, und wandte sich ihr zu. »Geht Ihnen etwas Bestimmtes durch den Kopf?«

»Ich habe nur versucht, Sie mir vorzustellen, wie Sie mit einer Freundin zusammen sind oder sich ausnahmsweise mal amüsieren. Gab es in Ihrem Leben schon mal eine Frau, die Ihnen etwas bedeutet hat?« Eliza wunderte sich über ihren Mut, aber sie wollte es wirklich zu gern wissen.

Brodie war überrumpelt, dass sie so unvermittelt fragte, und zögerte mit seiner Antwort. »Nein, eigentlich nicht. Ich bin mit ein paar Frauen ausgegangen, aber es ist nie etwas daraus geworden.« Er heftete den Blick fest auf die Straße, die vor ihnen lag.

»Das wundert mich nicht«, sagte Eliza selbstgefällig.

Brodie blickte sie empört an. »Haben *Sie* denn je einen festen Freund gehabt?«, drehte er den Spieß um.

»Nein«, gab Eliza offen zu.

»Warum nicht? Verscheuchen Sie die Männer etwa mit Ihren vielen Fragen?«

»Natürlich nicht!«, rief Eliza empört.

»Wie kommt es dann, dass Sie noch nie eine feste Beziehung hatten? Sie sind schließlich nicht unattraktiv.«

Elizas Augen weiteten sich. »Oh, vielen Dank.«

»Das war ein Kompliment«, fügte Brodie hinzu.

Eliza warf einen Blick auf ihn und sagte neckend: »Sie selbst sind auch gar nicht so übel. Ich glaube allerdings, dass Sie ein bisschen zu alt sind, um alleinstehend zu sein.«

Brodie blickte sie mit weit aufgerissenen Augen an.

»Sie müssen irgendetwas falsch machen, wenn noch keine Frau Sie sich geschnappt hat.«

»Falsch machen? Was meinen Sie denn damit?« Brodie war nun völlig verwirrt, aber zugleich seltsam berauscht von ihrem offenen Gespräch.

»Wie ich bereits sagte, Sie müssen ein bisschen fröhlicher werden. Vielleicht ist es Ihr nüchternes Auftreten, das potenzielle Bräute abschreckt.«

Brodie dachte über ihre Worte nach. »Nüchternes Auftreten, aha. Wie würden Sie es denn an meiner Stelle angehen? Ich frage aus reiner Neugier.«

Eliza musterte sein Profil. »Wenn Sie eine Frau attraktiv finden, dann unternehmen Sie etwas. Flirten Sie mit ihr, und küssen Sie sie.«

»Ich kann mir doch nicht einfach eine Frau schnappen und sie küssen. Was ist, wenn sie mich *nicht* attraktiv findet?«

»Ein Mann weiß im Allgemeinen, wenn eine Frau ihn begehrenswert findet. Sie sieht ihn auf eine … nun … gewisse Art an.«

»Tatsache?« Brodie warf einen Blick auf Eliza, aber sie konnte nicht sehen, dass er einen Mundwinkel hochzog. »Sie sagten, ich sei attraktiv, aber ich habe bisher noch nicht gesehen, dass Sie mich auf eine ›gewisse Art‹ anschauen.« Im Dunkeln konnte er ihren Gesichtsausdruck nicht richtig erkennen. »Oder habe ich da vielleicht was übersehen?«

»Das könnte durchaus sein«, sagte Eliza, die Gefallen an dieser bisher unbekannten Seite Brodies fand.

Brodie hielt den Wagen am Straßenrand und wandte sich Eliza zu. Sie wusste, was er jetzt gleich tun würde. Mit einem Mal spürte sie, wie sie zu zittern begann.

Sie wollte protestieren, als Brodie sie in die Arme nahm, aber ihr Protest wurde von seinem leidenschaftlichen Kuss erstickt. Eliza verlor jedes Zeitgefühl. Als Brodie sie eine Unendlichkeit später losließ, war sie atemlos und sprachlos. Für jemanden, der behauptete, nicht viel Erfahrung mit Frauen zu haben, küsste er auf jeden Fall sehr gut. Erstaunt sah sie, wie er die Zügel wieder aufnahm und die Fahrt fortsetzte, als wäre nichts gewesen.

»Was war das denn?«, fragte Eliza, als sie ihre Stimme wiederfand.

»Das war ein Kuss. Ich war bloß spontan. War das nicht Ihr Vorschlag?«

Eliza versuchte, seinen Gesichtsausdruck zu interpretieren, doch in der Dunkelheit konnte sie ihn nicht erkennen. Sie war dermaßen schockiert, dass Brodie lachen musste.

Eliza begriff, dass er sich über sie lustig machte, und errötete. Auf einmal war sie dankbar für die Dunkelheit.

Der Rest der Fahrt verlief in verlegenem Schweigen.

Am Hotel angekommen, stieg Eliza vom Wagen und sagte

Brodie, er solle weiter zu Fred Cameron fahren. »Wenn ich mit meiner Schwester gesprochen habe, warte ich auf der Veranda auf Sie«, versprach sie, den Blickkontakt zu ihm meidend.

»In Ordnung. Ich beeile mich«, sagte Brodie, entschlossen, sie nicht allzu lange allein draußen warten zu lassen. Er wollte nicht darüber reden, was soeben vorgefallen war, deshalb verschwand er rasch in die Dunkelheit.

Eliza versuchte nicht über den Kuss nachzudenken und das, was er vielleicht zu bedeuten hatte – oder vielmehr, was er *nicht* zu bedeuten hatte. Sie musste sich jetzt auf andere Dinge konzentrieren, vor allem darauf, bei ihrer Schwester die Wogen zu glätten. Sie wandte sich zur Hotelbar um, von wo sie laute, zornige Stimmen hörte. In der Bar saßen ein paar Stammgäste und tranken, darunter Mannie Boyd. Ryan bediente die Männer. Es war offensichtlich, dass die Stimmung gereizt und unheilvoll war. Als Eliza hörte, wie auf abfällige Weise über Noah gesprochen wurde, wurde sie wütend. Sie wollte schon hineingehen und Noah in Schutz nehmen, zögerte dann aber. Sie konnte es nicht riskieren, dass irgendjemand misstrauisch wurde und sich fragte, weshalb sie jemanden verteidigte, den sie kaum kannte. Womöglich folgte man ihr dann zurück zum Hanging Rocks Inn und fand heraus, dass Noah sich dort versteckt hielt.

Eliza schluckte ihre Wut herunter und ging um das Hotel herum, um durch die Hintertür einzutreten, die offen stand. Von dort konnte sie den Korridor hinuntersehen, von dem Türen in die Bar und den Speisesaal führten. Die Küche war der erste Raum rechts, gleich bei der Hintertür. Auch diese Tür stand offen, und Eliza sah Mary über einem großen Topf Rinderbrühe am Herd schwitzen. Offenbar wurde den Gästen bald das Abendessen serviert.

Mary hob den Blick, als sie spürte, dass jemand im Türrahmen stand. »Oh«, sagte sie überrascht, wischte sich die Hände an der Schürze ab und trat auf Eliza zu. »Was tun Sie denn hier?«

Eliza versuchte, nicht verärgert über eine solch klamme Begrüßung zu sein, doch es gelang ihr nicht ganz. »Ich bin auf der Suche nach meiner Schwester Katie. Hat sie sich hier ein Zimmer genommen?« Sie hegte noch immer die Hoffnung, dass Alistair Katie vielleicht in seinem Buggy zurück nach Mount Gambier gefahren hatte.

»Ja, hat sie«, sagte Mary. »Aber im Augenblick ist sie nicht auf dem Zimmer. Sie sitzt mit Alistair McBride im Speisesaal. Ich werde den beiden bald das Abendessen auftragen. Wollen Sie sich zu ihnen setzen?«

Eliza war wütend, dass Katie mit Alistair zusammen war; das war an ihrer Miene deutlich abzulesen.

»Stimmt etwas nicht, Miss Dickens?«, fragte Mary neugierig. Die Feindseligkeit zwischen Eliza und Alistair war ihr nicht entgangen; daher wunderte sie sich nicht allzu sehr, dass Eliza es nicht gerne sah, dass ihre Schwester Umgang mit Alistair hatte. Mary war allerdings aufgefallen, dass Katie beunruhigt gewesen war, als sie sich ein Zimmer genommen hatte. Marys Neugier wurde weiter angestachelt, als sie fragte, warum Katie das Hanging Rocks Inn verlassen hätte, das Mädchen sich jedoch weigerte, eine befriedigende Antwort zu geben. Kann es sein, fragte Mary sich nun, dass die Schwestern Streit hatten, möglicherweise wegen Alistair?

»Es ist alles in Ordnung«, log Eliza. »Ich werde nur rasch ein Wort mit ihr wechseln.«

Eliza ging den Flur hinunter, während Mary mit den Schultern zuckte und sich wieder ihren Kochtöpfen zuwandte.

Als Eliza den Speisesaal erreichte, warf sie zunächst einen Blick durch die Glasscheibe, die oben in die Tür eingelassen war. Sie konnte ihre Schwester in der hintersten Ecke sehen, eng an Alistair gekuschelt; die beiden schienen wirklich sehr vertraut miteinander zu sein. Eliza sah, wie Katie zärtlich über Alistairs verletztes Kinn strich, ehe er ihre Hand in seine nahm und sie sanft küsste.

Eliza musste sich abwenden, sonst hätte sie dem Impuls nachgegeben, laut aufzuschreien. Gleichzeitig kämpfte sie gegen das Verlangen, in den Speisesaal zu stürmen und ihre Schwester buchstäblich von Alistair wegzuzerren. Sie hätte nicht gezögert, genau das zu tun, nur wusste sie, dass sie Katie damit erst recht vor den Kopf stoßen würde. Und dann würde Katie mit Sicherheit ihren Eltern erzählen, dass sie bei ihrer Tante Tilly wohnte. Eliza konnte sich die wütende Reaktion ihrer Mutter lebhaft vorstellen – wie auch die Enttäuschung ihres Vaters –, dass sie ihren Wünschen nicht Folge geleistet hatte.

Sie holte tief Luft, um sich zu beruhigen, während sie überlegte, was sie tun sollte. Dann ging sie zur Hintertür. Vor der Küche, wo Mary inzwischen einen großen Topf mit Kartoffeln stampfte, hielt sie noch einmal inne.

Mary sah erneut auf. »Sie gehen schon wieder?«

»Ja«, sagte Eliza und versuchte, sich ihren Gefühlsaufruhr nicht anmerken zu lassen.

»Haben Sie Katie im Speisesaal denn nicht gefunden?«

»Sie ist da, aber ich wollte sie nicht stören. Ich werde ihr eine Nachricht dalassen.« Eliza holte ihr Notizbuch und einen Bleistift aus ihrer Tasche. »Welches ist ihr Zimmer?«

»Die erste Tür in dem Durchgang hinter Ihnen«, sagte Mary und deutete auf einen kleinen Flur, der links neben der Hintertür abging. »Ich werde ihr die Nachricht aushändigen, wenn Sie möchten.«

»Nein, vielen Dank, Mrs. Corcoran. Ich werde sie ihr unter der Tür durchschieben.«

»Wie Sie möchten«, sagte Mary und wandte sich wieder dem Kochen zu.

Eliza hegte den Verdacht, dass Mary wütend über diesen Mangel an Vertrauen war. »Darf ich Sie noch einen Augenblick bemühen, Mrs. Corcoran?«

Mary wandte sich um, die Hände in die Hüften gestemmt. »Sie sehen doch, ich habe zu tun. Was gibt es denn?«

»Ich habe wütende Stimmen in der Bar gehört, und dabei fiel auch Noahs Name.«

Marys Miene nahm einen anderen Ausdruck an. »Der arme Noah wird beschuldigt, Schafe gestohlen zu haben. Ich persönlich glaube nicht, dass er es war. Ich hoffe nur, er hält sich von der Stadt fern, bis die Wogen sich geglättet haben, denn wer weiß, was ein paar von den Raufbolden hier in der Gegend ihm antun würden.«

Eliza warf einen Blick durch die Hintertür ins Freie. »Ist mit Noahs Haus alles in Ordnung?« Die Ställe des Hotels behinderten die freie Sicht auf Noahs Behausung.

»Ja. Warum fragen Sie?«

»Ich dachte nur … wenn alle so wütend auf ihn sind, werden sie ihren Zorn vielleicht an seinem Eigentum auslassen.« Sie konnte Mary nicht anvertrauen, dass Noah krank vor Sorge um sein Haus und seine Gemälde war.

»Die Hütte gehört streng genommen zum Hotelgelände. Im Gegenzug für etwas Arbeit in den Ställen lassen wir Noah dort wohnen. Trotzdem würde Noahs Behausung – da haben Sie recht mit Ihrer Vermutung – jetzt nicht mehr stehen, hätten Ryan und ich den wütenden Mob nicht davon abgehalten, sie niederzubrennen.«

Eliza stockte der Atem. »Sie wollten die Hütte niederbrennen?« Noah hatte gesagt, der Mob sei aufgebracht gewesen, doch Eliza hatte nicht glauben wollen, dass ein paar Verrückte tatsächlich so weit gehen würden, sein Haus niederzubrennen.

»So ist es. Erst als wir ihnen damit drohten, die Bar auf unbestimmte Zeit zu schließen, haben sie sich beruhigt. Ein Artikel in der Zeitung, verfasst von Alistair McBride, hatte sie alle aufgestachelt«, stieß Mary hervor. »Wenn Sie mich fragen, hat dieser Kerl sehr viel auf dem Gewissen. Der arme Noah ist nur knapp mit dem Leben davongekommen. Es wundert mich nicht, dass Sie offensichtlich gar nicht froh darüber sind, dass Ihre Schwester

Umgang mit diesem Alistair hat.« Mary hatte ihn bitten wollen, das Hotel zu verlassen, doch Ryan war nicht damit einverstanden gewesen, da der junge Reporter ihnen eine anständige Miete bezahlte.

»Nach dem, was ich vor ein paar Augenblicken gehört habe«, sagte Eliza bedrückt, »sind die Männer noch immer wütend auf Noah.«

Mary nickte angewidert.

»Sind seit Erscheinen des Artikel in der Zeitung denn noch mehr Schafe verschwunden?«

»Nicht dass ich wüsste. Und damit fällt der Verdacht erst recht auf Noah, nicht wahr?« Auf einmal wirkte sie verängstigt. »Ich hoffe, Sie werden nicht auch noch einen Artikel über Noah schreiben. Geht es *darum?*«

»Natürlich nicht, Mary. Ich glaube ebenso wenig wie Sie, dass Noah ein Schafdieb ist.«

»Wirklich?«

»Ja«, beharrte Eliza. Sie wollte herausfinden, was mit Noahs Gemälden los war, damit sie ihn beruhigen konnte. »Ich könnte mir vorstellen, dass Noah besorgt um seine Kunstwerke ist. Er hat mir erzählt, dass er sie an die Galerie in Mount Gambier verkauft. Ob sie in seiner Hütte sicher aufgehoben sind?«

»Nein. Deshalb haben Ryan und ich sie bei uns im Keller in sichere Verwahrung genommen. Aber behalten Sie das besser für sich. Es gibt ein paar rachsüchtige Leute in dieser Stadt.«

Eliza dachte an das Gemälde des Wolfs, das in Noahs Sessel versteckt war. Dieses Bild hatte Mary sicher nicht gefunden. »Das werde ich, Mary. Ich bin sicher, Noah wird Ihnen dankbar sein für das, was Sie für ihn getan haben.«

Ehe Mary etwas darauf erwidern konnte, hörten sie und Eliza, wie Ryan nach seiner Frau rief.

»Was will er denn jetzt schon wieder?«, murmelte Mary entnervt. »Das ist schon das x-te Mal, dass er mich heute ruft.« Sie schüttelte den Kopf. »Es gibt Tage, da kann er einfach nichts selbst erledigen«, sagte sie, während sie, vor sich hin murmelnd, ihre Schürze abnahm. »Wenn das in diesem Tempo weitergeht, werde ich mit meiner Arbeit nie fertig.«

Nachdem Mary den Flur hinunter zur Bar gegangen war, kritzelte Eliza eine Notiz.

Liebe Katie,

ich weiß, dass Du wütend auf Tilly bist, aber sag Mom oder Dad nichts davon, dass ich bei ihr wohne. Anderenfalls würden sie erfahren, dass Du Dir ein Zimmer im Railway Hotel genommen hast und Deine Zeit in Gesellschaft eines Mannes von fragwürdigem Ruf verbringst …

Deine Eliza

Eliza faltete die Notiz zusammen und schob sie unter Katies Tür hindurch. Sie hoffte, dass sie sich klar genug ausgedrückt hatte. Gewissensbisse hatte sie jedenfalls kaum wegen dieser unterschwelligen Erpressung. Schließlich blieb ihr keine andere Wahl.

Auf einmal kehrten ihre Gedanken wieder zu dem Wolf zurück, und sie schalt sich im Stillen, dass sie Mary nicht um etwas Fleisch gebeten hatte. Als sie sich in der Küche umsah, entdeckte sie den Mülleimer. Sie warf einen raschen Blick hinein und entdeckte unter den Kartoffelschalen ein paar Fleischreste von den Mittagsgästen. Sie schob die Schalen beiseite, zog ein paar Würste, Lammkoteletts und Speckstücke heraus und wickelte sie in ein Stück alte Zeitung, das in der Küche lag. Dann ging sie zur Hintertür hinaus und stellte sich vor dem Hotel auf die Veranda, wo sie auf Brodie warten wollte.

Ein Bahnarbeiter sperrte dieTür des Fahrkartenschalters auf dem Bahnsteig zu. Wie der Zufall es wollte, kam der Mann in Richtung Bar. Eliza dachte, er würde hineingehen, doch er lief an ihr vorbei. Rasch ergriff sie die Gelegenheit, mit ihm zu sprechen.

»Entschuldigen Sie …«

Er blieb stehen und blickte sie überrascht an. »Reden Sie mit mir, Miss?«

»Ja. Sind Sie Mr. Starkey?«

»Der bin ich, Miss. Neddy Starkey. Was kann ich für Sie tun?«

»Mein Name ist Eliza Dickens. Ich arbeite für die *Border Watch*. Dürfte ich Ihnen ein paar Fragen stellen?«

Neddy war ein Mann Anfang sechzig, mit schlohweißem Haar, das unter seiner marineblauen Mütze hervorschaute. Eliza konnte sehen, dass seine Neugier geweckt war, doch sie wusste nicht, ob es daran lag, dass sie eine junge Frau war, oder daran, dass sie für eine Zeitung arbeitete. Es war ein Dilemma, mit dem Eliza ständig konfrontiert war, seit sie Reporterin geworden war.

»Wenn ich Ihnen helfen kann, werde ich es gern tun, junge Dame«, sagte Neddy. Seine hellblauen Augen zwinkerten hinter seiner Brille, während er Eliza unverhohlen musterte.

»Sie sind doch für die Fracht zuständig, die in die Stadt kommt und sie verlässt, richtig?«

»So ist es, Miss Dickens. Ich und mein junger Assistent, Winston Charles.«

»Könnten Sie mir sagen, wie viele Leute aus Tantanoola Kaninchenfelle an Käufer in Adelaide verschicken?«, fragte Eliza, den Bleistift über ihrem Notizblock gezückt.

»Warum wollen Sie das denn wissen?«, fragte Neddy, über seinen Nasenrücken auf sie hinunteräugend.

Eliza wich seiner Frage aus. »Ich wäre Ihnen für jede Information dankbar, die Sie mir geben könnten, Mr. Starkey«, sagte sie.

Neddy rieb sich den Backenbart. »Nun, das schwankt, aber zurzeit schicken drei Trapper von hier Felle nach Adelaide.«

»Könnten Sie mir ihre Namen nennen, Mr. Starkey?«

»Das kann ich tun«, sagte er. »Da ist zuerst einmal Mannie Boyd. Er lebt in der Stadt und ist jetzt zweifellos in der Bar. Dann ist da Willie Wade. Er hat keine feste Anschrift, sondern haust in einem Wohnwagen am Straßenrand, etwa zehn Meilen von hier, in der Gegend von Snuggery. Aber es ist gut, dass er nicht näher bei der Stadt wohnt.«

»Warum?«

»Er versteht sich nicht gut mit Mannie Boyd. Trapper hassen Konkurrenz. Ich weiß gar nicht warum. Es herrscht schließlich kein Mangel an Kaninchen, so wie die sich vermehren.«

»Da haben Sie allerdings recht«, sagte Eliza. Sie fand, dass Willie Wade sich nicht unbedingt nach einem Verdächtigen anhörte, da Snuggery zu weit von der Stelle entfernt lag, an der sie die versteckten Schaffelle gefunden hatte.

»Und in letzter Zeit ist da noch ein Trapper, der Felle verschickt«, fuhr Neddy fort.

»Und wer ist das?«

»Er kommt nicht selbst hierher. Er schickt immer jemanden in die Stadt, der sie hier ablädt.«

»Das ist aber seltsam«, sagte Eliza, bemüht, jeden Argwohn aus ihrer Stimme herauszuhalten.

»Sie würden anders darüber denken, würden Sie Mallory McDermott kennen. Er ist schon eine ganze Weile nicht mehr in der Stadt gewesen, nicht einmal auf ein Bier in der Bar.«

»Gibt es einen Grund, weshalb er nicht in die Stadt kommen will?«

»Man könnte Mallory McDermott als exzentrischen Einsiedler bezeichnen. Sein Haus liegt draußen am See, und er empfängt überhaupt keinen Besuch. Ich persönlich würde auch keinen Wert darauf legen, ihn zu besuchen. Er ist ein seltsamer Bursche.«

»Was meinen Sie damit?«, fragte Eliza. Sofort musste sie an die grausigen Überreste auf dem Schlachthof im versteckten Pferch am See denken. Wer so etwas tat, war kalt und herzlos.

Neddy senkte die Stimme. »Ich will ja kein Klatschmaul sein, aber Mallory war immer schon ein bisschen übergeschnappt. In der Stadt heißt es, er hätte im amerikanischen Bürgerkrieg eine

Art Trauma erlitten, auch wenn andere Leute glauben, das sei nur eine aus der Luft gegriffene Geschichte, um seine seltsame familiäre Abstammung zu vertuschen.«

»Wer bringt denn Mr. McDermotts Felle in die Stadt?«

»Mick Brown. Er ist aus der Gegend hier und der Einzige, mit dem Mallory sich abgibt. Meistens bringt er Mallory einmal im Monat, was der an Lebensmitteln braucht.«

»Hat irgendjemand in letzter Zeit mehr Felle verschickt als sonst?«

»Das kann ich nicht behaupten. Warum wollen Sie das mit den Trappern überhaupt wissen?«

»Es ist für einen Artikel, an dem ich arbeite. Sie sind mir eine große Hilfe gewesen, Mr. Starkey.«

»Werde ich jetzt in der Zeitung erwähnt?«

Eliza war sich nie sicher, wie sie auf diese Frage antworten sollte, da manche Leute ein wenig Bekanntheit gern hatten, während andere es vorzogen, anonym zu bleiben. »Mein Redakteur wird das letzte Wort haben. Möchten Sie denn, dass Ihr Name erwähnt wird?«

»Ich hab nichts dagegen«, sagte Starkey, ohne die Vorfreude in seiner Stimme zu verhehlen. Er rückte seine Krawatte zurecht. »Wird jemand ein Foto von mir aufnehmen? Ich hab gehört, die Zeitungen haben jetzt diese neuen Kodak-Brownie-Boxkameras.«

»Die *Border Watch* hat tatsächlich eine solche Kamera«, sagte Eliza. Die Kodak-Brownie war Mr. Kennedys ganzer Stolz. »Aber mein Redakteur erlaubt nur bei wichtigen Artikeln die Veröffentlichung von Fotos.«

Neddy war für einen Moment enttäuscht. Er war schon einmal fotografiert worden, als der Bahnhof eingeweiht wurde; aber damals war die Qualität der Bilder noch sehr schlecht gewesen, und das Foto war seitdem arg vergilbt. »Falls der Tiger gefangen wird, würde Ihrem Redakteur ein Foto davon sehr gefallen, nehme ich an«, sagte er.

»Das stimmt«, gab Eliza zu. Sie wusste, dass ihr Chef auch gern ein Foto des Wolfs und des versteckten Pferchs des Schafdiebes hätte. »Ich bin nur eine junge Reporterin, Mr. Starkey, aber eines Tages, wenn ich mir einen Namen gemacht habe, könnte ich wiederkommen, um ein Foto von Ihnen aufzunehmen.«

Neddys Miene hellte sich auf. »Dann viel Glück, junge Dame.«

»Danke, dass Sie mir ein wenig von Ihrer Zeit geschenkt haben«, sagte Eliza. »Ich will Sie nicht länger aufhalten.«

»Ja, ich sollte zusehen, dass ich nach Hause komme. Meine Doris hat es gar nicht gern, wenn das Essen kalt wird.«

Brodie kam mit dem Wagen, und Eliza ließ Neddy seiner Wege gehen.

Sobald Brodie vorgefahren war, fragte er: »Hat jemand Sie belästigt?«

»Nein, ich habe nur mit Mr. Starkey gesprochen, dem Bahnhofsvorsteher. Er ist ein netter Mann.« Eliza mied den Blickkontakt mit Brodie und vergewisserte sich, dass die Fleischreste, die sie aus dem Mülleimer mitgenommen hatte, gut in ihrer Tasche versteckt waren.

Brodie bemerkte, wie angespannt sie war. Er vermutete, dass sie verstört war nach dem, was auf dem Wagen zwischen ihnen vorgefallen war. Brodie war selbst ein bisschen verunsichert von der ganzen Situation. Um Eliza aufzumuntern, versuchte er, ein Gespräch zu beginnen. Vielleicht hatte sie ja wieder Streit mit ihrer Schwester gehabt. »Haben Sie mit Katie gesprochen?«, fragte er, als sie zum Hanging Rocks Inn aufbrachen.

»Nein«, erwiderte Eliza.

»War sie denn nicht im Hotel?«

»Doch, sie hatte sich ein Zimmer genommen, aber sie war mit Alistair im Speisesaal. Ich wollte mit ihr sprechen, aber das hätte bedeutet, ihr Tête-à-Tête zu stören, und das habe ich mich nicht getraut, weil es eine Szene gegeben hätte.« Sie wollte gern das Thema wechseln und über irgendetwas reden, egal was, nur um eine weitere schweigsame Fahrt zu vermeiden. »Was haben Sie auf Freds Farm gefunden?«

»Getrocknetes Blut auf einem Stück Schaffell. Es schien mindestens zwei oder drei Tage alt zu sein, und das verwirrt mich ein bisschen.«

»Wieso?«

»Ich habe vor ein paar Tagen beim Hanging Rocks Inn ein Tier angeschossen, das ich für den Tiger halte, und es kann unmöglich an zwei Orten zugleich gewesen sein.«

»Haben Sie mal darüber nachgedacht, dass es zwei Tiere geben könnte, die durch diese Gegend streifen?«, fragte Eliza. »Einen Tiger und noch ein anderes?« Es war schwer zu sagen, was Brodie dachte, aber sie musste herausfinden, ob er auf Hinweise gestoßen war, dass es einen Wolf gab.

»Was denn für ein anderes Tier?«

»Ich weiß nicht. Ein kleiner Bär vielleicht, oder sogar ein Wolf.«

»Das ist höchst unwahrscheinlich«, sagte er geringschätzig.

»So unwahrscheinlich wie ein Tiger, nicht?«

»Ich nehme es an. Aber wie groß ist denn die Wahrscheinlichkeit, dass gleich *zwei* exotische Tiere durch ein und dieselbe Gegend streifen? Und woher hätte dieses andere Tier kommen sollen?«

Eliza wollte nichts von Sarahs Theorie verraten, dass der Wolf von einem russischen Schiffsunglück vor der Küste stammen könnte; andernfalls hätte Brodie seine Meinung hinsichtlich der Möglichkeit seiner Existenz vielleicht geändert.

»Ich nehme an, ein Bär könnte von einem Wanderzirkus gekommen sein, genau wie ein Tiger. Ein Wolf aber nicht. Diese Idee ist ein bisschen weit hergeholt.«

Eliza war froh, dass Brodie nicht einmal einen Gedanken an die Existenz eines Wolfs verschwenden wollte. Das bedeutete, dass er auch nicht nach einem solchen Tier suchen würde. Aber sie wollte wissen, ob er die Höhlen abgesucht hatte. »Sind Sie sicher, dass der Tiger sich nicht in der Nähe des Hanging Rocks Inn herumtreibt? Meine Tante hat Angst um ihre Ziegen.«

»Es ist unwahrscheinlich, dass der Tiger in der Nähe ist. Tiger bevorzugen offenes Gelände. Und wenn sie flüchten müssen, wären sie bestimmt nicht so dumm, sich in einer Scheune oder Höhle in die Enge treiben zu lassen.«

Eliza konnte ihre Freude kaum verhehlen. Jetzt war sie sicher, dass Brodie die Höhlen nicht absuchen würde. Und das bedeutete, dass der Wolf vorläufig in Sicherheit war, falls er sich immer noch in den Höhlen aufhielt.

»Fred hat mir erzählt, dass heute ein paar Schafscherer vorbeigekommen sind und behauptet haben, an der Grenze sei in den letzten Tagen ein Tiger gesichtet worden.«

»Wie kann das denn sein?«, fragte Eliza.

»Ich weiß nicht. Ich weiß nur, dass die Einheimischen mir noch zwei Tage geben, um das Tier zu finden und zu erlegen. Wenn ich es nicht schaffe, holen sie Fährtenleser und Bluthunde.«

In Eliza stieg Entsetzen auf.

Brodie fragte verwirrt: »Was ist denn?«

Sie überlegte rasch, was sie sagen könnte, um ihre Reaktion zu überspielen. »Ich wollte nicht, dass Sie den Tiger erlegen, das wissen Sie doch. Deshalb will ich auch nicht, dass jemand anders ihn tötet. Wieso wundert Sie das?«

Brodie warf einen Blick auf sie. »Ich bin offensichtlich doch kein so guter Schütze, wie ich geglaubt habe. Normalerweise verfehle ich mein Ziel nicht.«

»Sie werden sicher nicht glücklich sein, wenn Sie ohne den Lohn nach Hause zurückkehren, den die Leute aus der Stadt Ihnen bezahlen wollten«, sagte Eliza.

»Ich habe es nicht um des Geldes willen getan. Viele Farmer haben Schafe verloren, die zu verlieren sie sich nicht leisten konnten.«

»Vielleicht ist es gar nicht die Schuld eines Tiers«, platzte Eliza hervor.

Brodie legte die Stirn in Falten. »Was wollen Sie damit sagen?«

»Vielleicht ist die hohe Zahl der Verluste an Vieh nicht auf irgendein Raubtier zurückzuführen. Noah meint, dass jemand die Situation ausnutzt und die Schafe stiehlt. Einige andere Leute sind ebenfalls dieser Meinung.«

»Wenn das stimmt, dann versuchen Sie bloß nicht, herauszufinden, wer der Dieb ist. Das könnte sehr gefährlich sein.«

»Es gibt ja nicht viel, was ich tun könnte, oder?«, sagte Eliza unschuldig. Sie hätte ihn gern um Hilfe gebeten, war aber überzeugt, dass er sich aus der Sache heraushalten würde. Außerdem wollte sie Noahs Unschuld beweisen und gleichzeitig eine gute Story bekommen.

»Stimmt, Sie können nicht viel tun«, sagte Brodie. »Überlassen Sie die Sache dem Constable.«

Eliza nickte, doch sie konnte nicht warten, bis die Polizei etwas unternahm. Wie sie ihren Chef kannte, wartete er längst ungeduldig auf den Artikel, den sie schreiben sollte. Er würde nach Tantanoola zurückkommen, um zu sehen, weshalb sie so lange brauchte. Wenn alles planmäßig lief, würde bald eine Bombe hochgehen.

»Vielleicht hätten wir heute im Hotel zu Abend essen sollen«, sagte Brodie unvermittelt. »Wir haben vorhin nicht viel gegessen, und ich könnte ein Steak vertragen.«

»Was?« Elizas Augen weiteten sich. Lud er sie etwa zum Essen ein?

»Ich habe schon seit Tagen kein Fleisch mehr gegessen«, sagte Brodie. »Sie könnten Ihre Schwester im Auge behalten, wenn wir im Hotel essen.« Selbst im Dunkeln sah Brodie die Verwirrung in Elizas Augen. »Sie dachten doch nicht etwa …«

»Aber nein«, sagte Eliza und errötete schon wieder.

»Und? Hätten Sie Lust? Noch könnte ich den Wagen wenden.«

Eliza dachte an ihre Pläne, mit Noah zusammen den Wolf zu füttern. »Nein, ich glaube nicht«, antwortete sie schnell.

»Schade«, murmelte Brodie. Er fragte sich, ob es ein Fehler gewesen war, sie zu küssen. Wenn ja, war es zumindest ein Fehler gewesen, den er sehr genossen hatte.

20

Katie kostete kaum von ihrer Rinderbrühe und konnte am Lammkotelett und dem Gemüse nur knabbern, da ihr Magen Purzelbäume schlug. Sie hatte einen romantischen Nachmittag mit Alistair verbracht, und der Abend versprach genauso zu verlaufen. Wegen der düsteren Stimmung in der Stadt waren nur wenige Gäste zum Abendessen ins Hotel gekommen. Dadurch war es für sie beide leichter, so zu tun, als wären sie allein – abgesehen von einigen Unterbrechungen, als Stammgäste der Bar erschienen, um Alistair zu gratulieren, dass er Noahs Herkunft aufgedeckt hatte.

»Jetzt wissen wir endlich, wer unsere Schafe stiehlt«, sagte einer von ihnen mit einer Mischung aus Wut und Genugtuung, während die anderen unheilvolle Drohungen gegen Noah ausstießen.

»Wie haben Sie eigentlich herausgefunden, dass Noah Rigby der Sohn von Barry Hall ist?«, fragte Mort Wilkinson.

»Ich habe so meine Quellen, Mr. Wilkinson«, sagte Alistair, der nicht gern an seine skrupellosen Methoden erinnert werden wollte. »Außerdem sitze ich mit einer charmanten jungen Dame beim Abendessen, daher sollte ich jetzt nicht von meiner Arbeit sprechen.« Er hoffte, dass Mort den Wink verstand.

Wilkinson schaute Katie mit verschwommenem Blick an. »Verzeihen Sie, dass ich Sie gestört habe, Miss«, sagte er, worauf sie höflich nickte. »Sie haben völlig recht, Mr. McBride«, fuhr Wilkinson fort. »Bitte beenden Sie Ihre Mahlzeit in aller Ruhe. Wenn ich Sie das nächste Mal in der Bar sehe, Mr. McBride, gestatten Sie mir, Ihnen einen Drink auszugeben.«

»Danke«, sagte Alistair, entschlossen, ihn mit seinem Versprechen beim Wort zu nehmen, wenn auch nur, um herauszufinden, was die Einheimischen Noah antun wollten, falls sie ihn aufspürten.

Mort, der schon mehr als genug getrunken hatte, ging schwankend zurück an die Bar.

Katie war geschmeichelt, dass Alistair mehr an seinem Rendezvous mit ihr interessiert war als an Gesprächen über seine Arbeit, und strahlte vor Freude. Sie hatte kaum auf das Gespräch geachtet, sonst wäre ihr vielleicht aufgefallen, dass die Anschuldigungen ihrer Tante zum Teil stimmen konnten. Aber so genoss sie es einfach nur, Alistair, der einen guten Appetit hatte, beim Essen zuzusehen. Er vertilgte sein ganzes Essen und noch einen Teil von ihrem, den sie ihm anbot, während er ununterbrochen redete und ihr Komplimente machte.

Doch im Verlauf des Abends wurde ihrem Glück ein kleiner Dämpfer aufgesetzt. Nachdem Alistair zum zehnten Mal Elizas Namen zur Sprache gebracht hatte, erwachte Katies Unmut. »Und was ist mit mir?«, sagte sie. »Bin ich etwa nur ein schwacher Ersatz für meine Schwester? Ist Eliza die Frau, an der Sie wirklich interessiert sind?«

Alistair blickte sie verdutzt an. »Aber nein, natürlich nicht, Katie!«, sagte er. »Wie können Sie so etwas auch nur denken? Ich habe lediglich versucht, sämtliche Mitglieder Ihrer Familie kennen zu lernen, um ein umfassenderes Bild von Ihrem Leben zu bekommen. Das war mein Umweg, um möglichst alles über *Sie* zu erfahren.«

Katie senkte beschämt den Kopf. »Es tut mir leid, Alistair. Ich weiß gar nicht, warum ich das gesagt habe. Aber manchmal fallen böse Worte zwischen zwei Menschen, wenn sie glauben, dass sie einander nicht mögen, obwohl sie sich in Wahrheit zueinander hingezogen fühlen.« Katie dachte an ihre Beziehung mit Thomas. Sie kannten sich ihr Leben lang, hatten sich aber kein bisschen verstanden. Thomas hatte Katie für verwöhnt und unnahbar gehalten, während sie ihn als eingebildet und herablassend empfand. Erst als sie sich ein Jahr nach ihrem Schulabschluss bei einem Tanzabend trafen, änderte sich alles; sie sahen einander mit anderen Augen und fühlten sich zueinander hingezogen.

»Ich bin geschmeichelt, dass Sie ein wenig eifersüchtig waren«, nutzte Alistair die Situation zu seinem Vorteil aus. Er drückte ihre Hand und sah ihr tief in die Augen.

Katie errötete, während sie darüber nachdachte, dass Alistair so völlig anders war als Thomas. Der Charme schien ihm aus jeder Pore zu strömen, und er war redegewandt. Thomas war nicht annähernd so aufregend.

Als Alistair erkannte, dass er beinahe einen Schnitzer begangen hätte, wurde er doppelt aufmerksam. Er hatte Elizas Namen mehrmals in der Hoffnung erwähnt, dass Katie ihm unwissentlich einen Hinweis darauf geben würde, an was für einem Artikel ihre Schwester arbeitete. Er hatte sich so darauf konzentriert, dass ihm gar nicht aufgefallen war, dass Katie eifersüchtig wurde. Außerdem hatte er im Verlauf des Abends festgestellt, dass Katie kaum Interesse an Elizas Arbeit hatte, sodass seine Bemühungen ohnehin vergeblich waren. Und er hasste es, wertvolle Zeit zu vergeuden.

Von nun an musste er vorsichtiger sein. Er musste dafür sorgen, dass Katie in Tantanoola blieb, um mit ihrer vermeintlich aufkeimenden Beziehung zu ihm, Alistair, Eliza von ihrer Arbeit abzulenken. Aber er durfte es nicht zu offensichtlich machen, sonst würde er seine wahren Absichten verraten.

Als sie das Hanging Rocks Inn erreichten, wurden Eliza und Brodie in der Auffahrt von Sheba begrüßt. Sobald Eliza vom Wagen stieg, roch Sheba das Päckchen mit den Fleischresten, das sich in Elizas Tasche befand. In der Hoffnung, dass Brodie es nicht bemerkte, versuchte Eliza, die Tasche von der Hündin fernzuhalten, aber Sheba schnüffelte beharrlich an ihr und sprang immer wieder an ihr hoch. Sie bekam nur selten Fleisch zu fressen, sodass sie sehr aufgeregt war, als sie welches roch.

»Was hat der Hund?«, fragte Brodie. »Haben Sie irgendwas in der Tasche, was ihn interessiert?«

Eliza errötete und überlegte sich fieberhaft eine Antwort. »Ich … Mary hat mir ein paar Fleischreste aus der Küche mitgegeben«, sagte sie dann. »Meine Tante gibt Sheba kein Fleisch, deshalb ist es ein Leckerbissen für sie. Aber ich will nicht, dass Tilly davon erfährt.«

»Sie sollten nichts vor ihr geheim halten, Eliza«, sagte Brodie, während er das Pferd ausspannte. »Das hat sie nicht verdient. Außerdem scheint Sheba sehr gut mit dem auszukommen, was Matilda ihr zu fressen gibt.«

»Ich hätte wissen müssen, dass Sie das nicht verstehen«, sagte Eliza gekränkt, während sie auf die Hintertür des Gasthauses zuhielt, dicht gefolgt von Sheba. Sie begriff mehr denn je, dass Brodie die Sache mit dem Wolf niemals verstehen würde.

Eliza ließ den Hund draußen, nahm ihre Tasche mit auf ihr Zimmer und versteckte sie dort. Unten in der Küche trank Tilly mit Noah Tee. Sie erkundigte sich, was in der Stadt passiert war, daher erzählte Eliza ihr, dass sie ihrer Schwester eine Nachricht hinterlassen hatte.

»Es wundert mich nicht, dass Katie sich ein Zimmer in der Stadt genommen hat«, sagte Tilly. Sie konnte sich jetzt schon denken, dass Myra Ferris irgendeine Geschichte daraus spinnen würde.

»Mich sollte es wohl auch nicht wundern«, räumte Eliza ein. »Katie ist in letzter Zeit sehr impulsiv.« Sie warf einen Blick auf Brodie, doch er mied den Blickkontakt zu ihr. »Ich habe gute Neuigkeiten für Sie, Noah«, wandte sie sich dann an den Aborigine. »Ihr Haus ist in Sicherheit, und Ihre Gemälde sind es ebenfalls. Mary hat sie in ihrem Keller versteckt.«

Noah schien erleichtert; dann aber legte er die Stirn in Falten und fragte besorgt: »Sie haben ihr doch nicht etwa gesagt, dass ich hier bin?«

»Nein, natürlich nicht. Ich war sehr vorsichtig.«

»Was reden die Burschen in der Stadt über mich?«

»Ich habe mit keinem von ihnen gesprochen«, sagte Eliza ausweichend. Sie konnte Noah unmöglich sagen, was sie in derBar gehört hatte. Es würde ihn zu sehr beunruhigen. »Keine Sorge, Noah. Wir werden diese Sache schon noch aufklären.«

Sheba kratzte an der Hintertür und jaulte, um ins Haus gelassen zu werden.

Tilly ging stirnrunzelnd zur Tür. »Was hat der Hund denn bloß? Ob der Tiger in der Nähe ist, Brodie?«

Brodie warf einen Blick auf Eliza. »Ich bin mir nicht sicher, ob er noch hier in der Gegend ist, ich glaube es nicht. Trotzdem sollten Sie nach Einbruch der Dunkelheit vorsichtig sein. Die Nacht ist die Zeit der Jäger.«

»Ich werde es mir merken«, sagte Tilly und öffnete für Sheba die Hintertür. Der Hund flitzte ins Haus und rannte geradewegs zu Eliza.

Tilly beobachtete, wie der Hund an Eliza schnüffelte. »Was hast du denn, Sheba?«, murmelte sie, bevor sie einen Blick auf Eliza warf. »Bist du heute in der Nähe eines anderen Hundes gewesen?«

Eliza schüttelte den Kopf und streichelte Sheba. »Vielleicht hat sie Hunger«, sagte sie. »Vielleicht will sie Fleisch.«

»Na, sie wird keines bekommen«, sagte Tilly mit Nachdruck. »Ich werde kein Fleisch kaufen, weder für mich noch für meine Gäste oder meinen Hund. Sheba wird fressen müssen, was wir essen, mehr gibt es dazu nicht zu sagen.«

Eliza erkannte jetzt, dass Matilda nichts von dem Fleisch erfahren durfte.

Katie stand mit Alistair vor der Tür ihres Hotelzimmers. Sie hatte gehofft, der wundervolle Abend würde kein Ende nehmen, aber schließlich wünschte ihr Alistair mit einem Kuss auf die Wange eine gute Nacht, froh, dass er endlich ins Bett konnte und nicht mehr den Verliebten spielen musste.

Als Katie die Tür öffnete, sah sie die Nachricht. Zuerst dachte sie, die Notiz müsse von Mary sein; daher war sie verwundert, als sie feststellte, dass die Mitteilung von ihrer Schwester war. Katie war beunruhigt, dass Eliza herausgefunden hatte, wo sie die Nacht verbrachte, und dass sie an diesem Abend sogar noch hier gewesen war.

Nachdem sie die Nachricht überflogen hatte, warf Katie sich auf ihr Bett und schmollte. Das war eine glatte Erpressung! Eliza würde ihren Eltern alles über Alistair erzählen, falls sie, Katie, ihnen sagte, dass sie bei Matilda im Hanging Rocks Inn wohnte.

Aber so etwas hatte es schon öfter zwischen ihnen gegeben: Eliza war der Liebling ihres Vaters, während Katie der Liebling ihrer Mutter war, sodass es immer wieder zu Spannungen kam.

Bald darauf legte Katie sich schlafen. Sie vergaß Eliza und träumte von Alistair. Sie hatten vor, am nächsten Morgen zusammen zu frühstücken, ehe sie den Zug zurück nach Mount Gambier nahm, und so schlief Katie mit einem Lächeln ein.

Eliza wartete, bis sie glaubte, dass ihre Tante und Brodie schliefen. Dann stand sie auf, kleidete sich an und klopfte leise an Noahs Tür. Er war wach und wartete bereits auf sie. Sie nahm ihr Päckchen mit den Fleischresten und eine Laterne, dann schlüpften sie an Sheba, die schlafend auf einer Decke am Fenster lag, vorbei und aus dem Haus.

Eliza entfachte die Laterne erst, als sie in sicherer Entfernung vom Haus waren. Leise schlugen sie den Weg zu den Höhlen ein, voller gespannter Erwartung. Als sie den Eingang erreichten, schlug Eliza Noah vor, gleich dahinter zu warten, während sie die

Fleischstücke, die sie mitgenommen hatte, vor der kleinen Kammer im Höhleninnern auslegen wollte, wo sie den Wolf zuletzt gesehen hatte.

Die Laterne bis in Schulterhöhe erhoben, verschwand Eliza in der Dunkelheit, während Noah ihr vom Eingang aus hinterherschaute. Eliza legte den größten Teil der Fleischreste vorsichtig auf den Boden, ungefähr dort, wo sie den Wolf zuletzt gesehen hatte; dann wandte sie sich um und zog sich zurück. Ein paar Bissen hatte sie für Sheba zurückbehalten.

Als Eliza wieder bei Noah war, drehte sie die Lampe zu einem schwachen Schimmern herunter, um den Wolf nicht zu erschrecken, und sie warteten, ob das Tier sich zeigen würde. Minuten verstrichen. In der Stille war nur das Geräusch des Wassers zu hören, das in den dunklen Winkeln der Höhle von der Decke tropfte.

Als die Zeit verstrich, ohne dass etwas geschah, stieg Enttäuschung in Eliza auf. »Ich glaube, er ist nicht mehr da«, flüsterte sie Noah zu. Dabei wollte sie unbedingt, dass Noah den Wolf wiedersah.

»Vielleicht ist er nachts auf der Jagd«, sagte Noah.

Eliza nickte, doch ihre Enttäuschung blieb. Sie warteten noch ein paar Minuten, doch nichts tat sich.

»Ich glaube, er ist fort«, flüsterte Eliza enttäuscht. »Gehen wir. Ich lasse das Fleisch hier liegen, falls er wiederkommt.«

Sie wollte schon die Laterne aufheben, als Noah plötzlich ihren Arm packte.

Eliza verharrte und blickte ihn verwirrt an; dann fiel ihr auf, dass er nicht in ihre Richtung, sondern gebannt nach vorn schaute. Als Eliza langsam den Kopf drehte, sah sie, wie der Wolf die Reste der Würste, des Koteletts und die Speckstücke fraß.

Noah und Eliza beobachteten ihn gebannt. Nachdem der Wolf seine Mahlzeit verschlungen hatte, beäugte er die beiden Menschen und leckte sich das Maul. Er schien sich nicht zu fürchten, während Eliza und Noah das Herz bis zum Hals schlug.

»Woher ist er gekommen?«, flüsterte Eliza und brach damit den magischen Bann des Augenblicks.

Noah schaute sie an und raunte: »Ich habe es nicht gesehen. Er war plötzlich da.«

Als sie wieder hinschauten, war der Wolf verschwunden.

»Wo ist er hin?«, fragte Eliza verwundert, während sie die Lampe heller drehte, sodass sie einen größeren Bereich ausleuchtete.

»Ich weiß es nicht«, sagte Noah, der sein Erstaunen nicht verbergen konnte.

»Als ich das letzte Mal hier war, kam er aus einer kleinen Kammer im Höhleninnern«, sagte Eliza.

»Dann hat er sich wahrscheinlich wieder dorthin verkrochen«, meinte Noah. »Vielleicht dient sie ihm als Unterschlupf.«

»Wenn wir sein Zutrauen gewinnen wollen, sollten wir ihn jetzt in Frieden lassen«, sagte Eliza. »Gehen wir.«

Sie wandten sich um und gingen im Mondschein zum Hanging Rocks Inn zurück.

»Er ist wunderschön, nicht wahr?«, sagte Noah.

»O ja«, sagte Eliza. »Und die Wunde an seinem Bein ist gut verheilt.«

»Danke, dass Sie mich heute Abend hierher geführt haben, Eliza.«

Eliza lächelte. »Ich bin froh, dass er sich gezeigt hat. Ich dachte schon, Sie hätten mir nicht geglaubt.«

»Doch, das habe ich. Ich bin ein wenig besorgt, dass die Höhlen so nahe am Hanging Rocks Inn liegen.«

»Weil Brodie Jäger ist und weil er dort wohnt?«, fragte Eliza.

»Ja. Es wird nicht lange dauern, bis Brodie den Wolf sieht und wieder auf ihn schießt, oder bis jemand anders ihn entdeckt. Es ist nur eine Frage der Zeit.«

»Brodie hat aber keine Zeit. Die Leute in der Stadt haben ihm noch zwei Tage gegeben, um den Tiger zu erlegen. Hat er es bis dahin nicht geschafft, lassen sie Fährtenleser und Hunde kommen.«

Noahs Augen weiteten sich. »Umso schlimmer. Die werden den Wolf aufstöbern!«

Eliza blickte ihn erschrocken an. »Meinen Sie wirklich, die Hunde und Fährtensucher kommen bis in diese Gegend?«, fragte sie. »Ich dachte, sie konzentrieren sich bei der Suche auf die Grundstücke der Farmer.«

»Die Hunde könnten den Geruch des Wolfs auf einer Farm wittern und ihm bis hierher folgen«, sagte Noah. »Und die Fährtenleser der Aborigines sind sehr gut. Sie würden ihn schnell finden.«

»Dann ist es besser, der Wolf verschwindet von hier«, sagte Eliza, die gar nicht erst daran denken wollte, die Tage des Wolfs könnten gezählt sein. »Weit weg von den Höhlen.«

Beide schwiegen eine Zeitlang, jeder in seine eigenen Gedanken versunken.

»Ich habe mit Neddy Starkey gesprochen, als ich in der Stadt war«, sagte Eliza schließlich, als sie sich dem Hanging Rocks Inn näherten. »Ich habe ihn gefragt, welche Trapper mit der Eisenbahn Felle an Käufer verschicken.«

»Und welche sind das?«, fragte Noah.

»Mannie Boyd sowie ein Mann namens Willie Wade. Aber der lebt offenbar in der Gegend von Snuggery, und damit kommt er als Schafdieb kaum in Frage. Außerdem erwähnte er einen Mann namens Mallory McDermott.«

Auf Noahs Gesicht zeigte sich Bestürzung. »Das ist ein sehr seltsamer Mann, Eliza! Er lebt draußen am See, kommt aber nie in die Stadt. Er will niemanden in seiner Nähe haben. Ich habe dort draußen einmal nach einem schönen Platz zum Malen gesucht und bin herumgeschlendert, als er plötzlich zwischen den Büschen auftauchte und mich mit einer Axt verjagte.«

Eliza war bestürzt. Sie hatte mit dem Gedanken gespielt, diesen Mallory aufzusuchen. »Neddy sagte, ein Mann namens

Mick Brown würde seine Felle in die Stadt bringen. Kennen Sie ihn?«

»Er spricht nie mit mir, aber ich weiß, dass er in der Nähe der Wilsons wohnt.«

Eliza hatte den Eindruck, dass Noah ihn nicht mochte. »Wie ist er denn so?«

»Wie viele andere Weiße. Er hat noch nie ein gutes Wort über uns Aborigines und unsere Kultur gesagt.«

Noahs Verbitterung war nicht zu überhören. »Trauen Sie Mallory McDermott oder Mick Brown eine solche Schlächterei zu, wie wir sie in diesem versteckten Pferch gesehen haben?«

»Ich weiß nicht, Eliza. Jedenfalls ist es zu gefährlich, sich allein in die Nähe von Mallory McDermotts Haus zu wagen. Aber wenn Sie unbedingt dorthin müssen, werde ich Sie begleiten.«

»Das kann ich nicht zulassen, Noah. Sie müssen sich versteckt halten. Ich werde mir etwas einfallen lassen, wie ich mir die Felle ansehen kann, wenn sie am Bahnhof abgeliefert werden.«

Noah hatte Angst um Eliza. Er war sicher, dass sie nicht wusste, worauf sie sich einließ.

Sheba tauchte so plötzlich aus der Dunkelheit auf, dass Eliza einen Schreck bekam. »Sheba! Wie bist du denn aus dem Haus gekommen?« Sie fragte sich, ob ihre Tante die Hündin hinausgelassen hatte, hielt es jedoch für unwahrscheinlich, da Tilly sie nachts im Haus zu halten versuchte.

Sheba roch augenblicklich das Fleisch und schnüffelte an Eliza.

»Jemand muss wach sein«, flüsterte sie Noah zu. »Ich hoffe, es ist meine Tante.«

»Wo sind Sie beide gewesen?«, fragte plötzlich eine tiefe Stimme hinter ihnen.

Eliza zuckte erschrocken zusammen, als Brodie mit seinem Gewehr hinter den Ställen auftauchte. »Sie haben uns beinahe zu Tode erschreckt«, fuhr sie ihn an. Sie war wütend und verlegen, ertappt worden zu sein. »Was tun Sie hier? Und warum schleichen Sie sich an uns heran?«

»Was *ich* hier tue? Was tun *Sie* um diese Zeit hier draußen? Ich dachte, Sie wären zu Bett gegangen.«

»Ich … ich habe ein Geräusch gehört«, sagte Eliza stockend. »Da habe ich Noah geweckt, damit er mich begleitet, um der Sache auf den Grund zu gehen.« Sie wusste, dass ihre Ausrede sich nicht sehr überzeugend anhörte.

»Was denn für ein Geräusch?«, fragte Brodie mit unverhohlenem Misstrauen.

»Ich weiß nicht. Bloß ein … Geräusch«, stammelte Eliza. Sie ärgerte sich darüber, dass sie nicht glaubhafter klang.

»Warum haben Sie mich denn nicht geweckt? Wenn es gefährlich war – ich habe ein Gewehr.«

»Vielleicht wollte ich nicht, dass Sie auf ein weiteres unschuldiges Tier schießen!«, stieß Eliza verärgert hervor.

»Es könnte der Tiger gewesen sein«, gab Brodie zurück.

»Niemals«, sagte Eliza knapp.

»Woher wollen Sie das wissen?«

»Weil … es hat sich herausgestellt, dass es nur ein Nachbarshund war«, sagte Eliza.

Brodie entging nicht, wie unangenehm Noah diese Erklärung zu sein schien. »Stimmt das, Noah?«, fragte er. »Haben Sie diesen Hund gesehen?« Eliza hatte bereits mehrmals erwähnt, einen Nachbarshund gesehen zu haben, doch er selbst hatte dieses Tier noch nie zu Gesicht bekommen.

Noah schaute ihn mit ausdrucksloser Miene an, ehe er den Blick wieder auf den Boden richtete.

»Noah hat den Hund nicht gesehen. *Ich* habe ihn gesehen«, sagte Eliza verärgert.

»Kann Noah nicht selbst für sich antworten?«, fragte Brodie.

Noah blickte Eliza an. Sie konnte sehen, dass er dem Druck nicht mehr lange standhielt. Das machte sie so nervös, dass sie kaum noch atmen konnte. »Noah ist schon von der ganzen Stadt schikaniert worden. Müssen Sie das jetzt auch noch tun?«

Brodie musste daran denken, was den beiden hätte zustoßen können, und schüttelte zornig den Kopf. »Hätten Sie plötzlich ohne Waffe vor dem Tiger gestanden, hätten Sie ein Riesenproblem gehabt«, sagte er.

»Das haben wir nicht bedacht«, sagte Eliza in der Hoffnung, er würde das Thema fallen lassen, wenn sie zugab, wie dumm sie sich verhalten hatten.

»Manchmal habe ich den Eindruck, Sie denken überhaupt nicht«, schimpfte Brodie, ehe er auf das Hanging Rocks Inn zuhielt.

Eliza schnitt ihm hinter dem Rücken eine Grimasse, ehe sie ihm folgte. Sie wusste, dass sie sich kindisch benahm, aber sie konnte nicht anders. Sein Auftreten gab ihr immer das Gefühl, ein ungezogenes Schulmädchen zu sein.

Als Eliza und Noah ins Haus kamen, war Brodie nirgends mehr zu sehen. Sie nahmen an, dass er wieder zu Bett gegangen war. Sheba schlich noch immer um Eliza herum, daher nahm sie das zerknüllte Papier mit den Fleischresten aus ihrer Manteltasche und bot der Hündin an, was noch übrig war. Sheba leckte das Papier mit einem solchen Genuss ab, dass Eliza lächeln musste. Als sie sich aufrichtete, sah sie zu ihrer Bestürzung Brodie, der sie von der Diele aus beobachtete – und er sah sehr wütend aus. Eliza fühlte sich ertappt und errötete.

»Wo ist denn der Rest von dem Fleisch?«, fragte Brodie.

Eliza wusste nicht, was sie sagen sollte. Offensichtlich ahnte er, dass Sheba nicht das ganze Fleisch bekommen hatte. Sie warf einen Blick auf Noah, der ein paar Meter von ihr entfernt stand und hilflos zu Boden sah.

»Sagen Sie's mir«, verlangte Brodie, während er auf sie zukam.

Eliza gab noch immer keine Antwort. Sie konnte ihm nicht

sagen, dass sie das Fleisch dem Wolf gegeben hatte. Brodie würde ihn erschießen.

»Legen Sie etwa Köder für den Tiger aus?«, wollte Brodie wissen. »Haben Sie und Noah ihm eine Falle gestellt?« Er warf einen Blick auf den Aborigine, der ebenso verwirrt wie Eliza aussah.

»Nein, natürlich nicht«, sagte Eliza.

»Warum sollte ich Ihnen glauben? Sie scheinen aus Gewohnheit zu lügen«, stieß Brodie hervor.

Eliza war verletzt, konnte aber nicht leugnen, dass er recht hatte. Noch nie im Leben hatte sie so viele Lügen erzählt.

Brodies schroffe Stimme hatte Tilly geweckt, die jetzt aus ihrem Zimmer kam. Sie zog den Gürtel ihres Morgenmantels zu und fragte: »Was ist denn hier los?«

»Sie sollten es ihnen lieber sagen, Eliza«, sagte Noah mit leiser Stimme. »Sie brauchen Mr. Chandlers Hilfe.«

»Ich kann ihm nicht vertrauen, Noah!«

Noah trat auf sie zu. »Ich glaube, das ist die einzige Möglichkeit, Eliza. Ich hab nachgedacht, und ich hab mir Sorgen gemacht. Wenn Sie bei dieser Sache keine Hilfe bekommen, wird Ihnen etwas zustoßen.«

»Aber was ist mit dem …« Eliza bremste sich im letzten Augenblick, bevor sie »Wolf« sagte. War Noah denn nicht klar, dass Brodie den Wolf töten würde? Dann kam ihr der Gedanke, dass Noah vielleicht nur andeuten wollte, sie solle Brodie und Tilly von dem versteckten Pferch und den Schaffellen erzählen, und dass sie diese Erklärung vielleicht akzeptieren würden, sodass sie nichts von dem Wolf würde berichten müssen.

»Na schön«, sagte sie. »Noah und ich haben kürzlich am See etwas gefunden.« Sie warf einen Blick auf Brodie, der sie misstrauisch musterte.

»Was denn, Eliza?«, fragte Tilly.

»Wir nahmen den Geruch von Verwesung wahr und wollten der Sache nachgehen. Jemand hatte Kaninchenfelle zum Trocknen aufgehängt, aber von ihnen ging kein besonders starker Geruch aus. In der Nähe entdeckten wir dann einen Tunnel, krochen hinein und stießen auf einen Pferch voller Schaffelle und verwesender Kadaver. Offensichtlich ist dies das Versteck des Schafdiebs. Er hat sich große Mühe gegeben, den Pferch zu verbergen. Ich will der Sache auf den Grund gehen und noch einmal dorthin zurück, damit ich Noahs Namen reinwaschen kann, aber er ist besorgt um mich.«

»Dazu hat er auch allen Grund«, erklärte Brodie wütend. »Sie könnten sich eine Menger Ärger einhandeln, oder noch Schlimmeres.«

Eliza funkelte ihn zornig an. »Ich wünschte, Sie würden aufhören, mich wie eine zerbrechliche Puppe zu behandeln. Ich bin eine Frau mit klarem Verstand. Ich gehe kein Risiko ein. Ich benutze meine Intelligenz, um an Informationen zu gelangen. Genau das habe ich heute in der Stadt getan.«

»Was genau *haben* Sie denn dort getan?«, fragte Brodie misstrauisch.

Eliza hob trotzig das Kinn. »Das werde ich Ihnen nicht sagen.«

»Wie soll ich Ihnen helfen, wenn Sie mir nicht sagen, was los ist?«

»Werden Sie mir denn wirklich helfen?«

Brodie seufzte. Tilly und Noah schauten ihn an. »Ja, ich werde Ihnen helfen, aber Sie müssen mir endlich die Wahrheit erzählen – und zwar die ganze.«

Eliza wusste, dass sie das nicht konnte. Sie konnte ihm nicht von dem Wolf erzählen, aber sie erklärte ihm, was sie durch ihr Gespräch mit Neddy Starkey erfahren hatte. Brodie und Tilly hörten zu, ohne Fragen zu stellen.

Als Eliza geendet hatte, schaute Tilly zu Brodie hinüber und fragte ihn: »Meinen Sie, Sie und Eliza könnten herausfinden, wer die Schafe wegen ihrer Felle stiehlt?«

»Möglich«, sagte Brodie vorsichtig, während er Eliza anschaute. »Würden Sie uns einen Augenblick entschuldigen, Matilda? Ich muss mit Eliza etwas bereden.«

»Ja, sicher«, sagte Tilly, wenn auch ein wenig besorgt. »Aber ich will gern helfen, wenn ich kann.«

»Wenn Sie etwas tun können, lasse ich es Sie wissen«, sagte Brodie. »Was ich mit Eliza zu besprechen habe, hat nichts mit dem Schafdieb zu tun.«

Tilly nahm an, dass es sich um etwas Persönliches zwischen den beiden handelte. »In Ordnung«, sagte sie. »Wir sehen uns dann morgen früh.«

Als Tilly die Tür zu ihrem Zimmer schloss, wandte Noah sich ebenfalls zum Gehen, doch Brodie hielt ihn auf. »Sie können bleiben, Noah. Ich glaube, Sie wissen, was ich Eliza fragen will.« Er blickte sie an. »Und jetzt sagen Sie mir die ganze Wahrheit, Eliza. Keine Lügen mehr.«

Eliza schaute Hilfe suchend zu Noah.

»Das Fleisch aus dem Hotel war nicht nur für Sheba bestimmt«, sagte Brodie. »Was haben Sie mit dem Rest gemacht?«

Eliza senkte den Kopf. »Das kann ich Ihnen nicht sagen.«

»Warum nicht? Ich bin sicher, Sie füttern damit nicht den Tiger, denn ein paar Fleischreste würden einem Tier von dieser Größe nicht annähernd genügen.«

»Dann sollte es Sie auch nicht interessieren, was ich mit dem Fleisch gemacht habe«, gab Eliza trotzig zurück.

»Mich würde aber interessieren, weshalb Sie sich solche Mühe geben, die Sache vor mir geheim zu halten.«

Eliza wollte das Leben des Wolfs nicht gefährden und presste trotzig die Lippen zusammen.

»Hat das, was Sie im Schilde führen, etwas mit dem zu tun, worüber wir heute gesprochen haben?«, fragte Brodie. Er sah das Erschrecken in ihren warmen braunen Augen und wusste, dass er auf der richtigen Spur war: Sie hatte ihn gefragt, ob er es für möglich hielt, dass zwei Tiere durch diese Gegend streiften, und hatte Andeutungen über einen Bären oder einen Wolf gemacht. Ein Bär würde viel mehr Fleisch fressen – damit blieb seines Erachtens nur der Wolf.

Brodie überlegte, wo Eliza und Noah zur dieser nächtlichen Stunde gewesen sein könnten. Bei den Höhlen? Sie waren ganz in der Nähe, und ein Wolf würde in einer Höhle Schutz suchen …

»Füttern Sie einen Wolf?«, fragte Brodie unvermittelt.

Elizas Augen weiteten sich so ungläubig, dass Brodie annahm, entweder etwas Lächerliches unterstellt oder ins Schwarze getroffen zu haben. Er schaute Noah an, der erschüttert zu sein schien. Offensichtlich hatte Brodie ins Schwarze getroffen, doch er wusste, dass Eliza es noch immer nicht zugeben würde – es sei denn, er zwang sie dazu.

»Soll ich selbst zu den Höhlen gehen und nachsehen?«, fragte Brodie.

»Nein«, antwortete Eliza bedrückt.

»Dann ist tatsächlich ein Wolf in den Höhlen …« Brodie konnte es kaum glauben.

»Sie dürfen ihn nicht töten, Brodie! Das werde ich nicht zulassen«, sagte Eliza. Tränen traten ihr in die Augen.

»Woher wissen Sie denn überhaupt, dass es ein Wolf ist? Es könnte ein Hund oder ein großer Dingo sein. Ich habe keine Berichte über einen Wolf gehört.«

»Es ist kein Hund«, sagte Noah. »Ich hab das Tier schon einmal gesehen. Er ist schon seit einer ganzen Weile hier in der Gegend.«

Brodie wusste, dass Noah als Aborigine den Unterschied zwischen einem Hund, einem Dingo und einem Wolf erkennen würde. »Woher ist er denn gekommen?«, fragte er, während er sich zu erinnern versuchte, ob das Tier, auf das er geschossen hatte, ein Wolf gewesen sein könnte.

»Offenbar sind letztes Jahr hier in der Nähe zwei russische

Schiffe vor der Küste gesunken«, sagte Eliza. »Er könnte von einem dieser Schiffe gekommen sein, aber er hat die Schafe nicht getötet. Es hat hin und wieder am See Hühner und Enten gerissen, aber die Schafe holt sich jemand anders.«

»Und was ist mit den Schafskadavern, die in Stücke gerissen auf Jock Milligans Land gefunden wurden?«, fragte Brodie, der nicht vorhatte, den Wolf so leicht davonkommen zu lassen.

»Das muss der Tiger gewesen sein«, sagte Eliza. »Sie haben doch Kratzspuren an Bäumen gefunden. Wölfe hinterlassen keine solchen Spuren.«

Brodie musste zugeben, dass sie in diesem Punkt recht hatte. Nur eine Raubkatze hätte die Spuren hinterlassen können, die er gefunden hatte. »War der Wolf verwundet?«, fragte er. Er war sich sicher, dass er das Tier, das versucht hatte, ins Hühnergehege einzudringen, nicht verfehlt hatte.

»Ja, Sie haben ihn ins Bein geschossen, aber zum Glück war es nur eine Fleischwunde, und die ist inzwischen verheilt«, sagte Eliza. »Versprechen Sie mir, dass Sie nicht noch einmal auf ihn schießen!«

»Das kann ich nicht«, sagte Brodie.

Wieder schimmerten Tränen in Elizas Augen. »Ich wusste, dass es keine gute Idee war, Ihnen zu vertrauen.«

»Ich werde es nicht darauf anlegen, den Wolf zu erschießen, aber wenn er einen von uns angreift, muss ich es tun. Er ist ein wildes Tier, Eliza. Wilde Tiere sind unberechenbar.«

»Ich habe ihn in den Höhlen zweimal gefüttert, und beide Male hätte er mich angreifen können, hat es aber nicht getan.«

»Er wird niemals so zahm werden wie ein Haustier. Das ist Ihnen doch klar, oder? Und er ist nicht in Sicherheit, solange er hier durch die Gegend streift.«

Eliza wusste, dass er recht hatte, doch ihre Gefühle waren in einem solchen Aufruhr, dass sie kein vernünftiges Gespräch über die Zukunft des Wolfs führen konnte.

Irgendwie verstand Brodie sie. »Ich will, dass Sie mir gleich morgen früh den Pferch zeigen, den Sie gefunden haben«, sagte er schroff. »Gute Nacht.« Damit ließ er Eliza und Noah allein.

»Was haben wir getan, Noah?«, fragte Eliza, als sie allein waren.

»Das einzig Richtige, Eliza«, erwiderte Noah.

21

Am nächsten Morgen wartete Alistair bereits an einem Tisch im Speisesaal, als Katie zur Tür hereinkam. Kaum sah er sie, erschien ein strahlendes Lächeln auf seinem Gesicht, und Katies Herz schlug schneller. Sie konnte sehen, dass er bereits eine Kanne Tee und zwei Tassen bestellt hatte, und sie freute sich über diese vermeintlich liebevolle Geste. Als Katie sich dem Tisch näherte, erhob Alistair sich und schob ihren Stuhl für sie zurück. Nicht eine Sekunde wandte er den Blick von ihr ab.

Katies Herz schlug so heftig, dass ihr schwindelig wurde.

»Haben Sie gut geschlafen?«, flüsterte Alistair ihr verführerisch ins Ohr. In Wahrheit wollte er wissen, ob sie von ihm geträumt hatte, und ihr Erröten war ihm Antwort genug.

»Ja, danke«, sagte Katie verschämt.

Alistair setzte sich. »Freuen Sie sich schon darauf, nach Hause zu fahren?«

»Nein«, sagte Katie wahrheitsgemäß, »aber wenn ich nicht fahre, werden meine Eltern vermutlich einen Suchtrupp nach mir losschicken.«

Alistair setzte eine betroffene Miene auf. »Ich werde Sie vermissen, Katie. Ich weiß, wir kennen uns erst seit ein paar Tagen, aber ich fühle mich Ihnen sehr nahe …«

»Oh, Alistair, mir geht es genauso«, flüsterte Katie bewegt und legte ihre Hand auf seine. Sie glaubte, den Boden unter den Füßen zu verlieren, doch es war ein wundervolles Gefühl.

Alistair legte seine andere Hand über ihre. Er sah, dass sie allmählich schwach wurde. Wenn er sie nur noch ein bisschen mehr bedrängte, würde sie in Tantanoola bleiben. »Dann reisen Sie bitte nicht ab. Ich werde nur noch ein paar Tage hier sein. Dann muss ich wieder nach Millicent, und wer weiß, wann wir uns dann wiedersehen. Können Sie nicht wenigstens noch eine Nacht bleiben?«

Katie war hin und her gerissen. »Meine Eltern haben gestern schon mit mir gerechnet. Ich bin sicher, sie machen sich Sorgen.« Außerdem hatte man sie bereits am Montagmorgen im Bekleidungsgeschäft zur Arbeit zurückerwartet.

»Sie sind eine erwachsene Frau, Katie, und eine sehr schöne Frau, wie ich hinzufügen möchte. Sollten Sie nicht Ihr eigenes Leben führen?«

Katie fand, dass Alistair in diesem Punkt recht hatte. »Ich wohne noch bei meinen Eltern, deshalb muss ich eine gewisse Rücksicht auf sie nehmen.«

»Natürlich, und ich würde Ihnen niemals etwas anderes nahelegen. Sie könnten Ihren Eltern der Höflichkeit halber eine Nachricht zukommen lassen, dass Sie noch eine Nacht bleiben, oder vielleicht zwei. Ich bin sicher, sie werden nichts dagegen einzuwenden haben, vor allem, da Ihre Schwester hier bei Ihnen ist.«

Katie war glücklich, dass er sie bat, in der Stadt zu bleiben, wusste aber nicht, was sie tun sollte. Auch sie wollte gern bleiben, aber sollte sie riskieren, den Zorn ihrer Eltern zu entfachen?

Alistair fand, dass es an der Zeit sei, alle Register zu ziehen. »Ich habe mir geschworen, meine Selbstachtung zu wahren und nicht zu betteln, aber … aber ich kann einfach nicht anders. Bitte bleiben Sie, Katie. Ich kann die Vorstellung nicht ertragen, Sie vielleicht Wochen oder gar Monate nicht wiederzusehen. Mein Redakteur, Mr. Henry, zwingt mich an den meisten Wochenenden, die ich in Millicent verbringe, zu arbeiten. Hier in Tantanoola, wo er mir nicht über die Schulter schauen kann, habe ich ein klein wenig Freizeit, und ich will nicht die Gelegenheit verlieren, jede freie Minute mit Ihnen zu verbringen.« Er konnte an ihrer Miene ablesen, dass sie kurz davor war, seiner Bitte nachzugeben. Er musste ihr nur noch einen letzten Anreiz geben. »Ich habe gestern Nacht kein Auge zugetan, weil ich noch nie einer Frau wie Ihnen begegnet bin. Sie sind etwas ganz Besonderes.«

»Danke, Alistair. Ich werde gleich ein Telegramm an meine Eltern schicken und ihnen sagen, dass ich noch zwei Nächte länger bleibe.«

»Zwei Nächte? Wirklich?«

»Wenn schon, denn schon«, sagte Katie kokett. Sie freute sich ohnehin nicht darauf, in ihr gewohntes Leben zurückzukehren.

»Großartig«, sagte Alistair strahlend, während er ihr eine Tasse Tee einschenkte. »Was wollen wir heute unternehmen?«

»Müssen Sie denn keinen Artikel schreiben, Alistair? Ich will Sie nicht in Ihrer Arbeit unterbrechen.«

»Doch, aber ich dachte, Sie könnten mir vielleicht dabei behilflich sein.« Er hatte die ganze Nacht darüber nachgedacht, wie er Katie für seine Arbeit interessieren könnte, in der Hoffnung, dass sie ihm dabei unwissentlich ein paar Hinweise darauf gab, was Eliza tat.

»Das klingt aufregend«, sagte Katie. Sie hatte sich noch nie besonders für die Welt des Journalismus interessiert, doch mit Alistair zu arbeiten war eine verlockende Aussicht.

Henrietta war noch nicht lange auf, als Katies Telegramm eintraf. Sie rechnete mit dem Schlimmsten, als sie es entgegennahm. Clive hatte ihr gesagt, er würde Mount Gambier Ende der Woche in Richtung Montrose Park verlassen. Offenbar war der Verwalter, der sich um sein Grundstück in den Kimberlys kümmerte, von einer Schlange gebissen worden und befand sich in einem kritischen Zustand. Clive ließ nichts unversucht, Henrietta zu überreden, ihn zu begleiten, doch irgendetwas hielt sie zurück.

Clive gab ihr ein paar Tage Zeit, darüber nachzudenken. Ihre

Unentschlossenheit und der Druck, eine Entscheidung treffen zu müssen, hatten Henrietta in eine gereizte Stimmung versetzt. Nun rechnete sie damit, in dem Telegramm lesen zu müssen, dass Clive die Geduld verloren hatte und ohne sie abgereist war, doch zu ihrem Erstaunen ging es darum, dass Katie noch zwei weitere Nächte in Tantanoola verbringen würde.

»Henrietta?«, rief Richard, als er von den Ställen zur Hintertür hereinkam. »Habe ich da eben den Telegrammjungen die Auffahrt hochlaufen sehen?« Das Herz klopfte ihm bis zum Hals, denn er vermutete, dass es sich um Neuigkeiten über Matilda handelte und dass eines der beiden Mädchen das Telegramm geschickt hatte.

Henrietta runzelte die Stirn, als sie den Funken Hoffnung in Richards Augen sah, worauf sofort der Verdacht in ihr aufkeimte, dass ihre Schwester Matilda der Grund dafür war. »Es ist ein Telegramm von unserer jüngeren Tochter«, sagte Henrietta. »Offenbar wird sie erst übermorgen nach Hause kommen.«

Richard brachte die Worte kaum über die Lippen, die ihm durch den Kopf gingen: »Schreibt sie warum …?«

»Nein. Sie hat überhaupt keinen Grund genannt. Ich denke, du solltest hinfahren und sie holen. Wenn du es nicht tust, fahre ich.«

»Aber wieso denn? Katie schreibt doch, dass sie in ein paar Tagen nach Hause kommt. Offenbar ist alles in Ordnung, sonst hätte sie es uns doch gesagt.«

»Sie sollte überhaupt nicht dort sein! Ich kann mir beim besten Willen nicht vorstellen, was sie in dieser einschläfernden Kleinstadt hält. Außerdem hätte sie schon gestern früh wieder in Miss Beatrice' Geschäft zur Arbeit erscheinen sollen. Ich werde Beatrice wohl aufsuchen und die Wogen glätten müssen. Katie könnte sich nicht beklagen, sollte ihr gekündigt werden.«

»Das ist doch Unsinn, Henrietta. Du weißt, dass Beatrice begeistert von Katie ist. Sie würde ihr nie kündigen, nur weil sie sich noch ein paar Tage frei nimmt.«

»Aber nur weil sie weiß, dass ich in dieser Stadt Einfluss habe.«

Richard verdrehte die Augen und wandte sich zum Gehen, was Henrietta nur noch mehr in Rage versetzte.

»Du glaubst, alle lieben dich, was?«, sagte sie gehässig. »Dann lass dir von mir sagen, nicht alle sind angetan vom *großen* Richard Dickens.« Sie wartete gespannt auf seine Reaktion.

Die meisten Leute gingen davon aus, dass Richard von der Freundschaft seiner Frau mit Clive Jenkins nichts wusste, aber das stimmte nicht. Schon vor seiner Heirat mit Henrietta war Richard klar gewesen, dass Clive in sie verliebt war, und als dann ihre Mädchen geboren waren, wusste er, dass Henrietta sie niemals verlassen würde.

»Falls du von Clive Jenkins sprichst«, sagte Richard, »so bin ich mir seiner Gefühle für mich durchaus bewusst, und ich weiß auch, dass diese Gefühle leidenschaftlich erwidert werden.« Richard mochte Clive Jenkins nicht, doch seine Abneigung hatte nichts mit Henrietta zu tun. Er hielt Jenkins für einen doppelzüngigen Geschäftsmann. Ihre Wege kreuzten sich glücklicherweise selten, und wenn, war ihr Umgang bestenfalls höflich, doch Richard hatte Freunde, die das Nachsehen gehabt hatten, als sie ihr Vieh auf Jenkins' Auktionshöfen verkauften.

Henrietta war verdutzt. Sie hatte nicht damit gerechnet, dass Richard Clive zur Sprache bringen würde. »Was soll das denn heißen?«

»Dass ich nicht viel für ihn übrig habe.«

Henrietta war einen Augenblick völlig verwirrt. »Was hast du denn gegen Clive?«, stieß sie schließlich hervor. Richard verlor selten ein schlechtes Wort über andere Leute, und schon gar nicht über einen solch angesehenen Mann wie Clive.

»Ganz abgesehen von seinen fragwürdigen Geschäftspraktiken, Henrietta, hat dieser Mann seit Jahren über mich hergezogen. Ich weiß, dass er mich ebenso wenig ausstehen kann wie ich ihn.«

Henrietta wollte es abstreiten, doch Richard schien sich dieser Information sehr sicher zu sein.

Richard konnte an ihrer Miene ablesen, dass sie nur zu gern erfahren wollte, woher er wusste, was Clive von ihm hielt. »Wie du weißt, habe ich viele Freunde in dieser Stadt, daher gibt es nicht viel, worüber ich nicht Bescheid weiß.«

Henrietta war bestürzt und gedemütigt zugleich. Natürlich war ihr bewusst, wie viele Leute Richard bewunderten. Würde er für das Amt des Bürgermeisters kandidieren, würde er haushoch siegen. Wenn er doch nur diesen Ehrgeiz hätte! Henrietta hatte allerdings nicht erwartet, dass Richards Freunde ihm Gerüchte über Clive zutrugen. »Warum hast du das noch nie erwähnt?«, fragte sie schließlich.

»Hättest du mich verlassen wollen, hättest du es mir schon gesagt, da bin ich sicher.«

»Für mich kam unsere Familie stets an oberster Stelle, vor allem die Mädchen«, erwiderte sie.

»Wenn es die Mädchen sind, die dich von einer Trennung abgehalten haben – sie sind jetzt erwachsen. Das heißt, du kannst endlich tun und lassen, was du willst.«

Henrietta wurde flau im Magen. Wollte er sie wegwerfen wie ein altes Paar Schuhe? »Ich habe deinen Ruf immer über meine eigenen Gefühle gestellt, Richard. Dafür solltest du dankbar sein.«

»*Deinen* Ruf, meinst du wohl, Henrietta. Wir wissen doch beide, dass du es nicht verkraften kannst, wenn die Leute über dich tratschen. Was ich gerade gesagt habe, war wohl ein Schock für dich?«

Seine Worte trafen einen wunden Punkt, und Henrietta errötete. Wieder einmal erkannten beide, dass sie im Grunde wie zwei Fremde waren, die unter ein und demselben Dach lebten. »Clive ist mir stets ein guter Freund gewesen«, sagte Henrietta. »Er hat mir immer zugehört, was ich von dir nicht behaupten kann«, fügte sie verbittert hinzu.

»Wenn du Clive so gern hast, warum hast du ihn dann nicht geheiratet? Ich weiß, dass er dich immer schon geliebt hat.« Richard konnte kaum glauben, was er sagte. Aber nach all den Jahren sprachen sie beide endlich die Wahrheit. Es war, als würde eine schwere Last von ihm abfallen, und er war seltsam gefasst.

Doch seine unverblümten Worte hatten auf Henrietta eine ganz andere Wirkung. »*Du* warst derjenige, dem ich mein Herz geschenkt habe«, sagte sie, während ihr Tränen über die Wangen liefen. »Aber du hast meine Gefühle nie erwidert.«

Richard scharrte unbehaglich mit den Füßen. Er war Henrietta stets dankbar gewesen für den Trost, den sie ihm gespendet hatte, nachdem Matilda ihn verlassen hatte. Aber Dankbarkeit war keine Liebe. Es war töricht von ihm gewesen, so zu tun, als wenn es so wäre. »Ich habe mein Bestes getan, um dich glücklich zu machen, Henrietta.«

Das konnte sie nicht leugnen. Richard hatte ihr fast alles gegeben, was sie wollte – nur nicht das eine, wonach sie sich am meisten gesehnt hatte: sein Herz.

Richard trat auf sie zu. »Eines habe ich im Laufe der Jahre gelernt, Henrietta. Man darf nicht von jemand anders erwarten, dass er einen glücklich macht«, sagte er. »Zufriedenheit mit sich selbst und mit dem eigenen Leben muss von innen kommen.«

Henrietta wusste, dass er recht hatte. Ihre eigenen Schuldgefühle hatten sie davon abgehalten, glücklich zu sein. »Als deine Ehefrau wollte ich immer nur deine einzig wahre Liebe sein«, flüsterte sie.

Richard antwortete nicht. Er konnte es nicht. Matilda war seine einzig wahre Liebe gewesen und würde es immer bleiben.

»Wenn du das Gefühl hast, deine besten Jahre mit mir vergeudet zu haben, dann tut es mir leid, Henrietta. Wir haben zwei Töchter, auf die wir stolz sein können, und wir hatten ein gutes Leben.«

»So wie du es sagst, hört es sich an, als wäre es mit uns zweien vorbei…«, flüsterte Henrietta heiser.

»Ich nehme an, so ist es auch. Zumindest mit dem falschen Schein hat es ein Ende. Du hättest ein Leben mit dem Mann führen sollen, der dich wirklich liebt, und ich hätte niemals zulassen dürfen, dass Matilda sich nach ihrem Unfall völlig aus dem Leben zurückzieht. Im Nachhinein ist man immer klüger. Leider können wir die Uhr nicht zurückdrehen, und Reue bringt uns auch nichts. Wir haben einen anderen Weg gewählt, aber wir sollten nicht länger so tun, als wäre es der richtige Weg gewesen.«

Richard spürte, dass Henrietta schockiert war von seinen freimütigen Worten. Aber eines Tages *musste* er ihr seine Gefühle erklären, und dieser Tag war nun gekommen.

Richard beschloss, Henrietta allein zu lassen und sich zurückzuziehen, damit sie beide über die neue Situation nachdenken konnten. Er wandte sich langsam ab und verließ das Haus.

Henrietta ließ sich auf einen Stuhl sinken. Sie fühlte sich innerlich leer. Zum ersten Mal sah sie wirklich klar, und ein seltsames Gefühl der Trauer erfüllte sie. Durch ihr Verhalten in den vergangenen Jahren hatte sie es drei Menschen vorenthalten, wahres Glück zu empfinden.

Die eigentliche Tragödie aber war, dass Henrietta dabei sich selbst am meisten verletzt hatte.

Eliza verschlief an diesem Morgen, da sie fast die ganze Nacht wachgelegen und sich um den Wolf gesorgt hatte. Als sie in der Küche auftauchte, sagte Noah zu ihr, Brodie sei schon vor Stunden in die Stadt aufgebrochen.

»Ich dachte, er wollte heute Morgen zum Pferch«, sagte sie verwirrt.

»Er meinte, es sei besser, in der Abenddämmerung zu gehen. Dann ist die Gefahr nicht so groß, gesehen zu werden«, sagte Noah.

Eliza nahm an, dass er recht hatte. Sie warf einen Blick aus dem Fenster und sah ihre Tante im Garten arbeiten. Auch Tillys wegen hatte Eliza keinen Schlaf gefunden. Es bereitete ihr ein schlechtes Gewissen, Geheimnisse vor ihr zu haben.

Eliza nahm zwei Tassen Tee und ging damit ins Freie.

»Guten Morgen«, rief Tilly, als Eliza auf sie zukam und ihr eine Tasse Tee reichte. »Hattest du eine gute Nacht?«

»Leider nicht, Tante. Deswegen habe ich heute Morgen wohl auch verschlafen.«

»Das tut mir leid. Gibt es irgendetwas, worüber du reden möchtest?« Tilly hatte den Verdacht, dass Brodie der Grund dafür war, dass Eliza nicht gut geschlafen hatte. Sie hatte die Spannung zwischen den beiden gespürt.

»Ja, ich muss dir etwas sagen«, erwiderte Eliza. In der Nacht hatte sie beschlossen, aufrichtig zu Tilly zu sein. Sie hatte ihre Tante von Anfang an nicht belügen wollen, und jetzt gab es keinen Grund mehr dazu. Sie betete nur, Tilly möge es verstehen.

»Was ist denn, Eliza?«, fragte Tilly, der nicht entging, wie ernst ihre Nichte aussah.

Eliza holte tief Luft. »Das Tier, das versucht hat, in dein Hühnergehege einzudringen, war ein Wolf, kein Tiger.«

Tilly starrte sie offenen Mundes an. »Ein Wolf? Wie kommst du denn auf die Idee?«

»Ich habe ihn gesehen, Tante. Er versteckt sich draußen in den Höhlen.«

»Ein Wolf … versteckt sich in den Höhlen!« Tilly kniff ungläubig die Augen zusammen. »Wie kannst du dir sicher sein, dass es ein Wolf ist?«

»Offenbar ist er schon seit einer ganzen Weile hier in der Gegend. Noah hat ihn sogar gemalt – ich habe das Bild gesehen. Ich bin mit Noah zu den Höhlen gegangen, um ihm den Wolf zu zeigen und mich zu vergewissern, dass es dasselbe Tier ist. Ich hab es dir nicht gesagt, weil ich dich nicht in die Situation bringen wollte, Brodie belügen zu müssen. Aber jetzt weiß er es ja sowieso.«

»Er weiß es?«, fragte Tilly erstaunt. »Wie hat er es denn herausgefunden?«

»Er hat es erraten. Gestern habe ich angedeutet, dass zwei wilde Tiere durch diese Gegend streifen könnten, und dann hat Sheba das Fleisch gerochen, das ich für den Wolf aus dem Hotel mitgebracht hatte …«

»Fleisch?«, sagte Tilly und schwieg einen Augenblick. »Aha! Deswegen ist Sheba gestern ständig um dich herumgeschlichen«, fügte sie dann hinzu.

Eliza nickte. Es bereitete ihr ein schlechtes Gewissen, Geheimnisse vor ihrer Tante zu haben. »Der Wolf hat Hunger, und ich wollte nicht, dass er wieder deinen Hühnern nachstellt. Brodie hat schon einmal auf ihn geschossen. Der Wolf hatte Glück, dass er überlebt hat – es war nur eine Fleischwunde. Aber ein zweites Mal würde es ihn wohl das Leben kosten.« Eliza senkte den Kopf. »Tut mir leid, Tante. Du bist mir ans Herz gewachsen, deshalb wollte ich dich schützen und dir keine Sorgen bereiten. Ich habe schon genug Unruhe in dein Leben gebracht.«

Tillys Augen wurden feucht. »Unsinn«, sagte sie. »Du hast geglaubt, das Richtige zu tun. Aber versprich mir, dass du in Zukunft keine Geheimnisse mehr vor mir haben wirst.«

»Ich verspreche es. Aber ich wusste, dass du es nicht gutheißen würdest, wenn ich Fleisch für den Wolf kaufe. Nur – womit sonst hätte ich ihn füttern sollen?«

»Lass mich mal nachdenken …«, sagte Tilly. »Sheba mag Eier und Kürbissuppe und Brot. Lass uns einen Teller fertigmachen und sehen, was der Wolf davon hält. Ist es ein männliches Tier?«

»Ja, ich glaube schon«, sagte Eliza.

»Dann muss ich Sheba im Haus behalten. Ich will hier keine halben Wolfswelpen haben.«

Als sie wieder in der Küche waren, briet Tilly vier Eier in einer

Pfanne. In einer Schüssel vermischte sie etwas kalte Kürbissuppe mit Brot, bevor sie die Eier unterrührte. »Dann wollen wir mal sehen, ob er das frisst«, sagte sie.

Noah begleitete Tilly und Eliza zu den Höhlen. Sie nahmen eine Laterne mit, die Tilly in der Nähe des Eingangs entfachte. Sie drehte die Flamme herunter und wartete mit Noah gleich hinter dem Eingang, während Eliza die Schüssel mit Fressen dorthin stellte, wo sie am Abend zuvor das Fleisch liegen gelassen hatte. Dann kehrte sie zu Noah und Tilly zurück, und sie warteten.

»Das altbackene Brot, das ich ihm kürzlich gebracht habe, hat er regelrecht verschlungen«, flüsterte Eliza. »Dann müsste er das hier eigentlich auch fressen.«

Sie warteten ein paar Minuten schweigend, bis der Wolf aus der Höhlenkammer hervorkam und an der Schüssel schnupperte. Dann huschte er wieder zurück.

»Er frisst es nicht«, sagte Eliza besorgt. »Er will bestimmt Fleisch.«

»Ich glaube, er kann Ihren Geruch an der Schüssel wittern«, sagte Noah zu Tilly. »Deshalb ist er so vorsichtig.«

»Vielleicht hätte ich die Schüssel nicht in die Hand nehmen sollen«, sagte Tilly.

»Wenn er Hunger hat, wird er es schon fressen, Tante«, sagte Eliza zuversichtlich. »Er wird sich an deinen Geruch gewöhnen müssen.«

»Vielleicht sollten wir ihn einfach in Ruhe lassen«, schlug Tilly vor. »Kommt.« Sie wandte sich zum Gehen, und Eliza tat es ihr gleich.

»Warten Sie«, flüsterte Noah und legte einen Finger an die Lippen. Tilly und Eliza drehten sich vorsichtig um. Im schwachen Licht konnten sie den Kopf des Wolfs erkennen, der aus der Höhlenkammer hervorschaute. Er schnüffelte misstrauisch an der Schüssel.

»Ich wusste, dass er Hunger hat«, flüsterte Eliza.

Tilly nahm ihre Hand und führte sie aus der Höhle. Noah folgte ihnen.

»Er wäre bestimmt ganz herausgekommen, Tante«, sagte Eliza. »Warum wolltest du nicht warten?«

»Wenn wir sein Vertrauen gewinnen wollen, müssen wir ihn in Ruhe fressen lassen«, sagte Tilly.

Noah nickte und pflichtete ihr bei. Gemeinsam traten sie den Rückweg an.

In der Stadt war Brodie mit kaum verhohlener Verachtung begrüßt worden. Mehrere Männer standen um die Tafel in der Hotelbar, auf der die Verluste an Schafen aufgelistet waren, unter ihnen Jock Milligan und Fred Cameron.

»Ich habe gestern Nacht wieder sieben Mutterschafe verloren«, wandte Jock sich wütend an Brodie. »Sie sind einfach verschwunden. Wenn Sie da draußen Ihren Job erledigen würden, hätten weder der Tiger noch ein Schafdieb die Gelegenheit, sich meine Tiere zu schnappen.«

»Ich kann nicht überall gleichzeitig sein«, stellte Brodie klar. Er konnte den Männern noch nicht sagen, dass er hoffte, im Verlauf des Tages Hinweise zu bekommen, wer der Schafdieb war.

»Offenbar ist der Tiger noch öfter gesichtet worden«, sagte Ryan. »In der Gegend um Dergholm und in der Nähe von Casterton. Ich weiß allerdings nicht, wie zuverlässig diese Informationen sind.«

»Aber es wurden keine Verluste an Schafen gemeldet, oder?«, sagte Fred wütend. Er funkelte Brodie zornig an. »Wir haben Sie angeheuert, damit Sie den Tiger töten, und das haben Sie nicht getan. Das heißt, Ihre Zeit ist um. Wir haben bereits nach zwei Aborigine-Fährtenlesern und ein paar Hunden geschickt.«

Brodie war sprachlos. Er hatte nicht erwartet, dass die Farmer ihre Drohung so bald wahrmachen würden.

»Sie können eigentlich gleich einpacken und aus der Stadt verschwinden«, schlug Jock unfreundlich vor.

»Noch werde ich nicht verschwinden«, gab Brodie kalt zurück. »Erst wenn ich weiß, wer oder was für die Verluste an Schafen verantwortlich ist.« Er wusste mit Sicherheit, dass ein Tiger oder ein Wolf nicht sieben Schafe reißen würden, ohne eine einzige Spur zu hinterlassen. Ein dreister Dieb war dafür verantwortlich.

»Jedenfalls können Sie sich als gefeuert betrachten«, sagte Bill Clifford. »Wir werden es jetzt mit den Fährtenlesern und ihren Hunden versuchen. Ich bin sicher, die werden irgendetwas auftun.«

»Von den Hunden könnten wir auch Noah aufspüren lassen«, schlug Mannie Boyd vor. »Bevor noch mehr Schafe gestohlen werden.«

»Stimmt!«, pflichteten die Männer ihm bei, was Brodie in Wut versetzte.

»Wenn ich Noah mit welchen von meinen Schafen erwische, werde ich ihn eigenhändig aufknüpfen«, knurrte Fred Cameron.

Brodie verließ die Männer angewidert, bevor er die Beherrschung verlor. Als er zurück zum Hanging Rocks Inn kam, berichtete er, was in der Stadt vorgefallen war. Doch er ließ unerwähnt, was über Noah gesagt worden war. Er war sicher, dass Noah versuchen würde, Reißaus zu nehmen, wenn er hörte, dass die Männer ihn von Hunden aufspüren lassen wollten – und wenn Noah floh, würde er mit Sicherheit geschnappt werden. Man könnte ihm die Flucht als Schuldgeständnis auslegen. Da es in Tantanoola kein Polizeirevier gab, bestand die Gefahr eines Lynchmordes.

»Ich bin gefeuert worden«, sagte Brodie. »Die Aborigine-Fährtenleser und die Hunde werden heute im Laufe des Tages oder morgen früh eintreffen. Wir müssen rasch handeln, wenn wir herausfinden wollen, wer der Schafdieb ist.«

Eliza war krank vor Sorge um Noah, hatte aber auch Angst um das Leben des Wolfs.

Am Abend brachen Eliza und Brodie nach einem frühen Abendessen zum Lake Bonney auf. Es war noch hell, da die Tage allmählich länger wurden, doch bis sie den See erreicht hatten, würde die Dämmerung hereinbrechen. Sie ritten zu zweit auf Angus, da Brodie darauf bestanden hatte, dass Eliza nicht auf Nell ritt.

»Angus ist schnell, wenn es sein muss. Wir könnten es eilig haben, wenn da jemand ist«, erklärte Brodie. »Und Angus ist schwarz, sodass er nicht so leicht zu sehen ist.« Brodie schlug außerdem vor, sich in Schwarz zu kleiden, um im Dunkeln besser getarnt zu sein.

Es war ein beschwerlicher Ritt, so nahe aneinander auf Angus sitzend. Es war kaum möglich, einander nicht zu berühren, vor allem, da sie durch die Bewegungen des Tieres immer wieder aneinandergedrückt wurden. Beide spürten die Gegenwart und körperliche Nähe des jeweils anderen überdeutlich, und beide mussten sich im Stillen eingestehen, dass es sehr angenehm war.

Der See lag friedlich da, während die ersten abendlichen Schatten über das stille Wasser fielen. Eliza starrte auf die sich verdunkelnden Wolken, die sich auf der Seeoberfläche spiegelten. Es war kaum vorstellbar, dass jemand an einem solch schönen, stillen Ort etwas so Schauriges wie den Pferch zum Schlachten errichtet hatte.

Sie stiegen ab und gingen ein kurzes Stück zu Fuß, damit Eliza sich orientieren konnte. Als sie sicher war, dass sie in die richtige Richtung liefen, versteckte Brodie Angus in einem kleinen Wäldchen. Er hatte sein Gewehr dabei. Während er nun an Elizas Seite ging, die Waffe in der Hand, konnte sie seine Anspannung und Wachsamkeit spüren. Auf sich selbst konnte Brodie gut aufpassen, aber zweifellos empfand er sie, Eliza, als Belastung.

An diesem Abend ging keine Brise, doch als sie sich dem Pferch näherten, nahmen sie den Geruch der trocknenden Felle und der verwesenden Kadaver wahr. Eliza hatte sich darauf vorbereitet, indem sie einen dicken, von Tilly geliehenen Schal trug, den sie mit Fliederwasser beträufelt hatte. Brodie hatte ein Halstuch dabei, das er sich vor Mund und Nase hielt. Trotzdem drang der Ekel erregende Geruch durch. Eliza war übel, als sie endlich die Kaninchenfelle erreichten. Brodie ließ vorsichtig den Blick in die Runde schweifen, um sicherzugehen, dass sie nicht in eine Falle tappten. Es war möglich, dass Eliza und Noah Spuren oder sonstige Hinweise hinterlassen hatten, dass sie hier gewesen waren – irgendetwas, was der Schafdieb vielleicht gefunden hatte. Vorsichtshalber gestattete Brodie es Eliza nicht, laut zu sprechen. Er benutzte Handzeichen, um ihr Anweisungen zu geben für den Fall, dass jemand in der Nähe war.

Am Eingang des Tunnels ging Eliza in die Hocke und zeigte hinein. Brodie bedeutete ihr mit einer Geste, sich in der Nähe im Gebüsch versteckt zu halten, während er in den Tunnel kroch, um sich die Sache anzuschauen. Inzwischen war es fast dunkel. Brodie wusste, dass er sich beeilen musste, wollte er noch irgendetwas erkennen.

In ihrem Versteck wartete Eliza einige Minuten, ehe Brodie wieder aus dem Tunnel auftauchte. Trotz des spärlichen Mondlichts konnte sie sehen, dass er blass war; offensichtlich war ihm schlecht von dem, was er gesehen hatte.

»Da drinnen ist niemand«, flüsterte er. »Ich konnte keine Hinweise auf die Identität des Schafdiebs finden, aber auf den Fellen sind mehrere unterschiedliche Brandzeichen. Ich habe Jocks und Freds Zeichen erkannt.«

In diesem Augenblick hörten sie beide das Geräusch. Es war das Blöken eines Schafs, und es kam aus der Richtung, in der sie Angus angebunden hatten. Brodie nahm Elizas Arm und zerrte sie in ein Gebüsch, wo sie sich versteckten. Brodie war froh, dass er so vorausschauend gewesen war, dunkle Kleidung zu tragen; trotzdem zogen sie sich den Schal und das Halstuch über die Gesichter, damit diese im Dunkeln nicht schimmerten. Dann verharrten sie regungslos, während sie lauschten und die Augen offen hielten. Die Nacht hatte sich rasch übers Land gesenkt, und so konnten sie das Flackern einer schwankenden Laterne sehen, die sich ihnen näherte. Zwei Männer unterhielten sich mit gedämpfter Stimme.

Als die Männer näher kamen, wagte Eliza kaum noch zu atmen. Sie zählte sieben Schafe. Am Eingang des Tunnels hielten die Männer inne und trieben die Schafe eins nach dem anderen hindurch. Sie machten ziemlichen Lärm, als wüssten sie, was für ein Schicksal sie erwartete. Eliza war sich darüber im Klaren, was als Nächstes passieren würde, und wandte sich mit weit aufgerissenen Augen an Brodie.

Der Jäger erwiderte ihren Blick. Im Dunkeln konnten sie die Gesichtszüge des jeweils anderen kaum erkennen. Brodie schüttelte den Kopf. Er gab Eliza zu verstehen, dass sie nichts tun konnten. Ihr war schlecht vor Entsetzen.

Die nächsten paar Minuten waren die schlimmsten in ihrem Leben. Sie konnte ihre Tränen nicht zurückhalten; begleitet von leisen Schluchzern brachen sie aus ihr hervor. Brodie nahm Eliza in den Arm und hielt sie fest an seine Brust gedrückt. Er legte ihr die Hände über die Ohren, als die Männer begannen, die Schafe abzuschlachten, damit sie die Schreie nicht hörte. Er fragte sich, ob Eliza ihn für einen Feigling hielt, da er sich den Männern nicht entgegenstellte. Doch Brodie wusste, dass es Selbstmord gewesen wäre. Er hatte ein Gewehr und mehrere Messer im Pferch gesehen und einen kurzen Blick auf die Waffen erhascht, die die Männer bei sich trugen. Sie hatten sie benutzt, um die Schafe in den Tunnel zu scheuchen. Hätte Brodie sich ihnen entgegengestellt, hätten sie mit Sicherheit panisch reagiert und das Feuer eröffnet. Und Brodie konnte nicht riskieren, dass auf Eliza geschossen wurde.

Brodie lauschte auf die Stimmen der Männer, die sich unterhielten, während sie ihr grausiges Werk in Angriff nahmen, die Schafe zu häuten. Er erkannte die Stimmen nicht, doch er schnappte irgendetwas von einem Versand nach Adelaide auf. Stunden später, so schien es ihnen, verließen die Männer den Pferch. Brodie und Eliza warteten, bis sie es für ungefährlich hielten, sich hervorzuwagen, und flüchteten dann aus ihrem Versteck.

Als sie zurück zu Angus kamen, sah Brodie Eliza besorgt an. »Ist alles in Ordnung?», fragte er.

»Nein, gar nichts ist in Ordnung. Wir hätten uns diesen Männern entgegenstellen und sie aufhalten sollen«, stieß Eliza hervor. »Sie hatten doch ein Gewehr, Brodie. Die beiden hätten sicher kaum Widerstand geleistet.«

»Sie waren bewaffnet, Eliza«, erwidert er. »Ich konnte nicht riskieren, dass Ihnen etwas passiert.«

Im Dunkeln war es schwer, Brodies Gesicht zu erkennen, doch in seinem Tonfall lag etwas, was nicht leicht zu deuten war. Es klang wie Zärtlichkeit, war aber, wie Eliza vermutete, wohl eher Bedauern. »Es tut Ihnen leid, dass Sie mich hierher gebracht haben, stimmt's?«, sagte sie.

»Ohne Sie hätte ich viel länger gebraucht, den Pferch zu finden«, entgegnete Brodie, »aber ich wünschte tatsächlich, Sie wären nicht hier. Ich hätte wissen müssen, dass der Schafdieb, wer immer er ist, in der Nacht zu diesem Pferch kommen würde. Ich habe Ihr Leben aufs Spiel gesetzt.« Brodie sprach mit sanfter Stimme.

»Ich habe Ihnen doch schon gesagt, ich bin nicht so empfindlich. Es war schlimm, mitanhören zu müssen, wie die Schafe geschlachtet wurden, aber wenn das alles vorbei ist, habe ich eine tolle Geschichte, über die ich schreiben kann«, sagte Eliza verärgert.

Brodie seufzte. »Ja, das können Sie«, sagte er ernüchtert.

»Haben Sie eine Ahnung, wer diese Männer waren?«, fragte Eliza, wieder ganz Reporterin.

»Nein, aber Mallory McDermotts Haus ist nicht allzu weit von hier entfernt. Ich werde morgen früh dorthin gehen und mich ein bisschen umsehen. Wenn er etwas mit dieser Sache zu tun hat, könnte es in der Nähe seines Hauses Beweise dafür geben.«

»Ich komme mit«, sagte Eliza.

»Nein, das werden Sie nicht«, sagte Brodie mit Nachdruck. Erkannte sie denn nicht, dass sie sich damit selbst in Gefahr brachte?

»Dann versuchen Sie doch ohne mich, dorthin zu kommen«, fauchte Eliza.

»Ich habe in der Stadt gehört, dass mit Mallory nicht zu spaßen ist. Die Einheimischen behaupten, er sei so unberechenbar wie eine Braunschlange und dass er niemanden in der Nähe seines Hauses dulde.«

»Ich habe Ihnen Informationen gegeben, damit Sie mir helfen können. Wenn Sie versuchen, ohne mich dorthin zu gehen, werde ich Ihnen auf Nell folgen.« Eliza konnte sehr stur sein.

Brodie seufzte entnervt. »Also gut«, sagte er. »Sie haben gewonnen.«

22

Nachdem Eliza und Brodie am nächsten Morgen zu Mallory McDermotts Farm aufgebrochen waren, beschloss Tilly, sich in ihrem Gemüsegarten in die Arbeit zu stürzen. Sie hielt es für die einzige Möglichkeit, zu verhindern, dass sie vor Sorge den Verstand verlor. Noah wollte ihr beim Gießen und Unkrautjäten helfen, doch Tilly bestand darauf, dass er im Haus blieb, sodass niemand ihn sehen konnte. Obwohl ihr einziger Nachbar in unmittelbarer Nähe der fast taube und blinde Barney war, wollte Tilly kein Risiko eingehen.

Tilly musste immer wieder daran denken, wie Brodie und Eliza um ein Haar in der Nähe des Pferchs von den Schafdieben entdeckt worden wären. Sie war heilfroh, dass Brodie bei Eliza gewesen war und dass er seine Waffe dabeigehabt hatte. Sie war dagegen gewesen, dass ihre Nichte Brodie an diesem Morgen zu Mallorys Farm begleitete, genau wie Brodie selbst, doch Elizas Entschluss stand fest, und niemand würde sie davon abbringen. Letztendlich konnte Tilly sie nur beschwören, vorsichtig zu sein. Brodie hatte ihr versprochen, sich nicht allzu nah an Mallorys Haus heranzuwagen; Tilly war allerdings klar, dass Brodie ein höheres Risiko eingehen würde, hätte er Eliza nicht bei sich.

Tilly arbeitete schon eine ganze Weile, als sie etwas Ungewöhnliches hörte. Sie richtete sich auf und lauschte. Das Geräusch von Pferdehufen und das Bellen von Hunden wurde von der morgendlichen Brise zu ihr herübergetragen und wurde rasch lauter. Einen Augenblick war sie verwirrt von den Geräuschen; dann fiel ihr wieder ein, was Brodie zu ihnen gesagt hatte, als er aus der Stadt zurückgekommen war: Die Leute in Tantanoola hatten Fährtenleser mit Bluthunden anheuern wollen.

Tilly ließ die Hacke fallen und rannte zum Haus, während Sheba aufgeregt kläffte. »Schnell, Noah, auf den Speicher!«, rief sie.

Noah hatte am Küchentisch gesessen, doch als er die Panik in Tillys Stimme hörte, handelte er blitzschnell. Er huschte zur Speichertreppe und rannte sie hinauf, immer zwei Stufen auf einmal nehmend. Tilly folgte ihm dichtauf. Als Noah oben angekommen und durch die Falltür auf den Speicher geklettert war, schob Tilly die Treppe hoch und versteckte die Stange, die sie dafür benutzt hatte, in einem Schrank in der Diele. Kaum hatte sie die Schranktür geschlossen, hörte sie auch schon die Hunde auf dem Zufahrtsweg.

Sheba bellte an der Hintertür. Tilly rief sie in die Küche zurück, dann ging sie nach draußen und schloss die Tür hinter sich. Die Bluthunde, zehn an der Zahl, hatten den Stall umstellt. Nell und die Ziegen liefen nervös in ihren Gehegen umher, beunruhigt von dem Tumult.

Die beiden Aborigine-Fährtenleser waren bereits von ihren Pferden gestiegen. Bill Clifford und Mannie Boyd taten es ihnen gleich.

»Was wollen Sie hier, Bill?«, fragte Tilly ungehalten. »Die Hunde jagen meinen Ziegen Angst ein.«

»Die Hunde haben den Geruch eines Tiers gewittert und sind ihm hierher gefolgt«, sagte Bill. »Es muss der Tiger sein.«

Tilly fiel auf, dass Mannie Boyd ein Hemd in der Hand hielt, in dem sie eines von Noahs Hemden zu erkennen glaubte. »Hier gibt es keinen Tiger«, sagte sie, voller Angst um Noah und den Wolf.

Mannie ging auf den Stall zu.

»He! Was glauben Sie, wo Sie hier sind?«, fragte Tilly voller Angst, er könnte Noahs Esel finden.

Ohne eine Antwort abzuwarten, riss Mannie die Stalltür auf. »Was haben wir denn da, Miss Sheehan? Das sieht mir ganz nach Noahs Esel aus!«, rief er Bill zu.

Bill blickte Tilly an und legte die Stirn in Falten. »Ist Noah hier?« Es war eher eine Anschuldigung als eine Frage.

Tilly hatte sich eine Geschichte zurechtgelegt für den Fall, dass jemand den Esel finden sollte. »Natürlich nicht«, sagte sie. »Ich … ich habe den Esel vor ein paar Tagen gefunden, ungefähr eine Meile die Straße runter, und da hab ich ihn bei mir im Stall untergebracht. Sie wissen ja, dass Noah ein Freund von mir ist. Sobald sein Name von dem lächerlichen Vorwurf des Schafdiebstahls reingewaschen ist, wird er zurückkommen und seinen Esel wiederhaben wollen.«

»Aber sein Name wird nicht reingewaschen, weil er ein Schafdieb *ist*«, knurrte Mannie.

»Unsinn!«, gab Tilly wütend zurück. Das Herz schlug ihr vor Wut und Angst bis zum Hals. »Ich bin sicher, er ist fortgegangen, um für eine Weile bei Angehörigen seines Clans zu sein.«

»Hat er das etwa zu Ihnen gesagt?«, fragte Bill mit zusammengekniffenen Augen.

»Nein, das hat er nicht«, sagte Tilly entschieden.

»Ich glaube, er steckt hier irgendwo«, sagte Mannie. »Wir müssen ihn nur aufspüren.« Er rief die Hunde und ließ sie an Noahs Hemd schnüffeln. Sie liefen auf dem Hof umher und sprangen dann zur Hintertür des Hanging Rocks Inn.

»Die Hunde kommen mir nicht ins Haus!«, rief Tilly.

»Haben Sie denn etwas zu verbergen?«, fragte Mannie lauernd. »Oder jemanden?«

»Nein, habe ich nicht!«, fuhr Tilly ihn an. Sie stand unter so schrecklichem Druck, dass ihr flau im Magen wurde. »Noah ist oft hier gewesen«, sagte sie. »Er hat mir mit seinem Karren stets meine Einkäufe mitgebracht, deshalb können die Hunde ihn riechen. Aber jetzt ist er *nicht* hier!«

»Das würde ich Ihnen gern glauben, Tilly«, sagte Bill beinahe mitfühlend. »Aber ich weiß, dass Sie eine treue Freundin sind und Noah schützen würden.«

»O ja, das würde ich!«, stieß Tilly hervor. »Aber ich sage Ihnen, er ist nicht im Haus!« Sie redete sich selbst ein, dass es stimmte. Der Speicher war streng genommen kein Teil ihres Wohnraums, was sie aber nicht davon abhielt, inständig zu beten, die Kerle würden Noah nicht finden, falls sie das Haus durchsuchten.

»Passt auf die Hunde auf«, sagte Bill zu den Fährtenlesern. »Ich schaue mir das Haus an.«

Tilly spürte, wie ihre Knie weich wurden. »Nennen Sie mich eine Lügnerin, Bill Clifford?«, sagte sie mit so viel Empörung, wie sie aufbringen konnte.

»Nein, Tilly. Sie sind eine gute Freundin, aber Ihre Absichten lassen sich nicht durchschauen. Wenn Noah hier ist, wird er einen fairen Prozess bekommen, das verspreche ich.«

»Wenn Noah schuldig wäre, gäbe es nicht einen Funken Hoffnung, dass er einen fairen Prozess bekommt, und das wissen Sie genau«, sagte Tilly, die ihre Tränen kaum noch zurückhalten konnte. »Die Farmer wollen Blut sehen, und das nur wegen eines dämlichen Reporters, der Noah mit einem erlogenen Artikel belastet hat! Wir alle kennen Noah, er ist ein guter Mann!«

»Warum ist er dann weggelaufen?«, fragte Bill. »Ich habe keine Lust mehr, meine Zeit zu verschwenden.«

Ohne noch ein Wort zu verlieren, betrat Bill das Haus und ging von einem Zimmer zum nächsten, um nach Noah zu suchen. Tilly wartete in der Küche, wo sie ängstlich die Blicke schweifen ließ, um sich zu vergewissern, dass nichts herumlag, das Noah verraten konnte. Als sie nichts entdeckte, ging sie in die Diele, wo Bill gerade den Dielenschrank öffnete. Tillys Mut sank, als er die

Hakenstange hervorholte, mit der man die Treppe zum Speicher herunterzog.

Billy schaute zu Tilly und zeigte auf die Falltür an der Decke. »Was ist da oben?«, fragte er.

»Nicht viel«, sagte Tilly so beiläufig sie konnte. »Ein paar Sachen, die der Vorbesitzer dagelassen hat, und vermutlich jede Menge Staub.«

Nachdem er einen Augenblick darüber nachgedacht hatte, schaute Bill hoch, hakte die Treppe fest und zog sie herunter.

»Da müssen Sie bestimmt nicht hinauf«, stieß Tilly aus und versuchte, die Panik aus ihrer Stimme herauszuhalten. »Warum lassen Sie mich nicht einfach in Ruhe?«

Sie war sicher, dass das Spiel aus war: Bill würde Noah finden und ihn Mannie Boyd und den anderen übergeben. Tilly überlegte verzweifelt, was sie zu Noahs Verteidigung vorbringen könnte, als Bill die Falltür öffnete.

»Bill, ich kann Ihnen erklären ...«, begann sie, einen Blick nach oben werfend. Bill hatte den Kopf bereits durch die Luke gesteckt und sah sich um. Schließlich kam er wieder herunter und zog die Falltür hinter sich zu.

»*Was* können Sie mir erklären?«, fragte er dann.

Tilly schaute ihn mit verständnisloser Miene an. Offensichtlich hatte er Noah nicht gesehen, aber sie konnte nicht begreifen, wieso nicht. Da oben gab es keine Möglichkeit, sich zu verstecken. »Ich kann Ihnen erklären, weshalb da oben ein solches Durcheinander herrscht«, sagte sie mit leiser Stimme, die ihre Verwirrung als Verlegenheit verschleierte. »Sie müssen mich für schlampig halten ...«

»Ich finde, es sieht ganz ordentlich aus«, sagte Bill. »Da sollten Sie mal unseren Speicher sehen.« Er hörte draußen die Hunde bellen und eilte zur Hintertür. »Entschuldigen Sie die Störung, Tilly«, sagte er. »Aber ich musste das Haus durchsuchen. Ich hoffe, Sie verstehen das.«

»Ja, ich glaub schon«, sagte Tilly steif. Sie war erleichtert, ihn endlich gehen zu sehen.

Aber wo steckte Noah?

»Die Hunde haben den Geruch des Tigers wieder aufgenommen«, rief Mannie. Sein Pferd am Zügel führend, schlug er den Weg zu den Höhlen ein.

Tilly beobachtete von der Hintertür aus, wie Bill hinter Mannie und den Fährtenlesern, Pferden und Hunden herlief, und ihr Herz schlug wieder schneller. Wenn der Wolf in den Höhlen war, würde er in die Enge getrieben und erschossen werden. Tilly war hin und her gerissen. Sie wollte den Männern nachlaufen und sie davon abhalten, den Wolf zu töten, aber sie wollte auch Noah finden. Wahrscheinlich war er vom Speicher heruntergeklettert und zur Vordertür hinausgerannt, ehe Bill das Haus durch die Hintertür betreten hatte.

Schließlich beschloss sie, Bill, Mannie und den Fährtenlesern zu den Höhlen zu folgen. Sie musste versuchen, die Männer daran zu hindern, den Wolf zu töten, falls sie dies vorhatten.

Als die Männer die Höhlen erreichten, waren die Hunde bereits hineingelaufen. Sie schnüffelten, bellten und jaulten. Ein paar Meter hinter dem Höhleneingang war es schon stockfinster, und ohne Laternen konnten die Männer nichts sehen. Als Tilly die Höhlen sichtete, kamen alle wieder heraus; die Hunde folgten einer Geruchsspur zu Barneys Haus. Tilly hörte einen der Aborigine-Fährtenleser zu Bill sagen, ein Tiger würde sich nicht in einer Höhle verstecken, da er sich gar nicht erst in die Enge treiben ließe.

Tilly seufzte erleichtert, als sie den Trupp in Barneys Richtung verschwinden sah. Bill kannte Barney gut genug, um zu wissen, dass er stocktaub war. Vermutlich würde er von dem ganzen Aufruhr vor seinem Haus überhaupt nichts mitbekommen.

Tilly warf wieder einen Blick zu den Höhlen. Offensichtlich war der Wolf nicht darin gewesen. Sie hoffte nur, dass die Hunde ihn nicht aufspürten. Sie dachte über die Schüssel nach, die sie in den Höhlen zurückgelassen hatte. Zum Glück war es so dunkel gewesen, dass die Männer sie nicht gesehen hatten; die Hunde aber hätten die Schüssel sicher gefunden.

Tilly eilte zurück zum Hanging Rocks Inn, um nach Noah zu suchen. Das Haus kam ihr gespenstisch still vor. An diesen Zustand würde sie sich niemals gewöhnen. Sie hatte Angst davor, laut zu rufen, falls Bill oder Mannie Boyd zurückgekommen waren. Sie suchte den Speicher ab, aber dort gab es keine Hinweise auf Noahs Aufenthaltsort. Selbst das Bettzeug auf dem Gästebett war verschwunden. Tilly entdeckte es in einem Karton, in den die Sachen hineingestopft worden waren.

Eine halbe Stunde später hatte sie noch immer keine Spur von Noah. Er blieb spurlos verschwunden. Zum Glück gab es keine Anzeichen, dass die Fährtenleser und Hunde wiederkamen. Aber was, wenn sie Noahs Geruch gewittert hatten?

Tilly war außer sich vor Sorge um Noah. Und sie hatte Angst um Brodie und Eliza – und auch um den Wolf. Es war alles zu viel für sie. Sie setzte sich an den Küchentisch und brach in Tränen aus. Sheba kam zu ihr und streckte sich zu ihren Füßen aus.

»Was ist denn los, Miss Sheehan?«

Tilly sah auf und tupfte sich die Tränen ab. Da stand Noah an der Hintertür. Er war triefend nass.

»Noah! Was ist passiert?« Sie stürzte mit einem Küchenhandtuch auf ihn zu.

»Alles in Ordnung, Miss Sheehan. Ich hab mich im Regenwassertank versteckt.«

Tilly traute ihren Ohren nicht. »Im Regenwassertank!«

»Ja. Ich hatte so eine Ahnung, dass die Männer das Haus durchsuchen würden. Deshalb bin ich vom Speicher runtergeklettert, während Sie hinter dem Haus mit den Leuten geredet haben, hab die Falltür geschlossen und die Treppe wieder hochgeschoben. Dann bin ich zur Vordertür hinaus und seitlich ums

Haus gegangen, wo der Regenwassertank ist. Dort bin ich durch die Öffnung im Deckel geschlüpft. Ich wusste, dass die Hunde mich da drinnen niemals riechen würden.« Der Regenwassertank war rostig und alt; daher war das Loch im Deckel ziemlich groß.

Tilly grinste von einem Ohr zum anderen. »Sie sind ein schlauer Mann, Noah Rigby«, sagte sie.

Obwohl er eine Heidenangst ausgestanden hatte, musste auch Noah lächeln. »Zum Glück haben Sie in letzter Zeit viel Tankwasser verbraucht«, sagte er. Im Südosten des Bundesstaates hatte es in den vergangenen Wintermonaten kräftig geregnet, aber da Tilly wegen der zusätzlichen Gäste im Haus reichlich Wasser verbraucht hatte, hatte Noah im Innern des Tanks ausreichend Luft zum Atmen gehabt.

»Ich dachte schon, Sie hätten Reißaus genommen, Noah.« Tillys Stimme bebte. »Ich habe mir schreckliche Sorgen um Sie gemacht.«

»Die Kerle hätten mich bald geschnappt, wenn ich einen Fluchtversuch unternähme, Miss Sheehan.« Noahs Miene wurde sanfter. »Sie sind stets eine wahre Freundin für mich gewesen. Die einzige Freundin, die ich in dieser Stadt je hatte.«

Tilly dachte zurück an die Zeit, als sie in die Gegend um Tantanoola gezogen war. Sie war schrecklich schüchtern wegen ihrer Narben gewesen – und sehr einsam. Noah war der Einzige in der Stadt, der sich stets bemüht hatte, ein nettes Wort mit ihr zu wechseln und ihr Hilfe bei ihren Einkäufen anzubieten. Und er hatte sie nie so angestarrt wie manche der anderen Leute in der Stadt.

»Sie sind immer gut zu mir gewesen, Noah, und ich verabscheue Ungerechtigkeit«, sagte Tilly. »Ich kann es kaum erwarten, die Gesichter von Bill Clifford und Mannie Boyd zu sehen, wenn Ihre Unschuld bewiesen ist.«

Noah ließ den Kopf hängen. »Ich weiß nicht, ob es je so weit kommen wird, Miss Sheehan«, sagte er bedrückt. Er glaubte, dass er das Unvermeidliche lediglich hinausschob. »Ich wollte nie, dass irgendwer rausfindet, dass Barry Hall mein Vater ist, weil ich wusste, dass dann genau das passieren würde, was nun geschehen ist.«

Tilly blickte ihn traurig an. Darauf gab es nichts zu erwidern.

Brodie folgte der Wegbeschreibung zu Mallory McDermotts Farm, die Noah ihm gegeben hatte. Im Gegensatz zu vielen anderen Farmen, bei denen das Land rund um das Haus gerodet worden war, war Mallorys Farmhaus von dichtem Gestrüpp umgeben. Der Einsiedler baute keine Feldfrüchte an und hielt nicht viel Vieh, nur ein paar bunt gemischte Tiere; eine Kuh, ein paar Schweine und eine Hand voll Hühner. Er zog nur ein bisschen Gemüse, genug für seinen eigenen Bedarf. Seine einzigen Einkünfte erzielte er angeblich mit dem Verkauf von Kaninchenfellen zwischen dem Winter und dem Spätfrühling.

Als Brodie glaubte, dass sie sich in der Nähe von Mallorys Farmhaus befanden, stiegen er und Eliza ab und ließen Angus zurück, um den Rest des Weges zu Fuß zurückzulegen. Es gab einen schmalen Pfad, dem sie folgen konnten, aber sie hielten sich lieber versteckt und liefen zwischen den Bäumen neben dem Weg her.

Bevor sie vom Hanging Rocks Inn aufgebrochen waren, hatte Brodie noch einmal klargestellt, dass Eliza ihn auf dieser Tour besser nicht begleiten sollte. Sie ignorierte seine Schroffheit in der Annahme, dass seine schlechte Laune bald verrauchen würde, doch im Laufe der Zeit verdüsterte sich seine Stimmung nur noch mehr.

»Haben Sie denn einen Plan, wie wir herausfinden können, ob Mallory irgendwelche Schaffelle hat?«, brach Eliza das angespannte Schweigen.

»Sprechen Sie leiser!«, zischte Brodie gereizt.

Eliza, die hinter ihm ging, funkelte zornig seinen Rücken an. Es war nicht leicht, sich durch das dichte Gestrüpp zu kämpfen;

immer wieder blieb sie mit ihren Röcken hängen und schürfte sich die Beine auf, daher ging sie wieder zurück auf den Weg.

»Halten Sie sich fern von dem Weg«, schalt Brodie sie. »Oder wollen Sie gesehen werden?«

»Für Sie ist das ja gut und schön. Sie tragen eine Reithose und kniehohe Stiefel«, gab Eliza zurück.

»Vielleicht sollten Sie lieber bei Angus warten«, schlug Brodie spöttisch vor.

»Das hätten Sie wohl gern. Ich werde Ihnen folgen, selbst wenn Sie durch Treibsand laufen«, sagte Eliza, während sie wieder zu ihm ging.

»Bleiben Sie dicht hinter mir«, zischte Brodie kurz angebunden. »Wir wissen nicht, ob es hier in der Nähe irgendwelche Fallen gibt.«

»Hören Sie endlich auf, mir den Kopf abzureißen«, fauchte Eliza. »Ich weiß ja, dass Sie mich hier nicht dabeihaben wollen, aber ständig auf mir herumzuhacken wird nichts an der Tatsache ändern, dass ich hier *bin*. Sie sollten sich lieber daran gewöhnen.«

»Sie sollten nicht hier sein. Sie können mir hier gar nichts nützen«, gab Brodie kühl zurück.

Elizas Augen weiteten sich. »Wie können Sie so etwas sagen! Ich habe Ihnen diese Information gegeben, damit Sie mir helfen können, Noah zu helfen.«

»Ich weiß, dass Sie mir die Information über Mallory gegeben haben, aber ich könnte mich hier leichter ohne Sie umsehen. Wie soll ich meinen Job erfolgreich erledigen, wenn ich mich ständig um Sie sorgen muss?«

»Sie müssen sich nicht um mich sorgen«, sagte Eliza hochnäsig. »Ich kann sehr gut selbst auf mich aufpassen.«

»Nein, das können Sie nicht«, platzte Brodie heraus. »Und ich kann auch nicht umhin, mich um Sie zu sorgen.«

Eliza kniff erstaunt die Augen zusammen. »Warum denn?«

Brodie wusste nicht, was er sagen sollte. Er wusste nicht warum, aber er hatte ihr gegenüber Beschützerinstinkte, wie er sie noch nie zuvor für eine Frau empfunden hatte.

Kurz darauf tauchte das Haus zwischen den Bäumen auf. Brodie nahm Elizas Arm und zog sie hinter den Stamm eines Blauen Eukalyptus.

»Lassen Sie mich los«, fauchte sie. »Ich bin kein Kind.« Sie riss ihren Arm los, doch Brodie ergriff ihn sofort wieder.

»Pssst«, machte er. »Das muss Mallory sein.«

Als Eliza um den Baumstamm spähte, sah sie einen Mann auf der Veranda des Hauses stehen. Er hielt ein Gewehr in der Hand und sah blinzelnd in eine andere Richtung. Nach seinem struppigen grauen Bart zu urteilen, schien er Ende sechzig zu sein. Er trug einen flachen Schlapphut und ein kariertes Hemd über einer verwaschenen Jeans-Latzhose. Selbst aus dieser Entfernung konnten sie sehen, dass er eine zutiefst misstrauische Miene aufgesetzt hatte.

Eine Flagge, die von einem Mast auf der Veranda hing, erweckte Elizas Aufmerksamkeit. Es war eine Flagge der Südstaaten aus dem amerikanischen Bürgerkrieg. Obwohl die Flagge ziemlich zerschlissen war, konnte man vor einem roten Hintergrund deutlich ein großes blaues Kreuz mit dreizehn Sternen darauf sehen, die die dreizehn Südstaaten der Konföderierten symbolisierten. Eliza fiel ein, was Neddy Starkey ihr erzählt hatte: dass Mallory besessen war vom amerikanischen Bürgerkrieg.

Plötzlich wurde Mallorys Aufmerksamkeit in ihre Richtung gelenkt. Brodie und Eliza duckten sich hinter den Baum und verharrten mucksmäuschenstill. Erst als sie gut eine Minute später die Fliegentür zuknallen hörten, wagen sie es, hinter dem Baum hervorzuspähen.

»Wir sollten lieber von hier verschwinden«, sagte Brodie, der an Mallory und sein Gewehr denken musste. Der Bursche war ihm wirklich nicht geheuer.

»Aber wir haben uns noch gar nicht umgesehen«, protestierte

Eliza. »Deswegen sind wir doch überhaupt hierhergekommen.« Neben Mallorys Haus stand eine Scheune, und Eliza beschloss, einen Blick hineinzuwerfen.

»McDermott ist offenbar ein sehr misstrauischer Bursche«, sagte Brodie. »Er sieht mir nach einem Mann aus, der erst schießt und später Fragen stellt.«

»Dann müssen wir eben dafür sorgen, dass er uns nicht sieht«, sagte Eliza.

»Ich kann nicht glauben, dass Sie bereit sind, für eine Story Ihr Leben aufs Spiel zu setzen«, sagte Brodie kopfschüttelnd. »Wenn Sie immer so tollkühn sind, wird Ihr Redakteur sich bald nach einer anderen Reporterin umsehen müssen.«

»Ich tue das hier nicht *nur* für eine Story. Ich will helfen, Noahs Namen reinzuwaschen und ihm das Leben zu retten.«

Brodie seufzte. »Sie sind eine junge Frau. Sie können es nicht mit Leuten wie Mallory McDermott aufnehmen, oder mit den Vorurteilen einer ganzen Stadt.«

»Ich glaube, das kann ich sehr wohl«, sagte Eliza. »Manchmal kann ein einzelner Mensch viel bewirken. Und überhaupt – ich bin ja nicht allein. Ich habe *Sie*, damit Sie mir helfen.«

Brodie schüttelte den Kopf. »Das ist verrückt. Ich weiß nicht, wie ich mich überhaupt auf Ihre Ideen einlassen konnte. Ich würde Noah ja auch gern helfen, aber ich werde nicht meinen Kopf riskieren, damit Sie eine Story für eine Zeitung bekommen können«, sagte er und wandte sich auf dem Absatz um. Er hoffte, wenn er kehrtmachte, würde sie es ebenfalls tun, und dann war sie in Sicherheit.

Eliza sah ihm wütend nach, wie er davonstapfte und sich immer weiter vom Haus entfernte. »Na, dann geh doch«, murmelte sie. »Wer braucht dich denn überhaupt?« Er war vielleicht zwanzig Meter weit gegangen, aber im dichten Gebüsch schon nicht mehr zu sehen. Eliza wartete noch einen Augenblick, dann begriff sie, dass er nicht zurückkommen würde.

Plötzlich hörte sie ein Geräusch wie von quietschenden Angeln, gefolgt von einem Schmerzensschrei Brodies. Ohne zu überlegen, rannte sie in seine Richtung.

»Bleiben Sie stehen, Eliza!«, sagte er eindringlich, ehe sie ihn erreicht hatte. »Hier sind Fallen!«

Eliza verharrte ungefähr zehn Schritte vor ihm. Brodie lag auf dem Rücken, die Knie angezogen, und hielt sich ein Bein. Eine Kaninchenfalle klemmte an seinem Unterschenkel, genau über dem Knöchel. Er wand sich vor Schmerzen, während er versuchte, die Falle zu öffnen.

»O Gott!« Eliza schlug sich eine Hand vor den Mund. »Brodie, lassen Sie sich von mir helfen.«

»Vorsicht!«, stieß er krächzend hervor.

Eliza sah auf den Boden zwischen ihnen. Er war mit Blättern übersät.

»Einen Stock … suchen Sie sich einen Stock!«, sagte Brodie mit zusammengebissenen Zähnen. »Und seien Sie bitte vorsichtig.«

»Wofür soll der Stock denn gut sein?«, fragte Eliza, während sie sich suchend umsah.

»Um die Fallen … aufzuspüren.« Er konnte kaum sprechen.

Eliza hob einen kleinen Ast in ihrer Nähe auf und strich damit über den Boden vor ihr, während sie sich zögernd auf Brodie zubewegte. Sie wollte sich beeilen, hatte aber schreckliche Angst davor, in eine Falle zu tappen. Als sie Brodie schließlich erreichte, ließ Eliza den Stock fallen und versuchte, die Klemmbacken der Falle aufzustemmen. Die Eisenspitzen hatten seinen weichen Lederstiefel einfach durchbohrt, bis in sein Bein. Eliza konnte sie keinen Millimeter bewegen.

»Was sollen wir jetzt tun?«, rief sie, gegen die aufkeimende Panik ankämpfend.

»Ich brauche Hilfe …«, keuchte Brodie. Er verlor beinahe das Bewusstsein. Brodie war schweißüberströmt; Blut sickerte durch die Löcher in seinem Stiefel. »Ich glaube ... ich habe mir das Bein ... gebrochen«, keuchte er.

Eliza warf einen Blick auf Mallorys Haus. »Ich hole Hilfe«, sagte sie.

»Nein ... gehen Sie nicht ... zu McDermott«, sagte Brodie atemlos. »Das ist ... zu gefährlich ...« Er umklammerte ihren Arm mit seiner blutüberströmten Hand.

»Ich muss«, gab Eliza zurück. »Es ist sonst niemand da.« Mit einem Mal wurde ihr bewusst, dass sie alles für Brodie tun würde, und diese Erkenntnis war wie ein Schock für sie.

Trotz seiner offensichtlichen Schmerzen verstärkte Brodie seinen Griff um ihren Arm. »Nein, Sie dürfen nicht.« Er konnte den Gedanken nicht ertragen, dass ihr etwas zustieß.

»Brodie, ich habe keine andere Wahl. Ich kann nicht zurück zum Hanging Rocks Inn reiten, um Noah zu holen. Das würde zu lange dauern.«

Brodies Griff um ihren Arm wurde lockerer, erschöpft sank er in sich zusammen. Eliza packte die Gelegenheit beim Schopf und rannte auf Mallorys Haus zu. Ihr einziger Gedanke war, Brodie zu helfen. Sie hämmerte gegen die Haustür, doch es kam keine Antwort. Gewaltsam versuchte sie, das Bild Mallorys mit seinem Gewehr aus ihren Gedanken zu verdrängen. Brodie zuliebe durfte sie jetzt keine Schwäche zeigen. Eine ganze Ewigkeit verstrich, und es kam noch immer keine Antwort. Dann aber vermeinte Eliza, hinter dem Haus ein Geräusch zu hören. Es klang wie das Gackern eines Huhns.

Eliza eilte um das Haus herum. Mallory stand neben dem Hühnergehege, er hatte ihr den Rücken zugewandt. Er hörte nicht, wie Eliza sich näherte, da die Hühner nun in heller Aufregung gackerten. Sie sah, wie er mit einer Hand eine Axt schwang und mit der anderen ein Huhn über einen Hackklotz hielt.

»Wir brauchen Hilfe«, rief sie eindringlich genau in dem Augenblick, in dem die Axt niederkrachte. Blut spritzte in alle Richtungen. »Igitt!«, schrie Eliza auf.

Mallory wandte sich verblüfft um; seine Augen waren weit aufgerissen, sein Mund geöffnet. Elizas Gesicht und Kleidung war mit Blut bespritzt. Der Kopf des Huhns lag auf dem Boden, doch Mallory hielt das Tier noch immer fest. Es schlug mit den Flügeln, während weiter Blut aus seinem Körper spritzte. In der anderen Hand hielt Mallory die blutige Axt fest gepackt. Der grauenhafte Anblick, nachdem sie eben erst Brodies Bein in einer barbarischen Falle gesehen hatte, war zu viel für Eliza.

Sie wirbelte auf dem Absatz herum und rannte fort, so schnell sie konnte, lief zurück zu Brodie und ließ sich neben ihm auf den Boden fallen. Trotz seiner Schmerzen weiteten seine Augen sich vor Schreck, als er sah, in welchem Zustand Eliza sich befand. Er wollte fragen, was passiert war, doch seine Schmerzen waren so schlimm, dass er seine ganze Willenskraft aufbieten musste, nicht das Bewusstsein zu verlieren.

Eliza versuchte noch einmal, die Klemmbacken der Falle mit aller Kraft aufzustemmen, aber sie tat Brodie nur noch mehr weh; er stöhnte vor Schmerz auf. Eliza kam sich schrecklich hilflos vor und war der Verzweiflung nahe. Auf einmal hörte sie hinter sich ein Geräusch. Als sie sich umwandte, stand Mallory vor ihr, ein Gewehr in seinen blutverschmierten Händen. Brodie hob den Blick und sah, was los war: Nicht nur Eliza war mit Blut bespritzt, auch Mallory.

Brodie kam zu dem Schluss, dass der verrückte Einsiedler Eliza in einem Kampf verletzt hatte. Er griff nach seinem Gewehr, das neben ihm lag, doch Mallory kam seiner Bewegung zuvor und kickte die Waffe weg.

Eliza überlegte fieberhaft, was sie sagen könnte. Plötzlich kam ihr eine Idee. »Wir … wir sind auf der Flucht vor der Armee der Nordstaaten«, stammelte sie verzweifelt. »Können Sie uns helfen, Sir?«

Mallorys Augen weiteten sich, und Brodie blickte fassungslos drein. Wovon in aller Welt redete sie?

»Wusst ich's doch, dass die sich hier herumtreiben«, murmelte Mallory, ließ sich auf ein Knie fallen und suchte das Gebüsch um sie herum mit Blicken ab. »Wo seid ihr her?«, flüsterte er, ohne den Blick von den Sträuchern zu nehmen.

»North Carolina. Wir wollen nach Hause, Sir«, sagte Eliza.

»Ich hab diese Fallen für die Yankees aufgestellt.« Mallory richtete den Blick auf Eliza, und sie glaubte, Misstrauen in den kalten Tiefen seiner Augen zu erkennen.

»Siebzehn Schiffe der Nordstaaten haben kürzlich New Orleans erobert, Sir«, sagte Eliza. Die Situation war so absurd, dass sie es kaum glauben konnte, aber sie hatte nichts zu verlieren und spielte die Scharade weiter.

Mallorys Augen weiteten sich. »Was ist mit General Lee?«

»Er … er kämpft in Cashtown, westlich von Gettysburg.«

»Gott stehe ihm bei«, murmelte Mallory.

»Können Sie meinem Freund helfen, Sir?«, sagte Eliza, um Mallorys Gedanken zurück in die Gegenwart zu lenken.

»Ja, wir müssen ihn ins Haus schaffen, bevor wir von den Heckenschützen der Yankees geschnappt werden«, sagte Mallory.

»Ins Haus? Nein, wir werden von hier verschwinden«, sagte Eliza. »Wir wollen nicht, dass Sie auch noch Ärger wegen uns bekommen. Wenn Sie nur rasch diese Falle von seinem Bein entfernen könnten …«

»Ihr kommt hier nicht weg. Wir sind von Yankees umzingelt. Das habt ihr doch selbst gesagt.« Mallory machte sich daran, die Falle aufzustemmen, und Brodie zog nach Luft schnappend sein Bein heraus. Die Erleichterung war überwältigend. Im gleichen Augenblick wurde er von Mallory hochgerissen, dessen Kraft gewaltig war. Er warf sich Brodies Arm über die Schulter und schleppte ihn zum Haus. Brodie wollte protestieren, war aber zu schwach. Ihm war schwindelig, sodass er all seine Willenskraft aufbieten musste, nur um sich auf den Beinen zu halten.

Eliza und Brodie wurden durch die Vordertür ins Haus geführt, in dem es erschreckend düster war. Mallory schloss die Tür hinter ihnen ab und steckte den Schlüssel ein. Sobald ihre Augen sich an das schwache Licht gewöhnt hatten, konnten sie erkennen, dass die Fenster von innen mit Brettern vernagelt waren. Wieder stieg Panik in ihnen auf. Wurden sie nun zu Gefangenen eines Verrückten?

Sie befanden sich in einem spärlich möblierten Raum voller Kriegssouvenirs, darunter Uniformen, Pistolen, Fotografien, Munition, Hüte, Stiefel und eine Campingausrüstung aus Armeebeständen. Es war wie eine Zeitreise Jahrzehnte zurück und in ein anderes, fernes Land. Mallory führte sie durch eine weitere Tür in die Küche, wo Brodie sich auf einen Stuhl fallen ließ. Auf dem Holztisch standen eine Blechtasse und ein Blechnapf aus Armeebeständen. Ein schmutziger Topf war auf dem Holzofen zu sehen. Die Dielenbretter waren unbehandelt und hatten dringend eine Säuberung nötig. Das Fenster in der Küche war ebenfalls vernagelt – bis auf eine kleine Ecke, um etwas Licht ins Innere zu lassen. Die Luft war muffig und abgestanden. Mallory trat mit seinem Gewehr ans Fenster und spähte durch die kleine Öffnung. »Vor einer Weile habe ich hier einen entlaufenen Sklaven erwischt. Ich glaube, er hat versucht, meine Kaninchenfallen zu plündern.«

»Einen Sklaven!«, flüsterte Brodie entrüstet.

Eliza nahm an, dass er von Noah sprach, da es in dieser Gegend keine anderen Aborigines gab. Sie erinnerte sich, dass Noah ihr erzählt hatte, Mallory hätte ihn mit einer Axt gejagt.

»Ich kann die Yankees nirgends sehen«, sagte Mallory. Sein Körper war verkrampft, seine Bewegungen ruckartig.

Eliza hatte einen Augenblick lang ein schlechtes Gewissen, dass sie ihn belogen und seine Geistesverwirrung damit noch verschlimmert hatte, doch sie hielt sich vor Augen, dass ihr und Brodies Leben davon abhing, dass Mallory sie nicht für »Feinde« hielt.

Brodie stöhnte vor Schmerzen, wodurch er Mallorys Aufmerksamkeit auf sich zog. Er kam zu ihm herüber und zog ihm den Stiefel vom Fuß, der voller Blut war. Brodie schrie auf. Ohne sich darum zu kümmern, riss Mallory Brodies Hosenbein bis zum Knie auf, um seine Wunden freizulegen.

»Ich hab was gegen die Entzündung«, sagte Mallory. Er trat an einen Schrank und entnahm ihm eine Büchse mit einer Substanz, die wie Benzin aussah. Es ließ sich unmöglich mit Bestimmtheit sagen, denn das Etikett war so alt, dass es verblichen und halb abgeblättert war. Mallory nahm den Deckel ab, hob Brodies Bein an und goss die Flüssigkeit aus der Büchse über seine Wunden. Der Geruch war stechend. Brodie schrie auf und riss den Kopf zurück, während die Flüssigkeit wie ein heißer Schürhaken in seiner Wunde brannte.

»Was tun Sie denn da?«, fragte Eliza bestürzt.

»Ich sollte das Feuer schüren und den Schürhaken holen, damit ich die Wunden ausbrennen kann«, sagte Mallory. »Dann können sie sich nicht entzünden.«

Brodies Augen weiteten sich, und er sah Eliza flehend an.

»Das wird nicht nötig sein, Sir«, sagte Eliza. »Ich bin Krankenschwester, ich werde mich um ihn kümmern.«

»Warum haben Sie das nicht gleich gesagt?«, sagte Mallory. »Können Sie kochen?«

Wieder wurde Eliza von Angst erfasst. Was dachte der Kerl, wie lange sie bleiben würden? »Wir müssen uns wieder auf den Weg machen, Sir«, sagte sie. »Ich weiß Ihre Hilfe zu schätzen, aber wir müssen zusehen, dass wir weiterkommen.«

»Sie können nirgendwohin. Wir sind von Yankees umzingelt.« Er warf einen Blick auf Brodie. »Bei welchem Regiment sind Sie?«

»Regiment?«, wiederholte Brodie verwirrt.

»Er ist … in keinem Armeeregiment, Sir«, sagte Eliza, der klar wurde, dass sie sich besser eine Erklärung einfallen lassen sollte, warum Brodie keine Uniform trug. »Er ist ziviler Fährtenleser … Er arbeitet für die Rebellenarmee.«

Mallory blickte ungläubig. »Was für ein Fährtenleser tritt denn in eine Falle?«

Brodie errötete. »Einer, der von einer schönen Dame abgelenkt war«, sagte er und legte einen Arm um Elizas Taille. Das war streng genommen ja auch keine Lüge.

Mallory grinste. »Frauen und Krieg, das passt nicht gut zusammen«, sagte er. »Ich habe unter General Albert Jenkins gedient, habe in Mechanicsburg gekämpft, als die Yankees meine Frau erschossen haben, aber erst, nachdem die Dreckskerle sie gefoltert hatten.« Er nahm eine Flasche Whiskey von einem Regal und stellte sie vor Brodie hin. »Trinken Sie das gegen die Schmerzen«, sagte er, auch seine eigene Miene war vor Schmerz verzerrt. »Gottverdammte Yankees. Ich bringe sie alle um, wenn ich sie sehe.«

Brodie und Eliza schauten sich an. Allmählich bekamen sie einen Eindruck davon, wieso der alte Mann den Verstand verloren hatte, und es schürte ihre Ängste nur noch mehr.

»Das Bein ist nicht gebrochen«, sagte Mallory. »Sie werden bald wieder gehen und die Rebellen unterstützen können.«

Brodie war erleichtert, wusste aber nicht, ob er etwas von dem glauben konnte, was Mallory sagte.

»Ich hole Verbandszeug.« Mallory ging durch die Tür ins angrenzende Zimmer.

Brodie und Eliza lauschten. Es hörte sich an, als würde Mallory in einer Schublade wühlen.

»Wir müssen von hier verschwinden«, flüsterte Brodie eindringlich.

Eliza versuchte, die Hintertür zu öffnen, aber sie war abgesperrt, und der Schlüssel steckte nicht im Schloss. »Er hat das

Haus verrammelt wie eine Festung«, sagte sie mit gedämpfter Stimme, während sie versuchte, ihren wachsenden Ängste niederzukämpfen.

»Und er wird uns vorläufig nicht gehen lassen«, sagte Brodie besorgt. »Woher wissen Sie denn so viel über den amerikanischen Bürgerkrieg?«

»In einem meiner ersten Artikel ging es um einen Mann namens Charles Lapsley. Er lebte in Mount Gambier und war ein mit Orden geschmückter Held des amerikanischen Bürgerkriegs. Er ist von seinem Zuhause in Wisconsin weggelaufen, als er fünfzehn war, und in die Armee der Nordstaaten eingetreten, nachdem fünf seiner Brüder gefallen waren. Mr. Kennedy hat darauf bestanden, dass ich für meine Recherchen möglichst viel über die verschiedenen Schlachten lese, und zum Glück habe ich mir eine Menge davon gemerkt.« Eliza sah sich um. »In diesem Haus scheint nichts darauf hinzudeuten, dass Mallory in die Schafdiebstähle verstrickt ist«, flüsterte sie.

»Nein«, sagte Brodie, während er sich sein Bein hielt, um den Schmerz zu betäuben. »Aber um auf Nummer sicher zu gehen, müssten wir uns auch noch in der Scheune umsehen.«

»Ich kann mir nicht vorstellen, dass jemand, der so besessen vom amerikanischen Bürgerkrieg ist, an Schafdiebstahl auch nur denkt. Und es sieht nicht so aus, als würde er viel Geld brauchen«, sagte Eliza. Sie hatte selten ein so spärlich möbliertes Haus gesehen.

Brodie musste ihr recht geben.

Mallory kam zurück ins Zimmer und warf Eliza ein paar Verbände zu. »Sie sind die Krankenschwester«, sagte er.

»Könnte ich eine Schale mit frischem Wasser haben?«, fragte Eliza. Sie wollte sich endlich das Hühnerblut von den Händen waschen, aber auch Brodies Wunden baden.

»Ich muss zum Brunnen raus, um welches zu holen«, sagte Mallory. Er nahm sich einen Eimer von der Spüle, öffnete eine

Schranktür und nahm den Schlüssel zur Hintertür von einem Haken. Sein Gewehr nahm er auch mit.

Eliza beobachtete ihn. Sie war erleichtert, dass sie jetzt wusste, wo der Schlüssel zur Hintertür hing. »Ich habe eine Idee«, flüsterte sie Brodie zu. »Aber wir werden erst verschwinden können, wenn es dunkel ist.«

23

Im Hanging Rocks Inn hatte Tilly die Türen und Fenster verschlossen und sämtliche Vorhänge zugezogen. Es wurde allmählich dunkel, doch es brannte nur eine einzige kleine Lampe. Tilly und Noah saßen am Küchentisch bei ihrer zweiten Kanne Tee. Beide warfen immer wieder Blicke auf die Uhr, während sie angestrengt auf Geräusche von draußen lauschten – das Bellen von Hunden oder das Trappeln von Pferdehufen auf der Auffahrt. Beide hatten Angst, die Hunde und Fährtenleser könnten wiederkommen, doch ihre Sorgen um Brodie und Eliza war nicht minder groß.

»Ich sollte nach Brodie und Eliza suchen«, sagte Noah zum dritten Mal. Er war sicher, dass Tilly wieder Einwände haben würde, auch wenn ihre Angst ständig zunahm, wie Noah nicht entgangen war. »Würden sie nicht in der Klemme stecken, müssten sie längst zurück sein!«

Tilly wusste nicht mehr, was sie glauben sollte. Sie wusste, dass Brodie sehr gut sich auf sich selbst und auf Eliza aufpassen konnte, und Mallory war schließlich nur ein einzelner Mann. »Vielleicht haben sie Mallorys Haus beobachtet und wollten den Schutz der Dunkelheit abwarten, um näher heranzukommen«, sagte sie.

Noah nickte. Diese Möglichkeit hatte er nicht bedacht. Das änderte jedoch nichts an seinen Sorgen. Er hasste die Vorstellung, dass Brodie und Eliza sich in Gefahr begeben hatten, um ihm zu helfen, zumal es nun den Anschein hatte, als wären ihre Bemühungen letztendlich vergebens gewesen.

»Vielleicht sollte ich dem Wolf etwas zu fressen bringen. Er muss Hunger haben«, sagte Tilly und erhob sich. Sie musste etwas tun, um sich abzulenken, auch wenn der Gedanke, die Höhlen allein zu betreten, sie ängstigte.

»Ich glaube nicht, dass der Wolf heute Nacht zu den Höhlen zurückkommt«, sagte Noah. »Der Geruch der Hunde wird noch zu frisch sein.«

Tilly ließ sich wieder auf einen Stuhl sinken. »Ich hasse die Vorstellung, dass das arme Tier durch die Gegend streift, jetzt, wo diese Hunde hinter ihm her sind. Früher oder später werden sie ihn aufspüren.«

Auch Noah hatte daran denken müssen, dass die Glückssträhne des Wolfs zu Ende sein könnte. Doch er wusste auch, dass der Wolf ein schlaues Tier war. »Er treibt sich schon eine ganze Weile hier herum, Miss Sheehan, deshalb weiß er bestimmt, wie er die Gefahr meiden kann. Genau wie der Tiger. Wissen Sie noch, wie vor fünf Jahren die Kameltreiber geholt wurden, um den Tiger zu jagen?«

»Ja, ich kann mich erinnern«, sagte Tilly.

»Angeblich waren sie erfahrene Tigerjäger, und alle Leute in der Stadt hatten große Hoffnungen auf sie gesetzt, aber sie haben den Tiger dann doch nicht gefangen. Wilde Tiere sind gerissen. Sie wissen, wie man seinen Häschern entgehen kann.«

Tilly nickte. Sie fühlte sich ein wenig besser. Noah hatte recht: Der Tiger war in der Vergangenheit schon oft gejagt worden, und bis jetzt war er jedes Mal davongekommen.

Hoffentlich hat der Wolf genauso viel Glück, dachte sie.

»Jetzt ist es dunkel«, flüsterte Eliza. Sie war an das Küchenfenster getreten und hatte durch die kleine Öffnung in den Brettern gespäht. Als Brodie keine Antwort gab, warf sie einen Blick zu ihm zurück. Es war offensichtlich, dass die Schmerzen ihn allmählich zur Erschöpfung trieben. Er saß in einer Ecke auf dem Boden, gegen die Wand gelehnt, die Beine ausgestreckt. Das war weitaus bequemer, als auf einem Stuhl zu sitzen. Die ganze letzte Stunde hatte er die Augen kaum noch offen halten können, jetzt schloss er sie. Der Verband, den Eliza ihm um den Unterschenkel gewickelt hatte, war rot verfärbt; er hatte unverkennbar eine Menge Blut verloren.

Mallory war hinter dem Haus und holte weiteres Holz für den Ofen. Er hatte das Huhn bereits gerupft – sofern man seine Bemühungen so nennen konnte – und zum Kochen in den Topf auf dem Herd geworfen, ohne die Innereien zu entfernen. Er hatte lediglich eine Prise Salz dazugegeben. Das Ganze roch abscheulich, wie gekochte Hühnerfedern.

Eliza ging zu Brodie hinüber. »Sobald Mallory sich schlafen legt, verschwinden wir von hier«, flüsterte sie.

Brodie erwiderte nichts, er schlug nicht einmal die Augen auf. Er brauchte all seine Kraft, um gegen die schier unerträglichen Schmerzen anzukämpfen.

»Werden Sie gehen können?«, flüsterte Eliza.

Brodie zwang sich zu einer Antwort. »Das werde ich wohl müssen«, sagte er heiser. Eliza hatte ihm diese Frage bereits mehrmals gestellt; daher wusste Brodie, wie besorgt sie war.

»Ich kann dieses grässliche Huhn nicht essen«, sagte Eliza. Das Bild, wie sie mit dem Blut des Tieres bespritzt worden war, haftete ihr noch zu frisch im Gedächtnis. Wahrscheinlich würde sie nie wieder Huhn essen können.

Mallory kam mit einem Bündel Holz in den Armen in die Küche zurück und warf ein paar Scheite ins Feuer. Der Schein der Flammen erhellte das Zimmer ausreichend, sodass sie keine Kerze oder Lampe anzünden mussten. »Ich kann nirgends Yankees sehen«, sagte Mallory. »Aber ich weiß, dass sie da draußen sind.«

»Geben Sie noch Gemüse in den Topf?«, fragte Eliza. Sie war hungrig und hätte gern etwas gegessen.

»Es ist zu dunkel, um jetzt noch welches auszugraben«, antwortete Mallory.

Einige Zeit später goss er das Wasser aus dem Topf ab und brach das Huhn mit bloßen Händen entzwei. Eliza sah ihm entsetzt dabei zu, zumal seine Hände vor Dreck starrten. Er legte ein paar Stücke Fleisch für sie und Brodie auf einen Teller.

»Wir werden noch ein bisschen warten, bis es abkühlt«, sagte Eliza und verzog das Gesicht, während Mallory begann, sein Stück Huhn mit bloßen Händen zu essen. Er hatte ihnen nicht einmal Besteck angeboten. Mallory schlang geräuschvoll sein Essen herunter, der Saft lief ihm übers Gesicht und sickerte in seinen struppigen Bart, in dem sich Speisereste verfingen. Eliza musste den Blick abwenden, damit ihr nicht schlecht wurde. Sie konnte es kaum erwarten, ins Freie zu kommen, frische Luft zu atmen und zu versuchen, all die scheußlichen Bilder aus ihren Gedanken zu vertreiben.

»Sie sollten lieber zugreifen, ehe das Essen kalt wird«, sagte Mallory und deutete auf den Teller, den er ihnen hingestellt hatte.

»Ja, das ... tun wir gleich«, sagte Eliza. »Im Augenblick haben wir noch keinen großen Hunger.« Das Knurren ihres Magens strafte sie Lügen.

Mallory zuckte die Schultern. »Ich leg mich jetzt schlafen«, sagte er und griff nach seinem Gewehr, das er scheinbar nie außer Reichweite ließ. »Wenn Sie draußen vor dem Haus jemanden hören, rufen Sie mich.«

»Ja, Sir, machen wir«, sagte Eliza eifrig. Sie wollte ihm versichern, dass er unbesorgt schlafen könne. Das war ihre einzige Hoffnung. »Ich werde in der Nacht vielleicht die Außentoilette benutzen wollen«, fügte sie hinzu.

Mallory starrte sie misstrauisch an. »Geht das nicht mit einem Nachttopf?«

»Ich würde lieber hinausgehen, vor allem ...«, Eliza senkte den

Kopf, »…wo zwei Männer im Haus sind.« Sie hielt den Atem an, als sie ängstlich auf seine Antwort wartete. Es schien eine Ewigkeit zu dauern.

»Also gut. Aber wenn Sie gehen müssen, seien Sie vorsichtig«, sagte Mallory knapp, nahm den Schlüssel aus dem Schrank und legte ihn auf den Tisch. »Und schließen Sie die Tür ab, wenn Sie zurückkommen.«

»Ja, Sir«, versprach Eliza.

Nach einer Weile erhob sie sich von Brodies Seite und besah sich das Huhn. Es war nicht einmal durchgekocht, wie ihr auffiel. Das Fleisch an Brust und Beinen war zum Teil noch roh.

»Wollen Sie Ihr Huhn jetzt essen?«, fragte sie Brodie, während sie allein schon bei dem Gedanken das Gesicht verzog.

Er schüttelte den Kopf. Sie war nicht überrascht, nahm ihren Schal ab und wickelte das Huhn darin ein.

Brodie hatte die Augen aufgeschlagen, jetzt beobachtete er sie. »Was tun Sie da?«, flüsterte er.

»Ich kenne ein Tier, das sich darüber freuen wird«, sagte Eliza leise.

»Sheba?«, fragte Brodie.

»Nein, ich dachte nicht an Sheba.«

Brodie, der den Verdacht hatte, dass Eliza von dem Wolf sprach, schüttelte den Kopf. Sie würden von Glück sagen können, wenn sie diesem Verrückten lebend entkamen, und was tat Eliza? Sie zerbrach sich den Kopf darüber, wie sie einen Wolf füttern konnte!

Eliza konnte Mallory schnarchen hören. »Wir müssen gehen«, flüsterte sie. »Werden Sie notfalls ein Stück rennen können?«

»Das werden wir dann sehen«, sagte Brodie und erhob sich mühsam, wobei er sich an der Wand abstützte.

Eliza band sich den Schal mit dem Huhn um die Hüfte und ging zu ihm hinüber, um ihm auf die Beine zu helfen. Sobald er aufrecht stand, pochte sein Knöchel schmerzhaft, doch er schaffte es, sich bis zur Tür zu schleppen, während Eliza sich den Schlüssel schnappte, den Mallory auf dem Tisch hinterlegt hatte. So leise sie konnte sperrte sie die Tür auf. Sie schwang mit einem Knarren auf, das in der Stille der Nacht schrecklich laut klang. Ein kalter Windstoß schlug ihnen entgegen, doch sie schlichen hinaus und schlossen hinter sich die Tür.

»Laufen Sie zur Scheune«, keuchte Brodie. »Ich werde genau hinter Ihnen sein.«

Eliza lief los, aber sie hatte erst einige Meter hinter sich gebracht, als sie ihn plötzlich vor Schmerz dumpf aufschreien hörte. Er war im Dunkeln gestolpert und gestürzt. Vor Angst, Mallory könnte Brodie gehört haben, blieb Eliza beinahe das Herz stehen.

Sie eilte zurück. »Was ist passiert?«, flüsterte sie eindringlich, während sie ihm aufhalf.

»Ich glaube, ich hab mir den Knöchel gebrochen«, sagte er mit schmerzverzerrter Miene. Das Gelenk war stark geschwollen, das konnte er fühlen. Sicher hatte es sich bereits dunkel verfärbt. »Gehen Sie ohne mich, Eliza.«

»Nein, ich werde Ihnen bis zur Scheune helfen«, sagte sie. »Da können Sie sich verstecken, während ich Angus hole.«

Brodie stützte sich schwer auf sie. Die Scheune schien eine Meile weit entfernt zu sein, nicht nur zwanzig Meter. Mühsam kämpften sie sich voran. Eliza rechnete damit, jeden Augenblick von Mallory abgefangen zu werden, und so sprach sie bei jedem Schritt ein stummes Gebet. Brodie hingegen verfluchte sich, dass er Eliza aufgehalten hatte, als sie allein hätte entkommen können.

Als sie die Scheune erreichten, wandte Eliza sich um und warf noch einmal einen Blick auf das Haus. Zu ihrem Entsetzen sah sie Licht in den Ritzen des vernagelten Fensters gegenüber der Scheune, wo sich Mallorys Schlafzimmer befand, und schreckliche Furcht überkam sie. Mallory musste die Tür geöffnet haben, denn der Schein des Feuers erhellte sein Zimmer.

»Mallory ist auf«, stieß Eliza verzweifelt hervor. »Wir müssen zusehen, dass wir von hier verschwinden!« Sie war sicher, dass der Verrückte zuerst in der Scheune und der Außentoilette nach ihnen suchen würde.

»Ich kann nicht weit laufen«, sagte Brodie, sich in der Scheune nach einem möglichen Versteck umsehend. Abgesehen von ein paar alten Farmgeräten war die Scheune praktisch leer. »Sie müssen ohne mich gehen.«

»Ich lasse Sie nicht zurück«, beharrte Eliza. »Schaffen Sie es bis zu den Büschen dort?« Sie deutete auf ein paar Sträucher ungefähr fünfzehn Meter von ihnen entfernt.

»Ich glaube nicht«, sagte Brodie.

»Stützen Sie sich auf mich, dann wird es schon gehen«, drängte Eliza. »Schnell! Wir haben keine Zeit zu verlieren! Mallory wird bald nach uns suchen.« Sie verfluchte sich dafür, dass sie nicht so vorausschauend gewesen war, die Hintertür abzuschließen. Das hätte ihnen vielleicht eine Viertelstunde Vorsprung verschafft.

Ohne sich umzusehen, hielten sie auf das dichte Gebüsch zu. »Am besten verstecken Sie sich dahinter, während ich Angus hole.« Eliza keuchte unter seinem Gewicht.

»Sie sollten zum Hanging Rocks Inn zurückkehren, wo Sie in Sicherheit sind«, sagte Brodie, der in Sorge um sie war.

»Ich habe Ihnen doch schon gesagt, ich gehe nicht ohne Sie. Sie würden mich ja auch nicht zurücklassen, oder?«

Brodie wollte erwidern, dass das etwas anderes sei, doch er wusste, dass sie nicht auf ihn hören würde. »Sie sind eine der stursten Frauen, denen ich je begegnet bin«, sagte er stattdessen. Sein Schmerz und seine Sorge lösten ihm die Zunge, und ihm war kaum bewusst, was ihm über die Lippen kam.

»Ja, das stimmt«, gab Eliza zu, »also streiten Sie sich nicht mit mir. Und dämpfen Sie Ihre Stimme.« Sie warf einen ängstlichen Blick über die Schulter.

Brodie, der gar nicht fassen konnte, wie rasch der Spieß umgedreht worden war, schaute sie kurz an, ehe er sich auf den Boden sinken ließ. Da hatte er kurz vorher noch geglaubt, ohne Eliza auszukommen – und jetzt hätte er nicht gewusst, was er ohne sie tun sollte.

»Bleiben Sie hier, und verhalten Sie sich still, bis ich zurück bin«, sagte Eliza. »Wenn Sie mich kommen hören, versuchen Sie, aufzustehen.«

»Ich bin immer noch der Meinung, Sie sollten in die andere Richtung reiten«, sagte Brodie und drückte ihre Hand. »Machen Sie sich keine Sorgen um mich.«

»Ich sage es zum letzten Mal, ich werde nicht ohne Sie zum Hanging Rocks Inn zurückkehren«, erwiderte Eliza. »Ich bin so schnell wie möglich wieder da.« Mit diesen Worten eilte sie davon.

Brodie sah ihr nach – und in diesem Augenblick erkannte er, dass er sich in sie verliebt hatte.

Eliza rannte durch die Dunkelheit so schnell sie konnte. Es gab kaum Mondlicht, das ihren Weg erhellte. Sie stürzte, als sie über ihre Röcke und einen Ast stolperte, der quer über dem Weg lag. Eliza war den Tränen nahe, riss sich jedoch zusammen. Sie musste so rasch wie möglich bei Angus sein. Im Dunkeln hatte sie keine Orientierung, und so versuchte sie angestrengt, sich zu erinnern, wo sie das Pferd zurückgelassen hatten. Zweimal blieb sie stehen, warf einen Blick zurück und versuchte zu ergründen, ob sie bereits an den Bäumen vorbeigelaufen war, bei denen sie Angus angebunden hatten. Sie konnte sich nicht erinnern. Hätte sie doch besser darauf geachtet, anstatt sich mit Brodie zu streiten!

Entsetzen erfasste sie, als sie daran dachte, dass Mallory inzwischen vermutlich das Gestrüpp nach ihnen absuchte. Was, wenn er Brodie fand, bevor sie wieder bei ihm war? Mallorys Verstand war dermaßen verwirrt, dass er sie dann vermutlich für Yankee-

Spione hielt – und dass er Brodie erschoss. Ihr stockte das Herz bei diesem Gedanken.

Auf einmal hörte Eliza ein Geräusch. Sie zuckte vor Schreck zusammen. Würde Mallory sich jetzt auf sie stürzen? Sie brauchte ein paar Sekunden, ehe sie begriff, dass sie das Schnauben eines Pferdes vernommen hatte. Sie hätte jubeln können vor Freude.

»Angus«, rief sie gedämpft. »Wo bist du?« Sie ging auf einige Bäume in der Nähe zu, als sie das Pferd erneut schnauben hörte. »Gott sei Dank«, seufzte sie, als sie seine dunkle, massige Gestalt in der Dunkelheit sah, und schlang ihm die Arme um den Hals.

Sie schwang sich auf Angus' Rücken und lenkte ihn in die Richtung von Mallorys Farm. »Wir werden Brodie von diesem Verrückten wegholen«, sagte sie und trieb den Hengst mit dem Absatz an. Angus fiel in einen leichten Galopp, während Eliza sich angestrengt auf den Weg konzentrierte, der vor ihr lag. Sie wollte nicht aus Versehen an dem Gebüsch vorbeireiten, in dem sie Brodie zurückgelassen hatte, doch im Dunkeln war es schwer, etwas zu erkennen. Und sie war besorgt, Mallory könnte Angus kommen hören und das Feuer eröffnen in der Annahme, dass er von Yankees belagert wurde.

Plötzlich erschien eine dunkle Gestalt genau vor ihr auf dem Weg. Brodie!, dachte Eliza erleichtert. Erst als sie ein Gewehr im Schimmer des Mondlichts aufblitzen sah, erkannte sie ihren Irrtum. Verzweifelt versuchte sie, Angus herumzureißen, doch es war zu spät.

Im nächsten Augenblick sah sie Mallory, der die Waffe auf sie richtete und brüllte: »Verdammte Yankees! Zum Teufel mit euch!«

Angus bäumte sich so hoch auf, dass er Eliza fast aus dem Sattel geworfen hätte. Jeden Augenblick rechnete sie damit, von Mallorys Kugel getroffen zu werden. Da sah sie aus dem Augenwinkel eine dunkle Gestalt auf Mallory zutaumeln, die einen Ast schwang. Sie hörte, wie ein Schuss donnerte, und dann einen dumpfen Aufschlag. Mallory ging zu Boden. Angus riss die Vorderläufe hoch. Eliza versuchte verzweifelt, den Hengst unter Kontrolle zu bringen. Sie hörte, wie Brodie ihm etwas zurief; dann schwang er sich auch schon hinter Eliza in den Sattel. Seine kräftigen Arme legten sich um sie, er packte die Zügel und lenkte das Pferd wieder auf den Weg.

Angus galoppierte los. Sobald sie in sicherer Entfernung waren, zügelte Brodie das Pferd so weit, dass es im Schritt ging, da es ihm unerträgliche Schmerzen bereitete, wenn sein Bein immer wieder gegen die Flanken des Hengstes schlug.

»Halten Sie das durch, Brodie?«, fragte Eliza, ihr Gesicht sehr nah an seinem.

Er fand kaum die Worte, ihr zu antworten. »Es geht schon. Wir können von Glück reden … dass wir am Leben sind. McDermott … ist völlig übergeschnappt.«

Eliza hielt Brodies Arme fest, damit er nicht vom Pferd fallen konnte, falls er das Bewusstsein verlor, während sie Angus im Schritt zurück zum Hanging Rocks Inn lenkte. Brodie einfach nur nahe zu sein war wundervoll. Sie wäre am liebsten für immer in seinen Armen geblieben.

Noah und Tilly dösten in ihren Sesseln, als ein Geräusch von draußen sie aufschreckte. Sie setzten sich mit einem Ruck auf und lauschten.

»Kommt da ein Pferd die Auffahrt hoch?«, fragte Tilly aufgeregt und erhob sich. Sie trat ans Fenster und spähte hinaus. Noah verharrte mit genügendem Abstand.

»Können Sie sehen, ob es Angus ist?«, fragte er. Er betete, dass mit Brodie und Eliza alles in Ordnung war.

»Ja, ich glaube«, sagte Tilly und stürzte zur Hintertür, um sie aufzusperren.

»Tante Tilly«, rief Eliza, als sie ihre Silhouette im Türrahmen sah. »Ist Noah da? Ich brauche seine Hilfe.«

»Ja«, rief Tilly. Sie und Noah eilten zu den Ankömmlingen.

»Sie müssen Brodie helfen«, rief Eliza Noah zu. »Er ist verletzt.«

»Was ist passiert?«, fragte Tilly ängstlich, während Noah Brodie vom Pferd half. Langsam gingen sie zum Haus.

»Brodie ist in eine Kaninchenfalle getreten. Er hat eine Fleischwunde, und es könnte sein, dass er sich den Knöchel gebrochen hat.«

»Ich hole meinen Verbandskasten!« Tilly eilte voraus. Einen gebrochenen Knöchel konnte sie nicht heilen, aber offene Wunden konnte sie versorgen.

Nachdem Noah Brodie ins Haus geholfen hatte, führte er ihn in sein Zimmer und legte ihn aufs Bett.

Tilly breitete ein Handtuch unter Brodies Bein aus und besah sich die Wunden. »Oh, das kriegen wir schon hin«, sagte sie fröhlich, um ihr Entsetzen zu überspielen. Von den Zacken der Falle hatte Brodie vier Fleischwunden am Bein, zwei auf jeder Seite, und der Knöchel war dunkelviolett und geschwollen. »Ich werde Ihr Bein säubern und verbinden«, sagte Tilly, während sie die Wunden genauer begutachtete. »Aber es könnte sich trotzdem entzünden, vor allem, wenn die Falle verrostet war.«

»Tun Sie, was Sie können, Matilda«, flüsterte Brodie heiser.

»Wir haben keinen Arzt in Tantanoola. Der nächste hat seine Praxis in Mount Gambier. Das heißt, vorläufig werden Sie wohl mit meinen bescheidenen Künsten vorliebnehmen müssen.«

»Wenn es schlimmer wird, muss ich eben nach Mount Gambier fahren«, sagte Brodie.

Es war offensichtlich, dass er entsetzliche Schmerzen litt, doch Tilly versuchte ihr Bestes. Ein wenig später brachte sie ihm eine Tasse Tee mit einem Schuss Rum, doch er war bereits eingeschlafen.

»Der arme Kerl ist völlig erschöpft«, sagte Tilly zu Noah und Eliza, als sie wieder in die Küche kam.

»Meinst du wirklich, sein Bein wird sich entzünden?«, fragte Eliza besorgt.

»Es würde mich kein bisschen wundern«, sagte Tilly. »Aber jetzt erzähl uns erst mal, was passiert ist.«

Eliza berichtete ihnen von den seltsamen Vorkommnissen, die sich zugetragen hatten. »Nach dieser ganzen Geschichte glaube ich nicht mehr, dass Mallory in den Schafdiebstahl verstrickt ist«, sagte sie. »In seinem Haus oder der Scheune gab es keine Hinweise darauf. Er ist in seinem Wahn viel zu sehr mit dem amerikanischen Bürgerkrieg beschäftigt, um auch nur an Schafdiebstahl zu denken. Der Mann ist völlig übergeschnappt. Brodie musste ziemlich hart zuschlagen, sonst hätte er uns erschossen.«

»Ich kann dir nicht sagen, wie erleichtert ich bin, dass euch nichts passiert ist«, sagte Tilly, während ihr Tränen in die Augen traten. Mit einer raschen Handbewegung wischte sie sie fort. »Hier war der Tag übrigens auch ziemlich ereignisreich. Bill Clifford und Mannie Boyd sind heute Nachmittag mit Aborigine-Fährtenlesern bei uns aufgetaucht. Bill hat das ganze Haus durchsucht, sogar den Speicher. Es war schrecklich. Diese Kerle sind einfach ins Haus marschiert, obwohl ich es mir verbeten hatte.«

Eliza warf einen Blick auf Noah. »Es ist ein Wunder, dass man Sie nicht gefunden hat.«

Tilly lächelte. »Das war kein Wunder. Noah hat die Kerle ausgetrickst. Er hat sich im Regenwassertank versteckt«, sagte sie stolz.

»Ein kluger Einfall«, sagte Eliza, die sich überlegte, dass sie eine großartige Story bekäme, wenn die Wahrheit ans Licht kam.

»Ich dachte, auf dem Speicher würden die Männer mich vielleicht finden«, sagte Noah niedergeschlagen. Er dachte an Brodie und war sehr besorgt um ihn. Und er hatte ein schlechtes Gewissen, dass er und Eliza sich seinetwegen in Gefahr begeben hatten.

»Keine Sorge, Noah. Heute Abend sind wir unverrichteter Dinge zurückgekommen, aber wir werden schon noch herausfinden, wer die Schafdiebe sind.«

»Sie sollten nichts weiter unternehmen, Eliza«, sagte Noah. »Ich gehe von hier fort. Das ist für alle das Beste.«

»Nein, das ist es nicht«, sagte Eliza mit Nachdruck. »Dann wird der tatsächliche Dieb ungestraft davonkommen. Sie haben den Pferch doch gesehen, und ich habe das Leiden dieser armen Tiere gehört. Ich werde nicht aufgeben, bis ich herausgefunden habe, wer dafür verantwortlich ist.«

Noah blickte entmutigt drein und schwieg.

Eliza sah zu ihrer Tante. »Die Fährtenleser sind doch nicht etwa zu den Höhlen gegangen?«

»Doch, sind sie«, sagte Tilly und sah die Angst in den Augen ihrer Nichte. »Zuerst sind die Hunde hineingelaufen, dann die Männer. Zum Glück war es zu dunkel, um etwas zu sehen, und ich habe ihnen natürlich keine Laternen gegeben. Ich hatte Angst um den Wolf. Aber die Hunde waren noch nicht lange drin, da kamen sie schon wieder raus und führten die Männer zu Barneys Haus.«

»Der Wolf kann nicht in der Höhle gewesen sein, sonst hätten die Hunde ihn gerochen«, sagte Eliza. Sie löste den Schal, den sie sich um die Hüfte gebunden hatte, und holte die Hühnerteile hervor.

»Ich wusste doch, dass ich hier irgendetwas Ekelhaftes rieche«, sagte Tilly und rümpfte die Nase angesichts des halb gegarten Fleisches.

»Mallory hat von uns erwartet, dass wir das hier essen«, sagte Eliza. »Er hat das halb rohe Huhn mit bloßen Händen auseinandergebrochen, und seine Hände starrten vor Dreck. Ich glaube nicht, dass ich je wieder Fleisch essen werde.«

Tilly bedachte ihre Nichte mit einem mitfühlenden Blick. »Ich glaube, wir brauchen jetzt alle ein bisschen Schlaf«, sagte sie.

Sheba roch das Fleisch, kam zu Eliza herüber und wedelte erwartungsvoll mit dem Schwanz. Nach einem Blick auf ihre Tante, die sich geschlagen gab, brach sie ein paar Hühnerteile für die Hündin ab, die sich begeistert über ihr Fressen hermachte.

Katie und Alistair hatten zwei Tage damit verbracht, die Farmer zu den neuesten Verlusten an Schafen zu befragen. Dabei hatten sie erfahren, dass man Brodie gefeuert und Fährtenleser mitsamt Bluthunden in die Stadt geholt hatte. Alistair war verärgert, dass er nicht dabei gewesen war, als die Fährtenleser eingetroffen waren, und er nahm es Katie insgeheim übel, dass sie ihn bei der Arbeit aufhielt. Ohne Katie hätte er den Fährtenlesern folgen können; vielleicht spürten sie ja den Tiger auf. Ein kleiner Trost war immerhin, dass die Stadt Brodie den Laufpass gegeben hatte. Jetzt konnte der Kerl keine Informationen über den Tiger mehr an Eliza weiterleiten und ihr so die Gelegenheit verschaffen, eine gute Story zu bekommen.

Als sie am Mittwoch bei Einbruch der Dunkelheit in die Stadt zurückkamen, sprach Alistair in der Bar des Hotels mit Bill und Mannie Boyd. Dabei erfuhr er, dass sie beim Hanging Rocks Inn einem Tier auf der Spur gewesen waren, das ihrer Ansicht nach der Tiger gewesen sein musste. Wieder war Alistair wütend, dass er die Gelegenheit verpasst hatte, die Männer zu begleiten. Doch sein Zorn verflog, als er die interessante Neuigkeit erfuhr, dass Noahs Esel in Tillys Stall gefunden worden war.

»Haben Sie auf dem Grundstück alles gründlich nach Noah abgesucht?«, fragte er Bill, wobei er sich eifrig Notizen für eine Fortsetzung des Artikels über Noah, den Sohn des Bushrangers machte. Er hatte sich bereits eine Schlagzeile überlegt: *Sohn des Mörders auf wilder Flucht.*

»Ja, ich hab das ganze Haus durchsucht, sogar den Speicher. Von Noah fehlte jede Spur«, sagte Bill. »Dann sind die Hunde dem Geruch des Tigers zu ein paar Höhlen in der Nähe gefolgt, aber wir haben nichts gefunden. Weder Noah noch den Tiger.«

»Haben die Hunde den Geruch des Tigers später noch einmal gewittert?«, fragte Alistair.

»Ja, und wir sind der Fährte dann meilenweit gefolgt, aber ungefähr bei Jock Milligan haben wir sie verloren. Dieser Tiger ist ein gerissenes Biest.«

Alistair fiel auf, dass Mannie seit ihrer Rückkehr in die Stadt offenbar eine Menge getrunken hatte: Er hatte ein verzerrtes, höhnisches Grinsen aufgesetzt.

»Ich möchte wetten, Noah war irgendwo in der Nähe des Hanging Rocks Inn«, sagte er nun. »Es würde mich kein bisschen wundern, wenn Tilly Sheehan ihn versteckt. Ich nehme ihr die Geschichte nicht ab, dass sie den Esel gefunden hat. Das wäre ein unglaublicher Zufall. Außerdem – wenn Noah Reißaus genommen hat, hätte er den Esel doch mitgenommen, oder?«

»Ich nehm's an«, sagte Alistair, während er darüber nachdachte. Es klang logisch. »Was ist mit Brodie Chandler und Eliza Dickens?«, fragte er dann. Er hatte sie den ganzen Tag nicht in der Stadt gesehen, und Bill hatte nicht erwähnt, dass sie im Hanging Rocks Inn gewesen waren.

»Was soll mit denen sein?«, fragte Mannie.

»Haben Sie sie im Hanging Rocks Inn gesehen?«

»Nein«, sagte Bill. »Brodie Chandler hat die Stadt offenbar verlassen. Und Eliza Dickens war nicht im Hanging Rocks Inn. Tilly hat auch nichts von ihr gesagt.«

»Was glauben Sie, wo sie gewesen ist?«, fragte Alistair nun Katie, während er sie zu dem versprochenen Abendessen in den Speisesaal führte. Er hatte es den ganzen Tag nicht gewagt, Eliza zu erwähnen, da er Katie nicht aus der Fassung bringen wollte, doch er konnte seine Neugier nicht verhehlen.

»Ich weiß es nicht. Warum fragen Sie?« Katie konnte den Anflug von Zorn in ihrer Stimme nicht verbergen. Wenn Alistair wieder den ganzen Abend über Eliza reden wollte, würde sie früh zu Bett gehen.

»Ich bin bloß neugierig. Wir haben sie nicht gesehen, und wenn sie nicht im Hanging Rocks Inn oder in der Stadt war, frage ich mich, wo sie gewesen sein könnte. Sie nehmen doch nicht an, dass sie zurück nach Mount Gambier gefahren ist, oder?«

Daran hatte Katie noch gar nicht gedacht. »Nein«, sagte sie, mit einem Mal niedergeschlagen.

»Sie muss einer Story auf der Spur gewesen sein«, dachte Alistair laut. »Was das wohl sein könnte …?«

Katie konnte sehen, wohin seine Gedanken ihn führten, und Zorn stieg in ihr auf. Sie hatte ihm den ganzen Tag bei der Arbeit geholfen; jetzt wollte sie seine ungeteilte Aufmerksamkeit. »Alistair, wenn Sie wieder den ganzen Abend über meine Schwester und Ihre Artikel reden wollen, werde ich früh zu Bett gehen …«

Alistair zuckte zusammen. Er war in Gedanken ganz woanders gewesen. »Tut mir leid, Katie«, sagte er in gespielter Verzweiflung, den Kopf auf die Hände gestützt. »Sie wissen nicht, unter welchem Druck ich stehe. Wenn ich die Story über den Tiger nicht als Erster bringe, werde ich gefeuert.«

Sofort bekam Katie Gewissensbisse. War sie egoistisch und gedankenlos gewesen? »Oh, Alistair, ich wusste nicht, dass Sie sich solche Sorgen machen. Was kann ich tun, um Ihnen zu helfen?«

Alistair sah auf. »Gar nichts, meine Liebe. Sie werden morgen nach Hause fahren.«

»Würde ich noch im Hanging Rocks Inn wohnen, hätte ich vielleicht irgendetwas herausgefunden, was Ihnen weitergeholfen hätte«, sagte Katie.

Alistair konnte seine Aufregung kaum noch im Zaum halten. Endlich begriff sie.

»Aber jetzt ist es zu spät, oder?«, sagte Katie mutlos, da sie annahm, dass sie alle Brücken zu ihrer Tante abgebrochen hatte.

»Vielleicht nicht«, sagte Alistair, der die Idee nicht fallen lassen wollte.

»Ich muss morgen früh nach Hause fahren«, sagte Katie. »Ich muss meine Eltern und meinen Arbeitgeber sehen …«

»Wie schade, dass Ihnen kein Urlaub zusteht«, sagte Alistair bedeutungsvoll.

»Ehrlich gesagt … habe ich noch eine Woche Urlaub, die ich über Weihnachten nehmen wollte«, sagte Katie. »Vielleicht würde Miss Beatrice mir erlauben, den Urlaub schon jetzt zu nehmen.« Plötzlich wurde ihre Miene wieder ernst. »Aber ich müsste mich bei meiner Tante entschuldigen, und ich würde höchstens eine Woche bei ihr im Hanging Rocks Inn verbringen. Ich will es auch nicht wirklich, Alistair. Außerdem hat sie zu mir gesagt, mein Zimmer sei bereits reserviert.« Sie zog einen Schmollmund.

»Sie könnten hierbleiben, wenn wir Ihr Zimmer reservieren. Dann besuchen wir Ihre Tante einfach im Hanging Rocks Inn«, schlug Alistair vor. »Auf die Weise könnten Sie herausfinden, was los ist, und damit wäre mir schon sehr geholfen.«

»Also gut«, sagte Katie. »Ich muss allerdings morgen erst nach Hause fahren, um meinen Arbeitgeber zu sprechen und meinen Urlaub einzureichen. Wenn alles gut geht und Miss Beatrice einverstanden ist, komme ich sofort wieder, fahre gleich nach meiner Rückkehr zum Hanging Rocks Inn und werde mich mit Eliza und meiner Tante versöhnen. Ich mag Tilly nicht besonders, aber ich könnte Ihnen zuliebe so tun, als würde ich mein Verhalten bereuen.«

»Oh, Katie, Sie sind ein wundervolles Mädchen!«, sagte Alistair schwärmerisch. »Ich könnte mein Herz an Sie verlieren!«

Katie errötete. »Die letzten beiden Tage waren sehr schön für mich, Alistair«, sagte sie leise.

Das konnte Alistair für sich allerdings nicht behaupten. Er hatte zwar so getan als ob, doch Katie war ihm keine Hilfe gewesen, und sie hatte ihm nicht den geringsten Hinweis darauf gegeben, was Eliza tat.

Aber vielleicht, überlegte er und grinste dabei, würde sie sich doch noch als lohnend erweisen.

24

Am nächsten Morgen war Tilly früh auf den Beinen. Sie brachte Brodie eine Tasse Tee und wunderte sich nicht, als sie sah, dass er wach war. Es war nicht zu übersehen, dass er eine schlimme Nacht gehabt hatte.

»Ich habe kein Auge zugetan«, sagte er. Er sah erschöpft aus. »Mein Bein hat mir ziemliche Schmerzen bereitet.«

»Das tut mir leid, Brodie«, sagte Tilly, die sehr besorgt um ihn war. »Es ist bestimmt gebrochen. Sie müssen es von einem Arzt untersuchen lassen. Dr. Tidbury wird aus Mount Gambier kommen, wenn wir ihn brauchen. Eliza könnte hinfahren und ihn holen.«

»Nein. Wenn ich einen Arzt brauche, nehme ich den Zug und fahre zu ihm. Ich schaff das schon«, sagte Brodie.

»Sie können nicht laufen, Brodie«, erwiderte Tilly, ein wenig verärgert über seinen männlichen Stolz.

»Ich kann mir sicher irgendwo ein paar Krücken ausborgen.«

»Das wäre möglich. Mein Nachbar Barney hat welche«, sagte Tilly. »Übrigens hat Eliza hat uns gestern Abend erzählt, was passiert ist. Hört sich so an, als hätten Sie eine Menge durchgemacht.«

»Allerdings«, bestätigte Brodie. Ein paar Augenblicke schien er tief in Gedanken versunken. »Wie Sie wissen, wollte ich nicht, dass Eliza mich begleitet, aber … ehrlich gesagt, weiß ich nicht, was ich ohne sie getan hätte.«

Tilly lächelte liebevoll. »Sie ist wirklich etwas ganz Besonderes, nicht wahr?«

Brodie nickte.

»Ich bin sehr stolz auf sie«, sagte Tilly. »Und sehr dankbar, dass ich die Gelegenheit bekommen habe, sie kennen zu lernen.« Sie sah den Ausdruck in Brodies Gesicht. »Haben Sie sich in sie verliebt?«, fragte sie geradeheraus.

Brodie schwieg einen Augenblick, bevor er nickte. Es hatte keinen Sinn, es zu leugnen. Und er hatte zu viel Respekt vor Tilly, als dass er sie hätte beschwindeln können.

In diesem Augenblick steckte Eliza den Kopf durch die Tür, die angelehnt stand. »Guten Morgen«, sagte sie. »Wie geht es Ihnen, Brodie?«

»Es ging mir schon mal besser.« Er errötete und hoffte, dass Eliza Tillys Frage nicht gehört hatte. »Ich muss zur Außentoilette. Meinen Sie, Noah könnte mir helfen?«

»Ich werde ihn holen«, sagte Eliza. Ein paar Minuten später kam sie wieder und erklärte beunruhigt, sie könne Noah nicht finden; er sei weder in seinem Zimmer noch oben auf dem Speicher.

»Ich sehe mal draußen nach«, sagte Eliza, in der Besorgnis aufstieg, da sie an ihr Gespräch vom Abend zuvor denken musste.

Noah war nicht draußen. Eliza sah auch im Stall nach. Der Esel war da, doch von dem Aborigine fehlte jede Spur. Als sie zurück ins Haus kam, fragte sie ihre Tante, ob sie glaube, Noah könne zu den Höhlen gegangen sein, um den Wolf zu füttern.

Tilly schaute in der Küche nach, ob er die Reste des Huhns eingesteckt hatte. Das war nicht der Fall. »Ich glaube, er ist fortgegangen«, sagte sie zu Eliza. »Bestimmt ist er weggelaufen und wird nicht wiederkommen.« Tränen traten ihr in die Augen.

Verzweiflung überkam Eliza. Wenn Noah geflohen war – wieso hatte er den Esel dann nicht mitgenommen? Dann könnte man ihn zumindest nicht so leicht aufspüren.

»Die Fährtenleser werden ihn mit Sicherheit schnappen«, fuhr Tilly fort. »Und dann …« Sie konnte es nicht aussprechen: Dann würden sie Noah hängen.

»Das dürfen wir Brodie nicht sagen. Er würde versuchen, aufzustehen und nach Noah zu suchen«, sagte Eliza.

»Aber Brodie wartet jetzt auf ihn. Wir müssen uns etwas einfallen lassen«, sagte Tilly verzweifelt.

Die beiden Frauen gingen durch die Diele zurück zu Brodies Zimmer, als sie die Hintertür hörten. Zu ihrem Erstaunen sahen sie, dass es Noah war.

»Noah!«, sagte Tilly erleichtert. »Wo haben Sie denn gesteckt? Wir dachten schon …«

»Was, Miss Sheehan?«, fragte Noah verwirrt. »Ich hab nur ein paar Pflanzen gesammelt, um ein Aborigine-Heilmittel zuzubereiten, mit dem wir Brodies Bein behandeln können«, sagte er und zeigte ihnen eine Hand voll Grünzeug.

»Wird das denn helfen?«, fragte Eliza ungläubig.

»Ja, die Schwellung wird rasch zurückgehen.«

»Aber ein paar Pflanzen können doch kein gebrochenes Bein heilen.«

»Ich glaube nicht, dass sein Knöchel gebrochen ist, Eliza«, sagte Noah. »Ich hab ihn abgetastet. Ich denke, er ist nur schlimm verstaucht.«

Nachdem Noah Brodie zur Außentoilette geführt und ihn sicher wieder zu Bett gebracht hatte, machte er sich daran, aus den Blättern, die er in kochendem Wasser blanchiert hatte, eine Paste zu bereiten. Während er damit beschäftigt war, setzte Eliza sich zu Brodie.

»Ich hoffe, Noahs Aborigine-Heilmittel wird Ihnen helfen«, sagte sie.

»Das hoffe ich auch«, erwiderte Brodie matt. Tilly hatte ihm Tee und Toast dagelassen, aber er hatte nichts davon angerührt. »Eliza, ich habe mich getäuscht, als ich gestern sagte, Sie würden mir bei Mallory nichts nützen können. Ich weiß nicht, was ich ohne Sie getan hätte.«

Eliza war gerührt, aber sie wollte auch aufrichtig sein und

entgegnete: »Vermutlich wären Sie gar nicht erst in diese Falle getreten, wenn ich Sie durch meine Anwesenheit nicht abgelenkt hätte.«

»Vielleicht doch, und dann wäre ich Mallory auf Gedeih und Verderb ausgeliefert gewesen. Wenn Sie nicht so viel über den amerikanischen Bürgerkrieg gewusst hätten ...« Er blickte sie an. »Und Sie waren sehr tapfer für eine ... eine ...« Er brach mitten im Satz ab.

»Frau!«, führte Eliza den Satz zu Ende und zog eine Augenbraue hoch.

»Viele Männer hätten es in dieser Situation mit der Angst bekommen. Mir selbst ist es nicht anders ergangen. Ich bin noch nie jemandem begegnet, der so unberechenbar ist wie Mallory McDermott. Da hätte ich es lieber mit einem Tiger zu tun.«

Eliza lächelte. »Manchmal wird Tollkühnheit mit Tapferkeit verwechselt«, sagte sie. »Jemand, der namentlich nicht genannt werden wollte, hat das mal zu mir gesagt.«

Brodie blickte beschämt. »Natürlich wusste dieser Jemand nicht, wovon er spricht«, sagte er und nahm ihre Hand. »Ich habe Ihnen vermutlich mein Leben zu verdanken«, sagte er ernst. Er wollte so viel mehr sagen.

Mit einem Mal war Eliza verlegen. »Sie können mir danken, indem Sie den Wolf nicht erschießen«, sagte sie, bemüht, die Spannung zwischen ihnen zu lösen. Brodie war ihr gegenüber so abweisend gewesen, dass sie jetzt nicht wusste, wie sie mit seiner zärtlichen Seite umgehen sollte.

»Abgemacht«, sagte Brodie. Er überlegte, ob er sie an sich ziehen sollte, um sie zu küssen – was er schon seit einer ganzen Weile tun wollte –, als Noah mit einem Teller voller grünem Brei ins Zimmer kam, gefolgt von Tilly mit ein paar Verbänden. Noah hatte vor, Brodies Knöchel mit der Pflanzenmasse einzureiben und zu verbinden. Er sagte Brodie, es würde den Schmerz und die Schwellung rasch lindern.

Als Eliza das Zimmer verließ, konnte sie Brodies Blicke spüren. Sie wusste nicht genau, was zwischen ihnen war, aber sie war sich sicher, dass er nicht nur Dankbarkeit für sie empfand.

Eine Sekunde lang hatte sie gedacht, er würde sie küssen, doch dann waren Noah und ihre Tante ins Zimmer gekommen. Hatte sie sich getäuscht?

Katie nahm an diesem Morgen den ersten Zug nach Mount Gambier. Sie lieh sich bei den Mietställen in der Stadt ein Pferd und einen Buggy und schaute bei Miss Beatrice vorbei. Im Laufe des Vormittags traf sie auf der Sunningdale-Farm ein. Das Haus erschien ihr entsetzlich still, als sie es betrat. Sie ging durch den Flur in die Küche, wo sie ihre Mutter am Tisch sitzen sah, ins Leere starrend. Henrietta so still sitzen zu sehen, mit reglosen Händen, machte Katie Angst. Wenn sie nicht Eingemachtes in Gläser füllte oder der einen oder anderen Hausarbeit nachging, hatte sie immer eine Stickarbeit im Schoß oder Stricknadeln in den Händen.

»Hallo, Mom«, sagte Katie, sodass Henrietta aus ihrer Tagträumerei hochschreckte.

»Katie! Du bist zurück!« Henrietta suchte in den Zügen ihrer Tochter nach irgendetwas, was ihr verraten würde, dass sie Matilda begegnet war. Aber das schien nicht der Fall gewesen zu sein.

»Ist alles in Ordnung, Mom?«, fragte Katie.

»Aber sicher. Was tust du denn hier?«

»Was meinst du damit?«

»Müsstest du nicht im Geschäft sein?«, fragte Henrietta. »Du solltest doch schon am Montagmorgen wieder mit der Arbeit anfangen.«

»Ich habe auf dem Heimweg bei Miss Beatrice vorbeigeschaut. Mir steht noch Urlaub zu, und sie hat mir erlaubt, ihn jetzt zu nehmen.«

»Verstehe«, sagte Henrietta gedankenverloren. »Du hättest nicht einfach so weggehen sollen, Katie. Ich habe mir schreckliche Sorgen gemacht.«

»Dazu besteht kein Grund. Tantanoola ist doch nicht weit von hier, nur eine halbe Stunde mit dem Zug. Es tut mir leid, dass ich einfach so gegangen bin, aber du schienst nicht zu verstehen, dass ich mal eine Pause brauchte. Ich bin jetzt eine erwachsene Frau. Du solltest mich nicht mehr wie ein Kind behandeln.«

»Du hast recht, Katie«, erwiderte Henrietta, »aber wenn du selbst einmal Mutter bist, wirst du es verstehen.« Sie wandte sich ab, um wieder aus dem Fenster zu starren. Ihre Mädchen waren jetzt erwachsen, wie sowohl Clive als auch Richard betont hatten. Offenbar wurde sie nicht länger gebraucht, um Katie und Eliza zu bemuttern.

»Geht es dir gut, Mom? Macht irgendetwas dir Sorgen?« Katie konnte nicht glauben, dass ihr überstürzter Aufbruch ihrer Mutter so viel Kummer bereitet hatte.

»Aber nein, Katie. Es geht mir gut. Möchtest du einen Frühstückstee?«

»Ich könnte etwas zu essen vertragen«, sagte Katie, die auf einmal spürte, dass sie großen Hunger hatte. Sie hatte nur eine Tasse Tee getrunken und eine halbe Scheibe Toast geknabbert, während Alistair ein riesiges warmes Frühstück vertilgt hatte. Sein Appetit erstaunte sie immer wieder, da sie in seiner Gesellschaft stets Schmetterlinge im Bauch zu haben schien und keinen Bissen herunterbrachte. »Ist Dad zu Hause?«

»Er muss hier irgendwo sein«, sagte Henrietta ausweichend. Sie stand auf, um Wasser aufzusetzen und ein paar Butterscones zu machen.

Katie trug ihren kleinen Koffer auf ihr Zimmer und wollte sich eben auf die Suche nach ihrem Vater machen, als sie ihn zur Hintertür hereinkommen hörte. Sie traf ihn in der Diele.

»Katie!«, rief Richard und küsste sie auf die Wange. »Ich habe mich schon gefragt, wer hier ist, als ich den Buggy draußen sah. Wie lange bist du schon zu Hause?«

»Ich bin eben erst angekommen, Dad«, sagte Katie. Auch ihr Vater kam ihr seltsam vor. Er blickte besorgt und schien sie aufmerksam zu mustern, als suchte er nach einem Hinweis, dass sie sich in der Zeit ihrer Abwesenheit verändert hatte.

»Thomas war hier und hat nach dir gefragt«, sagte Richard schließlich. Er brannte darauf, Katie zu fragen, ob sie Matilda gesehen hatte, wagte es aber nicht, da er wusste, dass Henrietta sie von der Küche aus hören konnte, wo sie mit Teetassen und Untertassen klapperte.

»Tatsächlich?«, fragte Katie desinteressiert.

Das war nicht die Reaktion, die Richard erwartet hatte. »Du wirst Thomas doch sehen, oder?«

»Nein, Dad. Nicht jetzt«, erwiderte Katie mit kühler Stimme. Sie konnte nur an Alistair denken.

»Ihr solltet miteinander reden«, beharrte Richard.

»Wir wollen unterschiedliche Dinge vom Leben. Ich glaube nicht, dass Thomas und ich eine gemeinsame Zukunft haben«, erwiderte Katie kalt.

Richard war schockiert von ihren Worten; zugleich hatte er Angst davor, Katie Fragen zu stellen, die Henrietta aus der Fassung bringen würden.

»Hattest du eine schöne Zeit in Tantanoola?«, erkundigte er sich.

»Ja.«

»Was hast du dort gemacht?«

Katie hatte damit gerechnet, dass ihre Eltern sie ausfragen würden, und hatte sich Antworten zurechtgelegt. »Ich habe die Ruhe genossen. Tantanoola ist eine hübsche kleine Stadt, und letztes Wochenende war die Landwirtschaftsausstellung. Es war sehr interessant.«

Richard war erstaunt, dass die Mädchen ihrer Tante nicht begegnet waren. Tantanoola war eine Kleinstadt, und George *war* Matilda bei der Landwirtschaftsausstellung über den Weg gelaufen. »Wie geht es Eliza?«, fragte er. »Bekommt sie die Story, wegen der sie dorthin gefahren ist?«

»Sie hat die Geschichte noch nicht, aber sie bleibt an der Sache dran.«

»Da ist in ein paar Tagen ja viel passiert«, sagte Richard.

»O ja. Ich hatte eine wirklich schöne Zeit in Tantanoola, Dad. Es hat mir Spaß gemacht, mich zur Abwechslung mal mit etwas anderem zu beschäftigen.« Katie wollte ihren Eltern behutsam beibringen, dass sie nach Tantanoola zurückkehren würde.

Während Henrietta Scones und Tee vorbereitete, belauschte sie das Gespräch der beiden. Richard redete um den heißen Brei herum. In Wahrheit interessierte er sich nur dafür, ob eines der Mädchen Matilda getroffen hatte, die Liebe seines Lebens. Seit ihrem Gespräch über Clive und Matilda waren Henrietta die verschiedensten Gedanken durch den Kopf gegangen. Sie war zu dem Schluss gekommen, dass sie die letzten zwanzig Jahre ihres Lebens an einen Mann verschwendet hatte, der sie nicht geliebt hatte. Nun brachen die Verletztheit, der Schmerz und die Demütigung aus ihr hervor.

Henrietta ging in die Diele und trat zu ihrem Mann und ihrer Tochter. »Warum fragst du sie nicht einfach, was du wirklich wissen willst, Richard?«, sagte sie mit funkelnden Augen.

Richard blickte Henrietta bestürzt an. Er konnte nicht glauben, dass sie dieses Thema vor ihrer Tochter zur Sprache brachte, nachdem sie doch gesagt hatte, sie wolle nicht, dass die Mädchen etwas mit ihrer Tante zu tun hätten.

Katie sah ihre Mutter verwirrt an.

»Dein Vater will wissen, ob du in Tantanoola deine Tante getroffen hast«, sagte sie zu Katie und starrte dann Richard an. »Warum bist du nicht Manns genug, offen damit herauszurücken?«

»Nicht jetzt, Henrietta«, sagte Richard wütend. Er konnte nicht glauben, dass sie so rachsüchtig war. Er erkannte sie kaum wieder.

»Warum nicht jetzt?«, fragte Henrietta empört. »Wir haben unsere Karten doch längst offen auf den Tisch gelegt.«

»Unsere Töchter müssen nicht da hineingezogen werden«, antwortete Richard verärgert.

Katie war verwirrt. Es hatte schon immer Spannungen zwischen ihren Eltern gegeben, auch wenn sie nie verstanden hatte, warum, aber diesmal war irgendetwas anders. Ihr fiel ein, dass Eliza erzählt hatte, ihre Tante und ihr Vater seien einmal ineinander verliebt gewesen. Hatte es damit zu tun?

»Ich habe Tante Matilda nicht getroffen, weil sie vermutlich gar nicht mehr dort wohnt«, log Katie. Sie verschwieg die Wahrheit aus Furcht, ihre Eltern würden sie nicht mehr nach Tantanoola zurückfahren lassen. Doch Alistair wartete auf sie, und sie würde nicht zulassen, dass irgendetwas zwischen sie kam. »Übrigens fahre ich morgen nach Tantanoola zurück, um Eliza bei ihren Recherchen zu helfen.«

»Was?«, stieß Henrietta hervor. »Das kommt gar nicht in Frage!«

»Und warum nicht?«, fragte Katie aufsässig. Sie hatte nicht die Absicht, sich von ihren Eltern noch länger herumkommandieren zu lassen. Alistair hatte recht. Sie war erwachsen und sollte endlich ihr eigenes Leben führen. »Eliza braucht mich.«

»Es ist Zeit, dass auch Eliza nach Hause kommt«, sagte Henrietta. »Wie lange dauert es denn, eine einzige Story zu bekommen? Ich werde heute George aufsuchen und ihm sagen, er soll sie nach Mount Gambier zurückbringen.«

»Nein, das wirst du nicht tun«, sagte Richard in eisigem Tonfall. »Unsere Töchter sind erwachsene Frauen, also hör auf, über ihr Leben zu bestimmen. Kümmere dich lieber um dein eigenes.«

Henriettas Augen weiteten sich, und sie blickte von Katie zu ihrem Ehemann. »Was meinst du denn damit?«

»Das weißt du ganz genau«, erwiderte Richard, ehe er sich abwandte und zur Hintertür hinausging.

Katie verfolgte den Wortwechsel zwischen ihren Eltern mit einer Mischung aus Furcht und Faszination. Sie war erfreut, dass ihr Vater sie in Schutz genommen hatte und sogar so weit gegangen war, ihrer Mutter zu sagen, sie solle sich aus ihrem Leben heraushalten. Das war verheißungsvoll für ihre gemeinsame Zukunft mit Alistair!

Henrietta ging zurück in die Küche, stellte sich an die Spüle und starrte in den Garten hinaus. In diesem Augenblick hätte sie Clives Trost mehr gebraucht als je zuvor.

Im Hanging Rocks Inn hatte Eliza einen Plan entwickelt. »Ich werde heute nach Mount Gambier fahren, um mit Mr. Kennedy zu sprechen«, sagte sie zu ihrer Tante. »Ich habe eine ganze Menge mit ihm zu erörtern. Ich werde nur für ein paar Stunden fort sein, komme also vor Einbruch der Dunkelheit zurück.«

»Oh«, sagte Tilly erstaunt. »Wenn es spät wird, warum bleibst du dann nicht bei deinen Eltern und kommst morgen zurück?«

Elizas Blick wurde kalt. »Nein, Tante«, sagte sie. »Ich habe einen Plan, der Noah helfen könnte, aber ich brauche dafür Mr. Kennedys Unterstützung. Wenn er einverstanden ist, wird er wieder herkommen müssen. Ist dir das recht?«

»Ja, natürlich. Ich würde mich freuen, ihn wiederzusehen.« Tilly meinte es ehrlich. George hatte ihr dabei geholfen, ein wenig selbstbewusster zu werden, und es war schön gewesen, mit ihm über alte Zeiten zu reden.

Eliza warf einen Blick auf Noah. »Keine Sorge, Noah, Mr. Kennedy können wir vertrauen. Wenn es klappt, was mir vorschwebt, wird Ihr Name bald reingewaschen sein.«

Das bezweifelte Noah, war aber froh, dass Eliza die Hilfe ihres Chefs in Anspruch nehmen wollte. Wenigstens würde *sie* dann in Sicherheit sein.

»Kannst du uns denn nicht von deinem Plan erzählen, Eliza?«, fragte Tilly. Sie konnte sehen, dass Noah ebenfalls vor Neugier brannte.

»Das möchte ich erst, wenn ich mit Mr. Kennedy darüber gesprochen habe.«

Bevor sie aufbrach, ging Eliza zu Brodie ins Zimmer, um ihm von ihren Plänen zu erzählen. »Geht es Ihrem Bein schon besser?«, erkundigte sie sich zuerst.

»Nun ja, was immer Noah da aufgetragen hat, ist auf jeden Fall kühl und beruhigend«, sagte er. »Noah behauptet, die Schwellung würde rasch zurückgehen, aber das glaube ich erst, wenn ich es sehe.«

»Er scheint zu wissen, was er tut«, sagte Eliza. »Aber es würde nichts schaden, Dr. Tidbury kommen zu lassen, damit er es sich ansieht. Ich fahre für ein paar Stunden nach Mount Gambier, um mit meinem Chef zu sprechen. Da könnte ich gleich bei Dr. Tidbury vorbeischauen und ihn bitten, mit mir zurückzukommen.«

»Danke für das Angebot, aber ich werde erst einmal abwarten, ob Noahs Heilmittel hilft. Weswegen wollen Sie Ihren Chef denn sprechen? Sie werden ihm doch nicht etwa von dem Schafdieb erzählen, den wir hier haben? Wenn dieser Dieb erfährt, dass wir ihm auf der Spur sind, hört er vielleicht auf, und wir finden niemals heraus, wer es ist.«

»Keine Angst. Ich muss mit meinem Chef darüber sprechen, wie wir Noahs Namen reinwaschen können. Wenn er mit meinem Plan einverstanden ist, wird er mit mir zusammen nach Tantanoola zurückkommen. Dann werde ich Ihnen alles darüber erzählen.«

»Es wird doch nicht gefährlich für Sie sein?«, fragte Brodie besorgt.

»Nein, überhaupt nicht«, sagte Eliza zuversichtlich.

Brodie war nicht sicher, ob er ihr glauben sollte. »Versprechen Sie mir, dass Sie keine weiteren Nachforschungen anstellen, bis ich wieder auf den Beinen bin. Ich weiß, dass Sie unter Druck stehen, eine Story zu bekommen, und dass Sie Noah helfen wollen, aber ich will nicht, dass Sie auf eigene Faust handeln.«

»Deswegen fahre ich ja, um meinen Chef zu holen. Für das, was mir vorschwebt, brauche ich seine Hilfe. Also machen Sie sich keine Sorgen, und sehen Sie zu, dass Sie wieder gesund werden.« Sie erhob sich zum Gehen, und auf einmal begriff Brodie, dass er sie vermissen würde. »Ich mache mir aber Sorgen, und zwar um *Sie*.«

Eliza war verblüfft. »Es wird alles gut gehen, ich verspreche es«, sagte sie. Sie war zu schüchtern, mehr zu sagen, und verließ schnell das Zimmer.

Tilly sattelte Nell. »Du kannst sie bei den Ställen in der Stadt lassen, bis du wiederkommst«, sagte sie, als Eliza im Begriff war, aufzusteigen.

»In Ordnung, Tante.«

»Bist du sicher, dass du nicht über Nacht bei deinen Eltern bleiben willst, anstatt sofort wieder zurückzureisen? Es reicht doch, wenn du morgen früh kommst.«

»Nein, ich möchte sofort nach Tantanoola zurück«, sagte Eliza ernst.

»Ich kann spüren, dass du wütend auf deine Eltern bist, Eliza.« Tilly ahnte auch, warum. »Ich hoffe, es hat nichts mit mir zu tun.«

»Ich weiß nicht, wie ich meinem Vater je wieder in die Augen sehen soll, jetzt, wo ich weiß, was er dir angetan hat«, gab Eliza zu.

»Was hat *er* mir denn angetan?« Tilly verstand nicht.

»Wie konnte er dich nach deinem Unfall im Stich lassen?«, brach es aus Eliza heraus.

»Eliza, du weißt nicht, wovon du redest!« Tilly wandte sich zum Gehen.

»Ich dachte, ich kenne meinen Vater, aber das ist offensichtlich nicht der Fall. Ich habe ihn immer für einen netten, verständnisvollen Mann gehalten, aber jetzt muss ich mich fragen, ob das alles nur aufgesetzt war.«

Tilly hatte ebenfalls geglaubt, Richard zu kennen. Aber dann hatte er ihre Schwester geheiratet.

»Ich habe schon immer eine gewisse Spannung zwischen meinen Eltern gespürt«, fuhr Eliza fort. »Vielleicht war Dad grausam zu Mom, und sie hat Katie und mich all die Jahre beschützt.«

Tilly wandte sich zu Eliza um, erstaunt, dass sie zu einer solchen Schlussfolgerung kommen konnte. »Dein Vater war der freundlichste Mann, den ich je gekannt habe, und ich bezweifle, dass er sich verändert hat. Glaub mir – wenn es Spannungen zwischen deinen Eltern gibt, liegt es nicht an ihm.«

Eliza war verblüfft. »Dann hat meine Mom ihn dir weggenommen. Ist es das?« Es war auf jeden Fall eine Erklärung für die Feindseligkeit zwischen den Schwestern.

»Ich will nicht weiter darüber reden, Eliza«, sagte Tilly, den Tränen nahe. Sie wandte sich ab, um zurück ins Haus zu gehen.

»Wie konnte er denn zulassen, dass Mom ihn dir wegnimmt?«, sagte Eliza wütend. »Er muss herzlos oder willensschwach sein, dass er dich verlassen hat, als du ihn am nötigsten brauchtest.« Ohne eine Antwort abzuwarten, stieg Eliza auf Nell und ritt die Auffahrt hinunter.

Tilly tupfte sich die Tränen ab. Ihr Gespräch hatte all den Schmerz und die Verletztheit wieder hervorgebracht, die sie all die Jahre verzweifelt unterdrückt hatte. Wie konnte sie Eliza die Wahrheit sagen? Es würde ihre Familie zerstören. Nicht einmal Richard kannte die Wahrheit.

»Kommen Sie herein«, sagte George Kennedy, als es an seiner Tür klopfte.

Eliza steckte den Kopf ins Zimmer. »Hallo, Sir.«

»Eliza!« Georges Augen weiteten sich. »Sagen Sie bloß, Sie

haben die Tigergeschichte!« Er hatte die *South Eastern Times* gelesen und war enttäuscht gewesen, dass nicht Eliza die Geschichte über den Aborigine in Tantanoola bekommen hatte, den Sohn des berüchtigten Bushrangers, sondern das Konkurrenzblatt.

Eliza betrat das Büro und schloss hinter sich die Tür, bevor sie sich auf die Kante des Stuhls vor dem Schreibtisch ihres Chefs hockte, die Augen funkelnd vor jugendlichem Überschwang. »Ich habe vielleicht eine noch bessere Geschichte, Sir …«

George kniff misstrauisch die Augen zusammen. Er war geneigt, Eliza zu sagen, dass er ihr nicht die Erlaubnis gegeben hatte, einen anderen Artikel zu schreiben, doch ihre erkennbare Aufregung verriet ihm, dass es etwas Großes war. Er würde entscheiden müssen, ob er ihr vertrauen konnte. »Erzählen Sie mir davon«, sagte er, da er nur auf der sicheren Seite sein konnte, wenn er sich selbst ein Urteil bildete.

»Ehrlich gesagt, Sir, bin ich gekommen, damit Sie mir helfen, diese Geschichte zu bringen.«

George seufzte enttäuscht. »Ich hoffe, Sie verschwenden nicht meine Zeit, Eliza …«

»Das werde ich nicht, Sir, ich verspreche es. Es ist eine wirklich große Geschichte, und der Tiger von Tantanoola gehört dazu, wenn auch gewissermaßen auf Umwegen.« Auf der Zugfahrt nach Mount Gambier hatte Eliza beschlossen, George Kennedy noch nicht von dem Wolf zu erzählen. Sie wollte nichts darüber veröffentlicht sehen, um der Gefahr vorzubeugen, dass jemand nach ihm suchte.

»Wie ich gehört habe, ist der Tiger mehrere Male gesichtet worden«, sagte George.

»So ist es, Sir, aber niemand weiß, ob es wahr ist oder nicht. Man hat Brodie als Jäger in Tantanoola gefeuert und Aborigine-Fährtenleser mit Bluthunden kommen lassen.«

»Das ist ja alles sehr interessant, aber vielleicht sollten Sie mir nun sagen, wofür Sie meine Hilfe benötigen.«

»Kann ich es Ihnen auf dem Weg nach Tantanoola sagen, Sir?«, fragte Eliza in verlockendem Tonfall. »Und nehmen Sie bitte Ihre Kamera mit.«

George betrachtete sie ein paar Augenblicke lang. Er war geneigt, ihren Plänen eine Abfuhr zu erteilen, doch ein guter Reporter ging nun mal Risiken ein und folgte seinen Instinkten. George erhob sich. »Ich hoffe, es ist eine gute Idee, Eliza. Wenn es Zeitverschwendung ist, wird Brodie nicht der Einzige sein, der gefeuert wird.«

»Das wird nicht passieren, Sir, ich schwöre es. Wenn alles nach Plan verläuft, wird diese Geschichte einschlagen wie eine Bombe.«

Eliza sagte ihrem Chef, sie würde ihn am Bahnhof treffen, da sie noch etwas zu erledigen hätte. Während er nach Hause ging, um ein paar Sachen zu packen, ging sie zu einer der beiden Fleischereien in der Stadt, um Fleisch für den Wolf zu kaufen. Sie hatte im Büro ihren Lohn abgeholt, sodass sie genügend Geld bei sich hatte.

Als Eliza Mr. Greenslades Geschäft betrat, hellte die Miene des Metzgers sich auf.

»Eliza! Sie sind wieder da! Wir haben Ihr fröhliches Gesicht vermisst.« Das »Wir« bezog sich auf Marty Greenslade und seinen jungen Lehrling Vince, der für Eliza schwärmte. Seine Gefühle waren nie offensichtlicher gewesen als in den letzten Tagen, als er ihre Abwesenheit fast stündlich beklagt hatte. Marty hatte Vince mehr als einmal dafür getadelt, seine Zeit damit zu verbringen, wehmütig auf die Passanten draußen auf dem Gehsteig zu starren, anstatt zusammenzufegen oder die Auslage im Schaufenster aufzufüllen.

»Guten Tag, Mr. Greenslade«, sagte Eliza. »Könnte ich bitte ein Pfund Lammfleisch ohne Knochen haben?«

»Sehr gern«, sagte Marty und wog das Fleisch ab. »Dürfte ich Ihnen mal eine Frage stellen?«

»Nur zu«, sagte Eliza.

»Was hat Ihre Schwester dem jungen Thomas Clarke bloß angetan?«

»Wie meinen Sie das?«, fragte Eliza verwundert. »Was hat Thomas denn?«

»Er macht ein Gesicht, als hätte er seinen besten Freund verloren und erfahren, dass er von einer Sträflingsfamilie adoptiert wurde.«

»Wissen Sie ... Tom und Katie hatten eine Meinungsverschiedenheit«, sagte Eliza, »aber ich bin sicher, die beiden werden das klären.«

»Vince sagt, er habe Katie heute Morgen gesehen. Sie hat sich bei den Mietställen in der Morcombe Street einen Wagen geliehen.«

Eliza hörte mit Erleichterung, dass ihre Schwester nach Mount Gambier zurückgekehrt war. »Nun, ich bin sicher, Sie werden bald sehen, dass Thomas wieder ein fröhlicheres Gesicht macht.«

25

Alistair schlenderte mit hochmütiger Miene aus dem Hotel. Er war sicher, dass Katie bald zurückkommen würde, um ihm zu helfen, und er hatte die Absicht, sie auszunutzen, so gut er nur konnte. Was Eliza betraf, war er zuversichtlich, dass sie nichts Bedeutsames zu berichten hatte; außerdem hatte er vorgesorgt, dass sie auch weiterhin nichts erfahren würde. Mit ein bisschen Bestechung und Beschwatzen hatte Alistair sich zusichern lassen, dass er als Erster davon erfuhr, wenn die Fährtenleser irgendetwas finden sollten.

Auf einmal blieb er wie angewurzelt stehen. Er wollte seinen Augen nicht trauen, als er Bob Hanson in der Nähe des Bahnhofs von einem Wagen steigen sah. Was hatte Hanson denn in der Stadt verloren?

Bob Hanson sah sich kurz um, entdeckte Alistair und steuerte mit entschlossenen Schritten auf ihn zu. Hanson war Mitte fünfzig, ein überzeugter Junggeselle, scharfsinnig und resolut. Seine Hose und sein Mantel waren tadellos geschneidert, und er trug stets einen braunen Bowlerhut, ein Accessoire, das seinen Wohlstand und sein Ansehen hervorhob. Ihm gehörte fast ganz Millicent, darunter mehrere Läden, Firmen und hunderte Morgen Farmland im Südosten. Außerdem war er Eigentümer der *South Eastern Times* – Alistairs Chef.

»Mr. Hanson!«, stieß Alistair verwundert hervor. »Was tun Sie denn hier in Tantanoola?«

»Ich sehe mir Land an, das ich kaufen will, McBride, aber

ich gehe auch einem Artikel nach, den Sie verfasst haben«, erwiderte Bob geradeheraus. Es verstand sich von selbst, dass er hohes Ansehen genoss, aber er hatte auch eine sehr gesellige Art und scherzte gern. An diesem Nachmittag schien er allerdings ernsterer Stimmung als sonst. Alistair fiel es sofort auf, und er fragte sich unwillkürlich, ob ihm Ärger bevorstand.

»Ich würde gern wissen«, fuhr Hanson fort, »woher Sie die Information haben, dass dieser Aborigine, Noah Rigby, der Sohn von Barry Hall sein soll.«

»Ich ... warum fragen Sie, Sir? Sie haben doch nicht etwa Angst, die Zeitung könnte wegen Rufschädigung verklagt werden? Ich kann Ihnen versichern, das wird nicht geschehen.«

»Ich habe keine Angst, verklagt zu werden, McBride. Ich will nur wissen, woher Sie Ihre Information haben.«

Alistair traf ein stählerner Blick. Er hätte am liebsten gelogen, besann sich dann aber. Bob Hanson war kein Mann, der auch nur die winzigste Abweichung von der Wahrheit duldete. Und er besaß den Ruf, eine Unwahrheit besser riechen zu können als jeder Spürhund. »Ich habe es von einem der Einheimischen gehört, Sir«, sagte Alistair kleinlaut, »aber es war eine zuverlässige Quelle, das schwöre ich Ihnen.«

»Woher wollen Sie das wissen?«

»Es war jemand, der Noah sehr nahesteht, Sir.«

»Und wer ist dieser Jemand?«, fragte Bob.

»Das möchte ich lieber nicht sagen, Sir.«

»*Ich* möchte aber, dass Sie es sagen, McBride.«

Alistair wurde von einem funkelnden Blick getroffen, der ihn in seinen frisch polierten Schuhen zittern ließ. »Es war ... Tilly Sheehan«, sagte er, wobei er sich umsah, um sich zu vergewissern, dass niemand ihn hörte. Zum Glück war auf der Hotelveranda niemand zu sehen.

»Wer ist Tilly Sheehan, und wo kann ich sie finden?«, fragte Bob.

»Sie ist aus der Gegend hier, Sir. Sie wohnt im Hanging Rocks Inn.«

»Wir wollen hier keine Missverständnisse aufkommen lassen, McBride. Behaupten Sie, sie hat Ihnen *persönlich* erzählt, dass Noah Rigby mit Barry Hall verwandt ist?«

»Nein, Sir. Nicht direkt«, wand sich Alistair.

»Was soll das heißen?«, fragte Bob mit wachsender Ungeduld.

»Ich ... ich habe zufällig mitangehört, wie sie ihrer Nichte von diesem Noah erzählt hat.«

»Sie haben ein privates Gespräch belauscht?«

Alistair errötete vor Verlegenheit und starrte auf seine Schuhe.

»Um ein guter Reporter zu sein, müssen Sie auf die Leute zugehen, mit ihnen reden und die richtigen Fragen stellen«, sagte Bob mit Nachdruck. »An Türen oder Fenstern zu lauschen ist eine unwürdige Form des Enthüllungsjournalismus und nicht sehr zuverlässig. Verstanden, McBride?«

»Ja, Mr. Hanson.« Es war demütigend für Alistair, sich erinnern zu müssen, wie er neben den Hinterbacken eines Pferdes gekauert hatte, um Tillys und Elizas Gespräch zu belauschen. Er war unendlich dankbar, dass Bob Hanson nicht die ganze beschämende Wahrheit kannte.

»Und jetzt kümmern Sie sich um Ihre Arbeit, McBride. Ich glaube, es läuft noch immer ein Tiger frei herum.« Er klang kalt und streng.

»Ja, Sir.«

Bob marschierte zurück zu seinem Wagen, und Alistair verschwand erst einmal in der Hotelbar, wo er sich einen großen Whiskey bestellte und ihn in einem Zug leerte.

Eliza wartete auf dem Bahnsteig von Mount Gambier auf ihren Chef, als plötzlich Katie auftauchte, einen Koffer in der Hand. Eliza fiel auf, dass ihre Schwester ein neues Kleid trug, das sie gekauft hatte, kurz bevor sie nach Tantanoola aufgebrochen war.

Soweit Eliza sich erinnern konnte, hatte sie es zu einem Picknick mit Thomas tragen wollten, ehe die beiden sich überworfen hatten.

Eliza ging sofort auf Katie zu. »Was glaubst du eigentlich, wohin du fährst?«, herrschte sie ihre jüngere Schwester an.

»Was tust *du* denn hier?«, fragte Katie verwundert.

Eliza ging gar nicht auf die Frage ein. »Ich habe gehört, du warst zu Hause, Katie.«

»Ja, ich bin heute Morgen angekommen, aber ich fahre zurück nach Tantanoola. Und versuch gar nicht erst, es mir auszureden.« Katie streifte ein Paar Spitzenhandschuhe über, die zu ihrem neuen Kleid passten, und schlenderte über den Bahnsteig, fort von Eliza. In der Ferne konnte sie bereits den heranrollenden Zug sehen, und sie wollte keine langatmige Auseinandersetzung. Sie war bester Laune und würde sich die Stimmung nicht verderben lassen.

Eliza folgte ihr. »Wissen Mom und Dad, dass du zurückfährst, oder bist du wieder weggelaufen?«

Katie blieb stehen und wandte sich zu ihr um. »Keine Sorge, sie wissen es. Sie hatten sogar eine Meinungsverschiedenheit deswegen, und Dad hat sich auf meine Seite geschlagen.« Katie genoss es, Eliza davon zu erzählen, da sie stets der Liebling ihres Vaters gewesen war. »Er hat gesagt, ich sei eine erwachsene Frau und in der Lage, eigene Entscheidungen zu treffen – und damit hat er recht.« Katie reckte stolz das Kinn vor.

Eliza war verwirrt, da es im Allgemeinen ihre Mutter war, die Katie in Schutz nahm, wenn es eine Meinungsverschiedenheit gab. »Und was hat Mom gesagt?«

»Du kennst sie doch. Sie war nicht begeistert. Aber dann hat sie sich damit abgefunden, weil ihr keine andere Wahl blieb. Schließlich ist es *meine* Entscheidung. Und du? Bist du auf dem Weg nach Hause?«

»Nein«, sagte Eliza, die nicht über ihren Vater nachdenken

wollte. »Ich bin nur in die Stadt gekommen, um mit Mr. Kennedy zu sprechen. Ich warte hier auf ihn, da wir zusammen nach Tantanoola fahren werden. Ich nehme an, du hast Mom und Dad gegenüber nichts von Alistair McBride erwähnt? Und auch nichts von Tante Tilly?«

»Aber nein! Ich habe über keinen der beiden ein Wort verloren«, antwortete Katie entrüstet. »Und was dich angeht... Mom und Dad werden sich gar nicht freuen, wenn sie herausfinden, dass du in der Stadt warst und nicht nach Hause gefahren bist.«

»Ich weiß. Aber ich bin mit dem Drei-Uhr-Zug gekommen und war nicht lange genug hier, dass ich sie hätte besuchen können.« Elizas Augen wurden schmal. »Warum fährst du überhaupt wieder nach Tantanoola? Hat Alistair dich gebeten, zurückzukommen?«

»Das geht dich nichts an.«

»Und ob es mich etwas angeht. Du bist meine Schwester, und dieser Kerl ist so hinterlistig wie eine Schlange. Du solltest nicht so dumm sein, ihm zu vertrauen. Wenn es um eine Story geht, kennt er keine Skrupel.«

»Das ist deine Meinung, und auf die gebe ich nichts, und ich teile sie auch nicht«, sagte Katie hochnäsig. Der Zug war soeben eingefahren, und aus dem Augenwinkel konnte Katie sehen, dass George Kennedy auf sie zukam. »Wenn du nicht willst, dass Mom und Dad erfahren, dass du bei Tante Tilly wohnst, steckst du deine Nase besser nicht in meine Angelegenheiten!« Katie sprang in einen der Waggons, schloss die Tür und gab Eliza mit einem Zeichen zu verstehen, dass sie sich nicht zu ihr in den Waggon setzen sollte. Eliza war das nur recht; sie wollte sowieso unter vier Augen mit ihrem Chef reden.

»War das Katie, mit der Sie da eben gesprochen haben?«, fragte George, als sie sich in die hinterste Ecke des zweiten Waggons setzten, außer Hörweite aller anderen Fahrgäste.

»Ja, sie war zu Hause, aber sie fährt wieder nach Tantanoola.« Eliza seufzte.

»Sie sind offenbar nicht glücklich damit«, bemerkte George. Elizas Zorn war nicht zu übersehen.

»Meine Schwester ist vernarrt in Alistair McBride. Ich versuche immer wieder, sie vor ihm zu warnen, aber sie will nicht auf mich hören.«

»Sie muss aus den eigenen Fehlern lernen, Eliza. Da können Sie nichts machen. Der Kerl wird sie ausnutzen und dann fallen lassen, und sie wird wohl wochenlang todtraurig sein, aber das lässt sich nun mal nicht vermeiden, wenn sie keinen Rat befolgen will.«

»Es ist offensichtlich, dass er sie nur ausnutzt, und ich will nicht, dass Katie verletzt wird. Thomas Clarke ist ein feiner Kerl, und er liebt sie. Die beiden passen gut zusammen. Ich verstehe beim besten Willen nicht, was sie an Alistair McBride so anziehend findet.«

»Er ist ein gut aussehender junger Mann, und er ist ehrgeizig, auch wenn ich von seiner Moral nicht viel halte. Als Reporter weiß er seine Worte bestimmt gut zu wählen, und er ist ein paar Jahre älter als Katie, sodass sie ihn zweifellos charmant und aufregend findet.«

Eliza sah Alistair McBride ganz und gar nicht so. Und sie hielt erst recht nichts von seinen hinterhältigen Methoden, an eine Story zu kommen. Außerdem war er ein Lügner.

»Sie finden Brodie Chandler attraktiv, nicht wahr?«, sagte George unvermittelt. Es war eher eine Feststellung als eine Frage, und Eliza errötete.

»Er ist groß, dunkelhaarig und gut aussehend, und er bringt Sie manchmal in Rage, stimmt's?«, fragte George. In der kurzen Zeit, in der er die beiden zusammen gesehen hatte, war ihre gegenseitige Anziehung unverkennbar gewesen.

»Ja, er ist attraktiv«, räumte Eliza ein, dachte jedoch an ihre unterschiedlichen Ansichten, vor allem, was den Tiger und den

Wolf betraf. Sie hoffte nur, dass er Wort hielt und den Wolf nicht erschoss, falls er auf ihn stoßen sollte.

»Na bitte. Er würde sie doch völlig kalt lassen, wenn Sie sich nicht zu ihm hingezogen fühlten.«

Eliza war sich da nicht so sicher, konnte aber nicht leugnen, dass sie ihn anziehend fand, schon gar nicht vor ihrem Chef, der sie immer durchschaute. Doch ihre Gefühle für Brodie waren verworren, und sie war noch nicht so weit, sie offen zuzugeben.

»Aber nun erzählen Sie mir, wie Alistair McBride es geschafft hat, Ihnen mit der Story über den Aborigine, der mit Barry Hall verwandt ist, zuvorzukommen«, sagte George.

»Er hat die Story von mir und Tilly, weil er uns belauscht hat, aber er will es nicht zugeben«, antwortete Eliza, die noch immer wütend wurde, wenn sie nur daran dachte.

»Was? Sie wussten, dass Noah Rigby der Sohn von Barry Hall ist, und Sie haben den Artikel nicht selbst geschrieben?« George war fassungslos.

»Meine Tante hatte es mir im strengsten Vertrauen erzählt, Sir. Außerdem wussten wir, dass die Leute in der Stadt dann Noah für die Schafdiebstähle verantwortlich machen würden – wie es jetzt ja auch der Fall ist. Es ist wirklich gefährlich für Noah, sie wollen ihn hängen«, sagte Eliza.

»Was für eine fantastische Story«, sagte George aufgeregt, der die Zeitungen bereits von den Druckerpressen rollen sah und kaum auf Elizas Ängste um den Aborigine achtete.

»Nein, ist es nicht, Mr. Kennedy.« Eliza war entsetzt, dass er keine Sorge um Noah zu haben schien. »Noah ist ein Opfer, während der wahre Schafdieb ungestraft davonkommen wird.«

George traute seinen Ohren nicht. Wenn Eliza nicht gewillt war, einen Artikel über dieses hochbrisante Thema zu schreiben, was hatte er dann in Tantanoola verloren? Hoffentlich hat sie noch eine ähnlich gute Story auf Lager!, dachte er und sagte: »Vielleicht sollten Sie mir jetzt besser Ihren Plan erläutern.«

Eliza senkte die Stimme und ließ kurz den Blick schweifen, um sich zu vergewissern, dass keiner der anderen Fahrgäste sich für ihr Gespräch interessierte. »Noah und ich haben draußen am Lake Bonney einen versteckten Pferch gefunden, zu dem ein Tunnel führt, dessen Eingang im Gebüsch verborgen ist. Das ist die Stelle, wo der Schafdieb die gestohlenen Schafe schlachtet und ihre Felle trocknet. Vor dem Tunneleingang hängen Kaninchenfelle, um von dem Pferch abzulenken, von dem ein fürchterlicher Gestank ausgeht.«

Georges Interesse war geweckt.

»Ich bin neulich mit Brodie Chandler dort gewesen, damit er es sich ansehen konnte«, fuhr Eliza fort und schauderte bei der Erinnerung. »Während wir dort waren, sind zwei Männer mit weiteren Schafen erschienen. Wir mussten uns in den Büschen verstecken, um nicht entdeckt zu werden. Ich wollte, dass Brodie sich ihnen entgegenstellt, aber er sagte, sie seien bewaffnet und es sei zu gefährlich.«

George erkannte, was für eine fantastische Story das werden würde. Er konnte sie sich bereits vorstellen – eine Doppelseite, einschließlich Fotos.

»Ich habe mit Neddy Starkey gesprochen, dem Frachtmeister des Bahnhofs von Tantanoola, und habe erfahren, wer Kaninchenfelle an Käufer in Adelaide versendet.«

»Was hat das denn mit den Schaffellen zu tun?«, fragte George, der ihr nicht folgen konnte.

»Der Schafdieb muss die Felle auf irgendeinem Weg heimlich aus der Stadt schmuggeln. Ich nehme an, er behauptet, er hätte Kaninchenfelle in den Bündeln, die verschickt werden sollen, während es in Wahrheit Schaffelle sind. Könnte doch sein, meinen Sie nicht auch?«

»Möglich ist das, aber es erscheint mir ein bisschen weit hergeholt.«

»Es gibt nicht allzu viele Möglichkeiten, die Schaffelle aus der

Stadt zu schaffen. Und was ist besser, als es vor jedermanns Nase zu tun?«, versuchte Eliza George zu überzeugen.

»Haben Sie eine Ahnung, wer es sein könnte?«, fragte George gespannt.

»Brodie und ich sind zu der Farm eines Mannes geritten, den ich für einen der Hauptverdächtigen hielt. Er heißt Mallory McDermott. Er ist besessen vom amerikanischen Bürgerkrieg. Um genau zu sein – er ist verrückt. Er glaubt, dass er noch immer im Krieg ist und dass die Yankees sein Haus umstellt haben. Wir hatten nicht die Absicht, ihm entgegenzutreten, wir wollten ihn nur beobachten und uns in seiner Scheune nach möglichen Beweisen dafür umsehen, dass er in die Sache verstrickt ist.«

»Und was haben Sie gefunden?«, fragte George interessiert.

»Nichts. Brodie ist in eine versteckte Falle getreten und hätte sich fast den Knöchel gebrochen. Ich konnte die Klemmbacken der Falle nicht aufstemmen, deshalb musste ich Mallory um Hilfe bitten. Ich wusste, dass die einzige Möglichkeit, seine Hilfe zu bekommen, darin bestand, so zu tun, als wären die Yankees hinter uns her. Es war ganz schön brenzlig ...«

George verschlug es beinahe die Sprache. »Was ist passiert?«

»Mallory hat uns als Geiseln genommen und in seinem Haus eingesperrt, in dem sämtliche Fenster mit Brettern vernagelt waren. Mit sehr viel Glück sind wir ihm mitten in der Nacht entkommen. Er hat auf uns geschossen!«

»Meine Güte, Eliza, ich kann nicht glauben, dass das alles in diesen wenigen Tagen passiert ist«, rief George aus. »Sie sollen bei diesem Job nicht Ihr Leben aufs Spiel setzen. Keine Story der Welt ist das wert.«

»Ich weiß. Jedenfalls ... aus naheliegenden Gründen will ich nicht, dass meine Eltern etwas von alledem erfahren. Sonst würden sie mich nie wieder aus den Augen lassen.«

»Wir können die Details Ihrer Beteiligung ein bisschen herunterspielen, Eliza, aber wenn wir die Geschichte veröffentlichen wollen, wird es sich nicht ganz vermeiden lassen. Das wird die beste Story seit Jahren.«

»Nur dass es auf Mallorys Farm keinerlei Beweise dafür gab, dass der Mann in die Sache verstrickt ist.«

George war enttäuscht. »Und wer ist es dann?«

»Ich weiß es nicht, aber ich denke, die Fracht, die den Bahnhof verlässt, ist der Schlüssel, um das herauszufinden«, sagte Eliza.

»Sie sollten mir lieber von Ihrem Plan erzählen«, sagte George, nicht sicher, ob er ihn gutheißen würde.

Eliza senkte die Stimme zu einem Flüstern und begann, George Kennedy von ihrer Idee zu erzählen.

Am frühen Abend später trafen George und Eliza, zu zweit auf Nell reitend, am Hanging Rocks Inn ein. Als sie zur Hintertür hereinkamen, staunte Eliza nicht schlecht. Brodie saß am Küchentisch.

»Brodie! Was machen Sie denn hier unten?«, fragte sie ungläubig.

»Meinem Knöchel geht es besser. Ich humple zwar noch, aber wenigstens kann ich laufen. Noahs Heilmittel wirkt Wunder.«

Noah war nirgends zu sehen, aber Tilly lächelte George liebevoll an, als er sie begrüßte.

»Es ist wundervoll, dich so rasch wiederzusehen, George«, sagte Tilly mit aufrichtiger Freude, errötend wie ein Schulmädchen.

»Danke, Tilly. Ich bin auch sehr froh, wieder hier zu sein. Ich hoffe, ich falle dir nicht zur Last.«

»Ach was. Wir werden schon eine Lösung finden.«

»Wo ist Noah?«, fragte Eliza.

»Er hat schreckliche Angst«, sagte Tilly. »Er ist wieder auf dem Speicher.«

»Ich möchte, dass er dabei ist, wenn ich dir und Brodie von meinem Plan erzähle«, sagte Eliza, während ihr Chef und der

Jäger einander die Hand gaben. Auf der Fahrt hatte Eliza George in ihr Geheimnis über Noah eingeweiht. Er wusste also, dass sie Noah im Haus versteckten, und hatte Eliza geschworen, niemandem etwas davon zu sagen.

»Es war alles ein bisschen zu viel für Noah«, sagte Tilly. »Lass ihn eine Weile allein.«

Brodie und Tilly hörten zu, als Eliza dann ihren Plan umriss. »Ich dachte, wir könnten so tun, als würden wir einen Artikel über den Frachtverkehr zwischen den Städten schreiben, und darüber, was für gute Arbeit Leute wie Neddy Starkey leisten – Männer, die die Räder der Wirtschaft in Bewegung halten.«

»Ich glaube, der Plan ist eine Überlegung wert«, sagte George. »Nach dem, was Sie mir über Nelly Starkey erzählt haben, wird er begeistert sein, wenn er mitsamt Foto in die Zeitung kommt.«

»O ja«, rief Eliza. »Aber wir müssen einen Tag auswählen, an dem Kaninchenfelle nach Adelaide verschickt werden, und darauf hoffen, dass eines der Bündel die Schaffelle enthält. Schade, dass Neddy Starkey nicht am Bahnhof war, als wir vorhin angekommen sind, aber sein Assistent sagte, er würde heute Abend im Hotel essen. Wir könnten ihn dort aufsuchen, um zu erfahren, wann der beste Zeitpunkt ist, ihn mit einem Teil der Fracht zu fotografieren.«

»Gute Idee. Wirst du mitkommen, Tilly?«, fragte George.

»Nein, ich bleibe hier bei Brodie und Noah«, sagte Tilly.

»Rieche ich da etwa Kürbissuppe?«, fragte George mit einem hoffnungsvollen Blick in Richtung Küche.

»Ja«, sagte Tilly lächelnd. »Hättest du gern einen Teller? Der wird dir schon nicht das Abendessen verderben.«

»Wie kann ich da Nein sagen?«

Katie war entsetzt, als sie bei ihrer Rückkehr in die Stadt feststellte, dass Alistair völlig betrunken war. Bob Hansons Besuch hatte ihn aus der Fassung gebracht, da er schreckliche Angst hatte,

Hanson hätte vor, mit Tilly Sheehan zu sprechen. Alistair konnte sich einfach nicht denken, wieso Bob Hanson nach Tantanoola gekommen war, und grübelte immer wieder darüber nach, aber damit machte er sich nur verrückt.

Alistair hätte sich nie als Mann betrachtet, der unter Druck nachgab, doch der Gedanke, Eliza könne erfahren, dass er gelogen hatte, was das Belauschen ihres Gesprächs mit Tilly betraf, war eine größere Demütigung, als er ertragen konnte. Und je mehr er darüber nachdachte, desto mehr trank er. Als Katie ihn schließlich fand, war er kaum noch Herr seiner Sinne.

»Alistair, ich bin wieder da«, flüsterte Katie, als sie bei ihm stand und einen schüchternen Blick auf die anderen Stammgäste der Bar warf. »Was haben Sie denn? Gibt es schlechte Neuigkeiten?«

Alistair blickte sie aus verschwommenen Augen an, während er versuchte, klar zu sehen. Mary und Ryan standen hinter der Bar. Katie schaute die beiden hilflos an, als Alistair sie offenbar nicht erkannte.

»Wir wissen nur, dass der Besitzer der *South Eastern Times* in der Stadt war«, sagte Ryan. Alistair hatte irgendetwas von ihm gemurmelt.

»Und er scheint zu glauben, dass er Ärger hat«, fügte Mary hinzu.

»Warum denn?«, fragte Katie.

»Ich weiß es nicht«, sagte Mary achselzuckend. »Ryan kann Ihnen helfen, ihn in den Speisesaal zu schaffen. Ich bringe eine Kanne Kaffee.«

Nachdem sie Alistair an einen Tisch in einer Ecke des Speisesaals gesetzt hatten, schenkte Katie ihm Kaffee ein.

»Katie …«, sagte Alistair immer wieder, als er endlich begriff, wer neben ihm saß.

»Ja, Alistair. Ich bin hier. Trinken Sie jetzt den Kaffee.«

»Ihre Schwester wird mich auslachen …«, murmelte Alistair,

während sein Kopf auf den Tisch sankt. Er stieß die Tasse um, und der Kaffee tränkte die weiße Leinentischdecke.

Katie versuchte, Alistair aufzurichten. »Warum sollte Eliza Sie auslachen?«, fragte sie neugierig, aber auch verärgert, dass er schon wieder ihre Schwester zur Sprache brachte.

»Sie … sie wird herausfinden, was ich getan habe«, lallte Alistair, ohne dass er den Kopf von der Tischplatte hob.

»Eliza wird herausfinden, was Sie getan haben?«, fragte Katie, deren Verwirrung wuchs. »Was haben Sie denn getan?«

Alistair versuchte, den Blick fest auf sie zu richten, während seine Augen halb geschlossen blieben. »Was … tun … Sie eigentlich hier?«

»Ich bin zurückgekommen, um Ihnen zu helfen. Sie hatten mich darum gebeten, erinnern Sie sich nicht?«

»Ha!«, sagte Alistair verächtlich und hob den Kopf. »Was könnten Sie schon für mich tun?«

Die Bemerkung schmerzte Katie. »Nicht viel, aber …«

Alistair lachte und schnitt ihr das Wort ab. »Es wird Ihre Schwester rasend machen, dass Sie wieder hier sind«, sagte er, ehe sein Kopf wieder auf die Tischplatte sank.

»Ja«, sagte Katie. Nagende Zweifel drohten die Seifenblase ihres Glücks zum Platzen zu bringen, als sie daran denken musste, was Eliza über Alistair gesagt hatte. Katie versuchte es zu verdrängen. Er war betrunken; deshalb würde sie es ihm nachsehen.

Sie schenkte ihm Kaffee nach und sagte ihm, er solle sich aufsetzen und sich zusammenreißen. Alistair gehorchte, seufzte tief und stierte auf seine Tasse. »Ich nehme einen doppelten Whiskey«, sagte er.

»Nein, Sie werden den Kaffee trinken«, sagte Katie entschieden. »Schließlich wollen wir morgen etwas unternehmen.«

Alistair starrte sie an, als wäre die Vorstellung, sie beide könnten gemeinsam etwas unternehmen, geradezu aberwitzig. Dann brach er in Gelächter aus.

»Was ist denn so lustig?«, fragte Katie verwundert.

Alistair antwortete nicht, sondern lachte weiter. Katie kam sich dumm vor. Zorn stieg in ihr auf.

»So langsam wünsche ich mir, ich wäre nicht zurückgekommen!«, sagte sie. »Ich wollte Ihnen helfen.«

Alistairs Lachen verstummte. »Das haben Sie doch auch getan, Katie«, sagte er ernst.

Katie ging es augenblicklich besser. Vielleicht wusste er ihre Hilfe ja doch zu schätzen!

»Dass Sie mit mir zusammen waren, hat Ihre Schwester aus dem Rennen geworfen … das heißt, falls sie überhaupt dabei war, was ich ernsthaft bezweifle.« Sein Kopf sank wieder auf den Tisch.

Katie konnte es nicht fassen. »Soll das etwa heißen, Sie wollten mich hier nur dabeihaben, um Eliza von ihrer Story abzubringen?«, fragte sie entgeistert.

Alistair schloss die Augen und schwieg.

Katie spürte, wie ihr die Tränen kamen. War sie eine Närrin gewesen? Hatte Eliza recht gehabt? Sie war wütend auf Eliza gewesen, als diese gesagt hatte, Alistair wolle nur Unfrieden stiften, doch noch größer war jetzt ihr Zorn auf Alistair, weil er angedeutet hatte, Eliza sei nicht tüchtig in ihrem Job. Wie konnte er es wagen, ihre Schwester schlechtzumachen?

Katie erhob sich und eilte vom Tisch fort. In der Diele lief sie Mary Corcoran über den Weg.

»Wie geht es Mr. McBride?«, fragte Mary. Sie war nicht wirklich besorgt, nur neugierig. »Ist er ein bisschen nüchterner?«

»Nein«, sagte Katie kurz angebunden. »Könnte ich bitte den Schlüssel zu meinem Zimmer haben?«

»Natürlich«, sagte Mary und fischte ihn aus ihrer Schürzentasche.

»Dürfte ich mein Abendessen heute auf meinem Zimmer einnehmen?«, fragte Katie.

»Ja, aber was ist mit Mr. McBride?«

»Ich bezweifle, dass er ein Abendessen haben will«, sagte Katie; sie konnte die Tränen nicht mehr zurückhalten. »Ich bleibe nur noch heute Nacht hier. Ab morgen werde ich mein Zimmer nicht mehr benötigen.«

»Ich nehme an, Mr. McBride hat Sie aus der Fassung gebracht«, vermutete Mary.

Katie tupfte sich die Wangen mit ihrem Taschentuch ab, sagte aber nichts.

»Er ist kein sehr freundlicher Mann, wenn ich das sagen darf«, fügte Mary hinzu.

»Das stimmt«, sagte Katie entschieden.

»Machen Sie sich nichts draus«, tröstete Mary sie. »Sie werden einen anderen netten jungen Mann finden. Sie sind jung und hübsch.«

Katie musste unwillkürlich an Thomas denken. Er war vielleicht kein aufregender Mann, aber er war freundlich und kannte keine Falschheit. Er sagte nie ein Wort, das Katie kränkte.

Reue und Verzweiflung wallten in ihn auf, als sie erkannte, wie schrecklich sie sich getäuscht hatte.

26

Als George Kennedy und Eliza mit dem Wagen in Tantanoola eintrafen, hielten sie in der Nähe des Bahnhofs. Von dort konnten sie zwei Aborigines sehen, die auf der Veranda vor dem Railway Hotel saßen. Sie hatten die Hosenbeine hochgekrempelt, ihre unbeschuhten Füße waren breit und schwielig. Trotz der Kühle des hereinbrechenden Abends standen ihre Hemden offen und entblößten ihre geschmeidigen Oberkörper. Sie schenkten Eliza und George nur einen flüchtigen Blick und zogen es vor, in die Ferne zu starren. In schnellen, abgehackten Silben schwatzten sie miteinander und tranken Bier.

»Ich dachte, Noah sei der einzige Aborigine in der Stadt«, bemerkte George und half Eliza vom Wagen.

»Er ist der einzige Aborigine, der hier ansässig ist«, antwortete Eliza, während sie ihre Röcke glattstrich. »Ich glaube, diese Männer sind die Fährtenleser, die von der Stadt angeheuert wurden, um den Tiger zu jagen.« Ihre Tante hatte ihr eine Beschreibung der Männer gegeben; deshalb war sie sich ziemlich sicher. In der Stille des Abends konnte sie auch die Hunde hören, die in der Nähe der Ställe der Corcorans bellten.

Als George und Eliza über die Straße zum Hotel gingen, kamen Mannie Boyd und Bill Clifford mit zwei weiteren Flaschen Bier für die Aborigines aus der Bar und bestätigten damit Elizas Vermutung. Sie konnte nicht verstehen, was die Männer sagten, doch ihrer Körpersprache nach zu urteilen, teilten sie den Aborigines mit, dass sie gehen sollten, sobald sie ausgetrunken hätten.

Mit gedämpfter Stimme sagte Eliza ihrem Chef, welcher der beiden Weißen Mannie war und dass er einer der Trapper sei, der Felle nach Adelaide verschicke.

»Kommt er als Verdächtiger für die Schafdiebstähle in Frage?«, flüsterte George.

»Er ist ein seltsamer Kauz. Ich würde ihn als Verdächtigen nicht ausschließen«, räumte Eliza ein.

»Ich frage mich, ob wir mit den Aborigines sprechen sollten«, sagte George leise, während er und Eliza die Veranda betraten. Vielleicht konnten sie ein paar Informationen über die Tigerjagd bekommen.

Eliza fiel auf, dass Mannie ihr einen seltsamen Blick zuwarf, bevor er und Bill zurück in die Bar gingen. »Ich fürchte, wir werden nicht allzu viel herausfinden«, sagte sie, während ihre Gedanken ängstlich zu dem Wolf zurückkehrten. Eliza hoffte, dass die Aborigines nicht entdeckten, dass es noch ein anderes wildes Tier gab, das durch die Gegend streifte, doch sie musste realistisch sein. Sie war überzeugt davon, dass die Aborigines inzwischen ungewöhnliche Pfotenabdrücke und Kothaufen entdeckt hatten, die zu keinem einheimischen Tier oder Haustier gehörten. Und das bedeutete, dass es nur eine Frage der Zeit war, bis sie mit der Jagd auf den Wolf begannen.

»Wir sollten zuerst mit Neddy sprechen«, sagte Eliza, um George von seiner Idee abzubringen.

Er pflichtete ihr bei und betrat mit ihr die Bar. Der Raum war gedrängt voll, doch unter den vielen Männern konnte Eliza Neddy nirgends entdecken.

»Ist Mr. Starkey hier, Eliza?«, fragte George, als sie dastanden und sich umsahen. Ryan, der hinter der Bar stand, winkte ihm zu.

»Nein, aber er könnte im Speisesaal sein«, sagte Eliza und ging voran.

Kaum hatte sie den weitaus stilleren Speisesaal betreten, entdeckte Eliza Alistair in der hintersten Ecke, den Kopf in eine Hand gestützt, eine Kaffeekanne vor sich. Er murmelte dumpf vor sich hin und nickte. Die Gäste in seiner Nähe warfen immer wieder seltsame Blicke in seine Richtung und schüttelten den Kopf. Katie war nirgends zu sehen.

»Sehen Sie Alistair McBride da in der Ecke?«, fragte Eliza. »Mit ihm stimmt etwas nicht. Meinen Sie, er ist betrunken?« Sie konnte kaum glauben, in welchem Zustand Alistar war. Und wo steckte Katie? In Eliza stieg Besorgnis auf.

»Er ist stockbetrunken, wenn Sie mich fragen«, sagte George angewidert.

Bald darauf entdeckte Eliza Neddy Starkeys schlohweißen Kopf. Er saß mit seiner Frau an einem Tisch in der gegenüberliegenden Ecke. Eliza zupfte George am Ärmel. »Da ist Neddy. Wir sollten ihn bitten, mit nach draußen zu kommen, um mit uns zu reden«, sagte sie, »nur für den Fall, dass Alistair Wind davon bekommt, was wir vorhaben, und Neddy später ausfragt.«

»Es ist auf jeden Fall eine gute Idee, unter vier Augen mit ihm zu reden«, pflichtete George ihr bei. »Aber auch Mannie Boyd sollte nicht sehen, wenn wir mit Mr. Starkey reden. Falls er morgen Kaninchenfelle verschicken sollte, könnte er misstrauisch werden.«

Das hatte Eliza nicht bedacht. »Sie haben recht. Setzen wir uns erst mal.« In der Nähe waren zwei freie Tische. »Alistair wird wohl bald gehen. Er sieht nicht so aus, als würde er noch zu einer Mahlzeit bleiben.«

Nachdem sie Neddy zugelächelt und gewinkt hatten, setzten Eliza und George sich an einen Tisch, der mit einem weißen Leinentischtuch bedeckt und einer kleinen silbernen Platte mit Salz- und Pfefferstreuern geschmückt war. Wenig später erschien Mary mit einem Tablett, auf dem zwei Teller Suppe standen, die für Neddy und seine Frau bestimmt waren. Nachdem sie den Starkeys die Suppe gebracht hatte, entdeckte sie Eliza und kam mit Speisekarten an ihren Tisch. George schenkte sie ein warmherziges Lächeln.

»Hallo, George«, sagte Mary. »Ich wusste gar nicht, dass Sie so bald wieder in die Stadt kommen. Wir haben leider noch immer nichts frei.«

»Kein Problem. Ich werde wieder draußen im Hanging Rocks Inn wohnen«, sagte George.

Mary sah Eliza stirnrunzelnd an. »Wussten Sie, dass Ihre Schwester wieder hier wohnt?«

»Ja«, sagte Eliza, ohne ihr Missfallen zu verbergen.

»Sie ist ziemlich aufgelöst«, sagte Mary.

Eliza war beunruhigt. »Warum denn?«

»Ich glaube, es war wegen irgendeiner Bemerkung von Mr. McBride. Katie nimmt ihr Abendessen heute auf ihrem Zimmer ein und will morgen abreisen, obwohl sie für zwei Nächte reserviert hatte.«

»Ich sollte zu ihr gehen«, sagte Eliza mit einem düsteren Blick in Alistairs Richtung.

»Ich habe ihr gerade erst das Essen aufs Zimmer gebracht«, sagte Mary. »Lassen Sie ihr ein bisschen Zeit.« Sie wollte nicht erwähnen, dass Katie die ganze letzte Stunde geweint hatte.

»Besteht die Möglichkeit, dass Ihr Mann Mr. McBride aus dem Speisesaal entfernt, Mary? In seinem Zustand scheint er die anderen Gäste ziemlich zu stören.« Eliza sah Mary fragend an.

»Oh.« Mary schaute mit finsterer Miene zu Alistair. Wie der Zufall es wollte, stieß er in diesem Augenblick wieder seinen Kaffee um; er fluchte laut, als ihm die heiße Flüssigkeit über den Schoß lief.

Die anderen Gäste, vor allem die Frauen, erschraken. Eliza schüttelte den Kopf und tat so, als würde sie sich hinter der Speisekarte verstecken.

Mary war verlegen und wütend zugleich. »Ich werde dafür sorgen, dass Ryan ihn auf sein Zimmer bringt«, sagte sie und eilte davon.

»Gut gemacht, Eliza«, lobte George.

Wenig später kam Ryan, riss Alistair am Arm hoch und führte ihn aus dem Speisesaal. In seinem Zustand brachte Alistair kaum mehr als einen schwachen Protest zustande. Er erhaschte nur einen knappen, verschwommenen Blick auf Eliza, die auf ihren Schoß hinuntersah, während er an ihr vorbeigezerrt wurde.

»Jetzt können wir in Ruhe mit Neddy reden«, sagte Eliza, kaum dass Alistair verschwunden war. Katie ging ihr noch immer durch den Kopf, doch sie hatte sie schließlich vor Alistair gewarnt. Trotzdem konnte Eliza nicht umhin, Mitleid für ihre Schwester zu empfinden. Sie hoffte, dass Katie ihre Tür abgeschlossen hatte.

Eliza wartete, bis Neddy und seine Frau ihre Suppe gegessen hatten, und ging dann mit George zu ihnen hinüber. Sie stellte ihren Chef vor.

»Wenn Sie mit dem Essen fertig sind, Mr. Starkey«, sagte sie, »würden Mr. Kennedy und ich gern über einen Artikel mit Ihnen sprechen, den wir schreiben möchten. Wir wollen über die Fracht berichten, die mit dem Zug zwischen den Städten befördert wird. Wir würden Sie und den Bahnhof von Tantanoola gern porträtieren. Und wir möchten ein paar Fotos für die Zeitung aufnehmen, wenn Ihnen das recht ist.«

Neddys Augen leuchteten auf, genau wie es Eliza vorausgesehen hatte. »Natürlich ist es mir recht. Haben Sie sich schon einen Namen gemacht?«

»Wie bitte?«, fragte Eliza verwirrt.

»Sie sagten, Sie würden eines Tages wiederkommen, um ein Foto von mir aufzunehmen, wenn Sie sich einen Namen gemacht haben.«

»O ja«, sagte Eliza und errötete, als ihr Chef eine Augenbraue hob.

»Setzen Sie sich doch zu mir und Doris«, sagte Neddy. »Wir können ja darüber reden, während wir essen.«

»Sind Sie sicher?«, fragte George. »Wir wollten Sie nicht stören.«

»Sie stören ganz und gar nicht.«

Doris nickte beipflichtend.

»Kommen Sie.« Neddy erhob sich und schob für Eliza einen Stuhl zurück, während George auf dem anderen freien Stuhl Platz nahm. »Ich habe gehört, Sie besitzen eine dieser neuen Kodak-Brownie-Boxkameras, Mr. Kennedy?«

»Das stimmt.«

Nachdem sie eine Weile über die neuesten Kameras gesprochen hatten, skizzierten George und Eliza ihren Vorschlag. Neddy hörte interessiert zu.

»Es ist großartig, dass wir Frachtmeister endlich Anerkennung bekommen für das, was wir leisten«, sagte Neddy, als sie fertig waren. »Ich weiß, wir tun nur unsere Arbeit, aber es ist ein wichtiger Job.«

»Und Neddy nimmt seine Arbeit sehr ernst«, sagte Doris stolz. »Nicht wahr, Liebster?« Sie tätschelte liebevoll seine Hand. Doris war eine Frau von zierlicher Statur mit ergrauendem Haar, das sie im Nacken zu einem ordentlichen Knoten zusammengesteckt hatte. Genau wie Neddy war sie schon ein wenig älter, doch in ihren blauen Augen funkelte die Lebenskraft eines jungen Mädchens.

»Wir wollten gern einen Tag auswählen, an dem Sie möglichst viel Fracht abzufertigen haben«, fuhr Eliza vorsichtig fort. »Wie sieht es morgen aus?«

»Das passt gut – für den Zwei-Uhr-Zug nach Adelaide morgen haben wir jede Menge Aufträge«, sagte Neddy.

»Großartig«, sagte George und zückte sein Notizbuch. »Könnten Sie mir vielleicht ein paar Beispiele nennen, welcher Art die Fracht ist, damit ich schon einmal einen Entwurf für einen Artikel anfertigen kann?«

Eliza wusste, dass er herauszufinden versuchte, ob »Kaninchenfelle« dabei waren.

»Natürlich, lassen Sie mich überlegen«, sagte Neddy; nachdenklich rieb er sich das Kinn. »Da ist zum einen das übliche Geflügel und Gemüse, dazu zwanzig Sack Getreide. Dann sind da noch verschiedene Milchprodukte, die in Beachport entladen werden müssen, zusammen mit einem halben Dutzend lebender Schafe und einer Ziege. Das Vieh und die Frischprodukte werden erst morgen angeliefert, aber die restliche Fracht liegt bereits im Lager und muss nur noch verladen werden.« George warf einen Blick auf Eliza. »Darunter sind auch ein paar Kaninchenfelle. Sie wollten doch einen Artikel über Kaninchenfelle schreiben, stimmt's, Miss Dickens?«

»So ist es, Mr. Starkey.« Eliza warf einen Blick auf ihren Chef. »Gut, dass Sie das noch wissen.«

»Wie lief es denn?«, fragte Neddy interessiert.

»Ich habe den Artikel vorerst zurückgestellt, da wir glauben, dass diese Story jetzt wichtiger ist. Aber wo Sie gerade davon sprechen, Mr. Starkey – wie viele Ballen Felle werden morgen denn verschickt?«

»Zwei bis jetzt. Oder waren es drei?« Er dachte einen Augenblick nach. »Nein, zwei. Ein Ballen aus Snuggery, und Mick Brown hat auch noch einen Ballen zu verschicken.«

»Und die, die Mick Brown verschickt, stammen von Mallory McDermott, stimmt's?«, fragte Eliza.

»Vermutlich ja, aber es könnten auch Micks eigene Felle sein. Er fängt von Zeit zu Zeit ein paar Kaninchen.«

Eliza fand nicht, dass diese Information sich viel versprechend anhörte. Es war nicht anzunehmen, dass Willie Wade aus Snuggery in einem Pferch am See Schafe schlachtete, und auch Mallory McDermott hatte Eliza als Verdächtigen bereits ausgeschlossen. Sie hoffte nur, dass sie sich nicht völlig blamierte. Wenn das geschah, würde sie mit Sicherheit ihren Job verlieren.

»Es könnte sein, dass morgen noch mehr Fracht eintrifft. Wenn ja, werde ich ein bisschen umdisponieren müssen. Zum Glück wird Winston Charles, mein junger Assistent, mit jeder Woche gewandter.«

»Er ist ein netter Junge«, warf Doris ein. »Seine Mutter war bis zu ihrem Tod eine gute Freundin von mir.«

»Ich habe Mick Brown in der Bar gesehen, als wir hereinkamen«, sagte Neddy und warf einen Blick durch die offene Tür des Speisesaals. »Das da ist er – der große Mann mit dem dunklen Hemd und der grauen Jacke.«

»Ja, ich sehe ihn«, sagte Eliza. Neddy redete weiter mit George über die Fracht, während Eliza beobachtete, wie Mick Brown Mannie Boyd ein Bier ausgab. »Haben Sie nicht gesagt, die Trapper seien Rivalen, Mr. Starkey?«, fragte sie. Wenn das stimmte, wieso war ihr Umgang dann so kumpelhaft?

»Das ist richtig. Aber wie ich damals schon sagte – es ist eine Rivalität, die ich nicht begreife, denn es gibt mehr als genug Kaninchen.«

In diesem Augenblick näherte sich Mary mit einem Tablett und stellte jeweils einen Teller vor Neddy und Doris hin.

»Wie Sie sehen«, sagte Neddy, »stehen Kaninchen heute Abend sogar auf der Speisekarte des Hotels.«

Eliza sah, dass sowohl Doris als auch Neddy Kanincheneintopf bestellt hatten. »Ja«, sagte sie, wobei sie sich fragte, ob die Männer, die die Schafe im Pferch getötet hatten, auch die Kaninchen geschlachtet hatten, die nun in Marys Eintopf waren. Das konnte eine weitere Spur sein, die zu verfolgen sich vielleicht lohnte.

»Ich nehme auch den Eintopf«, sagte George zu Mary. »Er riecht köstlich.«

»Und Sie?«, wandte Mary sich an Eliza. »Möchten Sie ebenfalls Eintopf?«

»Ich nehme nur die Gemüsesuppe und Brot, bitte.«

Mary blickte sie stirnrunzelnd an. »Erzählen Sie mir bloß nicht,

Tilly hat Sie in einen dieser seltsamen Menschen verwandelt, die kein Fleisch essen«, sagte sie.

»Ehrlich gesagt war es nicht Tilly, die mich zur Vegetarierin gemacht hat«, sagte Eliza.

Es war acht Uhr an diesem Abend und sehr dunkel, als Brodie hinter dem Hanging Rocks Inn ein Geräusch hörte. Tilly war auf ihrem Zimmer und im Begriff, zu Bett zu gehen. Noah hatte sich bereits schlafen gelegt. Brodie griff nach seinem Gewehr und humpelte vorsichtig zur Hintertür. Sein verletztes Bein war noch immer verbunden. Sheba hatte im Haus geschlafen, hatte das Geräusch aber ebenfalls gehört und bellte, die Ohren aufgestellt.

Als Tilly das Bellen hörte, kam sie aus ihrem Zimmer und blickte den Flur hinunter. Sie hatte Angst, die Fährtenleser könnten mit ihren Hunden zurückgekommen sein. Seit dem Besuch der Männer war sie angespannt und ängstlich. »Wohin gehen Sie, Brodie?«, wollte Tilly wissen.

»Nur raus, mich umsehen.«

»Warum hat Sheba gebellt?«

»Wegen irgendeines Geräusches. Ich habe es auch gehört.«

»Wonach hat es sich denn angehört?«

»Ich bin mir nicht sicher.«

»Meinen Sie, es waren Eliza und George, die zurückgekommen sind?«

»Nein. Vermutlich ist es nichts Besonderes, aber ich werde mich lieber umschauen«, antwortete Brodie.

Tilly hoffte, dass es nicht der Wolf war.

»Seien Sie vorsichtig, Brodie«, rief sie ihm zu. »Sie sollten eigentlich nicht aus dem Haus, Sie können ja kaum laufen.«

»Ich schaff das schon. Meinem Bein geht es immer besser. Sie können unbesorgt sein, ich gehe nicht weit. Bleiben Sie im Haus, und halten Sie die Tür geschlossen«, riet er ihr.

Eine Wolke schob sich vor den Mond, sodass es mit einem

Mal stockdunkel wurde. Brodie bahnte sich vorsichtig einen Weg zum Hühnerhaus und zu den Ställen, doch auf Tillys Hof war alles ruhig, sodass er stehen blieb und lauschte. Wenig später vernahm er in der Ferne das aufgeregte Gackern von Hühnern. Die Geräusche kamen vom Hühnerhaus ihres Nachbarn Barney. Irgendetwas schien die Tiere zu ängstigen.

Brodie spannte sein Gewehr und schlug zögernd den Weg zu Barneys Farm ein. Er musste an den Wolf denken und an das Versprechen, das er Eliza gegeben hatte. Es war ein Versprechen, bei dem er nicht sicher war, ob er es halten konnte. Und er war sich auch nicht sicher, ob er im Dunkeln zwischen einem Wolf und einem Tiger zu unterscheiden vermochte …

Gleich hinter Tillys kleinem Obstgarten war eine Pforte in dem Zaun, der die beiden Grundstücke voneinander trennte. Brodie benötigte fast fünf Minuten, um diese Pforte zu erreichen, da er nur sehr langsam gehen konnte. Auf der anderen Seite, auf Barneys Grundstück, kam er noch langsamer vorwärts, da das Gelände sehr ungepflegt war. Das Gras und das Unkraut wucherten hoch, doch es gab wenigstens einen schmalen Fußweg, der zu Barneys Haus führte, ausgetreten von Tilly und Barney nach unzähligen gegenseitigen Besuchen im Laufe der Jahre.

Brodie folgte dem Fußweg. Bei jedem Schritt suchte er den Boden vor sich nach Spuren ab, hielt nach Schatten Ausschau und lauschte gebannt auf jede Bewegung im Gras. Er hatte keine Laterne mitgenommen, da sie den Eindringling nur verscheuchen würde. Die Hühner gackerten noch immer. Im Laufe der Jahre, auf der Jagd, hatte er gelernt, Geräusche zu deuten, und die Laute, die die Hühner von sich gaben, hörten sich unverkennbar nach Todesangst an. Brodie war sicher, dass ein Raubtier um ihren Schlag herumgeschlichen war und vielleicht schon versucht hatte, in den Schlag einzudringen.

Bald lag Barneys Haus vor ihm im Dunkeln. Brodie bewegte

sich auf den Regenwassertank neben dem Gebäude zu, wo er sich versteckt halten, das Hühnerhaus beobachten und notfalls davonlaufen konnte. Am Tank verharrte er regungslos, da er wusste, dass der Wind seinen Geruch in die entgegengesetzte Richtung trug. Das war wichtig, da Tiere menschliche Gerüche sofort witterten.

Brodie schaute hinauf zum dunklen Himmel. Die Wolken zogen rasch dahin, und es war stockfinster. Er hoffte, überhaupt die Gelegenheit zu bekommen, das Tier zu sehen, das ums Hühnerhaus schlich. Allmählich gewöhnten seine Augen sich an die Dunkelheit.

Plötzlich sah er eine erschreckend große Kreatur um das Gehege schleichen. Brodies Nackenhaare stellten sich auf. Er verstärkte den Griff um sein Gewehr und lauschte. Die Schritte des Wesens waren lautlos, doch Brodie meinte, ein leises, bedrohliches Knurren zu hören. Dann begannen die Hühner wieder, ängstlich zu kreischen. Sie hatten das Knurren ebenfalls gehört.

Die Kreatur bewegte sich weiter um das Gehege herum. Brodie hörte ein tiefes Grollen. Das Tier schien jetzt zornig zu werden, was es noch gefährlicher und unberechenbarer machte. Brodie hob seine Waffe und zielte. Sein Finger ruhte am Abzug.

In Gedanken war er bei Elizas flehentlicher Bitte, den Wolf nicht zu töten, und dem Versprechen, das er ihr daraufhin gegeben hatte. Seine Instinkte befahlen ihm, das mörderische Tier zu erschießen, das um das Hühnerhaus und das Gehege schlich, aber er wusste, dass Eliza es ihm niemals verzeihen würde.

Auf einmal zogen die Wolken weiter und gaben den Mond wieder frei, das Hühnerhaus und das Gehege wurden plötzlich in silbernes Licht getaucht. In diesem Moment sah Brodie das Tier. Er hatte es genau im Visier, hob seine Waffe und zielte …

Im Railway Hotel klopfte Eliza an die Zimmertür ihrer Schwester.

»Wer ist da?«, fragte Katie leise.

Eliza kannte ihre Schwester gut. Sie hörte an Katies Stimme, dass sie verzweifelt war und geweint hatte, aber sie nahm auch einen Funken Hoffnung wahr und wusste, warum: Katie wünschte sich, dass Alistair mit einer Entschuldigung für sein Verhalten vor der Tür stand.

»Ich bin's. Mach auf, Katie«, sagte Eliza.

»Ich will mit niemandem reden«, erwiderte Katie, ohne ihre Enttäuschung zu verbergen. Sie wollte nicht zugeben, dass sie sich schrecklich in Alistair McBride getäuscht hatte.

»Mach auf, Katie«, sagte Eliza drängend. »Ich gehe nicht wieder fort, ehe du die Tür aufmachst!«

Ein paar Sekunden verstrichen; dann hörte Eliza ihre Schwester durchs Zimmer gehen. Die Tür schwang auf.

»Was ist denn?«, sagte Katie mürrisch.

»Mary hat mir erzählt, dass Alistair dich aus der Fassung gebracht hat. Ich bin gekommen, um …«

Katie schnitt ihr das Wort ab. »Wenn du gekommen bist, um dich an meinem Leid zu weiden … nein, danke. Ich hatte einen schlimmen Tag, und ich will nur noch ins Bett.«

»Ich muss mit dir reden, Katie. Ich bin wütend. Aber nicht auf dich, sondern auf Alistair.«

Katies Lippen bebten. »Er hat nur so getan, als wäre er an mir interessiert, um herauszufinden, was du vorhast«, murmelte sie bedrückt.

»Was sagst du da?«, fragte Eliza, während sie ins Zimmer trat und die Tür hinter sich schloss.

»Er hat mir ständig Fragen nach dir gestellt.«

Eliza stöhnte auf. »Nicht einmal von Alistair McBride hätte ich erwartet, dass er so tief sinken würde.«

»Ich war eifersüchtig, und durch meine Eifersucht war ich blind gegenüber seinem wahren Motiv.« Katie ließ sich auf das Eisenbett fallen, das wie zum Protest quietschte. »Ich war eine

Närrin, und ich habe mich von diesem Kerl benutzen lassen.« Wieder schimmerten Tränen in ihren Augen.

»Mach dir keine Vorwürfe, Katie. McBride ist gerissen und rücksichtslos. Er hat sicher schon viele hübsche Mädchen hereingelegt.«

»Meinst du wirklich?«, fragte Katie. Ihr Schmerz erschien ihr nicht mehr so schlimm, wenn es vor ihr noch andere Mädchen gegeben hatte, die auf Alistair hereingefallen waren.

»Ich bin sicher. Vermutlich hat er auch viele Männer hintergangen.«

»Aber *du* hast ihn durchschaut«, sagte Katie. Sie kam sich töricht vor.

»Ja, ich habe eben gelernt, skeptisch zu sein. Wenn man für einen Artikel recherchiert, darf man nicht alles für bare Münze nehmen. Und ich hatte den Vorteil, dass ich dank Mr. Kennedy über Alistairs Methoden Bescheid wusste. Er hat einen gewissen Ruf. Überleg doch nur, was er Noah angetan hat. Der Mann hat kein Gewissen.«

»Er hat schreckliche Angst, du könntest einen größeren und wichtigeren Artikel bringen als er«, sagte Katie. »Und ich hoffe, das wirst du, Eliza.«

»Das könnte gut sein«, sagte Eliza, als sie daran dachte, was sie sich für den kommenden Tag vorgenommen hatten.

»Meinst du wirklich?«, fragte Katie, die ganz aufgeregt war angesichts der Aussicht, ihre Schwester könnte Alistair übertrumpfen.

»Ich habe eine Idee, Katie, aber es könnte sein, dass ich deine Hilfe brauche.«

»Gehört dazu auch, Alistair auszustechen?«

»Das nicht, aber er würde sich wie ein Narr vorkommen.«

Katie schenkte ihrer Schwester ein dünnes Lächeln. »Das ist gut genug.«

»Ich bin mit Mr. Kennedy hier. Hast du etwas dagegen, wenn er in unseren Plan eingeweiht wird?«

Katie schüttelte den Kopf. »Aber nein.«

»Gut. Ich hole ihn aus dem Speisesaal, dann können wir alles besprechen.«

27

Nachdem Katie gegangen war, hatte Henrietta Stunden damit verbracht, mürrisch durchs Haus zu laufen und über ihr Leben nachzudenken. Richard blieb auf Distanz. Er arbeitete mit seinen Pferden in den Ställen und auf den Feldern, sodass ihr das Haus leer und einsam erschien. Henrietta konnte sich nicht einmal mehr für ihre Näharbeit interessieren, der sie sonst immer begeistert nachging. Schließlich, nach Einbruch der Dunkelheit, hielt sie es nicht mehr aus. Sie musste das Haus verlassen.

Henrietta machte sich auf den Weg zu Clives Haus, was sie im Allgemeinen vermied, damit die Einheimischen sich nicht die Mäuler zerrissen. Sie und Clive hatten sich immer in Sicherheit gewiegt, wenn sie sich bei den Auktionshöfen trafen, in der Annahme, die Männer, die Vieh kauften oder verkauften, würden sich mehr für das hektische Auktionsgeschäft interessieren als für Klatsch und Tratsch, aber Richard hatte diesen Mythos zerstört, als er sagte, seine Freunde hätten ihm von ihren Besuchen bei Clive berichtet.

In ihrer derzeitigen Verfassung war es Henrietta egal, ob sie dabei gesehen wurde, wie sie Clive zu Hause besuchte. Ironischerweise hätte ihr das niemand geglaubt, schon gar nicht Richard, der davon ausging, dass ihr nichts so wichtig war wie ihr Ruf.

Als Clive auf Henriettas Klopfen hin die Tür öffnete, war er im ersten Augenblick erschrocken, freute sich jedoch, sie zu sehen. »Henrietta, was tust du denn hier?« Er zog sie ins Haus und schloss die Tür. »Hast du dich endlich entschieden, mich morgen zu begleiten?« Clive hatte sie angefleht, am nächsten Morgen mit ihm zusammen nach Montrose Park aufzubrechen, aber sie hatte sich noch nicht festlegen wollen. Dann fiel ihm auf, dass sie keinen Koffer bei sich hatte, und seine Hoffnung schwand wieder.

Henrietta hörte die erwartungsvolle Vorfreude in seiner Stimme, und es brach ihr beinahe das Herz. »Oh, Clive«, rief sie und warf sich in seine tröstenden Arme.

»Was ist denn, mein Mädchen?«, sagte er und hielt sie zärtlich fest. »Hat Richard dich wieder aus der Fassung gebracht?«

»Du hast keine Ahnung, wie sehr ich mich auf ein Leben mit dir in Montrose Park freue, Clive«, sagte Henrietta. »Ein Leben mit dem Mann, den ich aufrichtig liebe, weit weg von Mount Gambier.«

Erleichtert drückte Clive sie an sich.

»Aber Eliza ist noch nicht zurück«, sagte Henrietta. »Katie ist zwar nach Hause gekommen, aber sofort wieder abgefahren, und ich kann nicht von hier weg, ohne mich von ihnen zu verabschieden. Wenn du nur noch ein bisschen warten könntest …«

Henrietta spürte, wie Clive sich versteifte, und sah, wie seine Freude in Enttäuschung umschlug.

»Das verstehe ich, Henrietta«, sagte er leise. In Wahrheit jedoch war er die täglichen Dramen in ihrem Leben leid, die auch Auswirkungen auf sein eigenes Leben hatten. »Ich verstehe es wirklich. Aber ich halte es nicht länger aus. Du musst endlich begreifen, dass ich nicht ständig hin und her laufen und hoffen kann, nur um immer wieder zu erleben, wie meine Hoffnungen zerschlagen werden. Ich kann mich nicht länger so quälen. Entweder du liebst mich und willst mit mir zusammen sein, oder du tust es nicht. So einfach ist das.«

Henrietta liefen Tränen über die Wangen.

Clive bereute seine Worte augenblicklich. »Ich weiß, dass es nicht so einfach ist«, räumte er ein. »Aber so sollte es sein.«

»Du bist immer ein wundervoller Mann gewesen, Clive«, sagte

Henrietta. »Viel wundervoller, als ich verdient habe. Ich liebe dich, ich liebe dich wirklich.«

»Aber nicht genug, um von der Macht loszukommen, die Richard über dich hat.« Es war ein Gedanke, den Clive schon so oft gehabt hatte, aber es war das erste Mal, dass er ihn laut aussprach. Zu seiner Verwunderung stellte er fest, dass es seltsam befreiend war. Endlich sah er der Wahrheit ins Auge. Er liebte Henrietta, aber sie würde Richard niemals seinetwegen verlassen, wie sehr sie es auch wollte.

Henrietta ließ sich in einen von Clives bequemen Sesseln sinken. »All die Jahre bin ich eine Närrin gewesen«, sagte sie. »Ich hätte glücklich sein können, aber ich habe mein Leben vergeudet. Und was noch schlimmer ist, ich habe auch *deines* vergeudet.«

Clive war bewegt von ihrer Aufrichtigkeit und der untypischen Offenheit. Er kniete sich vor sie hin und nahm ihre Hände in seine. »Du hast zwei schöne Töchter, Henrietta, auf die du stolz sein kannst. Du hast dein Leben keineswegs vergeudet. Und was mich betrifft – ich habe diesen Weg gewählt. Deshalb muss ich mir selbst die Schuld geben. Ich hätte mich vor Jahren von dir trennen können, aber ich konnte es nicht.«

Henrietta blickte ihm in die Augen. Nie hatte sie ihn mehr geliebt als in diesem Augenblick. Sein Herz hatte immer ihr gehört, ihr allein – ganz anders als bei Richard. Dessen Herz hatte sie nie besessen, wie sie sich seit ihrem Gespräch eingestehen musste.

»Warum hast du Richard so sehr gewollt?«, fragte er. »Das begreife ich nicht, Henrietta. Er hat dich nie so geliebt wie ich.«

Henrietta senkte den Blick, und ihre Unterlippe bebte. »Ich weiß es nicht, Clive.« Und das war die traurige Wahrheit. Richard hatte ihr nicht das Glück geschenkt, nach dem sie sich so sehnte. Seine Ehefrau zu sein hatte Henrietta nicht über Matilda triumphieren lassen, wie sie es sich erhofft hatte.

»Willst du damit sagen, du hast Richard nie wirklich geliebt, Henrietta?«

»Ich glaubte ihn zu lieben, aber erst du hast mir gezeigt, was wahre Liebe ist. Ich werde mit dir kommen, Clive. Du hast mein Wort. Ich werde mich von meinen Töchtern verabschieden und mit dir gehen. Ich weiß, dass ich kein Recht habe, dich darum zu bitten, aber könntest du nur noch ein paar Tage länger warten?«

Clive dachte sorgfältig über seine Antwort nach. »Es war mein Ernst, als ich sagte, ich könne das nicht mehr ertragen, Henrietta«, erwiderte er dann. »Du weißt, dass ich dich liebe, aber irgendwo muss ich eine Grenze ziehen.«

Henrietta sagte fassungslos: »Bitte, Clive!«

»Morgen werde ich noch nicht fahren, aber übermorgen – mit dir oder ohne dich. Mehr kannst du nicht von mir verlangen.«

»Ich werde dich nicht enttäuschen, Clive, selbst wenn ich nach Tantanoola fahren muss, um mich von den Mädchen zu verabschieden. Du hast mein Wort. Ich werde bis morgen Abend so weit sein.«

Clive nickte, doch er glaubte nicht, dass Henrietta am übernächsten Tag mit ihm nach Montrose Park aufbrechen würde. Er war zu oft vertröstet worden, und er hatte nicht die Absicht, sich je wieder Hoffungen zu machen, die dann doch nur wieder enttäuscht wurden.

Auf dem Weg nach Hause dachte Henrietta über die Ereignisse des Abends und ihr Gespräch mit Clive nach. Vor allem dachte sie daran, wie Clive sie zum Abschied geküsst hatte. Irgendetwas war diesmal anders gewesen, doch sie wollte sich nicht mit dem Gedanken tragen, dass es möglicherweise ein Abschiedskuss gewesen war.

Es war ein Abend der Konfrontation gewesen. Sie alle hatten einen hohen Preis für das bezahlt, was vor zwanzig Jahren passiert war, doch Clive hatte vielleicht den höchsten Preis bezahlen müssen.

Henrietta wollte ihn nicht noch einmal enttäuschen – und sie wollte ihn nicht ohne sie fortgehen lassen.

Als Eliza und George gegen elf Uhr abends zum Hanging Rocks Inn zurückkehrten, erfuhren sie von Tilly, dass Brodie weg war.

»Er hat den Wagen genommen und ist nach Mount Gambier gefahren«, sagte Tilly. »Er ist erst vor einer guten Stunde abgereist.«

»So spät noch? Wieso denn?«, fragte Eliza, während sie den heißen Tee entgegennahm, den Tilly gekocht hatte.

»Warum hat er nicht sein Pferd genommen?«, fragte George. Irgendetwas stimmte da nicht.

»Er wollte zum Arzt«, sagte Tilly. »Wahrscheinlich hat er den Wagen genommen, weil das Reiten mit seinem verletzten Bein zu beschwerlich ist. Er hat nicht bis zum Morgen gewartet, weil er so schnell wie möglich zurückkommen wollte.« Tilly seufzte. »Es wundert mich nicht, dass er den Arzt braucht. Ich habe ihm gesagt, er soll mit dem Bein nicht im Dunkeln durch die Gegend laufen, aber er wollte ja nicht hören.«

»Was meinst du damit, Tante? Wo ist er denn gewesen?« Eliza fürchtete sich vor der Antwort.

»Er hat so gegen acht Uhr hinter dem Hanging Rocks Inn ein Geräusch gehört und ist hinausgegangen, um nachzusehen, was es ist. Sheba hat es auch gehört.«

Eliza wurde unruhig. »Hat er sein Gewehr mitgenommen?«

»Ja, natürlich.« Tilly warf einen Blick auf George. Sie hätte sich gern genauer geäußert, wagte es aber nicht.

»Er hat nicht gesagt, dass er auf den Tiger geschossen hat, oder?«, fragte Eliza. Sie wusste, dass ihre Tante verstehen würde, dass sie in Wahrheit den Wolf meinte, den sie vor George jedoch nicht erwähnen konnten.

»Nein, er hat nichts davon gesagt, dass er den Tiger gesehen hat«, erwiderte Tilly. Sie wusste genau, was Eliza meinte.

Eliza war erleichtert. Wenigstens war der Wolf noch in Sicherheit. Sie nahm sich vor, zu den Höhlen zu schleichen und dem Tier Futter zu bringen, sobald George schlief.

»Noah schläft auf dem Speicher«, sagte Tilly. »Du kannst also sein Zimmer haben, George.« Sie hatte das Bett frisch bezogen, während die beiden in der Stadt waren.

»Oh, ich wollte niemanden vertreiben«, sagte George, der ein schlechtes Gewissen hatte, dass Noah unter das Dach verbannt worden war.

»Noah hat nichts dagegen. Ich glaube, er fühlt sich auf dem Speicher ohnehin sicherer.«

»Dann werde ich mich jetzt schlafen legen«, sagte George. »Wir haben morgen einen anstrengenden Tag vor uns.«

»Gute Nacht, Mr. Kennedy. Ich bleibe noch ein bisschen auf und unterhalte mich mit Tante Tilly«, sagte Eliza.

»Aber bleiben Sie nicht zu lange wach. Sie müssen morgen Ihre fünf Sinne beisammenhaben«, ermahnte George sie, ehe er sich zurückzog. Er wusste, dass Eliza mit ihrer Tante über Katie reden wollte.

»Es gibt Neuigkeiten über Alistair McBride«, sagte Eliza zu Tilly, nachdem George gegangen war.

»Welche denn?«, fragte Tilly und setzte sich.

»Nachdem er sich völlig betrunken hat, hat er etwas gesagt, was Katie ziemlich aus der Fassung gebracht hat.«

»Das hört sich nicht allzu ernst an«, sagte Tilly skeptisch. »Ich bin sicher, der Kerl kommt wieder angekrochen, und Katie wird seine Entschuldigung annehmen.«

»Das glaube ich nicht, Tante. Katie begreift jetzt, dass McBride sie nur benutzt hat, um herauszufinden, woran ich arbeite.«

»Das wurde aber auch Zeit«, sagte Tilly. »Du hast Katie oft genug gewarnt.«

»Sie fühlt sich gedemütigt und will George und mir morgen helfen.«

»Sie ist zwar deine Schwester, Eliza, aber bist du sicher, dass du ihr trauen kannst?«, fragte Tilly. Sie fand, dass Katie ihrer Mutter zu ähnlich war, als dass man ihr vertrauen könnte.

»Ja, Tante. Katie hat McBride jetzt als das gesehen, was er ist – ein Schuft. Mr. Kennedy und ich haben uns mit Katie zusammengesetzt und einen Plan entwickelt, wie wir Alistair morgen aus dem Weg schaffen können. Wenn er herausfindet, dass er hinters Licht geführt wurde, wird er vor Wut schäumen.« Eliza hielt inne und warf einen Blick den Flur hinunter, um sich zu vergewissern, dass Georges Zimmertür geschlossen war. »Du glaubst doch nicht etwa, dass Brodie heute Abend den Wolf gesehen hat?«

»Nein, er hat nichts davon gesagt, dass er ein Tier gesehen hat. Als ich ihn fragte, ob er herausgefunden habe, was das für ein Geräusch gewesen sei, das er gehört habe, sagte er, es sei nichts gewesen.«

»Gut. Er hat versprochen, den Wolf nicht zu erschießen, aber ich bin mir nicht sicher, ob er sein Versprechen hält.«

»Wenn er dir sein Wort gegeben hat, wird er es halten«, sagte Tilly. »Brodie ist ein ehrenwerter Mann.«

»Ich hoffe, du hast recht. Wo wir gerade von dem Wolf sprechen – er ist vermutlich in die Höhlen zurückgekehrt, deshalb werde ich ihm etwas zu fressen bringen.«

»Es ist sehr spät, Eliza.«

»Ich weiß, aber das ist vielleicht die einzige Gelegenheit, die ich habe, jetzt, wo Mr. Kennedy hier ist. Und der Wolf wird Hunger haben. Wenn sein Hunger zu groß wird, könnte er wieder Jagd auf deine Hühner machen oder auf die eines Nachbarn.«

»Na schön, aber du gehst mir da nicht allein hin. Ich komme mit.«

»Das ist nicht nötig, Tante«, sagte Eliza.

Tilly hatte sich schon ausgezogen, um zu Bett zu gehen, aber jetzt warf sie einen Mantel über ihren Morgenrock und schlüpfte in Gummistiefel. »Keine Widerrede, das wird dir sowieso nichts nützen«, befahl sie, während sie in die Küche ging und eine Schale mit Kürbissuppe füllte, etwas Brot hineinbröckelte und ein rohes Ei darunterrührte. Dann brachen die beiden mit einer Laterne zu den Höhlen auf. Tilly wartete am Eingang, während Eliza ein Stück weiter in die Höhle ging und die Schale mit dem Futter an ihrem nun schon gewohnten Platz abstellte. Als Eliza zu ihrer Tante zurückkehrte, drehten sie die Laterne etwas herunter und warteten, aber der Wolf ließ sich nicht blicken.

»Vielleicht ist er nicht mehr zurückgekehrt, nachdem die Hunde hier waren«, meinte Eliza.

»Da könntest du recht haben«, sagte Tilly.

»Wir werden das Fressen einfach stehen lassen. Dann komme ich morgen wieder her und schaue nach, ob die Schale leer ist«, sagte Eliza.

Am nächsten Morgen saß Noah mit Eliza in der Küche beim Frühstück, während George hinausging, um Tilly bei der Arbeit zu helfen. Eliza war aufgewacht, als der Morgen dämmerte, und rasch zu den Höhlen gegangen, bevor Tilly und George aufstanden. Die Schale mit dem Futter, die sie für den Wolf hatte stehen lassen, war noch immer unangetastet. Eliza wusste nicht, was sie davon halten sollte.

Tilly war dabei, die Hühner zu füttern, als George herauskam und ihr anbot, die Ställe für sie auszumisten. Da Bill Clifford und Mannie Boyd jetzt wussten, dass Noahs Esel dort war, mussten sie ihn nicht mehr im Stall verstecken und brachten ihn daher auf eine Koppel.

»Danke, George«, rief Tilly, froh über sein Angebot. Brodie mistete die Ställe aus, seit er im Hanging Rocks Inn wohnte; deshalb hatte Tilly es schon seit einiger Zeit nicht mehr selbst erledigt.

George fragte sich, ob er Tilly von seinem Gespräch mit Richard erzählen sollte. Es hatte ihn verwirrt, und er war der Meinung, dass Tilly wissen sollte, was Richard empfand. Als er nun den Pferdemist aus den Ställen schaufelte, dachte er ununterbrochen darüber nach. Dann kam Tilly auf ihn zu.

»Morgens wird es jetzt schon wärmer, nicht wahr?«, sagte Tilly. »Der Frühling liegt in der Luft.«

»Ja«, erwiderte George.

Tilly war eine einfühlsame Frau, die spürte, wenn jemandem etwas durch den Kopf ging. »Stimmt was nicht, George?«, fragte sie. »Machst du dir Sorgen, es könnte heute nicht gut laufen?«

»Ich habe über etwas anderes nachgedacht«, sagte George und nahm all seinen Mut zusammen. »Ich wollte dich fragen, aber … es ist etwas Persönliches, deshalb wusste ich nicht, wie du reagieren würdest oder ob ich überhaupt fragen sollte …«

»Du hast doch sonst nie ein Blatt vor den Mund genommen, also raus mit der Sprache«, sagte Tilly. Sie war ein wenig verunsichert und ängstlich, versuchte es jedoch zu überspielen.

»Na schön.« George stellte seine Schaufel ab. »Warum hast du Richard nach deinem Unfall verstoßen?«

Tilly konnte es kaum fassen. Mit dieser Frage – noch dazu so unverblümt gestellt – hatte sie nicht gerechnet. »Wer sagt denn, dass ich das getan habe?«

»Richard.«

Tilly starrte ihn offenen Mundes an. Offensichtlich hatten die beiden miteinander gesprochen, seit sie George zuletzt gesehen hatte. Tilly wandte sich zum Futtertrog der Pferde um und mischte Spreu darunter. Das Herz schlug ihr bis zum Hals.

»Hast du ihn nicht genug geliebt, dass du ihm vertrauen konntest?«, fragte George.

Tilly gab keine Antwort. Ihre Hand verharrte einen Augenblick lang reglos, doch dann arbeitete sie weiter.

»Oder hast du ihn zu sehr geliebt«, sagte George, »und es deshalb für richtig gehalten, ihn frei zu geben?«

»Weder das eine noch das andere, George. Ich konnte nicht mit seinem Mitleid leben«, sagte Tilly, den Blick auf den Trog geheftet. »Ich wollte, dass er seine künftige Frau anschauen kann, ohne abgestoßen zu sein.«

»Wie konntest du bloß denken, er würde von dir abgestoßen sein?« George konnte Tilly nur im Profil sehen, doch ihm entging nicht, dass ihre Züge sich verhärteten.

»Ich kann ja nicht einmal mein eigenes Gesicht im Spiegel anschauen, George. Dir ist doch sicher aufgefallen, dass alle Spiegel im Haus zugehängt sind.«

Das war George in der Tat aufgefallen. »Matilda, du warst vor zwanzig Jahren eine schöne Frau, und das bist du noch immer …«

»Ach was«, sagte Tilly schroff und wandte sich von ihm ab. »Ich will dein Mitleid nicht, George.«

»Lass mich ausreden«, sagte George. »Deine Schönheit strahlt von innen, zusammen mit Mut und Wärme. Ja, du hast Narben, aber diese Narben nehmen nichts von der wundervollen Frau, die du bist.«

»Du bist zu lange allein gewesen, George«, sagte Tilly schnippisch. Mit aller Macht versuchte sie, ihre Verlegenheit zu überspielen.

»Ich bin eine Zeitlang allein gewesen, aber ich empfinde dasselbe für dich wie vor all den Jahren. Deine Narben sind mir egal. Niemand kommt in unser Alter, ohne ein paar Narben davongetragen zu haben. Wenn ich nicht glauben würde, dass du und Richard, dass ihr euch noch immer liebt, und wenn ich nur eine verdammte Chance hätte – ich würde alles versuchen, um dein Herz zu erobern.«

Wieder starrte Tilly ihn an. Dann errötete sie. Sie konnte sehen, dass George es ernst meinte, aber er hatte keine Ahnung, was seine Worte für ihr Selbstwertgefühl bedeuteten.

»Sag mir nur eines, Matilda. Wenn Richard bei einem Unfall verletzt und entstellt worden wäre, hättest du ihn dann verlassen?«

»Natürlich nicht«, sagte Tilly, ohne zu zögern.

»Hätte er dich verstoßen?«

»Nein, aber das ist etwas anderes …«

»Ist es nicht. Denk mal darüber nach, Matilda.«

Die verschiedensten Emotionen huschten über Tillys Gesicht. »Das spielt jetzt keine Rolle mehr«, sagte sie. »Richard hat meine Schwester geheiratet, und sie haben zwei Töchter.« Sie konnte die Verbitterung, die sie empfand, nicht verhehlen.

George sah, dass ihr Schmerz noch immer so stark war, wie er vor zwanzig Jahren gewesen sein musste. »Richard bereut es, Henrietta geheiratet zu haben. Es war eine öde, kalte Verbindung ohne tiefere Gefühle.«

Tillys Augen weiteten sich. »Woher weißt du das?«

»Er hat es mir erzählt, und ich glaube ihm.«

»Wann hat er es dir gesagt?«

»Als ich zu ihm und Henrietta gefahren bin, um ihnen zu sagen, dass Eliza noch ein paar Tage in Tantanoola bleibt. Richard hat nach dir gefragt. Ich konnte sehen, dass er sehr aufgewühlt war, deshalb habe ich von ihm wissen wollen, warum er dich damals hat gehen lassen. Er sagte, du hättest ihn verstoßen.«

»Aber sein Herz blieb nicht sehr lange gebrochen, nicht wahr?«

»Er gibt zu, dass er schwach gewesen ist. Wenn ich recht verstanden habe, war Henrietta damals zur Stelle, hat ihn getröstet und ihm geholfen, und dann sind sie in eine Beziehung gerutscht. Aber es ist offensichtlich, dass Richard es bitter bereut, dich aufgegeben zu haben.«

»Ich glaube nicht, dass er unglücklich gewesen ist«, sagte Tilly.

»Du willst es nicht glauben«, sagte George.

»Stimmt, das will ich nicht. Was ich getan habe, war nur zu seinem Besten«, sagte Tilly und ging eilig davon. Sie wollte nie mehr über den »Unfall« nachdenken.

Henrietta war an diesem Morgen früh auf den Beinen und voller Entschlusskraft. Sie frühstückte allein, da Richard aus dem Haus gegangen war, um einem Nachbarn bei einer fohlenden Stute zu helfen. Nach dem Frühstück machte Henrietta sich auf den Weg in die Stadt zur *Border Watch*, um nach George zu suchen.

»Guten Morgen, Miss Hudson«, sagte sie, als sie das Büro betrat. Sie wollte an dem Mädchen vorbei und zu Georges Büro.

Bethany richtete sich auf, als sie Henrietta erkannte, die nicht gerade zu ihren besten Freundinnen in der Stadt zählte. Es hatte Bethany noch nie gefallen, wie Henrietta stets auf sie herabschaute. »Guten Morgen, Mrs. Dickens«, sagte sie eisig, ohne sich von ihrem Platz zu erheben, um Henrietta zu folgen. »Falls Sie auf der Suche nach Mr. Kennedy sind, der ist nicht in der Stadt.«

Henrietta blieb wie angewurzelt stehen, eine Hand auf dem Knauf von Georges Bürotür. »Er ist nicht in der Stadt? Wo ist er denn?«

»Kann *ich* vielleicht irgendetwas für Sie tun, Mrs. Dickens?«, fragte Bethany, ihre goldenen Locken über die Schulter zurückwerfend.

»Mit Sicherheit nicht. Ich möchte mit George sprechen.«

»Nun, wie ich bereits sagte, er ist nicht da.« Bethany strich ihren Rock glatt und wandte sich wieder ihrer Schreibarbeit zu, ohne weiter auf Henrietta zu achten.

In Henrietta stieg Zorn auf. »Wann ist er zurück?«, fragte sie mit Nachdruck.

»Ich bin mir nicht sicher«, sagte Bethany; sie würdigte Henrietta kaum eines Blickes.

»Sie müssen es doch ungefähr sagen können«, fauchte Henrietta. »Heute? Morgen? Übermorgen?«

»Mr. Kennedy hat sich leider nicht dazu geäußert«, sagte Bethany ungerührt. »Aber ich bin sicher, er wird es mich rechtzeitig wissen lassen.«

»Das ist nicht genug! Was ist mit Eliza? Wann wird sie zurückerwartet?«

Bethany kniff vor Ungeduld die Lippen zusammen. »Es tut

mir leid, ich *weiß* es nicht!«, sagte sie zornig und wandte sich wieder ihrer Arbeit zu.

Henrietta konnte nicht glauben, dass ihre Pläne schon jetzt zunichte gemacht worden waren. Trotz und Zorn loderten in ihr auf. Sie würde Clive nicht enttäuschen, egal was sie dafür tun musste! Selbst wenn das hieß, in einen Zug nach Tantanoola zu steigen, um ihre Töchter zu sehen! Wutentbrannt stürmte sie aus dem Büro. Normalerweise hätte sie George von Bethanys Unhöflichkeit berichtet, aber sie hatte nicht die Absicht, noch viel länger in der Stadt zu bleiben.

Bethany sah ihr mit funkelndem Blick nach, verdrehte die Augen und zuckte zusammen, als die Bürotür zuknallte.

Innerlich aufgewühlt, schlug Henrietta den Weg zum Bahnhof ein. Sie musste ihren Töchtern sagen, dass sie die Stadt verlassen würde. Einfach so verschwinden konnte sie nicht. Und sie würde es auf keinen Fall Richard überlassen, zu erklären, warum sie gegangen war.

Henrietta ging in dem Augenblick an Greenslade's Fleischerei vorüber, als Marty aus dem Geschäft kam.

»Guten Morgen, Henrietta«, sagte er.

»Morgen«, murmelte Henrietta knapp, in Gedanken eine Million Meilen weit weg, oder zumindest mehrere tausend, in Montrose Park.

»Wie geht es den Mädchen?«

»Gut«, sagte Henrietta.

»Vince ist auf jeden Fall froh, Eliza wieder in der Stadt zu haben«, sagte Marty, während er begann, die Fingerabdrücke von Kindern von seinem Schaufenster zu wischen.

Henrietta blieb wie angewurzelt stehen. »Was haben Sie da gesagt?«

Marty hielt in seiner Arbeit inne. »Ich sagte, Vince ist froh, dass Eliza wieder da ist. Er war zu nichts zu gebrauchen, solange sie fort war.«

»Wann haben Sie Eliza denn gesehen?«

»Gestern.«

»Gestern? Sie müssen sich irren, Marty. Eliza ist nicht zu Hause gewesen.«

»Ich irre mich nicht, Henrietta. Sie hat ein Pfund Lammfleisch ohne Knochen gekauft. Ich dachte, Sie würden einen Eintopf kochen. Fragen Sie Vince, wenn Sie mir nicht glauben.«

Henrietta hatte es buchstäblich die Sprache verschlagen. Sie ging weiter, tief in Gedanken versunken, ohne ihre Umgebung wahrzunehmen, wobei sie mehrere irritierte Freunde und Bekannte hinter sich zurückließ, die zu grüßen sie versäumte. Henrietta konnte nicht verstehen, wieso Eliza nicht nach Hause gekommen war. Und diese unhöfliche Bethany Hudson hatte ihr nicht einmal gesagt, dass sie wieder da war! Oder hatte Marty sich geirrt? Aber er schien sicher zu sein, dass Eliza in seinem Geschäft gewesen war.

Auf einmal stürmte eine Unzahl an Ängsten und Unsicherheiten auf Henrietta ein. Wenn Eliza in der Stadt gewesen war, ohne nach Hause gekommen zu sein, musste es einen Grund dafür geben. Und die einzige Erklärung war, dass sie mit Matilda gesprochen hatte und dass Matilda ihr gesagt hatte, was vor zwanzig Jahren passiert war …

Henrietta blieb stehen und wurde kreidebleich. Die Wahrheit würde ans Licht kommen. Der Tag, vor dem ihr seit einer Ewigkeit graute, stand kurz bevor.

28

Alistair wurde wach und merkte, dass ihm hundeelend war. Nach und nach erinnerte er sich an Bruchstücke des vergangenen Nachmittags und Abends. Während er sich im Bett aufsetzte, den dröhnenden Kopf in die Hände gestützt, fiel ihm auch Katie wieder ein, die bei ihm im Speisesaal gesessen hatte, und er versuchte angestrengt, sich zu erinnern, ob der Alkohol seine Zunge gelöst hatte. Aus eigener Erfahrung konnte er sich ziemlich sicher sein, dass es so gewesen war.

»Verdammt, was habe ich getan?«, murmelte er. Er wusste, dass er die Sache aller Wahrscheinlichkeit nach vermasselt hatte und dass Katie zweifellos längst abgereist war, zurück nach Mount Gambier oder zu ihrer Schwester, um zu gestehen, dass sie die ganze Zeit recht gehabt hatte, was ihn, Alistair, betraf. Er fluchte laut, als er sich darüber klar wurde, dass Katies Schmerz und Wut Eliza nun erst recht ermuntern würde, eine bessere Story zu bekommen als er.

Als Alistair im Speisesaal Mary begegnete, war er sicher, dass sein Elend sich noch verschlimmern würde, indem sie ihm hämisch mitteilte, dass Katie ihre Taschen gepackt habe und abgereist sei, wenn nicht am frühen Morgen, dann bereits am Abend zuvor. Daher wunderte er sich sehr zu erfahren, dass die jüngere der Dickens-Schwestern noch immer auf ihrem Zimmer war.

»Ich weiß nicht, was Sie zu dem armen Mädchen gesagt haben, aber sie hat gestern Abend stundenlang geweint«, sagte Mary zornig. »Sie sollten sich schämen! Das arme Ding ist viel zu aufgelöst, als dass sie zum Frühstück in den Speisesaal kommen könnte.«

»Sie ist noch hier?«, fragte Alistair ungläubig. Er konnte sein Glück kaum fassen.

»Allerdings.« Mary wusste den Grund nicht, doch Katie hatte ihr gesagt, sie solle dafür sorgen, dass Alistair erfuhr, dass sie auf ihrem Zimmer sei. Mary konnte nur vermuten, dass das Mädchen eine Entschuldigung von Alistair wollte, aber sie wusste beim besten Willen nicht, warum, da eine solche Entschuldigung wohl kaum aufrichtig sein würde.

»Ich werde ihr eine Tasse Tee bringen«, sagte Alistair, der einen Hoffnungsschimmer sah, seinen guten Ruf wiederherzustellen.

Wenig später klopfte er verlegen an Katies Tür und war überrascht, als sie beinahe sofort öffnete. Sie sah hinreißend aus; ihr blaues Kleid betonte ihre strahlend blauen Augen. Alistair konnte keinen Hinweis darauf sehen, dass sie an dem Morgen geweint hatte – ein gutes Zeichen, auch wenn es seinem Egoismus einen leichten Dämpfer aufsetzte. Katies Gesichtsausdruck hingegen war unnachgiebig, daher wusste er, dass ihm ein schweres Stück Arbeit bevorstand.

Katie warf einen Blick auf das Tablett, das Alistair in Händen hielt und auf dem anmaßenderweise zwei Tassen standen, dazu eine Kanne Tee. Sie hatte Alistairs Selbstbewusstsein bisher noch für eine anziehende Eigenschaft gehalten; inzwischen betrachtete sie es als Arroganz.

»Ich glaube, ich habe mich gestern Abend wie ein verdammter Blödmann benommen, Katie«, sagte Alistair mit leiser Stimme, entschlossen, den ungezogenen Jungen bis zum Äußersten zu spielen. Er hoffte, damit an ihre weiblichen Instinkte zu appellieren und ihr Mitleid zu wecken. »Es tut mir schrecklich leid. Falls es ein Trost für Sie ist, ich habe grauenhafte Kopfschmerzen«, stöhnte er.

Gut, dachte Katie, sagte jedoch nichts.

»Ich nehme an, es war offensichtlich, dass ich keinen Alkohol vertrage. Ich mache die dümmsten Bemerkungen, wenn ich zu viel trinke. Ich weiß nicht mehr, was ich gesagt habe, aber bitte glauben Sie mir, dass meine Worte nichts mit der Wahrheit oder echten Gefühlen von meiner Seite zu tun hatten. Ich wünschte, ich könnte alles zurücknehmen oder die Uhr um zwölf Stunden zurückdrehen …«

Unter normalen Umständen hätte Katie ihm fröhlich die Tür vor der gespielt zerknirschten Miene zugeknallt, aber heute verfolgte sie ein Ziel; deshalb tat sie so, als würde sie auf seine falsche Entschuldigung hereinfallen. »Kommen Sie erst einmal herein, Alistair«, sagte sie. »Ich bin nicht nur wegen Ihnen schlechter Laune. Ich hatte gestern Abend wieder einmal Streit mit meiner Schwester.«

»Tatsächlich?« Alistair schien ehrlich überrascht, während er das Teetablett auf dem Nachttisch abstellte. Dann erinnerte er sich undeutlich, Eliza im Speisesaal gesehen zu haben. Am Abend zuvor hatte er gedacht, er hätte es sich nur eingebildet.

»Ja, sie ist ins Hotel gekommen, um mit ihrem Chef zu Abend zu essen. Ich muss gestehen, dass ich Ihretwegen ohnehin schon schlechte Laune hatte; deshalb war ich nicht sehr nett zu Eliza. Ich sollte mich bei ihr entschuldigen, aber ich habe es gründlich satt, wie sie ständig die große Schwester spielt. Sie kann furchtbar herrisch sein.«

»Da gebe ich Ihnen recht, Katie. Eliza ist kein so liebreizendes Mädchen wie Sie.«

Katie kochte innerlich, hielt ihre Gefühle jedoch im Zaum. Wie konnte dieser verlogene Kerl es wagen, solche Dinge über Eliza zu sagen! »Können Sie sich vorstellen, dass sie mir praktisch befohlen hat, ihr bei einer Story zu helfen, hinter der sie heute her ist?«

»Tatsächlich?« Ein Hoffnungsschimmer glomm in Alistair auf.

»Ja, aber ich habe mich geweigert – was ihr überhaupt nicht

gefallen hat. Sie wird aus der Stadt fahren, daher weiß ich, dass sie mich nur von Ihnen wegzerren wollte. Eliza dachte, sie könnte mich zum Narren halten, aber so dumm bin ich nicht.«

Alistair wusste, dass er behutsam vorgehen musste, doch er brannte darauf, Katie zu fragen, womit Eliza sich beschäftigte.

»Haben Sie das gestern Abend ernst gemeint, als Sie sagten, ich sei Ihnen keine Hilfe, Alistair?«, fragte Katie honigsüß.

Er tat, als wäre er tief beschämt. »Natürlich nicht, Katie! Ich habe Sie gern mitgenommen, wenn ich Leute interviewt habe. Bedauerlicherweise bin ich nicht sehr erfolgreich gewesen, aber das ist schließlich nicht Ihre Schuld.«

»Haben Sie Ärger mit Ihrem Chef?« Katie tat, als wäre sie aufrichtig besorgt.

»Nun, seit dem Bericht über diesen Aborigine in der Stadt habe ich ihm keinen Artikel mehr geschickt. Aber was auch passiert, ich bereue nicht einen Augenblick, diese Zeit mit Ihnen verbracht zu haben.«

Katie konnte nicht glauben, dass er die Frechheit besaß, die Schuld daran ihr in die Schuhe zu schieben. »Vielleicht kann ich Ihnen wieder helfen …?«, bot sie an.

Alistair versuchte, sich seinen Jubel nicht anmerken zu lassen, aber diesmal entging es Katie nicht. »Nur, wenn Sie mir mein schreckliches Benehmen verzeihen, Katie«, sagte er, als würde er ihre Absolution benötigen.

»Natürlich verzeihe ich Ihnen. Ich kann verstehen, dass es ein kleiner Schock für Sie gewesen sein muss, den Besitzer der Zeitung in der Stadt zu sehen, und Sie hatten mir ja gesagt, dass Sie unter schrecklichem Druck standen. Sie sind schließlich auch nur ein Mensch, Alistair. Es ist alles verziehen.«

»Oh, danke, Katie«, sagte Alistair, nahm ihre Hand und küsste zärtlich ihren Handrücken. »Ich weiß nicht, wie ich es verdient habe, dass eine solch entzückende Frau wie Sie in mein Leben getreten ist, aber ich bin unendlich dankbar.«

Darauf wette ich, dachte Katie, zwang sich aber zu einem süßen Lächeln. »Wie kann ich Ihnen denn helfen?«

»Ich brauche unbedingt eine gute Story, Katie. Wenn Sie mir irgendwelche Anhaltspunkte geben könnten …« Er hoffte, dass sie den Wink verstand, auch wenn er sehr plump gewesen war.

Katie tat, als würde sie darüber nachdenken. »Ich könnte Ihnen sagen, was Eliza heute vorhat, aber ich will nicht, dass Sie mich für schlecht halten, weil ich meine Schwester verrate.«

»Oh, ich würde Sie niemals für schlecht halten«, beeilte Alistair sich zu sagen. »Eliza würde genau dasselbe tun, wenn sie die Gelegenheit hätte. Journalisten müssen nun mal ein bisschen skrupellos sein. Das ist in dieser Branche völlig akzeptabel.«

Katie zögerte noch immer, aber nur, um seine Qual ein wenig zu verlängern. Sie würde es ihm nicht leicht machen.

In Alistair stieg die Befürchtung auf, dass Katie ihre Schwester nicht verraten wollte. Das durfte er nicht zulassen! Er war entschlossen, vor nichts zurückzuschrecken, um zu bekommen, was er wollte. »Es tut mir leid, Sie in diese unangenehme Lage zu bringen«, sagte er, »aber wir sind ein großartiges Team, und wer weiß, wohin das führen könnte. Vielleicht werden wir eines Tages bei mehr als nur der Arbeit Partner sein.« Er blickte sie so liebevoll an, wie er nur konnte.

Katie war entsetzt, dass er so weit ging, eine gemeinsame Zukunft anzudeuten, nur um an eine Story zu kommen. Noch vor einem Tag wäre sie entzückt gewesen, dies von ihm zu hören, aber jetzt bestätigten seine Worte und sein Gehabe endgültig, dass Eliza die ganze Zeit recht gehabt hatte. Niemand hatte es mehr verdient als Alistair McBride, zum Narren gehalten zu werden, und Katie hatte jetzt nicht mehr die geringsten Skrupel, dabei mitzuspielen. »Na schön«, sagte sie, während sie zum Tablett ging. »Aber lassen Sie uns zuerst einen Tee trinken.« Sie war dermaßen wütend, dass sie sich erst einmal ablenken musste, um ihre Fassung wiederzugewinnen.

»Haben wir denn Zeit dafür, Katie?«, fragte Alistair, voller Angst, Eliza könnte ihr planmäßiges Ziel vor ihm erreichen.

»Oh«, sagte Katie, als wäre ihr dieser Gedanke noch gar nicht gekommen. »Vielleicht nicht.«

Alistairs Augen weiteten sich. »Warum nicht, meine Liebe?«, fragte er, sein Herz pochte heftig. Er wollte die Story am liebsten aus Katie herausschütteln, doch es gelang ihm, sich zu beherrschen. Wenn er nicht als Erster an die Story herankam, hinter der Eliza her war, würde er gewaltigen Ärger mit seinem Chef bekommen.

»Eliza wollte, dass ich heute mit ihr in die Gegend von Snuggery fahre«, sagte Katie, als wäre nichts dabei.

»Snuggery!« Das hatte Alistair nicht erwartet.

»Ja. Offenbar ist es ein gut gehütetes Geheimnis, aber ein Mann dort hatte zwei Tiger als Haustiere, die er großgezogen hat, seit sie Babys waren. Kürzlich ist ihm eines der Tiere entlaufen. Eliza will mit ihrem Chef dorthin fahren, um den anderen Tiger zu fotografieren, der dort noch immer gefangen gehalten wird. Sie wollen einen Exklusivbericht über das Leben dieses Mannes schreiben und über den Tiger berichten, der entkommen ist. Sie waren sehr aufgeregt.«

Alistair frohlockte innerlich. Diese Enthüllung war ja noch viel besser, als er erwartet hatte! »Wir müssen vor den beiden dorthin kommen. Wissen Sie den Namen dieses Mannes?«

»Ja. Willie Wade.«

»Willie Wade? Verdient der sich seinen Lebensunterhalt nicht mit dem Verkauf von Kaninchenfellen?« Alistair war ihm ein- oder zweimal begegnet. Der Mann sah nicht so aus, als würde er sich Tiger als Haustiere halten. Eher schon Frettchen.

Katie hatte nicht damit gerechnet, dass Alistair von Willie Wade wusste; deshalb war sie einen Augenblick lang verwirrt. »Ja, stimmt, aber offenbar verfüttert er das Kaninchenfleisch an die Tiger.« Sie hielt den Atem an. Alistair war kein Dummkopf. »Ich nehme an, er verdient sein Geld mit den Fellen, und das Fleisch soll nicht vergeudet werden«, sagte sie.

Alistair dachte über diese Erklärung nach.

Katie warf einen Blick auf die Uhr. »Eliza könnte etwas früher losfahren als geplant. Sie war sehr aufgeregt wegen der Story.«

»Haben Sie etwas dagegen, wenn wir sofort aufbrechen, Katie? Snuggery ist ziemlich weit von Tantanoola entfernt.«

»Aber nein, Alistair«, sagte Katie, zufrieden mit sich selbst. Endlich würde dieser verlogene Kerl bekommen, was er schon längst verdient hatte.

»Wo ist Ihre Tante, Eliza?«, fragte George, nachdem er die Ställe ausgemistet hatte. Er konnte Matilda weder im Haus noch im Garten sehen und war besorgt, sie mit seinen Enthüllungen über ihre Beziehung zu Richard aus der Fassung gebracht zu haben.

»Tilly ist zur Nachbarsfarm gegangen, um zu sehen, ob Barney Hilfe braucht«, sagte Eliza.

»War alles in Ordnung mit ihr?«

»Ja, Mr. Kennedy. Warum fragen Sie?«

»Wir hatten ein Gespräch über … nun ja, eine persönliche Angelegenheit. Ich hoffe, das hat sie nicht aus der Fassung gebracht.«

Eliza fragte sich, ob es in diesem Gespräch um die Liebe gegangen war, die ihre Tante und ihren Vater einst verbunden hatte. »Nein, es schien alles in Ordnung zu sein. Aber ich glaube, dass meine Tante es inzwischen versteht, sich ihre Gefühle nicht anmerken zu lassen.« Jedes Mal, wenn sie darüber nachdachte, was ihr Vater Tilly angetan hatte, stieg Zorn in ihr auf.

George dachte ebenfalls über Richard nach. In all den Jahren, die er mit Henrietta zusammen gewesen war, hatte er offensichtlich gelernt, seine wahren Gefühle zu verbergen. »Auf dem Weg in die Stadt würde ich gern einen kleinen Umweg machen, um diesen Pferch zu fotografieren, in dem die Schafe geschlachtet worden sind. Falls es uns gelingt, den wahren Schafdieb zu entlarven und ein Foto von ihm zu schießen, das wir in einem Artikel bringen könnten, bekämen wir eine sagenhafte Auflage.«

»Aber Brodie ist noch nicht mit dem Wagen zurück«, sagte Eliza. Sie hatten vorgehabt, mit dem Wagen in die Stadt zu fahren und Tilly und Noah beim Hanging Rocks Inn zurückzulassen. Sie wollten nicht, dass Noah gesehen wurde, bis sein Name reingewaschen war.

»Wir können Brodies Pferd nehmen, oder?«, sagte George.

»Ich glaub schon. Aber ich hoffe trotzdem, dass Brodie zurück ist, bevor wir aufbrechen müssen.«

Noah war an diesem Morgen sehr still gewesen, wie Eliza auffiel. Er hatte sein Frühstück kaum angerührt und nur aus dem Fenster gestarrt. Sie konnte sehen, dass er in Gedanken weit weg war; vermutlich machte er sich Sorgen, was der Tag bringen würde.

»Es wird schon alles gut gehen heute, Noah«, sagte Eliza, um ihn zu beruhigen. »Ich weiß es.«

Noah wandte sich zu ihr um. In seinen braunen Augen lag ein Ausdruck tiefer Trauer. »Ich kann Ihnen nicht sagen, was es mir bedeutet, dass Sie so viel Mühe auf sich nehmen, um mir zu helfen. Abgesehen von Miss Sheehan und den Corcorans würden die meisten Leute in dieser Gegend mir nicht einmal guten Tag sagen. Wenn es heute nicht klappt und Sie nicht herausfinden können, wer die Schafe stiehlt, dann soll es so sein. Sie haben Ihr Bestes getan.«

»Keine Sorge, Noah, es *wird* klappen«, versuchte Eliza ihn mit aller Überzeugung, die sie aufbringen konnte, zu beruhigen. Es war unvorstellbar, dass Noah für eine Tat bestraft wurde, die er gar nicht begangen hatte.

Noah nickte, sah aber noch immer traurig aus. Eliza hatte den Verdacht, dass er sehr genau wusste, dass ihre Zuversicht nur gespielt war.

Als Tilly wiederkam, berichtet sie, Barney habe ihr erzählt, in seinem Hühnergehege sei in der Nacht etwas Seltsames vorgefallen.

»Was meinst du mit seltsam, Tante?«, fragte Eliza.

»Barney sagt, er habe Hinweise dafür entdeckt, dass ein Tier versucht hat, in das Gehege einzudringen und sich wieder zu befreien. Er weiß nicht, was er davon halten soll, und ich weiß es offen gestanden auch nicht.«

»Sind Hennen getötet worden?«

»Nein, das ist ja das Seltsame. Die Hennen waren im Hühnerhaus eingesperrt. Aber es sieht so aus, als hätte ein Tier sich im Gehege verfangen. Barney hat ein Stück Fell gefunden.«

Eliza war beunruhigt. »Hat er dir das Fell gezeigt?«

Tilly nickte.

»Welche Farbe hatte es?« Eliza fürchtete sich vor der Antwort.

»Es war hell«, sagte Tilly, die genau wusste, dass das Fell von dem Wolf stammen konnte.

»Meinst du, das Fell war vom Tiger?«, fragte George aufgeregt. »Vielleicht sollte ich es fotografieren. Ebenso den Schaden am Hühnergehege.«

»Nein«, sagte Tilly rasch. »Ich glaube, das Fell stammt von ... von einem streunenden Hund, der seit einer Weile die Gegend hier unsicher macht.« Sie warf einen Blick auf Eliza, damit sie es bestätigte.

»Das stimmt«, sagte diese, denn sie wollte nicht, dass ihr Chef misstrauisch wurde. »Es gab in letzter Zeit einen streunenden Hund in der Gegend, er hat helles Fell, stimmt's, Tante?«

»Genauso ist es, George. Der Hund ist hinter Sheba her, weil sie läufig wird. Deshalb behalte ich sie so oft im Haus.«

George schien diese Erklärung zu akzeptieren. Als er auf sein Zimmer ging, um sich für den Ritt in die Stadt umzuziehen, nutzte Eliza die Gelegenheit, ihre Tante genauer zu befragen. »Du hast gesagt, Brodie hätte gestern Nacht kein Tier gesehen, Tante. Er hat doch die Wahrheit gesagt, oder?«

Tilly blickte besorgt drein. »Das dachte ich jedenfalls. Und ich bin mir ziemlich sicher, dass er die Wahrheit gesagt hat. Brodie würde in solchen Dingen nicht lügen.« Doch als sie jetzt darüber nachdachte, musste sie zugeben, dass Brodie ziemlich mitgenommen ausgesehen hatte, und seine Kleidung war schmutzig gewesen. Sie hatte angenommen, dass er im Dunkeln vielleicht gestürzt war. Und als er erklärt hatte, er wolle den Arzt aufsuchen, hatte sie vermutet, dass er starke Schmerzen litt, nicht, dass er log. Aber das wollte sie Eliza nicht sagen. Sie wollte nicht, dass sie sich Sorgen machte. Sie alle hatten schon mehr als genug Sorgen damit, Noah zu helfen und ihn im Haus zu verstecken.

Eliza und George brachen gegen zehn Uhr auf, sodass sie nach der Besichtigung des Pferchs noch ausreichend Zeit hatten, in die Stadt zu kommen. Brodie war noch immer nicht zurückgekehrt.

»Vielleicht ist sein Bein doch schlimmer verletzt, als wir dachten«, meinte Tilly, ehe Eliza und George aufbrachen.

»Hoffentlich nicht«, sagte Eliza. Es wäre ihr weitaus lieber gewesen, Brodie in der Stadt dabeizuhaben, wenn sie die Identität des Schafdiebs aufdeckten, für den Fall, dass es Ärger geben sollte. Ohne einen Constable in Tantanoola konnte alles passieren.

In der Nähe des Pferchs stiegen George und Eliza von Angus' Rücken. Der Ekel erregende Geruch lag noch immer in der Luft.

»Sind Sie sicher, dass hier die richtige Stelle ist?«, fragte George. George sah sich um, konnte aber keinen Hinweis darauf entdecken, wo der Pferch sein könnte, und war verwirrt. Eliza zeigte ihm den gut getarnten Tunneleingang. Ihr fiel auf, dass die Kaninchenfelle, die man in der Nähe zum Trocknen aufgehängt hatte, verschwunden waren.

Sie führte George in den Tunnel. Am anderen Ende sah sie,

warum der Geruch nicht mehr so schlimm war: Die Schaffelle waren ebenfalls verschwunden; vermutlich befanden sie sich bereits bei der Fracht am Bahnhof. Doch immer noch lagen die Reste verwesender Kadaver im Pferch. George fotografierte das schreckliche Bild. Einige Kadaver hatten die Ameisen und Maden inzwischen in Skelette verwandelt. Der Geruch war nicht zu ertragen, sodass George und Eliza zusahen, von dem Ort des Grauens fortzukommen, so schnell sie es vermochten.

Als sie wieder auf die Hauptstraße einbogen, die in die Stadt führte, begegneten sie einem Wagen, der in die entgegengesetzte Richtung fuhr.

»Na so was! Ich bin mir fast sicher, dass das Bob Hanson war«, sagte George und drehte sich nach dem Wagen um.

»Wer ist Bob Hanson?«, fragte Eliza.

»Der Besitzer der *South Eastern Times*«, erklärte ihr George.

»Nie von ihm gehört«, sagte Eliza.

»Ihm gehören das Gebäude und die Zeitung, aber er spielt keine aktive Rolle im täglichen Zeitungsgeschäft. Auch wenn ich mir sicher bin, dass er alles im Auge behält. Bob ist ein gerissener Geschäftsmann. Fast ganz Millicent und das umliegende Land liegen auch in seinem Besitz, aber er ist bescheiden geblieben. Es wundert mich, dass Sie noch nie von ihm gehört haben. Er ist freundlich und hilfsbereit, bleibt aber stets im Hintergrund und würde sich niemals als Held und Wohltäter feiern lassen. Er würde nicht einmal zulassen, dass sein Name in der Zeitung erwähnt wird.«

»Was tut er hier draußen?«, fragte Eliza.

»Gute Frage. Er fährt in Richtung Mount Gambier«, sagte George stirnrunzelnd. »Ich hoffe, ich verpasse nicht die Gelegenheit, an eine wichtige Story zu kommen.«

Nachdem Eliza und George an diesem Morgen aufgebrochen waren, sagte Tilly zu Noah, sie würde Barney ein wenig Gemüse bringen.

»Lassen Sie die Tür abgesperrt, bis ich zurückkomme«, fügte sie hinzu. »Ich werde Sheba bei Ihnen im Haus lassen, damit sie Sie warnen kann, falls jemand in die Nähe kommt.«

Noah schien zufrieden mit diesem Arrangement, und Tilly brach auf, einen Korb mit gemischtem Gemüse in der Hand. Sie sorgte gern dafür, dass Barney gut aß, zumal sein eigener Garten so wenig hergab.

Als Tilly eine halbe Stunde später wiederkam, erschien ihr das Haus auf unheimliche Weise still. Zunächst nahm sie an, Noah müsse auf dem Speicher sein, und schaute dort nach, doch es fehlte jede Spur von ihm; nur Sheba war noch im Haus. Als Tilly in den Ställen nachsah, in der Annahme, dass Noah vielleicht seinen Esel striegelte, war dieser ebenfalls verschwunden. Sie konnte es nicht glauben. Ihr Mut sank, und sie brach in Tränen aus. Sie wusste, dass Noah keine Chance hatte, wenn die Männer aus der Stadt ihn finden sollten. Sie konnte nicht begreifen, warum Noah ausgerechnet jetzt gegangen war, wo Eliza und George so kurz davor standen, ihr Ziel zu erreichen.

Tilly ging zurück zum Haus und ließ sich auf einen Stuhl sinken. »Wenn Brodie doch nur hier wäre«, rief sie verzweifelt in die unheimliche Stille des Hauses. »Er würde wissen, was zu tun ist.« Er hätte inzwischen genug Zeit gehabt, nach Mount Gambier und zurück zum Hanging Rocks Inn zu kommen.

Wenig später hörte Tilly das Knirschen von Rädern auf den Steinen in der Auffahrt. Ihr erster Gedanke war: Brodie ist zurück! Sie eilte hinaus, um wie angewurzelt stehen zu bleiben, als sie sich einem gut gekleideten Fremden in einem eleganten Wagen gegenübersah.

»Guten Tag, Madam. Ich bin auf der Suche nach Miss Tilly Sheehan«, sagte der Mann.

Tilly blickte ihn verwirrt an und schwieg.

»Sind Sie Miss Sheehan?«, fragte der Mann geduldig. »Das hier ist doch das Hanging Rocks Inn, oder?«

»Wer … wer will das wissen?«, fragte Tilly, während sie verzweifelt versuchte, die Fassung wiederzugewinnen. Alle möglichen Gedanken schossen ihr durch den Kopf.

»Verzeihen Sie, ich hätte mich vorstellen sollen. Mein Name ist Bob Hanson.«

Der Name kam Tilly irgendwie bekannt vor, doch sie war in Gedanken noch immer bei Noah. »Ich bin Tilly Sheehan. Was kann ich für Sie tun, Mr. Hanson?«, sagte sie kurz angebunden. Sie war nicht in der Stimmung für Smalltalk.

»Ich würde mit Ihnen gern über Noah Rigby sprechen.«

Tilly erschrak. Hatte alle Welt es auf Noah abgesehen? »Was ist mit ihm?«

Bob stieg vom Wagen. Als er sich Tilly näherte, konnte er sehen, dass sie geweint hatte. Er erhaschte einen Blick auf ihre schrecklichen Narben, als eine Brise durch ihr Haar fuhr. Obwohl er gern wissen wollte, was mit ihr passiert war, untersagte ihm der Anstand, sie danach zu fragen. »Was ist denn, Miss Sheehan?«

»Nichts.«

Bobs Züge nahmen einen sanfteren Ausdruck an. »Vielleicht kann ich helfen«, sagte er.

»Das bezweifle ich«, gab Tilly kläglich zurück.

»Man kann nie wissen«, entgegnete Bob mit selbstbewusstem, freundlichem Auftreten. Tillys Neugier war geweckt.

»Bitte kommen Sie ins Haus«, sagte sie. Sie wusste nicht warum, aber sie spürte, dass Bob Hanson nicht da war, um Noah Ärger zu machen.

In der Stadt schossen Eliza und George mit großem Getue Fotos vom Bahnhof und der Fracht, die Neddy Starkeys Assistent auf Georges Bitte hin auf dem Bahnsteig aufgebaut hatte. Sie hofften, eine Menschenmenge um sich zu versammeln, und so kam es auch: Der Rummel hatte das Interesse der Stadtbewohner erregt, die nun zusammenströmten, um ihnen zuzuschauen, denn in der verschlafenen Kleinstadt Tantanoola gab es nicht jeden Tag etwas Aufregendes zu sehen.

Eliza wunderte sich nicht, Myra Ferris unter den Schaulustigen zu sehen, aber auch Sarah Hargraves war da und Mary Corcoran und viele der einheimischen Männer, darunter Mick Brown. Mannie Boyd hingegen konnte sie nirgends entdecken, und das beunruhigte sie. Sie befürchtete, er könne wieder mit den Fährtenlesern in der Gegend um das Hanging Rocks Inn unterwegs sein, doch sie war zuversichtlich, dass Tilly Noah gut versteckt hielt. Und die Männer würden das Hanging Rocks Inn und die Höhlen sicher nicht noch einmal durchsuchen. Es war pures Glück gewesen, dass der Wolf nicht in den Höhlen gewesen war, als die Männer sie durchsucht hatten, und dass Noah aus dem Haus verschwinden und in den Regenwassertank klettern konnte, ohne gesehen zu werden. Ein zweites Mal würden sie wohl nicht so viel Glück haben.

Um sich von ihren Sorgen abzulenken, zwang sich Eliza zur Konzentration. »Wir haben eine Theorie, wie der Schafdieb die Felle aus der Stadt schafft, ohne ertappt zu werden«, sagte sie so laut zu Neddy, dass alle anderen es ebenfalls hörten. Ihr entging nicht, wie manchem Zuschauer der Atem stockte.

»Was soll das denn heißen?«, fragte Fred Cameron, der inmitten der Zuschauer stand. »Der Schafdieb ist doch Noah Rigby!«

»Das ist nicht wahr«, erwiderte Eliza. »Wir haben einen Beweis für Noahs Unschuld.«

»Was denn für einen Beweis?«, rief jemand.

Es war nicht zu übersehen, dass die Gruppe feindselig gestimmt war.

Eliza warf einen Blick auf ihren Chef, der unter großem Aufheben einen der Ballen Felle untersuchte. Mit einem Taschenmesser, das er sich von Neddy geborgt hatte, machte er sich daran, den Ballen aufzuschlitzen. Neddy hatte nicht gewusst, was George vorhatte, daher sah er ihm jetzt ungläubig zu.

»He!«, rief Mick Brown wütend. »Was fällt Ihnen ein, an meinen Kaninchenfellballen herumzuschnippeln?«

Der Ballen platzte auf, und braune und graue Felle fielen auf den Bahnsteig.

Voller Entsetzen warf Eliza einen Blick auf ihren Chef. Es waren keine Schaffelle darin. Der Ballen enthielt nichts als Kaninchenfelle. George schnitt auch Willie Wades Ballen aus Snuggery auf. Er enthielt ebenfalls nichts als Kaninchenfelle.

George kam sich wie ein Narr vor, und Eliza wäre am liebsten im Boden versunken. Sie hatte ihren Chef überzeugt, dass in den Ballen Schaffelle zu finden seien, und – was noch wichtiger war – dass sie dadurch Noahs Namen reinwaschen könnten, doch der Plan war gründlich fehlgeschlagen. Eliza wusste, dass George sie feuern würde, und das war schon schlimm genug; vor allem aber konnte sie den Gedanken nicht ertragen, Noah zu enttäuschen.

»Was haben die Kaninchenfelle denn mit dem Schafdieb zu tun?«, rief jemand aus der Menge.

Eliza spürte, wie ihr die Röte ins Gesicht schoss.

»Wo ist denn nun dieser Beweis?«, fragte Mick Brown höhnisch. Die Leute begannen zu lachen und brachten Eliza vollends aus dem Konzept.

Sie wäre am liebsten davongerannt, um sich irgendwo zu verkriechen, aber sie konnte George Kennedy in dieser Situation nicht sich selbst überlassen. Sie waren den Leuten Erklärungen schuldig, und nun war es an Eliza, ihnen diese Erklärungen zu geben. Sie sah, dass George wütend und enttäuscht war, und sie wusste, dass ihr gewaltiger Ärger bevorstand.

In diesem Augenblick wurde die Aufmerksamkeit der Menge abgelenkt, und ihnen stockte der Atem. Vom Bahnsteig aus konnten Eliza und George über die Köpfe der Menge hinwegsehen. Die Aborigine-Fährtenleser kamen mit Mannie Boyd und einem anderen Mann in die Stadt geritten, gefolgt von ihren Hunden. Und dann sah Eliza Noah auf seinem Esel. Man hatte ihm die

Hände gebunden, und er ließ den Kopf hängen. Sein Esel wurde an einem Seil mitgeführt, das an den Sattel von Mannies Pferd gebunden war. Eliza sah Blut auf Noahs Gesicht und musste unwillkürlich an ihre Tante denken. Sie konnte sich vorstellen, dass Tilly gekämpft hatte, um Noah zu retten. Nur der Himmel wusste, was die Meute mit Tilly angestellt hatte. Eliza bekam panische Angst.

»Wo ist Tante Tilly?«, fragte sie George.

Myra hatte sie gehört. »Haben Sie Tante Tilly gesagt?«, fragte sie.

Eliza blickte zu ihr hinunter. »Ja, Tilly Sheehan ist meine Tante. *Das* wussten Sie noch nicht, stimmt's?«

Myra schaute die Frauen um sich herum verlegen an, gab aber keinen weiteren Kommentar ab.

»Hier haben wir den Schafdieb«, brüllte Mannie, während er vom Pferd stieg.

»Noah ist unschuldig!«, rief Eliza verzweifelt. »Lassen Sie ihn frei!«

»Kommt nicht in Frage«, schrie Mannie. »Der Kerl wird hängen.«

»Das können Sie nicht tun!«, stieß Eliza hervor, die die Tränen kaum noch zurückhalten konnte. »Jeder Mann hat einen fairen Prozess verdient! Es verstößt gegen das Gesetz, ihn zu hängen!« Sie würde nichts unversucht lassen, um Noah zu retten, selbst wenn das hieß, dass sie ihren Job verlor. Noah war unschuldig!

»Warum noch Zeit mit einem sinnlosen Prozess vergeuden?«, sagte Mannie, während er ein Seil über einen der Querbalken warf, die das Dach des Bahnhofs stützten. Dann drehte er eine Schlinge und legte sie Noah um den Hals. »Wir wissen doch, dass er die Schafe gestohlen hat, die verschwunden sind.«

Die Männer, die Schafe verloren hatten, jubelten laut, umringten Noah auf dem Esel und machten sich über ihn lustig.

»Jemand muss etwas unternehmen!«, schrie Eliza verzweifelt. Sie konnte sehen, dass Mary Corcoran ihren Mann anflehte, einzugreifen und zu verhindern, dass Noah gehängt wurde, doch Ryan allein konnte gegen so viele Männer nichts ausrichten. Der Mob wollte schon seit einer ganzen Weile Blut sehen, und die meisten waren überzeugt, dass Noah der Schafdieb war.

Eliza wandte sich um, als sie das Klappern von Pferdehufen hörte. Unendlich erleichtert sah sie Brodie auf einem Wagen in die Stadt kommen. Er wurde von Nell gezogen, die unter der Peitsche erstaunlicherweise in leichtem Galopp lief. Sobald er Noah mit der Schlinge um den Hals sah, hielt er das Pferd rasch an, sprang vom Wagen und drängte sich zwischen den Männern hindurch, die den Aborigine umringten.

»Lassen Sie Noah gehen«, rief Brodie wütend.

»Das werden wir nicht tun«, gab Mannie Boyd zurück, ein Gewehr auf Brodie richtend. »Er ist ein Schafdieb, und er wird hängen!«

Eliza wagte kaum noch zu atmen. Sie hatte schreckliche Angst, dass Brodie erschossen würde. »Sie haben keinen Beweis«, rief sie vom Bahnsteig.

»Den brauchen wir nicht. Wir wissen, dass er es ist«, sagte Mannie, womit er die Männer weiter aufstachelte.

»Der Schafdieb hat einen versteckten Pferch draußen am See«, sagte Brodie, wobei er Mannies Reaktion scharf beobachtete, doch dessen Miene blieb unbewegt. »Ich bin mit Eliza hingeritten, um es mir anzusehen. Als wir dort waren, sind zwei Männer mit sieben Schafen aufgekreuzt und haben die Tiere dort geschlachtet. Noah war zu der Zeit bei Tilly Sheehan im Hanging Rocks Inn.«

»Er war also da!«, knurrte Mannie. »Wusste ich's doch. Tilly Sheehan hat uns belogen.«

Unzufriedenes und enttäuschtes Gemurmel ging durch die Menge. Myra warf Eliza einen verachtenden Blick zu.

»Haben Sie denn gesehen, wer die Männer in dem Pferch waren?«, fragte Fred Cameron.

»Nein, es war ziemlich dunkel, aber wir haben ihre Stimmen gehört«, sagte Brodie, der Mannie noch immer scharf beobachtete. Leider waren die Stimmen der Männer im Pferch so leise und undeutlich gewesen, dass Brodie nicht mit Bestimmtheit sagen konnte, ob einer der Kerle Mannie gewesen war.

»Können Sie die Männer identifizieren?«, fragte Bill Clifford.

»Nein«, musste Brodie enttäuscht zugeben.

»Wenn Sie die Leute nicht gesehen haben und auch nicht anhand ihrer Stimmen identifizieren können, dann ist Noah nach wie vor unser Hauptverdächtiger«, sagte Bill.

»Hören Sie mir denn gar nicht zu?«, rief Brodie. »Noah hat die Schafe nicht getötet, weil er im Hanging Rocks Inn gewesen ist. Sie können nicht einen Unschuldigen hängen. Denn das würde heißen, dass der tatsächliche Schafdieb mit seinen Verbrechen davonkommt.« Er funkelte Mannie zornig an.

»Wenn Tilly mir gezeigt hätte, dass Noah im Hanging Rocks Inn war, hätte das vielleicht bewiesen, dass er unschuldig ist, aber sie hat nichts dergleichen getan«, sagte Bill. »Ich habe das Haus gründlich durchsucht, sogar den Speicher, und Noah war nicht da.«

»Sie wissen, warum Tilly es Ihnen nicht gesagt hat. Sie hätten Noah weggezerrt und gehängt, so wie Sie es jetzt tun wollen«, sagte Brodie. »Ich schäme mich, dass die Leute in dieser Stadt ein verdammter Mob sind! Ihr habt Noah immer schon ungerecht behandelt! Und keiner von euch ist bereit, auf die Stimme der Vernunft zu hören!«

Im Hintergrund entdeckte Eliza ihre Tante, die eben mit einem gut gekleideten Herrn von einem Wagen stieg. Es war der Mann, der ihnen auf der Straße begegnet war – der Mann, der Georges Worten zufolge der mächtige Bob Hanson war, Besitzer der *South Eastern Times*. Eliza fiel ein Stein vom Herzen, dass mit Tilly alles in Ordnung war, doch ihre Hauptsorge galt im Augenblick Noahs Schicksal.

»Noah ist der Sohn von Barry Hall«, schnaubte Mannie. »Er war ein Bushranger und Schafdieb. Mir scheint, dass sein Sohn ganz nach ihm schlägt.«

»So ist es«, sagte Bob Hanson, der sich in diesem Augenblick nach vorn drängte. »Noah Rigby *ist* der Sohn von Barry Hall. Aber nicht von Barry Hall, dem Bushranger. *Ich* bin Barry Hall. Oder vielmehr, ich war es vor vielen Jahren. Noah ist mein Sohn, und ich würde es sehr begrüßen, wenn Sie ihm sofort die Schlinge vom Hals nehmen würden.«

Fassungsloses Schweigen senkte sich über die Menge. Alle Blicke, Noahs eingeschlossen, richteten sich auf Bob Hanson – oder vielmehr auf den Mann, den sie für Bob Hanson hielten. Noah starrte Bob an, als wäre dieser soeben vom Himmel gefallen. Niemand konnte begreifen, wieso ein Mann, der ein solch hohes Ansehen genoss, behauptete, Barry Hall und damit Noah Rigbys Vater zu sein. Die meisten hielten es für einen Trick, den wahrscheinlich Tilly Sheehan ausgeheckt hatte.

»Halten Sie sich da raus, Mr. Hanson«, knurrte Mannie. »Das hier ist eine Angelegenheit der Bürger von Tantanoola, nicht Ihre.«

»Die Zeitung, die mir gehört, trägt die Verantwortung dafür, dass Noah in diese Situation gebracht wurde, deshalb werde ich mich *nicht* heraushalten. Ich wurde als Barry Hall geboren, habe meinen Namen aber vor Jahren geändert – aufgrund der offensichtlichen Verbindung mit dem Bushranger. Bevor ich mich in Millicent niederließ, hatte ich eine kurze Beziehung mit Betty Rigby. Ich wusste, dass sie ein Kind erwartete, aber sie beschloss, beim Bunganditji-Clan zu bleiben, während ich mein Geschäftsimperium aufgebaut habe. Ich verlor sie aus den Augen, noch bevor Noah geboren wurde, da der Clan von hier fortwanderte. Es war schändlich von mir, dass ich nicht mitverfolgt habe, was aus meinem Sohn wurde. Dafür gibt es keine Entschuldigung.« Er warf einen Blick auf Noah, in der Hoffnung, dass der ihn nicht dafür hasste. »Was Noah betrifft, halten Sie ihn nur deshalb für einen Schafdieb, weil Sie glauben, der Bushranger Barry Hall sei sein Vater. Ich bin stets ein aufrechter Bürger gewesen, und ich habe viel für die Gemeinde getan.« Es hätte prahlerisch klingen können, doch Bob sagte es mit Bescheidenheit. Er redete nicht gern über die Dinge, die er für andere tat, nur in diesem Fall war es notwendig, die Fakten klarzustellen.

»Außerdem bin ich Geschäftsmann«, fuhr er fort, »durch mich haben viele Menschen in Millicent Arbeit gefunden. Ich kann es mir jedoch nicht als Verdienst anrechnen, was für ein guter Mensch mein Sohn geworden ist; schließlich hatte ich keinen Einfluss auf seine Erziehung. Ich habe ein paar Nachforschungen angestellt und es erfahren, und ich bin sehr stolz auf ihn.«

In diesem Augenblick kamen Alistair und Katie mit einem Buggy in die Stadt gefahren, doch niemand achtete auf sie; alle waren zu gebannt von der Szene, die sich vor ihnen abspielte. Nur Eliza sah sie – entsetzt, dass Alistair schon zurück war; sie hatten ja noch immer nicht herausgefunden, wer der Schafdieb war.

Bob wandte sich an Mannie. »Und jetzt nehmen Sie meinem Sohn die Schlinge vom Hals, bevor ich Sie in Handschellen lege!«, herrschte er ihn an.

»Dazu sind Sie nicht befugt«, gab Mannie trotzig zurück.

»O doch, das bin ich«, sagte Bob streng, »denn ich bin nicht nur Geschäftsmann, ich bin auch Bezirksrichter.«

Mannie schluckte und nahm Noah widerstrebend die Schlinge vom Hals.

Genau wie alle anderen, war auch Neddy Starkey gebannt von dem Geschehen. Er nahm gar nicht wahr, dass sein junger Assistent schon seit einiger Zeit versuchte, Neddys Aufmerksamkeit auf sich zu lenken.

»Mr. Starkey!«, sagte Winston Charles eindringlich, »ich muss Ihnen etwas sagen!«

»Nicht jetzt«, knurrte Neddy ungeduldig.

»Aber es könnte wichtig sein, Sir«, beharrte Winston.

Eliza sah den jungen Mann an. »Was gibt es denn, Winston?«, fragte sie, aufmerksam das Geschehen im Auge behaltend. Gerade steuerte Katie auf den Bahnsteig zu.

»Mannie Boyd hat hier heute Morgen einen Ballen mit Kaninchenfellen abgeliefert, und ich hab vergessen, ihn zu der anderen Fracht auf den Bahnsteig zu legen.« Außerdem hatte er vergessen, den Ballen auf die Bestandsliste zu setzen, doch er zögerte, das zuzugeben.

Neddy warf einen Blick auf seinen jungen Assistenten, dem er jetzt endlich seine Aufmerksamkeit schenkte. »Warum hast du mir das nicht längst gesagt?«, zischte er.

»Ich wollte keinen Ärger, Sir.«

»Ist der Ballen im Lagerraum?«

Winston nickte.

»Bring ihn rasch her«, sagte Neddy.

Alistair drängte sich durch die Menge, um zu sehen, was los war. »Was geht denn hier vor?«, wandte er sich an ein paar Schaulustige. Er war wütend, dass er für nichts und wieder nichts nach Snuggery gefahren war. Katie hatte ihre Unschuld beteuert, als Willie Wade über die Vorstellung gelacht hatte, er würde sich Tiger als Haustiere halten, vor allem, da er in einem Wohnwagen lebte. Daraufhin hatte Alistair sofort vermutet, dass Eliza hinter dem Schwindel steckte. Doch dem selbstgefälligen Ausdruck Katies nach zu urteilen, schien sie ebenfalls in die Sache eingeweiht zu sein. Alistair kam sich wie ein Trottel vor, war aber nicht bereit, sich geschlagen zu geben. Wenn es eine Geschichte gab, über die zu berichten lohnte, würde er alles tun, um die beste Story zu Papier zu bringen, die es je gegeben hatte.

In diesem Moment sah Bob Hanson Alistair, und seine Augen wurden schmal. »Ah, McBride«, sagte er. »Kommen Sie mal her.«

Alistair bahnte sich durch die schweigende Menge einen Weg

zu ihm. Irgendetwas an Bobs Tonfall war ihm unangenehm, doch er verzog keine Miene.

»Ich möchte Sie gern meinem Sohn vorstellen.« Bob half Noah, vom Esel abzusteigen, und löste den Strick, mit dem seine Hände gefesselt waren. Noah konnte den Blick nicht von ihm abwenden. In seinen kühnsten Träumen hätte er nicht erwartet, seinen Vater jemals kennen zu lernen. Auf die Bekanntschaft mit Barry Hall, dem Bushranger, hatte er nie Wert gelegte; allein der Gedanke, einen Mörder zum Vater zu haben, war ihm eine schreckliche Last gewesen. Jetzt wusste er nicht mehr, was er glauben sollte. Er war oft in Millicent gewesen und hatte bewundert, was Bob Hanson für die Menschen dort tat. Noah achtete diesen Mann sehr. Dass Bob Hanson sein Vater war, musste er erst einmal verkraften.

Bob hatte nicht öffentlich bekannt geben wollen, dass Noah sein Sohn war, bis er in Erfahrung gebracht hatte, ob es Noah recht sein würde. Tilly hatte es Bob versichert. Noah würde sicher eine Weile brauchen, sich an den Gedanken zu gewöhnen, hatte sie hinzugefügt, doch ihm würde ein Stein vom Herzen fallen, wenn er erführe, dass sein Vater nicht der Bushranger Barry Hall sei, sondern ein Mann wie Bob Hanson.

»Wovon reden Sie, Mr. Hanson?«, fragte Alistair nervös. »Noah ist der Sohn von Barry Hall!«

»Das stimmt. Denn *ich* bin Barry Hall. Oder vielmehr, ich war es. Ich habe meinen Namen als junger Mann geändert, als ich kaum älter war, als Sie jetzt sind. Hätten Sie in den staatlichen Archiven Nachforschungen zu dem Namen Barry Hall angestellt, hätten Sie es vielleicht herausgefunden.«

Alistair starrte ihn offenen Mundes an.

»Es zahlt sich immer aus, wenn man die Fakten überprüft, *bevor* man einen Artikel schreibt.« Er warf einen Blick auf Eliza. »Sie sind kein Journalist, McBride, Sie sind ein Mistkerl. Sie hätten einen unschuldigen Mann beinahe an den Galgen gebracht.

Sie sind gefeuert! Und Sie können von Glück reden, wenn ich Sie nicht vor Gericht zerre.«

Alistair warf einen Blick auf Eliza, die ihn mit einem triumphierenden Funkeln in den Augen anschaute. Vor ohnmächtigem Zorn wurde ihm beinahe schlecht.

»Sie haben einen Artikel zusammengeschustert, um den Verdacht auf Noah zu lenken, McBride. Aber nicht, weil Sie tatsächlich glaubten, er sei der Sohn eines Bushrangers, sondern weil es gut für die Auflage der Zeitung und Ihr Ansehen war«, fuhr Bob fort. Er blickte über die Menge hinweg und rief: »Beurteilen Sie einen Mann nach dem, was er ist, und nicht nach dem, was sein Vater getan hat! Mein Vater wurde als Sträfling nach Australien verschifft, nachdem er einen Laib Brot gestohlen hatte, weil er fast verhungert wäre. War er deshalb ein Mann, dem man sein Leben lang nicht mehr vertrauen konnte?«

Alle hatten ihn gehört, doch niemand wagte es, auch nur ein Wort zu äußern, viele Köpfe wurden gesenkt. Die meisten Bürger hatten Sträflinge in der Verwandtschaft, auch wenn nur wenige es zugeben wollten.

»Wohl kaum, nicht wahr?«, fuhr Bob wütend fort. »Mein Vater hat meine Brüder und mich zu ehrenwerten Männern erzogen, wir alle haben etwas aus unserem Leben gemacht. Ich habe der Gemeinde viel gegeben. Das Einzige, was ich im Gegenzug erwartet habe, ist Respekt. Und jetzt erwarte ich, dass Sie meinem Sohn Respekt zollen. Er hat es verdient.«

Eliza sah, dass alle Einwohner der Stadt beschämt zu Boden blickten, und das Herz strömte ihr über vor Freude und Erleichterung. Ihr fiel auf, dass Winston den Ballen, der Mannie Boyd gehörte, inzwischen auf dem Bahnsteig abgestellt hatte. Sie zupfte George Kennedy am Ärmel und zeigte darauf. Da er ein großes Aufheben vermeiden wollte, falls auch dieser Ballen nicht enthielt, was er erhoffte, schlitzte George ihn unauffällig auf. Er war enttäuscht, als wieder nur Kaninchenfelle auf den Bahnsteig fielen.

Dann aber sah Eliza etwas Weißes hervorblitzen. Sie zog ein Schaffell hervor, unter dem ein halbes Dutzend weitere versteckt waren – unter den Kaninchenfellen verborgen.

»Sieht so aus, als hätten wir unseren Schafdieb gefunden«, rief sie triumphierend. Herausfordernd sah sie Mannie Boyd an.

Die Menge starrte fassungslos auf den aufgeschlitzten Ballen und die Schaffelle.

»Wessen Ballen ist das?«, fragte Bill Clifford.

»Der gehört doch Ihnen, Mannie, oder?«, sagte Eliza, den Trapper zornig anfunkelnd. Winston hatte eine Rechnung ausgestellt, die er Eliza nun reichte. »Sie haben diesen Ballen doch heute Morgen hier abgeliefert, oder nicht?« Sie warf einen Blick auf die Rechnung. »Ich habe hier Ihre Unterschrift.«

Mannie starrte ungläubig auf den aufgeschlitzten Ballen, doch die Schuld stand ihm im Gesicht geschrieben. »Das muss ein Irrtum sein«, stieß er hervor, während er fieberhaft versuchte, sich eine Geschichte einfallen zu lassen, mit der er sich herausreden konnte.

»Nein, es ist kein Irrtum«, sagte George. »Die Kaninchenfelle wurden offensichtlich in den Ballen hineingestopft, um die darunterliegenden Schaffelle zu verbergen.«

»Ich kann nicht glauben, Mannie, dass Sie Noah für ein Verbrechen gehängt hätten, das Sie selbst begangen haben«, rief Eliza fassungslos.

»Er ist doch bloß ein dreckiger Aborigine!«, schnaubte Mannie verächtlich.

Bob Hanson wirbelte herum und schlug Mannie die Faust ins Gesicht, sodass er schwer zu Boden ging. Es war das erste Mal in Bobs Erwachsenenleben, dass er jemanden geschlagen hatte. »Sprechen Sie nie wieder auf solch abfällige Weise von meinem Sohn«, brüllte er wütend, während Mannie sich stöhnend am Boden wand.

Noah schaute schockiert zu. Abgesehen von Tilly und Eliza hatte noch nie jemand so entschieden Partei für ihn ergriffen.

Brodie trat vor. »Sie werden Fred Camerons und Jock Milligans Brandzeichen auf diesen Fellen finden«, sagte er. »Das sind die Farmer, die in der letzten Woche mehrere Schafe verloren haben.«

»Sie haben mich aufgestachelt!«, stieß Mannie hervor und funkelte Brodie zornig an, während er aufstand und sich abstaubte.

»Ich habe den Pferch fotografiert, in dem Sie diese Felle getrocknet haben«, sagte George. Er warf einen Blick auf Mannies Gürtel, an dem ein Messer hing. »Und Sie werden feststellen, dass ein Messer mit genau demselben unverwechselbaren ›M‹ auf einem meiner Fotos zu sehen ist.« Mannies Messer waren offenbar mit seiner Initiale versehen; eines davon hatte er achtlos im Pferch liegen lassen. Das Muster auf dem Griff war jedenfalls unverkennbar.

»Ich ... ich habe vor einer Weile eines meiner Messer verloren«, stammelte Mannie. »Jemand anders muss es benutzt haben.«

»Das stimmt nicht«, sagte Bill Clifford. »Du hattest vorgestern Abend zwei Messer an deinem Gürtel. Ich kann mich erinnern, sie gesehen zu haben, als du im Pub warst.«

Andere Männer stimmten ihm zu.

»Wer ist Ihr Komplize?«, fragte Brodie. »Wir haben es mit zwei Schafdieben zu tun. Wollen Sie, dass Ihr Partner ungestraft davonkommt, während Sie allein den Kopf dafür hinhalten?«

»Er ist in letzter Zeit oft bei Jimmy Brant zu Hause gewesen«, sagte Fred Cameron und wandte sich an Mannie. »Steckt Jimmy mit dir unter einer Decke?«

Mannie warf einen Blick auf Mick Brown; er wischte sich das Blut von der Nase und starrte zu Boden.

Brodie war Mannies Blick gefolgt. Ihm fiel auf, dass Mick Brown schuldbewusst wirkte; jetzt versuchte er sich davonzustehlen. Rasch bahnte Brodie sich einen Weg durch die Menge und hielt Brown am Arm fest. »Wollen Sie irgendwohin, Mr. Brown?«, fragte er.

Mick seufzte tief und gab auf. Er war ertappt worden und hatte keine andere Wahl, als sich in sein Schicksal zu fügen. »Es war nicht meine Idee. Mannie hat sich das alles einfallen lassen«, sagte er. »Ich habe nur mitgemacht.«

Mannie ballte die Fäuste. »Nichts von alledem wäre passiert, wenn du zugegeben hättest, dass du eine Tigergrube auf deinem Land hattest«, sagte er zu Jock Milligan. »Deinetwegen hab ich wie ein Idiot dagestanden.«

»Ist das der Grund, weshalb du meine Schafe gestohlen hast? Mal davon abgesehen, dass du gehofft hast, mit dem Verkauf ihrer Felle gutes Geld zu verdienen? Außerdem waren schon Schafe verschwunden, bevor ich die Grube gegraben hab«, rief Jock wütend, ohne auf die fassungslosen Blicke seiner Kumpel zu achten, die nichts von der Tigergrube gewusst hatten.

Mannie erkannte, dass er in die Enge getrieben worden war und dass es keinen Ausweg für ihn gab. Die Beweise gegen ihn waren überwältigend, und Mick hatte ihn verpfiffen. Auf einmal konnte er sich lebhaft vorstellen, wie die Schlinge, die er Noah gedreht hatte, um seinen eigenen Hals gelegt wurde.

»Ich nehme Sie wegen Schafdiebstahls fest«, sagte Bob Hanson. Er nahm Handschellen aus der Tasche und hielt sie seinem Sohn Noah hin. »Möchtest du diese Aufgabe übernehmen, mein Sohn?«

Noah war noch immer sprachlos. Er warf einen Blick auf die Handschellen, brachte es aber nicht über sich, sie zu nehmen. Er war ein sanftmütiger Mann, und es ging ihm gegen den Strich, jemandem etwas anzutun, sogar einem Verbrecher wie Mannie Boyd, der ihm beinahe einen Strick um den Hals gelegt hatte – wohl wissend, dass Noah unschuldig war.

Bob bemerkte Noahs Verwirrung und schnappte sich eines von Mannies Handgelenken. Mannie wehrte sich, doch Fred Cameron und Bill Clifford hielten ihn fest, während Bob ihm die Handschellen anlegte.

Mannie gab sich noch immer nicht geschlagen. Er funkelte Brodie zornig an. »Sie wurden gefeuert und aufgefordert, die Stadt zu verlassen!«, versuchte er von sich abzulenken. »Was haben Sie überhaupt noch hier zu suchen? Als Jäger haben Sie versagt! Ich habe die Fährtenleser geholt, damit sie den Tiger jagen, und die werden das schon schaffen.«

»Es gibt keinen Tiger«, sagte Brodie ruhig. Er sah zu Eliza hinüber.

Sie verstand nicht, was er da redete. Er *wusste* doch, dass es den Tiger gab *und* den Wolf. Warum sagte er dann so etwas? Ihr Mut sank. Würde Brodie den Leuten jetzt die Wahrheit über den Wolf sagen? Sie betete, er möge es nicht tun.

»Irgendein Tier hat unsere Schafe gerissen«, sagte Jock. »Abgesehen von den Schäden durch die Schafdiebe. Was für ein Tier war das?«

»Es war ein Wolf«, sagte Brodie an Jock gewandt, diesmal war er nicht mutig genug, Eliza anzusehen.

»Ein Wolf!« Die Stadtbewohner starrten ihn ungläubig an.

»Und ich habe ihn letzte Nacht erschossen.«

»Nein!«, schrie Eliza auf und schlug sich die Hand vor den Mund, während ihr die Tränen in die Augen traten. Sie sprang vom Bahnsteig, lief auf Brodie zu und trommelte mit ihren Fäusten auf seine Brust. »Sagen Sie mir, dass das nicht wahr ist!«, rief sie, als sie vor Brodie stand. Sie hegte noch die leise Hoffnung, dass er log, um den Wolf zu schützen.

Er schaute in ihre warmen braunen Augen, die von Schmerz erfüllt waren. »Es ist wahr. Ich habe den Wolf gestern Nacht erschossen.«

»Wo ist er?«, fragte Fred. »Ich will das Biest sehen, das meine Schafe getötet hat!«

»Ich habe ihn zu einem Freund von mir gebracht, einem Tierpräparator, um ihn ausstopfen zu lassen«, sagte Brodie. »Wenn er fertig ist, bringe ich ihn hierher zurück.«

Eliza konnte nicht fassen, dass Brodie so herzlos war. Den Wolf zu töten war schon schlimm genug, aber ihn als Trophäe zur Schau zu stellen … das war unvorstellbar. »Sie haben mir versprochen, ihn nicht zu töten«, sagte sie mit leiser Stimme. »Sie haben mir Ihr Wort gegeben, und ich habe Ihnen geglaubt.« Sie war am Boden zerstört. »Er war ein wunderschönes und zutrauliches Tier, und es hat die Schafe der Farmer nicht getötet. Das war nicht der Wolf.« Sie wischte sich die Tränen ab. »Es war der Tiger von Tantanoola!«, sagte sie zu den Männern um sie herum. »Er hat eure Schafe gerissen. Der Wolf hat nur am See wilde Enten gejagt, und hin und wieder hat er sich ein Huhn geholt. Ich habe ihn selbst gefüttert. Er war ein sanftes Tier.«

Brodie schaute Eliza noch immer an; er sah, dass sie von Schmerz überwältigt war. Er hatte diese Reaktion erwartet, aber er hatte getan, was er tun musste.

»Warum haben Sie ihn erschossen?«, fragte Eliza. Ihre Traurigkeit wich allmählich großer Wut. »Wie dumm ich war, Ihnen zu vertrauen!«

»Hätte ich ihn nicht erschossen, hätte jemand anders es getan«, sagte Brodie in der Hoffnung, dass sie es begreifen würde.

»Das ist die erbärmlichste Ausrede, die ich je gehört habe«, gab Eliza zurück. Sie holte aus und verpasste ihm eine schallende Ohrfeige.

Brodie hatte diese Reaktion erwartet. Es gab nichts, was er sagen konnte, und so ging er schweigend davon.

29

In Notfällen diente ein alter Kellerraum des Hotels als Gefängnis für Verbrecher, bis ein Constable in die Stadt kommen konnte. Dieses behelfsmäßige Gefängnis war schon seit einigen Jahren nicht mehr benutzt worden, aber jetzt half Brodie Bob und Bill, Mannie dorthin zu schaffen, da er sich nicht kampflos ergeben wollte. Der Keller war kalt, aber nicht feucht. In früheren Zeiten waren hier Übeltäter untergebracht worden, die wegen Trunkenheit, Erregung öffentlichen Ärgernisses oder Raufereien verhaftet worden waren, doch in den letzten Jahren hatte es kaum noch Verhaftungen gegeben, sodass der Keller für verschiedene Zwecke genutzt worden war, unter anderem dafür, Dynamit für die Bergarbeiter zu lagern, die durch die Stadt kamen. Heutzutage schütteten Ryan oder Mary, wenn im Pub eine Schlägerei ausbrach, den Übeltätern einfach einen Eimer schales Bier über den Kopf; das reichte im Allgemeinen, um sie zur Ruhe zu bringen.

Noah war zu seinem Haus gegangen, wo er erst einmal verdauen musste, was er erfahren und was sich zugetragen hatte. Er stand unter Schock. Bob verstand das nur zu gut. Er wollte seinem Sohn noch vieles sagen, aber es konnte warten. Noah war gejagt worden wie ein Verbrecher; er war dem Tod durch den Strang nur um Haaresbreite entronnen und hatte nun auch noch erfahren, dass sein Vater kein berüchtigter Bushranger, sondern ein angesehener Bürger von Millicent war – und das alles binnen weniger Stunden. Noah brauchte Zeit, um über alles nachzudenken.

Eliza war vom Bahnhof aus einfach losgelaufen. Sie wusste nicht, wohin sie lief, sie wusste nur, dass sie allein sein wollte.

Doch Tilly folgte ihr. »Eliza, warte«, rief sie.

Tränen strömten Eliza übers Gesicht; sie war in ihrem ganzen Leben noch nie so traurig, enttäuscht und wütend gewesen, voller Zorn und hilfloser Verzweiflung.

Als sie die Stimme ihrer Tante hörte, fuhr sie herum. »Kannst du dir vorstellen, dass Brodie den Wolf erschossen hat?«, stieß sie hervor. »Du hast doch gesagt, er ist ein ehrenwerter Mann!«

»Das dachte ich auch«, sagte Tilly, die verstehen konnte, dass Eliza ihrer Wut Luft machen musste. »Und das glaube ich noch immer. Ich weiß nicht, warum er den Wolf erschossen hat, aber ich bin sicher, es gibt eine Erklärung dafür.«

Elizas Augen weiteten sich ungläubig. »Wie kannst du ihn jetzt noch in Schutz nehmen?«

Tilly wusste nicht, was sie sagen sollte. »Nenn es Intuition, aber ich glaube einfach nicht, dass Brodie etwas Unrechtes tun würde.«

»Ich verstehe gar nichts mehr«, sagte Eliza fassungslos. »Obwohl … vielleicht sollte ich mich nicht wundern.«

»Was soll das denn heißen?«, fragte Tilly.

»Nach allem, was mein Vater dir angetan hat, willst du noch immer nicht glauben, dass er ein schlechter Mensch ist. Deshalb sollte ich mich jetzt nicht wundern, dass du Brodie in Schutz nimmst.«

Tilly versteifte sich. »Lass deinen Vater aus dem Spiel, Eliza. Hier geht es nicht um ihn.«

»Nein, aber vielleicht *sollte* es das! Genau wie mein Vater ist auch Brodie ein Mann, dem es nichts ausmacht, auf den Gefühlen einer Frau herumzutrampeln. Und ich hielt Brodie für einen guten Menschen! Ich war sogar dabei, mich in ihn zu verlieben. Aber ich war eine Närrin! Ich bedeute ihm überhaupt nichts!«

Tilly war nicht überrascht, dass Eliza sich in Brodie verliebt hatte, und sie war sicher, dass ihre Gefühle erwidert wurden. Aber warum hatte Brodie ihr dann vor der ganzen Stadt gesagt, er habe den Wolf erschossen? Plötzlich musste Tilly daran denken, was in der Nähe von Barneys Hühnerhaus passiert war. »Weißt du noch, Eliza, wie Barney sagte, es hätte ausgesehen, als sei ein Tier in seinem Hühnergehege in die Enge getrieben worden?«, sagte sie. »Vielleicht ist genau das passiert. Vielleicht hat Brodie den Wolf in die Enge getrieben, und er wollte ihn angreifen, worauf Brodie ihn erschießen musste. Du solltest ihm eine Chance geben, dir alles zu erklären.«

Eliza funkelte ihre Tante zornig an. »Du weißt doch, dass auch *wir* den Wolf in den Höhlen in die Enge getrieben haben! Und er hat nie auch nur den Versuch unternommen, uns etwas zu tun! Wie kannst du da glauben, dass ein einzelner Mann den Wolf so erschreckt haben kann, dass er ihn angegriffen hat?«

»Ich weiß es nicht, Eliza, aber wilde Tiere sind nun einmal unberechenbar. Ich bin sicher, dass es eine Erklärung gibt. Ich glaube nicht, dass Brodie den Wolf ohne Grund getötet hätte.«

»Er ist Jäger. Tun die nicht genau das? Und selbst wenn es so passiert ist, wie du sagst, hat der Wolf vermutlich gespürt, dass Brodie ihm etwas antun wollte, und hat nur versucht, sich zu verteidigen.« Verzweifelt schlug Eliza die Hände vor Gesicht. »Wie konnte Brodie nur den Wolf erschießen? Und jetzt will er ihn auch noch ausstopfen lassen, damit er zur Schau gestellt wird wie eine Trophäe. Zeigt dir das nicht, wie herzlos er ist?«

Tilly schüttelte den Kopf. »Ich bin sicher, du tust ihm Unrecht, Eliza.«

»Ich kann nicht glauben, dass du das sagst, Tante Tilly. Was ist los mit dir? Brodie ist keinen Deut besser als mein Vater. Ich verstehe dich nicht! Mit Sicherheit bin ich nicht so nachsichtig wie du. *Ich* werde Brodie nicht damit davonkommen lassen. Ich werde dafür sorgen, dass alle erfahren, wie kaltherzig er ist.«

»Was hast du denn vor, Eliza?« Tilly befürchtete, Eliza könnte irgendetwas tun, was sie eines Tages bereute.

»Als Erstes werde ich aus dieser Stadt verschwinden.«

»Du gehst fort …?« Tilly wollte nicht, dass Eliza schon wieder fortging, vor allem nicht in diesem Zustand.

»Ja. Ich will keine Minute länger hierbleiben.«

»Fährst du nach Hause?« Tilly hoffte, dass Eliza ihre Wut nicht an Richard ausließ.

»Nur kurz. Ich glaube nicht, dass ich Vater je wieder in demselben Licht sehen werde wie früher. Ich werde meine Sachen packen und mir irgendwo anders eine Unterkunft suchen.«

»Du kannst nach Tantanoola zurückkommen und bei mir im Hanging Rocks Inn wohnen«, sagte Tilly hoffnungsvoll. Sie dachte nicht einmal an die Folgen, falls Richard und Henrietta es herausfinden sollten, denn sie konnte sich ein Leben ohne Eliza nicht mehr vorstellen, jetzt, nachdem das Mädchen ihr begegnet und ans Herz gewachsen war.

»Das kann ich nicht, Tante. Jeden Tag mit dir zusammen zu sein würde mich nur an meinen Vater und an Brodie erinnern.«

Tilly war bitter enttäuscht, versuchte jedoch, es sich nicht anmerken zu lassen. Sie spürte, dass Eliza keine Achtung mehr vor ihr hatte, und das verletzte sie. Vor allem konnte sie den Gedanken nicht ertragen, Eliza nicht wiederzusehen; doch Tilly brachte es nicht über sich, ihr die Wahrheit über die Ereignisse vor zwanzig Jahren zu erzählen. »Eliza, dein Vater war ein guter Mann«, sagte sie bewegt. Sie musste daran denken, was George zu ihr gesagt hatte – dass Richard nicht glücklich gewesen war und bereute, dass er sie hatte gehen lassen. »Ich habe ihn verstoßen nach dem …«

Eliza starrte sie an. »Nach dem Unfall?« Sie hoffte, ihre Tante würde ihr mehr darüber erzählen.

Tilly nickte. »Mach *ihm* keinen Vorwurf, dass er mich verlassen hat.«

»Das tue ich aber. Wenn Vater dich wirklich geliebt hätte, hätte er zu dir gestanden. Was für ein Mann lässt eine Frau wegen so etwas im Stich?« Auf einmal war Eliza alles zu viel, und sie brach in Tränen aus. Tilly versuchte, sie in die Arme zu schließen und zu trösten, aber ihre Nichte schüttelte sie ab und eilte davon.

Tilly rief Eliza nach, aber diesmal hörte sie nicht.

Der Zug war gerade eingefahren. Eliza lief entschlossen darauf zu, bereit, einzusteigen und nach Mount Gambier zurückzukehren.

»Alles in Ordnung mit dir, Matilda?«, fragte George Tilly mit einem Blick auf Eliza. Tilly war in der Stadt geblieben, um Eliza und George zu verabschieden, die ins Hanging Rocks Inn zurückgefahren und ihre Sachen geholt hatten. Sie hatte ihrer Nichte schon auf Wiedersehen gesagt, jetzt stand sie in Gedanken versunken mit George am Ende des Bahnsteigs.

Tilly nickte nur. Sie brachte kein Wort hervor.

»Das Mädchen ist völlig aufgelöst, stimmt's?«

Tilly nickte wieder und sagte mit schwankender Stimme: »Es tut mir leid, dass wir dir nichts von dem Wolf gesagt haben, George, aber wir hatten Angst, du würdest etwas darüber schreiben. Wenn die Farmer davon erfahren hätten, hätte das arme Tier keine Chance gehabt, auch wenn wir uns sicher waren, dass der Wolf die Schafe nicht getötet hat.«

»Du glaubst, der Tiger war es?«

»Auf jeden Fall.«

»Aber es ist kaum vorstellbar, dass zwei exotische Tiere zur selben Zeit in Tantanoola gewesen sein sollen.«

»Da gebe ich dir recht. Und wie du weißt, war ich immer skeptisch, was den Tiger angeht. Nur – in diesem Fall bin ich mir sicher, dass er die Schafe der Farmer gerissen hat.«

»Nach dem, was Eliza gesagt hat, nehme ich an, dass Brodie von dem Wolf wusste und ihr versprochen hatte, ihn nicht zu erschießen«, sagte George.

»Ja, er hatte es ihr versprochen.«

»Dann muss es unumgänglich gewesen sein.«

»Vielleicht, aber Eliza wird ihm nicht verzeihen. Ich weiß nicht, was sie vorhat, aber sie will Rache. Um ehrlich zu sein – ich dachte, Brodie würde genug für sie empfinden, um das Tier nicht zu töten.«

»Als ein Mann, der seinen Lebensunterhalt damit verdient, guten Geschichten nachzuspüren, kann ich dir sagen, dass nicht immer alles so ist, wie es scheint, Matilda«, sagte George.

Tilly hatte das Gefühl, dass er auf etwas anderes als die Sache mit Brodie und dem Wolf anspielte, und sie konnte ihm nicht in die Augen sehen.

»Ich werde die Story über die Schafdiebe so schnell wie möglich in die Zeitung bringen«, sagte George. »Auch wenn ich mir keine Sorgen mehr wegen der Konkurrenz machen muss, nachdem Bob Hanson McBride gefeuert hat. Ich würde auch gern die Geschichte bringen, dass Noah und Bob Vater und Sohn sind, zumal sie ein Happy End hat. Meinst du, Noah hätte etwas dagegen?«

»Warum sollte er?« Tilly dachte mit liebevoller Zuneigung an ihren Freund. Sie war erleichtert, dass die Leute in der Stadt endlich wussten, dass Noah unschuldig war, und sie hoffte, dass er künftig mit mehr Respekt behandelt wurde.

»Wenigstens ist Bob Hanson ein Mann, den er mit Stolz als seinen Vater bezeichnen kann«, sagte George.

Tilly nickte zustimmend. »O ja.«

»Katie wird ebenfalls nach Hause fahren, ich glaube, sie sitzt schon im Zug«, sagte George.

Tilly nahm an, dass sie es eilig hatte, ihren ehemaligen Verlobten zu sehen und alles wieder einzurenken, ehe eine andere ihn ihr wegschnappte. Katie schien endlich zur Vernunft gekommen zu sein. Vielleicht war das Mädchen ja doch nicht so wie Henrietta.

Tilly seufzte. Sie wusste, dass ihr Haus ihr leer vorkommen

würde, aber vielleicht war Einsamkeit genau das, was sie jetzt brauchte. »Pass gut auf Eliza auf, George. Sie ist mir sehr ans Herz gewachsen.«

George nickte. »Und pass du auf dich auf, Matilda. Hättest du etwas dagegen, wenn ich dich hin und wieder besuche?«

Tilly sah zu ihm hoch. »Das würde mich sehr freuen«, sagte sie aufrichtig.

George hörte eine Spur Traurigkeit in ihrer Stimme. In seinen Augen war es eine Tragödie, dass Matilda wie eine Einsiedlerin lebte. Sie war noch jung genug, um viele glückliche Jahre vor sich zu haben – wenn sie ihr Herz nur dafür öffnete. George schaute sie an, während er sich fragte, ob er seine Gefühle für sie offenbaren sollte. »Wenn alles anders gekommen wäre, Matilda«, sagte er schließlich leise, »und wenn dein Herz frei wäre, um wieder zu lieben, wäre es vielleicht viel schwerer gewesen, mich wieder loszuwerden.«

Tilly errötete, als George liebevoll ihre Hand drückte, doch sie war auch verwirrt: Er glaubte doch wohl nicht, dass sie und Richard noch immer eine Chance hatten …?

»Vergiss nicht, was ich dir über Richard gesagt habe«, fuhr George fort. »Wenn ihr beide nur wieder miteinander reden könntet, würde das schon viel dazu beitragen, zwei gebrochene Herzen zu heilen.«

»Dafür ist es zu spät, George«, sagte Tilly tonlos.

Er wollte ihr widersprechen, doch in diesem Moment pfiff der Zug, und er musste sich auf den Weg machen. Er gab ihr einen flüchtigen Kuss auf die Wange und eilte davon. Kurz bevor er auf den Zug sprang, drehte er sich noch einmal um und winkte zum Abschied.

Tilly hob eine Hand, doch es kostete sie Mühe. Während der Zug an ihr vorbeiratterte, suchte sie die Fenster der Waggons ab und hielt nach Eliza Ausschau. Ihr schien, als wäre ihre ganze Welt wieder einmal in sich zusammengestürzt.

Die Leute in der Stadt hatten sich zerstreut. Fred Cameron und Jock Milligan hatten die Schaffelle mit ihren Brandzeichen an sich genommen, und Neddy und Winston waren damit beschäftigt, die Ballen mit Kaninchenfellen, die Mick Brown und Willie Wade gehörten, wieder zu verschnüren, damit sie mit dem nächsten Zug in die Stadt verschickt werden konnten. Mick erklärte sich bereit, gegen Mannie auszusagen, um nicht als sein Komplize angeklagt zu werden. Außerdem wollte er den rechtmäßigen Gewinn aus dem Verkauf seiner Kaninchenfelle Jock zukommen lassen, um dessen Verluste an Schafen wettzumachen.

Tilly konnte Brodie nirgends sehen, doch sein Pferd war noch immer am Geländer in der Nähe des Bahnhofs angebunden, wo George und Eliza es zurückgelassen hatten. Das hieß, dass sie Nell und den Wagen allein nach Hause bringen musste. Der bloße Gedanke versetzte sie in Panik. Sie konnte nicht auf den Wagen steigen, da sie den Dämonen aus der Vergangenheit noch immer nicht ins Auge sehen konnte. So blieb ihr keine andere Wahl, als Nell am Zügel zu führen und sich zu Fuß auf den Weg zurück zum Hanging Rocks Inn zu machen.

Während Tilly über die einsame Straße in Richtung Inn ging, war ihr Inneres in Aufruhr. Eine steife Brise pfiff durch die Äste der Bäume und drückte das hohe Gras am Straßenrand flach, doch nichts um sie her drang zu Tilly durch. Sie beachtete nicht einmal die Scharen von Rosenkakadus, die über ihrem Kopf kreischten. Die Vögel flohen vor einem Sturm, der von Osten her aufzog.

Tilly musste ständig an Eliza denken, doch ihre Gedanken kehrten auch immer wieder zu Richard zurück, was sie letztendlich zwang, über den Unfall nachzudenken. Unbewusst begann sie, den schrecklichen Tag noch einmal nachzuerleben. Sie sah sich selbst, wie sie in Millicent am Straßenrand stand …

Ein plötzliches Donnergrollen ließ Tilly zusammenzucken. Regen prasselte wie aus dem Nichts kommend auf sie nieder und riss sie in die Gegenwart zurück, rief ihr aber auch in Erinnerung, dass es an jenem verfluchten Tag geregnet hatte und dass die Straße voller Pfützen gewesen war. Tilly schauderte vor der Erinnerung ebenso wie vor der kalten Luft, die der Regen mit sich brachte.

Sie schritt schneller aus, wusste aber, dass sie völlig durchnässt sein würde, wenn sie das Hanging Rocks Inn erreichte. Mit eingezogenem Kopf setzte sie einen Fuß vor den anderen, während sie versuchte, an etwas anderes zu denken als an den verhängnisvollen Tag, an dem sie von der Postkutsche in Millicent überfahren worden war. Doch es war unmöglich. Die Geräusche der Hufe und der Wagenräder wirkten wie Auslöser der Erinnerung; immer wieder schoss Tilly die gleiche Szene durch den Kopf.

Sie und Henrietta waren auf der High Street in Millicent einkaufen gewesen. Sie hatten beschlossen, auf der anderen Straßenseite ein Café aufzusuchen, um Schutz vor dem Regen zu finden und eine Kanne heißen Tee zu trinken. Tilly entsann sich, wie sie am Straßenrand gestanden hatten, während sie darauf warteten, dass die Pferde und Kutschen vorbeifuhren, und ein hitziger Streit über ihre Beziehung zu Richard entbrannt war. Tillys Herz schlug heftig, als sie an die hässlichen Worte dachte, die damals gefallen waren, doch sie eilte weiter.

»Bald bin ich zu Hause«, sagte sie laut vor sich hin.

Doch das Bild dessen, was damals als Nächstes geschehen war, drängte sich Tilly immer wieder auf… Sie und Henrietta stritten noch immer, als sie vom Gehsteig traten. In diesem Moment sah Tilly die Räder der Postkutsche auf sich zukommen. Sie wollte sich von der Stelle bewegen, doch aus irgendeinem Grund blieb sie wie angewurzelt stehen. Auf einmal spürte sie Henriettas Hand. Sie erwartete, von ihrer Schwester zurückgerissen zu werden, weg von den heranrollenden Rädern, aber genau das geschah nicht…

Stunden später war sie aus der Bewusstlosigkeit erwacht, den Kopf mit Verbänden umwickelt. Ein Arzt hatte ihr mit leiser

Stimme gesagt, dass sie für den Rest ihrer Tage entstellt sei. Es war der schwärzeste Tag ihres Lebens gewesen.

Tilly kniff die Augen zusammen und schrie so laut sie konnte. Sie schlug um sich, um die schrecklichen Bilder der Erinnerung aus ihrem Kopf zu verbannen. Dann brach sie schluchzend zusammen.

»Matilda«, rief Brodie, »Matilda, was ist passiert?« Plötzlich stand Brodie neben ihr. Er sprang von seinem Pferd. »Was ist passiert?«, fragte er noch einmal.

Er hob Tilly hoch und hielt sie in den Armen, so fest er konnte. Brodie hätte gar nicht fragen müssen. Er wusste instinktiv, dass sie den Tag noch einmal nacherlebte, an dem sie so grauenhaft entstellt worden war. Er hatte den Verdacht, dass sie den Schmerz viele Jahre in ihrem Innern verschlossen gehalten hatte.

»Weinen Sie«, sagte er sanft. »Weinen Sie ruhig, Matilda.«

Auch als Tillys Tränen nach einer Weile versiegten, hielt Brodie sie noch in den Armen. Matilda klammerte sich an ihn, ohne dass ihr bewusst war, wie verzweifelt sie sich danach sehnte, gehalten zu werden. Der Regen prasselte auf sie und Brodie nieder, aber sie spürte es nicht.

Seit ihrem Unfall hatte Tilly niemanden mehr so nahe an sich herangelassen, weder körperlich noch gefühlsmäßig. Sie war Brodie dankbar für den Trost, den er ihr gab. Und nun wusste sie, dass sie sich nicht in ihm getäuscht hatte. Er war nicht der Lügner, für den Eliza ihn hielt.

»Es geht schon wieder«, sagte Tilly nach einer Weile, bereit, ihren Weg fortzusetzen. »Aber sehen Sie uns bloß an. Wir sind völlig durchnässt.«

Brodie reichte ihr ein Taschentuch. Tilly nahm es entgegen und wischte sich das Gesicht ab. Plötzlich wurde ihr bewusst, dass ihr nasses Haar ihre Narben nicht verbergen konnte. Sie erschrak, doch Brodie war bereits damit beschäftigt, sein Pferd hinten an den Wagen zu binden, und bemerkte es nicht.

»Ich bringe Sie nach Hause«, sagte er und half ihr hinauf.

Tilly warf einen Blick hinunter auf die Wagenräder, während Brodie auf den Bock stieg. Seltsamerweise verspürte sie keine Angst mehr.

Brodie nahm eine Decke von der Ladefläche und legte sie über ihre Schultern. Dann gab er Nell die Zügel frei und fuhr die Straße hinunter. Unaufhörlich geing der sintflutartige Regen auf das Land nieder.

Als Tilly die Fassung wiedergewonnen hatte, schaute sie verlegen zu Brodie hinüber. »Danke, dass Sie so freundlich sind«, sagte sie. »Ich weiß nicht, was Sie jetzt von mir denken …«

»Sie haben recht, das wissen Sie vermutlich nicht.« Er schaute sie an und sah die Angst in ihren Augen und dass sie sich ihrer Narben schämte, die nun durch ihr nasses Haar zu sehen waren. Brodie wusste noch immer nicht, was genau mit ihr passiert war, doch ihm war klar, dass es etwas Entsetzliches gewesen sein musste. »Sie sind eine erstaunliche Frau, Matilda. Ihre Kraft ist bewundernswert.«

»Wie können Sie das sagen, nachdem Sie mich dabei ertappt haben, wie ich mich wie eine Heulsuse aufgeführt habe?«

»Das sehe ich nicht so. Ich glaube vielmehr, Sie haben irgendwann einmal etwas so Entsetzliches erlebt, dass Sie die Erinnerung daran jahrelang ausgeblendet haben.«

Tilly starrt auf ihre Hände. »Woher wussten Sie das?«, flüsterte sie.

»Nennen Sie es Intuition. Aber jetzt haben Sie sich endlich Ihren Erinnerungen gestellt, offen und ehrlich, und haben nichts mehr zu befürchten.« Er konnte sehen, dass ihre Hände nicht mehr zitterten, wie es sonst immer der Fall war, wenn sie auf dem Wagen saß.

Tilly blickte wieder auf die Räder hinunter. »Sie haben recht, Brodie«, sagte sie. Eine gewaltige Last schien von ihr genommen zu sein, und es fühlte sich herrlich befreiend an. »Warum haben

Sie den Wolf erschossen, Brodie? Ich habe zu Eliza gesagt, es müsse eine Erklärung dafür geben. Wollte der Wolf Sie angreifen?«

Brodies Miene blieb unbewegt. »Ich habe getan, was ich tun musste, Matilda. Das ist alles, was ich sagen kann ... im Augenblick.«

Tilly musterte kurz sein Profil; dann nahmen ihre Züge einen sanfteren Ausdruck an. Zwar wusste sie nicht, was geschehen war, doch Brodie war ein guter Mensch, da gab es für sie nicht den geringsten Zweifel. Wenn er den Wolf erschossen hatte, dann deshalb, weil er es hatte tun müssen. So sehr sie Tiere liebte – sie konnte akzeptieren, dass Brodie so gehandelt hatte, wenn ihm keine andere Wahl geblieben war. Auch Eliza sollte Brodies Entscheidung akzeptieren, doch Tilly wusste, dass ihre Nichte das niemals tun würde. Ihr Stolz war verletzt.

»Ich mache mir Sorgen um Eliza, Brodie. Sie hat mir gesagt, sie will von zu Hause wegziehen. Ich habe sie gebeten, hierherzukommen und bei mir zu wohnen, aber angeblich kann sie das nicht.«

Brodie war verwirrt. »Sie hat doch sicher nicht vor, zu Hause auszuziehen, weil ich ihr gesagt habe, dass ich den Wolf erschossen habe?«

»Nein ... jedenfalls nicht direkt. Sie hat das Gefühl, ihren Vater nicht mehr zu kennen. In der Zeit, die Eliza hier in Tantanoola verbracht hat, hat sie erfahren, dass ihr Vater und ich früher ineinander verliebt waren, und nun ist sie davon überzeugt, dass er mich verlassen hat, nachdem ich durch den Unfall entstellt worden war.«

»Aber das stimmt doch nicht, oder?« Brodie konnte nicht glauben, dass Elizas Vater so oberflächlich sein sollte.

Tilly dachte über ihre Antwort nach. »Nein. *Ich* habe Richard verstoßen.«

»Weil Sie glaubten, er würde Sie weniger lieben, nachdem Sie den Unfall hatten?«

Zum ersten Mal gestattete sich Tilly, über Richard nachzudenken, ohne dass ihr Urteil von Angst und Verletztheit getrübt war. »Hätte ich damals in Ruhe darüber nachgedacht, hätte ich begriffen, dass unsere Liebe stark genug war, alles zu überstehen, und dass Richard mich geliebt hätte, egal, wie ich aussah. Aber ich konnte nicht über meinen eigenen Schmerz hinausschauen.«

»Was ist eigentlich passiert?«, fragte Brodie. »Das haben Sie mir nie erzählt.«

»Ich wurde in Millicent von der Postkutsche überfahren. Dabei wurde nicht nur mein Gesicht entstellt, ich habe mir auch mehrere Knochen gebrochen.«

Brodie beschloss, vorerst nicht weiter zu fragen, um keine alten Wunden aufzureißen, und wechselte das Thema. »Warum will Eliza nicht bei Ihnen wohnen? Weil die Zeitung ihre Redaktion in Mount Gambier hat?«

»Nein. Eliza glaubt, wenn sie hier ist, würde sie stets daran erinnert, was sie als Verrat ihres Vaters ansieht … und als Ihren Verrat.«

»Ich verstehe.« Brodies Miene verdüsterte sich. »Es tut mir leid, Matilda. Ich weiß, Sie hätten Eliza gern auf Dauer bei sich gehabt.«

»Ja, das hätte ich. Aber dass nichts daraus wird, ist nicht Ihre Schuld. Es ist niemandes Schuld.« Tilly seufzte. »Nein, das stimmt nicht ganz.« Zorn schlich sich in ihre Stimme. »Es liegt an meiner Schwester. Sie ist an allem schuld.«

Brodie war sicher, dass Tilly ihrer Schwester nie hatte verzeihen können, dass sie Richard geheiratet hatte. »Wollen Sie darüber reden?«, fragte er, als sie in die Auffahrt des Hanging Rocks Inn einbogen.

»George hat mir heute Morgen erzählt, dass Richard mit Henrietta nicht glücklich gewesen ist und dass er es bereut, sich damals nicht dagegen gewehrt zu haben, von mir verstoßen zu werden.«

»Meinen Sie denn, zwischen Richard und Ihnen hätte es anders sein können? Dass Sie beide glücklich gewesen wären?«

»Ja. Aber wir können die Vergangenheit nicht ändern. Es ist nur tragisch, dass Richard und ich die letzten zwei Jahrzehnte so unglücklich waren. Als ich erfuhr, dass er meine Schwester geheiratet hat, war ich lange Zeit wütend und verbittert. Später fühlte ich mich verletzt und verraten. Und danach habe ich Jahre damit verbracht, traurig und depressiv zu sein. Ich habe mein Leben vergeudet, Brodie, aber vielleicht ist das Leben der beiden auch nicht besser gewesen.«

»Es gibt nur eine Möglichkeit, das herauszufinden«, sagte Brodie.

Tilly blickte ihn fragend an.

»Warum stellen Sie die beiden nicht zur Rede, Matilda?«

Tilly stockte der Atem. »Das könnte ich nicht«, sagte sie. Panik wallte in ihr auf.

»Doch, das können Sie, Matilda. Es könnte Ihre Wunden heilen. Die Wunden in Ihrem Innern, die für die Welt nicht sichtbar sind.«

Tilly schlug plötzlich das Herz bis zum Hals. »Ich bin noch nie mit dem Zug nach Mount Gambier gefahren. Und ich könnte all die Leute in der Stadt nicht ertragen, die mich gekannt haben. Sie würden mich anstarren und über mich flüstern.« Sie hatte nicht vergessen, wie es am Anfang gewesen war, als alle voller Neugier waren, und zugleich abgestoßen von ihrem Aussehen.

»Ich bringe Sie hin. Ich könnte einen geschlossenen Wagen mieten, dann sieht Sie niemand.«

Tilly blickte Brodie verwundert an. Sie hatte nie ernsthaft darüber nachgedacht. »Das würden Sie für mich tun?«

Er legte eine Hand auf ihre. »Ja, natürlich. Sie sind sehr gut zu mir gewesen, und wenn ich Ihre Freundlichkeit erwidern kann, würde ich die Gelegenheit gern nutzen.«

Tilly dachte fieberhaft nach. Der Gedanke, mit Henrietta

endlich reinen Tisch zu machen, war verlockend, aber sie wollte nicht ihrer aller Leben durcheinanderbringen. »Inzwischen ist sehr viel Zeit verstrichen. Ich sollte die Dinge auf sich beruhen lassen, Brodie. Es hat keinen Sinn, in der Vergangenheit herumzustochern, vor allem nicht, wenn dadurch die Mädchen verletzt würden.«

»Sie müssen Eliza und Katie in diese Sache nicht hineinziehen, aber ich denke, Sie sollten Ihre Schwester und Richard damit konfrontieren. Ich bin sicher, dann würden Sie Ihren Frieden finden.«

»Dazu ist es zu spät«, flüsterte Tilly. »Es hätte vielleicht anders kommen können, wäre nicht schon so viel Zeit verstrichen.«

»Es ist nie zu spät, Matilda. Ich habe nie etwas so Schreckliches erlebt wie Sie, aber ich an Ihrer Stelle würde Henrietta zur Rede stellen. Für Elizas und Katies Leben muss sich dadurch gar nichts ändern. Aber Ihre Schwester sollte wissen, was Sie empfinden. Sie haben es ihr leicht gemacht, indem Sie sich in Tantanoola versteckt haben. Es stand ihr frei, Richard zu heiraten und Kinder mit ihm zu haben. Vielleicht ist es an der Zeit, sie mit der Vergangenheit zu konfrontieren und damit, was sie getan hat.«

Tilly dachte daran, was Henrietta ihr angetan hatte, ohne jemals zur Rechenschaft gezogen worden zu sein. Vielleicht hatte Brodie recht, und es war an der Zeit, dass sie sich der Wahrheit stellte. Aber sie wollte das Zuhause der Familie nicht zerstören. Das konnte sie Eliza nicht antun, selbst wenn das Mädchen nicht mehr bei den Eltern leben wollte. Es schmerzte Tilly, dass Eliza den Respekt vor ihrem Vater verloren hatte und sie, ihre Tante, für schwach hielt, weil sie sich von ihm so schändlich hatte behandeln lassen. Sie wollte nicht, dass Eliza mit einer Lüge und einem falschen Bild ihres Vaters lebte.

»Ich werde darüber nachdenken, Brodie. Aber jetzt sollten wir erst einmal diese nassen Kleider loswerden und in etwas Warmes und Trockenes schlüpfen.«

»Gehen Sie schon mal vor«, sagte Brodie und stieg vom Wagen. »Ich kümmere mich um die Pferde.«

Als der Zug in Mount Gambier einfuhr, wunderten sich George, Katie und Eliza, dass Henrietta auf dem Bahnsteig stand. Sie trug ihr bestes »Tageskostüm«, wie Katie und Eliza es nennen würden; deshalb nahmen die Mädchen an, dass Henrietta wegfahren wollte. Aber wohin?

»Mom«, sagte Katie, die sie als Erste erreichte. »Was tust du denn hier?«

Eliza und George stießen zu ihnen.

»Ihr seid zurück!« Henrietta schien ein wenig außer Atem. Ihr Blick huschte zwischen ihren Töchtern hin und her. Sie war sichtlich erleichtert, sie zu sehen. Nervös schaute sie George an und nickte ihm zu, ehe sie sich wieder an Eliza und Katie wandte. »Ich muss euch beide in einer dringenden Angelegenheit sprechen«, sagte sie. »Deshalb wollte ich den Zug nach Tantanoola nehmen. Aber jetzt, wo ihr wieder da seid ...« Sie verstummte.

»Ist etwas passiert, Mom?«, fragte Katie ängstlich. »Dad ist doch nicht etwa krank, oder?«

»Nein«, sagte Henrietta. Jetzt, wo der Zeitpunkt gekommen war und sie ihren Mädchen Auge in Auge gegenüberstand, war sie ängstlicher als je zuvor. Sie hoffte, ihre Töchter würden verstehen, dass sie fortgehen musste – und dass sie in einen anderen Mann verliebt war.

»Ich gehe ins Büro«, sagte George, der es kaum erwarten konnte, seine Geschichte in Druck zu geben. »Fahren Sie mit Ihrer Mutter nach Hause, Eliza. Wir sehen uns morgen.«

»Ich würde lieber mit zur Arbeit kommen, Mr. Kennedy«, rief Eliza, die es so lange wie möglich hinausschieben wollte, ihren Vater zu sehen, ihm nach.

»Nein, fahren Sie nach Hause«, beharrte George und eilte in Richtung des Büros der *Border Watch* davon.

»Mickey und mein Wagen warten bei den Mietställen«, sagte Henrietta. Mickey war der Stalljunge auf Sunningdale.

Eliza war nicht glücklich mit dem Verlauf der Dinge, folgte Katie und Henrietta aber zu den Ställen.

Auf einmal blieb Katie stehen. »Ich muss erst noch Thomas sehen, bevor ich nach Hause fahre«, erklärte sie.

»Kann das nicht warten, Katie?«, fragte Henrietta.

»Nein. Ich muss ihn sofort sehen. Er wird im Geschäft sein. Ich komme, sobald ich kann.« Katie wandte sich in die entgegengesetzte Richtung, überquerte die Straße und ging zu Clarkes Möbelhaus.

Henrietta dachte an Clive, der auf sie wartete, und warf einen Blick auf die Uhr. Sie hatte noch ein paar Stunden Zeit. »Bitte beeil dich, Katie«, rief sie ihrer Tochter nach. »Ich muss mit dir und deiner Schwester reden, und es kann wirklich nicht mehr lange warten.«

Katie winkte und lief weiter. Sie achtete nur mit einem Ohr auf die eindringlichen Worte Henriettas.

Elizas Neugier war geweckt. Sie fragte sich, ob Henrietta ihnen vielleicht beichten würde, dass Richard nicht der Mann sei, für den sie ihn immer gehalten hatten. Das wäre nichts Neues für sie.

»Warum hat Katie es so eilig, Thomas zu sehen?«, fragte Henrietta. »Vor ein paar Tagen, hatte sie nicht das geringste Interesse mehr, mit ihm zu reden.«

»Ich glaube, sie hat es sich anders überlegt«, sagte Eliza. Sie dachte daran, dass Katie auf der Fahrt von Tantanoola ununterbrochen von Thomas geredet hatte. Katie hatte begriffen, wie sehr sie sich getäuscht hatte. Der gute alte, zuverlässige Thomas erschien im Vergleich zu Windbeuteln wie Alistair McBride plötzlich wie ein Prinz.

»Willst du damit andeuten, die beiden könnten wieder zusammenkommen?«, fragte Henrietta hoffnungsvoll.

»Ich würde sagen, es besteht durchaus die Möglichkeit. Wundere dich nicht, falls in den nächsten Monaten die Hochzeitsglocken läuten.«

Henrietta lächelte, aber nur für einen Augenblick.

Als Katie zum Möbelhaus kam, schlug ihr das Herz vor Aufregung bis zum Hals. Sie liebte Thomas und konnte es nicht erwarten, es ihm zu sagen. Ihre Erfahrungen hatten ihr die Augen geöffnet und sie begreifen lassen, was sie wirklich für diesen Mann empfand. Endlich war sie sich sicher, dass ihre Gefühle für Thomas echt waren, und zu ihm zurückzukommen erschien ihr wie eine Heimkehr nach einer langen und beschwerlichen Reise. Katie hatte aber auch Angst, er würde sie nicht mit offenen Armen willkommen heißen. Was würde er sagen?

Thomas war damit beschäftigt, Schreibarbeiten zu erledigen, als Katie an die Tür seines Büros klopfte. Er hob den Kopf und war sichtlich verblüfft, sie zu sehen.

»Katie! Wie lange stehst du schon da?«

»Ich bin eben erst gekommen, Thomas. Freust du dich, mich zu sehen?« Sie erwartete, dass er Ja sagen würde.

»Ich bin überrascht«, sagte er stattdessen. Er erhob sich nicht, um sie zu begrüßen.

»Angenehm überrascht, hoffe ich«, sagte Katie mit einem nervösen Lächeln. Sein Tonfall war ungewohnt nüchtern. Sie konnte nicht glauben, dass sie jemanden wie Alistair McBride je attraktiv gefunden hatte – nicht, wenn sie Thomas haben konnte.

»Was willst du?«, fragte Thomas mit nach wie vor kalter Stimme.

Katies Lächeln schwand, sie zuckte zusammen. »Was ist das denn für eine Frage?«

»Eine berechtigte Frage in Anbetracht der Tatsache, dass du in Tantanoola hinter einem anderen Mann her warst«, erwiderte Thomas.

»Was?« Katie traute ihren Ohren nicht. Woher wusste Thomas von Alistair? Ihr Verstand raste, während sie nach einer möglichen Erklärung suchte.

»Das willst du doch nicht leugnen?«, fragte Thomas.

»Ich weiß nicht, was du gehört hast, Thomas, aber ich ... ich bin gekommen, um dir zu sagen, dass ich nur dich liebe.«

»Hat er dich fallen lassen, Katie? Bist du zum guten alten Thomas zurückgekommen, weil dein neuer Freund dir den Laufpass gegeben hat?«

»Nein«, sagte Katie mit Nachdruck. »Ich bin zurückgekommen, weil ich begriffen habe, dass du der einzige Mann bist, der mich interessiert. Ich brauchte etwas Abstand, um mir darüber klar zu werden ...«

»Ach ja? Oder brauchtest du etwas Abstand, um mit anderen Männern flirten zu können, bevor du mit mir sesshaft wirst?«

Katie war schockiert, als ihr klar wurde, dass Thomas in gewisser Weise ins Schwarze getroffen hatte. Aber sie hatte es doch nicht so beabsichtigt! »Nein, Thomas, so war es nicht. Das wirst du mir doch glauben ...?«

»Ich hätte es vielleicht geglaubt, hätte ich nicht mit eigenen Augen gesehen, was du getan hast«, sagte er wütend.

»Was?«, rief Katie ungläubig.

Thomas kam hinter seinem Schreibtisch hervor und baute sich mit düsterer, entschlossener Miene vor Katie auf. Sie hatte ihn noch nie so wütend gesehen.

»Ich habe deinen Vater angefleht, mir zu sagen, wo du bist, weil ich dich vermisst habe«, sagte er. »Ich bin bis nach Tantanoola geritten, um dich zu überraschen. Da wir eine Weile voneinander getrennt waren, war ich so naiv zu glauben, du würdest mich ebenfalls vermissen.« Er lachte spöttisch. »Ich dachte allen Ernstes, dass du dich freust, mich zu sehen. Ich nahm an, du würdest im Hotel wohnen, deshalb habe ich dich dort zuerst gesucht. Und nun stell dir mal vor, was mir durch den Kopf ging, als ich dich in einer gemütlichen Ecke des Speisesaals mit einem anderen Mann Händchen halten sah.«

Katie begann zu zittern.

»Ihr wart offensichtlich in ein sehr romantisches Gespräch vertieft, deshalb habt ihr mich gar nicht bemerkt«, sagte Thomas verbittert. Er hatte gesehen, wie der Mann ihr die Hand küsste, und hatte die beiden zur Rede stellen wollen, sich dann aber anders entschieden. Thomas wollte sich nicht noch mehr zum Narren machen, indem er sich von Katie ins Gesicht sagen ließ, dass sie für diesen anderen Mann Gefühle hegte.

Katie fühlte sich ertappt. Sie errötete. »Thomas, ich … ich weiß nicht, was ich sagen soll«, stammelte sie hilflos.

»Es gibt nichts mehr zu sagen.« Thomas ging zurück hinter seinen Schreibtisch, setzte sich und machte sich wieder daran, seine Unterlagen durchzusehen.

Katie stand da wie vom Donner gerührt. »Ich bin eine Närrin gewesen, Thomas, und ich habe dich nicht verdient«, flüsterte sie.

»Das stimmt«, sagte er kalt, ohne aufzublicken. So konnte er nicht sehen, wie ihre Augen sich mit Tränen füllten.

»Du bist meine erste Liebe«, schluchzte sie, »und mir wurde auf einmal mulmig bei dem Gedanken, dich zu heiraten, da ich niemanden hatte, mit dem ich dich vergleichen konnte. Als Alistair McBride mir Aufmerksamkeit schenkte, fühlte ich mich geschmeichelt. Er war sehr charmant und weltgewandt; jemanden wie ihn zu treffen war sehr aufregend …«

»Das freut mich für dich«, unterbrach Thomas sie sarkastisch.

Katie ließ beschämt den Kopf hängen. »Ich habe festgestellt, dass er ein Betrüger war und mich nur benutzt hat.« Katie tupfte sich ihre Tränen ab, doch Thomas blieb ungerührt.

»Aber ich bin froh, dass ich ihm begegnet bin«, sagte sie.

Verdutzt sah Thomas auf, und Katie sah den Schmerz in seinen Augen.

»Ja, ich bin froh. Denn seine Fehler haben mir all deine guten Seiten vor Augen geführt. Ihm zu begegnen hat mir gezeigt, dass ich die Liebe eines wundervollen Mannes hatte. Es tut mir leid, dass ich dich verletzt habe. Es tut mir leid, dass ich unreif gewesen bin, und ich erwarte nicht von dir, dass du mir sofort vergibst, aber bitte denk darüber nach.«

»Ich habe jemand anders kennen gelernt. Deshalb gibt es nichts mehr, worüber ich nachzudenken habe«, sagte Thomas abweisend.

Für Katie waren seine Worte wie ein Schlag ins Gesicht. Eifersucht überkam sie. »Wer ist es?«, fragte sie. Es erfüllte sie mit Zorn, dass er so schnell eine andere Frau kennen gelernt hatte, obwohl sie wusste, dass sie kein Recht hatte, wütend auf ihn zu sein.

»Das spielt keine Rolle. Leb wohl, Katie.« Thomas starrte auf seine Unterlagen, ohne weiter auf Katie zu achten.

Sie schluckte den Kloß in ihrer Kehle herunter und wandte sich, so würdevoll es ging, ab. Wie benommen lief sie durch das Geschäft, im Stillen hoffend, Thomas möge ihr nachlaufen, aber das tat er nicht. Die Warnung ihrer Mutter klang Katie in den Ohren. Sie hatte gesagt, sie würde Thomas an eine andere Frau verlieren, und sie hatte recht behalten. Katie konnte nicht glauben, dass sie eine solche Närrin gewesen war, doch tief in ihrem Innern wusste sie, dass sie genau das bekommen hatte, was sie verdiente.

Sobald sie im Wagen saßen, fiel Eliza auf, wie ängstlich ihre Mutter zu sein schien. Sie war sicher, dass ihre Tante der Grund dafür war.

»Hast du deinen Artikel über den Tiger fertig?«, fragte Henrietta. Unruhig schaute sie aus dem Fenster.

»Nein«, antwortete Eliza. Verstohlen beobachtete sie ihre Mutter.

»Irgendetwas musst du haben. George hatte es doch so eilig, zur Zeitung zu kommen und einen Artikel in Druck zu geben.«

»Wir haben die Identität mehrerer Schafdiebe aufgedeckt«, sagte Eliza. Es widerstrebte ihr, die Geschichte mit dem Wolf zur Sprache zu bringen; wahrscheinlich würde sie gar nicht darüber reden können, ohne dass man ihr die Wut auf Brodie angemerkt hätte.

»Schafdiebe …«, sagte Henrietta geistesabwesend.

»Mom? Stimmt etwas nicht?«, fragte Eliza.

Henrietta wandte sich ihr zu. »Ich habe Neuigkeiten, Liebes, aber ich werde erst darüber reden, wenn Katie zurück ist. Ich will euch die Neuigkeiten mitteilen, wenn ihr beide zusammen seid.«

Jetzt war Elizas Neugier geweckt.

»Erzähl mir von den Schafdieben«, sagte Henrietta. Es interessierte sie nicht wirklich, aber sie wollte von ihren eigenen Gedanken abgelenkt werden.

Eliza konnte sehen, dass ihre Mutter nur oberflächliche Konversation machte, und das ärgerte sie. Es führte ihr vor Augen, dass ein Auszug aus dem Elternhaus die richtige Entscheidung war. »Du kannst alles darüber morgen in der Zeitung lesen, Mom. Aber zuerst sollst du wissen, dass ich eine wichtige Entscheidung getroffen habe.«

Henrietta hatte wieder aus dem Fenster geschaut, als sie an den Auktionshöfen vorbeikamen; nun aber blickte sie ihre Tochter wieder an. »Was denn für eine Entscheidung?«

»Ich will in die Stadt ziehen, um näher bei meiner Arbeitsstätte zu sein, deshalb werde ich mir irgendwo ein möbliertes Zimmer nehmen.«

Henriettas mütterliche Instinkte flammten augenblicklich auf. »Allein?«

»Das ist doch nichts Ungewöhnliches, Mom. Junge Frauen, die berufstätig sind, werden heutzutage immer unabhängiger.«

»Ich nehme es an«, sagte Henrietta. Eliza hatte recht. Die Zeiten waren vorbei, in denen eine junge Frau nur aus dem Elternhaus auszog, um zu heiraten und Kinder zu haben.

Das war nicht die Reaktion, die Eliza erwartet hatte. Ihre Mutter hatte immer gern das Heft in der Hand gehalten; deshalb hatte Eliza mit Widerspruch und heftigen Protesten gerechnet.

Doch Henrietta war ganz im Gegenteil erleichtert: Wenn Eliza erst in der Stadt wohnte und Katie mit Thomas verheiratet war, gab es endgültig keinen Grund mehr, noch länger in Mount Gambier bei einem Mann zu bleiben, der sie nicht liebte, wo sie doch mit Clive glücklich sein konnte. Henrietta wurde leichter ums Herz. Alles würde sich zum Besten wenden, davon war sie überzeugt. Selbst wenn die Mädchen nicht verstanden, weshalb Henrietta ihren Mann verließ – sie hatten bald ihr eigenes Leben, das sie voll und ganz in Anspruch nehmen würde.

Brodie war immer noch nicht hereingekommen, und Tilly machte sich allmählich Sorgen – vor allem, da er noch seine nasse Kleidung anhatte. Der Regen hatte aufgehört; deshalb trat Tilly hinaus auf die Veranda, doch bei den Ställen konnte sie Brodie nicht sehen.

»Brodie«, rief sie.

Plötzlich hörte sie einen Wagen die Auffahrt heraufkommen. Sie hob den Blick und sah, dass es eine Kutsche war, von Brodie gelenkt und von Angus gezogen. Tilly war verwirrt.

»Wo sind Sie gewesen, Brodie?«, fragte sie. »Und wem gehört diese Kutsche?«

»Sie gehört Barney«, antwortete Brodie und sprang vom Bock. »Als ich das letzte Mal bei ihm war, habe ich gesehen, dass in seiner Scheune eine alte Kutsche steht. Offenbar hat Barney sie schon seit Jahren.«

»Das stimmt«, sagte Tilly. Sie hatte die Kutsche völlig vergessen.

»Er sagt, er benutzt sie nicht, weil er kein Pferd hat. Sie ist ein bisschen eingerostet, wird aber ihren Zweck erfüllen.«

»Welchen Zweck? Warum haben Sie sie hierher gebracht?« Tilly wurde flau im Magen.

»Wir werden heute noch nach Mount Gambier fahren. Und dazu brauchen wir ein geschlossenes Gefährt.«

»Heute? Nein, Brodie, heute kann ich noch nicht fahren!« Tilly war blass geworden.

»Doch, können Sie. Wenn Sie es jetzt nicht tun, wird es nie etwas. Gehen Sie schon, und ziehen Sie sich um. Ich bringe mich in der Zeit auch ein bisschen in Schuss.«

»Aber …« Tilly war wie erstarrt. Das alles kam zu plötzlich.

»Na los, Matilda«, sagte Brodie streng. Er wollte ihr gar nicht erst zu viel Zeit lassen, darüber nachzudenken.

Tilly wollte weiter protestieren, doch Brodie schob sie ins Haus, damit sie endlich aufbrechen konnten.

30

Clive konnte nicht still sitzen. Seine Taschen waren seit Stunden gepackt, und er hatte sich darauf eingestellt, planmäßig nach Montrose Park aufzubrechen. Doch mit einem Mal kamen ihm Bedenken. Noch nie war er so nervös gewesen, so rastlos – Empfindungen, die völlig fremd waren für einen Mann, der sich stets gerühmt hatte, alles im Griff zu haben. Clive hatte die feste Absicht gehabt, auch ohne Henrietta aufzubrechen, wenn es denn so sein sollte, aber jetzt, wo dieser Zeitpunkt immer näher rückte, wurde ihm klar, dass er das nicht konnte. Eine Zukunft ohne Henrietta vermochte er sich nicht vorzustellen.

Je länger Clive darüber nachdachte, desto mehr wuchs seine Überzeugung, dass Henrietta das Glück ihrer Familie stets über ihr eigenes stellte. Das musste ein Ende haben.

»Jemand muss für dich Partei ergreifen, mein Mädchen. Und wenn du das nicht selbst tun kannst, tue ich es eben für dich«, sagte Clive laut zu sich selbst.

Er hatte sich schon lange nach einer Konfrontation mit Richard gesehnt, doch Eliza und Katie zuliebe hatte er sich bisher beherrscht. Jetzt aber waren die Mädchen nicht zu Hause, sondern in Tantanoola, und Clive erkannte, dass endlich die Chance gekommen war, auf die er so lange gewartet hatte. Er musste diese Chance nutzen, wollte er sich ein Leben mit der Frau aufbauen, die er liebte. Außerdem hatte Henrietta gesagt, sie würde nach Tantanoola fahren, um sich von den Mädchen zu verabschieden; deshalb schien der Zeitpunkt ideal. Er und Richard konnten die

Angelegenheit unter vier Augen besprechen, ehe die Frauen zurückkamen.

Von neuer Entschlusskraft erfüllt, beschloss Clive, nach Sunningdale zu fahren. Zuerst aber musste er einen Zwischenstopp bei den Auktionshöfen einlegen, um Bert Newcombe, seinem Verwalter dort, ein paar Anweisungen in letzter Minute zu erteilen. Bert würde die Auktionshöfe übernehmen, mit der Aussicht, das Geschäft von ihm, Clive, zu kaufen, sobald er sich in Montrose niedergelassen hatte.

Als Henrietta und Eliza nach Hause kamen, stellten sie fest, dass Richard nicht da war. Eliza war insgeheim erleichtert – ebenso wie Henrietta –, obwohl keine der beiden wusste, wie der anderen zumute war.

Eliza wusste, dass es ihr schwerfallen würde, ihre feindseligen Gefühle gegenüber ihrem Vater zu verbergen, doch als Henrietta ihr freiwillig keine Auskünfte über Richards Aufenthaltsort gab, wurde Eliza neugierig und erkundigte sich nach seinem Verbleib.

Henrietta fiel die kaum verhohlene Feindseligkeit in Elizas Stimme gar nicht auf, da sie zu sehr mit anderen Dingen beschäftigt war. »Ich bin mir nicht sicher, wo er ist«, erklärte sie geistesabwesend. »Mickey sagte, er würde King Solomon zu den Roachs bringen, damit er eine ihrer preisgekrönten Stuten deckt. Aber er müsste inzwischen eigentlich zurück sein.«

Henrietta und Richard waren sich, seitdem die Mädchen in Tantanoola waren, aus dem Weg gegangen; deshalb war sie nicht verwundert, dass Richard noch nicht zurück war. Genau genommen war sie sogar erleichtert darüber. Henrietta nahm an, dass die Roachs ihn der Höflichkeit halber zum Nachmittagstee eingeladen hatten und dass er die Einladung lieber angenommen hatte, statt zu ihr und in die aufgeladene Atmosphäre nach Hause zurückzukehren. Henrietta war es nur recht. Sie wollte ihre Zukunft lieber ungestört mit ihren Töchtern erörtern.

Eliza war verwirrt, denn das hörte sich an, als hätte Richard seine Pläne nicht mit Henrietta abgesprochen. Doch angesichts der neu gewonnenen Einblicke in den Charakter ihres Vaters glaubte sie, gar nicht verwirrt sein zu müssen.

»Ich hoffe, Katie lässt nicht mehr allzu lange auf sich warten«, sagte Henrietta mit einem nervösen Blick auf die Uhr.

»Ich werde meine Tasche auf mein Zimmer bringen und auspacken«, erklärte Eliza. Sie war gespannt, was Henrietta mit ihr und Katie besprechen wollte. Doch Eliza kämpfte mehr noch mit den Gefühlen ihrem Vater gegenüber. Sie konnte einfach nicht vergessen, dass Tilly so schrecklich entstellt worden war und dass ihr Vater ihr eiskalt den Laufpass gegeben hatte, um mit Henrietta zusammen sein zu können.

Henrietta ging im Wohnzimmer unruhig auf und ab. Jetzt hörte sie das Geräusch von Wagenrädern in der Auffahrt. »Gott sei Dank, Katie ist zurück«, murmelte sie erleichtert. Sie war inzwischen das reinste Nervenbündel; sie hatte einen Sherry getrunken, um sich zu beruhigen, während sie betete, die Mädchen würden Verständnis dafür haben, was sie ihnen zu sagen hatte.

Henrietta wollte ihnen anvertrauen, dass ihr Vater einst in Matilda verliebt gewesen war und dass diese Liebe nie erloschen sei – genauso wenig, wie Henriettas Liebe zu Clive Jenkins noch immer Bestand hatte. Richard sei nie über Matilda hinweggekommen, wollte sie ihnen anvertrauen – genau wie Clive nie über sie, Henrietta, hinweggekommen sei. Sie und Richard hätten sich auseinandergelebt. Sie sei zu dem Schluss gekommen, dass Clive der Mann war, mit dem sie zusammen sein wolle. Clive habe jahrelang auf sie gewartet und dabei sein eigenes Glück geopfert. Anstatt weiterhin in einer Ehe ohne Liebe zu leben, habe sie beschlossen, ihre restlichen Jahre mit Clive in den Kimberlys zu verbringen.

Brodie fuhr mit Angus vor dem Wohnhaus der Sunningdale-Farm vor und stieg vom Kutschbock. Er öffnete die Tür für Matilda, doch sie zögerte, auszusteigen. Brodie beugte sich in den Wagen und nahm ihre Hand. Er konnte spüren, wie sie zitterte. »Alles in Ordnung, Matilda?«

»Ich bin in meinem ganzen Leben noch nie so nervös gewesen«, sagte sie atemlos vor Angst.

Brodie hatte eine solche Reaktion erwartet; deshalb holte er eine kleine Flasche Whiskey aus der Tasche und hielt sie ihr hin.

Matilda warf nur einen kurzen Blick darauf, ehe sie die Flasche nahm und einen tiefen Zug nahm. Die feurige Flüssigkeit brannte ihr in der Kehle, und die Hitze strömte ihr augenblicklich durch die Glieder.

»Sie schaffen das schon, Matilda«, sagte Brodie, ein wenig schockiert, dass sie nicht nur einen kleinen Schluck genommen hatte. »Sagen Sie Ihrer Schwester und Richard einfach, was in Ihrem Innern vor sich geht.«

Tilly wurde blass. »Ich … ich glaube, ich kann das nicht, Brodie. Mir ist schlecht.«

»Holen Sie ein paarmal tief Luft. Ich gehe mit Ihnen, wenn Sie wollen.«

»Nein, das muss ich allein schaffen … trotzdem – vielen Dank.« Sie holte tief Luft, atmete langsam aus und entspannte sich, während der Whiskey seine Wirkung entfaltete. »Dann wollen wir mal.«

Seit sie aus Tantanoola abgefahren waren, hatte Tilly darüber nachgedacht, was sie zu Henrietta sagen würde, doch kaum hatten sie Mount Gambier erreicht, war Tilly abgelenkt gewesen. Ihre Neugier gewann die Oberhand über ihre Schüchternheit, und sie spähte hinter dem Sichtschutz des Wagenfensters hervor. Mount Gambier hatte sich kaum verändert, und Tilly freute sich, die Heimatstadt wiederzusehen. Die Geschäfte und Tanzsäle, das Theater, die Schulen, die Parks und das Hotel, wo sie so oft mit Richard zu Abend gegessen hatte – das alles weckte viele angenehme Erinnerungen. Tilly glaubte sogar, ein paar Leute zu erkennen, an denen sie vorüberfuhren. Bald war sie schier überwältigt von Melancholie und Trauer um alles, was sie verloren hatte. Eine verrückte Sekunde lang hatte sie sogar den Gedanken gehabt, dass es im Grunde gar nicht Henriettas Schuld war, dass sie, Tilly, damals ihrem alten Leben den Rücken gekehrt hatte.

Dann aber stieg wieder Wut in Tilly auf.

Alles war Henriettas Schuld!

Tilly gab sich einen Ruck, ging zur Tür des Hauses und klopfte an.

Henrietta hob erstaunt den Kopf, als sie das Geräusch hörte. Warum war Katie nicht einfach zur Hintertür hereingekommen, wie sonst immer?

Irritiert ging Henrietta zur Tür und öffnete.

Als sie sah, wer draußen stand, wurden ihr die Knie weich.

»Ich kann nicht glauben, dass Sie Noahs Vater sind«, sagte Ryan zu Bob Hanson in der Bar des Railway Hotel, während Bob sein zweites Glas Bier leerte. Die Bar war praktisch leer, da die Leute aus der Stadt nach Hause gegangen waren. Ryan wusste, dass sie sich ihres Verhaltens gegenüber Noah zu sehr schämten, um in der Bar einen Schluck mit Bob zu trinken. Aber die Leute würden wiederkommen – einige mit eingezogenem Schwanz, während andere behaupten würden, sie hätten im Grunde ohnehin nie geglaubt, dass Noah zu einem Schafdiebstahl imstande sei. Ryan kannte sie alle nur zu gut.

»Es kam ziemlich überraschend, nicht wahr?«, sagte Bob, während er sich den Schaum von der Oberlippe wischte.

»Allerdings. Noah wird eine Weile brauchen, um sich an den Gedanken zu gewöhnen. Dass sein Vater ein angesehener Mann ist und kein Bushranger, muss ihn wie ein Blitz aus heiterem Himmel getroffen haben.« Er griff nach seinem Glas. »Soll ich Ihnen nachschenken?«

»Nein, danke. Ich sollte mich wieder auf den Weg machen,

aber…« Bob führte den Satz nicht zu Ende, doch Mary wusste, was er dachte.

»Möchten Sie Noah vielleicht seine Bilder bringen, bevor Sie gehen?«, fragte sie. »Wir haben sie hier in Verwahrung genommen, nachdem er aus der Stadt verjagt wurde.«

Bob war unbeschreiblich wütend darüber, wie mies Noah behandelt worden war. »Das würde ich sehr gern. Ich weiß, dass er Zeit braucht, um das alles zu verdauen, aber wir haben viel zu besprechen«, sagte er, während er Mary in die Diele folgte. Bob steckte voller Pläne, wusste aber, dass er Noah nicht damit überfallen durfte. Alles musste in Ruhe reifen. Nachdem er Alistairs Artikel zum ersten Mal gelesen hatte, hatte Bob sogar mit dem Gedanken gespielt, gar nichts zu unternehmen. Natürlich hatte er gewusst, dass er einen Sohn hatte, aber dieser Sohn war ein Fremder für ihn, und er hatte Angst davor gehabt, was für ein Mann Noah sein würde. Doch sein Gespräch mit Tilly hatte ihn beruhigt, und ihm wurde immer deutlicher bewusst, wie wunderbar es war, einen Sohn und Erben zu haben.

Mary holte die Gemälde aus dem Keller, in dem jetzt Mannie Boyd einsaß, und stellte sie neben die Hintertür.

»Ryan und ich haben Noahs Gemälde in Sicherheit gebracht, als ein paar Leute aus der Stadt damit drohten, sein Haus niederzubrennen«, erklärte sie, während sie und Bob sich die Bilder anschauten. Tilly hatte ihm bereits gesagt, Noah sei ein außergewöhnlicher Künstler; trotzdem staunte Bob, wie gut die Gemälde waren. »Ich freue mich, ihm diese Bilder wiederbringen zu können«, sagte er.

»Nur zu!« Mary hoffte, dass die Gemälde das Eis zwischen Vater und Sohn brechen würden.

Bob ging hinüber zu Noahs kleinem Haus, seine Gemälde unter den Armen. Die Haustür war nur angelehnt. »Hallo«, rief Bob. Als keine Antwort kam, drückte er die Tür mit einem Fuß ein Stück weiter auf und trat ein.

Bob war erschreckt von dem Anblick, der sich ihm bot. Noah hielt sich in dem Raum auf, den er als Atelier benutzte. Er stand vor dem Tisch, auf dem er normalerweise seine Farben und Pinsel aufbewahrte, mit dem Rücken zur Tür. Irgendjemand war in seinem Haus gewesen und hatte alles vom Tisch gefegt. Der Hass, den die Leute auf Noah gehabt haben mussten, zeigte sich an den Schmierereien, die den Boden, die Wände und die Fenster verunzierten. Noah hatte ein paar seiner Habseligkeiten gerettet und versucht, mit einem Tuch die Farbe von den Wänden zu wischen, doch sie war bereits zu trocken. Er war mit den Gedanken so weit weg, dass er Bob gar nicht rufen gehört hatte.

»Noah«, sagte Bob vom Türrahmen aus noch einmal. Noah zuckte zusammen. Zitternd fuhr er herum, mit verängstigter Miene.

Bob warf einen Blick auf das Geschmiere an den Wänden und auf dem Boden, auf die verschüttete Farbe, das Terpentin und die zerbrochenen Pinsel. Er schüttelte den Kopf, angewidert und wütend. »Ich wollte dir deine Gemälde wiederbringen«, sagte er.

»Danke, aber das wäre nicht nötig gewesen. Ich hätte sie schon abgeholt, sobald ich hier aufgeräumt habe.« Noah war verlegen wegen des Chaos in seinem Atelier und starrte auf den Boden.

»Ich bin nicht nur deshalb gekommen«, sagte Bob. »Ich hatte gehofft, wir könnten reden.«

Noah blickte ihn verwirrt an. »Ich kann immer noch nicht glauben, dass …« Er brachte die Worte nicht über die Lippen.

»Dass ich dein Vater bin«, führte Bob den Satz für ihn zu Ende. »Das verstehe ich. Nachdem ich McBrides Artikel gelesen hatte, habe ich ebenfalls ein paar Tage gebraucht, um es zu begreifen. Ich habe nie geheiratet, deshalb war es ein ziemlicher Schock für mich, als ich erfuhr, dass ich einen erwachsenen Sohn habe. Ich hatte nie darüber nachgedacht und war nicht darauf vorbereitet.«

»Aber Sie haben doch gewusst, dass meine Mutter mit mir schwanger war«, entgegnete Noah. »Das haben Sie selbst gesagt.«

»Ich habe es erst erfahren, nachdem ich weggegangen war, aber zu dem Zeitpunkt hatten Betty und ihr Clan sich bereits auf ihren Walkabout begeben. Dann kam mir das Gerücht zu Ohren, Betty habe einen Sohn zur Welt gebracht, und mir ging der Gedanke durch den Kopf, dass *ich* der Vater des Jungen sein könnte, aber ich habe es nicht wirklich geglaubt. Ich sagte mir, wenn Betty wüsste, dass ich der Vater ihres Kindes bin, hätte sie mich aufgesucht und um Unterstützung gebeten.«

»Meine Mutter war eine stolze Frau«, sagte Noah.

»Das war sie«, bestätigte Bob, »und ich will mich auch nicht herausreden. Es war falsch von mir, nicht nach ihr zu suchen und ihr zu helfen, dich großzuziehen.«

Noah hegte keinen Groll gegen Bob. Wie könnte er auch, nachdem Bob öffentlich erklärt hatte, Noahs Vater zu sein, womit er ihm das Leben gerettet hatte?

»Ich weiß, dass es ein Schock für dich ist«, sagte Bob. »Aber ich möchte, dass wir uns zusammensetzen und über die Zukunft reden.«

Noah sah ihn verwirrt an. »Die Zukunft?« Er hatte erwartet, dass Bob nach Millicent zurückkehren und ihn vergessen würde. »Ich bin Ihnen dankbar für alles, was Sie für mich getan haben, denn Sie haben mir das Leben gerettet, aber ich erwarte nichts von Ihnen…« Er fand nicht die Worte, Bob zu sagen, dass er nicht von ihm erwartete, sich mit einem unehelichen Aborigine-Sohn abzugeben. Vermutlich rechnete Bob damit, er, Noah, würde ihn um finanzielle Unterstützung bitten, doch Noah dachte gar nicht daran.

»Du bist mein Sohn, Noah. Jetzt, wo wir das wissen, können wir eine Zukunft planen… hoffe ich zumindest. Ich bin zu Tilly Sheehan gegangen, um zu erfahren, ob du etwas dagegen hast, dass bekannt wird, dass ich dein Vater bin, und sie sagte, sie sei sicher, du würdest dich freuen. Ich hoffe, sie hatte recht.«

»Mir fehlen die Worte, Mr. Hanson. Ich habe Sie immer bewundert.«

»Du solltest jetzt nicht mehr Mr. Hanson zu mir sagen, Noah.«

»Wie ... soll ich Sie denn anreden?«, fragte Noah schüchtern.

»*Dad* natürlich«, sagte Bob fröhlich, aber dann sah er Noahs Miene. »Das heißt, nur wenn du willst.«

Noahs Augen verschleierten sich. »Das würde mich sehr freuen, Mr. Hanson. Ich meine ...« Er konnte seinem neu gefundenen Vater nicht in die Augen sehen. *»Dad.«*

Bob lächelte. »Du hast großes Talent, Noah. Deine Gemälde gehören zu den besten, die ich je gesehen habe. Von mir hast du das nicht. Ich kann gerade mal einen Zaun anstreichen.«

Noah errötete vor Freude. »Ich male einfach gern«, sagte er bescheiden.

»Miss Sheehan hat mir erzählt, dass du deine Werke an die Galerie Ward in Mount Gambier verkaufst.«

»Das stimmt«, sagte Noah.

»Und sie hat mir erzählt, dass John Ward dir einen Hungerlohn bezahlt.«

Auf einmal blickte Noah ernüchtert. Er nahm an, dass Bob ihn kritisierte, dass er sich nicht durchsetzte.

»Er wird deine Bilder für viel Geld weiterverkaufen«, sagte Bob. »Ab sofort solltest du nur noch in den größeren Städten verkaufen, Noah.« Bob betrachtete ein Landschaftsbild aus der Nähe. »Mit deinem Talent könntest du ein Vermögen machen.«

»Niemand will mit einem Aborigine-Künstler ins Geschäft kommen«, sagte Noah. Er war sein Leben lang Bürger zweiter Klasse gewesen. Wie sollte jemand, der so erfolgreich war wie Bob Hanson, das verstehen?

Bob aber wusste, wie schlecht die Aborigines behandelt wurden. »Das wird sich jetzt ändern«, sagte er zuversichtlich. »Niemand wird meinen Sohn übers Ohr hauen.«

Noah war überwältigt von Gefühlen, er konnte die Tränen nicht unterdrücken, die ihm in die Augen traten.

Bob blickte ihn an. »Was ist?«, fragte er.

Noah brauchte einen Augenblick, um sich zu sammeln. »Niemand ist je…« Er rang mit den Worten.

»Niemand ist je auf deiner Seite gewesen, stimmt's, mein Sohn?«, sagte Bob teilnahmsvoll.

Noah nickte. »Es tut mir leid«, sagte er verlegen, während er sich die Tränen von den Wangen wischte.

»Du musst dich nicht bei mir entschuldigen«, sagte Bob. Er trat auf Noah zu und schloss ihn in die Arme. Sie waren beide verlegen, und die Umarmung währte nur kurz, doch für Noah bedeutete sie unendlich viel. Als Bob sich wieder von ihm löste, konnte Noah sehen, dass er ebenfalls bewegt war.

»Weißt du«, sagte Bob, »in meinem Haus gibt es ein großes, sehr helles Zimmer, das sich wunderbar als Atelier eignen würde.«

»Danke, Dad, aber es ist praktischer, mein Atelier in der Nähe zu haben.«

»Ich kann verstehen, dass du Tantanoola nicht verlassen willst…«

»Verlassen?« Noah hatte seinen Vater gar nicht begriffen. »Ich kann es mir nicht leisten, irgendwo anders als hier ein Haus zu mieten. Die Corcorans überlassen mir dieses Haus sogar mietfrei, solange ich die Ställe des Hotels ausmiste.«

Ein Ausdruck der Trauer erschien auf Bobs Gesicht. Er schämte sich, dass sein Sohn gezwungen gewesen war, von der Hand in den Mund zu leben, während er manchen Leuten geholfen hatte, die völlig Fremde für ihn waren. »Mein Haus ist zu groß für mich allein, aber wenn du lieber dein eigenes Haus hättest, werde ich dir eins kaufen.«

Noahs Augen weiteten sich. »Das wäre nicht richtig.« Er wandte sich ab, damit Bob nicht sehen konnte, wie gedemütigt er sich fühlte.

Bob war gerührt und stolz, dass sein Sohn so unabhängig und nicht gewillt war, sich zu nehmen, was er kriegen konnte, wie so viele andere. »Ich will gern etwas für dich tun, Noah, aber ich respektiere deinen Stolz. Wenn du nicht annehmen kannst, was ich dir anbiete, betrachte es als Darlehen. Du wirst mit deinen Gemälden gutes Geld verdienen. Du wirst auf niemanden mehr angewiesen sein. Das kann ich dir versichern.«

Noahs Miene hellte sich auf. Er musste wieder daran denken, wie stolz seine Mutter stets gewesen war. Sie hätte Bob – oder Barry, als den sie ihn kannte – nie um Hilfe gebeten. »Meinst du wirklich?«

»Das verspreche ich dir. Wirst du mit mir nach Hause kommen, Noah? Es kann vorübergehend sein, wenn du willst, aber wir haben vieles zu besprechen.«

Noah zögerte.

»Es würde mich sehr glücklich machen«, sagte Bob. Er war nicht mehr der Jüngste und hatte die letzten Jahre damit verbracht, sich zu fragen, was mit seinem Vermögen geschehen sollte, wenn er einmal nicht mehr war. Jetzt hatte er einen Sohn, und er war zuversichtlich, dass Noah der richtige Mann war, weiterhin Gutes für die Gemeinschaft zu tun.

»Na schön«, sagte Noah. Auf einmal erschien ihm die Zukunft aufregend, und er war bereit, sich auf ein Risiko einzulassen.

»Vielleicht können wir eines Tages gemeinsam das Grab deiner Mutter besuchen, die ich sehr geliebt habe«, sagte Bob wehmütig.

Noah lächelte. »Das würde mich freuen.«

»Dann komm, mein Sohn. Ich werde den Wagen holen, und dann können wir deine Gemälde und Habseligkeiten aufladen.« Heftiger Regen hatte eingesetzt; der Himmel hatte sich dermaßen verdunkelt, dass es schien, als wäre die Nacht hereingebrochen.

Wieder traten Noah Tränen in die Augen. Nicht in seinen kühnsten Träumen hatte er damit gerechnet, dass sein Leben eine solche Wendung nehmen würde. Er hatte nie das Gefühl gehabt, zu einem Menschen zu gehören oder an irgendeinem Ort zu Hause zu sein – erst recht nicht mehr, nachdem seine Mutter gestorben war. Doch nun hatte sich mit einem Schlag alles verändert.

Bob wusste, wie Noah zumute war. Er selbst hatte viele Freunde, aber immer das Gefühl gehabt, dass das Wichtigste in seinem Leben fehlte – eine eigene Familie. Jetzt hatte er einen Sohn, der überdies ein Mann war, auf den er stolz sein konnte.

Bob legte Noah eine Hand auf die Schulter. »Lass uns nach Hause fahren«, sagte er. Zum ersten Mal wusste er, dass es wirklich ein Zuhause für sie beide sein würde.

»Ja, ich bin's, Henrietta, deine lange verloren geglaubte Schwester!« Tilly stand auf der Türschwelle, einen Mantel über den Kopf geworfen, um sich vor dem Regen zu schützen, aber jetzt nahm sie ihn ab. Sie hatte sich bereits zurechtgelegt, was sie sagen würde, falls Eliza oder Katie zu Hause waren: Sie würde so tun, als wäre sie ihnen noch nie begegnet, damit die Mädchen keinen Ärger bekamen, dass sie ihre Mutter belogen hatten. »Ich habe dir vieles zu sagen, Henrietta.«

Henrietta kniff die Augen zusammen. Sie konnte nicht glauben, was geschah.

»Darf ich eintreten?« Es war eine höfliche Frage, doch Matildas Tonfall war alles andere als liebenswürdig oder gar bescheiden. Allein schon Henriettas Gesicht wiederzusehen löste die verschiedensten Gefühle bei ihr aus, darunter Wut und Verachtung, doch zu ihrem Erstaunen verspürte sie zugleich eine Willenskraft und Entschlossenheit, mit der sie nicht gerechnet hatte.

Henrietta hingegen war einen Augenblick lang völlig verblüfft; dann aber stieg Panik in ihr auf. Richard konnte jeden Augenblick nach Hause kommen, und Katie ebenfalls. Und was noch schlimmer war – Eliza war im Haus, und Henrietta wollte auf gar keinen Fall, dass sie Matilda begegnete und Fragen stellte.

Als Henrietta schwieg, drängte Tilly sich an ihr vorbei. Von der Diele aus konnte sie ins Ess- und Wohnzimmer blicken. Es war das Zuhause der Familie gewesen, als Matilda aufgewachsen war; sie sah, dass Henrietta und Richard ein paar Möbelstücke von damals behalten hatten: das schwere Eichenbüfett, das ihre Großmutter aus England mitgebracht hatte, die Flurgarderobe aus Walnussholz, die Standuhr in der Diele und den Bücherschrank aus massivem Mahagoniholz im Wohnzimmer. Und sie erkannte die chinesischen Lieblingsvasen ihrer Mutter.

»Ist das Whiskey, was ich da an dir rieche?«, fragte Henrietta, als Tilly an ihr vorbeigegangen war.

»Ist das Sherry, was ich da an dir rieche?«, gab Tilly zurück.

Die beiden Frauen starrten einander an. Tilly sah, dass der Blick ihrer Schwester zur vernarbten Seite ihres Gesichts wanderte, doch sie zwang sich, nicht mit der Wimper zu zucken.

»Was willst du?«, fragte Henrietta dann von oben herab. Sie war aschfahl geworden. Matildas Narben erinnerten sie an den Unfall und an die Rolle, die sie dabei gespielt hatte.

»Das ist ja eine schöne Begrüßung«, erwiderte Tilly sarkastisch.

»Du hast mich zwanzig Jahre lang ignoriert, Matilda. Hast du jetzt etwa erwartet, dass ich für dich den roten Teppich ausrolle?«

»Wir wissen doch beide, warum ich dich ignoriert habe, Henrietta.«

Eliza, die noch immer in ihrem Zimmer war, hörte Stimmen aus der Diele. Sie glaubte, eine davon als die Tillys zu erkennen. Aber das war doch nicht möglich …!

»Komm endlich zur Sache, Matilda. Was willst du?«, fragte Henrietta frostig.

Tilly fiel auf, dass ihre Schwester immer wieder nervös die Diele entlangschaute. Tilly glaubte zu wissen warum: Henrietta hatte Angst, Richard könnte sie gehört haben. Doch auch Tilly hoffte, dass Richard nicht in Hörweite war. Sie musste ihrer Schwester einige Dinge unter vier Augen sagen, und ihre alte Liebe Richard wiederzusehen hätte Tillys Verhängnis sein können.

»Wir sollten die Diskussion lieber in der Bibliothek führen«, sagte Tilly und ging voran.

Panik wallte in Henrietta auf. »Es gibt nichts zu diskutieren, Matilda. Du solltest wieder gehen.« Doch Tilly stand schon in der Bibliothek, und ihr blieb nichts anderes übrig, als ihr zu folgen.

»Kommt gar nicht in Frage«, sagte Tilly, während sie die Tür hinter ihnen schloss. Im Gegensatz zu Henrietta hatte sie inzwischen eine eiserne Entschlossenheit entwickelt, und die Möbel in dem alten Zuhause zu sehen, das *ihres* hätte sein sollen, machte Tilly nur noch wütender. Ihr Vater hatte damals verfügt, dass diejenige von ihnen, die zuerst heiratete, in Sunningdale wohnen sollte, da er und seine Frau ihren Lebensabend auf einem kleineren Anwesen verbringen wollten, das für sie leichter zu bewirtschaften war. Da Matilda die Ältere war, schien es wahrscheinlich, dass sie Sunningdale übernahm. Tatsächlich hatte Richard sie am Abend vor dem Unfall gebeten, ihn zu heiraten, und beide hatten vorgehabt, bei einem Familienbarbecue am darauf folgenden Wochenende ihre Verlobung bekannt zu geben. Richard hatte ein Jahr zuvor sein erstes Unternehmen gekauft, eine kleine Wagenbaufirma, die sehr gut lief, sodass sie vorgehabt hatten, bald zu heiraten. Tilly hatte Henrietta während des schicksalhaften Einkaufsausflugs im Vertrauen von Richards Heiratsantrag erzählt, unter der Bedingung, dass sie es noch bis zum Wochenende für sich behielt. Erst das hatte den Streit zwischen den Schwestern ausgelöst. Matilda hatte keine Ahnung gehabt, dass Henrietta in Richard verliebt sein könnte und dass sie insgeheim sogar vorgehabt hatte, ihre Romanze mit ihm zu zerstören.

»Du bist nicht einmal zu Mutters oder Vaters Beerdigung nach Hause gekommen, Matilda. Was also sollten wir jetzt zu besprechen haben?«, stieß Henrietta hervor. »Du musst doch von ihrem Tod gehört oder in der Zeitung gelesen haben.«

Das hatte Matilda, doch sie hätte es nicht ertragen können, Henrietta und Richard als Mann und Frau zu sehen. »Du hast dich nicht mit mir in Verbindung gesetzt«, sagte Tilly nun in einem Tonfall, der die Tiefe ihrer Gefühle verschleierte.

»Wir wussten nicht, wo du bist.«

»Du wusstest sehr gut, dass ich in Tantanoola war! Es ist eine kleine Stadt! Du hättest mich leicht finden können! Aber du bist auf Distanz geblieben, weil du den Mann geheiratet hast, den ich geliebt habe.«

»Wenn du ihn so geliebt hast, warum hast du ihn dann verstoßen?«, fragte Henrietta. »Dafür kannst du ja wohl nicht *mich* verantwortlich machen.«

»Ich gebe zu, es war dumm von mir, aber du hast die Situation nur zu gern ausgenutzt. Ich hatte keine Ahnung, dass du ihn die ganze Zeit gewollt hast und dass du *alles* tun würdest, um ihn dir zu schnappen.« Als Tilly im Krankenhaus gelegen hatte, hatte sie mehr als genug Zeit gehabt, darüber nachzudenken, was Henrietta zu ihr gesagt hatte. Sie konnte nicht glauben, dass sie so eifersüchtig auf ihre Beziehung mit Richard gewesen war, doch ebenso unfassbar erschien es ihr, dass sie nichts davon mitbekommen hatte.

Als Eliza die lauten Stimmen hörte, schlich sie aus ihrem Zimmer und lief die Diele entlang. Als sie bemerkte, dass die Stimmen aus der Bibliothek kamen, stellte sie sich vor die Tür und lauschte. Eliza konnte nicht glauben, dass Tilly und ihre Mutter sich so heftig stritten. Als sie dann hörte, dass die Schwestern über die Vergangenheit und über Tillys Unfall sprachen, war Eliza wie gebannt. Sie wusste, dass es ungehörig war, an der Tür zu lauschen, aber sie wusste auch, dass weder ihre Mutter noch ihre Tante ihr je freiwillig die Wahrheit darüber sagen würden, was damals zwischen ihnen vorgefallen war und warum sie seit so vielen Jahren nicht mehr miteinander gesprochen hatten.

»Ich habe unterschätzt, wie weit du zu gehen bereit warst, um Richard zu bekommen, Henrietta«, sagte Tilly nun.

»Ich weiß gar nicht, wovon du redest«, erwiderte Henrietta, doch die Röte, die ihr ins Gesicht stieg, strafte ihre Worte Lügen.

»Ich habe lange gebraucht, um der Wahrheit ins Auge sehen zu können, weil sie so schockierend ist«, stieß Tilly voller kalter Wut hervor. »Ich habe mich versteckt in dem Glauben, dieser Wahrheit entkommen zu können, aber sie war immer da und starrte mir ins Gesicht.«

»Ich weiß nicht, von was für einer *Wahrheit* du redest!«, rief Henrietta.

»Dass du mich vor die Räder der Postkutsche gestoßen hast«, sagte Tilly.

Zum ersten Mal laut ausgesprochen klang es noch entsetzlicher, als es ohnehin schon war.

Henrietta holte tief Luft. »Du bist wahnsinnig! Das habe ich nicht getan!«, rief sie schrill.

»Streite es nicht ab«, sagte Tilly ruhig. »Ich habe deine Hand an der Schulter gespürt. Ich dachte, du würdest mich nach hinten reißen, stattdessen hast du mich geschubst – unter die Räder der Kutsche. Du hast versucht, mich umzubringen.« Tränen traten Tilly in die Augen, doch sie kämpfte dagegen an. Das war *ihr* Augenblick, und sie hatte Jahre darauf gewartet.

Eliza, die noch immer vor der Bibliothekstür stand und lauschte, musste sich eine Hand vor den Mund pressen, um nicht laut aufzuschreien.

»Du hast ja den Verstand verloren«, gab Henrietta zurück, doch ihren Worten mangelte es an Überzeugung.

»Ich konnte nicht begreifen, dass meine Schwester mir so etwas antut«, sagte Tilly, um Fassung ringend. »Deswegen habe ich mich so zurückgezogen. Ich konnte der Wahrheit nicht ins Auge sehen, dass du meinen Tod wolltest. Das war ein unendlich viel schlimmerer Schmerz als der hier.« Matilda hob ihr Haar hoch, um Henrietta ihre Narben zu zeigen. Sie sah das Entsetzen und die Abscheu auf dem Gesicht ihrer Schwester. »Kein Wunder, dass du mit Richard nie glücklich geworden bist. Du hattest es nicht verdient!«

Eliza wurde übel. Sie rannte durch die Vordertür aus dem Haus, während im selben Augenblick ihr Vater zur Hintertür hereinkam.

Richard sah seine Tochter nicht. Er war nicht verwundert, dass es im Haus so still war. So war es die ganze Zeit gewesen, seit die Mädchen fort waren. Als er an Elizas Zimmer vorbeikam, fand er die Tür offen, sodass er einen Blick hineinwerfen konnte. Er sah Elizas leeren Koffer auf dem Bett und daneben ein paar zusammengefaltete Kleidungsstücke; offenbar war sie mit Auspacken beschäftigt. Richard lächelte. Er hatte Eliza sehr vermisst und konnte es kaum erwarten, sie wiederzusehen.

Eliza lief den Weg vor dem Haus hinunter, blind vor Tränen. Den heftigen Regen und die schwarzen Wolken bemerkte sie kaum. In der Nähe der Pforte beugte sie sich vor, zitternd und am Rande eines Zusammenbruchs. Sie bemerkte, dass eine Droschke vorfuhr und hinter dem geschlossenen Wagen hielt, mit dem anscheinend Tilly gekommen war. Eliza erschrak. Sie war nicht in der Stimmung, jemanden zu sehen, und suchte nach einem Fluchtweg. Die Ställe befanden sich zu weit weg, und ins Haus zurück konnte sie nicht. Ohne zu überlegen, flüchtete Eliza sich in den Wagen ihrer Tante. Sie stand unter Schock. Was sie gehört hatte, konnte einfach nicht wahr sein! Jetzt erschien es ihr logisch, dass Tilly ihr nichts über diese Geschichte hatte erzählen wollen.

Zitternd und unter Tränen kauerte Eliza sich auf dem Sitz zusammen, ohne Brodie auf dem Wagen zu bemerken.

Brodie jedoch hatte Eliza in dem Moment erkannt, als sie aus der Vordertür gekommen war. Er hörte sie im Innern des Wagens schluchzen. Nachdenklich saß er auf dem Kutschbock, wo er auf Matilda wartete, in eine Decke gewickelt, um nicht allzu nass zu werden.

Plötzlich kam ihm eine Idee. Er musste die Gelegenheit nutzen, um endlich etwas klarzustellen.

Kurz entschlossen trieb er Angus mit der Peitsche an, wendete den Wagen und fuhr los.

Clive, der in diesem Moment seinen Wagen in die Einfahrt lenkte, fragte sich, wer da eben Sunningdale verließ. Er erkannte den Wagen nicht; deshalb war er sicher, dass es nicht Henrietta war. Er warf einen Blick auf das Haus. Selbst durch den dichten Regen sah er, dass die Haustür offen stand.

Er stieg vom Wagen und eilte zum Haus. Als er es betrat, sah er Richard im Flur stehen. Doch es war seltsam: Richard nahm überhaupt keine Notiz von ihm; er war viel zu vertieft in irgendetwas, was in der Bibliothek vor sich zu gehen schien.

Clive klappte seinen Regenschirm zu, trat die Schuhe auf einer Fußmatte ab und ging zu Richard. »Wir müssen reden«, sagte er.

»Pssst«, zischte Richard und drückte den Zeigefinger auf die Lippen. »Jetzt nicht!«

»Was ist denn …?«, fragte Clive verwundert und verstummte, als er Henriettas erregte Stimme hinter der Tür zur Bibliothek hörte: »Du hast ja den Verstand verloren!«

Clive blickte Richard fragend an. »Was geht da vor sich?«, wollte er wissen. Er konnte nicht begreifen, wieso Richard in seinem eigenen Haus an einer Tür lauschte.

»Seien Sie doch still!«, flüsterte Richard erregt und presste sein Ohr an die Tür.

»Es ist die Wahrheit!«, rief Matilda im Innern der Bibliothek. »Du hast versucht, mich loszuwerden, damit du Richard haben kannst, und das ist dir gelungen. Auch wenn du bestimmt enttäuscht gewesen bist, dass ich bei dem so genannten Unfall nicht umgekommen bin …«

»Wie kannst du so etwas sagen?«, rief Henrietta.

»Weil es die Wahrheit ist!«, schrie Matilda. »Warum gibst du es nicht endlich zu? Wir sind ganz allein hier, du und ich. Hab endlich den Mut, die Wahrheit zu sagen! Wenn du den Mumm hattest, mich vor eine Kutsche zu stoßen, sollte es doch nicht so schwer sein, das auch zuzugeben.«

Clive und Richard stockte der Atem. Die beiden Männer starrten einander mit weit aufgerissenen Augen an. Sie konnten nicht glauben, was sie da hörten.

»Wer ist da drinnen bei Henrietta?«, fragte Clive atemlos.

»Ihre Schwester Matilda«, antwortete Richard, der sichtlich erschüttert war.

»Na schön! Ich *habe* es getan«, rief Henrietta in diesem Moment. »Ich habe Richard geliebt, und du hättest jeden Mann haben können, den du wolltest. Du warst die schönste Frau in Mount Gambier, und du hast nur mit ihm gespielt – wie mit allen anderen Männern, die hinter dir her waren!«

Richard und Clive lauschten in fassungslosem Schweigen.

»Lüg nicht! Ich hatte dir erzählt, dass Richard und ich am Wochenende unsere Verlobung bekannt geben würden«, sagte Matilda. Nachdem Henrietta ihr Verbrechen endlich zugegeben hatte, wartete Matilda darauf, dass ihre Schwester Anzeichen von Reue zeigte. Stattdessen versuchte sie, ihr Tun zu rechtfertigen.

»Du hast Richard nicht so geliebt wie ich!«, stieß sie gehässig hervor.

»Da täuschst du dich«, erwiderte Matilda. »Ich bin all die Jahre allein geblieben, weil Richard der einzige Mann ist, den ich je geliebt habe. Du hast mir mein Leben gestohlen. Dieses Haus hätte *meines* sein sollen. *Ich* hätte Elizas und Katies Mutter sein sollen, und Richard hätte *mein* Ehemann sein sollen.«

»Woher weißt du die Namen meiner Töchter?«, fragte Henrietta. Auf einmal wurde ihr klar, dass die Mädchen ihre Schwester in Tantanoola besucht hatten.

Richard hatte genug gehört. Er stieß die Tür auf, und dann standen er und Clive da und starrten ins Zimmer. Henrietta und Matilda fuhren zu ihnen herum. Sie begriffen augenblicklich, dass die beiden Männer ihr Gespräch mit angehört hatten. Es stand ihnen nur zu deutlich in den Gesichtern geschrieben.

Henrietta stöhnte vor Entsetzen auf. Es war schon schlimm genug, dass Richard ihr Geständnis gehört hatte … aber Clive? Das würde alles zwischen ihnen zerstören! Das durfte nicht sein!

Matilda jedoch war froh, dass die Wahrheit endlich heraus war. Es schien, als wäre ihr eine gewaltige Last von den Schultern genommen. Dass sie Richard nun so plötzlich wiedersah, war wundervoll und schrecklich zugleich. Wundervoll, weil sie ihn immer noch liebte. Schrecklich, weil er nun ihr entstelltes Gesicht sah.

Richard blickte sie an, doch Matilda konnte seine Miene nicht deuten. Sie kam sich mit einem Mal nackt vor, als lägen all ihre Makel und Unvollkommenheiten bloß. Sie konnte es nicht ertragen und senkte den Kopf.

»Matilda …«, sagte Richard leise. »Ich kann nicht glauben, dass du hier bist.« Er trat näher, wollte sie berühren, doch sie zuckte zurück.

Henrietta starrte Clive an. »Was … was tust du hier?«, stammelte sie.

»Ich wollte mit Richard sprechen«, sagte er. Er konnte noch immer nicht fassen, was er soeben gehört hatte.

»Warum?«, fragte Henrietta.

»Ich konnte nicht ohne dich nach Montrose aufbrechen und wollte deinen Mann bitten, dich freizugeben, damit wir endlich zusammen sein können. Aber was du eben gesagt hast, Henrietta … ist das wahr? Hast du deine Schwester vor eine Kutsche gestoßen?«

Henrietta wusste nicht, was sie erwidern sollte. Sie starrte Clive an, unfähig, Worte zu finden.

Matilda hielt es nicht mehr in der Bibliothek. Das Widersehen mit Richard und Henriettas Geständnis waren zu viel für sie. Sie sprang auf, rannte an den beiden Männern vorbei, eine Hand auf die vernarbte Seite ihres Gesichts gedrückt, eilte in die Diele und zur Haustür hinaus. Sie wollte nur noch zurück in den Schutz des Hanging Rocks Inn.

Richard zögerte. Er warf einen Blick auf Henrietta und schien etwas sagen zu wollen, schwieg dann aber. Abrupt drehte er sich um und folgte Matilda.

Henrietta konnte den Blick nicht von Clive abwenden. Sie sah, wie entsetzt er war, wie ratlos. Er wollte Antworten, doch es gab keine. Was konnte sie, Henrietta, auch zu ihrer Verteidigung vorbringen, wo Clive doch ihr Geständnis mit angehört hatte?

Clive wartete, dass Henrietta etwas sagte. Als sie stumm blieb, ließ er sich schwer auf einen Stuhl sinken. Seine ganze Welt war in sich zusammengestürzt. All die Pläne, die er jahrelang gehegt hatte, waren in einem einzigen Augenblick zunichte gemacht worden.

Henrietta genügte ein Blick in Clives Gesicht, um zu wissen, dass sie ihn verloren hatte. Das Geständnis des Mordversuchs an der eigenen Schwester fast zwanzig Jahre zuvor hatte sie den einzigen Mann gekostet, der sie je wirklich geliebt hatte.

Doch für Henrietta gab es nur einen Menschen, der die Schuld daran trug: Matilda. Wäre sie nicht zurückgekommen, wäre das alles nie passiert.

31

Tilly rannte in den strömenden Regen hinaus und blieb jäh dort stehen, wo der Fußweg auf die Auffahrt stieß. »Wo ist der Wagen?«, rief sie verzweifelt. Sie konnte es nicht glauben! Wo war Brodie? Clives Pferd und Wagen standen genau da, wo sie Barneys Wagen zurückgelassen hatte.

Matilda schaute die Auffahrt hinunter, auf das Tor und die Straße zur Stadt; dann in die entgegengesetzte Richtung, zu den Ställen. Sie konnte nicht glauben, dass Brodie ohne sie gefahren war. Nun wusste sie nicht, in welche Richtung sie sich wenden sollte. In blinder Panik hielt sie auf die Ställe zu.

In diesem Moment kam Richard aus dem Haus und blickte die Auffahrt hinunter. Er konnte nur Clives Wagen sehen, der am Firmenzeichen der Viehauktionshöfe zu erkennen war. Wo aber steckte Matilda? Mit einem Wagen konnte sie unmöglich so schnell verschwunden sein.

Richard schaute in die andere Richtung, die Auffahrt hoch. Eben noch sah er, wie Matilda im strömenden Regen auf die Ställe zuhielt. »Matilda! Warte!«, rief er und eilte ihr nach.

Als Tilly die Ställe erreichte, huschte sie hinein. Sie nahm das Geräusch der Pferde in ihren Boxen und den Geruch von frischem Heu kaum wahr. Ihr Inneres war in hellem Aufruhr, und sie keuchte vom schnellen Laufen. Sie suchte nach einem Versteck, huschte in eine leere Box und kauerte sich zitternd in eine Ecke. Der Regen trommelte auf das Eisendach. Plötzlich sah Matilda eine dunkle Gestalt an der Stalltür.

»Matilda …«, rief Richard.

»Nein!« Verzweifelt wandte Matilda sich von ihm ab und vergrub das Gesicht in ihren Händen. »Bitte geh, Richard. Ich muss allein sein.«

»Das kann ich nicht, Matilda. Ich habe mich vor zwanzig Jahren von dir verstoßen lassen, und seitdem ist kein Tag vergangen, an dem ich es nicht bereut habe.«

»Du darfst mich nicht so sehen, Richard! Bitte geh«, flehte Tilly. Sie versuchte ohne Erfolg, ihre Narben zu verbergen.

Richard sah, was sie tat, und beugte sich zu ihr hinunter. »Deine Narben sind mir egal. Ich habe dich all die Jahre geliebt, und ich liebe dich heute nicht weniger«, sagte er.

»Das stimmt nicht!«, stieß Matilda hervor. »Das würdest du nicht sagen, wenn du mein Gesicht sehen könntest … Nicht einmal ich selbst kann mich im Spiegel anschauen.«

»Ich habe dein Gesicht bereits gesehen, Matilda, vor langer Zeit«, sagte Richard leise. »Ich habe deine Wunden gesehen, als sie am schlimmsten waren, im Krankenhaus, gleich nach dem Unfall.«

Tilly schwieg. Selbst in dem trüben Licht konnte Richard sehen, wie verwirrt sie war.

»Ich bin am Tag des Unfalls spätabends ins Krankenhaus gekommen«, sagte er, »als eine Krankenschwester dabei war, deine Verbände zu wechseln.«

»Warum bist du nicht geblieben?«, fragte Matilda. »Du konntest nicht, stimmt's? Du warst abgestoßen von meinem Anblick.«

»Nein, Matilda. Das war nicht der Grund. Ich hatte Angst, dich zu verlieren. Ich wollte stark für dich sein, damit du dich an mich lehnen konntest, aber ich war an dem Abend alles andere als stark. Ich habe geweint und gezittert und bin gegangen. Und als ich wiederkam, entschlossen, an deiner Seite zu bleiben, weil ich dich liebte und große Pläne für uns hatte, warst du verschwunden, und keiner wollte mir sagen, wohin. Ich wusste sofort, dass du

Zeit für dich allein gebraucht hast, um mit deinen Verletzungen, dem Schmerz und der Enttäuschung fertig zu werden. Aber ich hätte nie gedacht, dass ich dich *niemals* wiedersehe.«

Tilly wandte sich langsam zu ihm um, froh über das trübe Licht im Stall. Wenn er ihr Gesicht nach dem Unfall wirklich gesehen hatte, und wenn er sie noch immer wollte, gab es vielleicht noch Hoffnung für sie beide. Sie musste sich vergewissern, dass er die Wahrheit sagte. Sie musste sich ihm so zeigen, wie sie jetzt aussah …

Richard blickte ihr fest ins Gesicht, und ein Lächeln legte sich auf seine Lippen. Selbst in dem schummrigen Licht konnte Tilly die Liebe in seinen Augen sehen, nicht das Mitleid, das sie erwartet hatte.

»Es stimmt, was man sagt, Matilda«, flüsterte er. »Dass wahre Schönheit für das Auge unsichtbar ist. Ich bin älter geworden, und mein Haar wird grau, aber ich hoffe, dass ich noch immer derselbe Mann bin wie früher. Ich weiß, ich bin damals ein Schwächling gewesen, aber gib uns eine Chance …«

Er nahm ihre Hand. Die Wärme seines Körpers schien bis zu ihrem Herzen zu strömen. Tilly spürte, dass sie sich in seiner Gegenwart geborgen fühlte, als wäre sie nach einer langen Reise endlich am Ziel.

»Ich kann nicht glauben, was Henrietta vorhin gesagt hat«, flüsterte Richard. »Ich wusste nichts davon.«

»Niemand hat es gewusst«, sagte Tilly.

»Sie hätte nicht ungestraft davonkommen dürfen.«

»Sie ist mit allem davongekommen, Richard«, sagte Tilly, während sie um die Jahre trauerte, die sie verloren hatten.

Er wusste, was sie meinte. Henrietta hatte sich das Leben genommen, das Matildas Leben hätte sein sollen – das Leben, das Richard mit *ihr* hätte teilen sollen.

»Ich kann nicht von dir erwarten, dass du mir je verzeihst, dass ich Henrietta geheiratet habe, aber ich habe es in den letzten zwanzig Jahren oft bereut. Ich hätte dich suchen sollen, nachdem du verschwunden warst. Ich hätte jeden Winkel der Erde nach dir absuchen sollen. Als ich erfuhr, wo du dich aufhältst, war es bereits zu spät. Ich hatte Henrietta geheiratet, und ich wusste, dass du es nie verstehen würdest. Ich hasse mich dafür, dass ich ein solcher Narr und Feigling gewesen bin.«

»Es ist nicht nur deine Schuld, Richard. Henrietta hatte einen Plan, und dieser Plan ist aufgegangen. Ich weiß, dass sie deine Verletzlichkeit ausgenutzt hat. Und was mich angeht … anfangs bin ich nicht vor dir davongelaufen. Ich bin vor der Wahrheit davongelaufen. Der Wahrheit, was passiert war. Ich wollte nicht wahrhaben, dass meine eigene Schwester versucht hatte, mich zu ermorden. Aber nun bin ich gekommen. Ich hoffte, wenn ich Henrietta endlich zwänge, der Wahrheit ins Auge zu sehen, würde das die alten Wunden in mir heilen lassen.«

Sie sah zu Richard hoch, und es schien fast, als wären die letzten zwanzig Jahre nicht gewesen. Sie sah, dass seine Augen von Tränen schimmerten, doch es waren keine Tränen des Mitleids, sondern der Freude.

Endlich begriff Matilda, dass er sie liebte, dass er sie immer geliebt hatte und dass ihr Aussehen keine Rolle spielte.

»Kutscher!«, rief Eliza zum x-ten Mal, doch auch diesmal bekam sie keine Antwort. »Halten Sie an! Ich will wissen, wohin Sie mich bringen!«

Eliza hatte aus dem Fenster geschaut, die Gegend aber nicht erkannt. Sie nahm an, dass sie auf der Küstenstraße fuhren, in Richtung Süden, doch ihr Orientierungssinn war noch nie besonders gut gewesen. Und da der Wagen geschlossen war, konnte Eliza nicht sehen, wer auf dem Bock saß. Außerdem fuhren sie mit hoher Geschwindigkeit. Sie konnte nur still auf ihrem Platz im Wageninnern sitzen, durchnässt und zitternd vor Angst.

Endlich verlangsamte der Wagen das Tempo. Eliza warf einen

Blick aus dem Fenster und sah, dass sie in eine von Bäumen gesäumte Auffahrt einbogen. Ein Stück weiter die Straße hinauf erblickte sie ein Schild, auf dem »Nene Valley« stand.

Als der Wagen schließlich zum Stehen kam, sprang Brodie vom Bock – genau in dem Moment, als Eliza die Tür öffnete.

»Brodie!«, rief sie verwundert, als sie ihn sah. Ihre Angst wandelte sich augenblicklich in Zorn. »Was fällt Ihnen ein, mich zu entführen?«

»Ich weiß, dass Sie wütend auf mich sind«, sagte er, »aber wenn Sie mir nur eine Minute Zeit geben, es Ihnen zu erklären ...«

Eliza wollte nach ihm schlagen, doch er packte ihren Arm und hielt ihn fest.

»Lassen Sie mich los!«, schrie sie zornig.

Brodie war sicher, dass Eliza gehört hatte, was Matilda ihrer Schwester zu sagen gehabt hatte, und dass es schrecklich für sie gewesen war; deshalb verstand er, dass sie nun außer sich war. »Bitte, Eliza, beruhigen Sie sich«, sagte er sanft.

»Sie haben mich verraten!«, fuhr Eliza ihn an.

Brodie warf einen Blick hinter sich. »Bitte sprechen Sie leiser.«

»Das werde ich nicht tun!«, stieß Eliza wild hervor. »Sie sind ein Mörder und ein ...«

In diesem Augenblick zog Brodie sie in die Arme und küsste sie. Eliza wehrte sich mit aller Macht, doch der Kuss erstickte ihren Gefühlsausbruch, ohne dass sie etwas dagegen tun konnte. Ihre Gegenwehr erlahmte rasch. Leidenschaftliche Gefühle bahnten sich den Weg in ihr Herz.

Als Brodie sich schließlich von ihr löste und ihr in die Augen schaute, sah er zu seinem Erstaunen, dass Tränen darin schimmerten. Schuldgefühle überkamen ihn. Er nahm ihre Hand und ging mit ihr an dem Haus vorbei und einen Weg hinunter. Eliza war zu erschöpft, um ihn zu fragen, wohin er wollte, oder auf ihre Umgebung zu achten. Schließlich blieb Brodie ein Stück hinter dem Haus vor einer Pforte stehen. Als Eliza sich umschaute, sah sie, dass sie vor einer großen umzäunten Weide standen, auf der Eukalyptusbäume wuchsen. Das Gras war saftig und grün nach dem vielen Winterregen. Es war ein schöner Ort, doch Eliza konnte keine Tiere sehen. Nicht weit von ihnen entfernt, neben der Pforte, befand sich ein kleiner Schuppen.

»Was tun wir hier?«, fragte Eliza.

Brodie ließ ihre Hand los und öffnete den Schuppen. »Ich muss etwas abholen.«

Er beugte sich in den Schuppen und holte zu Elizas Entsetzen ein ausgestopftes Tier hervor, das er auf den Boden stellte. In der anderen Hand hielt er ein gerupftes Huhn.

Eliza fuhr entsetzt zurück. Sie wäre am liebsten davongelaufen, war aber vor Abscheu wie gelähmt. Sie starrte Brodie an, als sähe sie ihn zum ersten Mal. Sie hatte ihn für herzlos gehalten, aber er war noch viel schlimmer: Er war ein Ungeheuer.

Erwies sich denn jeder, den sie zu kennen glaubte, als bittere Enttäuschung? Ihr Vater, ihre Mutter, und jetzt auch noch Brodie …

Brodie nahm sie bei der Hand und zerrte sie durch die Pforte, aber diesmal ergab Eliza sich nicht kampflos in ihr Schicksal.

»Lassen Sie mich los«, zischte sie und trat ihm gegen das Schienbein.

»Autsch!«, rief er und ließ ihre Hand los. »Hören Sie auf, Eliza, ich muss Ihnen etwas zeigen.«

»Was immer es ist, ich will es nicht sehen!«, rief Eliza.

»Nicht so laut! Sie werden ihn noch erschrecken«, sagte Brodie.

Eliza musterte ihn verwirrt. War er verrückt geworden? Was er sagte, ergab keinen Sinn.

Brodie blieb neben einem Baumstamm stehen und warf das Huhn auf eine kleine Erhebung, die etwa zwanzig Meter entfernt war. »Seien Sie jetzt bitte ganz still«, sagte er und nahm wieder ihre Hand.

»Nein! Lassen Sie mich los, bevor ich hier alles in Grund und Boden schreie!«

Brodie zeigte auf den kleinen Hügel. »Sehen Sie sich das an«, sagte er leise.

Eliza wollte protestieren, wandte sich dann aber um und folgte seinem Blick. Ihr Protest erstarb ihr auf den Lippen. Sie traute ihren Augen nicht. »Ist das … ist es …« Sie brachte die Worte nicht über die Lippen.

»Ja, das ist der Wolf. Und wie Sie sehen, ist er gesund und munter.«

Der Wolf sah wundervoll aus. Sein Fell glänzte von den Regentropfen, und er wirkte in seiner neuer Umgebung rundum zufrieden. Mit seinen klugen Augen schaute zu ihr und Brodie hinüber, und Eliza fragte sich unwillkürlich, ob er sie erkannte. Doch er war mehr an seiner Mahlzeit, dem Huhn, interessiert.

Wieder traten Eliza Tränen in die Augen, aber diesmal waren es Tränen der Freude. Sie blickte zu dem Schuppen, wo das ausgestopfte Tier auf dem Boden lag. »Und was ist das?«, fragte sie.

»Das ist der … nun, der Ersatzwolf, den ich mit nach Tantanoola nehmen werde«, sagte Brodie. »Er gehört einem Freund von mir. Er hat ihn schon seit Jahren, deshalb hoffe ich, dass niemand ihn sich allzu genau anschauen wird. Mein Freund hat ihn bei einem Kartenspiel von einem russischen Matrosen gewonnen. Es ist ein assyrischer Wolf. Ich glaube, unser Wolf hier gehört auch zu dieser Art.« Er schaute wieder zu dem Tier, das inzwischen das Huhn verspeist hatte.

»Ja«, sagte Eliza, der plötzlich die Zusammenhänge klar wurden. »Sarah Hargraves hat mir erzählt, zwei russische Schiffe hätten vor etwa einem Jahr hier an der Küste Schiffbruch erlitten. Wir dachten uns, der Wolf könnte vielleicht von dort gekommen sein.«

»Das ist eine plausible Erklärung«, sagte Brodie.

»Wie haben Sie ihn hierher bekommen?«, fragte Eliza.

»Ich habe ihn auf Barneys Hühnerhof in die Enge getrieben und eine Decke über ihn geworfen. Dann habe ich ihn gefesselt und auf Matildas Wagen hierher geschafft. Es war nicht einfach, denn er hat sich nach Kräften gewehrt. Aber jetzt ist er in Sicherheit. In der Gegend um Tantanoola werden ihn jetzt alle für tot halten, und die Aborigine-Fährtenleser werden wohl bald abreisen.«

»Aber die wussten doch gar nicht, dass es den Wolf gab.«

»Doch, das wussten sie. Als ich einmal in der Stadt war, hörte ich, wie sie über ihn sprachen. Sie hatten seine Pfotenabdrücke und andere Spuren gefunden, die er hinterlassen hatte. Natürlich wussten sie nicht *wirklich*, dass es ein Wolf ist, aber sie wussten zumindest, dass es kein Haushund und kein Dingo war. Es war nur eine Frage der Zeit, bis sie ihn in der Höhle aufgespürt und erschossen hätten.«

»Aber wenn er hier sicher war, hätten sie ihn doch gar nicht finden können«, sagte Eliza.

Brodie schaute sie an. »Nein, aber auf der Suche nach ihm hätten sie womöglich den Tiger von Tantanoola gefunden. Ich weiß, dass er irgendwann weiterziehen wird, wie er es immer getan hat. Vielleicht ist er ja schon fort, aber ich wollte das Risiko nicht eingehen.« Brodie blickte verlegen, als er zugab, dass er jetzt um den Tiger besorgt war. »Ich musste den Leuten in der Stadt sagen, es sei der Wolf, der ihre Schafe getötet hätte, und dass ich ihn erschossen hätte. Und ich werde ihnen einen Beweis dafür bringen müssen, damit die Fährtenleser und die Jäger verschwinden. Deshalb werde ich ihnen das ausgestopfte Tier präsentieren.«

»Das verstehe ich alles nicht. Warum haben Sie das getan?«, fragte Eliza. »Sie sind doch Jäger, und Sie haben mir immer gesagt, der Tiger müsse getötet werden.«

»Ich bin kein Jäger mehr.« Brodie warf einen Blick auf den Wolf. »Er ist ein schönes Tier, und ich hatte ihn mehrmals vor meinem Gewehr, aber ich konnte einfach nicht abdrücken. Meine

Zeit als Jäger ist vorbei. Den Wolf mit eigenen Augen zu sehen hat mich das begreifen lassen. Und falls der Tiger nach Tantanoola zurückkommt oder in anderen Städten in der Gegend gesichtet wird, werde ich versuchen, ihn mit einer Falle zu fangen, nicht ihn zu erschießen.«

»Das eine wundervolle Neuigkeit, Brodie. Woher kommt dieser Sinneswandel?«

Brodie schaute sie an. »Das verstehen Sie nicht? Es hat mich verändert, dass ich mich in Sie ... in dich verliebt habe.«

»Sie ... du liebst mich?«, flüsterte Eliza.

»Das weißt du doch. Wenn nicht, dann küsse ich wohl nicht so gut, wie ich dachte.«

»O doch«, beeilte Eliza sich zu sagen. »Aber ich hätte nie geglaubt, dass ich deine Einstellung zum Jagen verändern könnte.«

»Du hast mehr Macht, als du glaubst.«

Eliza lächelte. »Aber was die Liebe betrifft ... da muss ich vielleicht noch ein bisschen überzeugt werden.« Sie stellte sich auf die Zehenspitzen, warf ihm die Arme um den Hals und zog ihn zu sich hinunter. Leidenschaftlich küssten sie sich.

Nach einer scheinbaren Ewigkeit löste Eliza sich aus Brodies Umarmung. »Was wirst du tun, Brodie, jetzt wo du nicht mehr jagst?«, fragte sie, glücklich, dass er keine Tiere mehr töten würde, um für seinen Lebensunterhalt zu sorgen. Doch sie wusste, es war eine Entscheidung, die sein Leben auf den Kopf stellte.

»Ich habe schon darüber nachgedacht. Ich weiß, dass der Wolf nicht das einzige Tier seiner Art ist, das über das australische Festland streift, deshalb werde ich vielleicht eine Art Asyl einrichten für Tiere, die ausgesetzt wurden. Hier habe ich den Platz dafür. Ich könnte sogar ehemalige Zirkustiere aufnehmen.«

»Das ist eine großartige Idee, Brodie!«, sagte Eliza.

»Ich dachte mir gleich, dass es dir gefällt. Und ich hatte gehofft, du würdest ...« Auf einmal verließ ihn der Mut, und er hatte Angst, zu weit zu gehen.

»… ich würde dir helfen?« Eliza strahlte. »Das würde ich sehr gern, falls du mich das fragen wolltest.«

»Ja. Aber ich weiß auch, dass du gern als Reporterin arbeitest.«

Eliza liebte ihre Arbeit tatsächlich. »Vielleicht gibt es eine Möglichkeit, dass ich mich als Reporterin für den Schutz und die Rettung von Tieren einsetze. Ich bin sicher, wir könnten uns irgendetwas einfallen lassen. Wenn da nicht diese andere Geschichte wäre …«

Auf einmal traten Eliza wieder Tränen in die Augen. Sie dachte daran, was sich in ihrem Elternhaus ereignet hatte.

»Was ist?«, fragte Brodie.

»Ich habe mit angehört, wie Tilly meine Mutter beschuldigt hat, sie hätte versucht, sie zu ermorden. Ich kann es nicht glauben, Brodie. Wie konnte meine Mutter so etwas tun?«

»Was hat Matilda denn gesagt?«

»Sie sagte, meine Mutter hätte sie vor eine Postkutsche gestoßen.«

Brodie hatte schon längst den Verdacht gehabt, dass Matildas »Unfall« gar keiner gewesen war, hatte aber nicht damit gerechnet, dass es etwas so Schreckliches sein würde. »Mein Gott«, flüsterte er.

»Ich muss zurückfahren und die Wahrheit herausfinden«, sagte Eliza.

»Ja, das musst du. Ich fahre dich. Ich hätte Matilda nicht zurücklassen sollen, aber als du in die Kutsche gesprungen bist, musste ich einfach die Gelegenheit nutzen, dich hierher zu bringen. Hätte ich dich gefragt, wärst du wohl nicht mitgekommen.«

»Stimmt«, gab Eliza zu. »Ein Glück für mich, dass du so einfallsreich bist.«

»Es tut mir leid, dass ich dir nicht schon vorher die Wahrheit sagen konnte, aber wenn die Leute in der Stadt glauben sollten, dass ich den Wolf getötet habe, mussten sie deine Wut auf mich erleben.«

»Ich verzeihe dir – aber nur, weil ich dich liebe«, sagte Eliza lächelnd.

Brodie zog sie unendlich glücklich in seine Arme.

»Ich dachte, ich würde dich kennen, Henrietta«, sagte Clive und schüttelte den Kopf. »Ich dachte, du wärst ein guter Mensch. Ich habe an dich geglaubt.« Er war sich noch nie so töricht vorgekommen.

»Ich weiß, du kannst das nicht verstehen«, sagte Henrietta schluchzend. »Ich habe einen Fehler begangen, aber …«

»Einen Fehler!« Clive konnte es kaum glauben. »Du musst Richard sehr geliebt haben, dass du etwas so Schreckliches getan hast.«

»Damals dachte ich, ich würde ihn lieben, aber jetzt sehe ich die Dinge klarer. Liebe ist etwas Reines und Gutes, Clive. So wie die Liebe, die du für mich empfindest … oder empfunden hast. Ich habe eine solche Liebe nicht verdient, aber sie ist alles, was ich in meinem Leben wollte. Solange ich denken kann, bin ich eifersüchtig auf Matilda gewesen. Als wir Kinder waren, war sie die Kluge, die Hübsche, die stets von unserem Vater bevorzugt wurde. Genau wie Richard stets Eliza bevorzugt hat. Als wir Mädchen waren, hatten die Jungen es immer nur auf Matilda abgesehen. Für mich hat sich keiner interessiert. Und du kannst dich sicher noch erinnern, wie beliebt Richard war.«

Das konnte Clive allerdings. Er hatte sich immer darüber geärgert.

»Alle haben für Richard und Matilda geschwärmt. Sie waren das Traumpaar. Ich wollte immer, was Matilda hatte, aber jetzt begreife ich, dass ich es nur wollte, *weil* sie es hatte.«

»Du hattest mich, Henrietta. Ich habe immer nur dich geliebt.«

Henrietta nickte. »Ja, das weiß ich. Was für eine Ironie, dass ausgerechnet jetzt, wo ich deine Liebe endlich zu schätzen weiß und meine Familie verlassen wollte, um mit dir zusammen zu sein, Matilda alles zerstört hat.«

Clive setzte zum Sprechen an, schwieg dann aber.

»Ich war auf dem Weg nach Tantanoola, als die Mädchen aus dem Zug gestiegen sind«, fuhr Henrietta fort. »Ich habe ihnen gesagt, ich hätte ihnen etwas Wichtiges mitzuteilen, wenn wir nach Hause kämen, aber Katie wollte zuerst mit Thomas sprechen. Ich habe auf sie gewartet, als plötzlich Matilda vor der Tür stand. In dem Moment war alles aus. Dabei wollte ich mich mit den beiden Mädchen in Ruhe zusammensetzen und ihnen sagen, dass wir beide, du und ich, uns lieben und dass ich ihren Vater verlassen würde, um mit dir zusammen zu sein.«

»Hättest du das wirklich getan, Henrietta? Ich habe dir schon oft geglaubt und bin oft enttäuscht worden.«

»Meine Koffer stehen gepackt in meinem Schlafzimmer, Clive. Nichts und niemand hätte mich aufgehalten. Aber jetzt muss ich wohl ins Gefängnis. Richard wird mich nicht gehen lassen. Ich glaube, Matilda wollte lediglich, dass ich die Wahrheit zugebe, aber Richard wird die Polizei verständigen.« Henrietta trat ans Fenster und blickte hinaus im den Regen. »Ich habe es nicht anders verdient. Matilda hätte sterben können. Es tut mir nur leid, dass ich dir wieder einmal das Herz gebrochen habe.«

Als Tilly und Richard aus den Ställen kamen, sahen sie Clives Wagen die Auffahrt hinunter verschwinden. Sie konnten sich vorstellen, wie ihm zumute war. Er hatte die wahre Henrietta bis jetzt nicht gekannt. Nun zu erfahren, was sie getan hatte, musste eine bittere Enttäuschung für ihn gewesen sein.

»Ich habe beinahe Mitleid mit Henrietta«, sagte Tilly.

»Verschwende deine Gefühle nicht an Henrietta«, sagte Richard voller Bitterkeit. »Für das, was sie dir angetan hat, muss sie ins Gefängnis, und dafür werde ich sorgen. Sie hat dein Mitleid nicht verdient, Matilda.«

»Sie ist meine Schwester und Elizas und Katies Mutter, und trotz allem, was passiert ist, kann ich sie nicht länger hassen, Richard. Ich werde ihr wohl nie verzeihen können, aber ich würde ihr niemals etwas Schlechtes wünschen.«

Richard schüttelte den Kopf. »Du bist ein guter Mensch. Kein Wunder, dass ich dich liebe.«

Matilda lächelte.

Richard hatte seine Jacke ausgezogen und hielt sie Tilly nun über den Kopf. »Bist du sicher, dass du zurück ins Haus gehen und Henrietta noch einmal sehen willst?«

Matilda nickte tapfer. Jetzt, geborgen in Richards Liebe, spürte sie, dass sie allem und jedem ins Auge sehen konnte. Außerdem konnte sie ohnehin nicht fort, solange Brodie nicht wieder da war.

»Dann lass uns gehen«, sagte Richard.

Nachdem sie das Haus betreten hatten, machte er sich auf die Suche nach Henrietta. Er rechnete damit, sie irgendwo weinend und verzweifelt vorzufinden, vermutlich in ihrem Schlafzimmer, deshalb ging er zuerst dorthin. Aber dort war sie nicht, und auch nicht in den angrenzenden Räumen.

»Richard«, rief Matilda kurz darauf. »Richard!«

Matildas Tonfall versetzte Richard in Panik. Als er in die Diele kam, sah er Matilda mit schockiertem Gesichtsausdruck vor der Tür zur Bibliothek stehen. Sie hielt eine Notiz in der Hand.

»Was ist los?«, sagte Richard heiser und betete, Henrietta möge sich nichts angetan haben, um einer Gefängnisstrafe zu entgehen.

Matilda reichte ihm die Notiz.

Richards Hand zitterte, als er las:

Lieber Richard,

ich mag ein Dummkopf sein, aber ich kann Henrietta nicht aufgeben. Ich kann mich an keine Zeit erinnern, in der ich sie nicht geliebt habe. Ich weiß, dass es unrecht war, was sie getan hat, aber ich bin bereit, ihr zu verzeihen. Ich hoffe, auch Sie und Matilda werden ihr eines Tages vergeben können. Ich gehe mit Henrietta fort. Bitte versuchen Sie nicht, uns aufzuhalten. Wir wollen ein neuen Leben beginnen, weit weg von Mount Gambier.

Wir wünschen Ihnen und Matilda alles Gute und hoffen, dass Sie wieder zueinanderfinden.

Ihr Clive

P. S.: Würden Sie Eliza und Katie in Henriettas Namen auf Wiedersehen sagen und ihnen ausrichten, dass sie die Mädchen liebt? Sie weiß, dass sie kein Recht dazu hat, aber sie betet, dass sie ihr eines Tages ebenfalls verzeihen.

»Ich darf sie nicht davonkommen lassen«, rief Richard aufgebracht. »Ich werde die Polizei …«

»Nein«, sagte Tilly. »Lass sie gehen.«

Richard sah Tilly an und begriff. Es würde ihr besser gehen, wenn sie wusste, dass Henrietta weit weg war und vermutlich niemals wiederkommen würde.

»Also gut«, sagte er. »Wenn du es so willst.«

Einen Augenblick später hörten sie Wagenräder in der Auffahrt. Richard ging zur Tür und öffnete. »Das ist Thomas Clarkes Wagen«, sagte er. Er beobachtete, wie Thomas ausstieg und einen Schirm aufspannte, um Katie vor dem Regen zu schützen. Dann rannten beide den Weg hinauf, aufs Haus zu.

»Hallo, Dad«, sagte Katie fröhlich.

»Guten Abend, Mr. Dickens«, grüßte Thomas.

»Nun kommt erst mal raus aus dem Regen, ihr zwei«, sagte Richard und bat sie hinein.

»Wir haben eine wundervolle Neuigkeit«, sagte Katie aufgeregt. »Wir werden heiraten.«

»Das ist ja großartig!« Richard küsste sie auf die Wange und drückte Thomas die Hand. Ihm fiel auf, dass irgendetwas an den beiden anders war, konnte aber nicht genau sagen, was es war. Katie schien Thomas mit weitaus mehr Wertschätzung als je zuvor anzusehen.

Sie hatte Clarkes Möbelgeschäft unter Tränen verlassen, nachdem Thomas ihr gesagt hatte, er habe jemand anders kennen gelernt. Katie war überzeugt, dass es ihre Schuld war und dass sie die Beziehung zerstört hatte, und sie hatte nicht gewusst, wie sie je weiterleben sollte. Sie war einfach die Straße hinuntergerannt ohne Ziel. Sie war gerannt und gerannt und irgenwann außer Atem stehen geblieben. Dann hatte sie Schritte gehört, die eilig näher kamen. Jemand hatte ihr auf die Schulter geklopft. Als Katie sich umgedreht hatte, stand Thomas hinter ihr und blickte in ihr tränennasses Gesicht – und dann hatte er sie angelächelt und die Arme ausgebreitet.

Jedem Menschen sollte ein Fehler erlaubt werden, hatte Thomas gesagt. Meiner war es, dich als selbstverständlich zu betrachten. Das soll nie wieder vorkommen. Dann hatte er ihr anvertraut, die Geschichte mit der anderen Frau sei bloß erfunden gewesen – eine Art Rache dafür, dass er von ihrer »Affäre« mit Alistair McBride verletzt worden sei. Er hatte es Katie mit eigener Münze heimzahlen wollen, hatte aber rasch begriffen, dass es ein Fehler war: Er liebte sie noch immer und konnte sie einfach nicht gehen lassen.

Als Katie sich nun umwandte, sah sie Matilda in der Diele stehen. »Tante Tilly!«, stieß sie unwillkürlich hervor – und dann weiteten sich ihre Augen, und sie schlug sich schuldbewusst die Hand vor den Mund.

»Ist schon gut, Katie«, sagte Tilly lächelnd.

Katie blickte ihren Vater an und errötete. Doch statt zornig zu reagieren, lächelte er.

»Was ist los? Wo ist Mom?«, fragte Katie zögernd.

Richard hatte die Haustür noch nicht geschlossen, und so sah er unerwartet einen weiteren Wagen vorfahren. Matilda schaute an ihm vorbei. »Das ist Brodie!«, sagte sie.

»Brodie Chandler ist hier?«, fragte Katie, die nun gar nichts mehr begriff.

»Er hat mich hierher gefahren«, sagte Matilda.

Katie wusste nicht, was sie von alledem halten sollte. »Wo ist denn Mom?«, fragte sie noch einmal.

Richard sah Eliza aus dem Wagen steigen. »Ich werde es euch sagen, sobald Eliza ins Haus gekommen ist«, sagte er.

Brodie kam mit Eliza zur Tür, und sie stellte ihn ihrem Vater vor. Als sie Tilly sah, rannte Eliza auf sie zu und warf die Arme um sie. »Oh, Tante«, rief sie. »Ich habe gehört, was Mom dir angetan hat. Ich kann es nicht glauben.«

Tilly sah, dass Richard sich darüber wunderte, wie vertraut sie miteinander waren, und verspürte einen Anflug von schlechtem Gewissen, da sie es mit Katies Mithilfe vor ihm geheim gehalten hatten.

»Wovon redet ihr?«, fragte Katie. »Was hat Mom dir angetan, Tante Tilly?«

»Das ist eine lange Geschichte«, sagte Richard und führte alle ins Wohnzimmer. »Ich werde euch die ganze Wahrheit erzählen. Ich will keine weiteren Geheimnisse in unserer Familie.«

»Dann lass mich bitte den Anfang machen, Richard«, sagte Tilly. »Die Mädchen haben bei mir in Tantanoola gewohnt, und wir haben einander gut kennen gelernt. Sei nicht böse, dass wir es dir verschwiegen haben.«

»Oh, ich bin nicht böse, Matilda. Ganz im Gegenteil. Ich bin ich froh, dass ihr alle diese gemeinsame Zeit hattet. Ich wünschte, ihr hättet euch schon eher kennen gelernt.«

Dann berichtete Tilly, was sich zwanzig Jahre zuvor in Millicent zugetragen hatte. Sie wusste, dass es für die Mädchen nicht leicht war; schließlich war Henrietta ihre Mutter. Eliza kannte die Wahrheit ja schon, doch Katie wollte es nicht glauben, bis Richard ihr sagte, ihre Mutter hätte es selbst zugegeben.

Katie schüttelte den Kopf und weinte. Thomas versuchte sie zu trösten.

»Ich wusste, dass eure Mutter oft eifersüchtig auf mich war«, sagte Tilly, »aber ich habe es ignoriert, obwohl ich das nicht hätte tun sollen.«

»Wo ist Mom jetzt?«, fragte Eliza. »Du hast sie doch nicht etwa der Polizei übergeben, Dad?«

Richard wollte erwidern, dass genau das seine Absicht gewesen sei, doch er wollte seine Mädchen nicht verletzen. Andererseits war er sich nicht sicher, ob Eliza und Katie verstehen würden, dass Henrietta mit Clive Jenkins durchgebrannt war.

Tilly sah, dass er verzweifelt nach einer Möglichkeit suchte, Eliza und Katie zu sagen, wo ihre Mutter war. »Überlass das mir, Richard«, sagte sie.

Er nickte zustimmend.

»Mom hat sich doch nichts angetan?«, fragte Eliza entgeistert. Sie fürchtete das Schlimmste.

»Aber nein«, sagte Tilly. »Es geht ihr gut. Vielleicht ist sie genau in diesem Augenblick so glücklich wie noch nie zuvor in ihrem Leben.«

»Was meinst du damit?«, fragte Katie.

Tilly warf Richard einen Hilfe suchenden Blick zu.

»Ihr kennt doch Clive Jenkins, nicht wahr?«, fragte er.

Die Mädchen sahen sich an und nickten.

»Er hat sich in eure Mutter verliebt, als sie ungefähr sechzehn war – und er hat nie aufgehört, sie zu lieben.«

»Was hat Clive Jenkins denn mit alledem zu tun?«, fragte Eliza. Plötzlich fiel ihr ein, dass Henrietta ihr und Katie irgendetwas hatte sagen wollen und dass sie sehr nervös gewesen war. Eliza riss die Augen auf. »Wollte Mom dich etwa wegen Clive Jenkins verlassen?«

Richard nickte. »Ja. Aber ihr dürft ihr nicht böse sein.« Er warf einen Blick auf Matilda. »Wir alle werden viel glücklicher, weil wir nun mit den Menschen zusammen sein werden, die wir wirklich lieben. Eure Mutter, Clive, Tilly und ich.«

Voller banger Erwartung schaute Tilly die beiden Mädchen an.

Endlose Sekunden verstrichen, während Eliza und Katie sie musterten und das Gehörte verdauten.

Eliza war die Erste, die wieder Worte fand. »Ja«, sagte sie. »Wir alle werden mit den Menschen zusammen sein, die wir lieben. Auch ich – mit Brodie.«

Tilly sprang auf. »Wirklich?«, rief sie.

»Das will ich doch hoffen«, sagte Eliza und lächelte Brodie an.

Tilly fiel beiden in die Arme. »Ich hab's gewusst!«, rief sie überglücklich.

Nachdem sie alle mit einem Glas Wein angestoßen hatten, ging Tilly in die Küche und schaute hinaus auf Henriettas Rosengarten.

Richard trat zu ihr. »Meinst du, du könntest je wieder in diesem Haus wohnen, Matilda?«

»Nun ja, das Hanging Rocks Inn ist mir sehr ans Herz gewachsen …«

»Ich würde es gern einmal sehen«, sagte Richard und legte ihr die Arme um die Taille.

»Und ich würde es dir gern einmal zeigen«, erwiderte Tilly strahlend vor Glück.

»Vielleicht könnten wir abwechselnd bei dir und bei mir wohnen, wenn wir verheiratet sind«, schlug Richard vor.

»Das ist eine großartige Idee«, sagte Tilly. Sie hätte nie gedacht, je so glücklich sein zu können wie in diesem Augenblick.

»Ich liebe dich, Matilda«, sagte Richard. »Aber ich hatte die Hoffnung schon aufgegeben, dass wir je wieder zueinanderfinden.«

»Hätte Eliza nicht an meine Tür geklopft und nach einem Zimmer gefragt, wäre es wohl nie dazu gekommen«, sagte Tilly, die überzeugt war, dass es eine glückliche Fügung des Schicksals gewesen sein musste.

»Ich muss George Kennedy wirklich sehr danken, dass er Eliza nach Tantanoola geschickt hat.«

»Oder dem Tiger, dass er sich wieder einmal gezeigt hat«, sagte Tilly lachend.